Les Purificateurs Coffret

Épisode 1 : L'île Poveglia

Épisode 2 : Amityville

Épisode 3 : Shuyukan

Épisode 4 : Robert

© Éditions La Rose du Soir
ISBN : 978-2-37846-024-2

Marie d'Ange

Les purificateurs
Libera nos

Épisode I : L'île Poveglia
Épisode II : Amityville
Épisode III : Shuyukan
Épisode IV : Robert

Quand le diable veut une âme, le mal devient séduisant.
Alain Leblay

Marie d'Ange

Les purificateurs
Libera nos

Épisode I : L'île Poveglia
Épisode II : Amityville
Épisode III : Shuyukan
Épisode IV : Robert

Quand le diable veut une âme, le mal devient séduisant.
Alain Leblay

MARIE D'ANGE

LES PURIFICATEURS

ÉPISODE I : L'ÎLE POVEGLIA

"Folie : désertion à l'intérieur."

Pierre Veron

Introduction

L'embarcation s'éloignait lentement de Venise. À son bord, cinq étudiants, la vingtaine, qui se dépêchaient d'arriver à bon port avant que la nuit ne tombe. Jeunes, beaux, fiers, ils vaquaient à l'aventure de leur vie. Leur espoir : tourner un bon film de Ghost Adventure.

—J'espère que l'on va pas se faire repérer, dit Lucia en tirant sur son châle comme pour se camoufler.

À l'avant, Gianni et Paolo ramaient et ne ménageaient pas leurs efforts.

—Arrête de flipper ! P'tain pourquoi l'avoir prise avec nous, dit Gianni.

—Parce que c'est la meilleure amie de ta copine, répondit Paolo.

—Chéri, s'il te plaît, arrête de râler, garde tes forces pour ramer, dit Lisa.

—Ouais, ben j'fais c'que peux ! Et c'est pas facile avec un tank à bord, dit Gianni.

—Le tank t'emmerde, dit Lucia.

—Et les gars, vous voulez que j'prenne la place d'un de vous, demanda Filippo.

—Non, ça va aller, on est presque arrivés.

Et effectivement, l'île de Poveglia était toute proche et l'embarcation accosta sur la rive dix minutes plus tard.

—Tu vois Lucia, y avait pas besoin de flipper, on s'est pas fait chopper, dit Gianni.

—Et il fait pas encore nuit, dit Filippo.

—Bon après, on sait que l'île est interdite, mais pas gardée, c'est facile, dit Lucia.

—Facile ! C'est pas toi qui a ramé, répondit Gianni. Et encore ça se plaint ! Toi tu dois être du genre à liker tes propres statuts sur Facebook ! La gourde de base avec une base énorme.

Référence à l'obésité de Lucia. Cette dernière baissa la tête et rougit. Paolo et

Filippo gloussèrent. Lisa s'interposa.

—T'es vraiment horrible Gianni. Laisse-la tranquille.

—Je la laisserais tranquille lorsqu'elle aura assimilé deux règles. La première : arrêter de me faire chier. La deuxième : intégrer le fait que pour porter un legging imprimé animal, il faut peser moins lourd que l'animal en question.

Les rires fusèrent. Lucia se renfrogna encore plus. Elle regarda son legging léopard et regretta de l'avoir acheté. Elle l'adorait, mais elle se dit que plus jamais elle ne le portera. Contre toute attente, Paolo prit sa défense.

—Ça suffit Gianni, laisse-la tranquille !

Lucia redressa la tête et regarda le jeune homme. Elle le trouva encore plus beau. Elle l'aimait en secret depuis longtemps et aujourd'hui, pour la première fois, il venait de lui donner un espoir. Peut-être qu'il ressentait des sentiments pour elle.

—Pourquoi, c'est marrant, répondit Gianni. C'est une fille inutile. Qu'elle nous serve au moins à rire.

—Elle n'est pas complètement inutile. Dans le futur, elle pourrait être utilisée comme mauvais exemple.

Et les deux amis se mirent à rire à gorge déployée.

Lucia eut envie de pleurer et réfréna avec peine ses larmes. Son espoir venait de s'évanouir l'espace d'une phrase. Normal, elle n'était qu'une grosse fille moche et mal habillée. Son amie lui passa un bras autour du cou.

—N'écoute pas ces deux idiots. Moi je t'aime, tu es ma meilleure amie.

Lucia esquissa un minuscule sourire. Son cœur saignait. Elle regarda son amie, belle, blonde, pulpeuse, et se surprit à l'envier.

La petite troupe débarqua toutes leurs affaires, matériel d'enregistrement, caméra infrarouge, lampes à huile, lampes torche, nourritures, vêtements, sacs de couchage…, sur l'île Poveglia. Nos chercheurs de fantômes étaient fin prêts pour l'aventure.

—Filippo, aide-moi à recouvrir la barque de feuillages, pour pas qu'on la voie si un bateau des carabiniers passe, dit Gianni.

Et ce fut fait. La barque devint invisible sous l'épaisse couche de branches et de feuilles qui la recouvrait.

—Vous êtes prêts, demanda Gianni.

—Fin prêts, répondirent en cœur Filippo et Paolo.

—Moi je la sens mal cette histoire. Si on se fait repérer, on est bon pour la prison ou une bonne amende, dit Lucia.

—On t'a pas demandé de venir, tu peux repartir si tu veux, répliqua Gianni.

—C'est bon tous les deux, ça suffit, dit Lisa. Lucia, tu verras, ça va bien se passer et on ne reste qu'un week-end. En Italie, la police ne travaille pas le week-end !

—Ouais et les autres jours aussi, dit Gianni. On craint rien.

Tous prirent le chemin en direction de l'ancien hôpital psychiatrique de l'île de Poveglia. Ils pouvaient voir l'immense bâtisse au loin.

Le chemin de terre qui les y menait était lugubre, inhospitalier. On pouvait presque entendre le murmure des plantes et des arbres leur demander, leur ordonner de quitter l'île. Malgré l'absence de vent, les bois se pliaient devant eux comme pour les empêcher d'avancer. Et tout autour d'eux, des chuchotements.

—Vous entendez, demanda Lisa. On dirait que les arbres nous parlent.

—Ha ouais ? Et ils disent quoi, demanda Gianni.

—Je sais pas, c'est bizarre.

—Ils disent qu'on doit partir d'ici, dit Lucia.

Gianni, Filippo et Paolo explosèrent de rire.

—Depuis quand les arbres parlent, dit Filippo.

—Franchement les filles, dit Paolo, vous avez trop d'imagination. Vous nous faites un scénario de film d'horreur.

—Peut-être, dit Lisa. Mais cet endroit me fiche la trouille.

—Tu vas pas aussi commencer, dit Gianni, comme ta copine ? L'autre je veux bien qu'elle soit folle ! Mais toi non. Écoute, fais-moi plaisir ma chérie : contente-toi d'être belle et ferme-la.

Lisa préféra ne pas rétorquer. Gianni pouvait être cinglant, mais il était beau et surtout populaire.

Lucia frissonna. Elle crut voir une ombre noire derrière un arbre. Sorte de silhouette informe. Elle entendit son avertissement « Partez ! Partez d'ici ».

—Vous avez entendu, demanda la jeune fille.

—À part ta voix nasillarde, j'ai rien entendu, dit Gianni.

Lucia préféra ne pas insister. D'autant plus que l'ombre avait disparu. Peut-être une hallucination ? Un bref moment, elle se demanda ce qu'elle faisait ici, sur cette île maudite, à jouer une enquêtrice du paranormal. Elle qui avait fait des cauchemars en regardant les Gremlins, ne se sentait pas à sa place. Pourquoi s'était-elle laissée embarquée dans cette histoire ? L'amour. Eh oui, c'est souvent l'amour qui pousse l'humain à commettre des actes insensés. Certains tuent par amour. Lucia a préféré dépasser ses peurs pour avoir la possibilité de passer quelques heures avec Paolo, même si elle savait pertinemment que ce dernier ne s'intéresserait jamais à elle.

Le groupe devant elle avait pris de l'avance. Elle se mit à courir pour rejoindre ses amis et ralentit son pas lorsqu'elle arriva à hauteur de Paolo. Ce dernier ne daigna même pas la regarder.

Le groupe d'amis arriva devant l'ancien hôpital psychiatrique. L'immense bâtisse, entourée d'épaisses plantes folles, était délabrée et sinistre. Sur la façade, de nombreuses fenêtres dont les vitres étaient presque toutes cassées, pulvérisées, comme si un tremblement de terre avait ravagé le bâtiment de l'intérieur. De l'herbe poussait entre les briques. La nature reprend toujours ses droits, et là visiblement, elle a eu le dessus sur la construction de l'homme. À l'abandon. Voilà ce qu'évoquait l'ancien hôpital psychiatrique de l'île de Poveglia. Abandonné, mais habité par tous les drames vécus.

Et cette impression se ressentait sur chaque brindille, sur chaque arbre, sur chaque caillou de l'île. Abandon et détresse.

Plus loin, le clocher de l'ancienne église dominait l'hôpital et semblait prier pour sa rédemption.

La troupe s'engagea sur les escaliers qui menaient à la porte d'entrée. Il faisait presque nuit. L'air était relativement doux pour une soirée de printemps.

—Ça m'inspire pas confiance, dit Lucia.

La jeune femme regardait autour d'elle, terrifiée.

—Ho merde ! J'ai même plus envie de t'répondre, dit Gianni. Va nous attendre à la barque et arrête de nous faire chier, la fifille à son papaaa !

—Allez quoi, dit Paolo, ne fais pas ta chochotte, on va bien s'amuser tu vas voir.

Paolo s'était adressé à elle, lui avait parlé ! Mais même cela ne put lui enlever l'impression de danger qu'elle ressentait devant la bâtisse en ruine.

—J'le sens pas, dit Lucia. Vous avez remarqué qu'il n'y a plus un seul bruit ?

—Alors avant madame se plaignait d'entendre des bruits, dit Gianni, et maintenant, elle se plaint de ne rien entendre. T'es vraiment une pauvre fille. Va t'faire suivre.

—C'est normal qu'il n'y ait pas de bruit, dit Filippo, on est seul sur l'île. Pas de voiture. Pas de gens.

—C'est pas normal justement. On devrait entendre des oiseaux, des bruits de la nature quoi, dit Lucia. Mais là rien, c'est le silence. C'est pas bon.

—Et tu t'attendais à quoi, répliqua Gianni, à une partie de plaisir ? C'est un lieu hanté, c'est normal qu'il fasse peur ! Et des fantômes, j'espère bien en croiser un ou deux.

Paolo fit sauter le cadenas de la grande porte d'entrée à deux battants, qui s'ouvrit difficilement tant les intempéries et le temps l'avaient abîmée. Il la poussa de toutes ses forces et enfin, elle laissa un passage assez large pour que les cinq étudiants puissent s'engouffrer à l'intérieur de l'ancien asile psychiatrique.

Dedans, tout était sinistre, tout tombait en décrépitude, à l'image de l'extérieur. L'air étant pesant, irrespirable. Le vestibule d'entrée était énorme, sombre, inhospitalier et au milieu trônait un grand escalier desservant l'étage supérieur.

—Et si on visitait les lieux, dit Gianni.

Les amis s'engagèrent dans le vestibule. Chacun de leurs pas déclenchait des plaintes poussives sur le parquet qui menaçait de se rompre à tout moment. Les meubles semblaient sur le point de s'écrouler tant ils étaient érodés et branlants. Les murs décrépis. Tout était dégradé, démoli, fatiqué. On aurait dit qu'une tempête avait tout ravagé. Des immondices jonchaient le sol, mélange de poussières, de déjections animales, de bois calcinés, de pierres.

Seule Lucia resta à l'entrée, pétrifiée de terreur. Elle venait de voir, en haut de l'escalier, une forme sombre qui semblait la saluer. Lisa vint la récupérer.

—Allez ma belle, ça va bien se passer. On va faire de jolies vidéos et on sera rentrés chez nous dimanche.

—J'le sens mal, j'te dis. Il faut partir d'ici.

Plus loin, Gianni et les autres s'impatientaient.

—Allez grouillez vous, dit Gianni. Faut qu'on installe le matériel avant la tombée de la nuit !

La mission

Le Père Vincenzo Onoffrio se grattait sa barbe de trois jours. Il regardait ses futurs collaborateurs à travers une glace sans tain, les voyait discuter entre eux, évoluer dans une pièce fermée en attendant qu'il arrive – que le chef arrive, même s'il ne se considérait pas comme un chef. Vincenzo voulait s'imprégner de leurs images, les cerner, pour savoir ou pour deviner s'ils allaient être à la hauteur de la tâche qui leur sera confiée. Ils étaient là, futurs coéquipiers du bien, autour d'une table ovale, les uns discutant, les autres restant silencieux, s'épiant. Le prêtre sentait qu'ils étaient nerveux et impatients.

—Vous vous inquiétez pour rien Vincenzo.

Le prêtre tourna la tête et dévisagea le Cardinal « in pectore » de la Sainte Église Romaine. Il souriait et l'entourait d'un regard protecteur.

—Permettez-moi d'en douter Éminentissime Seigneur, ces personnes sont débutantes et nous, nous nous attaquons à une force millénaire.

—Ces personnes ont toutes été sélectionnées d'après des critères très stricts et pointus et ont toutes été formées à la mission qui leur incombe. Soyez rassuré, votre équipe est prête.

Vincenzo hocha la tête.

—Sont-ils au courant que tout cela doit rester secret, que le Vatican ne permettra aucune fuite ?

—Oui, ils le sont et ils sont impatients d'entrer en action et de faire votre connaissance.

Vincenzo mit sa main sur la poignée de la porte pour l'ouvrir. Le Cardinal Walter Primiti interrompit son geste.

—Une dernière chose, Vincenzo. Sachez que je ferai tout pour vous aider, que l'Église est avec vous. Mais, comprenez que je ne peux me montrer, vous seul aurez affaire à moi.

—Qu'il en soit ainsi, Votre Éminence.

***

Dès que Vincenzo entra dans la pièce, tous se turent et l'ambiance se fit silencieuse, chacun attendant que le nouvel arrivant se présente. Le prêtre regarda rapidement autour de lui. Murs blancs, un crucifix accroché à un mur. Table et chaises anciennes posées au milieu de la pièce. Grands vitraux qui laissaient entrer la lumière par touches. Aucune dorure. Une salle de réunion typique du Vatican, sans fioritures. Sur un mur, un grand écran blanc. Sur la table ovale, un rétroprojecteur.

—Bonjour à tous. Je suis le Père Vincenzo Onoffrio.

On le salua timidement. Vincenzo prit place au bout de la table ovale, posa une chemise contenant de multiples feuilles devant lui et déboutonna sa veste de costume sur laquelle brillait une toute petite croix sur la poche droite. Le col blanc contrastait avec la couleur sombre du costume et ressortait sur la peau brune de l'ecclésiastique. Doucement, il manipula ses documents pendant que les autres étaient suspendus à ses gestes. Se grattant la gorge, il prit la parole.

—Vous savez tous pourquoi vous êtes là, mais je tiens à faire un dernier point. Simplement, vous êtes le nouvel ordre de l'Église, Les Purificateurs. Des soldats du Vatican. Un nouvel ordre qui doit rester secret au péril de vos vies. Votre mission est de débarrasser la terre de ses démons et de lutter contre le mal. Vous avez eu une formation pour cela et avez été choisis en fonction de vos compétences. Autre point important : personne, je dis bien personne, ne doit savoir qui nous sommes. L'Église est en déclin et dire que le Mal, la Bête, le Diable… appelez-le comme vous voulez, existe, c'est mettre en péril notre institution. Les athées nous traiteront de fous et voudront nous enfermer. Les croyants nous tourneront le dos, se révolteront ou se donneront au Diable.

Vincenzo parcourut du regard ses nouveaux collaborateurs, un à un, afin de se rendre compte s'ils étaient d'accord avec ses paroles. Son regard était perçant, vif. Certains baissèrent la tête. Le prêtre les intimidait. Il faut dire que pour un ecclésiastique, il avait une carrure imposante digne d'un GI issu d'un commando spécial américain, des yeux bleus qui semblaient lire au fond des âmes, un visage carré et une bouche fine qui semblait ne jamais sourire – et d'ailleurs qui souriait rarement. Il reprit la parole.

—J'aimerais démarrer cette réunion par un tour de table. Je commence. Je suis le Père Vincenzo Onoffrio, prêtre-exorciste. Je suis votre référent.

Sa voix était forte et imposait le silence et l'écoute. Il se gratta sa barbe de trois jours, farfouilla dans son veston, sortit un étui à lunettes et mit une paire de lunettes rondes sur le nez. Ces dernières contrastaient avec son visage angulaire et lui donnaient une tête de premier de la classe. Puis, il prit une feuille de son dossier, et regarda par-dessus ses lunettes Carlo Rinaldi assis à sa droite.

—Père Rinaldi, vous êtes prêtre-psychiatre. Vous avez suivi un cursus universitaire de médecine et vous serez donc notre médecin. Votre tâche, au sein du groupe, est de faire la part entre la psychiatrie et la possession démoniaque, ce qui est soignable par des médicaments et une thérapie et ce qui demande de la spiritualité pour être sauvé. Votre seconde tâche sera de m'assister lors des exorcismes. Avez-vous quelque chose à ajouter ?

Le prêtre-psychiatre hocha la tête.

—Non mon Père, c'est juste.

Le Père Rinaldi était de ce genre d'hommes qui font plus vieux que leurs âges. Il avait la trentaine, mais on lui donnait facilement dix de plus, tant sa posture était rigide et ses cheveux grisonnants. Carlo Rinaldi ne respirait pas la jeunesse, mais plutôt la responsabilité et la droiture. Assis droit comme un i, dans son costume trois-pièces sombre impeccablement repassé, on savait qu'on avait affaire à une personne méticuleuse et ordonnée.

Vincenzo prit une autre feuille dans son dossier, la lut pendant quelques secondes, avant de relever la tête et de regarder, par-dessus ses lunettes rondes, la bonne-sœur du groupe.

—Sœur Margareth, vous êtes chargée de l'intendance. Vous devrez préparer nos voyages et faire en sorte que les portes s'ouvrent devant nous. En tant que religieuse, vous m'assisterez aussi lors des exorcismes et vous serez l'infirmière, tant spirituelle que physique, du groupe. Est-ce exact ?

La religieuse esquissa un sourire. Margareth était entrée dans les ordres tard. Après moult déboires personnels, elle avait entendu l'appel du Christ alors qu'elle vidait une bouteille de Jack Daniel's dans un motel minable de San Francisco. Ancienne militaire, elle avait vu pas mal d'horreurs sur le terrain, atrocités qu'elle n'avait pu supporter et qui l'avaient fait sombrer dans l'alcool, torpillant, par la même occasion, sa carrière d'officier. Ce soir-là, dégobillant et pleurant sur sa triste existence, elle avait vu Dieu et avait rejoint les ordres. Quelque part au fond d'elle, Margareth avait toujours su que Dieu était avec elle. Et elle le comprit lorsqu'en Afghanistan elle avait failli mourir lors d'une embuscade des Taleb. Sœur Maggie, pour les intimes, était une femme froide, rigide, sèche et desséchée. Sa rigueur militaire l'empêchait d'aimer la médiocrité.

—C'est exact mon Père, dit-elle.

—Bien. Passons à Monsieur Dimitri Marchand. C'est notre démonologue. Il connaît les démons, les titres infernaux et a beaucoup étudié le monde infernal. Votre tâche consistera à nous guider lorsque nous rencontrerons une entité démoniaque. Vos connaissances seront très utiles sur le terrain.

Dimitri Marchand hocha la tête.

—Je ferai de mon mieux. En effet, je suis un scientifique de la démonologie, même si la démonologie n'a jamais été considérée comme une science, puisque n'a jamais été vérifiée ni « protocolée » et qu'on ne lui connaît aucune expérience.

Au bout de la table, une jeune femme un peu boulotte à la tenue très colorée et aux lunettes et bijoux surdimensionnés, gloussa. Le Père Onoffrio se tourna vers elle.

—Mademoiselle Crystal Louvière, notre historienne. C'est elle qui est chargée de nous conter l'histoire des lieux que nous allons devoir nettoyer, ainsi que les différents mythes qui s'en rapportent.

Crystal fit un grand sourire à l'assemblée, tout en jouant avec une bague énorme en forme de fleur sur son annulaire. La jeune femme était intimidée.

—Je suis vraiment contente de faire partie de cette équipe.

Le prêtre se tourna vers un jeune homme d'une trentaine d'années au physique banal, qui essayait de se dissimuler derrière des lunettes rondes et une épaisse chevelure qui faisait penser à celle des personnages de Playmobil. Un casque.

—Monsieur Matt Bohé, notre ingénieur. Est chargé du matériel informatique et du matériel d'analyse. Enfin, Madame Élisabeth Ivodric, notre médium. Une excellente médium de surcroit, qui a, par le passé, aidé les forces de l'ordre à résoudre certaines affaires compliquées.

—C'est exact mon Père, répondit Élisabeth.

Élisabeth était un tout petit bout de femme, très mince, mais au caractère bien trempé. Très jolie, elle ne laissait pas les hommes indifférents et avait bien noté que, depuis le début de la réunion, Dimitri Marchand la contemplait du coin de l'œil. Mais ce quinquagénaire n'était pas son style d'homme et elle comptait bien le lui faire savoir rapidement. Elle tira sur sa jupe.

—Avant de passer aux choses sérieuses, avez-vous des questions, demanda Vincenzo en regardant tous les membres présents autour de la table du haut de ses lunettes.

Le silence lui répondit. Le prêtre enleva ses lunettes et les tint dans sa main droite. La monture semblait minuscule dans sa grande paluche.

—Bien. Comme je l'ai dit tout à l'heure, nous avons une mission de la plus grande importance, mission qui nous a été confiée par le Pape François en personne et qui doit rester secrète. Ces quarante dernières années, l'Église a constaté une multiplication de phénomènes surnaturels impliquant les forces démoniaques. Le Diable semble se faire plus puissant que jamais et il gagne du terrain, peut-être aussi parce que ce monde ne croit plus en rien. Nous devons le contrer et purifier les sites infestés ainsi que les démoniaques. Nous devons aider ceux qui sont persécutés par Satan. Cela n'est pas une tâche aisée, car nous serons persécutés à notre tour. Il se peut qu'on y perde la raison. Ou la vie. C'est pourquoi je vous le demande : êtes-vous prêts à affronter l'impensable ?

Tous hochèrent la tête. Le démonologue leva une petite main potelée, dont l'index faisait paraître une chevalière étouffant son annulaire.

—S'il vous plait mon Père. Lors de notre instruction, on nous a parlé de tout cela, et je connais le Diable et les risques que l'on encourt à vouloir se mesurer à lui. J'ai vu des choses qui dépassent l'entendement. Il faut vraiment que tout le monde en prenne conscience. Car s'il y a un faible parmi nous, ce sera lui la cible favorite du démon. C'est un grand risque pour cette personne et un énorme risque pour l'équipe.

—C'est pourquoi, dit le prêtre-exorciste, qu'il faut croire en Dieu, au Saint-Esprit et en Jésus-Christ. Si nous sommes les disciples de Jésus, nous avons le pouvoir de repousser les démons. Jésus a transmis ce don aux Onze, et nous sommes leurs descendants. Nous avons hérité ce pouvoir de chasser les démons et les démoniaques devant nous. Mais votre questionnement est juste Monsieur Marchand.

Ce discours eut pour effet de faire naître un petit brouhaha de surprise qui se calma aussitôt avec l'intervention d'Élisabeth.

—Si je peux me permettre, nous avons tous été formés pour affronter le Mal. Pour ma part, j'ai été sculptée pendant un an, au sein du Vatican et je vous ai tous croisé, donc tous vous avez été choisis pour ces missions. Je ressens de bonnes ondes émanant de chacun d'entre vous. Je pense que le groupe est prêt.

—Sachez aussi, dit Sœur Margareth, qu'au moindre doute, au moindre signe de fatigue ou si vous sentez une persécution, venez me voir. Je serai toujours à l'écoute.

—Merci Sœur Margareth, dit Vincenzo Onoffrio. De plus, tous les jours, lorsque nous serons en mission, nous prendrons quelques minutes pour prier et nous ferons régulièrement une messe. Pour expier vos péchés, un prêtre au Vatican vous recevra dès que vous ressentirez le besoin de vous confesser. Il nous arrivera aussi de faire des choses que nous ne voulons pas faire, mais que l'on devra faire pour purifier un site, comme nous servir de nos armes par exemple. Pour terminer, j'espère que nous serons un groupe uni. Car seule l'union peut vaincre le Mal.

—Amen, dit Dimitri.

Vincenzo referma son dossier.

—Maintenant que les présentations d'usage ont été faites, je vous propose de découvrir notre première mission. Pour cela, je laisse la parole à notre historienne, Mademoiselle Crystal Louvière qui va nous faire un rapide topo de la situation.

Crystal ouvrit elle aussi une chemise qui contenait quelques notes sur leur future mission. Elle fit passer des dossiers à ses collègues, se leva et alluma le rétroprojecteur. Sa robe rouge aux motifs improbables dansait sous le rythme de ses pas, les talons de ses bottes brunes résonnaient sur le parquet.

Une image d'un grand bâtiment délabré au milieu d'une végétation luxuriante apparue à l'écran.

—Ok, dit Crystal en montrant la photo. Donc, pour notre première mission, nous partons pour l'île Poveglia, une petite île située près de Venise. Ce lieu était, autrefois, prospère, jusqu'à ce qu'on l'y envoie plusieurs malades de la peste pour y périr. Au Moyen-Âge, la peste faisait rage à Venise, comme dans toute l'Italie d'ailleurs. Ne sachant plus quoi faire des cadavres et des malades, les autorités décidèrent de les envoyer sur l'île. Sauf que dans les convois, il n'y avait pas que des malades, mais aussi des personnes, dont des enfants, soupçonnés d'être malades. Les cadavres ont été enterrés dans des fosses communes, et les autres, les vivants, brûlés sur des bûchers.

—Oula, une aubaine pour les forces démoniaques qui ont dû se réjouir de toutes ces âmes tourmentées, interrompit le démonologue.

—Et c'est peu dire, continua Crystal. Depuis cette histoire, de Venise, on entendait des gémissements, des hurlements et l'île fut désertée pour un temps. Ce n'est qu'en 1804 qu'on décide d'y construire un hôpital militaire pour les pensionnés de guerre alités. Mais, à cause de différents problèmes, notamment de hantise, l'hôpital a été déserté. En 1922, l'hôpital militaire devient un asile psychiatrique et on y enferme tous les aliénés jugés trop dangereux pour être en liberté ou dans un hôpital normal. Cet asile était dirigé par le Docteur Salvatore Romano, un psychiatre ambitieux qui a réalisé des expériences atroces sur les malades afin de se faire une réputation. On raconte que les patients subissaient des lobotomies avec un trépan ou au marteau et au burin.

—C'était la fête quoi, commenta Matt Bohè. Ne dit-on pas que la souffrance appelle le Diable ?

—C'est exact, Monsieur Bohè, répondit le Père Onoffrio. La souffrance est engendrée par le Diable qui s'en nourrit.

—La souffrance est la passion du Diable, continua le Père Rinaldi.

—Que sont devenus les malades de l'hôpital, le médecin et surtout est-ce que l'endroit est hanté, demanda Élisabeth. Je sens beaucoup d'ondes négatives autour de cette histoire.

—Oui, continua Crystal. En fait, on raconte que les malades voyaient des spectres qui les appelaient dans les murs et que le psychiatre sombra dans la folie et que, poussé par une entité, il se serait jeté du campanile. Une infirmière assista à la scène et raconta que le docteur Romano ne mourut pas de suite de sa chute, mais que son corps fut emporté dans un nuage de fumée noire.

—Ça sent la légende urbaine, dit Dimitri.

—Oui, reprit Crystal. Après cette histoire, et comme aucun médecin ne voulait aller sur l'île, l'hôpital fut fermé et l'île de Poveglia fut désertée. Aujourd'hui, l'île n'a plus de propriétaire et est abandonnée. L'accès, même en pleine journée, est interdit aux visiteurs, mais personne ne garde le lieu, donc on ne peut empêcher certains téméraires de s'en approcher et les témoignages qu'ils ont faits de leur voyage parlent tous d'un phénomène de haute hantise.

—Dernièrement, un groupe de chasseurs de fantômes autoproclamés est allé sur l'île et personne n'y est revenu, enchaîna Vincenzo.

Crystal appuya sur un bouton de sa télécommande et cinq photos de jeunes gens apparurent à l'écran.

—Voilà, je vous présente, dans l'ordre, Gianni Bonaventura, sa fiancée Lisa Adone, Lucia Benedetti, Paolo Gallini et Filippo Marrocco, tous étudiants et originaires de Rome. D'après leurs familles, ils se seraient rendus sur l'île il y a deux semaines de cela. Depuis, plus rien. Silence radio. Ils ont disparu.

—Des recherches ont été faites, demanda Dimitri.

—Oui, par les autorités locales, mais sans résultats. Ces jeunes sont introuvables. Leur embarcation a été retrouvée sur l'île dissimulée sous un tas de feuilles, ainsi que leurs affaires dans l'asile psy. Donc, on sait qu'ils étaient sur île. Et tout laisse à croire qu'ils y sont encore. Sauf, qu'il n'y a aucune trace d'eux sur l'île. Le pire…

Crystal enclencha la télécommande et une autre image fut projetée sur l'écran blanc. Elle montrait l'intérieur de l'asile, probablement la salle commune, au milieu de laquelle trônait une grande table rectangulaire prête à s'effondrer, sur laquelle étaient posées des bougies et une planche Oui-Ja.

—… c'est que non seulement ces jeunes n'ont pas quitté l'île, mais on pense qu'ils se seraient battus avec quelque chose ou quelqu'un. Par endroit, on a retrouvé des traces fraîches de lutte, ainsi que du sang frais. Les analyses sont en court, mais c'est bien du sang humain. De plus, une planche Oui-Ja a été retrouvée sur les lieux, ainsi que du matériel électronique. Visiblement, les jeunes ont invité des entités à leur week-end.

—Cela ne présage rien de bon, dit Carlo.

—Mais ce n'est pas le tout, enchaîna Crystal. Une équipe de policiers fut envoyée sur place. Et on ne sait pas trop ce qui s'y passa, mais un perdit la vie sur le bateau en revenant à Venise. C'est Franco Magnia. Crise cardiaque d'après le médecin légiste qui a fait l'autopsie. Sauf que, Magnia avait une balle dans sa tête. Aucun policier n'a voulu répondre à ce détail. Tous n'ont qu'une seule version : Magnia était agité et en proie à des terreurs. Tellement que son cœur s'est arrêté de battre. Un autre carabinier perdit la raison deux jours plus tard et fut interné dans les services psychiatriques de l'hôpital Giovanni et Paolo à Venise. Ce policier, Carmelo Panella, c'est comme cela qu'il s'appelle, fait des crises terribles et incontrôlables.

—Ok, faudrait aller le visiter et voir ce qu'il en est, dit le psychiatre de la bande.

—C'est prévu Père Rinaldi, dit Vincenzo.

—Et les familles des victimes et des policiers ? Elles ont été interrogées, demanda sœur Margareth.

—Oui, dit Crystal. Tout se trouve dans le dossier que je vous ai remis.

Dimitri feuilleta les notes prises par Crystal et tomba sur une information importante.

—J'ai vu que, dans les années 60, une famille voulait acquérir l'île pour en faire une résidence de vacances. Après une visite d'une journée, la famille aurait quitté précipitamment les lieux après avoir entendu et vu des spectres. Et que la fille aurait été griffée au visage. A-t-on retrouvé cette famille ?

—Malheureusement non, répondit Crystal. Le père est mort peu de temps après sa visite sur l'île, aussi d'une crise cardiaque d'après l'autopsie. La mère est morte d'une overdose de médicaments un an plus tard. Elle était suivie pour dépression. Et la fille est morte en prison, il n'y a pas longtemps. Apparemment, elle entendait des voix et elle aurait assassiné plusieurs personnes.

—Ça, ça hume mauvais la possession démoniaque, dit Dimitri.

Le prêtre-exorciste acquiesça.

—Oui, monsieur Marchand. En tout cas, il y a quelque chose de paranormal et de démoniaque derrière cette histoire. Depuis la disparition des jeunes chasseurs de fantômes, on entend des hurlements atroces provenant de l'île, toutes les nuits. Plusieurs personnes qui les ont entendus ont cru devenir folles. Je pense que ces jeunes gens ne sont pas morts, mais prisonniers sur l'île. À nous de démêler toute cette histoire et de les sauver. On part dans deux heures pour Venise. Nous y resterons le temps de l'enquête. Prenez avec vous le strict nécessaire. Sœur Margareth prendra le reste.

Vincenzo rangea sa paire de lunettes rondes dans son étui et se leva.

—Ne soyez pas en retard.

Et il quitta la pièce.

***

Le groupe resta un petit moment en salle de réunion. Dimitri se tourna vers la bonne sœur, voulant faire un peu d'humour et détendre l'atmosphère, il lui dit :

—J'espère que vous penserez à apporter de la bonne nourriture sur l'île et du vin, je ne voudrai pas manquer de vin.

—Monsieur Marchand, le vin est interdit pendant les heures du travail et ne sera consacré qu'à la messe. Quant à la nourriture, j'ai pensé à des repas équilibrés et sains. Dois-je vous rappeler que la gourmandise est un péché capital ?

—Capital oui, mais pas de tête. Cela fait toute la différence.

L'ancienne militaire agita sa cornette en signe de désapprobation. Sa silhouette fine et son maintien militaire forçaient le respect. Sauf pour Dimitri, qui avait déjà en tête de la titiller pour la faire sortir de ce personnage rigide qu'elle s'était imposé, et pour se divertir aussi. Le démonologue était un grand farceur, qui aimait la vie et ses plaisirs.

—Pour moi, il n'y a aucune différence, répliqua Margareth.

—Heu…j'ai cru comprendre, dit Matt, que le Père Vincenzo nous a dit que nous étions les descendants des apôtres. Ça veut dire quoi à votre avis ?

—J'espère ne pas être le descendant de Judas… ça m'ferait mal, dit Dimitri.

—Judas est un démon, révisez votre catéchisme, Monsieur Marchand, répliqua Sœur Margareth. Nous combattons les démons, nous ne sommes pas des leurs.

—Imaginez un instant que nous soyons les descendants de Judas, dit Dimitri. Dans ce cas, cela expliquerait pourquoi nous nous intéressons aux démons : comme un enfant né sous X, nous recherchons notre famille.

—C'est absurde, dit Élisabeth.

—Il est dangereux de parler ainsi, dit Carlo en s'adressant au démonologue. Vous le savez aussi bien que moi. Jouer ou rire d'un démon n'est jamais anodin. Quant aux descendants des apôtres, je pense que le Père Vincenzo voulait parler de ce don que nous avons en nous, celui qui a été donné par Notre Seigneur Jésus -Christ à ses disciples, celui de chasser les démons.

—Je sais, je sais, j'disais ça pour plaisanter. Et pour m'faire pardonner, j'vais répondre professionnellement à la question que nous a posée Matt. En effet, le Père Vincenzo a fait référence aux onze apôtres de Jésus et nous a dit que nous étions leurs descendants. En fait, voilà comment je vois la chose : Jésus a donné le pouvoir d'exorciser les démons à ses apôtres, le pouvoir de chasser Satan. Le Pape a ce pouvoir qui nous l'a transmis. En ce sens, nous sommes des descendants des apôtres, car nous avons en nous ce pouvoir. Est-ce exact Père Carlo ?

—On peut aussi voir cela sous cet angle.

Sur cette parole, Crystal Louvière se leva, éteignit le rétroprojecteur et rangea ses documents dans sa sacoche.

—En attendant le départ, j'ai besoin de potasser mes notes.

—Je vais faire de même, dit Élisabeth.

Et la salle de réunion se vida de ses hôtes.

***

Après être sorti de la salle de réunion, qui allait devenir la « salle de réunion d'avant départ des Purificateurs », Vincenzo Onoffrio rejoignit le Cardinal Primiti qui l'attendait dans le vestibule et qui avait assisté à toute la conversation. Ce dernier le reçut avec beaucoup d'enthousiasme.

—Vous voyez, je vous avais dit que cette équipe est fin prête !

—Si je peux me permettre, votre Éminentissime Seigneur, j'ai un doute concernant Mademoiselle Crystal Louvière. Elle me semble un peu trop volage et… comment dire… colorée. Quant à Sœur Margareth, j'espère qu'elle ne retombera pas sous l'emprise de son addiction.

—Mais non Vincenzo, ces deux femmes sont parfaites. Faites-moi confiance, le groupe est fin prêt et fort pour la mission qui lui incombe.

—Alors qu'il en soit ainsi.

Et le Père Vincenzo prit congé de son supérieur, non sans avoir déposé un baiser sur le saphir de son anneau cardinal.

***

Dans le train qui les menait à Venise, l'équipe des Purificateurs mettait au point un plan d'attaque organisé par le Père Onoffrio. Pendant que les paysages défilaient à vive allure, ils peaufinaient leur plan. Tous avaient revêtu leur tenue de combat, une tenue militaire spécialement confectionnée par les hommes du Vatican. La panoplie complète du guerrier de l'Église avec armes, crucifix et eau bénite.

Cela faisait bizarre de voir Margareth sans sa tenue de bonne-sœur. Un chignon retenait ses cheveux gris-blanc.

Crystal semblait plus terne dans ces habits kaki. Néanmoins, elle avait gardé ses grandes boucles d'oreille et un bracelet rouge vif. C'était sa marque de fabrique. Sa personnalité.

Pour leur première mission, tous étaient un peu nerveux. Dimitri n'arrêtait pas de faire des blagues, remerciant le Vatican d'avoir loué un wagon complet pour eux, titillant la bonne-sœur, reluquant la poitrine généreuse qu'Élisabeth eut peine à dissimuler sous son vêtement militaire. Elle avait déboutonné quelques boutons de la chemise afin de laisser respirer ses poumons. Elle détestait être enfermée dans un carcan. La jeune femme n'en perdit pas son sex-appeal, bien au contraire.

Le prêtre-exorciste pria tout le monde de se concentrer. Il semblait encore plus guerrier dans cette tenue militaire, plus homme, plus chef. Seul le col blanc, coincé dans le col de la chemise verte, laissait penser qu'il était prêtre.

—Voilà comment je vois les choses. Avant de nous rendre sur l'île Poveglia, nous allons mener une enquête sur Venise. Sœur Margareth et Mademoiselle Ivodric vous irez au poste de police pour essayer de trouver des choses nouvelles sur cette affaire.

Les deux femmes hochèrent la tête.

—Réinterrogez tout le monde, tous ceux qui ont été sur l'île.

21

—Aucun problème mon Père, dit sœur Margareth. Je suis sûre que les charmes d'Élisabeth feront délier les langues.

—Très bien. Mademoiselle Louvière et Monsieur Bohè vous irez à la bibliothèque éplucher les faits divers relatant les choses mystérieuses qui sont arrivées sur l'île ces derniers temps. Quant à Monsieur Dimitri Marchand, au Père Carlo et moi-même, nous irons à l'hôpital Giovanni et Paolo rencontrer le policier interné après avoir enquêté sur l'île. Le psychiatre qui s'occupe de cet homme est au courant de cette visite et accepte qu'on le rencontre. Faites de votre mieux.

Tous acquiescèrent. Le train arriva à destination.

Les Purificateurs se séparèrent sur le quai de la gare et se donnèrent rendez-vous à l'hôtel pour le dîner.

***

Vincenzo, Carlo et Dimitri prirent un taxi qui les déposa à la rue Paccagnella, devant l'hôpital.

Les trois hommes entrèrent dans le bâtiment et demandèrent leur chemin à l'accueil. Une charmante hôtesse au grand regard bleu leur répondit que le service psychiatrique se trouvait au bâtiment D.

L'unité D était composée d'une vieille structure en pierres et d'un jardin immense où les patients s'aéraient l'esprit et se baladaient entre les plants de fleurs. Le jardin était grillagé et les fenêtres du bâtiment étaient à barreaux. Une prison vieillotte. Dans le hall régnait une atmosphère calme, mais pesante. Il n'y avait pas un chat. Seule une secrétaire était présente au niveau du bureau administratif. Elle était beaucoup moins jolie que celle de l'entrée principale remarqua Dimitri avec son gros poireau en plein milieu de la joue gauche et ses petits yeux de fouines.

Nos trois compères s'y dirigèrent.

Après une courte discussion, le Docteur Calogero Barattola, Chef du service psychiatrique, les reçut dans son bureau et ce qu'il dit de son patient ne surprit pas le Père Vincenzo. L'homme était petit, chauve, mince, une allure de bureaucrate.

—Monsieur Carmelo Panella nous a été amené il y a quelques jours par sa famille après une crise sévère où il a tenté d'étrangler sa femme et voulu tuer ses enfants. Ce patient est un cas particulier, difficile à diagnostiquer. Parfois, il reste tétanisé durant des heures et nous sommes obligés de le nourrir par perfusion. Parfois il fait des crises d'une rare violence et nous sommes obligés de le sangler au lit et de lui administrer des calmants à haute dose. Même l'aldol qu'on lui injecte par intraveineuse ne semble pas le calmer de suite.

Le médecin tripotait nerveusement sa blouse blanche. Il entrait et sortait ses mains sans arrêt de ses poches. Il débitait les mots à vive allure. Comme s'il craignait d'être écouté. Ses yeux sombres roulaient dans leur orbite et semblaient en mouvement perpétuel. Un homme de science, rationnel, confronté malgré lui à l'irrationnel.

Le père Vincenzo s'avança vers lui, tentant de capter son regard. Il sentait que le pauvre homme était à la limite d'une crise d'hystérie. La peur transpirait à travers ses gestes et ses mots.

—Parle-t-il un dialecte inconnu ?

—Il a fait bien pire que cela. Non seulement il s'exprime dans des langues étrangères – j'ai pu identifier le latin, l'espagnol et quelque chose qui ressemble à du grec ancien ou de l'araméen, je sais pas trop –, mais il développe une force incroyable. Sa voix devient bestiale, il hennit ou aboie. Et même une fois, il a lévité devant cinq témoins. Il cherche sans arrêt à mordre, à faire mal, il se mutile, il crie qu'il brûle, qu'il voit des monstres, qu'on veut le tuer. Ses délires schizophréniques sont d'une rare violence. Il a blessé deux infirmiers. Toute discussion est impossible avec ce patient, soit parce qu'il ne répond pas, ou soit s'il vous répond c'est pour vous insulter ou vous dire des choses blessantes. Il semble aussi connaître le passé. C'est difficile avec lui et j'ai demandé à plusieurs confrères de le voir. Et personne n'a su diagnostiquer son mal.

—Peut-être parce que ce mal n'est pas médical, dit Carlo Rinaldi.

—Vous savez mon père, parfois je me pose cette question. Je suis un scientifique, mais ce que j'ai vu ces derniers jours avec ce patient, dépasse la science.

Le médecin parut soulagé d'avoir avoué son impuissance. Il cessa de regarder autour de lui constamment et fixa son regard sur le prêtre-exorciste.

—J'allais d'ailleurs demander l'aide de l'Église, car je pense que la médecine ne peut plus rien pour lui, à part soigner les blessures qu'il s'inflige. À ce propos, j'ai aussi noté que les plaies ne cicatrisent pas. Elles suintent sans arrêt malgré le soin apporté aux pansements et les antibiotiques administrés. Ça aussi, ça dépasse l'entendement. L'autre jour, devant moi, alors que j'essayais d'établir un contact, il s'est mordu un doigt, l'a arraché, et la mangé tout en riant. Un autre jour, il a cassé ses sangles, on l'a alors enchaîné pour éviter qu'il ne se fasse du mal. Il a ri et a dit qu'il les cassera aussi, car aucune chaîne ne pourra le retenir. Je vous dis, ce patient me fait froid dans le dos. Ha oui ! Et parfois, il a des personnalités multiples qui se manifestent à tour de rôle. La dernière fois, c'était Hitler, puis Néron, puis Aldo Maccione, ça n'a aucun sens. Le pire c'est que son visage se transforme. Un jour, il a pris la personnalité d'un infirmier. Le pauvre bougre a eu tellement peur, qu'il a donné sa démission. Faites quelque chose, moi je crois que je deviens fou, et ça serait un comble pour un psychiatre.

—Ne vous inquiétez pas Docteur, dit Dimitri, nous allons faire de notre mieux pour aider ce patient.

—Une dernière chose, dit le Docteur Calogero Barattola, j'ai noté qu'en présence de ce patient, beaucoup entendaient des bourdonnements ou étaient pris de vertiges. Beaucoup aussi ont eu des hallucinations après s'être occupés de lui ou ont fait des cauchemars. Moi-même, à un moment, j'ai entendu des voix. Je ne sais pas comment expliquer ce fait, mais soyez prudent, cet homme est dangereux. On dirait qu'il pénètre dans votre esprit.

—Merci pour toutes ces précisions et pour votre aide Docteur Baratolla, dit Vincenzo, nous serons prudents.

Flash-back n°1

Carmelo Panella soutenait son collègue, Franco Magnia, de toutes ses forces. Il était nauséeux, agité et délirant. Carmelo aussi se sentait mal. Ses oreilles bourdonnaient et son cerveau battait à toute blinde contre ses tempes.

Les autres policiers avaient fait le tour de l'ancien hôpital psychiatrique de l'île Poveglia, sans trouver les jeunes disparus il y a quelques jours. Carmelo avait hâte d'en finir. L'endroit lui fichait la trouille. Partout, il voyait des spectres surgir des murs.

À un moment, il crut même voir l'un des jeunes, en haut de l'escalier menant à l'étage, lui faisant signe de le rejoindre.

Ses collègues avaient ratissé toute la demeure, en vain. Ils n'avaient trouvé que quelques affaires appartenant aux jeunes inconscients venus jouer les chasseurs de fantômes sur ce lieu réputé hanté et des traces de sang. On effectua quelques prélèvements.

Carmelo et Franco étaient restés au rez-de-chaussée du bâtiment.

Depuis son arrivée sur cet endroit maudit, Franco avait été pris de vertiges et Carmelo s'était porté volontaire pour rester auprès de son collègue et ami. Ce dernier était assis sous une croix qui avait été inversée, pensait Carmelo, pour un rituel de magie satanique.

—J'ai hâte de partir d'ici, dit Carmelo.

—De toute façon on est foutus, répondit Franco.

Le carabinier avait le teint blême. Il respirait avec difficulté. Ses yeux roulaient dans leurs orbites, comme s'ils n'arrivaient pas à se fixer. Sa voix était stridente. Ses mains crispées.

—Tu ne vois pas que nous sommes foutus, continua Franco. Même si on rentre chez nous, la chose qui est ici va nous tuer.

Carmelo entendit les paroles de son collègue, mais n'arriva pas à lui répondre. Sa tête lui faisait mal. Il sentait qu'une force obscure voulait s'approprier son corps. Il luttait. Il essaya de prier, mais ne souvint pas des paroles du « Notre Père ». Il était perdu. Son collègue avait raison.

25

Tout à coup, des rires, des cris, des pleurs fusèrent de tout côté. Carmelo hurla à son tour. Tous ses sons lui vrillaient le crâne.

Franco aussi gémissait. Lui aussi luttait.

—Il est là, il va nous prendre ! On est perdu ! On est tous perdus !

Toute la bâtisse se mit à trembler, les murs à craqueler, les plafonds à se fendre.

Le reste de l'équipe des policiers descendit en trombe les escaliers, le Commandant en tête. Tous étaient effrayés.

—On remballe vite, on se casse ! Cet endroit est maudit.

Le policier, qui fermait la marche, beugla à son tour. Une force invisible venait de le frapper. Il dégringola les escaliers. On l'aida à se remettre sur pied. Le pauvre homme présentait une griffure s'étalant de l'œil gauche au menton. Trois griffes distinctes.

—On se casse d'ici, j'ai dit, cria Le Commandant de la Brigade.

Les policiers se jetèrent hors de l'hôpital et coururent jusqu'à l'embarcation. Carmelo aida son collègue. Ce dernier tremblait comme une feuille. L'hôpital aussi tremblait.

***

Sur le bateau qui l'éloignait de l'île, Carmelo ne se sentit pas soulagé pour autant. Quelque chose s'était passé sur Poveglia, quelque chose de surnaturel qu'il portait toujours en lui. Il regarda Franco qui était agité de soubresauts. Le Commandant lui demandait de se calmer. Rien à faire. Il le secoua, ce qui déchaîna la fureur de Franco. L'homme se leva d'un coup, empoigna son supérieur et le jeta par-dessus bord.

Ce fut la panique à bord. Certains crièrent au pilote d'arrêter le navire. Un autre jeta une bouée de secours à la mer. Un autre encore se jeta à l'eau. Et pendant ce temps, Franco se métamorphosa en une véritable bête. Ses traits s'étirèrent pour devenir ceux d'un être mi-sanglier, mi-bouc. Il vociféra et se jeta sur un de ses collègues, le griffa, tenta de le mordre…

Un coup de feu retentit. On venait de l'abattre d'une balle dans la tête.

Carmelo regarda toute la scène à travers un nuage de vapeur d'inconscience. Il voyait, mais ne comprenait pas. Son cerveau cognait contre sa boîte crânienne. Les pupilles dilatées, il fixait un point au loin et vit un ange noir arborant un sourire féroce qui le scrutait. Cette chose fendit sur lui. Il cria, mais aucun son ne sortit de sa bouche. Et il plongea dans un cauchemar profond, sans lumière, qui l'emmena directement aux enfers. Il plongea dans la bouche du démon.

Ses collègues le virent s'écrouler. On se précipita sur lui. Carmelo avait perdu connaissance. Une écume blanche entourait ses lèvres. Son pouls était quasiment inexistant. Son teint blême. On le transporta dans la cabine du Capitaine et on l'allongea.

L'embarcation arriva enfin à Venise. La traversée fut un supplice. Aucun carabinier ne parla, chacun se regardant du coin de l'œil. On ne voulait pas parler de l'île Poveglia. On ne voulait plus en parler. On voulait l'oublier.

Une ambulance emporta Carmelo à l'hôpital. Le Commandant donna des explications succinctes sur l'état de son homme. Et lorsqu'il dut s'expliquer sur le flic mort à bord du navire, il dit simplement que le diable les avait suivis.

L'affaire fut classée sans suite. Les journaux locaux n'en parlèrent pas. Ou n'osèrent en parler. La superstition est forte en Italie, surtout en ce qui concerne l'île de Poveglia. À Venise, on croyait que rien que le fait d'évoquer l'île maudite ou la regarder pouvait attirer le mauvais œil. Tant pis pour les cinq jeunes qui s'y étaient rendus. Ils étaient perdus de toute manière. Et ils l'avaient cherché.

Carmelo se réveilla à l'unité d'urgence de l'hôpital de Venise. Sur l'instant, il ne comprit pas ce qui lui arrivait. Il était branché à des machines, perfusé, ventilé et intubé. Il tourna la tête. Une infirmière s'approcha pour le rassurer. Carmelo tremblait. L'ange noir était encore là, derrière l'infirmière. Et dès que la jeune femme partit pour appeler un médecin, ce dernier se précipita sur lui et l'envahit totalement.

Lorsque le médecin de garde entra dans la chambre, Carmelo avait arraché ses perfusions et le tube dans sa gorge. Il était à quatre pattes sur son lit et aboyait, rugissait… de rage. Ses yeux jaunes puaient son tourment. Il se jeta sur une infirmière et la mordit à la gorge. Le médecin cria. Le diable. Carmelo se jeta sur lui. Des vigiles se précipitèrent pour l'écarter de l'homme de science qui attrapa une seringue et injecta un puissant calmant à Carmelo qui sombra de suite dans un profond sommeil.

Deux heures plus tard, sanglé sur une table médicale, le docteur Barattola, appelé en urgence, se rendit au chevet de Carmelo qui était calme, mais totalement incohérent dans ses paroles. Il baragouinait, sans discontinuité, un flot de paroles sans sens et surtout dans une langue étrangère. Le psychiatre tenta d'entrer en contact avec son patient, sans y parvenir. À chaque fois, Carmelo le regardait de ses yeux jaunes, de son sourire carnassier, sans s'arrêter de réciter des paroles en boucle.

Après plusieurs examens de routine et une IRM du cerveau, Barattola le fit transférer à l'unité psychiatrique de l'hôpital Giovanni Paolo.

***

Quelques jours plus tard, un secrétaire au Vatican reçut un étrange appel. Un prêtre de la paroisse de Venise qui demandait l'aide de l'Église catholique. Ce même prêtre qui avait donné les derniers sacrements à Franco Magnia et qui soupçonnait, dans cette histoire, l'œuvre d'une puissance démoniaque.

Retour au présent

Le docteur Baratolla mena les deux prêtres et le démonologue dans l'aile ouest du bâtiment. L'aile où étaient enfermés les malades les plus dangereux. Les cellules étaient sombres, minuscules, sans fenêtre. Les murs capitonnés. Un lit une place trônait au milieu chaque cachot. Un toilette et un lavabo dans un coin reculé, presque cachés. Les portes étaient en fer, et seule une petite trappe permettait d'y voir l'intérieur.

L'endroit faisait froid dans le dos. On entendait des pleurs, des lamentations, des cris. Les gardiens semblaient blasés et n'y prêtaient plus attention.

Le Docteur Barattola mena la petite troupe au fond de ce couloir sinistre et s'arrêta devant la dernière porte à droite. Elle portait le numéro 999. La cellule 999.

—Nous avons dû le mettre au fond du couloir, car tous ceux qui étaient dans une cellule contiguë à la sienne se suicidaient ou se mutilaient. Il y a eu ce patient, un homme diagnostiqué schizophrène, qui s'en prenait à des femmes parce qu'il entendait des voix lui ordonnant de le faire. Il a pleuré toute la nuit et le lendemain, il s'est étranglé avec ses propres mains.

Tout à coup, de l'intérieur de la cellule, une voix inhumaine beugla. La plainte fut terrible. Les quatre hommes sursautèrent. Le médecin recula et prit la fuite. Tout en marchant, il leur donna une dernière recommandation.

—Pour sortir de cet enfer, frappez cinq coups nets sur la porte.

Et il disparut.

Un gardien leur ouvrit la porte. Son visage était blême.

—Que Dieu vous garde.

Les trois hommes entrèrent à l'intérieur de la geôle. Aussitôt, le garde referma la porte derrière eux.

La pièce était sombre. Un néon grésillant l'éclairait par intermittence. Un matelas était posé au centre, nu, sans drap. Dans la cellule, il faisait froid et une odeur pestilentielle semblait émaner des murs.

Le Père Vincenzo Onoffrio balaya les lieux du regard. Il n'y avait pas de trace de Carmelo Panella. Il y avait plein de recoins sombres où il pouvait se cacher.

—Soyez prudents, dit Vincenzo.

Lorsqu'il parla, un nuage de fumée blanche s'envola de sa bouche.

—Ho la vache il fait froid, dit Dimitri.

—Monsieur Carmelo Panella, appela Vincenzo. Monsieur Panella, vous êtes là ?

Un rire glauque lui répondit au fond de la chambre psychiatrique.

—Monsieur Panella, dit le Père Rinaldi, nous aimerions simplement vous parler.

Un autre rire inhumain. Niak Niak Niak. Un hennissement.

—Est-ce qu'on peut rire avec vous, dit Dimitri.

Un hurlement bestial. Les trois hommes sursautèrent.

—C'est plus grave que ce que je pensais, dit le Père Vincenzo. Il n'y a pas de temps à perdre, on passe à l'action.

—Faudrait essayer d'en savoir un peu plus sur le démon, dit Dimitri. Au moins, on saura ce qui nous attend sur l'île et on pourra s'y préparer.

—Attrapons-le, dit Carlo et faisons-le parler.

—Soyez prudents, dit le Père Vincenzo.

Dimitri sortit une lampe de poche de son sac à dos et balaya la chambre du faisceau de lumière.

—Là, dans le coin à droite, il y a quelque chose, dit Carlo.

Effectivement, il y avait une ombre noire, immobile. Une silhouette d'homme recroquevillée sur elle-même.

—Au nom de Jésus-Christ, je t'ordonne de te montrer esprit impur, dit Vincenzo.

La chose bougea et se remit à rire. Dimitri pointa sa lampe torche sur lui. C'était une bête, au visage ravagé par la haine, à l'expression sinistre, aux yeux verts luisants, aux dents noires et acérées. Sous la bête, on pouvait deviner des traits humains. Le visage de Carmelo Panella. Et la chose se mit à parler. Sa voix était grave, bestiale, rauque.

—Je vous attendais Messieurs.

—Je t'ordonne de te nommer, dit Vincenzo.

—Je suis tout le monde et personne.

—Je t'ordonne de quitter le corps de cette innocente victime. Retourne en enfer.

—Tu m'fais rire prêtre, tu crois que tes paroles vont m'faire reculer ?

Vincenzo fit signe au Père Carlo de sortir tout l'attirail pour pratiquer un exorcisme. Ce dernier prit de l'eau bénite, le livre du rituel et des crucifix. Il en embrassa un et le tendit à Dimitri. Puis il prit les deux étoles violettes, en passa une à Vincenzo, embrassa la deuxième et se la mit autour des épaules. Vincenzo répéta ces gestes.

—Vous m'faites peur, dit le démon. Vous croyez que vous arriverez à me vaincre. Vous m'faites pitié.

Vincenzo s'approcha et l'aspergea d'eau bénite. La bête poussa un cri sinistre et plaintif. Dimitri lui colla le crucifix sur le front et Carlo se mit à lire des prières dans le rituel.

—Je t'ordonne de me dire ton nom serpent, dit Dimitri.

—Ha ça brûle ! Enlève-moi ça, dit le démon, enlève-moi ça du front espèce de fils de pute. J'vais t'l'enfoncer dans l'cul ta croix.

—Tais-toi, dit Vincenzo en aspergeant l'homme d'eau bénite. Je t'ordonne de laisser cet homme, cette créature de Dieu. Retourne en enfer !

Le démon se leva d'un bond. Les trois hommes furent surpris et le laissèrent s'échapper. Carmelo Panella se mit à se cogner la tête violemment contre le mur, encore et encore, de plus en plus fort.

—Vous ne l'aurez pas vivant !

Dimitri et Carlo se précipitèrent sur lui pour le maîtriser. Ils le tinrent fermement. Le démon cria et bavait. Le Père Vincenzo s'approcha.

—Une dernière fois je te le demande : qui es-tu ?

Le démon à l'intérieur du corps de Carmelo Panella ne se débattit plus. Il paraissait écouter une voix que l'on ne pouvait entendre. Sa tête était tournée sur le côté et il prêtait l'oreille à un son inaudible.

—J'entends mon maître m'appeler. Il me rappelle à lui. Je dois le rejoindre. Il vous attend sur l'île. Pauvres fous vous allez devenir. Il est rusé mon maître, il connaît la folie.

—Où sont les jeunes qui sont venus sur l'île, demanda Dimitri.

La bête ricana. Elle plongea ses yeux jaunes dans ceux de l'exorciste.

—Tous fous. Ils sont devenus fous, répondit la créature démoniaque. Et vous aussi, vous deviendrez fous ! Ce n'est pas fini, le maître vous attend.

Et le corps de Carmelo Panella s'affaissa. Tout à coup, la pièce se réchauffa et l'odeur pestilentielle la quitta.

Le Père Rinaldi fit signe à Dimitri de le transporter sur le lit. Il sortit son stéthoscope et l'examina.

—Il va bien, le cœur présente un rythme régulier.

—Le démon est parti, demanda Dimitri.

—Oui, mais il nous attend sur l'île.

—Père Onoffrio, cet homme a besoin d'un salut de l'âme, il est vulnérable et le démon peut revenir le posséder.

—J'en avertirai le Vatican. Mais je pense que si l'on chasse le chef de la légion qui est sur l'île, celui qui est à l'origine de tout cela, ce démon ne viendra plus importuner cet homme. Monsieur Marchand, avez-vous une idée de la bête que nous devrons affronter ?

—Ici, le démon n'était pas très puissant. Il a fui. Mais avant cela, il a donné de bonnes indications sur son maître. Et je pense que le démon que nous devrons affronter sur l'île est puissant. Celui-ci n'était qu'une partie de rigolade à côté de ce qui nous attend sur Poveglia.

—En tout cas bravo messieurs, vous avez gardé votre sang-froid et vous ne vous êtes pas laissé impressionner.

—Merci mon Père, dit Dimitri. Mais j'en ai vu d'autres.

—On a eu affaire à un démon mineur, dit Carlo. Et j'ai l'impression que ce démon avait peur de nous. Est-ce que ce sera la même donne à Poveglia ? J'en doute.

Les trois Purificateurs demandèrent à sortir de la cellule. Le Docteur Calogero Barattola les attendait dans son bureau.

—Nous avons parlé à Monsieur Carmelo Panella, dit le Père Vincenzo. Il va bien, il est salement amoché, mais il va bien. Il n'est plus dangereux. Avertissez la famille je vous prie, pour que cet homme soit entouré des siens.

—C'était une possession démoniaque, demanda le médecin. C'est ça ?

—Disons que cet homme avait besoin d'une guérison de l'âme et non de l'esprit. C'est chose faite. Allez en paix mon fils, ne vous tracassez pas pour cette histoire. Et priez, pour vous, pour vos patients et votre famille. Au revoir Docteur Barattola.

***

Le soir venu, toute l'équipe des purificateurs se retrouva au restaurant de l'hôtel. Dimitri commanda une bouteille de Chianti, ce qui déplut fortement à Sœur Margareth qui lui fit remarquer qu'il n'était pas là pour s'enivrer.

Alors que l'on apportait les entrées, le Père Vincenzo prit la parole.

—Sœur Margareth et Mademoiselle Ivodric, avez-vous des éléments nouveaux à ajouter au dossier qui nous intéresse ?

—J'ai bien peur que non, répondit Élisabeth en passant une serviette sur ses jambes fines. Nous avons interrogé deux policiers qui étaient sur l'île et aucun des deux n'a voulu nous en dire plus. Ils nous ont simplement dévoilé que là-bas, l'ambiance était pesante, lourde. L'un des deux nous a dit qu'à un moment, il avait entendu des voix et qu'il avait eu un violent mal de tête. J'ai senti quelque chose chez cet homme. J'ai vu, pendant qu'il nous parlait, qu'il avait croisé quelque chose d'inhumain, mais je n'ai pas pu aller plus au fond de la question. C'est comme si son esprit était fermé que quelque chose le bloquait.

—J'ai bien peur, continua Sœur Margareth, que cet homme ait été touché par le Malin.

—Je demanderai au prêtre de la paroisse de lui parler, dit Vincenzo. Merci. Et vous, Mademoiselle Louvière et Monsieur Bohè, avez-vous trouvé quelque chose d'intéressant ?

—Rien de transcendant, j'en ai peur, dit Crystal.

Devant elle, le serveur déposa des "castraure[1]". Crystal loucha sur ces petits artichauts qui semblaient succulents et enchaîna.

—Il semblerait que ces dernières années, les gens ont voulu oublier l'île. Avec Matt, nous avons pu rentrer dans le système informatique de la bibliothèque, mais nous n'avons rien trouvé que ce que nous connaissons déjà de l'île. La presse n'en parle pas beaucoup.

—Nous avons retrouvé un article sur la famille qui était allé sur l'île, dit Matt. Mais il ne nous a rien appris de neuf. J'ai aussi eu l'impression que les Vénitiens ne veulent plus entendre parler de l'île, qu'ils veulent l'oublier.

—Très bien merci, répondit Vincenzo. Je pense que de notre côté, nous avons eu plus de chance.

Vincenzo prit une bouchée de "spareselle" et ferma les yeux pour mieux apprécier son plat.

—En effet, continua Carlo. Nous avons rencontré Carmelo Pannela. Et nous avons trouvé un homme possédé que nous avons libéré.

—Je tiens à préciser, dit Dimitri en se servant un verre de Chianti, que cet homme avait un petit démon mineur en lui, le genre de ceux qui appartiennent à une légion et qui sont soumis à un maître. Cela a été facile de l'extraire.

—Et savez-vous qui est ce démon, demanda Élisabeth.

—Figurez-vous, ma petite Lisa, que j'ai mon avis sur la question. Je pense que c'était un subalterne du démon Abalam et que c'est lui que nous devrons affronter sur l'île.

—Comment êtes-vous arrivé à cette conclusion, Monsieur Marchand, demanda Vincenzo.

---

[1] *Pousses d'artichauts printaniers*
[2] *Asperges miniatures*

—Souvenez-vous mon Père, le démon a dit devoir partir parce que son maître l'appelait. Donc c'est un démon de seconde zone. Ensuite, il a parlé plusieurs fois de folie, et a dit qu'on deviendrait fous sur l'île. Or, le démon de la folie c'est Abalam. Maintenant, je peux me tromper. J'aurais eu besoin de plus d'éléments pour approfondir la question.

—Que sait-on sur Abalam, demanda le Père Rinaldi.

—Abalam est un puissant démon, répondit Dimitri. C'est le démon de la folie et de la vanité. C'est un démon qui rend fou et pas seulement les humains, puisqu'il est chargé par Satan de rendre fous les démons qu'il veut faire disparaître. Abalam s'attaque à l'esprit, à la raison. Il arrive à rendre un homme schizophrène, psychopathe… Il est dangereux en ce sens qu'il peut pousser au suicide ou au meurtre. Il est aussi fou que ceux qu'il possède, extrêmement rusé et machiavélique. Il commande 200 légions et il est possible que tout ce beau monde soit sur l'île. Lorsqu'il apparaît, c'est soit en femme ou soit en homme très distingué et simulant la folie. Il débite, alors, des paroles incompréhensibles et se prend pour Jésus, Moïse ou même Aldo Maccione. Bref, il n'est pas bon de le croiser.

—Ok, dit le Père Onoffrio. Sur l'île, nous resterons ensemble, nous ne devons pour aucun prétexte nous séparer. Sœur Margareth, avez-vous tout prévu pour un effectuer un rituel d'exorcisme en masse ?

—Oui mon Père, tout est prêt. J'ai aussi pris un crucifix pour chacun ainsi que plusieurs manuels d'exorcisme et une Bible pour chacun.

Vincenzo acquiesça. Il savait que la tâche qu'il allait devoir accomplir n'allait pas être une partie de plaisir.

—Une dernière chose. Les jeunes que nous cherchons doivent se trouver sur l'île. S'ils sont possédés, nous tenterons de les sauver. Si nous ne pouvons pas, nous devrons les tuer et purifier l'île. J'espère que tout le monde est conscient de cela.

Tous hochèrent la tête. Ils avaient été briefés sur ce genre de procédure lors de leur instruction. Seule Crystal blêmit. Elle remit ses cheveux longs en place, mais Vincenzo remarqua que sa main tremblait lorsqu'elle la passa dans ses cheveux.

De plus, elle ne toucha pas à son plat de gnocchis à la Vénitienne, qui avait pourtant l'air succulent.

Le prêtre se promit d'en parler à Sœur Margareth afin de rassurer la jeune femme.

***

Le lendemain matin, à la première heure, toute l'équipe des purificateurs embarqua sur un bateau en direction de l'île Poveglia.

Le capitaine n'était pas très rassuré et jura tout le long du trajet. À Venise, personne ne voulait s'approcher de l'île et Margareth eut beaucoup de mal à trouver un marin pour les y emmener. Il fallut qu'elle promette une somme d'argent assez conséquente.

Malgré que ses poches soient remplies d'un millier d'euros, le capitaine du navire n'était pas à l'aise. Il s'entretint quelques instants avec Vincenzo en italien. Il parla fort, en gesticulant, pour bien lui faire comprendre qu'il ne poserait pas un pied sur l'île et qu'il fallait se débrouiller seul pour décharger les bagages et le matériel. Vincenzo le rassura. Alors, le pauvre homme terrifié se radoucit et promit de venir les récupérer dès qu'il en recevrait l'ordre par radio.

La traversée fut calme. Chaque Purificateur était plongé dans ses pensées. Tous avaient revêtu leurs tenues spécialement conçues pour eux, une tenue militaire, avec armes et crucifix. Et Dimitri, qui avait le mal de mer, ne disait pas un mot. D'habitude bavard, il était assis à l'avant du bateau et se concentrait pour ne pas dégobiller par-dessus bord. Margareth le regardait se délectant de cette vision et lui tendit une petite gélule blanche avec un verre d'eau en lui disant que cela calmera ses nausées. Il avala le tout et remercia la bonne-sœur en grommelant. Margareth le laissa seul et partit sans un mot de sa démarche fière et droite.

À côté du démonologue, appuyées sur la rambarde, Crystal et Élisabeth discutaient. Elles parlaient chiffons, mais leur conversation sonnait faux. Elles jetaient des regards apeurés du côté de l'île dont les contours se faisaient de plus en plus précis au fur et à mesure que le bateau s'en approchait. La médium ressentait un mal profond sur ces terres, une impression de désolation, de mort. Elle ne voulut pas en parler à Crystal, car elle sentait la jeune femme anxieuse. Et sa tenue militaire, qui n'avait rien à voir avec les robes si colorées qu'elle portait d'habitude, renforçait cette impression d'anxiété.

Seul dans un coin, le Père Onoffrio méditait, les yeux fermés. Il priait Dieu, Jésus-Christ, la Vierge Marie, et demandait la force de combattre le démon qui l'attendait sur Poveglia.

Matt et Carlo avaient rejoint le Capitaine dans la cabine de pilotage et conversaient avec lui. Matt n'arrêtait de parler, comme pour cacher sa peur de l'île et évitait de la regarder, elle qui s'approchait dangereusement de lui. Il faisait mine de s'intéresser aux ustensiles de bord pour ne pas y penser.

***

Après une vingtaine de minutes de croisière, les Purificateurs arrivèrent sur l'île Poveglia. Le ciel était dégagé, le soleil pointait à l'horizon. Lorsqu'ils étaient partis de Venise, la température affichait 23°C. Au fur et à mesure que l'embarcation s'était approchée de l'île, elle n'avait cessé de descendre, pour atteindre à peine 6°C. sur le petit bout de terre. La différence de température se fit encore plus violente lorsque les Purificateurs posèrent le pied sur l'île. Crystal frissonna et Élisabeth boutonna sa veste kaki jusqu'en haut.

Ils débarquèrent leurs affaires et aussitôt fait, le Capitaine fit demi-tour sans un mot et repartit pour Venise. Il ne voulait pas s'attarder. Chacun prit un Famas et un sac contenant des affaires de survie militaire. Matt et Dimitri se chargèrent du transport d'une grosse caisse. Restés seuls, les sept soldats du Vatican se dirigèrent vers l'hôpital psychiatrique abandonné.

La végétation autour d'eux était brûlée. Pas par le soleil, mais brûlé par un feu invisible. Il régnait une ambiance d'agonie sur l'île, comme si elle se mourait depuis déjà bien longtemps et que sa putréfaction était déjà entamée.

Au loin se dressait le bâtiment qui avait jadis abrité des lépreux puis des malades mentaux. Il semblait lugubre, froid, hanté. Crystal en eut la nausée. Margareth lui donna un crucifix et pendant qu'ils avançaient vers l'île, elle prit la main de l'historienne et ensemble elles prièrent. Petit à petit, Crystal se détendit et sentit une chaleur bienfaisante l'envahir. Elle gravit les marches de la bâtisse avec assurance. Elle savait, au fond d'elle, que Dieu l'accompagnait et que rien ne pouvait la toucher.

Élisabeth scrutait les alentours à la recherche d'un ressenti ou d'une vision. Mais, rien ne se manifesta à elle. Arrivée devant le perron de l'hôpital délabré, elle eut un mouvement de recul. Elle vit clairement une ombre noire, géante, flottante, devant elle. Une ombre qui semblait ricaner. Elle en fit part à ses camarades.

—C'est le démon qui nous attend, dit le Père Rinaldi.

—Je le sens moi aussi autour de nous qui nous épie, dit Dimitri.

Le démonologue était encore un peu affaibli par la traversée en mer. Son estomac avait encore du mal à retenir les aliments ingurgités au petit-déjeuner. Et l'atmosphère sur l'île n'arrangeait pas les choses. Il serra son crucifix dans sa main et continua à avancer. Tout en marchant, il demanda en à l'archange Raphaël de le guérir. Tout de suite, son estomac se détendit.

—Ne vous éloignez pas les uns des autres, rappela Vincenzo.

Le visage du prêtre-exorciste était fermé, concentré. Il sentait l'esprit démoniaque tout autour de lui et percevait ses attaques furtives, néanmoins violentes. Comme des coups de poignard dans le crâne. Un vague mal de tête se fit sentir. Vincenzo pria et s'aspergea d'eau bénite. La douleur s'évanouit. La bête avait tenté de pénétrer son esprit.

Matt fermait la marche. Il éprouvait des difficultés à avancer, comme si quelque chose l'en empêchait. Il avait peur. Ses petites lunettes rondes glissaient sans arrêt de son nez, tant il transpirait. Et sans arrêt, il les remettait à leur place par une petite pression de l'annulaire. Souvent, ne pouvant s'en empêcher, il se retournait, car il avait l'impression que quelqu'un le suivait. L'ingénieur était au bord du malaise.

Vincenzo sentit l'angoisse du jeune homme. Il s'arrêta et lorsque Matt arriva à sa hauteur, il lui tendit un crucifix et lui ordonna de prier. Aussitôt, le jeune homme cessa de transpirer. Il reprit la marche et ce fut le Père Onoffrio qui ferma le cortège.

Lorsqu'ils arrivèrent devant la grande porte en bois de l'ancien hôpital psychiatrique, une longue plainte soudaine se fit entendre. Elle semblait venir de l'intérieur du bâtiment. Crystal et Matt sursautèrent. Sœur Margareth étreignit son crucifix. Élisabeth se figea.

—Je sens la présence des jeunes, ils sont là, dit-elle.

—Ok, dit le prêtre-exorciste. Père Rinaldi, venez avec moi et aidez-moi à ouvrir la porte.

Le prêtre-psychiatre s'avança et essaya de pousser la porte d'entrée, sans succès. Il tourna la poignée, il poussa avec son épaule, rien n'y fit, même pas l'aide de Dimitri venu en renfort. La lourde porte en bois restait figée, immobile, comme scellée de l'intérieur.

—Ce n'est pas comme cela qu'il faut s'y prendre, dit Vincenzo. Le démon ne veut pas que l'on entre. Il faut prier.

Les deux prêtres prirent leur crucifix, les tinrent en avant, contre la porte en bois, et récitèrent des prières. Un autre cri se fit entendre à l'intérieur du bâtiment. Crystal sursauta et tomba en arrière. Margareth l'aida à se relever. L'historienne était un peu sonnée, mais heureusement pas blessée.

—Mon Dieu, comme c'est horrible, s'écria la médium.

Elle eut une vision de mort, une vision terrible où des zombis venaient les attaquer.

Matt se rapprocha d'elle et lui prit la main. Ensemble, ils prièrent.

Soudain, la porte céda et s'ouvrit avec un horrible grincement digne d'un vrai film d'horreur. Vincenzo entra le premier dans le bâtiment, suivi des autres. À l'intérieur, l'air était irrespirable, lourd, nauséabond. Il faisait froid et tout était sombre. Matt prit sa lampe torche et balaya les lieux de la lumière électrique. Dimitri fit de même.

L'entrée du bâtiment était un grand vestibule qui avait jadis accueilli un salon d'attente. Aujourd'hui, les fauteuils étaient rongés par l'humidité, les insectes et le temps. Le vestibule desservait plusieurs pièces et un escalier en bois muni d'une rampe en fer forgé menait au premier étage.

Le lieu était lugubre, usé par le temps et par les abominations passées. Il en ressortait une impression d'abandon forcé et précipité, tant les meubles et les décorations avaient été laissés en l'état. Un immense tableau recouvrait le mur de gauche. La peinture était fatiguée, écaillée. Le dessin représentait des cavaliers à la chasse. L'un d'eux montrait fièrement un gibier, tandis que des chiens jappaient autour de lui.

Ce tableau jurait avec le reste du décor qui était sobre et sans fioriture. Il n'avait pas sa place ici, dans un hôpital psychiatrique. Un énorme crucifix était apposé sur le mur du fond représentant Jésus sur la croix et saignant des mains, des pieds et du flanc. Mais, Jésus avait la tête à l'envers. L'Antichrist.

À côté gisait une statue de la Vierge Marie décapitée et en piteux état, comme si des bêtes féroces l'avaient piétinée.

Vincenzo se dirigea vers le crucifix.

—On y est, dit-il. Monsieur Marchand, Père Rinaldi et Monsieur Bohè, aidez-moi à remettre notre Seigneur comme il doit être.

Les quatre hommes tournèrent le crucifix. Il était lourd, et ils eurent beaucoup de mal à le remettre en place.

—C'est un cas typique de hantise par une créature démoniaque, dit Dimitri.

—En vérité je vous le dis, dit Vincenzo, ce démon va payer pour ce qu'il a fait à Jésus et à la Vierge Marie. Il veut s'amuser, moi aussi j'aime m'amuser.

Tout à coup, provenant de l'étage, un rire sarcastique s'éleva.

—Et en plus, cela le fait rire, dit Dimitri.

—Il ne rira pas bien longtemps, répondit Vincenzo. Je vous en fais la promesse, Monsieur Marchand, à vous et à lui. Déchargeons nos affaires et voyons où nous pourrons passer la nuit au cas où la mission serait plus longue que prévu. Ensuite, nous irons explorer l'endroit.

Margareth hocha la tête.

—Je propose que nous nous installions dans le vestibule. De là, nous avons accès à toutes les pièces et à l'étage. Il nous suffit de dépoussiérer un peu.

—C'est une excellente idée Sœur Margareth, dit Vincenzo. Posons notre camp ici.

Crystal et Élisabeth s'occupèrent de pousser les meubles et de donner un coup de balai. Certaines chaises étaient encore relativement en bon état. Le velours qui les recouvrait n'était pas trop abîmé. Le bois, certainement du merisier, semblait ne pas trop avoir souffert du temps. Par contre, le tissu sentait extrêmement mauvais, comme si une colonie de chat avait décidé de venir uriner ensemble sur le beau velours rouge. Crystal fit une grimace.

—Tenez Crystal, dit Sœur Margareth en lui tendant une bouteille munie d'un pulvérisateur. Mettez ce produit sur le tissu, cela atténuera un peu l'odeur. Ensuite, je vous donnerai des couvertures pour le recouvrir. Ne vous asseyez pas comme cela dessus.

—Merci Sœur Margareth, mais je ne comptais pas m'assoir sur ces fauteuils avant de les avoir désinfectés.

Et Crystal pulvérisa le produit désinfectant et désodorisant sur les fauteuils et les canapés. Cela leur rendit même de la couleur. D'un rouge décoloré et fade, ils devinrent presque pourpres.

Sœur Margareth installa son matériel sur l'une des tables basses après l'avoir désinfectée tandis que Matt Bohé installa le sien sur une autre table basse.

Ordinateur portable, table d'écoute, caméra… Pendant ce temps, Élisabeth posa des bougies dans toute la pièce.

Les prêtres installèrent des crucifix et les bénirent. Ensuite, ils érigèrent un petit autel devant le crucifix en bois. Ils disposèrent un calice, un petit tabernacle où étaient rangées des hosties sanctifiées. Dimitri les aida. Vincenzo remplit un goupillon d'eau bénite.

Puis chacun prit des forces en avalant une collation.

—Nous sommes prêts, dit-il. Allons visiter ce bâtiment. Ouvrez les yeux et écoutez. Faut qu'on retrouve ces jeunes.

Les autres firent signe qu'ils étaient prêts.

Ensemble, ils ouvrirent une porte énorme à double battant et pénétrèrent dans une immense pièce, une sorte de salon. La pièce commune où les malades étaient parqués pour la journée. Les fenêtres étaient grandes. Les vitres sales fermées par du grillage ne laissaient que très peu passer la lumière naturelle du jour.

Cette pièce était malsaine. Elle respirait la souffrance et la folie.

Au fond, Vincenzo remarqua un vieux juke-box poussiéreux. Il y avait des fauteuils disposés en cercle autour d'une table basse et des canapés sous les fenêtres. Cinq canapés avaient été traînés au centre du salon et sur les canapés étaient déposés des sacs de couchage. Le sol, en parquet ancien, grinçait. Aucune décoration, si ce n'est un vieux crucifix en fer sur un mur que Vincenzo s'empressa de remettre à l'endroit. La pièce était glaciale, pleine de poussière. Les meubles étaient détériorés, vandalisés et donnaient l'impression de vouloir s'écrouler.

—Regardez par ici, s'écria Matt, caméra au poing pour filmer tous les déplacements du groupe.

Les autres s'approchèrent de la table basse désignée par le petit génie de l'informatique. Dessus était posée une table Oui-Ja en bois, moderne, anglaise, ainsi qu'une goutte.

—Les jeunes ont fait du spiritisme, dit Élisabeth.

Elle frissonna et prit la goutte dans sa main en fermant les yeux.

—Oui, ils ont fait du spiritisme, je les vois clairement autour de la table, chacun avec un doigt sur la goutte. Sauf Lucia. Elle ne participe pas à la séance.

—C'est certainement ça qui a réveillé le démon, dit Dimitri.

—Oh mon Dieu, non !

La médium cria et semblait paniquée. Tous la regardaient essayant de comprendre sa vision. La jeune femme tremblait de tout son corps, le visage crispé, les yeux clos. Soudain, elle jeta la goutte.

Flash-back n°2

Les chasseurs de fantôme en herbe pénétrèrent dans la pièce commune.

—Ok, dit Gianni, c'est ici qu'on va dormir. On va rapprocher des canapés et y mettre nos sacs de couchage.

—Non, s'écria Lucia, ces canapés sont trop sales et en plus trop vieux. Ils vont s'écrouler.

—C'est sûr qu'avec ton poids, ça ne peut que s'écrouler. On fait comme j'ai dit. Et si tu veux dormir par terre, tu peux. Perso, je m'en bats l'œuf.

La jeune fille lança un regard noir, mais ne répliqua pas. Elle voulait décamper d'ici le plus vite possible ; elle se sentait mal. Elle était prise de céphalées. Et elle entendait des voix. Elle n'osait le dire aux autres de peur de se faire une énième fois chambrer, mais elle était terrorisée. Quelque chose de pas normal se passait dans cet hôpital. Ou simplement, elle devenait folle. Folle de peur.

Cinq canapés furent approchés au centre de la pièce.

Filippo tenta de faire fonctionner le juke-box poussiéreux, en vain. Il ne parvint pas à le faire démarrer. En même temps, constata-t-il en souriant, il n'y avait pas d'électricité pour le mettre en route.

La nuit était sur le point de tomber.

—On visitera l'hôpital demain, dit Gianni, à la lumière du jour. Là, impossible de voir où l'on va mettre nos caméras.

La nuit était maintenant bien installée. Les jeunes, sauf Lucia, étaient installés autour d'une table basse. Lisa avait sorti des bougies et sa planche Oui-Ja.

Lucia regardait par la fenêtre sans bouger, l'œil livide, le teint blanc.

Une dernière fois, Lisa l'appela.

—Viens Lucia, on va commencer la séance.

Lentement, la jeune femme se retourna. Elle était pâle. Ses mains tremblaient.

—Ne faites pas ça. Il va se passer quelque chose de mal. On va tous mourir.

Gianni explosa de rire, suivis de Filippo et Paolo. Lisa ressentit un frisson. Pendant un bref instant, elle douta. Et si son amie disait vrai ? Peut-être qu'il y avait vraiment des esprits sur l'île. Mais elle chassa aussitôt ce sentiment de terreur qui avait failli l'envahir. Elle était venue là pour s'amuser, pour chasser du fantôme.

—Comme tu veux, dis Lisa. Nous on commence.

Lucia se retourna.

—Je vous aurai prévenu. Il est là, il nous traque, il attend que ça.

—Qui est là ?

—Lui, le Mal. Il attend que vous le libériez. Après on sera tous perdus.

—C'est qu'elle ficherait la trouille, dit Filippo.

—Foutaise, cria Gianni. C'est une folle ! Elle est complète dingue cette fille. J'espère au moins que tu l'as filmé ? Ça nous fera une bonne vidéo pour le site « Complètementdingue.com ».

Il s'adressait à Paolo qui, caméra au poing, acquiesça.

—Ne faisons pas attention à elle, dit Paolo et faisons cette putain de séance.

—Et je préviens, continua Gianni, s'il y a un esprit qui se présente, j'lui casse la gueule.

Et il explosa de rire.

—Gianni, dit Lisa, s'il te plaît, il faut rester correct, sinon les esprits vont se mettre en colère.

—Encore des histoires de bonnes femmes, n'importe quoi !

Lisa lui envoya un regard meurtrier.

—Ok, ok, j'ai compris, je dirais plus rien.

Lisa, Gianni, Paolo et Filippo, toujours tenant sa caméra, posèrent un doigt sur la goutte de la planche Oui-Ja.

—Très bien, dit Lisa. Maintenant, j'aimerais que l'on se concentre. Esprit es-tu là ? Si tu es là, fais bouger la goutte sur le oui s'il te plaît.

Rien ne se passa. Lisa appela une nouvelle fois un esprit, encore et encore. Au bout de cinq minutes, Gianni allait perdre patience lorsque la goutte se mit à bouger et à se positionner sur la case "oui".

—Qui pousse ce machin, dit Gianni.

—C'est pas moi, dit Filippo.

—Il y a forcément un truc, dit Gianni.

—Taisez-vous ! On a peut-être quelqu'un, dit Lisa. Et surtout, ne retirez pas vos doigts de là.

Les garçons se regardèrent et retinrent avec peine leur rire pour ne pas vexer la jeune femme. Lisa n'y fit pas attention et continua la séance.

—Bonjour, je m'appelle Lisa. Si tu es là, peux-tu me dire ton nom ?

Doucement, la goutte se dirigea vers le R, puis le O, le M, le A, le N et s'arrêta sur le O

—Romano, ton nom est bien Romano ?

La goutte se dirigea sur le "Oui"

—C'est flippant ce truc, dit Paolo.

—Il n'y a rien de flippant, c'est quelqu'un qui fait bouger ce truc c'est tout, dit Gianni. Il n'y a pas de fantôme, rien, ça n'existe pas.

Lisa sourit.

—Romano, s'il te plaît, peux-tu donner un autre signe de ta présence pour montrer que tu existes ?

Soudain, un des fauteuils se mit à basculer. Filippo sursauta et faillit en perdre sa caméra.

—Merde, c'est quoi ça ?

—Filme, filme tout, dit Gianni. On tient une vidéo en or.

—Merci Romano, dit Lisa. Es-tu mort dans cet hôpital ?

OUI

—Peux-tu nous dire comment ?

F-O-L-I-E

—Merde, dit Gianni, on a affaire à un fou.

—Sais-tu comment je m'appelle ?

OUI

—Peux-tu l'écrire ?

L-I-S-A pause C-O-N-C-E-T-T-A pause A-D-O-N-E

—Concetta, c'est ton deuxième prénom, demanda Filippo.

La blonde acquiesça.

—Merde, cette chose connaît ton deuxième prénom, dit Gianni. Même pas moi je le sais. Peut-être qu'elle saura me dire des choses sur toi que j'ignore. Romano ? De quelles couleurs sont les sous-vêtements de ma fiancée ?

R-O-S-E

—Ho la vache, c'est trop fort, c'est vrai Lisa ?

Encore une fois, la jeune fille hocha de la tête.

—Je veux en savoir plus, continua Gianni, je veux savoir ce que je vais devenir. Romano, dis-moi ce que je ferai comme métier plus tard.

A-U-C-U-N

Paolo se mit à rire.

—Ha mon frère, tu vas être chômeur toute ta vie. C'est trop fort. Et moi Romano, qu'est-ce que je vais devenir.

P-R-E-T-R-E

Tout le monde explosa de rire.

—Je te vois bien en prêtre, dit Gianni. Ça te va bien l'habit de moine !

—Et moi, demanda Filippo, qu'est-ce que je vais devenir ?

P-S-Y-C-H-I-A-T-R-E

—Oh la vache, c'est cool ça. J'y avais pas pensé, mais pourquoi pas.

—Mais c'est que des conneries ! L'autre là – en désignant Paolo – le pervers de base, le stressé de la quéquette, va devenir prêtre ! C'est n'importe quoi !

Paolo se sentit vexé.

—Avoue surtout que ce qui ne te plait pas, c'est que toi tu vas devenir chômeur.

Gianni répondit à son ami par un doigt d'honneur.

—Tiens et Lisa, ma chérie, que va-t-elle devenir ?

F-O-L-L-E

—Alors tu vois, dit Gianni en s'adressant à Paolo, c'est que des conneries. Lisa est déjà folle, elle ne peut pas le devenir. Romano tu racontes que des conneries.

—Arrête Gianni, dit Lisa.

—Quoi ? J'dis c'que j'pense. Tout ça c'est de la foutaise ! Tiens Romano, viens me dire en face que je vais devenir un chômeur.

—NOOOON, cria Lisa. N'invite jamais un esprit !

—Pourquoi ? Qu'est-ce qu'il pourrait me faire ? Qu'il vienne, qu'on s'explique !

O-K

—Merde, mais qu'est-ce que tu as fait ?

—Rien ! Ho merde, ça me fait chier tout ça, j'arrête. C'est nul.

Et Gianni retira son doigt de la goutte. Au même moment, celle-ci compta à rebours seule 9 – 8 – 7 – 6 – 5 – 4 – 3 – 2 – 1 – 0 et voltigea à l'autre bout de la pièce.

—Merde, c'est quoi ça, dit Filippo.

—Qu'est-ce que tu as fait, dit Lisa, avec ta grande gueule ! Toujours à la ramener pour un oui ou pour un non. C'est clair qu'en restant avec toi je vais devenir

—Faut s'tirer d'ici, cria Filippo.

Caméra au poing, il courut jusqu'à la porte et se sauva par le vestibule. Paolo courut de l'autre côté et s'engouffra dans le réfectoire. Gianni se remit sur pied et tenta aussi de se rejoindre ses amis. Lisa hurlait toujours. Elle ne semblait plus vouloir s'arrêter.

Tout à coup, les portes donnant sur le vestibule et le réfectoire se fermèrent dans un claquement assourdissant. Gianni tenta d'ouvrir celle donnant sur le vestibule, sans y parvenir. Derrière, il entendait Filippo l'appeler et taper contre la porte.

La chose se mit à rire.

—Alors, petit prétentieux, ça fait quoi de se sentir pris au piège.

—Laisse-moi tranquille ! Laisse-moi partir !

La chose fit non de la tête.

—C'est pas envisageable ça. J'ai un autre projet pour toi. Au fait, tu ne vas pas devenir chômeur, mais tu vas mourir ! Ce qui revient à dire que tu ne feras plus rien de ta vie. Alors ? Qui va fracasser l'autre maintenant ?

—NOOON !

Gianni s'écroula sur le sol, pleurant, sanglotant.

Lucia le souleva et d'un geste, lui retourna la tête à 180°. Le jeune homme tomba inanimé au sol.

Voir son petit ami mourir réveilla en Lisa son instinct de survie. La jeune femme cessa de crier et courut vers la porte qui donnait sur le réfectoire.

—Où tu vas ma cocotte ?

S'élevant dans airs, Lucia fondit sur elle et l'empoigna. La jeune femme se défendit et battait des mains et des pieds pour essayer de se soustraire à la bête.

—T'inquiètes pas ma jolie. J'ai pas l'intention de te tuer. Juste te faire mal un peu.

La bête lui déchira ses vêtements.

—T'es fière de ton corps, petite salope. Regarde ce que je vais en faire !

La chose fixa Lisa qui s'immobilisa, perdant tout contrôle de son corps. Elle était consciente de ce qui se passait, elle vit la bête se pencher, croquer dans son sein. Elle sentit la douleur, mais ne put ni brailler, si réagir. La bête s'acharnait sur son sein, le mordait, arrachait des morceaux de chairs. Elle subit une mastectomie sans anesthésie sans pouvoir échapper à cette torture. Elle voulut s'évanouir pour ne plus vivre ce cauchemar, mais même cela ne lui était pas permis.

La bête la mangeait goulûment et y prenait plaisir. Lisa était devenue une proie, un morceau de viande. La chose qui la dévorait poussait de petits cris horribles d'animal. Tout à coup, elle s'arrêta et ce qui avait été son amie redressa la tête. Sa face était rouge sang.

—Tu ne seras plus jamais la plus belle pour aller au bal !

Et elle ricana avant de plonger son regard jaune dans celui de Lisa qui agonisait.

—Ton heure est venue de connaître l'enfer.

Lisa sentit une douleur profonde dans son crâne, comme si l'on écrasait son cerveau. Elle s'affaissa, rouvrit une dernière fois les yeux pour fixer les yeux jaunes de Lucia, avant de plonger dans la désolation. Dans un dernier espoir, elle appuya sa main sur la porte, tentant de l'ouvrir, mais l'abîme la rattrapa.

Retour au présent

—C'est horrible ! Ce qui est arrivé à ces jeunes est horrible, cria la médium.

—Calme-toi Lisa, dit Crystal. Essaie d'expliquer ta vision.

—Ces jeunes ont fait du spiritisme juste ici. Ils ont invoqué les esprits de ce lieu et sont entrés en communication avec un être maléfique. Gianni s'est mis à l'insulter, puis Lucia a été possédée et a attaqué sauvagement le jeune homme. Les autres se sont mis à courir, ils étaient terrifiés. Filippo et Paolo ont réussi à se sauver. Gianni, je ne sais pas ce qu'il est devenu. Je n'ai pas réussi à voir. Comme si quelque chose m'en empêche. Quant à Lisa, elle a été rattrapée ici.

La médium désigna une porte. Devant la porte, le sol montrait des traces évidentes d'une lutte récente.

—Elle a été rattrapée par Lucia et là j'ai lâché la goutte. C'était trop horrible. On aurait dit que Lucia volait dans les airs. Son visage était transformé.

—Elle était possédée, dit Dimitri.

—Venez mon enfant, dit Margareth. Buvez un peu d'eau pour vous remettre de vos émotions.

La bonne-sœur sortit d'un sac une bouteille d'eau et la tendit à la médium.

—Bon, donc les jeunes étaient ici, dit Vincenzo. Et il s'est passé quelque chose de grave.

—Exact mon Père, dit Dimitri. Ils ont fait du spiritisme sans s'y connaître. Et c'est certainement cela qui a fait venir le démon.

—Ce lieu, continua Élisabeth, est rempli d'esprits. J'en vois partout. Certains sont en souffrance et n'arrivent pas à trouver la paix. Mais, ces esprits sont humains, donc des fantômes. La chose qui a été appelée n'est pas humaine.

—Voilà ce que je pense, dit Dimitri. Ce lieu est rempli de souffrances, on torturait les gens ici pour la science. Et la souffrance appelle le mal. Du coup, ces fantômes sont tenus prisonniers par le démon, car son essence même est de faire souffrir en les empêchant de trouver le repos. C'était son occupation jusqu'à ce que les jeunes arrivent. Alors, il a trouvé une autre source d'amusement. En plus, ces jeunes l'ont appelé et l'ont provoqué, lui donnant ainsi l'opportunité de venir dans notre monde.

—C'est ça, dit Carlo. Un démon hantait ce lieu depuis longtemps. Mais, le fait que les jeunes ont joué avec une planche l'a appelé et renforcé. S'ils n'avaient pas fait du Oui-Ja, il y aurait certainement eu des attaques, mais pas aussi violentes et brutales. Ils auraient pu fuir, comme l'ont fait bien des gens avant eux.

—Oui, tout à fait, dit Dimitri. Souvenez-vous de cette famille qui voulait acheter l'île. Tous ses membres sont repartis en catastrophe. Mais, ils ont été touchés par le mal. La mère de famille s'est suicidée, le père est mort peu de temps après sa visite et la fille a été internée dans un asile et elle est morte aussi.

—Le mal s'est insinué en eux, il n'est pas fixé sur l'île, dit Carlo.

—Non, il n'est pas fixé et le démon a des légions qu'il envoie partout, dit Dimitri.

—C'est le même principe qu'internet, dit Matt. On poste une vidéo qui contient un virus, par exemple, et ce virus se propage à grande vitesse et infecte tous ceux qui cliquent sur le lien.

—L'image est farfelue, jeune homme, dit Dimitri, mais c'est le même principe. On touche le Mal, on est infecté et on peut le propager.

—Continuons les recherches, dit Vincenzo.

Flash-back n°3

Paolo se cachait sous une table du réfectoire. Il était terrifié. Il sursauta lorsque la porte se referma avec grand fracas.

Il se recroquevilla sur lui pour s'empêcher de trembler et de faire du bruit. Il tenta de remettre de l'ordre dans son esprit.

Tout ce qu'il venait de voir ne pouvait être réel. Lucia ne s'était pas transformée en monstre. Ça ne pouvait être vrai, du moins ce n'était pas possible. Pas dans la réalité. Et Lisa qui n'arrêtait pas de crier ! La peur qui lui vrillait le ventre l'empêchait de lui venir en aide. Et si elle criait, c'était bien qu'il se passait quelque chose. Il n'avait pas rêvé ce qu'il venait de vivre. Cette réalité était trop dure à accepter pour un cartésien comme lui.

Il se boucha les oreilles pour ne plus entendre son amie hurler.

Des bruits de lutte, le rire du monstre, des cris… tout à coup, plus rien. Le silence. Paolo redressa la tête et tendit l'oreille. Il entendit vaguement des bruits de mastication, des râles de plaisir. Une image s'insinua dans son esprit : le monstre était en train de manger ses amis. Il se mit à sangloter. Il ne pouvait plus réfléchir, il était tétanisé par la peur. Le monstre avait tué ses amis et les dévorait. Bientôt, il viendrait le chercher. Il devait rester là et ne pas se faire voir. Filippo avait réussi à sortir du côté du vestibule. Si ça se trouve, il ramait déjà en direction de Venise pour chercher de l'aide. Oui, il devait rester caché et attendre les secours.

D'un coup la porte du réfectoire s'ouvrit. Paolo sursauta.

—Où es-tu mon chéri ?

C'était Lucia ou plutôt ce qu'il en restait. Le monstre le cherchait. Le jeune homme arrêta sa respiration et se concentra pour ne plus sangloter ni trembler. Il ne devait pas faire de bruit.

Il entendit la chose marcher. Il ne put distinguer si elle s'approchait ou s'éloignait. Il y avait plusieurs bruits de pas. Comme si le monstre tirait derrière lui quelque chose ou quelqu'un.

Gianni leva les yeux. Il y avait un petit interstice sur la table. Il s'approcha et regarda par ce petit trou. Et il vit… il vit le monstre.

Lucia le cherchait et regardait partout autour d'elle. Derrière, Lisa, ensanglantée, la suivait en traînant des pieds comme un mort-vivant. Il scruta. Mon Dieu, Lisa était en tenue d'Ève, complètement nue, couverte de sang. Nue, mais avec ses petites ballerines au pied. Et là toute l'horreur de la situation lui sauta au visage. Lisa n'avait plus qu'un sein. Le monstre avait mangé le deuxième. C'était cela les bruits de mastication qu'il avait entendus. Il retint un haut-le-cœur. Lisa ne semblait pas ressentir la douleur. Elle était devenue comme Lucia : possédée par une force maléfique.

Lucia se retourna et fixa quelque chose.

—Toi, tu m'énerves à être là.

Soudain, le crucifix accroché au mur se retourna dans un bruit infernal.

Paolo tremblait de partout, il était au bord de l'évanouissement.

—Mon chéri où es-tu ? Viens ici qu'on fasse un câlin tous les deux !

Le jeune homme faillit laisser échapper un non. Des larmes courraient sur ses joues sans qu'il puisse les retenir. Il pressa ses deux mains sur sa bouche pour ne pas crier.

Lucia se retourna. Son visage ressemblait à une bête féroce, déformée, méconnaissable. C'en était trop pour Paolo qui dégobilla ses tripes à travers ses doigts... et qui fit du bruit malgré lui. La chose se précipita sur lui, se pencha et l'attrapa par les cheveux pour le sortir de sous la table. Paolo ne chercha pas à se débattre. Trop tard. Il allait subir le même sort que ses amis.

—Ha ! Te voilà mon chéri !

Paolo sanglotait.

—S'il vous plait, lâchez-moi, laissez-moi partir.

—C'est pas prévu.

La voix de la chose était rauque, bestiale. Ses dents noires. Son menton plein de sang. Lisa s'approcha à son tour et la bête se tourna vers elle.

—Et si on s'amusait un peu ?

Lucia fit voltiger Paolo sur la table où il s'était caché qui s'écroula sous son poids. Au passage, les chaises tombèrent à leur tour. Paolo ressentit une douleur fulgurante à l'épaule et au genou gauches. Il tenta de se relever pour fuir.

—Tu n'iras nulle part, mon amour.

La chose s'accroupit sur lui et se frotta à lui. Debout, à côté, Lisa ricanait. La chose se tourna vers elle.

—Va chercher le cinquième luron, il est dans le bureau des infirmiers et cherche à fuir.

Sans un mot, Lisa fit demi-tour et disparut en claudiquant.

—À nous deux mon amour. Je te propose un deal : on fait l'amour. Tu me fais jouir et en échange, je te laisse la vie sauve.

Paolo vomit à nouveau. Lucia lui arrachait déjà son pantalon et son caleçon. En proie à une panique extrême, il cria, pleura, s'étouffa et s'évanouit.

Lorsqu'il se réveilla, Lucia était sur lui. Il sentit sa verge en elle. De la bile remonta le long de son œsophage qu'il rejeta dans un violent spasme. Sur lui, Lucia poussa des cris effrayants.

Lucia bougeait à un rythme effréné. Paolo sentait ses mouvements. Son sexe durci lui brûlait l'entrejambe. Il avait mal, avait hâte d'en finir. L'intérieur du monstre lui glaçait la verge. Tendue à l'extrême, elle pouvait se rompre sous les assauts de ce qui avait été une banale connaissance.

Lucia poussa un râle de plaisir et stoppa ses mouvements. Paolo en fut soulagé. Il pria pour qu'elle le libère. Elle se pencha sur lui.

—C'était trop bon mon chou, depuis le temps que j'en rêvais. Tu as été grandiose. Et comme promis, tu auras la vie sauve, une vie éternelle dans la tourmente.

Et la chose ricana. Paolo comprit toute l'atrocité de la situation. Il venait de se faire violer par un démon et ce dernier n'en avait pas encore fini avec lui. Que pouvait-il lui arriver de pire ? Il était déjà mort.

Soudain, le jeune homme sentit qu'on lui écrasait le crâne de l'intérieur, comme si une main invisible lui pressait le cerveau. La douleur était intenable. Tout se brouillait autour de lui. Sur lui, Lucia le fixait, les lèvres retroussées, le regard perçant.

—Sois des nôtres.

Et Paolo sombra.

Retour au présent

Les purificateurs se dirigèrent vers le fond du salon commun, là où Lisa avait tenté de fuir. Il y avait une porte en bois épais qui donnait sur une autre pièce.

Sur la porte, ils remarquèrent un dessin d'une main fait avec du sang. Une trace. Comme si quelqu'un avec un membre ensanglanté s'était appuyé sur la porte.

Devant la porte, il y avait des traces de lutte. À cet endroit, on avait remué la poussière.

—C'est là que les deux filles ont dû se battre, dit Matt.

Il prit des photos et un échantillon du sang. Puis, il continua de filmer. Il analysera le tout plus tard.

Carlo fit tourner le loquet et la porte s'ouvrit sur un vaste réfectoire. Les chaises et les tables étaient encore en place. Vieilles, décrépies, elles semblaient vouloir s'affaisser sous le poids de leur âge. Et poussiéreuses. Des crottes de souris garnissaient le sol. Une odeur de pourriture planait sur le réfectoire, une odeur qui faisait penser à de la viande avariée que l'on aurait servie il y a peu. Sur le côté gauche, une table était renversée et les six chaises gisaient par terre, cassées.

—Là aussi il y a eu du grabuge, dit Matt.

—Oui, dit Carlo. Et cela a été fait récemment.

Il désigna le sol. Ce coin présentait très peu de poussières. Matt prit des photos.

Encore une fois, Vincenzo remit le crucifix, accroché en haut de la porte, à l'endroit et le bénit. Pour se faire, il avait été obligé de grimper sur une chaise, qui manqua de s'écrouler sous son poids.

Sur une table étaient posés cinq assiettes, cinq verres, une carafe et un morceau de pain rassis. Les assiettes étaient sales et présentaient des restes d'aliments, ainsi qu'une belle colonie de champignon qui s'était régalée de ce festin. De l'eau verdâtre stagnait au fond de la carafe.

—C'est là que les jeunes ont pris leur repas, dit Crystal.

—Et l'air est tellement vicié dans ce lieu, dit Dimitri, que même l'eau pourrit.

Matt photographia sous tous les angles ce qui devait être les vestiges du dernier dîner des jeunes qui s'étaient autoproclamés chasseurs de fantômes.

—Je sens une présence ici, dit Élisabeth. Elle est très présente et très malsaine. Quelqu'un est avec nous dans cette pièce et nous observe.

Soudain, un liquide rouge et visqueux s'écoula du plafond jusqu'à l'épaule de Matt. Ce dernier émit un petit cri, sursauta, bascula de côté, mit une main sur son épaule, toucha le liquide, s'aperçut qu'il était rouge et releva la tête. Au-dessus de lui, ce qui avait été jadis un bel homme le regardait en ricanant. À quatre pattes au plafond, la tête tournée vers le vide, le possédé tenait dans une posture improbable au plafond. Ses yeux étaient révulsés, pleins de haine. Du sang coulait de sa bouche.

Matt hurla en désignant l'espèce d'être mi-homme mi-bête qui se baladait au plafond. Soudain, ce dernier sauta sur l'ingénieur toutes griffes dehors pour l'attaquer et atterrit sur ses épaules en criant. Il entreprit alors de lui arracher les cheveux. Matt se débattit. Ses camarades vinrent à son secours.

Le père Onoffrio aspergea la bête d'eau bénite. Cette dernière arrêta de s'acharner sur Matt et se tourna vers le prêtre en sifflant et en crachant.

—Sœur Margareth, Mademoiselle Ivodric et Mademoiselle Louvière, occupez-vous de Monsieur Bohè, ordonna Vincenzo. Monsieur Marchand et Père Rinaldi, avec moi, faut capturer cette pauvre âme.

Sœur Margareth aida Matt à se lever. Le jeune homme était sonné par l'attaque qu'il venait de subir. La chose lui avait arraché des cheveux par touffes. Ainsi, il n'avait plus sur la tête un casque parfait de cheveux touffus. La bonne sœur lui tendit de l'eau et s'apprêta à regarder les blessures.

Matt présentait quelques égratignures sans gravité.

Pendant ce temps, la bête rampait comme un serpent et s'approchait des trois hommes. Vincenzo sortit le livre du rituel de son sac ainsi que des chaînes. Il chaussa ses lunettes rondes. En avait-il vraiment besoin ? Vincenzo connaissait les paroles du rituel d'exorcisme par cœur.

—Messieurs, nous allons l'affaiblir. Ensuite, nous le capturerons et nous l'enchaînerons. Nous devons tenter de le sauver.

Les deux hommes acquiescèrent. Dimitri se plaça à la droite du possédé, Carlo à sa gauche, tandis qu'il continuait d'avancer vers le prêtre-exorciste. Ce dernier l'aspergea une nouvelle fois d'eau bénite et récita des prières.

Le possédé se mit à hurler et à se tortiller de douleurs. Ses cris étaient bestiaux. Il vomit du sang et stoppa son avancée. Il se contorsionna sous les paroles du prêtre qui lui ordonnait de sortir du corps de sa victime. Puis, il s'évanouit. Tout se passa extrêmement vite. Vincenzo fut étonné que cela soit aussi rapide et attendit un instant pour être persuadé qu'il ne s'agisse pas d'une ruse du démon pour les attaquer encore par surprise. Déjà, Carlo se précipitait sur Paolo, stéthoscope à la main. Le prêtre-exorciste l'arrêta et lui fit signe d'attendre. Au bout d'un certain temps, il s'approcha doucement, s'accroupit et lui posa un crucifix sur le front tout en récitant des prières. Paolo ne bougea pas. Alors, il se retourna vers Carlo et Dimitri.

—Apportez les chaînes.

Ces derniers se précipitèrent sur Paolo et très vite, le saucissonnèrent avec les chaînes.

—Qu'est-ce qu'il a, demanda Crystal. Il est mort ?

—Non, répondit Carlo. Il est tombé dans le coma.

—Sortons-le d'ici, ordonna Vincenzo.

Dimitri et Carlo portèrent le corps inanimé du jeune homme jusqu'au vestibule. Le reste de la troupe les suivit.

Ils installèrent le corps près du grand crucifix, à côté de l'hôtel improvisé. Carlo l'examina.

—Il respire, mais son cœur est faible. Cela fait trop de temps qu'il est dans cet état de possession. Il a besoin de nourritures et surtout de soins médicaux.

—Pouvez-vous lui poser une perfusion Père Rinaldi, demanda Vincenzo.

—Oui, c'est ce que je vais faire, mon Père. Je vais lui injecter une solution nutritionnelle par voie parentérale. Il me faut trouver une grosse veine. Il me faut ma trousse.

Margareth la lui apporta. Pendant ce temps, Dimitri desserra les chaînes et délivra une épaule et un bras.

Carlo chercha une veine sur la main du jeune homme sans en trouver. Puis sur le pli du coude. Il tapota et en trouva une qu'il jugea suffisante. Il désinfecta la zone et prépara le cathéter. Il mit des gants et piqua, puis posa le cathéter. Le dispositif était en place.

Il prit une bouteille en plastique contenant du glucose et la brancha sur le cathéter. Le liquide commença à s'écouler dans la veine du jeune patient.

—Voilà, espérons que cela le maintienne en vie. Il ne faut pas qu'il s'arrache le cathéter s'il revient à lui. Faut lui bloquer le bras.

Dimitri lui remit le bras sous les chaînes et resserra le tout. L'homme était immobilisé.

Pendant ce temps, Margareth désinfecta les petites griffures sur le bras de Matt.

—Bien, dit Vincenzo. Voyons à qui nous avons affaire.

Le visage de l'homme était tuméfié, les joues creusées, le teint grisâtre. Le pauvre était édenté. Ses dents avaient dû tomber suite au manque de nutriments ou dans une bataille.

—Il me semble reconnaître Paolo Gallini, dit Crystal.

—Comme il est amoché, dit Matt.

—Cela fait plusieurs semaines que ce pauvre garçon erre dans cet état-là, dit Carlo. Sans se nourrir, sans boire. C'est déjà un miracle qu'il soit en vie.

—N'oublions pas qu'il est possédé, dit Dimitri. Donc il a pu se nourrir de rats, d'araignées... ce qui l'a maintenu en vie.

—D'ailleurs ses habits sont remplis de sang, ajouta Matt.

—Bien, dit Vincenzo. Il faut que l'on retrouve les autres. Ils doivent être dans le même état. L'un d'eux doit abriter le chef. C'est lui que nous devons chasser pour avoir une chance de sauver les autres. On repart à l'inspection. Nous viendrons toutes les demi-heures voir Monsieur Gallini.

Les Purificateurs se mirent en route. Matt toujours la caméra au poing. Crystal brandissant son crucifix et Vincenzo toujours en tête de la troupe.

Ils traversèrent la pièce commune, puis le réfectoire et allèrent dans les cuisines. Même impression de dévastation. Tous les placards étaient ouverts et vomissaient de la vaisselle et des casseroles. Tout était rouillé, cassé. Des couverts jonchaient le sol au milieu d'immondices. Les poubelles avaient suinté un liquide brunâtre qui s'était cristallisé au fil du temps. L'immense lavabo était écaillé, élimé, sale. La cuisinière était graisseuse et poussiéreuse.

Matt prit des photos pendant que la médium essayait de ressentir les entités. Encore une fois, Vincenzo remit le crucifix accroché devant la porte de la pièce à l'endroit. Dimitri pouffa.

—Décidément, ce démon ne semble pas apprécier le Christ.

Cette remarque lui valut les gros yeux de Margareth.

—Je ne ressens rien dans cette pièce, dit Lisa.

—Bien, dit Vincenzo. Père Rinaldi, il faut bénir la cuisine, le réfectoire et la pièce commune. Ainsi, le démon ne pourra plus s'y cacher. Ensuite, nous irons aux étages. Dépêchons-nous.

Les prêtres aspergèrent les murs d'eau bénite et récitèrent des prières. Puis, tous retournèrent au vestibule.

Carlo s'accroupit devant Paolo Gallini et lui prit le pouls.

—Comment va-t-il, demanda Dimitri.

—Il est faible, mais il respire.

Les autres en profitèrent pour boire un peu d'eau et manger une collation. Tous avaient besoin d'énergie pour continuer les recherches.

—Mon Père, demanda Matt à Vincenzo, il y a quelque chose qui me turlupine.

—Oui, Monsieur Bohé, dites-moi.

—Tout à l'heure, vous avez parlé de visiter les chambres aux étages. Or, si l'on regarde le plan du bâtiment, il y a les bureaux administratifs et l'infirmerie qui se se trouvent au rez-de-chaussée. Cette porte là-bas doit y conduire.

Matt désigna une porte qui se trouvait sur le mur de gauche de la porte d'entrée, à environ trois mètres.

—Cette porte doit mener dans un couloir qui dessert les bureaux administratifs, les salles d'examens, l'infirmerie. Il me semble plus judicieux de sécuriser d'abord le rez-de-chaussée avant de passer aux étages.

—Et cette porte, demanda Margareth en désignant une porte sous l'escalier, elle mène où ?

—Au sous-sol, répondit Matt, là où sont les geôles dans lesquelles on mettait les malades dangereux ou les récalcitrants. Beaucoup y sont morts.

—Et le laboratoire où le docteur Romano a mené ses recherches sur les patients se trouve où, demanda Dimitri.

—Au troisième étage, répondit Crystal.

—Ce lieu doit être empli de souffrances. On y trouvera forcément des choses.

—C'est possible, dit Vincenzo. Mais Monsieur Bohé a raison, il faut d'abord sécuriser le rez-de-chaussée. Allons faire un tour dans les bureaux.

—Que fait-on de Paolo, demanda le Père Rinaldi.

—Il ne risque rien ici, dit Vincenzo. Il est attaché et j'ai béni l'espace autour de lui. Il ne peut se détacher. Notre Seigneur Jésus-Christ veillera sur lui en attendant que l'on trouve ses compagnons et qu'on les délivre.

Le prêtre regarda le crucifix et se signa. Il marmonna quelques paroles.

—Vous êtes prêts ?

Les autres acquiescèrent.

***

La porte qui menait aux différents bureaux de l'hôpital n'était pas verrouillée et les six Purificateurs s'engouffrèrent dans le couloir sombre qui desservait plusieurs pièces. Il fallait toutes les inspecter, une par une.

Tous avançaient doucement. Munis de leur lampe torche, ils essayaient de couvrir tous les coins sombres. Un démoniaque pouvait s'y cacher.

En tête du groupe, le Père Vincenzo ouvrit la première porte. Un cabinet médical. Ustensiles, bureau, pèse-personne, toise, table d'auscultation, chaises… tout avait été laissé en place et semblait détérioré par le passage du temps. La vitre de l'unique fenêtre était brisée, laissant passer le vent et la pluie. De folle !

—C'est bon ! Ça me soûle tout ça !

—Tu as libéré un esprit ! Tu sais ce que cela veut dire ? Et on sait pas s'il est bon ou mauvais. T'es vraiment qu'un con !

—Oh ! Je t'interdis de me parler comme ça, espèce de conne ! Tu te prends pour qui ! Et c'est quoi cette arnaque ! Si ton fantôme est là, pourquoi il n'apparaît pas ? Il est où au fait ? Nulle part ! Alors, hein, qui avait raison.

—Je suis là.

Une voix grave, tonitruante, surgie de nulle part, semblant émaner du coin où se trouvait Lucia.

—Lucia, ta gueule ! C'est pas le moment de la ramener.

La jeune femme était toujours immobile, toujours tournée vers la fenêtre.

—J'crois pas qu'c'était elle, dit Filippo.

—Mais si c'est elle ! Elle cherche à nous faire peur. C'est bon la grosse, on sait qu'c'est toi.

—Arrête Gianni, cria Lisa. C'est pas elle, on a libéré quelque chose.

—Ouais ben, demande à cette chose de revenir dans la planche !

—Je sais pas faire ça, merde !

—Vous allez tous mourir ! Fallais pas jouer !

Encore cette voix, forte, glauque, rauque. Toujours semblant venir de Lucia.

—Merde Lucia, cria Gianni, arrête tes conneries, retourne-toi !

La jeune femme restait immobile. Puis, elle pencha sa tête en arrière et se mit à rire. Son rire était sinistre, inhumain. Au même moment, toute la salle commune devint glaciale et une mauvaise odeur de pourriture se répandit partout.

—Vous êtes foutus, dit la voix bestiale.

—J'en ai marre de ces conneries, dit Gianni. Arrête de suite sale obèse, sinon j'te fracasse.

Gianni se précipita sur Lucia et voulut la retourner pour voir sa face et la gifler. Mais, avant d'arriver sur elle, il fut projeté, par une force invisible, au loin.

—C'est quoi ce bordel, cria Paolo.

Doucement, Lucia se retourna. Sauf que ce n'était plus elle. Son visage était un masque de haine, un tissu de peau étiré dans une grimace affreuse de colère. Lucia s'était métamorphosée en un animal, aux yeux jaunes, avec un terrible rictus qui lui découvrait ses dents noires.

Lisa se mit à pleurer de terreur. Elle cria, hurla et resta figée sur place à regarder son amie.

nombreuses feuilles et autres détritus traînaient sur le sol. Aucun tableau sur le mur. Un bureau impersonnel d'un médecin oublié de ses collègues.

Les Purificateurs balayèrent la pièce de leur lampe torche.

—Il y a eu beaucoup de souffrances dans cette pièce, dit Élisabeth, mais je ne ressens rien de fort. Il n'y a rien ici.

Matt s'avança près du bureau, posa sa caméra et ouvrit un tiroir qui s'écrasa sur le sol tellement le bois était mité. Il fit un bon en arrière. Au sol gisaient des fournitures de bureau en tout genre.

—Monsieur Bohè, dit Vincenzo, inutile de fouiller le mobilier. Nous ne recherchons pas d'indices, nous ne sommes pas des chasseurs de fantômes, nous sommes des traqueurs de démons. On purifie cette pièce et on passe à la suivante.

Les deux prêtres récitèrent des prières pendant que le démonologue aspergeait les murs d'eau bénite. Un long cri se fit entendre au fond du couloir. Crystal sursauta.

—Je pense que l'on va attraper un autre démoniaque, dit Sœur Margareth.

Le groupe ouvrit une deuxième porte. Un cabinet administratif. Nombreuses armoires de rangement contenant d'innombrables dossiers, deux bureaux. Même délabrement que la pièce précédente.

—Là non plus, il n'y a rien, dit Élisabeth.

Nouveau rituel de purification avant de s'attaquer à la troisième pièce, celle du bureau des infirmiers et ainsi de suite jusqu'à la dernière porte qui ouvrait sur l'infirmerie.

Flash-back n°4

Filippo Marocco se retrouva dans le hall d'entrée. Derrière lui la porte claqua avec violence. Dans un sursaut, il se retourna et s'aperçut qu'il était seul. Ses amis ne l'avaient pas suivi. De la pièce commune, il entendit Gianni hurler.

Il voulut le secourir, mais ne réussit pas à ouvrir la porte. Il tambourina, mit des coups d'épaule. Rien à faire. La porte restait désespérément fermée. Et son ami qui hurlait. Et Lisa.

Puis plus rien, plus aucun son.

Le jeune homme colla son oreille à la porte. Rien. Tout était calme. Ce qui était suspect. Ses amis étaient morts. La panique s'empara de Filippo qui courut à la porte d'entrée. Il devait sortir de l'hôpital, gagner la rive et sauter dans la barque. Il devait fuir jusqu'à Venise. Là, il demanderait de l'aide.

La porte d'entrée était elle aussi fermée et refusait de s'ouvrir. Filippo s'acharna sur elle, sans parvenir à la faire bouger. Il sut qu'il était coincé, que le démon qu'ils avaient délivré le tenait prisonnier. Bientôt il reviendrait pour s'occuper de lui.

Il devait se cacher. Trouver une solution pour sortir de là. Soudain il se souvint. Il avait fait des recherches sur l'île avant d'embarquer pour cette aventure. Il y avait des bureaux administratifs dans cet hôpital. Des bureaux avec des fenêtres sans barreaux. Il se dit que peut-être il pourra sortir de l'hôpital en cassant une vitre.

Il se précipita à la porte à côté de celle de l'entrée. Elle s'ouvrit sans difficulté. Il s'engouffra dans le couloir sombre, ouvrit une première porte et s'engouffra dans le bureau. Effectivement, il y avait une fenêtre par laquelle il pouvait s'évader. Filippo sourit. Il allait enfin pouvoir sortir de cet endroit maudit. Il prit une chaise pour casser la vitre et la lança de toutes ses forces sur la fenêtre qui se brisa en mille morceaux. Facile. Il ramassa la chaise et la plaça sous la fenêtre, s'apprêta à grimper dessus lorsqu'il sentit quelque chose l'agripper. Une main ensanglantée serrait son épaule. Il se retourna. Lisa se tenait à côté de lui, un rictus aux lèvres, elle le retenait. Nue, couverte de sang, une plaie béante au niveau du sein. Son visage était celui d'une bête en fureur, les traits tirés à l'extrême sur un rictus sauvage. Vision apocalyptique. Vision cauchemardesque.

Cela avait été trop facile.

—Tu n'iras nulle part.

Filippo recula. Il tenta de se dégager, mais Lisa lui pulvérisa l'épaule. Il s'écroula à terre. La douleur fut fulgurante. À cet instant, il sut qu'il allait mourir. Il était prisonnier, à la merci de cette bête qui s'était emparée du corps de son amie.

Cette dernière se pencha sur lui et le força à la regarda. Il plongea son regard dans les yeux jaunes de la créature.

Un violent mal de tête s'empara de lui. Il se retourna, se recroquevilla sous le poids de la douleur. Sa tête allait exploser. La bête ricanait.

—Sois des nôtres.

Plus rien. Le néant avait envahi Filippo.

Retour au présent

À l'infirmerie, lits en fer délabrés, matelas à terre et éventrés, potences de lit rouillées, des tables de lits sur le point de s'écrouler, des pieds à sérum traînant au milieu de la pièce comme des fantômes, des seringues cassées, des pansements… et surtout une abominable odeur de pourriture.

—Je ressens le Mal dans cette pièce, dit Élisabeth.

—C'est quoi cette odeur ? On dirait qu'il y a un cadavre ici, dit Matt.

—Regardez, s'écria Crystal.

Tout le monde se tourna dans la direction pointée par le faisceau de lumière de la lampe torche. Il y avait, au sol, une centaine de rats éventrés, les tripes à l'air, à moitié dévorés.

Matt retint un haut-le-cœur.

—C'est la nourriture des démoniaques, dit Dimitri.

—Ne me dites pas, dit Crystal, que ces personnes mangent des rats.

—Pour survivre, elles doivent se nourrir, répondit Dimitri. Le Diable le sait et pour mieux les tourmenter, leur fait avaler des mets impurs, comme des rats, des araignées, des insectes. Il les maintient en vie.

Margareth se signa.

—Pauvres petits, faut vraiment qu'on les sorte de là.

—Tenez-vous sur vos gardes, dit Vincenzo, le démoniaque peut se cacher n'importe où.

La pièce fut inspectée dans tous les recoins. Crystal et Élisabeth avançaient avec peine entre les toiles d'araignées et autres détritus.

—Ne touchez à rien, dit Dimitri. On dirait que tout ici est sur le point de s'écrouler.

Un cri lugubre et bestial s'éleva. Tous tournèrent leur lampe torche vers ce bruit inhumain. Un homme se tenait sous la fenêtre, recroquevillé sur lui. On aurait dit qu'il pleurait, la tête enfouie dans ses genoux, une plaie béante et putride à l'épaule. Les tissus étaient nécrosés.

Le Père Onoffrio fit signe à Carlo et à Dimitri d'avancer. Les trois hommes s'approchèrent doucement, tenant un crucifix devant eux et de l'eau bénite. Le reste de la troupe les éclairait avec les lampes torches et Matt filmait la scène.

L'homme était animé de soubresauts. Il sanglotait tout en débitant des paroles incompréhensibles. Ses vêtements étaient sales, déchirés. On pouvait à peine deviner un jean et un t-shirt gris. La peau des bras était striée de griffures. Son crâne était presque chauve, comme s'il s'était arraché les cheveux dans un accès de rage.

—Monsieur, Monsieur, appela Dimitri. Monsieur, vous m'entendez ? Ça va ?

Aucune réponse. Vincenzo commença à réciter des prières. Carlo l'aspergea d'eau bénite. D'un coup, l'homme se redressa et se mit à hurler.

—Laissez-moi tranquille. Je suis perdu. Perdu.

Dimitri eut un mouvement de recul. Le visage de l'homme était maculé de sang qui dégoulinait de ses lèvres. Ses yeux livides, blancs. Son teint jaunâtre. Dans sa main, il tenait un rat.

—Je crois qu'on l'a dérangé en plein festin.

L'homme hurla encore et se jeta sur Carlo, qui brandit son crucifix, ce qui le fit stopper net. Vincenzo s'approcha et l'aspergea d'eau bénite.

—Seigneur, que mon cri s'élève jusqu'à toi, délivre cet homme de l'esprit impur qui le possède.

L'homme bavait, vociférait.

—Tu ne peux rien contre moi !

—Nous t'exorcisons, esprit immortel, qui que tu sois, puissance satanique, invasion de l'ennemi infernal, légion, réunion ou secte diabolique, au nom et par la vertu de Jésus-Christ Notre Seigneur, des âmes créées à l'image de Dieu et rachetées par le Précieux Sang du divin Agneau.

—Amen, répondirent Dimitri et Carlo en cœur.

Les deux hommes maintenaient le possédé avec fermeté. Ce dernier se contorsionnait, beuglait, lançait des insultes, voulait mordre, griffer… Dimitri eut peur de lui arracher le bras tant son épaule était en mauvais état. Après une longue litanie du Père Onoffrio, le démoniaque s'affaissa et se laissa tomber de tout son poids tel un pantin à qui l'on aurait coupé les ficelles qui le maintenaient.

Dimitri et Carlo le soutinrent et le déposèrent délicatement au sol pour ne pas le blesser davantage. Très vite, Dimitri l'ausculta.

—Son pouls est faible, son cœur aussi.

—Allons le coucher près de son ami, dit Vincenzo. Nous ferons un point sur la conduite à tenir.

Le prêtre se tourna vers le reste de son équipe.

—Monsieur Bohé, j'espère que vous avez filmé toute la scène.

—Oui mon Père.

—J'espère que les images seront bonnes, car vous tremblez comme une feuille.

***

Les Purificateurs rejoignirent le vestibule. Le possédé inanimé fut placé à côté de son ami Paolo, toujours sous le grand crucifix. Carlo lui posa une intraveineuse, désinfecta et pansa son épaule blessée. Puis, il l'enchaîna.

—Bien, dit Vincenzo. Quelqu'un me peut dire de qui il s'agit.

Il désigna le deuxième possédé.

—C'est Filippo Marrocco, répondit Crystal.

—Et de deux, dit Dimitri. Deux sur cinq, c'est pas mal.

—Avant que l'on continue les recherches, j'aimerais faire une petite réunion de mise au point, dit Vincenzo.

Tous se réunirent au centre du vestibule et en profitèrent pour souffler un peu. Ces derniers évènements avaient été pénibles pour chacun d'entre eux, pénibles et fatigants. Crystal était blanche comme un albinos. Même son fard à paupières rose n'arrivait pas à redonner de la couleur à ce visage spectral. Son rouge à lèvre rouge pourpre donnait une impression de vampire à l'historienne. Élisabeth souffrait de maux de tête et n'arrêtait pas de se caresser les tempes. Elle se délabrait comme si l'ambiance qui régnait dans ces lieux se déteignait sur elle. Quant à Matt, il tremblait et n'arrivait pas contenir les spasmes qui agitaient son corps. Il voulut changer la batterie de sa caméra, mais la manœuvre s'avéra hasardeuse et compliquée. Finalement, Dimitri vint à son secours. Seule Sœur Margareth restait digne et droite. Soit les évènements vécus ne l'avaient pas affectée, soit elle gardait tout pour elle. Et pouvait péter les plombs à tout moment.

—Bien, j'aimerais que vous m'écoutiez attentivement. Je tiens tout d'abord à féliciter Monsieur Marchand qui a fait preuve d'un sang-froid extraordinaire et le Père Rinaldi pour son professionnalisme. Tous deux, je vous ai déjà vu à l'œuvre avec Carmelo Panella et je sais que je peux vous faire confiance. Sœur Margareth, vous forte, mais si vous ressentez le besoin de vous exprimer, faites-le. Mademoiselle Louvière, Monsieur Bohè et Mademoiselle Ivodric, faudra vous ressaisir. Ce que nous avons vécu n'est rien à côté de ce qui nous attend lorsqu'on trouvera la veine. Ayez la foi, n'ayez pas peur. Si vous avez peur, vous êtes des proies parfaites pour le démon. Nous devons tous nous montrer forts et nous ne devons pas montrer nos faiblesses. Prions ensemble pour nous donner de la force.

Vincenzo entama un Notre Père. Puis, il poursuivit avec une oraison à Marie et enfin, fit une bénédiction. Chacun, petit à petit, retrouva son calme.

—En vérité je vous le dis, ces personnes ont besoin de nous, nous avons le devoir de les aider. Le démon est perfide, il essayera de nous affaiblir. Mais nous sommes plus forts que lui. Nous devons retrouver ces jeunes et les délivrer de l'emprise du mal.

Tout à coup, un énorme cri retentit de l'étage. Crystal sursauta. Matt braqua sa caméra sur les escaliers. Il n'y avait rien.

—Je sens une forte présence, elle me vrille la tête. J'ai l'impression que mon cerveau va exploser.

Vincenzo s'approcha de la médium, lui souleva la tête et fit le signe de croix sur son front. Il marmonna quelques mots en latin puis bénit la jeune femme et fit couler de l'eau bénite sur sa tête. Aussitôt, son mal de tête s'évanouit.

—Comment avez-vous fait cela mon Père ?

—Le démon cherchait à entrer dans votre esprit et vous vous battiez contre lui. Je vous ai aidé à le chasser.

—Comment c'est possible, demanda Matt. Nous aussi nous pouvons être possédés ?

—Oui, répondit Carlo. Le démon cherchera à nous affaiblir et attaquera les plus faibles. Nous devons lui résister. Nous subirons des attaques.

—Le diable s'attaque toujours aux plus faibles, dit Dimitri. Et surtout Abalam. Son truc c'est de pénétrer dans nos pensées et de les détraquer. D'où les maux de tête. Ce sont des attaques. Il faut avoir foi en notre Seigneur, faut s'en remettre à lui et il ne nous arrivera rien. Et surtout, nous devrons exorciser cinq personnes si nous les retrouvons toutes, je ne veux pas faire un sixième exorcisme. Le démon qui est ici est puissant.

—J'ai besoin de comprendre, dit Crystal. Il y a un ou plusieurs démons dans cet hôpital ? Est-ce le même qui possède ces jeunes.

—Il y a un maître infernal, dit Dimitri, et sa légion. Ces démons mineurs sont dans le corps de ces deux jeunes que nous avons retrouvé. Nous devons attraper celui où se cache leur chef et l'expulser. Les autres suivront. Il est possible aussi que plusieurs démons mineurs se cachent dans un même corps. Bref, peu importe, nous devons trouver la veine pour cautériser la plaie.

—Alors qu'attendons-nous, il faut y aller, avant que la nuit tombe, dit Margareth.

—Allons faire un tour à la cave, dit Vincenzo.

***

La porte qui donnait à la cave s'ouvrit dans un long grincement lugubre. L'escalier qui menait à la cave était raide. Il faisait très sombre.

Tous maintenaient fermement leur lampe torche devant eux. L'escalier en bois pliait sous leur poids et menaçait de s'écrouler à tout moment. L'odeur au sous-sol était ignoble. Le sol, en terre, était jonché d'insectes et de rongeurs morts. Les Purificateurs étaient obligés de marcher dessus pour avancer, déclenchant des bruits immondes lorsqu'ils écrasaient un rat et des insectes.

—Le sous-sol abritait des geôles, répondit Crystal. Les plus déments y étaient enfermés et oubliés. Ils mourraient de soif et de faim dans la plus grande indifférence.

—C'est horrible, dit Élisabeth. Je ressens beaucoup de tristesse, d'angoisse, de peur, de douleur autour de moi. Comme si ces âmes n'avaient jamais quitté ces lieux.

—Et elles n'en sont jamais parties, dit Dimitri. Le démon se nourrit de cette souffrance et doit les retenir prisonniers. Mais les geôles ne doivent pas être son antre. Son antre est ailleurs.

—C'est bizarre comme endroit, dit Matt. Pourquoi tous ces animaux sont morts ?

Personne ne put lui répondre.

Ils arrivèrent devant de petites pièces minuscules délimitées par des barreaux. Des prisons. Sales. Désolantes. Puantes. Il n'y avait rien à l'intérieur, pas de lit, pas d'évier… rien. Rien que des squelettes. Des os, des crânes, entassés dans les recoins des cellules.

—Oh mon Dieu, dit Crystal.

—Faites attention, dit Élisabeth, je sens une présence démoniaque.

—Formons un cercle, dit Vincenzo.

Tous se mirent dos à dos, en rond, comme on le leur avait appris lors de l'instruction. Ainsi, ils couvraient la totalité de la surface à surveiller. Les lampes torches balayaient les murs, le sol, le plafond, à la recherche d'un démoniaque. Tous étaient aux aguets et tendaient l'oreille vers un éventuel bruit.

Soudain, une jeune femme surgit d'un coin sombre et courut vers eux en criant. L'attaque fut subite. Elle fonça droit sur Dimitri qui n'eut pas le temps de réagir, lui sauta dessus, enfonça ses ongles dans sa gorge et voulut le mordre. Carlo l'agrippa et la fit basculer en arrière. Elle tomba lourdement au sol.

Dimitri mit ses mains sur son cou. Il saignait.

—Merde, elle m'a fait mal.

La démoniaque regardait le groupe et ne bougeait pas. Elle semblait attendre.

—Faut l'attraper, dit Vincenzo.

Margareth, Dimitri et Carlo s'avancèrent vers elle pour la maîtriser. Elle se mit à pleurer.

—Ne me faites pas de mal, s'il vous plait.

Sa voix était normale. Son visage aussi. Des larmes couraient en une rivière torrentielle sur ses joues. La pauvre fille avait l'air fragile. Nue comme un vert, couverte de sang, une plaie au niveau du sein gauche, elle tremblait de froid. Ses longs cheveux blonds crasseux tombaient sur son visage. Sœur Margareth défit sa veste et lui tendit pour la recouvrir.

—Viens là, mon enfant.

—On ne parle pas au démon, ma sœur. On l'attrape et on le fout en haut avec les autres, dit Dimitri.

Pendant que Vincenzo récitait des psaumes et des prières, Dimitri et Carlo attrapèrent la démoniaque qui se laissa faire. Elle pleurait toujours. Elle se laissa entraîner sans opposer aucune résistance. Elle fixait la nonne et implorait sa pitié.

—Je vous en prie ma Sœur, sauvez-moi. Ne les laissez pas m'enchaîner.

Sœur Margareth serra les dents pour ne pas lui répondre. Elle savait qu'il ne fallait pas entrer dans le jeu, dans les pièges que lui tendait le démon. Mais, peut-être que cette jeune femme n'était pas possédée.

La démoniaque sentit ses doutes et éclata de rire.

—Vous voulez boire un p'tit sky ma sœur ? Cela vous fera oublier vos faiblesses. Comme celle de m'avoir laissé tomber !

L'espace d'une seconde, le visage de la jeune fille se transforma en celui d'un ancien compagnon de guerre de Margareth. Un homme qu'elle avait vu mourir à côté d'elle, en Afghanistan, lors d'un assaut par les talibans. Ce jour-là, les intégristes avaient encerclé la troupe. Un tir de roquette. Le crâne de son compagnon d'armes avait explosé dans une giclée sanglante. L'homme s'était écroulé sans qu'on puisse rien faire pour le secourir. Des tirs fusaient de tout côté. Des cris. Les hommes tombaient un par un. Elle courut, courut aussi vite que possible. Elle était à découvert. Elle se cacha dans un bosquet. Elle y était restée planquée deux jours, sans nourritures, avec une gourde d'eau à moitié vide avant de retourner sur-le-champ de bataille. Corps déchiquetés, cadavres à perte de vue. Voilà ce qu'elle avait vu. En proie à un profond désespoir, elle prit le chemin du campement et y arriva à la nuit tombée. Là, elle sombra dans une grave dépression. Et toutes les nuits, elle revivait cette scène horrible, celle de son compagnon d'armes explosé par un tir de roquette. Jusqu'à ce qu'elle trouve la foi.

Le démon savait tout cela. Et la narguait. Margareth s'en voulut de s'être fait avoir comme une débutante. Elle pria le Seigneur de lui venir en aide. Ce souvenir la rendait faible.

Et elle dut se rendre à l'évidence : Dimitri avait raison, on ne doit pas communiquer avec le diable. Jamais.

—Tais-toi, cria Vincenzo.

Margareth tourna les talons. Elle réprima ses larmes. Elle devait retrouver son calme.

—Emmenons-la à l'étage avec les autres.

La jeune fille se laissa mener sans opposer de résistance.

***

La jeune femme qui se trouvait au sous-sol était Lisa Adone. Avant très belle fille, pulpeuse, il ne lui restait plus que la peau sur les os. Couverte de blessures, d'ecchymoses, son corps décharné faisait peine à voir. Surtout avec cette morsure au niveau du sein. Installée à côté de ses deux amis, recouverte d'une couverte pour cacher son intimité, elle hurlait et débitait des injures et des blasphèmes.

Le père Onoffrio l'aspergea d'eau bénite pour la faire taire et pour lui soutirer des informations. Il fit le signe de croix sur son front. La démoniaque hurla de douleur.

—Où se cache ton maître, demanda le prêtre.

—Le maître c'est moi, dit le démon.

Vincenzo l'aspergea une nouvelle fois d'eau bénite. Sa peau brûlait au contact du liquide. Nouveaux hurlements de douleur.

—Dis-moi où se cache ton maître !

—Tu n'as qu'à le chercher !

Nouvelle aspersion. Cris de douleurs.

—Je te le redemande, dis-moi où il se cache.

—Dans la pièce du docteur.

Vincenzo se tourna vers le groupe.

—Bien, allons visiter les étages.

***

L'escalier en bois qui les menait au premier étage craquait sous leur pas. Plus les Purificateurs s'approchaient de l'étage, plus le froid se faisait présent, glacial. Leur respiration formait de petits nuages blancs dans l'air.

Arrivés à l'étage, ils ne furent pas surpris de découvrir une totale désolation. Portes des chambres arrachées ou cassées. Débris sur le sol. Un état de profond délabrement.

—Il faut que l'on purifie toutes les pièces, dit Vincenzo.

Le premier étage se composait de quatre grandes chambres communes et de deux salles d'eau. Même état de décrépitude dans ces chambres. Les lits en fer, vingt-cinq par salle, étaient en encore en place. Les matelas étaient éventrés, sales. Les tables de nuit et les armoires délabrées. Partout, il y avait des objets ayant appartenus aux malades : livres, chemises de nuit, photos, coussins, draps… Tout était cassé, dégradé, mort.

—On dirait qu'une tornade a ravagé les chambres, dit Crystal.

—C'est clair, dit Matt. Ce qui me surprend le plus, c'est cette impression que les malades ont été évacués dans l'urgence et qu'ils n'ont pas eu le temps de faire leurs valises.

—Ça me fout la gerbe de savoir comment étaient traités ces pauvres gens. Ils étaient entassés là, sans intimité, les uns sur les autres. Comment peut-on guérir dans des conditions pareilles ?

Matt hocha de la tête. Ce lieu était sinistre, pas parce qu'il était vieux et sale, mais parce qu'il avait accueilli la souffrance humaine. C'était un lieu de désespoir et chaque meuble, chaque objet étaient une photographie de ce désespoir. Il émanait des lieux une charge négative que tous ressentaient.

—En tout cas, dit Élisabeth, le démon n'est pas au premier étage.

La médium était livide. Tous les malheurs subis par les patients (*les captifs*), elle les vivait en direct. Elle entendait leurs cris, leur détresse. Elle subissait leurs tortures. Là où elle posait le regard, elle voyait le fantôme d'un ancien patient. Sur le lit. Près des fenêtres brisées. Un pendu trônait au milieu d'une des chambres.

Vincenzo remarqua qu'il n'y avait aucun crucifix aux murs. Seules des taches qui témoignaient de leur présence. Quelqu'un les avait décrochés.

—Mon Dieu tous ces pauvres gens, venez à leur aide, pria Élisabeth.

Dimitri s'approcha d'elle. Il devenait ce que la médium voyait.

—Ne vous en faites pas ma petite Lisa. Toutes ces âmes ne sont pas mauvaises. Elles pourront voir la lumière et trouver le repos une fois que nous aurons chassé le démon. C'est le plus important. C'est lui qui les retient prisonniers en ce lieu.

—Mais comment cela se fait-il ?

—Les démons sont attirés par la souffrance et il a dû se passer quelque chose d'horrible ici. Peut-être des invocations, je ne sais pas. Ce qui a appelé un démon et a engendré encore plus de folies.

La médium fut attirée par un mouvement à côté d'elle. Elle tourna la tête. Un spectre se penchait vers elle. Le spectre d'un jeune homme. Et elle entendit sa voix.

« J'ai essayé de les avertir, j'ai essayé de leur dire de partir, mais ils ne m'ont pas écouté. »

***

Les deux salles d'eau présentaient le même état de saleté et de délabrement que les chambres communes. Les douches, non séparées, étaient cassées, les lavabos émaillés. Des immondices bouchaient les W.C turcs. Pas de miroir, pas d'intimité.

Après avoir fouillé toutes les pièces, une par une, Vincenzo Onoffrio se chargea de les purifier. Nouveaux cris venant de l'étage supérieur. Bruits de pas, de course. Il y avait quelqu'un à l'étage supérieur.

***

Le second étage se composait de chambres individuelles, quarante au total, desservies par un immense couloir lugubre et fermées par de lourdes portes en fer. Et une seule salle de bains commune avec plusieurs baignoires.

—C'est à cet étage qu'étaient parqués les patients les plus asociaux et dangereux, dit Crystal. Et s'ils devenaient plus récalcitrants, s'ils ne respectaient pas le règlement, ils faisaient un tour au sous-sol d'où ils ne ressortaient jamais. C'est aussi ici que le Docteur Romano choisissait ses victimes.

—Je sens quelque chose de fort ici, dit Élisabeth.

—Soyez prudents et restez sur vos gardes, dit Vincenzo.

Première chambre. Minuscule. Un lit unique au milieu de la pièce. Murs nus. Une trace sur le mur derrière le lit faisant penser à un crucifix. Elle fut purifiée.

Toutes les autres chambres subirent le même sort.

Lorsque les Purificateurs entrèrent dans la salle de bains, l'air était fétide, comme si un bataillon de rats avait déféqué en même temps et pourri sur place. Plusieurs baignoires crasseuses. Certaines encore remplies d'une eau noire, putride. Des lavabos cassés. Une robinetterie rouillée. Et des traces de sang. Beaucoup de sang.

Élisabeth serra le bras du Père Vincenzo.

—Il y a quelque chose ici.

La médium ferma les yeux et des images défilèrent dans sa tête. Vision de malades torturés, plongés dans de l'eau brûlante ou glaciale. Des scènes de torture atroce. Des gardes sodomisant des mourants, s'amusant, à tour de rôle, sur une jeune femme dont le sexe saignait. Partout des cadavres. Elle ouvrit les yeux et ne put retenir ses larmes. Margareth lui pressa le bras, ce qui lui fit du bien.

—Ça va aller ma belle.

—Des gens sont morts dans cette pièce. Beaucoup. Ils étaient plongés dans de l'eau bouillante ou glacée après avoir subi des tortures ignobles. Certains étaient même violés par les infirmiers. C'est abominable.

Sœur Margareth lui prit la main.

—On va avancer ensemble mon enfant. Je vous donne ma force.

L'ambiance dans la salle de bains était pesante, pénible, infernale. Il y régnait un froid glacial. Dimitri regarda Carlo et fit un signe de tête. Ils se comprirent. Les deux hommes se préparèrent mentalement au combat. Ils sortirent l'eau bénite, les crucifix et les livres de prières.

Les Purificateurs avançaient doucement et balayaient tous les recoins de leur lampe torche.

Dimitri tata son Famas pour se rassurer.

Le prêtre-exorciste commença à réciter la prière à Saint-Michel Archange et provoqua le démon pour qu'il se montre. Rien ne se passa. Il enchaîna avec le psaume 67 de l'Ancien Testament. Dimitri et Carlo se joignirent à lui.

Tout à coup, l'eau stagnante dans les baignoires se mit à faire des vagues. Toutes les baignoires semblaient s'animer ensemble, comme si les eaux voulaient s'en échapper et jaillir sur les Purificateurs pour les imprégner de leurs impuretés.

Vincenzo continua sa liturgie de plus belle. Il dut crier tant le bruit que faisait l'eau était assourdissant. Des cris retentirent de toute part de la pièce, des hurlements terribles. La souffrance à l'état pur. Et des mains surgirent des eaux agitées des baignoires. Puis des corps. Sorte de cadavres décomposés. Des zombis. Des spectres horribles d'humains morts et ressuscités de l'enfer.

—C'est quoi ces choses, demanda Matt qui reculait en essayant de ne pas trop trembler pour ne pas faire bouger sa caméra.

Le jeune ingénieur était livide et transpirait à grosses gouttes.

—Ce sont des cadavres que le démon anime, répondit Dimitri.

Vincenzo arrêta de réciter des prières. Il rangea son livre dans son sac et s'arma de son Famas. Les zombis continuaient à sortir lentement des baignoires. Leurs regards morts foudroyaient les Purificateurs. Leurs bouches s'ouvraient et se refermaient comme s'ils voulaient les dévorer. Les mains en avant comme pour les attraper. Des rires retentirent de toute part.

—Mais merde, ils vont nous attaquer, cria Crystal.

—Prenez vos armes, ordonna Vincenzo. C'est le moment de s'en servir. Dégommez-moi tous ces monstres. Et faites abstraction des rires. Le démon veut nous désorienter.

—À vos ordres chef, dit Matt. Moi qui ai toujours voulu jouer dans un film de zombis, je suis servi.

Chacun s'arma. Les zombis étaient à présent hors des baignoires et s'avançaient vers eux traînant leurs carcasses mortes avec difficultés, les bras tendus en avant, la bouche ouverte d'où dégoulinait une espèce de gélatine noirâtre. Ils se rapprochaient des Purificateurs. Un bataillon de chair pourrie s'avançait vers eux. Ils étaient une bonne quinzaine, tous faisant des bruits horribles, des gargarismes, des grognements…

—Visez la tête, cria Carlo.

L'assaut fut donné par le prêtre-exorciste qui tira le premier. Suivirent de nombreux coups de feu. Les têtes des zombis explosèrent dans un vacarme assourdissant de coups de feu. Les morts-vivants tombèrent à terre, inanimés. Et tout redevint calme.

Les Purificateurs se regardèrent. Crystal tenait encore son Famas devant elle. Elle semblait ailleurs, les yeux exorbités, la figure rouge. Ses cheveux tombaient en bataille devant son visage. Élisabeth semblait aussi décomposée.

—Ok, je crois que c'est bon, dit Vincenzo. Gardez vos armes, on ne sait jamais. On va bénir cette pièce et terminer la visite par le troisième étage.

—C'est là que se trouve la source, dit Élisabeth.

Vincenzo reprit son livre et recommença à prier tout en aspergeant les murs et les baignoires d'eau bénite. Il devait passer par-dessus les cadavres des morts-vivants pour cela. Carlo et Dimitri le suivaient et joignaient leurs paroles à la sienne.

Cela ne plut pas au démon qui avait élu domicile à l'ancien asile psychiatrique et il le fit savoir. Toute la bâtisse se mit à s'ébranler comme si un violent tremblement de terre la secouait. Matt perdit l'équilibre et s'étala de tout son long sur un cadavre. Il cria. Margareth s'accrocha à un lavabo qui céda. Elle voltigea en arrière et tomba sur les fesses. La bâtisse craquait et menaçait de s'écrouler. Les murs se craquelèrent, des fissures apparurent partout. Le plafond se déchira sur toute la longueur. Les baignoires explosèrent, jetant des débris un peu partout. L'eau stagnante qu'elles contenaient jaillit comme un Geyser. Par la force de l'eau, Dimitri fut propulsé sur plusieurs mètres et fut arrêté par le mur.

Vincenzo et Carlo étaient encore les seuls debout. Ils se regardèrent. S'ils ne faisaient rien, ils allaient être ensevelis dans les décombres. Vincenzo ordonna au démon de cesser et continua à asperger les murs d'eau bénite. Carlo fit de même. Les deux prêtres hurlaient des ordres aux démons, lui intimaient d'arrêter. Les murs se lézardaient de plus en plus. Du plâtre tombait. Le plafond s'ouvrit en deux. Le vacarme était assourdissant. Et au milieu du bruit, des rires. Des spectres apparaissaient partout, dans chaque recoin, en riant, en criant.

Vincenzo continuait à ordonner au démon de reculer. Il criait pour se faire entendre. Carlo criait aussi.

Et tout à coup, le bruit cessa, tout s'arrêta. La bâtisse retrouva son calme. Les spectres disparurent. Vincenzo se tourna vers Carlo.

—Allons aider les autres.

Chacun se relevait avec difficulté. Les blessures étaient superficielles.

—Tout le monde va bien, demanda Vincenzo.

Tous acquiescèrent.

—Ok, il en faut en finir. Allons chercher la source.

***

Les Purificateurs se mirent en route. Tous savaient que le combat final allait être dur. C'était leur première affaire, et bien qu'ils soient préparés à voir le pire, y être confronté n'était pas la même chose.

Élisabeth, qui avait déjà travaillé sur plusieurs affaires sensibles, n'avait jamais vu et ressenti tant de spectres aussi présents et virulents dans une même pièce. Elle en sentait partout, elle voyait des ombres bouger partout.

Matt, qui avait joué le chasseur de fantômes en se rendant dans des bâtisses prétendues hantées, n'avait jamais été confronté à de tels phénomènes paranormaux. Lui qui était habitué aux bruits de porte qui claquent, aux bruits de pas, aux chuchotements, jamais il n'avait connu une telle activité paranormale. Pourtant, on l'avait prévenu. La peur lui vrillait le ventre. Après les zombis sortis des baignoires, qu'allait encore leur faire subir le démon qui habitait cet endroit maudit. Il secoua sa chevelure pleine de poussière, y passa la main et se dépêcha de suivre le reste de la troupe.

Vincenzo prit la tête du cortège, suivis du père Rinaldi et de Dimitri. Les trois hommes avaient déjà travaillé sur des affaires similaires, des cas de possession et savaient à quoi s'en tenir. Le démon Asmodée l'avait même possédé lors d'une enquête. Le démonologue avait su l'expulser le démon. Il avait su résister à cette épreuve. Il avait su résister au démon. Et il en était ressorti plus fort de cette épreuve, comme lavé de sa peur des démons. Car il se savait plus fort qu'eux. Il toucha la blessure que lui avait infligée Lisa Adone au sous-sol. La plaie semblait s'infecter. Il pensa à demander à Carlo de la regarder dès que possible.

Vincenzo avançait droit, volontaire, la tête haute. Mentalement, il récitait des prières.

Élisabeth suivait Dimitri. Les jambes tremblotantes, le regard hagard, elle s'accrochait au démonologue pour se donner du courage. Suivaient Margareth et Crystal. Matt fermait la marche.

Crystal affichait un visage déterminé. Elle était terrifiée et fatiguée. Mais, elle savait qu'elle devait continuer. Elle savait qu'il ne fallait pas montrer ses faiblesses au démon. On lui avait appris à combattre ses peurs et son savoir devait être mis en application aujourd'hui même.

Tout à coup, arrivé presque au bout de l'escalier qui menait au troisième étage, Vincenzo sentit une résistance. Comme un mur invisible qui se dressait devant lui. Puis, il entendit des bourdonnements. Le démon tentait de s'immiscer dans son esprit. Il le repoussa à grand renfort de prières et le fit reculer. Le prêtre se retourna et regarda ses camarades.

Plus bas, Crystal, Élisabeth et Matt se bouchaient les oreilles.

Il cria.

—Résistez, ne laissez pas le démon vous envahir !

Matt sentit une douleur fulgurante lui traverser le cerveau. Il se plia en deux. Ses deux amies aussi luttaient. Mentalement, il récita des prières, se signa, demanda l'aide au Seigneur… et tout s'arrêta. Crystal et Élisabeth firent de même. Les maux de tête disparurent.

Margareth les aida à se relever.

—C'est bien mes enfants, vous avez réussi à lutter contre le démon. Vous vous êtes montrés forts. Maintenant c'est lui qui a peur de nous.

Des cris atroces retentirent au troisième étage. Des cris d'une bête en fureur, d'une bête enragée.

—On continue, dit Vincenzo.

La troupe gagna enfin le dernier étage de la bâtisse. Il y faisait un froid hivernal. L'exorciste sut que l'antre du démon n'était pas loin.

En face de l'escalier se dressait une unique porte, une seule. Vincenzo l'aspergea d'eau bénite et ordonna au démon de l'ouvrir. La porte céda et s'ouvrit dans un un long gémissement, laissant apparaître un immense laboratoire. L'odeur était pestilentielle. Élisabeth réprima un haut-le-cœur.

Vincenzo entra le premier dans le laboratoire plongé dans l'obscurité. Il parcourut la pièce à l'aide de sa lampe torche, bientôt rejoint par les autres. Table d'examen en fer rouillé. Ustensiles souillés pour la trépanation. Sangles. Objets divers de tortures. Et de nombreux documents et livres sur un bureau en bois.

Dimitri s'avança et prit un document. C'était le journal de bord du psychiatre.

—Il semblerait que le Docteur Romano faisait subir l'enfer aux patients. Il leur ouvrait le crâne à vif, y enfonçait des électrodes et notait toutes les réactions du patient. Tout est consigné ici.

Margareth s'avança à son tour et lut au-dessus de l'épaule du démonologue.

—Patient n°243. Sexe mâle. Patient qui présente des délires de persécution. Entend des voix et voit des spectres sortir des murs. Expérience n°35 sur la localisation de la zone de l'imagination. Trépanation de la boîte crânienne en sa partie latérale gauche à l'aide du trépan. L'hémisphère est mis à nu. Placement des électrodes. Envois de stimuli au niveau des différentes électrodes. Résultats. Et blablabla. Ce médecin était un vrai malade. Et il semblerait que le patient n'ait pas survécu à un tel traitement. Il est marqué : décès du patient 12 jours après ces tests. La cause n'est pas mentionnée.

—Ce patient s'appelait Carlo Truzi, dit Élisabeth. Il avait 18 ans. Ses parents l'ont enfermé ici, car les hommes l'attiraient. Il fallait le guérir de son homosexualité. Il a subi un véritable calvaire ici et des infirmiers l'ont violé, toujours dans le but de le soigner. Bref, il a fini en dépression et a commencé à voir des spectres. Il a alerté les infirmiers, mais ces derniers ne l'ont pas cru. On l'a isolé parce qu'il faisait peur aux autres. Il a été enfermé dans une chambre du deuxième étage et drogué aux médicaments. Suite à quoi, il est devenu une expérience de plus pour ce psychiatre complètement taré. Sur la table, il a senti qu'on lui retirait la boîte crânienne, il a senti les décharges électriques dans son cerveau. Et surtout, il a entendu le bruit que faisait son os lorsqu'il se déchirât en deux. Il en est devenu un légume. Bref, on ne pouvait le présenter ainsi aux parents, donc on l'a enfermé dans les geôles où il est mort. Et Carl est toujours parmi nous. Je l'ai vu dans la chambre 422. Il n'est pas méchant. Il a tenté, après sa mort, de prévenir les infirmiers sur la dangerosité du médecin, en vain. Il a aussi tenté de prévenir les jeunes lorsqu'ils sont arrivés sur l'île. Il leur a demandé de partir. Mais on ne l'a pas écouté. Aujourd'hui, Carl se cache. Il a peur du démon.

—Regardez, il y a une porte ici, dit Matt.

Derrière la porte, un bureau, plus petit, encore plus glauque. Plutôt, le repère d'un sorcier avec toute sa panoplie d'instruments occultes. Bougies noires, manuels d'incantation, bocaux divers renfermant des grenouilles, des pattes de lapin, des fœtus, des crânes humains…

—Merde, dit Crystal, le psychiatre était un sorcier. Il faisait des incantations.

—Ceci explique beaucoup de choses, dit Dimitri. Le Docteur Romano a fait venir le démon ici s'imaginant le mettre à son service. Or, il en a perdu la vie. Il faudrait que je fouille dans ces incantations pour voir quel démon il a appelé. Cela nous permettra d'avoir une avance sur lui.

—Pas la peine, dit Élisabeth. On va poser la question directement à Romano. Il est avec nous, là, assis devant son bureau. Il pleure.

—Oui, il lui aussi est prisonnier du démon et ne peut rejoindre le royaume des morts, dit Dimitri. Il doit même être torturé tous les jours par le démon.

—Pouvez-vous communiquer avec lui Mademoiselle Ivodric, demanda Vincenzo.

—Oui, mon père. Docteur Romano, écoutez-moi. Donnez-moi le nom du démon que vous avez invoqué.

Un instant de silence. Tous étaient suspendus aux lèvres de la médium, qui reprit la parole.

—Il a désigné l'ouvrage rouge qui se trouve sur le bureau.

Dimitri s'en empara et commença à le feuilleter.

—Romano a fait plusieurs rituels de magie noire. Il voulait la connaissance. Il a appelé plusieurs démons, mais aucun rituel n'a fonctionné, sauf le dernier. Une invocation à Abalam. Ce rituel d'invocation se fait à l'aide d'une jeune fille vierge. Il s'est servi d'une sœur, une infirmière qui était venue pour soigner les patients. Il a dû l'éventrer et la souiller de son sexe. Et Abalam lui est apparu.

—C'est ça, reprit Élisabeth. Au début, Abalam l'a aidé, mais le démon en voulait toujours plus, toujours plus de victimes. Romano, lui, cherchait la gloire. Il voulait découvrir le fonctionnement du cerveau. Sauf que toutes ses victimes l'ont harcelé. Toute l'histoire s'est terminée par le suicide de Romano. Et Abalam a pris son âme.

—Ce n'est pas fini, dit Dimitri, puisque le démon est toujours présent. Maintenant qu'on est sûrs de qui il est, on pourra sauver les jeunes et toutes ces âmes prisonnières par cet esprit immonde. Soyez prudents, Abalam est le démon de la folie. Il peut vous rendre fou. Il peut s'insinuer dans votre cerveau. Ne le laissez pas faire.

—Ok, dit Matt. Mais il y a un hic dans tout cela. Il nous manque deux des jeunes imprudents. Lucia Benedetti et Gianni Bonaventura. Il faut les retrouver avant de trouver le démon.

Vincenzo acquiesça. Il se tourna vers Élisabeth.

—Mademoiselle Ivodric, pouvez-vous les localiser ?

—Je vais essayer mon père. Ce n'est pas facile, le démon brouille mes visions. Il est partout et je dois lutter pour ne pas subir ses attaques répétitives.

—Moi aussi je le sens qui m'attaque, dit Margareth.

—Il faut faire vite, dit Dimitri. Il ne faut pas lui donner l'occasion de nous affaiblir.

Tous fouillèrent les moindres recoins du bureau. Personne.

—Les deux jeunes sont certainement possédés, donc soyez prudents. L'un d'eux est peut-être même sous l'emprise d'Abalam.

Sur la droite, un carreau explosa. Tous sursautèrent. Le démon se manifestait et voulait créer la terreur.

—Gianni Bonaventura est mort, dit Élisabeth. Son corps se trouve dans cette grande armoire. C'est Carlo Truzi qui me l'a dit.

La médium désigna une imposante armoire de bois. Carlo et Vincenzo s'y précipitèrent et l'ouvrirent. Et comme l'avait annoncé Élisabeth, il y avait bien un cadavre à l'intérieur. Le corps d'un jeune homme mutilé, la tête tournée à 180°. Mais ce n'était pas le pire. Tous les crucifix arrachés des murs étaient plantés dans son corps, à l'envers. Plus d'une vingtaine trouaient le cadavre. L'un était fiché dans son anus.

—C'est bien Gianni Bonaventura, dit Crystal. Il n'y a aucun doute. Que lui est-il arrivé ?

—Lucia ne s'entendait pas avec Gianni. Elle l'a tué et a transporté son corps jusqu'ici, dit Élisabeth. Et elle s'est bien vengée.

—Ce qui veut dire, dit Dimitri, que Lucia est aussi possédée. On ne peut plus avoir de doutes là-dessus. Il faut la trouver, en espérant qu'il ne soit pas trop tard. Quant à cette pauvre âme, qu'elle repose en paix.

Vincenzo s'accroupit et lui donna les derniers sacrements. Un par un, il enleva les crucifix enfoncés dans le cadavre et les posa délicatement par terre. Il fut aidé par Dimitri.

—Décidément, dit Dimitri, ce démon a de l'humour. De l'humour noir même.

Soudain, l'odeur pestilentielle se fit plus présente, plus intense. La porte d'entrée du bureau vola en éclat. Devant les Purificateurs se tenait une silhouette mi-femme mi-bête, courbée, aux yeux jaunes ravageurs et à la grimace vorace. Lucia Benedetti sous un masque démoniaque. La chose riait.

Vincenzo se tourna vers les Purificateurs.

—Nous y sommes. Que tout le monde se presse derrière moi, nous ne devons faire qu'un face au démon.

—Voyons mon Père, dit Lucia, crois-tu pouvoir me vaincre.

La voix du démon était glauque, horrible, lugubre. Matt sentit ses poils se hérisser sur ses bras. Un long frisson parcourut sa colonne vertébrale. Il se tourna vers Crystal qui tenait un crucifix devant elle et qui marmonnait des paroles bibliques. Son visage était déterminé. La jeune femme était prête à en découdre avec le monstre. Élisabeth se tenait en retrait avec Margareth. Les deux femmes priaient et se tenaient la main pour se donner du courage.

Dimitri et Carlo sortirent leur rituel de l'Église Romaine et se mirent de chaque côté du prêtre-exorciste. Ce dernier prit son étole violette de son sac, la baisa et la passa autour de son cou.

—Ça fait un moment que je vous attends, dit le démon. J'ai failli m'impatienter. Mais je suis en colère. Ce que vous avez fait n'est pas bien. Pas bien du tout. Vous m'avez enlevé mes petits. Croyez-vous que je doive vous laisser faire ?

Sans répondre, Vincenzo aspergea Lucia d'eau bénite et commença le rituel. Les mots jaillissaient de sa bouche et percutaient le démon de plein fouet. Dimitri et Carlo lui donnaient la réplique. Ce dernier hurla.

—Arrête ça, espèce d'enfoiré !

En guise de réponse, Vincenzo s'avança et posa son crucifix sur le front de la possédée qui se mit à brûler.

—Abalam, je sais qui tu es. Perfide serpent, je t'ordonne de sortir du corps de cette servante de Dieu, au nom de Jésus-Christ. C'est lui qui te commande !

Toute la bâtisse se mit à trembler. Les vitres volèrent en éclat. Vincenzo lutta pour tenir en place. Il cria.

—Venez m'aider !

Carlo et Dimitri essayèrent d'approcher le prêtre. Mais, une force invisible les en empêchait. Ils se donnèrent la main et prièrent tout en forçant la barrière invisible. Pas à pas, comme luttant contre un vent invisible d'une force incroyable, ils purent rejoindre le prêtre-exorciste. Dimitri était essoufflé.

—Faut lui passer l'étole autour du cou, dit Vincenzo.

Carlo prit l'étole violette et la passa autour du cou de Lucia qui se débattit. Elle sifflait comme un serpent et faisait des gestes obscènes.

Margareth vint rejoindre le trio et s'accroupit à côté de Dimitri. Elle prit la main de la possédée et y posa un crucifix. Pendant que Vincenzo tenait fermement le crucifix sur le front de la bête, Dimitri l'aspergeait d'eau bénite.

Autour d'eux, les meubles lévitaient et venaient se briser contre les murs. Vacarme assourdissant. Les documents de Romana voltigeaient dans les airs. La maison vivait. La maison se révoltait. Vincenzo resta concentré. Il ne fallait pas céder à la panique. Une chaise vint se briser à un mètre de lui. Le choc fut si violent, que des débris l'atteignirent au visage. Il n'en tint pas compte.

—Abalam, tu n'as plus le choix. Sors du corps de cette servante de Dieu et rejoins l'enfer où t'attends la désolation. Je te l'ordonne au nom de Jésus-Christ et de la Vierge Marie.

Carlo fit le signe de croix au-dessus de la jeune femme qui, tête tournée de force contre l'étole, vomissait un liquide noir et gluant.

—Amen.

—Entends mon ordre, dit Vincenzo, tu ne peux me résister.

—Va en enfer prêtre, répondit Abalam.

—C'est toi qui vas y aller, dit Vincenzo.

Nouvelle aspersion d'eau bénite. Nouveaux cris.

Carlo força encore une fois le démon à tourner sa tête vers le dessin de la croix en or de l'étole. Il porta l'étole à la bouche de la possédée. Elle cracha un nouveau jet de liquide noirâtre qui aspergea les uniformes des deux prêtres.

Vincenzo s'essuya d'une main. Le vomi était acide. Margareth l'aida à s'en débarrasser et vint au secours de Carlo dont le tissu de son uniforme fondait sous l'effet de l'acide.

—Ça suffit, dit Vincenzo. Tu es fini Abalam. Je t'ordonne de sortir de ce corps ! C'est Jésus-Christ qui t'y oblige. Le pouvoir du Christ t'oblige. Le Saint-Esprit t'oblige ! Seigneur, qui avez été fait chair, qui avez été attaché à la crois, qui êtes assis à la droite de Dieu le Père, je vous conjure par votre saint Nom, à la prononciation duquel tout genou fléchit au ciel, sur la terre et dans les enfers, exaucez les prières de ceux qui mettent leur croyance et confiance en vous ; daignez préserver cette créature, Lucia Benedetti, par votre saint Nom, par les mérites de la Sainte Vierge votre mère, par les prières de tous les Saints, de toute attaque et maléfice de la part des démons et des malins Esprits, vous qui vivrez et régnez avec Dieu le Père en l'unité du Saint-Esprit. Ainsi soit-il !

—Amen, dirent en cœur Carlo et Dimitri.

Lucia se contorsionna. Ses os craquèrent, comme s'ils se brisaient de partout.

—Elle va se tuer, dit Margareth.

Vincenzo posa son crucifix sur le front de la jeune fille pendant que Carlo continuait les aspersions à l'eau bénite. À chaque fois que l'eau touchait le corps de la possédée, il craquelait et se fendait.

Vincenzo reprit la parole. Il était essoufflé.

—Voici la Croix de Notre-Seigneur Jésus-Christ, d'où dépend de notre salut, notre vie, notre résurrection spirituelle, la confusion de tous les démons et mauvais esprits. Il te conjure, serpent, de sortir du corps de sa servante Lucia Benedetti.

—Amen, crièrent en cœur le reste des Purificateurs.

—Abalam, fuie, disparais d'ici, démon, ennemi juré des hommes, car je te conjure, toi le démon infernal, l'esprit malin, qui que tu sois, que tu sois appelé, invité, conjuré ou envoyé de ton bon gré ou forcé par menaces ou par l'artifice d'hommes méchants ou de femmes méchantes, pour tourmenter les personnes ou habiter ce lieur, je te conjure de quitter cette créature que Dieu a créé à son image.

Puis, Dimitri, Carlo et Vincenzo crièrent en cœur :

—On te l'ordonne par le Grand Dieu Vivant, par Dieu le Père, par dieu le Fils, par Dieu le Saint-Esprit. Principalement par Celui qui a été en Isaac, qui a été en Isaac, qui a été vendu dans Joseph, qui étant homme a été crucifié, qui a été immolé comme un agneau, par le sang duquel Saint-Michel, combattant contre vous les démons, vous a vaincus et vous a fait fuir, vous a précipités dans les abîmes. Nous te défendons par son autorité, sous quelque prétexte que ce soit, de faire aucun mal à cette créature Lucia Benedetti. Sors de son corps, nous t'en conjurons par ordre de notre Seigneur Jésus-Christ. C'est lui qui te commande.

La possédée redressa la tête. Elle cligna trois fois des yeux, lentement, très lentement. Elle se moquait de la Trinité. Puis, elle poussa une longue plainte et son corps s'affaissa. Tout redevint calme. L'odeur pestilentielle quitta la pièce.

—C'est fini, demanda Matt.

—Oui Monsieur Bohé, c'est fini. La bête est vaincue, dit Vincenzo.

—Rien de plus ? La mission est terminée ?

Dimitri se retourna et regarda le jeune homme.

—Matt mon ami, nous avions déjà affaibli le démon en bénissant toutes les pièces. Il n'avait nulle part où se réfugier. En plus, nous savions qui il était. Abalam savait que sa fin était proche et nous le savions aussi.

—Oui, continua Margareth. La volonté du Seigneur a été entendue.

—Mon Dieu, comme c'est beau, s'extasia Élisabeth.

Tous se retournèrent. La médium souriait et regardait tout autour d'elle.

—Les fantômes ! Ils partent rejoindre la lumière. Ils sont en paix. Carlo nous dit merci. Et Romano ! Il a été happé par un énorme trou noir !

—Ce sont les enfers, dit Dimitri.

—Toutes les âmes sont libérées, dit Carlo. Le démon n'est plus là pour les retenir.

Le prêtre se pencha sur Lucia Benedetti. Il prit son pouls. La jeune femme semblait dormir. Son visage était apaisé, en paix. Le masque de haine du démon avait disparu. Mais, elle gardait sur son corps de nombreuses traces de ce moment infernal vécu et de la bataille acharnée qui s'était jouée en ce lieu.

—Comment va-t-elle, demanda Vincenzo.

—Son pouls est régulier. Elle va bien. Elle s'en sortira.

Avec l'aide de Dimitri, Vincenzo porta le corps endormi de Lucia au rez-de-chaussée et l'allongea à côté de ses camarades qui s'étaient réveillés enchaînés. Les démons les avaient quittés eux aussi. Ils étaient désorientés. Ils étaient sonnés. Lisa Adone pleurait. Élisabeth la consola et lui expliqua que le cauchemar était terminé.

Les jeunes furent détachés. Margareth appela le commandant du navire qui les avait emmenés sur l'île. Le bateau sera là dans 1 heure. C'était parfait. La nuit sera tombée dans 2 heures.

Vincenzo avait encore une dernière mission à accomplir avant de quitter l'hôpital de l'île de Poveglia. Il donna une messe, y fit participer les jeunes gens, et communia afin de purifier le lieu à tout jamais.

Élisabeth semblait en paix. Elle ne se sentait plus oppressée.

Crystal souffla. Sa première mission fut pénible, mais la jeune femme s'endurcissait. Une force nouvelle avait envahi son corps. Elle sut qu'elle ne sera plus jamais la même après cette terrible aventure.

Dimitri se tâtait le coup. Sa blessure avait mystérieusement disparu. L'archange Raphaël était encore une fois passé par là pour le guérir. Mentalement, il le remercia. L'ange de Dieu avait aussi guéri les égratignures de Matt, qui enleva ses pansements et découvrit une peau régénérée. Un miracle. Dieu avait été avec eux, dans cet hôpital.

***

On aida les blessés à monter à bord du bateau. Ils étaient encore faibles, mais heureux d'être vivants. Lisa pleurait son petit-ami et Lucia la berçait tendrement. Paolo fixait l'horizon et Filippo tenait la main de Lisa pour lui donner du courage. Eux aussi savaient qu'ils ne seraient plus jamais les mêmes. Ils avaient été touchés par le Mal et sauvés par Dieu. Ils surent que Dieu existait et se promirent de le servir.

Paolo Gallini demanda à Carlo quelles études il devait suivre pour devenir prêtre. Carlo lui répondit de s'adresser au prêtre de sa paroisse qui le guidera.

***

Les Purificateurs se sentaient apaisés. Leur première mission était une réussite. Certes, Gianni Bonaventura était mort, mais cela n'était pas de leur faute. Abalam l'avait tué bien avant leur arrivée.

—Vous sentez, dit Élisabeth, cette chaleur qui envahit vos corps ?

—C'est l'Esprit-Saint, dit Carlo. Il vient en nous. Cette mission était un test, maintenant nous sommes de véritables soldats du Seigneur.

Vincenzo fit réunir ses amis à l'avant du bateau. Il avait un discours à leur faire.

—En vérité je vous le dis, chers amis, nous sommes à présent une équipe, une vraie. Nous devons continuer notre œuvre. Mais si quelqu'un veut quitter le navire, je comprendrai. Cela a été éprouvant. Si vous restez, j'en serai content. Car, vous avez tous été de bons soldats. Mademoiselle Crystal Louvière, vous allez gagner en assurance. Monsieur Matt Bohé, je vous sentais un peu sceptique, vous croyez en Dieu aujourd'hui. Sœur Margareth, vous avez été d'un grand soutien pour toute l'équipe et vous n'avez pas flanché lorsque le démon vous a attaqué. Mademoiselle Élisabeth Ivocric, vos dons sont incroyables, nous avons besoin d'eux. Enfin, Monsieur Dimitri Marchand et Père Rinaldi, vous êtes de vrais exorcistes et je vous remercie de m'avoir assisté. Ensemble nous avons vaincu Abalam. Mais d'autres démons nous attendent. Prenez le temps de réfléchir si vous voulez continuer à faire partie de l'Ordre des Purificateurs. Ne me donnez pas votre réponse aujourd'hui, mais lors de la prochaine mission. Si vous y êtes, je serai content et fier de vous, si vous n'y êtes pas, je vous bénirai et demanderai à Dieu de vous garder.

L'île Poveglia s'éloignait. Île purifiée. Île à jamais marquée par sa légende, mais aujourd'hui paisible.

Tous étaient soulagés et heureux. Sauf Margareth. Elle était emplie de doutes. Elle n'avait pas senti la chaleur de l'Esprit-Saint l'envahir. Peut-être avait-elle perdu la bataille contre Abalam ?

MARIE D'ANGE

LES PURIFICATEURS

ÉPISODE II : AMITYVILLE

L'histoire est un perpétuel recommencement
Thucydide

Introduction

13 novembre 2014, 6 h du matin. Savannah Luciani compose fébrilement le 911. L'adolescente semble anxieuse. Ses doigts tremblent. Elle respire avec difficulté et du sang macule ses mains, ses vêtements aussi ainsi que son visage. Elle pleure. Elle compose le numéro des urgences sur le clavier du téléphone fixe. Elle écoute, stressée, la série de bips avant, qu'enfin, une policière lui réponde.

— Le 911 j'écoute, quelle est la raison de votre appel ?

— Ils sont tous morts !

— Pouvez-vous décliner votre identité ?

— Mes parents sont morts. J'habite au 113 Ocean Avenue à Amityville.

Et Savannah raccroche. Elle se laisse tomber au sol, les genoux contre la poitrine et sombre dans un profond désespoir. Qu'avait-elle fait ?

Dix minutes plus tard, deux policiers débarquent au 113 Ocean Avenue dans la petite ville d'Amityville et découvrent toute l'atrocité qui avait eu lieu dans la maison : quatre cadavres, tous assassinés par balle en plein sommeil.

Dans la précipitation et l'horreur des scènes de crimes, les policiers ne voient pas Savannah, toujours recroquevillée près du combiné téléphonique, dans le sas d'entrée.

Toute la maison empeste le sang. Les murs suintent la mort par toutes les briques qui les composent. Les pauvres hommes, dépassés par les évènements, demandent du renfort.

Bientôt, une dizaine de voitures se garent devant la maison maudite et chacun s'affaire, les uns prennent des photos pendant que d'autres essayent de relever des indices. Les cadavres de quatre personnes gisent dans leur lit respectif, chacun ayant reçu une balle ou deux à bout portant. Un véritable massacre. Sur les murs, au-dessus des lits, un pentacle rouge dessiné probablement avec le sang des victimes. Un dessin ressemblant à une tête de chien avec une croix inversée.

Une affaire de sorcellerie ? De satanisme ? Cette folie meurtrière résonne à celle perpétrée trente-neuf ans plus tôt par Ronald Defeo Junior. Même mode opératoire, même arme du crime - un fusil de calibre 35 mm -, même barbarie. Et une question, la même posée trente-neuf ans plus tôt : comment cela se peut-il que personne n'ait entendu le bruit des coups de feu ?

L'histoire se répétait.

En descendant l'escalier, l'un des inspecteurs trouve Savannah pleurant toujours à côté du téléphone. Il s'approche. La jeune fille est couverte de sang. Il fait signe à un de ces collègues, qui le rejoint. L'inspecteur s'agenouille devant Savannah.

— Bonjour. Je suis le lieutenant Hope. C'est toi qui as appelé les secours ?

L'adolescente lève la tête. Du sang mêlé de larmes macule son visage. Ses yeux sont livides.

— Oui, tout le monde est mort. J'ai rien fait.

Le deuxième inspecteur appelle une ambulance, tandis que l'inspecteur Hope tend une main vers Savannah.

— Viens avec moi, on va discuter de tout cela.

L'adolescente se met debout sans prendre la main tendue vers elle et suit le policier à l'extérieur de la maison. Les gyrophares bleus des voitures éclairent l'allée par intermittence.

— Tu sais ce qu'il s'est passé ? Tu as vu quelque chose ?

— J'ai tout vu, mais j'ai rien pu ne faire.

— Tu pourrais décrire le meurtrier ?

— Vous l'avez devant vous, cher inspecteur.

Et Savannah explose de rire. L'inspecteur Hope recule. Le visage de la jeune fille vient de se transformer en un masque de haine. Au même moment, une ambulance s'engage dans l'allée. Il se ressaisit et se dit que cela était dû au choc.

— OK, donc tu as tué ta famille ?

— Oui, mais il m'a forcé.

— C'est qui il ?

— Le Diable !

Et Savannah saute sur le policier pour le mordre à la joue. Hope surpris par cette attaque subite, tombe à la renverse, Savannah sur lui toujours agrippée à son cou. Elle mord avec force et rage dans la joue de l'inspecteur. Ce dernier hurle de douleur, se débat. Deux de ses collègues se précipitent pour l'aider. L'un d'eux envoie un coup de pied dans la tête de la jeune fille pour qu'elle lâche prise. Sauf que Savannah ne desserre pas les dents. Et comme sa tête bascule de côté par la force du cou, ses dents déchirent un lambeau de chair. Du sang gicle de la joue de Hope qui crie toujours. Un policier, devant l'atrocité de la scène, devant le bout de chair humaine gisant à côté de son collège, vomit devant Savannah qui éclate de rire et dévoile une dentition pleine de sang. Hope en profite pour fuir à quatre pattes hors de sa portée.

Les ambulanciers accourent. Deux maintiennent la jeune fille pendant que l'autre prépare une injection. Un policier aide Hope à se relever. Ce dernier compresse sa joue douloureuse. Du sang gicle entre ses doigts. À peine debout, il assene un violent coup de pied dans le ventre de Savannah qui rugit et l'injurie.

— Salope !

Deux collègues le retiennent. Hope bouillonne de colère.

— Regardez c'qu'elle m'a fait cette salope.

Sur sa joue, une plaie béante qui le défigurera à vie. Un médecin se précipite pour le soigner. Il fait signe aux deux autres policiers de l'accompagner jusqu'à l'ambulance.

Pendant ce temps, Savannah se débat toujours en hurlant. Cinq autres hommes viennent en renfort des ambulanciers qui peinent à la maintenir en place. Enfin, le produit injecté dans ses veines fait effet et la jeune fille se calme.

Elle est transportée, à demi consciente, dans une deuxième ambulance qui arrive cinq minutes plus tard.

Des curieux se précipitent déjà devant la bâtisse surnommée « La maison du Diable ». Ils peuvent voir les quatre corps allongés sur des civières et recouverts d'un drap blanc, être évacués de la maison et emportés par des ambulances jusqu'à la morgue. Certains réclament à grand renfort de cris hystériques la destruction de la maison, d'autres prient, d'autres pleurent et d'autres encore filment la scène avec leur smartphone. Tous savaient que quelque chose de maléfique vivait à l'intérieur de cette maison. Tous sentaient que le diable était de retour.

Bientôt, les journaux s'emparent de l'affaire qui fait la Une.

« *39 ans après, le diable est de retour à Amityville* »

« *Quadruple meurtre dans la maison du diable* »

« *Savannah Luciani, la meurtrière du diable* »

« *Luciani et Defeo : les meurtriers du diable* »

« *La maison du diable fait encore parler d'elle* »

Et les gens en mal de sensations fortes, se prétendant médiums ou chasseurs de fantômes, se pressent devant la maison et y entrent par effraction, saccageant les scènes de crimes. Les autorités font cesser ce manège, arrêtent et condamnent toutes les personnes qui osent passer le périmètre de sécurité délimitée par les rubans de balisage.

Bientôt, sur internet, des vidéos de la maison du diable tournent en boucle sur la toile, rendant l'enquête difficile.

Le médecin légiste, qui examina les corps deux jours après la fusillade, rendit son rapport : mort par balles. Aucune trace de drogue dans l'organisme ni d'alcool. Heure de la mort : 3 h 15

La balistique confirma que l'arme du crime correspondait à celle qui avait servi dans les meurtres de la famille Defeo trente-neuf ans plus tôt : un fusil 35 mm. Pourtant cette arme était toujours sous scellé dans les locaux du Tribunal de New York.

Le sang des victimes était le même que celui qui avait servi à dessiner les pentacles sur les murs.

Dans l'attente de son procès, on enferma Savannah dans un hôpital psychiatrique. La jeune fille se murait dans le silence. On lui montra les photos des scènes de crime, de son père Bolton, de sa mère Abby, de son petit frère Glen et de sa sœur Grace. Aucune réaction. On lui expliqua qu'elle était la seule suspecte dans cette macabre affaire. Elle se contenta de fixer un point à l'horizon. Parfois, un petit sourire carnassier se dessinait sur le coin des lèvres.

Le procureur Brad O'Neil fut chargé d'instaurer l'affaire pour l'État. Mais cette histoire le dépassait. Il était convaincu que le diable possédait Savannah et avant de faire condamner une innocente, il devait s'en assurer et surtout le prouver. C'est pourquoi il avait contacté l'Église afin qu'elle mandate un prêtre pour examiner la jeune fille. Mais les ecclésiastiques ne répondirent à aucun de ses nombreux appels. Presque trois ans plus tard, et après la rédaction de quelques articles assassins sur l'Église par des journalistes, il reçut une lettre du Vatican lui notifiant l'envoi d'une équipe de spécialistes sur place. Ce fut trois ans de calvaire pour le procureur qui avait multiplié les expertises et contre-expertises dans le but de retarder le procès.

La mission

Le jour allait bientôt se lever sur la belle cité du Vatican. Margareth était déjà réveillée, ou plutôt, ne s'était pas encore couchée. Toute la nuit, elle avait réfléchi sur son avenir en tant que membre des Purificateurs.

Cela faisait maintenant trois jours que le groupe était rentré de leur première mission sur l'île Poveglia. Les Purificateurs avaient combattu Abalam, un puissant démon, le démon de la folie.

Durant cette mission, Abalam s'était attaqué à la bonne sœur. Il lui avait rappelé son passé d'ancienne alcoolique, et Margareth n'avait rien vu venir. Cela l'avait profondément touchée. Elle qui se disait forte, n'avait pas réussi à s'opposer au démon, à faire face à ses propos insidieux. Elle était tombée tête la première dans le piège tendu par le démon. Abalam l'avait rendue faible.

Margareth s'en voulait. Elle savait que sa faiblesse aurait pu mettre en danger toute l'équipe. Les conséquences auraient pu être désastreuses. Peut-être n'était-elle pas assez pure ou forte pour faire partie de l'ordre des Purificateurs, un ordre de soldats, de combattants du bien ?

L'ancienne militaire se souleva de son lit. Quelqu'un toquait à la porte de sa chambrette. Elle tourna la tête pour regarder l'heure sur son radioréveil : 5 h 12 du matin. Qui pouvait venir si tôt ? Ce n'était pas encore l'heure de la prière du matin.

Lentement, elle enfila ses pantoufles roses, mit sa robe de chambre et alla ouvrir. Devant elle se tenait Élisabeth Ivodric. La jeune femme était habillée d'une tenue de sport blanche qui éclairait son visage souriant. Dans sa main, elle tenait un paquet.

— Bonjour ma sœur, puis-je entrer ? J'ai apporté les croissants pour le petit-déjeuner.

La médium lui montra le sac en papier. Une bonne odeur de pâtisserie s'y dégageait. Margareth ouvrit en grand la porte pour la laisser passer.

— Vous préparez du café ma sœur ?

Margareth souffla et referma la porte. Elle n'avait aucune envie de recevoir du monde et surtout pas l'un des membres des Purificateurs. Elle se sentait désespérée, en proie à un profond questionnement. Pour la première fois de sa vie, elle doutait de ses capacités.

Pendant que le café coulait, Élisabeth fit la conversation. Elle s'assit sur une chaise et ouvrit le sac en papier pour en sortir un croissant encore chaud.

— Je suis allée chercher ces croissants dans une boulangerie de Rome qui ouvre très tôt. Ils sont fabuleux. J'en avais déjà acheté lors de mon instruction et je n'avais pas eu l'occasion d'y retourner. Et ce matin, c'est l'occasion rêvée pour déguster ces pures merveilles.

— On fête quelque chose ?

— Notre première mission, qui a été une totale réussite.

— Il n'y a rien à fêter.

Élisabeth croqua dans un croissant.

— C'est délicieux vraiment. Prenez-en un ma sœur.

— La gourmandise est un péché capital.

— Que vous confesserez après vos prières matinales ma sœur et que j'expierai en courant dix kilomètres.

— C'est pour me faire succomber au péché que vous êtes venue, Mademoiselle Ivodric ?

Margareth posa sur la table de sa petite cuisine deux tasses de café fumant, ainsi qu'un pot contenant du sucre en poudre.

— Non, je ne suis pas venue vous parler de sport, mais de vocation, de religion et surtout de votre mal-être. Car je l'ai senti, il est profond. Je sais que vous vous posez des questions, que vous vous en voulez de votre faiblesse en face du démon qui vous a attaqué.

Margareth serra la mâchoire.

— Je n'ai pas envie d'en parler.

— Et je peux le comprendre. Simplement, sachez que j'ai eu une vision ou plutôt un ange m'a visité. Il m'a donné un message pour vous : vous ne devez pas renoncer. Vous êtes une personne bien et nous avons besoin de vous.

— J'ai faibli devant Abalam.

— Vous n'avez pas à rougir de cette faiblesse. Au contraire, Abalam ne vous a pas soumise et jusqu'au bout vous avez soutenu l'équipe. Vous devez vous battre contre le doute qui vous assaille. Dieu vous a choisi pour faire partie de l'Ordre des Purificateurs.

— Je suis indigne de faire partie de cet Ordre.

— Vous en êtes digne au contraire. Servez-vous de votre passé. Qu'il devienne un atout pour notre équipe. Vous connaissez la vie, vous savez ce que peut ressentir un homme banal : amour, amitié, vengeance, haine... vous savez tout cela. Et c'est ce qui vous rend humaine et non une simple bonne sœur qui n'a connu que la vie monacale. J'admire ces dames qui vouent leur vie au Seigneur, mais elles ne comprennent rien au chagrin du cœur, ni à la haine qui peut animer un homme lorsqu'il est trahi, ni à ce besoin qu'ont certains de s'enrichir quitte à tuer. Vous, vous connaissez tout cela. Vous avez vécu ces choses. Vous avez côtoyé l'enfer comme le paradis. Vous avez vu le bon comme le mauvais. Vous savez avoir de la compassion, mais vous savez aussi vous montrer ferme.

Élisabeth se leva.

— Voilà, c'est tout ce que j'avais à vous dire. Ne doutez plus de vous. Vous êtes forte et nous avons besoin de vous. Si vous nous quittez, Abalam aura gagné. Ne le laissez pas faire.

La jeune femme commença à se diriger vers la porte.

— Une dernière chose, ma sœur, vous avez reçu un mail concernant notre prochaine mission. Je ne sais pas ce qu'il contient, car vous êtes la première à savoir où le Vatican nous expédie pour notre prochaine mission, avec Crystal et le Père Onoffrio. À vous de voir si vous préparez cette mission ou pas. Avant de prendre une décision, goûtez aux croissants, ils sont fameux.

Et la médium claqua la porte derrière elle laissant Margareth perplexe. Elle alluma son ordinateur et le temps de sa mise en route, but une gorgée de café et mangea un croissant. Délicieux. Son cœur se serra. Une violente envie de pleurer la submergea. Elle aimait sa vie, elle aimait faire partie de l'Ordre des Purificateurs. C'était sa raison de vivre : lutter contre le mal et aider les personnes en proie au mal.

Elle fit défiler ses mails. Beaucoup de publicités et glissé entre ces courriels dérisoires, se trouvait bien un mail confidentiel en provenance des hautes autorités pontificales. Elle tapa le code de sécurité sur son clavier pour l'ouvrir : la date de naissance de son ami mort au combat en Afghanistan. L'écran afficha les modalités de sa prochaine mission. Les Purificateurs étaient envoyés à Amityville pour enquêter sur la fameuse maison du Diable.

Margareth sourit. Elle avait toujours rêvé visiter les États-Unis. En plus, Long Island à l'est de New York le rêve ! Déjà, elle s'imaginait réserver un hôtel sur l'île avec vue sur l'océan Atlantique. Elle espérait que la maison soit située près de l'océan et non à l'intérieur des terres.

Elle lut rapidement le mail. Départ prévu pour le 18 mai, c'est-à-dire dans deux jours. Prévoir une semaine sur place.

Margareth connaissait l'histoire de la maison d'Amityville. Trouvera-t-elle la force nécessaire pour combattre un autre démon ?

Elle ferma les yeux et le visage de son ami mourant dans ses bras se superposa aux mots du mail. Elle pleura. Toute l'atrocité de la guerre lui sauta au visage. Elle se souvint de cet homme qui avait fait battre son cœur. Antony Leclerc. Un homme bon, généreux, toujours prêt à aider ses compagnons. Dès leur rencontre, une solide amitié s'était tissée entre les deux, amitié qui se transforma au fil du temps en un amour pur et sincère. Et quand ils partirent tous deux pour une mission en Afghanistan, ils se jurèrent de prendre soin l'un de l'autre. Et Margareth avait failli à cette promesse.

Encerclés par les talibans, les militaires avaient reçu l'ordre de se replier pour se mettre à l'abri. Sauf que les balles se sont mises à pleuvoir autour d'eux. Margareth entendit l'ordre de repliement et de fuite en avant. Mais, terrorisée, elle resta sur place. La voyant ainsi prostrée, Antony avait couru et s'était jeté sur elle pour la protéger. Plusieurs projectiles avaient alors transpercé le dos de l'être qu'elle aimait et il rendit son dernier souffle sur Margareth. Dans un dernier soupir, il lui avait avoué son amour. Sauf, que Margareth n'avait pu lui répondre tant elle était terrorisée. Elle comprit qu'à cause de sa peur, elle venait de perdre son unique amour.

Elle fut retrouvée quelques jours plus tard dans les bois, errant, n'ayant plus envie de vivre. On lui ordonna de rentrer en France. Là, elle quitta l'armée et sombra dans l'alcoolisme avant de ressentir l'appel de Dieu. Elle avait vécu l'enfer de l'alcool, les soirées dans des bars putrides, la déchéance humaine, les malheurs humains… et Dieu l'avait sauvée. Margareth laissa échapper ses larmes. Peut-être devait-elle faire pénitence de ce passé ?

Elle referma son ordinateur, enfila sa tunique, attacha la taille avec un chiffon, mit son scapulaire et sa cornette. Elle prit son crucifix, l'embrassa et le passa autour de son cou. Ce geste lui rappela le temps où elle était encore une religieuse de l'ordre des Passionnistes. Quels bons souvenirs ! Une vie pieuse, faite de jeûne et d'adoration au Christ. Aujourd'hui, elle faisait partie de l'ordre des Purificateurs.

Elle sortit de sa chambre et se mêla aux moniales qui se dirigeaient vers la chapelle pour la prière du matin. Là, elle pria et chanta de tout son cœur. Elle demanda au Seigneur de la guider, de lui parler en envoyant un signe. Elle leva la tête et aperçut qu'un rayon de lumière inondait le visage de Jésus-Christ sur la croix. Ce dernier semblait lui sourire. Elle comprit alors qu'elle devait se servir de son passé pour combattre le mal. Elle avait combattu des démons, les talibans, elle devait continuer à lutter contre le mal absolu. Ne jamais renoncer, malgré les épreuves. C'était ce que lui répétait Antony.

— Merci Seigneur, je continue la mission que vous m'avez confiée.

Elle pria pour l'âme de son ami, pour elle, pour les Purificateurs. Le doute s'était évanoui. Elle savait à présent ce que Dieu attendait d'elle.

L'équipe des combattants du Mal était rassemblée dans « la salle de réunion des Purificateurs ». Tous prenaient place autour de la table ovale. Tous avaient lu le dossier contenant les explications de leur prochaine mission. Crystal, dans une robe psychédélique, semblait confiante. Matt, dont la chevelure semblait encore avoir poussé et qui ressemblait à une coiffe de Playmobil, aussi. Élisabeth, détendue, jouait avec son stylo. Les jambes croisées, ses yeux bleus électriques, de la même couleur que son tailleur, scrutaient le prêtre-exorciste. Ce dernier relisait ses notes et attendait que tout le monde se mette en place. Pendant ce temps, Dimitri et Carlo prenaient place autour de la table.

Margareth se tenait assise le dos droit sur sa chaise. Cela faisait maintenant trois jours qu'elle préparait la mission. Elle avait réservé les billets d'avion, l'hôtel, avait pris rendez-vous avec quelques personnes aux États-Unis, le procureur O'Neil, l'avocat de Savannah Luciani, le directeur du centre pénitencier de Green Haven... Elle avait réglé tous les détails avec une minutie parfaite. Elle qui avait affronté ses propres démons, se sentait prête à se battre avec tous les démons de l'enfer. Impatiente, elle enlevait et remettait le capuchon de son stylo sans même s'en apercevoir, machinalement. Par moment, ses doigts fins couraient le long du stylo pour attraper le capuchon et le retirer, pour ensuite le remettre à sa place et ainsi de suite. Le père Onoffrio se tourna vers elle et doucement lui dit :

— Content de vous voir, ma sœur.

Margareth lui sourit. Elle savait que son supérieur avait eu vent de ses craintes, de ses hésitations à rester un membre des Purificateurs. Elle posa son stylo. Intérieurement, elle le remercia de ne pas dévoiler toute cette affaire aux autres au risque de perdre de sa crédibilité. Crystal avait besoin de croire en elle, la jeune femme présentait des signes de faiblesse et avait besoin que quelqu'un la guide et l'accompagne. Elle regarda Élisabeth qui lui sourit en retour. Elle aussi gardera ce secret.

Enfin, Vincenzo mit ses petites lunettes rondes sur le nez et prit la parole, ce qui signala le début de la réunion.

— Bonjour à tous et merci d'avoir répondu à mon appel. Notre dernière mission sur l'île de Poveglia a été très difficile et je sais que le démon vous a éprouvés et épuisés. Mais vous êtes là, ce qui prouve que l'Esprit-Saint est en vous. Ce qui prouve que vous êtes les élus et que vous l'avez compris. Je ne m'attarderai pas sur ce sujet et je vous propose de vous annoncer notre prochaine mission. Notre seconde tâche consistera à enquêter sur une affaire spéciale, celle d'Amityville. Je laisse la parole à Mademoiselle Louvière qui va vous expliquer ce que l'on attend de nous.

Crystal se leva faisant voltiger les voilages de sa robe psychédélique, alluma le rétroprojecteur. Ses bracelets tintèrent au niveau de son poignet. Elle les remit en place. La photographie d'une magnifique demeure au style colonial hollandais s'afficha sur l'écran blanc.

— Voilà. Donc voici la maison d'Amityville. Nous connaissons tous sa réputation en tant que maison du Diable. Et voici la famille avec laquelle toute l'histoire a débuté.

Elle actionna la télécommande du rétroprojecteur ce qui créa un nouveau tintement des bracelets et une photographie de la famille Defeo remplaça celle de la maison d'Amityville.

— Voici la famille Defeo. De gauche à droite, Ronald, le père, Louise la mère, Ronald Jr, l'aîné, Dawn, l'aînée des filles et enfin Allisson, Mark et John. À 18 h 35, le 13 novembre 1974, la police de Long Island reçoit un appel plutôt bizarre. C'est un certain Joey Yeswit qui leur dit qu'un prétendu Ronald Jr est entré dans son bar en hurlant que toute sa famille est morte. Les policiers se rendent sur place et découvrent avec horreur les six cadavres. Toute la famille Defeo, sauf Ronald Jr, a été tuée avec un fusil de 35 mm, lors de la nuit du 13 novembre 1974, tous à 3 h 15 du matin. Très vite, les soupçons se sont tournés vers Ronald Jr, qui semblait très instable. Ronald Jr, surnommé Butch, est inculpé et sera déclaré coupable le 21 novembre 1975 et condamné à six peines de prison consécutives d'une durée de 25 ans chacune pour les six inculpations de meurtre. Pour sa défense, Ronald Jr dira que c'est le Diable qui l'a poussé à tuer sa famille.

Nouvelle manipulation de la télécommande. Nouveau tintement des bracelets. Nouvelle photo. La famille Lutz

— La maison est vendue et c'est la famille Lutz qui l'achète pour la modique somme de 80 000 dollars, le 18 décembre 1975, soit 13 mois après la fusillade. Les Lutz savent ce qui est arrivé dans la maison, mais ils ne sont pas superstitieux. Une maison si peu chère et aussi belle, c'est une aubaine pour ce couple qui ne roule pas sur l'or. Mais, les Lutz ne resteront que 28 jours dans la maison. Ils prendront la fuite dans la nuit du 13 janvier 1976 après avoir subi plusieurs évènements paranormaux. Tous les détails de cette affaire se trouvent dans les dossiers que je vous ai remis.

— On dit que l'histoire des Lutz est un canular, dit Dimitri.

— C'est possible, rien n'a pu être prouvé, dit Crystal. Des professionnels ont mené des enquêtes, mais aucun n'a pu apporter la preuve que la maison est vraiment hantée. La théorie qui semble la plus plausible est celle du canular. On sait que l'avocat de Ronald Jr, William Weber, aurait offert une somme d'argent assez conséquente aux Lutz pour qu'ils simulent des phénomènes de hantise dans la maison. Ainsi, l'avocat voyait sa défense renforcée et il aurait une chance de disculper Ronald Jr. Ce qui ne fut pas le cas. Bref, la maison est remise en vente et des phénomènes surnaturels ont cessé (nouveau tintement des bracelets, nouvelle photographie). La famille Cromarty, qui a changé l'adresse de la maison du 112 Ocean Avenue au 113, car les curieux la dérangeaient plus que le Diable. La famille O'Neil qui a remplacé les lucarnes, que les plus superstitieux voyaient comme les yeux du Diable, par des fenêtres de forme standard. Jusqu'à la famille Luciani qui a acheté la maison en 2010.

Crystal actionna sa télécommande ce qui fit apparaître une photographie de la famille Luciani.

— Voilà donc Bolton Luciani, le père, Abby, la mère, Savannah, l'aînée, Glen et Grace. Une famille tranquille, appréciée des voisins. Tous les cinq ont vécu heureux dans la maison jusqu'à la nuit du 13 novembre 2014 où ils ont été abattus par balle. Seule Savannah a été retrouvée vivante. Elle est immédiatement accusée d'être la meurtrière, surtout à cause de son comportement bizarre la nuit du drame. Cette affaire montre beaucoup de similitudes avec celle des Defeo : les membres de la famille ont été abattus la nuit à 3 h 15 précise, dans leur chambre respective, sans être réveillés par le bruit des coups de feu et sans que les voisins entendent quoi que ce soit. Et tout comme Ronald Jr, Savannah dit avoir entendu le Diable lui ordonner de tuer sa famille. Aujourd'hui, la jeune fille de 16 ans est internée en hôpital psychiatrique. Elle dit entendre le Diable et que ce dernier la frappe.

Matt toussota. Il se souvint des films sur la maison du Diable qu'il avait visionnés durant son enfance et de sa peur qu'il avait ressentie alors qu'il n'était qu'un gosse. Pendant plus d'une semaine, il avait eu peur de dormir seul. Et plus de six mois furent nécessaires pour qu'il se décide enfin à éteindre sa lampe de chevet la nuit.

— Cette histoire fait froid dans le dos, dit Matt. Ce qui m'intrigue c'est pourquoi aussi longtemps après, alors que d'autres personnes ont vécu dans la maison sans être inquiétées.

— Si l'on y regarde de plus près, dit Dimitri, on pourrait peut-être trouver une concordance. La famille Luciani a trouvé la mort exactement trente-neuf ans après, jour pour jour, que la famille Defeo. Et les chiffres 3 et 9 ont des significations bibliques. De même si on les additionne, cela donne le chiffre 12 qui a aussi une signification biblique. Et si je creuse encore, les Lutz ont emménagé 13 mois après les Defeo. Or, le chiffre treize a une signification superstitieuse pour certains. Et trois fois treize cela fait 39. La boucle est bouclée.

Élisabeth regarda le démonologue perplexe. Dans sa tête, elle refit les calculs et s'aperçut qu'il avait raison. Ces chiffres pouvaient les éclairer… ou pas.

— On nous demande d'enquêter sur cette affaire, afin d'apporter des preuves sur la culpabilité ou la non-culpabilité de Savannah Luciani, dit Vincenzo.

— Et par la même occasion de Junior, dit Matt.

Vincenzo hocha la tête. Ce garçon le surprenait de plus en plus. Il avait l'esprit vif, le regard intelligent, le tout dans un corps qui ne mettait pas ces qualités en lumière. Sans parler de sa coupe de cheveux !

— Je connais l'histoire d'Amityville, dit Élisabeth. Déjà à l'époque où j'ai regardé les films, la maison me foutait la trouille. Quelque chose semble bizarre dans cette affaire.

Matt comprit qu'il n'était pas le seul à avoir peur de cette maison ou du moins à ressentir quelques appréhensions. Carlo se tourna vers Crystal.

— Je vois, dit-il, que Ronald Jr est toujours en prison, que son avocat est décédé, donc n'est pas impliqué dans cette nouvelle affaire, que la famille Lutz a disparu. A-t-on pu les retrouver ?

— Oui, justement, répondit Crystal. J'ai retrouvé leur trace après moult recherches et quelques coups de fil. En fait, Kathy est morte à l'âge de 59 ans, deux semaines seulement après le début du tournage du remake du film « Amityville, la maison du Diable ». Elle est morte dans des circonstances troubles. Quant à Georges, une crise cardiaque l'a terrassé le 8 mai 2006 alors qu'il préparait un livre avec des photos de la maison.

— Cela ajoute des morts suspects à l'histoire de cette maison, dit Élisabeth.

— Le plus bizarre, c'est la façon dont le tueur a opéré avec les membres de famille Defeo, dit Matt. Chacun dans leur chambre respective, sans que les coups de feu ne les réveillent, sans que les voisins soient alertés. De la même façon que pour la famille Luciani et surtout avec la même arme. C'est troublant.

— Les Warren, un couple de chasseurs de fantômes, avaient enquêté sur l'histoire des Lutz, dit Dimitri. Dans leur domaine, c'étaient des pointures. Et ils ont affirmé que quelque chose d'inhumain se terrait dans la maison. On ne les a pas crus.

— Non, répondit Carlo. Trop de choses restaient floues dans leur enquête. Comme le fait que les Lutz auraient fait appel à un prêtre pour bénir la maison et qu'une entité maléfique l'aurait chassé hors de la demeure. Le prêtre aurait entendu une voix lui dire « va-t'en ! » Mais lorsqu'on l'a interrogé, il avait affirmé qu'il n'était jamais allé bénir la maison.

De retour de l'île Poveglia, intrigué par les affaires menées par les Warren, le prêtre avait demandé à Dimitri de lui prêter quelques ouvrages, afin de mieux connaître ces personnages. Dimitri, non seulement lui avait remis deux livres, mais avait pris un bonheur certain à lui raconter les meilleurs dossiers que le couple de chasseurs de fantômes avait eu à traiter. Dimitri se tourna vers Carlo et esquissa un sourire pour lui signifier qu'il avait bien retenu la leçon.

— Il reste beaucoup de zones d'ombre dans cette affaire, dit le prêtre-exorciste. À nous de démêler le vrai du faux. Nous partons dans deux heures.

— Avant de donner le signal de départ, dit Dimitri, j'aimerais ajouter que je suis content que tout le monde soit de la partie.

Tout le monde se tourna vers Margareth qui sourit. Dimitri se tourna vers la bonne sœur qui rougissait.

— Ne vous inquiétez pas, ma p'tit'dame, cela restera entre nous.

Margareth se renfrogna.

— Comment l'avez-vous su ?

— Personne parmi nous ne peut cacher un secret. Notre petite Lisa a un don de voyance et a immédiatement senti votre malaise. Je n'ai pas ce don et pourtant je l'ai senti. Je voulais simplement vous dire que je comprends, que le doute est permis et que si cela vous reprend, parlez-en. Peut-être pas à moi, mais voyez notre chef.

Vincenzo se leva, rangea ses lunettes dans son étui et sortit de la salle de réunion.

— Nous embarquons dans deux heures, que Dieu soit avec chacun d'entre vous.

— Amen, dit Carlo.

Dans le jet privé pontifical qui les conduisait à New York, les Purificateurs gardaient le silence. Perdu dans leur pensée, chacun réfléchissait à la nouvelle mission confiée par le Vatican. Dimitri cherchait dans ses livres un quelconque rapport entre les chiffres 3, 9, 12, 13, et un éventuel démon. Ses petites mains boudinées tournaient les pages des ouvrages de théologie et de démonologie avec délicatesse. Ses sourcils se fronçaient chaque fois qu'il tombait sur une information importante qu'il s'empressait de griffonner sur un carnet. Puis, il se replongeait dans sa lecture, le visage fermé, les lèvres pincées, se concentrant au maximum pour ne laisser passer aucun détail qui le mettrait sur la voie.

Sœur Margareth le regardait en souriant. D'habitude bavard, elle était épatée que ce petit bonhomme jovial puisse se concentrer à ce point. Ainsi, il avait presque l'air intelligent se dit-elle. Surtout dans ce beau costume trois-pièces italien taillé sur mesure ! Mais qui ne cachait pas sa bedaine ! Dans sa tête, elle le remercia de la gentillesse dont il avait fait preuve lors de la réunion. Quel drôle de petit bonhomme !

— Voulez-vous un verre d'eau, Monsieur Marchand, demanda Margareth ?

Le démonologue leva les yeux de ses livres et mit un petit temps à comprendre ce que la bonne sœur venait de lui dire. Il dodelina de la tête tout en grommelant un non et se replongea dans ses recherches. Margareth se leva et alla s'asseoir à côté d'Élisabeth qui, les yeux mi-clos, écoutait de la musique classique. Les écouteurs bien vissés dans ses oreilles, elle semblait détendue et sereine. Mais intérieurement, elle essayait d'entrer mentalement en contact avec Savannah Luciani sans y parvenir. La jeune femme sentit la présence de la bonne sœur à ses côtés et coupa la musique.

— Je voulais vous remercier, dit Margareth.

— Cela est inutile ma sœur, je n'ai fait que ce Dieu voulait que je fasse. C'est lui qui a voulu que vous soyez de ce voyage.

La bonne sœur baissa les yeux un instant, puis elle montra le démonologue d'un coup de tête.

— Monsieur Marchand semble perdu dans ses recherches.

— Moi aussi, je suis profondément persuadée qu'un démon se cache derrière cette histoire, dans cette magnifique maison de l'horreur, mais je ne vois rien ou plutôt je n'y comprends rien. C'est comme si je regarde une chaîne cryptée à la télévision. Je vois des choses, mais je ne sais pas ce que c'est.

Assise devant les deux femmes, Crystal pianotait sur son ordinateur portable rose bonbon. En le voyant pour la première fois, Matt avait pensé qu'elle avait poussé un peu loin le luxe de l'excentricité en se baladant avec un ordinateur aussi voyant. Mais en définitive, cela collait bien au personnage. Coloré, voilà le mot qui définissait le plus Crystal.

Crystal avait effectué de nombreuses recherches concernant la maison du Diable, comme on la surnommait. Elle avait toujours trouvé les mêmes informations.

Quelque chose clochait dans l'histoire de la famille Luciani. Un détail manquait. Une pièce du puzzle et tout se mettrait en place. Sauf que cette pièce était perdue au milieu de milliers d'autres. Tout en mâchouillant son stylo (un stylo qui se terminait par une longue plume verte, aussi excentrique qu'elle), elle fixait l'écran de son ordinateur.

À ses côtés, Matt jouait à un jeu d'arcade sur sa console portative. De temps en temps, il mettait son jeu sur pause pour boire un verre d'eau et remettre ses petites lunettes rondes correctement sur son nez. Il en profitait pour regarder sa collègue. Il la trouvait excentriquement craquante, avec cette volonté qu'elle avait de vouloir se faire remarquer en arborant des robes bariolées, aux couleurs inimaginables, son rouge à lèvres fuchsia, son maquillage coloré, ses ongles roses, ses longues boucles d'oreilles interminables, ses cheveux mi-roses, mi-décolorés. Oui, il la trouvait craquante. Surtout lorsqu'elle travaillait.

Vincenzo et Carlo étaient assis côte à côte à l'avant de l'appareil. Tous deux discutaient de l'affaire en chuchotant, discussion qui bifurqua très vite sur la bonne manière de pratiquer un exorcisme puis sur la psychiatrie. À un moment, Vincenzo quitta sa place et se mit debout au milieu de l'allée.

— Messieurs, mesdames, ma sœur, mon Père, profitons de l'opportunité d'être coincés dans cet avion pour discuter de l'affaire qui nous intéresse.

Tous acquiescèrent, cessèrent leurs activités et se tournèrent vers leur supérieur.

— Que savons-nous sur cette nouvelle affaire, continua Vincenzo en regardant chacun de ses partenaires à tour de rôle. Nous savons qu'une adolescente a assassiné ses parents, son frère et sa sœur avec un fusil, dans leur lit respectif, sans que personne ait entendu les coups de feu ou se réveille, le 13 novembre 2014, précisément à 3 h 15 du matin, tout comme le jeune Ronald Defeo Jr a procédé trente-neuf ans auparavant dans cette même demeure : mêmes circonstances, même mode opératoire, même arme du crime ; même les jours et les heures correspondent !

Crystal ferma son ordinateur.

— Les preuves recueillies sur les scènes de crime, dit-elle, désignent Savannah comme coupable des meurtres et tout comme Ronald Jr, elle clame son innocence et crie avoir entendu le Diable lui ordonner de tuer ses parents. De plus, l'enquête et les autopsies sur les corps ont révélé que les Luciani n'étaient pas drogués, tout comme les Defeo d'ailleurs, et que la famille était plutôt aimée par le voisinage. Savannah était une bonne élève, joyeuse, sociable.

— J'ai lu dans le dossier, dit Élisabeth, que Savannah avait changé de comportement quelques mois avant la fusillade. Elle a vu un psychiatre qui a mis cela sur le compte du surmenage. Pourtant, ses deux meilleures amies ont raconté aux policiers que la jeune fille était devenue bizarre, qu'elle baragouinait sans cesse des trucs inaudibles, qu'elle griffonnait sur ses cahiers des dessins bizarres et qu'elle se coupait du monde.

Carlo prit ses notes et les consulta. Il avait lu le rapport du médecin et souhaitait se le remettre en mémoire.

— Savannah a vu un psychiatre, dit Carlo, à la demande de ses parents. J'ai étudié le dossier médical. Le docteur Meryl John l'avait diagnostiquée schizophrène, car elle disait entendre des voix et voyait parfois des monstres se matérialiser devant elle. Le diagnostic se tient, car en général, cette maladie se manifeste vers la fin de l'adolescence début de l'âge adulte et peut survenir brutalement sans signes précurseurs. Les médecins ont traité les troubles psychiques et son état semblait se stabiliser. Elle avait même pu reprendre le chemin de l'école.

Le Père Rinaldi fouilla à nouveau dans ses notes. Bruit de feuilles de papier que l'on tourne.

— Voilà. Le docteur Meryl avait vu Savannah le 10 novembre 2014 et le compte-rendu de cet entretien montre qu'elle s'était montrée particulièrement joviale et bavarde. Elle disait avoir repris goût à la vie et jurait ne plus entendre de voix. Le psychiatre avait décidé d'ajuster son traitement en baissant les doses de psychotrope. Il était plutôt confiant et devait revoir Savannah le mois suivant. Par contre, ce qui me trouble, c'est que son écriture : dans son dernier rapport, Meryl montre une écriture hachée, tremblotante, comme s'il avait voulu se dépêcher, comme s'il avait écrit le plus rapidement possible pour se débarrasser de ce dossier.

— Et trois jours après, dit Matt, elle assassine toute sa famille avec un fusil. Est-il possible que le psychiatre se soit trompé sur son diagnostic ?

— C'est possible en effet, répondit Carlo. On considère la psychiatrie comme une science, science très difficile d'ailleurs qui demande du temps et beaucoup d'entretiens et d'examens pour poser un diagnostic.

— Si l'on part du principe, dit Dimitri, que cette petite est possédée, elle a pu berner le psychiatre et surtout lors de cette dernière entrevue avec lui.

— C'est possible, dit Carlo. Les médicaments que l'on administre aux malades interagissent avec toutes les fonctions neuronales. Ils peuvent calmer un possédé en créant un ralentissement des fonctions neuronales. Mais, le démon reste en veille. Il ordonnera à sa proie de ne plus prendre son traitement afin de pouvoir la posséder à sa guise.

Crystal fouilla dans ses notes. Elle en tira une feuille de papier.

— Il me semblait bien que ça se trouvait là : ce sont les résultats de la prise de sang de Savannah lors de sa garde à vue : aucune substance médicamenteuse dans son sang, ni drogue.

— Ce qui prouve, dit Dimitri, qu'elle ne prenait plus ses médicaments ou que le démon l'en empêchait. L'absence de traitement a induit soit une crise de schizophrénie aiguë, soit une crise de possession aiguë. Dans les deux cas, le résultat est le même : elle a assassiné ses parents.

— Sauf que dans le premier cas, dit Carlo, c'est la médecine et la justice qui se chargeront d'elle et dans le deuxième cas, c'est nous et le Seigneur.

— Et que dans les deux cas, enchaîna Margareth, cette pauvre enfant n'est pas responsable de ses actes.

— Nous devons tirer cette histoire au clair, dit Vincenzo. Nous irons voir le médecin et la jeune fille. Avez-vous noté d'autres détails importants ?

— J'ai une question, dit Matt. J'aimerais savoir si nous avons les autorisations pour aller voir Ronald dans sa cellule. Ça serait franchement bien qu'on puisse lui parler.

— J'ai pris contact avec le directeur de la prison de Green Haven où il est incarcéré, dit Margareth. Et il ne veut pas nous recevoir. Il dit détester les prêtres.

— C'est bizarre comme cela ne me surprend pas, dit Dimitri en s'essuyant le front de son mouchoir.

Le démonologue souffrait de ce qu'on appelle le mal des transports. Cela s'était traduit par un véritable supplice lors de sa traversée en bateau à Venise pour rejoindre l'île Poveglia. Et cela se traduisait par une transpiration excessive lorsqu'il voyageait à bord d'un avion.

— Les deux affaires, celle des Defeo et des Luciani, dit Élisabeth, se ressemblent tellement que ça en est troublant. Je n'arrive pas à capter d'images pouvant nous diriger vers une thèse d'une probable possession démoniaque.

— C'est vrai que cette affaire peut diviser, dit Carlo. On peut aussi imaginer que Savannah a découvert l'histoire de sa maison et que, impressionnée, elle a développé une maladie mentale, recréant ainsi les mêmes conditions d'il y a quarante ans en arrière. N'oublions pas que nous avons affaire à une jeune fille de 16 ans et qu'à cet âge-là les adolescents sont impressionnables et influençables.

— Cette supposition tient la route, dit Dimitri.

— Et vous, monsieur Marchand, qu'avez-vous trouvé, demanda Vincenzo.

— Je me suis penchée sur l'histoire de la famille Defeo, puis sur celle des Lutz. Les Warren ont aussi travaillé sur la maison. D'après eux, il y avait bien quelque chose, mais ce quelque chose a poursuivi les Lutz après leur départ. Ce qui expliquerait que les phénomènes surnaturels ont cessé et que les autres familles qui ont habité cette maison par la suite ont pu y vivre paisiblement. Jusqu'aux Luciani. Donc, je me suis posé la question : pourquoi trente-neuf ans après ? J'ai noté beaucoup de détails sur toute cette affaire, comme les Lutz qui disaient entendre une fanfare dans leur salon ou le fait que la sœur de Junior entretenait des rapports incestueux avec son frère. Alors oui, vous allez me dire que ces deux évènements n'ont rien à voir entre eux. Et pourtant, chaque détail compte. J'en suis arrivé à établir une petite liste de démons potentiellement capables de posséder une personne pour lui faire tuer sa famille. Il y a…

Le démonologue ouvrit un carnet, le feuilleta et s'arrêta à une page griffonnée.

— … Mammon, Belzébuth, Drepano, Amduscias, Andras, Eurynome, Agathion, Murmur, Assassinat et Beyrevra. Et pour vous dire la vérité, je ne sais même pas si l'un d'eux joue un rôle dans notre histoire.

— Comment en êtes-vous arrivé à sélectionner ces démons, demanda Margareth.

— Ben figurez-vous, ma p'tit'dame, que j'ai recoupé toutes les informations en ma possession. Par exemple, les Lutz disaient entendre une fanfare, donc j'ai pensé à Murmur, qui est le démon de la musique. Pareil, les Lutz disaient que les fenêtres se couvraient de mouches. Là, j'ai pensé à Belzébuth, le Seigneur de l'Ordre de la Mouche. Et ainsi de suite. Cela serait vraiment très long à expliquer, d'autant plus que j'ai déjà la gorge sèche à force de parler et que je boirais bien un verre d'eau maintenant, ma sœur.

Margareth souffla et donna au démonologue ce qu'il demandait.

— Bien, dit Vincenzo. Pour conclure, je pense qu'il n'y a rien de surnaturel dans toute cette histoire. Il est plutôt question d'une jeune fille déséquilibrée et malade. À nous de le prouver. Avant de nous rendre sur Ocean Avenue pour enquêter à l'intérieur de la maison, nous parlerons à Savannah ainsi qu'au docteur Méryl. Nous avons du pain sur la planche. Sœur Margareth, essayez d'avoir un rendez-vous avec Ronald Defeo.

— Je ferais de mon mieux, mon Père. Il nous faudrait un juge pour un mandat.

— Nous verrons ce problème avec le procureur O'Neil.

Matt soupira.

— Tout est bizarre dans cette affaire, même la mort de Kathy et Georges Lutz.

— Bizarre, mais explicable rationnellement, dit Carlo.

— Je pense à un truc, dit Dimitri, si les Lutz sont morts, le démon les a quittés. Et peut-être est-il retourné dans la maison d'Amityville, son premier repère, et il s'est accroché à Savannah…

Vincenzo acquiesça. Cette affaire comportait beaucoup de questions sans réponses. Le prêtre-exorciste comptait bien apporter des réponses à chacune des questions posées.

L'avion entama sa descente à l'aéroport international JFK de New York. Dimitri, très pâle, serrait un sac en plastique dans sa main. Il sentait bien venir une révolte de son estomac et essayait de se concentrer sur sa respiration pour éviter un éventuel débordement de celui-ci. D'autant plus qu'il avait avalé du jus d'orange et qu'il savait que cette boisson devenait particulièrement infecte à vomir. Très bonne dans un sens, dégueulasse dans l'autre. Et sa mésaventure sur le bateau qui l'avait mené sur l'île Poveglia lui avait une nouvelle fois prouvé ce fait.

L'avion atterrit en douceur, pour le plus grand soulagement du démonologue, qui s'empressa de retirer sa ceinture de sécurité et de sortir de l'appareil. Une fois dehors, une brise caressant son visage, il sentit ses nausées s'apaiser. La tempête était passée emportant avec elle les risques d'une éventuelle évacuation acide de son estomac.

Le procureur Brad O'Neil attendait toute l'équipe des Purificateurs au niveau du Hall B. Il brandissait une pancarte sur laquelle était écrit le nom Onoffrio. Il avait vu le jet privé pontifical atterrir et se tenait prêt à accueillir ses invités. Croyant et pratiquant, il avait senti de suite que cette affaire relevait du paranormal. Il avait demandé plusieurs fois à des prêtres de voir l'adolescente, mais tous lui avaient ri au nez en disant que le Diable n'existait pas ! Et pourtant, le procureur en était persuadé : il existait, se mêlait aux hommes qui subissaient ses assauts répétés depuis la création de l'homme.

Quel fut son soulagement lorsqu'il reçut la lettre du Vatican suivie, quelques semaines plus tard, de l'appel d'une bonne sœur. Sœur Margareth, c'est ainsi qu'elle s'était présentée. Cette dernière lui avait annoncé que le Vatican allait enquêter sur cette affaire et qu'une équipe allait arriver à New York. Enfin, l'Église avait décidé de prendre ses responsabilités !

O'Neil était un homme grisonnant, très grand et filiforme. Il connaissait par cœur l'histoire de la maison d'Amityville. Déjà gamin, il avait mené une enquête concernant son étrange histoire. Il en était venu à la conclusion que le diable se cachait derrière toute cette histoire, sans réelle certitude. Chaque fois qu'il avait exposé sa théorie, on s'était moqué de lui. Pour avoir bonne conscience et éviter une erreur judiciaire, il avait fait appel à l'Église pour le guider. Et voilà qu'enfin elle répondait présente à ses nombreux appels.

Les Purificateurs se présentèrent au niveau du Hall B. O'Neil sut d'instinct que c'était l'équipe que lui envoyait le Vatican pour l'aider. Il se dirigea vers elle et se présenta. Vincenzo présenta son équipe.

O'Neil serra chaleureusement les mains de chacun des membres de l'équipe venus l'aider et se montra fort reconnaissant.

— Cela fait longtemps que je vous attends, je suis bien content de vous voir.

Le hall de l'immense aéroport JFK grouillait de monde. Les Purificateurs, dans leurs vêtements civils, passèrent inaperçus. Un jeune au bonnet vissé sur le crâne et à l'allure négligée siffla lorsque Élisabeth passa devant lui. Elle tira sur sa jupe.

— On s'est occupés de vos bagages, dit le procureur. Une voiture vous les portera à votre hôtel.

Le prêtre-exorciste hocha de la tête. Il avait hâte de sortir de l'aéroport. Trop de monde. Trop de bruits. Et surtout, un endroit de perdition, où se mêlaient des femmes en petites tenues et de gros pervers endimanchés. Un endroit où Satan avait toute sa place. Corruption. Maladies. Souffrance. Sexe. Misères humaines. Tout y était. Élisabeth s'approcha de lui.

— Et encore, vous n'avez pas vu Las Vegas, dit-elle en souriant.

Matt et Dimitri fermaient la marche. Les deux hommes traînaient un peu la patte, tant ils étaient occupés à regarder autour d'eux les belles jeunes filles qui dévoilaient allègrement de magnifiques parties de leur anatomie. Près d'eux, des pom-pom girls s'entraînaient en scandant le nom de leur équipe favorite tout en chorégraphiant des figures très techniques. Celle qui paraissait être la capitaine de ce joyeux groupe bruyant exécuta une cabriole qui découvrit une partie de son intimité.

— Faudrait leur dire que cela n'est pas un endroit approprié pour ce genre de choses, dit Dimitri.

— Vous avez vu aussi, dit Matt, elle n'a pas de culotte.

— J'ai l'œil pour ce genre de choses mon ami.

Et les deux hommes explosèrent de rire. Margareth se retourna et les attendit.

— Vous n'avez pas honte ! Vous n'êtes pas là pour vous rincer l'œil ! Arrêtez cela de suite !

— Oui maman, dit Dimitri.

Matt se retint de rire.

— Monsieur Marchand, je vous attends ce soir à la confesse pour expier vos péchés, dit Margareth.

— Avec plaisir, ma p'tit'dame, surtout si c'est vous qui exécuterez cette expiation, répondit le démonologue.

Encore une fois, la bonne sœur souffla. Elle tourna les talons et accéléra le pas pour rejoindre les autres.

Une voiture emporta le groupe au palais de justice. Brad O'Neil les fit entrer dans son bureau. L'endroit respirait le luxe. Grand bureau en bois précieux posé sur un magnifique tapis persan. Fauteuils contemporains. Un énorme canapé d'angle. Une décoration soignée, mais chargée. Tout trônait à sa place, du stylo jusqu'aux coussins sur le canapé. Pas un grain de poussière. Aseptisé. Encaustiqué.

Le procureur les pria de prendre place au petit salon.

Dieu que c'était confortable, pensa Crystal, qui se massa les jambes. Elle avait oublié de mettre ses bas de contention dans l'avion et elle en payait le prix.

O'Neil ouvrit une grande armoire. Elle contenait de nombreuses bouteilles qui auraient fait pâlir le Pape lui-même. New York, ville de la démesure. La grande pomme, ville rongée par un ver vorace. Il proposa du scotch, du bourbon, une liqueur de myrtilles. Et lorsqu'il ouvrit le frigidaire incorporé dans l'armoire, il proposa du champagne français et de la bière belge.

— Sinon, je peux demander du café ou du thé.

Tout le monde opta pour le café. Une jeune secrétaire blonde et habillée d'une mini-jupe noire et d'un chemisier blanc à moitié déboutonné amena les boissons. Juchée sur de hauts talons, Matt se demanda comment elle pouvait tenir debout. Longue, mince, elle semblait sortir d'un magazine de mode. Décidément, c'était comme dans les séries télévisées américaines. La bimbo de base, belle, sensuelle, provocatrice, élégante… tout juste bonne à rapporter le café et à coucher avec le patron pour obtenir de petits privilèges. Elle revint avec un plateau de petites sucreries.

— J'ai fait chercher ces pâtisseries spécialement dans une boulangerie française de Manhattan, dit le procureur.

— C'est très gentil, dit Vincenzo.

Crystal s'empressa de goûter un millefeuille. Délicieux. Vincenzo la regarda et esquissa un sourire. La jeune femme sut qu'elle devra confesser ce péché de gourmandise. Mais, pour le moment, c'était trop bon.

— Bien, dit le prêtre-exorciste. J'aimerais que l'on parle de notre affaire. Mon équipe et moi-même avons besoin de précisions sur certains points.

— Bien sûr, bien sûr, mon Père, dit O'Neil.

Le procureur semblait mal à l'aise. Il passa une main aux ongles impeccables dans ses cheveux gris pour se donner de la contenance. Crystal le mangeait du regard. Elle le trouvait aussi exquis que le millefeuille qu'elle venait de dévorer dans son costume trois-pièces gris. Matt remarqua cette idolâtrie et trouva le procureur de suite antipathique. Mais, il dut se rendre à l'évidence : le quinquagénaire avait du charme, de la prestance et une élégance naturelle qui lui conférait un certain succès auprès de la gent féminine.

— À vrai dire, dit le procureur, toute cette affaire me laisse perplexe. Tout au long de ma carrière, j'ai eu affaire à de nombreux psychopathes. Mais Savannah est différente. C'est pas une psychopathe. Je ne sais comment l'expliquer, mais cette jeune fille me fait peur.

— L'avez-vous interrogée, demanda Dimitri.

— Bien sûr. Je l'ai vue à plusieurs reprises. La plupart du temps, elle reste silencieuse et ne répond à aucune des questions. Parfois, elle vous fixe. Ses yeux sont vitreux, vides. Elle ne semble pas percuter la mort de sa famille. Elle semble indifférente, du moins elle ne montre pas qu'elle en est affectée. Elle se contente de vous fixer. Et les rares fois où elle se décide à ouvrir la bouche, c'est pour dire qu'elle entend le Diable lui parler. Alors, elle se met à blasphémer et à dire des choses insensées. Une fois, elle a dit au juré qui m'accompagnait que sa femme le trompait avec le jardinier. Le pire, c'est que c'était vrai ! Cette révélation a anéanti le pauvre homme qui a divorcé et perdu une partie de sa fortune. Une autre fois, Savannah a pleuré et demandé de l'aide. Elle criait que ce n'était pas elle qui avait tué ses parents, ses frères et sœurs, qu'elle était désolée, qu'elle avait besoin d'aide. Elle disait que le Diable la commandait. Et quand un infirmier a voulu la consoler, elle lui a sauté dessus et l'a mordu sauvagement au niveau de la poitrine. En sa présence, je ressens une espèce de mal-être que je n'arrive pas à expliquer.

— Et que dit son avocat, demanda Vincenzo.

— C'est un avocat commis d'office. Bernabé Roland. Un français qui a étudié son droit chez nous. Il n'a jamais voulu de cette affaire et cela se ressent. Il a plaidé coupable pour les quatre inculpations de meurtre et Savannah sera jugée dans deux mois. Heureusement que vous êtes arrivés, car je ne pouvais plus repousser le procès. Elle va finir comme Defeo, en prison à perpétuité si vous ne l'aidez pas. Bernabé est un peureux, un homme sans ambition. Il ne s'occupe pas de cette affaire. C'est tout juste s'il vient aux audiences. Au tribunal, il ne parle jamais à sa cliente, comme s'il ne veut pas s'en approcher. Il se contente de plaider la culpabilité de sa cliente. C'est bien connu, les Français n'ont pas de couilles, excusez l'expression.

Décidément, Matt aimait de moins en moins cet homme hautain. Il eut envie de rétorquer et surtout lui demander pourquoi alors il avait commandé des pâtisseries françaises s'il n'aimait pas la France. Il réfréna sa colère naissante. La réponse à cette question restera un grand mystère.

— Est-ce que des psychiatres l'ont examiné, demanda Carlo.

— Oui, un expert l'a examinée et son médecin habituel a témoigné. L'expert, bizarrement, a conclu que Savannah était en pleine possession de ses facultés mentales. Il l'a vue deux fois. À chaque entrevue, Savannah n'avait pas desserré la bouche. Pour lui, c'est une manipulatrice, une personne qui ne ressent aucune émotion. Bref, la définition même du psychopathe. Elle a tué sa famille parce qu'elle la dérangeait. Quant à son psychiatre, il ne comprend pas ce qui est arrivé à sa patiente.

— Quels rapports Savannah entretenait avec sa famille et ses amis, demanda Élisabeth.

— Normaux, jusqu'à ce que Savannah se met à entendre des voix. Avant, c'était une jeune fille pleine de vie qui faisait le bonheur de ses parents. De bonnes notes à l'école. Souriante. Toujours prête à rendre service. Puis, elle a changé. Sa chambre était devenue son antre et elle y passait le plus clair de son temps seule dans le noir. Elle laissait continuellement les volets fermés. Elle dessinait sur les murs des pentacles atroces et autres dessins lugubres. Elle écoutait de la musique rock en boucle, alors qu'elle se passionnait pour la danse classique. Bref, un revirement à 180 °. Elle s'était teint les cheveux en rouge. Elle s'était fait faire des piercings partout sur la figure. Et pour couronner le tout, elle s'adonnait à des actes d'automutilations sexuelles en s'enfonçant toutes sortes d'objets dans le vagin. Le gynécologue qui l'a examinée n'avait jamais vu une chose pareille.

— Sait-on d'où provient l'arme qui a servi aux meurtres, demanda l'historienne.

— Là encore un grand mystère. On n'a pas retrouvé l'arme du crime dans la maison. Volatilisée. Nous avons comparé les balles dans les corps des victimes et les douilles avec les armes que Luciani Bolton gardait dans la cave. Aucune ne correspond. En même temps, un cadenas verrouillait l'armoire et ce dernier était toujours en place à notre arrivée. Pas d'empreinte sur le cadenas, sauf celles de Bolton. Le plus bizarre, c'est que l'arme du crime semble la même que celle qui a servi dans la fusillade des Defeo, un fusil 35 mm. C'est incompréhensible. Ce fusil est sous scellé dans nos locaux, aux archives, et pourtant, les douilles lui correspondent. Nous avons revérifié cette arme. À notre grande surprise, on a retrouvé des traces de poudres dessus montrant qu'elle avait servi récemment. C'est impossible. C'est comme si quelqu'un avait sorti le fusil, avait tué les Luciani, avait remis l'arme à sa place, refait le scellé, sans que personne s'en rende compte, et cela avec toute la sécurité que comprend la salle aux pièces à conviction. Les caméras de surveillance sont passées par les mains d'experts. Ils sont unanimes : le fusil n'est pas sorti de nos locaux. Par contre, on n'a retrouvé aucune empreinte sur le fusil. C'est une histoire de fou ! Nous n'avons jamais divulgué cette information aux médias, sinon imaginez le scandale.

— Avez-vous questionné Junior Defeo, demanda Vincenzo.

— Bien sûr. Et il a ri. Il a dit qu'il nous avait prévenus et a, à nouveau, clamé son innocence. Il a demandé que l'on rouvre son dossier.

— Vous a-t-il paru normal, demanda Carlo.

— On ne peut plus normal ! Il parlait posément. Il semblait même peiné pour le drame qui était arrivé à la famille Luciani, mais disait s'y attendre. Il disait que le mal habite dans la maison et qu'il avait encore frappé. Et qu'il nous avait prévenus, mais que personne ne l'avait pris au sérieux.

Crystal prit un éclair au chocolat aussitôt suivi d'un regard désapprobateur de la part de Margareth. La jeune femme s'empressa d'avaler sa pâtisserie en deux bouchées.

— Accepte-t-il de nous recevoir, demanda Vincenzo.

— Non, je suis désolé. J'ai parlé avec le Juge Swisson et il a refusé de signer le mandat. Par contre, j'ai pu enregistrer mon dernier entretien avec Defeo. J'ai mis la vidéo sur une clé USB, clé qui se trouve dans votre dossier.

— On va devoir se contenter de ça, dit Matt.

— Je vais encore essayer de vous obtenir une entrevue, reprit O'Neil. Mais je ne vous promets rien. Ce type est… comment dire… buté. Il dit ne pas vouloir aider l'Église, car justement, l'Église ne l'a pas aidé lorsqu'il en avait besoin.

— Pourtant, s'il nous aide, il aura peut-être une chance de sortir de prison, dit Crystal en essuyant quelques miettes du succulent éclair au chocolat sur ses lèvres avec une serviette en papier.

— Lui le voit autrement. Il est bizarre ce type. En fait, maintenant il est heureux d'être en prison. C'est sa maison. Et surtout, il sait qu'il a tué sa famille. Donc, il accepte sa punition. Mais, il en veut à Dieu de ne pas l'avoir aidé.

— Avez-vous retrouvé les enfants de Kathy Lutz, demanda Dimitri. Peut-être ont-ils des informations importantes qui pourraient faire avancer l'enquête.

— Là encore, c'est un grand mystère. Les enfants ont disparu. J'avais vu, dans un magazine, que Christopher, l'aîné de Kathleen Lutz, avait donné une interview pour la BBC. C'était en 87, je crois. Tous ces éléments se trouvent dans le dossier. J'ai remonté cette piste, mais ça n'a rien donné. Lui ainsi que tous les autres ont disparu. Peut-être qu'ils se sont exilés en Russie, ou en

Europe.

— Et pour les Cromarty, demanda Élisabeth, vous les avez rencontrés ?

— Oui. Ils vivent en Californie où ils coulent une retraite paisible. Seul un des enfants est resté à Manhattan où il tient une boutique de prêt-à-porter. RAS de leur côté. Ils ont vécu pendant une dizaine d'années dans la maison sans constater une quelconque présence paranormale. Ils ont vendu, car ils en avaient marre que des curieux s'entassent devant chez eux jour et nuit.

— À l'époque, ils avaient intenté un procès contre les Lutz pour cette nuisance, demanda Carlo.

— En fait, le procès n'eut jamais lieu. J'ai retrouvé la plainte, mais tout se régla à l'amiable et c'est l'avocat des Lutz, que je n'ai pas réussi à retrouver, qui se chargea de cette affaire.

— Bien, dit Vincenzo. Je vous remercie, Monsieur le Procureur, de nous avoir reçus. Nous avons du pain sur la planche, et il est temps de nous retirer pour commencer à travailler sur cette affaire. Je vous remercie pour votre hospitalité.

— Je vous en prie, mon Père. Tenez-moi au courant de l'avancée de votre enquête. Je me tiens à votre disposition. Une voiture vous attend afin de vous amener à votre hôtel.

Couché sur son lit, dans une chambre vétuste d'un hôtel de Long Island, Vincenzo — qui ne voulait pas dormir dans une chambre luxueuse, car le luxe appartient à Satan — n'arrivait pas à trouver le sommeil. Il avait feuilleté le dossier de Savannah que lui avait remis le procureur et plusieurs points avaient éveillé sa curiosité. Pourquoi Defeo ne voulait-il pas le recevoir ? Pourquoi trente-neuf ans plus tard, jour pour jour, alors que la maison semblait calme ? Il fixait le ventilateur qui tournait agonisant au-dessus de sa tête dans un bruit qu'il avait du mal à supporter. VRIVRIVRIVRI.

Il se mit debout et se tourna en face du crucifix cloué au-dessus du lit.

— Seigneur, s'il te plaît, éclaire-moi.

Il se posait des questions qui tournaient en boucle dans sa tête, sans trouver de réponses.

N'y pouvant plus, il remit sa veste, sortit de sa chambre et toqua à la porte de celle de Dimitri qui vint aussitôt lui ouvrir.

— Vous non plus, vous n'arrivez pas à trouver le sommeil ?

— Oui monsieur Marchand, quelque chose dans cette affaire m'intrigue. Avez-vous jeté un œil au dossier du procureur ?

— Oui, et c'est bien ce qui m'a empêché de dormir.

Le démonologue s'écarta pour laisser passer le prêtre. Même chambre vétuste. Même ventilateur fatigué. Même bruit suspectant son arrêt immédiat.

VRIVRIVRIVRI. Vincenzo s'assit sur le lit qui grinça sous son poids et sembla sur le point de rompre. Pendant un moment, il hésita à rester sur le lit. Il opta pour l'immobilité. Tant qu'il ne bougerait pas, le lit ne couinerait pas.

— Voyez-vous, je ne sais pas si toute cette histoire a vraiment un rapport avec notre ennemi ? Avez-vous trouvé des choses nouvelles ?

Dimitri ramassa son ordinateur portable sur le lit, prit une chaise et vint s'asseoir en face du prêtre.

— Quelque chose dans les photos des scènes de crimes a attiré mon attention.

Il tendit trois feuilles de papier au format A4 à Vincenzo et de son doigt boudiné lui montra un dessin au-dessus du lit des parents de Savannah.

— Vous voyez là, il y a un étrange dessin que l'on retrouve ici aussi et là. C'est le même dessin que griffonnait Savannah dans son carnet.

Le prêtre mit ses lunettes rondes sur son nez et se pencha sur les dessins. Effectivement, sur les photographies des scènes de crime, sur les murs, peint probablement avec du sang, il put voir un mystérieux. Comme un chien avec une croix inversée qui partait du nez jusqu'au front. Et ce dessin se retrouvait sur toutes les scènes de crime, dans la chambre parentale, celle de Glen, celle de Grace. Et toujours au-dessus du lit. Au-dessus des corps.

— À votre avis, qu'est-ce que c'est ?

— Justement, j'étais en train de chercher. Et ce sont des milliers de gravures anciennes que je dois comparer avec ce dessin, donc ça va me prendre un certain temps.

— Alors je ne vous dérange pas plus. On se voit demain matin à 7 heures. J'espère que vous aurez résolu cette énigme d'ici là.

Vincenzo frappa à la porte de Matt qui mit un petit moment à ouvrir. Cheveux en bataille. Yeux rouges. Visage gonflé. Vincenzo l'avait tiré de son sommeil. Il en ressentit une légère culpabilité.

— Mon Père ?

— Je suis désolé de vous réveiller, monsieur Bohè. Pourriez-vous, s'il vous plaît, me montrer le film sur l'entrevue du procureur avec monsieur Defeo ? Je veux vérifier quelque chose.

Le père Onoffrio aurait pu visionner ce film seul en insérant la clé USB dans un ordinateur. Sauf qu'il ne possédait pas de PC, qu'il n'en voulait pas et qu'il ne savait même pas comment s'en servir. Ce n'est pas que Vincenzo soit réfractaire à la technologie, mais c'était surtout la technologie qui était réfractaire à lui. Déjà, il avait eu du mal à se faire accepter de son téléphone portable d'un autre temps, se servir d'un smartphone était inimaginable et encore moins un ordinateur ! Matt connaissait l'aversion de son chef pour tous ces produits connectés. Il ne la comprenait pas, lui le pro de l'informatique ne pouvait la comprendre, mais il l'acceptait.

— Aucun problème mon Père. D'ailleurs, la clé USB est branchée et j'ai déjà visionné la vidéo.

— Vos premières conclusions ?

— L'homme semble calme, détendu. Peut-être un peu trop. Mais, j'ai découvert quelque chose de très étrange à la fin de la vidéo. Venez, je vous montre.

Matt avança une chaise près du minuscule bureau. Il fit signe à Vincenzo de s'asseoir. Lui resta debout, ce qui lui permit de se sentir plus grand que son supérieur, qui mesurait un bon mètre quatre-vingt-dix. Il appuya sur une touche de son ordinateur. Ce dernier affichait le bureau. Il cliqua sur une icône et la vidéo démarra. Se rendant compte qu'il portait toujours un caleçon, il attrapa son jean et l'enfila à toute vitesse. Le fait que son chef le voit ainsi le mettait mal à l'aise. À côté de lui, il avait l'air maigrichon avec ses baguettes qui lui servaient de jambes.

— Vous savez, mon Père, quand j'ai découvert ce que je vais vous montrer, je n'ai pas osé venir vous déranger. Je pensais que vous dormiez. Mais ça m'a démangé croyez-moi. Pensant que vous dormiez, j'ai préféré attendre demain matin pour vous faire voir ce que j'ai découvert. Regardez bien.

Vincenzo vissa ses lunettes rondes sur son nez et s'approcha de l'écran.

On y voyait O'Neil de dos, posant des questions à Defeo Junior en combinaison de détenus orange et à la barbe en brosse. Il semblait calme, mais n'arrêtait pas de croiser et décroiser les bras. C'était un homme d'une cinquantaine d'années, avec une élocution (trop) parfaite, qui se tenait droit et qui fixait son interlocuteur sans sourciller, sans sourire.

La conversation était banale. Defeo n'avait pas envie de voir des membres de l'Église, mais il espérait que Savannah soit sauvée, pour un peu qu'elle puisse l'être. Car, l'on ne peut vivre en sachant que l'on a tué toute sa famille. Jusque-là, rien de nouveau. Defeo confirmait que le Diable lui avait ordonné de prendre le fusil et de tuer son père, puis sa mère, puis ses frères et sœurs. Il disait ne se souvenir de rien en ce qui concernait la fusillade, sauf qu'il s'était rendu dans un bar et avait crié que tout le monde était mort.

À la fin de la vidéo, il fixa la caméra et cligna trois fois des yeux, l'image sauta et l'écran devint noir.

— Il défie la Sainte Trinité, dit Vincenzo. C'est un message personnel qu'il a voulu nous faire passer.

— J'ai analysé sa voix. À première vue, du moins à la première écoute, elle semble normale. Mais, l'intonation est trop monotone, comme si c'est un ordinateur qui parle. Or, le mec montre des signes d'anxiété. Il n'arrête pas de croiser et décroiser ses bras. Cette anxiété aurait dû s'entendre dans sa voix. Or, elle ne transparaît pas dans son discours. J'ai isolé la voix et je l'ai passée dans un logiciel spécial. En même temps, j'ai analysé celle d'O'Neil, pour vérifier si la caméra n'avait pas un problème de prise de son. La voix du procureur présente des intonations normales. Celle de Defeo non. Elle ne présente aucune variation.

Seul un robot peut arriver à un tel résultat. C'est une imitation d'une voix humaine, mais ce n'est pas une voix humaine.

Matt se racla la gorge.

— Et c'est pas tout ! À la fin de la vidéo, juste après que notre bonhomme cligne trois fois des yeux, l'image se brouille. J'ai passé ces millisecondes d'image dans un autre logiciel pour ralentir le débit et les décomposer. Regardez ce que j'ai trouvé.

L'ingénieur appuya sur un bouton et une image apparut à l'écran. Une tête de chien avec une croix inversée sur le front.

Le lendemain 6 h du matin. Le père Vincenzo Onoffrio patientait déjà à une table du restaurant du petit hôtel où il avait passé une nuit entrecoupée de prières. Pourtant, il avait l'air frais et dispo dans son costume trois-pièces ample. Sa barbe naissante, ses cheveux ébouriffés et ses traits tirés témoignaient de son manque de sommeil. Cela signifiait aussi qu'il avait plongé dans cette nouvelle affaire avec tout le professionnalisme qui le caractérisait et que chaque cellule de son organisme vivait pour cette nouvelle affaire.

Devant sa tasse de café fumante, il attendait ses compagnons tout en relisant les notes du procureur. Des fois où un élément le lui aurait échappé ! Pourtant, il connaissait le dossier par cœur. Vincenzo avait hâte d'entrer en action et de démêler le vrai du faux de toute cette histoire.

Le premier à le rejoindre fut le démonologue, bientôt suivi des autres. Les sept étaient attablés autour du petit-déjeuner alors qu'il était à peine 6 h 30 du matin. Une demi-heure avant le rendez-vous fixé par Vincenzo qui se félicitait du professionnalisme de son équipe. Tous étaient pressés d'entrer en action. L'histoire de Savannah les intriguait et ils voulaient la comprendre : possession démoniaque ? Folie meurtrière ? De nombreuses hypothèses se bousculaient dans leur tête.

Vincenzo commanda le brunch pour toute son équipe. Il était indispensable de faire le plein d'énergie pour être au top tout au long de la journée qui s'annonçait longue. Toasts, jus d'orange, cafés, pancakes, pains, œufs brouillés, bacons… arrivèrent bientôt sur la table.

Crystal était affamée et se jeta sur le bacon et les œufs. Elle se réservait les pancakes pour sa deuxième fournée. Matt la regarda et sourit : il trouva sa gourmande préférée attachante et mignonne dans sa robe vert, mauve et rose.

Élisabeth grignotait un toast tout en buvant un café. La religieuse avait opté pour du jus d'orange et du café au lait dans lequel elle trempait des tranches de pain blanc.

— Ma sœur, dit Dimitri, faites-vous plaisir ! Pourquoi manger du pain avec du pain ?

— Sachez mon fils, que je n'aime pas la nourriture grasse ! Et tout ce qu'il y a sur cette table est gras !

En effet, la nourriture servie n'était pas de premier choix. Le bacon dégoulinait de graisse, les œufs étaient mal cuits, les toasts un peu trop grillés.

— Vous en faites des manières ma p'tit'dame, répliqua Dimitri en avalant un pancake trempé de sucre d'érable. Mangez ! Vous avez besoin de prendre des formes ! Vous êtes maigre comme un clou ! En tout cas, moi je trouve cela très bon.

— Ce n'est pas la nourriture qui m'intéresse, répondit Margareth, mais notre affaire.

— Alors là ma p'tit'dame, j'peux vous dire que j'ai fait quelques trouvailles, dit Dimitri.

Sœur Margareth pinça les lèvres. Elle détestait s'entendre appeler « ma p'tit'dame ».

— Faites-nous part de vos trouvailles, mon fils.

— J'ai remarqué que sur les photos des scènes des crimes, on retrouve toujours le même dessin, sur les murs, peint avec du sang, probablement par Savannah. Ce dessin se trouve aussi dans le carnet de la jeune fille.

— Avez-vous réussi à trouver sa signification, demanda Vincenzo.

— Toujours pas mon Père, mais j'y travaille.

— Ce dessin que trace Savannah sur les murs, dit Vincenzo, ressemble à celui que monsieur Bohè a découvert sur la vidéo de Defeo Junior.

— C'est exact, répondit Matt. En fait, à la fin de la vidéo dans laquelle le procureur interroge notre homme, j'ai noté une petite cassure que j'ai analysée. À un moment, l'image saute et c'est là que l'on peut voir le dessin. En fait, ça passe tellement vite, que nous ne pouvons le voir à vitesse normale. Mais si l'on ralentit l'image, il apparaît très clairement. Regardez. De plus, j'ai analysé la voix de notre bonhomme : elle n'est pas humaine. Elle est trop monocorde, plate, sans intonation pour être humaine. C'est comme si un robot parlait à sa place.

L'ingénieur fit passer des feuilles de papier à ses collègues.

— C'est bien la même figure que celle dessinée sur les murs des scènes de crime ou dans le carnet de Savannah.

— Une tête de chien avec une croix inversée, dit Crystal. C'est étrange comme dessin.

— Je ne ressens rien de particulier en le regardant, dit Élisabeth.

— Et moi j'ai rien trouvé en démonologie concernant ce dessin, dit Dimitri.

— Attention, dit Carlo. Cela est à prendre avec beaucoup de précautions. Savannah souffre peut-être d'une maladie mentale. Il se peut qu'elle ait vu ce dessin dans un livre de sorcellerie ou autre, même dans un magazine, ou même sur internet et que cette image se soit gravée dans son subconscient. Je pense qu'elle a besoin de soins psychiatriques.

— Je suis d'accord avec vous, dit Élisabeth, mais comment expliquer que ce même dessin se retrouve sur la vidéo de Defeo ?

— Je ne connais pas grand-chose en matière d'informatique, répondit Carlo, mais il est possible que ce soit un artéfact ou une coïncidence. Sentez-vous quelque chose de malsain, sentez-vous une entité dans toute cette affaire ?

— Non.

— Alors, je préfère me référer à votre ressenti. Je pense que nous avons affaire à une adolescente perturbée, qui a dû voir le film d'Amityville qui l'a profondément choquée et qui a développé une psychose. Elle a vraiment cru que la maison était hantée. Tellement qu'elle s'est crue possédée. Après le film « L'Exorciste », l'Amérique a subi une vague de terreur. Les gens se croyaient tous possédés. Alors que cette idée découlait simplement de la peur et de la fascination qu'avait provoquées le film. Maintenant, pour m'en assurer, je dois voir Savannah.

— Et pour la voix monocorde, demanda Matt.

— Là encore, on ne peut crier de suite à un phénomène surnaturel. Peut-être que Defoe Junior, à force d'être enfermé en prison et de ne parler à personne, n'éprouve plus d'émotions. Ou qu'il est un psychopathe. Certains psychopathes, parce qu'ils n'éprouvent pas d'émotions, parce qu'ils sont incapables d'en éprouver, parlent comme vous le décrivez.

— Nous avons rendez-vous avec Savannah dans une heure pour nous assurer de tout cela, dit Vincenzo s'adressant à Carlo. Mademoiselle Ivodric et monsieur Marchand, vous nous accompagnez, ainsi que monsieur Bohè. Prenez vos appareils. Pendant ce temps, ma sœur, essayez de voir si nous ne pouvons pas entrer en contact avec Defeo Junior et voyez pour un rendez-vous rapide avec son avocat et un autre avec le psychiatre de Savannah. Et Mademoiselle Louvière, continuez à fouiller dans le passé de la maison. La jeune femme hocha la tête.

— C'est entendu mon Père, dit Margareth.

— Bien, alors rendez-vous à midi ici même pour faire le point.

Un taxi jaune s'arrêta devant un immense complexe hospitalier comprenant un bâtiment central aux briques rouges, une annexe aux mêmes briques rouges et un autre bâtiment plus moderne. Le tout formait un gigantesque U : le Bellevue Hospital Center, sur la Première Avenue à Manhattan.

— Dieu que je n'aime pas les hôpitaux, dit Élisabeth.

— Il est impressionnant de constater, dit Dimitri, que les Américains font toujours tout dans la démesure. Ils construisent des bâtiments si gigantesques que j'me demande comment ils s'y retrouvent ! Ça montre bien la folie des Américains et le fait qu'ils veulent dominer le monde !

— C'est surtout, dit Carlo, parce que tout est centralisé dans cet hôpital. Il y a une maternité, un service de radiologie, un autre de cardiologie, un autre de neurochirurgie, un autre encore de psychiatrie et j'en passe. Sans oublier les écoles d'infirmières.

— Il n'y a vraiment que les Américains pour mettre ensemble des fous et des bébés, dit Élisabeth.

— Dépêchons-nous s'il vous plaît, dit Vincenzo. Le docteur Gary Lilian nous attend.

Les cinq Purificateurs pressèrent le pas. Le sac à dos de Matt lui courbait le dos tellement il était lourd. À l'intérieur, un ordinateur portable, une caméra et quelques ustensiles pour la prise de son. Et ces objets faisaient leur poids ! Ils pénétrèrent dans le gigantesque bâtiment, regardèrent le plan et se dirigèrent vers le service de psychiatrie qui se trouvait dans un autre bâtiment. Ils traversèrent une cour où quelques patients profitaient de la douceur matinale pour se promener ou fumer leur première cigarette de la journée. Le temps à New York était plutôt doux pour un mois de mai.

Comme tout centre de psychiatrie digne de ce nom, la section du Bellevue Hospital Center affichait des barreaux aux fenêtres. La cour, entourée d'un haut grillage, était déserte. Une seule porte d'entrée, fermée par visiophone. Vincenzo actionna la sonnette. Une voix nasillarde lui répondit et le prêtre se présenta. Le portail s'ouvrit et les Purificateurs s'engagèrent dans la cour de l'hôpital psychiatrique.

— Dieu que j'aime encore moins les hôpitaux psychiatriques, dit Élisabeth.

— Depuis notre dernière aventure, dit Matt, moi aussi j'les aime pas.

Les talons de la jeune femme résonnaient sur le pavé. Sur la cime d'un peuplier, un corbeau jeta un long croassement. Le démonologue frissonna.

— Je n'aime pas ces oiseaux de mauvais augure.

Le hall d'entrée, froid, glacial, désert. Long couloir au mur jauni et au sol blanchâtre. Dans ce lieu, la modernité n'avait pas sa place. C'était comme si tout était resté en suspens depuis les années 1800. Les Purificateurs se trouvaient dans le plus ancien bâtiment, celui construit en 1736 et, semble-t-il, rénové par petites touches successives et à peine perceptibles.

Au fond du couloir, une cage en verre. Dans la cage de verre, une secrétaire accueillit les Purificateurs avec un grand sourire. Le tabac et le café avaient petit à petit taché ses dents.

— Le docteur Lilian vous attend. Il va arriver.

Vincenzo la remercia.

— Dites madame, dit Dimitri, vous connaissez Savannah Luciani ?

— Quelle histoire ! Mon Dieu quelle histoire !

La secrétaire secoua sa tête et fit voltiger ses cheveux permanentés et teints en blonds de droite à gauche. En la regardant, Matt se demanda pourquoi toutes les vieilles s'obstinaient à teindre leurs cheveux en blonds. Cette femme ressemblait à l'état général de l'hôpital : une petite touche ratée de modernité dans un corps rongé par les années.

— Comment se comporte la petite Savannah ici, demanda Dimitri.

— J'sais pas, répondit la secrétaire, j'm'occupe pas des malades. Tout ce que j'sais, c'est que cette petite est bizarre. Elle parle à personne. Elle donne la chair de poule. Tout ça c'est à cause de la maison voyez-vous…

— Vous croyez, demanda Dimitri.

— Et comment ! La maison est malsaine. Le Diable l'habite. Nous, les New Yorkais on le sait. Mais, il y aura toujours des gens pour l'acheter et hop, le drame arrive. Faudrait la raser cette maison, comme ça la malédiction s'arrête. Moi je suis sûre qu'il y a le Diable dans cette maison, et que maintenant, le Diable est dans cet hôpital avec elle. C'est pourquoi je porte cette croix.

La femme montra un énorme crucifix autour de son cou.

— En effet, oui, cela vous protégera, dit Dimitri.

— J'ai des amis qui ne croient pas à toute cette histoire. Qui disent que c'est des conneries. Peut-être. En tout cas, moi j'ne m'approche pas de cette fille et quand je la vois, j'n'ose même pas la regarder.

Sur cette entrefaite, le psychiatre, Gary Lilian, arriva. Après les salutations de convenance, il fit entrer les Purificateurs dans son bureau. L'homme, d'une petite taille, arborait un crâne chauve et luisant. Le docteur Lilian était un homme d'affaires, un businessman, qui gérait son établissement comme un PDG d'une grande entreprise. Ses études de médecine étaient bien loin ! De même que le serment d'Hippocrate qu'il avait prononcé lors de la remise de son diplôme.

— J'ai accepté de vous recevoir, dit-il, mais je n'ai pas beaucoup de temps à vous consacrer. J'ai un rendez-vous d'affaires dans dix minutes. Que voulez-vous savoir sur Savannah ?

— Nous voulons la voir et lui parler, répondit Vincenzo.

— En fait, reprit Carlo, nous souhaitons aussi avoir votre avis sur son cas.

— Mon avis est simple : Savannah est une meurtrière. Elle n'a pas sa place ici, mais en prison. C'est une manipulatrice, qui a tué ses parents pour le plaisir. Je ne m'occupe pas d'elle, je me contente d'attendre son procès et sa condamnation. On m'a obligé à la prendre dans mon établissement, cela malgré ma totale opposition. Elle est, comment dire, alexithymique. Elle n'exprime aucune émotion et reste des heures à fixer le plafond, tout ça dans le but d'être relaxée et déclarée inoffensive. C'est un jeu pour elle. Vous voulez mon avis ? Savannah est une adolescente qui a trop d'imagination et qui a manqué de fessée durant son enfance. En tout cas, elle présente toutes les caractéristiques d'une personnalité psychopathe.

Carlo toussa pour contenir son envie de gifler ce médecin trop hautain et indigne de sa profession.

— Est-ce qu'elle suit un traitement ?

— Oui. Un petit cocktail qui fait office de camisole chimique. Pour éviter les problèmes. Parce que des problèmes elle m'en cause ! Un infirmier a porté plainte parce que Savannah lui avait mordu le bras et l'hôpital lui a versé une coquette somme d'argent. J'aimerais que ce genre de désagrément ne se reproduise plus à l'avenir.

— Je vous remercie docteur. Pouvons-nous voir Savannah ?

— Oui, vous pouvez. Le procureur m'a demandé cette entrevue avec vous. Je vais demander à un infirmier de l'amener au réfectoire. Le réfectoire se trouve au bout du couloir à gauche. Et bonne chance pour prouver que cette adolescente mal élevée est innocente.

Les Purificateurs trouvèrent facilement le réfectoire. Aucun malade attablé aux tables en bois délabrées. Deux vieilles dames terminaient de les débarrasser à l'autre de bout de l'immense pièce tout en discutant. L'une d'elles se mit à rire bruyamment.

Là encore, le réfectoire correspondait à l'état général de l'hôpital psychiatrique. Tables en bois bancales, chaises d'une autre époque, dépareillées. Grandes fenêtres à barreaux. Murs blanchâtres gribouillés et sales. Des traces d'humidité s'y faisaient voir de temps à autre. Néons agonisants qui éclairaient par intermittence.

— C'est pas un hôpital psychiatrique ici, dit Matt, c'est une prison.

— Ce n'est pas ainsi que l'on peut guérir un malade mental, dit Carlo, les malades sont parqués dans leurs chambres, aucune activité.

— C'est la méthode à l'américaine, dit Dimitri.

Carlo installa sa caméra pendant qu'Élisabeth faisait les cent pas essayant de masquer son anxiété.

— Je ressens de la tristesse partout, dit-elle. On dirait que tous les malades sont atteints du symptôme de la tristesse et de la mélancolie. C'est affreux. Ils dégagent une telle énergie négative qu'ils m'épuisent.

La jeune femme s'écroula sur une chaise. Elle semblait minuscule dans son pantalon noir et son long manteau noir.

— Tenez le coup, dit Vincenzo. Et concentrez-vous sur Savannah.

— Justement, il y a tellement d'interférences que je n'arrive pas à la sentir.

— D'autant plus qu'elle est droguée, dit Carlo. C'est encore plus difficile dans ces conditions de la localiser.

Une porte claqua. Carlo se retourna. Deux infirmiers en blouse blanche soutenaient une jeune fille en chemise de nuit et pieds nus qui traînait les pieds. Tête baissée, cheveux devant la figure, elle se laissait porter sans broncher.

Les deux hommes l'installèrent sur une chaise en face des Purificateurs et s'en allèrent. Savannah se laissa faire sans broncher. Avant de partir, l'un d'eux se tourna vers Carlo.

— Bonne chance, mon Père, là vous tenez du lourd.

Savannah ne ressemblait plus à une adolescente de 16 ans ! Sa chemise de nuit prêtée par l'hôpital, jadis blanche, était grisâtre. Sur le col, de nombreuses taches. Au bas du ventre, une immense trace rougeâtre. Probablement du sang.

La jeune fille à la silhouette anorexique présentait de nombreuses blessures et griffures au niveau des bras. Ses longs cheveux filandreux lui cachaient le visage. Ses ongles étaient cassés et sales. Une étrange odeur d'œuf pourri émanait de sa personne.

Matt mit en route sa caméra. Il eut du mal tellement il tremblait. Savannah le mettait mal à l'aise. Elle ressemblait à la fille dans le film « The Ring ».

Vincenzo s'installa en face de Savannah. Doucement, il l'appela. Elle restait muette, prostrée, la tête baissée, les cheveux lui cachant le visage, les mains serrées au niveau du ventre, ne réagissant pas à la voix de l'exorciste. Sa peau couleur grisâtre s'apparentait à celle d'un cadavre. Le prêtre-exorciste regarda Carlo qui fit un signe de tête. Puis il se tourna vers Élisabeth qui lui fit comprendre qu'elle ne ressentait aucune présence démoniaque.

Vincenzo sortit un crucifix et une fiole d'eau bénite.

— Au nom du Père, du Fils et du Saint-Esprit.

Il traça le signe de la croix au-dessus de Savannah et l'aspergea d'eau bénite. Aucune réaction. Rien. Il regarda Carlo perplexe. À son tour, ce dernier tenta d'entrer en contact avec la jeune fille.

— Savannah, tu m'entends. Je m'appelle Carlo Rinaldi. Nous voulons t'aider. Nous voulons simplement t'aider. Pourrais-tu répondre à quelques questions ?

La jeune Luciani leva la tête et regarda le prêtre. Ses yeux étaient translucides, vides, marqués par d'immenses cernes. Ses joues étaient creusées à l'extrême. Son visage était tailladé à plusieurs endroits. Ces blessures semblaient avoir du mal à cicatriser. Mort vivante. C'est le mot qui s'imposa dans l'esprit de Matt.

— Dîtes leur que je suis désolée, je ne voulais pas que ça arrive.

Vincenzo ressentit une profonde tristesse en voyant cette enfant si malheureuse, si désemparée.

— Que s'est-il passé ? Est-ce que tu t'en souviens ?

— C'est Ronald qui m'a forcé. Moi j'voulais pas. Il m'a forcé j'vous dis !

Elle cria cette dernière phrase. Matt sursauta et Savannah le regarda avec un petit sourire aux lèvres.

— Vous avez eu peur mon jeune ami ? Que vous êtes ridicule ! Votre peur vous jouera des tours.

Et elle se mit à rire. Vincenzo regarda Élisabeth qui secoua de la tête. Savannah se jouait-elle d'eux ? Carlo reprit la parole.

— Comment pouvons-nous t'aider ?

— Allez leur dire que j'ai pas tué mes parents, ni Glen et Grace. J'suis pas un monstre. C'est lui qui a fait tout ça.

Sa voix devenait menaçante et rauque. Les traits de son visage changeaient. Ses yeux s'obscurcirent, ses lèvres se retroussèrent en un affreux rictus. Elle semblait prêtre à sauter sur le prêtre qui se tenait aux aguets.

— Qui lui ?

— Vous le savez.

— Te souviens-tu de quelque chose ?

— Rien. Maintenant laissez-moi tranquille, je suis fatiguée.

Elle baissa la tête. Carlo l'appela plusieurs fois, sans réactions de sa part. Elle s'était à nouveau murée dans le silence. Il se tourna vers Vincenzo.

—Je ne sais qu'en penser.

Vincenzo sortit une deuxième fiole contenant de l'eau et aspergea la jeune fille. Il refit le signe de croix au-dessus de sa tête. Et contre toute attente, Savannah se mit à se contorsionner et à crier. Elle se jeta à terre et hurla qu'elle brûlait. Cette violente réaction stupéfia Dimitri. Carlo s'approcha, se pencha et voulut la saisir pour arrêter la convulsion, mais l'exorciste le retint.

—Laissez-la, c'est une comédienne. Ce n'est pas de l'eau bénite. Ce qui se passe ici n'est pas de notre ressort, mais de celle de la médecine. Que Dieu, dans son infinie bonté, lui vienne en aide.

Carlo se redressa. Au même moment, Savannah arrêta de hurler et se mit debout.

—Ben quoi mon père, vous n'allez pas me bénir ? Vous n'allez pas m'exorciser ? J'ai besoin d'un exorcisme !

Puis, elle se mit à rire bruyamment, dévoilant une dentition noire. Carlo recula. Vincenzo lui tapota l'épaule.

—On ne peut l'aider, partons.

Matt éteignit sa caméra et les Purificateurs se mirent en route. Savannah les regardait, impassible, un sourire aux lèvres.

—En fait vous avez peur ! Si vous ne m'aidez pas, vous commettez un péché !

Sans un regard, ils sortirent du réfectoire et claquèrent la porte derrière eux. Savannah criait toujours. Vincenzo s'approcha des deux infirmiers qui attendaient dans la cage en verre de la secrétaire.

—Vous pouvez la ramener dans sa chambre. Et bon courage messieurs, car elle semble très excitée.

Au même moment, Savannah sortit du réfectoire et se mit à courir dans les couloirs en hurlant. Matt se poussa pour la laisser passer. Élisabeth fut surprise et émit un petit cri.

—Vite ! Rattrapons-la, dit Vincenzo.

Il se mit à courir derrière Savannah. Les deux infirmiers sortirent en trombe de la cage en verre et s'élancèrent à la poursuite de la jeune fille. Mais Vincenzo les avait devancés. Il réussit à attraper Savannah lorsqu'elle passa devant lui et la maintint fermement. Cette dernière se débattit. Elle essaya de frapper et de mordre le prêtre, qui s'étonna de sa force. Elle hurlait, blasphémait. Ses cris étaient couverts par ceux, encore plus forts et aigus, de la secrétaire. Matt lui cria de se taire. Bientôt, les infirmiers arrivèrent, au grand soulagement du prêtre qui n'arrivait plus à la contenir. L'un d'eux injecta un produit dans le bras de Savannah et elle se calma presque instantanément. Elle se laissa tomber dans les bras de l'un des infirmiers qui la porta.

—Je la ramène dans sa chambre.

Savannah tourna la tête vers Vincenzo, ouvrit péniblement les yeux.

—Mon Père, aidez-moi s'il vous plaît. Il me fait du mal.

Et bientôt, l'infirmier disparut dans le couloir.

—Quelque chose cloche dans son comportement, dit Dimitri.

Vincenzo hocha la tête.

—Monsieur Marchand, nous sommes au-devant de quelque chose qui nous dépasse. Et ce quelque chose s'appelle la folie humaine.

—La folie humaine est encore plus terrorisante qu'un démon, dit Matt.

Les Purificateurs se retrouvèrent pour le déjeuner. Sur la table, hamburgers dégoulinants de graisse et frites surgelées et graisseuses. Élisabeth et Margareth commandèrent deux sandwichs mozzarella et tomates.

Vincenzo prit la parole.

— Nous avons vu Savannah ce matin et après notre discussion, nous en avons conclu qu'elle n'est pas possédée. Elle n'a révélé aucun signe de possession démoniaque malgré l'aspersion d'eau bénite et l'admonestation des premières paroles du Rituel. Par contre, elle a révélé des signes de maladie mentale.

— Cette fille est une manipulatrice, continua Carlo. Je pense qu'elle a dû échafauder un plan pour faire disparaître ses parents qu'elle devait juger trop sévères. Elle a dû se dire que refaire la même chose que Defeo lui permettrait de faire parler d'elle.

— Je suis du même avis que vous, messieurs, dit Élisabeth. Je n'ai ressenti aucune présence maléfique.

La médium était toujours aussi pâle. Les souffrances émanant des malades enfermés dans cet asile en délabrement l'avaient épuisée.

—Moi j'ai un doute, dit Matt. Vous avez vu son visage ? Ses yeux ? Et vous avez vu que les infirmiers ont eu du mal à la maîtriser. Même vous, mon Père, vous avez eu du mal à la retenir. C'est bizarre. J'ai l'impression qu'on se trompe.

—Parfois, dit Carlo, certains malades mentaux arrivent à développer des capacités physiques extraordinaires.

—De plus, dit Vincenzo, elle n'a pas réagi à l'aspersion d'eau bénite.

—Mais peut-être que le démon se cache, dit Matt, car s'il se découvre, il sait qu'on va le combattre.

Cette dernière affirmation fit naître le silence au sein des Purificateurs. Personne ne sut quoi répondre au jeune homme et Vincenzo commença même à douter. Peut-être aurait-il dû réaliser un exorcisme sur Savannah afin d'apporter une preuve formelle qu'un démon la possédait ou non.

Au bout de dix minutes, Dimitri rompit enfin ce pesant silence.

— Par contre, dit-il en prenant un deuxième hamburger, moi aussi je me pose des questions : comment Savannah, qui est une jeune femme frêle, aussi épaisse qu'une brindille, a pu assassiner sa famille avec un fusil ? Les médecins qui l'ont examinée auraient dû constater des ecchymoses sur son épaule dues au recul de l'arme. Or, le dossier médical ne comporte aucune mention de ce genre.

— Et que personne n'ait entendu les bruits des coups de feu, continua Crystal, c'est tout aussi bizarre. Pourtant, l'autopsie ne révèle aucune drogue dans l'organisme de ses parents.

— Et le pentacle découvert sur la vidéo de Defeo, demanda Matt.

Matt était persuadé que ce qu'il avait noté sur la vidéo était un élément clé de l'affaire.

— Peut-être que Defeo, répondit Margareth, a réellement été une victime du démon. Et ce dessin qu'on a vu sur la vidéo n'est qu'une trace de la présence maléfique. Alors que Savannah, elle, est une déséquilibrée qui a voulu que l'histoire se répète.

— Et l'arme du crime, dit Crystal. Ça aussi c'est bizarre. C'est la même arme qui a tué les Defeo et les Luciani.

— Je pense que l'on trouvera dans la maison tous les morceaux du puzzle qui nous manquent et que l'explication à ce mystère est d'ordre rationnel, dit Carlo.

— En tout cas, dit Crystal, j'ai rien trouvé de plus dans les archives. Rien que l'on sache déjà.

— J'ai pu obtenir des rendez-vous avec le psychiatre, le docteur Meryl et l'avocat de Savannah pour cet après-midi, dit Margareth. Par contre, rien concernant Defeo.

— Très bien, dit Vincenzo. Père Carlo et mademoiselle Ivodric, vous irez parler au docteur Meryl. Sœur Margareth et moi-même, nous irons rendre une petite visite à Barnabé. Pendant ce temps, Mademoiselle Louvière, continuez vos recherches, monsieur Bohè, analysez la vidéo de Savannah s'il vous plaît et monsieur Marchand, continuez à chercher la signification de ce dessin sur les murs des scènes des crimes. Nous nous retrouvons ici même à 18 h 30 pour faire le point.

Et c'est au même moment qu'il décida qu'il allait exorciser la maison. Ainsi, si un démon était responsable de toute cette affaire, il le forcerait à se montrer.

Carlo et Élisabeth patientaient dans la salle d'attente du docteur Meryl. Tous deux regardaient l'heure défiler sur leur montre. Ils n'avaient pas de temps à perdre.

Une dame âgée attendait avec eux. Élisabeth s'amusa à la sonder. La pauvre dame souffrait de maux de ventre qu'aucun traitement ne soulageait. La voyante vit un halo noir entourant la malade. En dernier recours, son médecin généraliste l'avait envoyée consulter un psychiatre. Cette pauvre femme était fripée, n'avait plus que la peau sur les os, était fatiguée et suppliait la mort de la prendre.

Élisabeth en parla avec Carlo, qui se leva, posa un crucifix sur le front de la grand -mère, marmonna quelques mots. Cette dernière fut immédiatement soulagée.

— Merci mon Père, c'est un miracle ! Vous m'avez guéri !

— J'ai chassé le mal qui était en vous. Mais écoutez-moi bien, je ne sais pas quels péchés vous avez faits pour que le démon s'insère en vous, ou si vous êtes victime d'un maléfice. En tout cas, priez tous les jours si vous voulez que votre mal s'en aille définitivement. Et allez vous confesser !

La vieille dame pleura, remercia encore, baisa la main du prêtre et promit de prier.

La porte de la salle d'attente s'ouvrit pour laisser passer un homme grand, brun, plutôt séduisant, la quarantaine. Le docteur John Meryl. Il fit signe aux deux Purificateurs de le suivre dans son bureau. L'homme dégageait une puissante odeur d'after-shave, du musc.

— Écoutez, je n'ai pas trop le temps, j'ai des rendez-vous. Donc, faisons vite. Que voulez-vous savoir ?

Encore un qui est pressé ! Décidément les psychiatres n'ont plus de temps à rien de nos jours, pensa Carlo qui nota que le bureau du médecin était rangé au millimètre près. Chaque chose à sa place. Un trouble obsessionnel ? Il prit la parole.

— Tout d'abord, je vous remercie de prendre le temps de nous recevoir. Ce ne sera pas très long. Nous avons quelques questions à vous poser concernant votre patiente, Savannah Luciani.

— Luciani n'est plus ma patiente, répondit le psychiatre.

Le prêtre tiqua sur cette réponse qu'il trouva très impersonnelle. Pourquoi appeler Savannah par son nom de famille ? C'est comme s'il voulait se détacher de son ancienne patiente. Et pourquoi être autant sur la défensive ?

— Ça, nous le savons, reprit Carlo. Ce que nous voulons savoir, c'est pourquoi avait-elle besoin d'un psychiatre.

— Ce sont ses parents qui me l'ont amenée. Ils étaient au bord de la crise de nerfs, après le renvoi de leur fille de son établissement scolaire. De plus, elle avait tendance à fuguer et criait partout qu'elle voulait tuer tout le monde... bref, j'ai diagnostiqué chez elle une schizophrénie sévère, car elle disait entendre des voix et voir des hommes en noir. J'ai jamais cru à tout cela. Luciani était une adolescente qui a cruellement manqué d'éducation. Sa mère était trop laxiste et son père absent. Je pense qu'elle a inventé toute cette histoire pour qu'ils la remarquent. Et quand son père a montré un peu d'autorité, comme je lui avais conseillé, la petite s'est rebellée. Elle n'a pas supporté cette contrainte. Et elle les a tués.

— Est-ce que Savannah aimait ses parents, demanda Élisabeth.

— Comme une adolescente en crise peut aimer ses parents. Elle les a convertis en ennemis et les a assimilés à des obstacles. En plus, elle ne supportait ni son frère ni sa sœur. Elle disait que sa mère les aimait plus qu'elle.

— Suivait-elle un traitement, demanda Carlo qui s'amusa à déplacer un cadre photo sur le bureau.

Aussitôt, le psychiatre le remit en place en lui envoyant un regard glacial.

— Je l'ai mise sous traitement. Mais cette jeune fille avait davantage besoin d'autorité que de médicament ! Ses parents ne m'ont pas écouté lorsque je leur ai dit de la placer en pension, voire en camp disciplinaire. Luciani se montrait constamment désagréable, elle répondait à ses professeurs, elle jurait à tout bout de champ, elle n'allait pas en cours et surtout, elle se prostituait.

— Elle se prostituait, demanda Élisabeth surprise. Personne n'a mentionné ce fait.

— Et pourtant, je l'ai dit au policier qui m'a interrogé. Je ne sais même pas s'il m'a écouté ce jour-là. Il semblait bien trop pressé de rentrer chez lui. Sa femme venait d'accoucher. Bref, oui Luciani se prostituait et dépensait son argent en s'achetant des tenues de prostituées. Vous voyez l'genre ? Cette fille souffre d'un complexe que j'appelle le vouloir plaire à tout prix. Elle voulait toujours être sur le devant de la scène, admirée, que l'on s'intéresse à elle. Et ne supportait pas la frustration.

Tout à coup, Élisabeth eut une vision. Celle de Savannah discutant avec un jeune homme en uniforme. Un policier qui semblait littéralement sous son charme.

— Pensez-vous, continua Carlo, qu'elle ait pu assassiner sa famille ?

— Je le pense oui. Elle avait fait preuve de beaucoup de rage lors de nos entretiens lorsqu'on évoquait sa famille. Elle en voulait à la terre entière et surtout à sa famille. Elle avait dit, une fois, que si elle pouvait les tuer, elle le ferait. Elle est passée à l'acte. Elle est maligne et manipulatrice et a bien pu manigancer toute cette histoire de diable pour s'en sortir indemne. Si elle s'en sort, elle hérite d'une belle maison et de tous les biens de ses parents. Et ça, elle m'en avait parlé. En plus, elle fait la Une des journaux, son rêve !

Le téléphone du psychiatre se mit à sonner. Ce dernier fit signe d'attendre, mais Carlo se leva et le remercia.

Une fois dans la rue, il se tourna vers la médium.

— Vous avez eu une vision, n'est-ce pas ?

— Oui, j'ai vu Savannah charmer un policier. L'aurait-elle tellement charmé que cet homme a exécuté ses ordres, même les plus farfelus, comme sortir l'arme des archives du tribunal ?

— Tout est possible. Je téléphone au Père Onoffrio. Mais dites-moi Élisabeth, vous êtes médium ou voyante ?

— Quelle est la différence entre les deux ?

— Le médium sent les choses alors que le voyant les voit.

— Alors je suis une combinaison des deux !

Carlo se contenta de cette réponse. Il sortit son téléphone portable et appela le père Onoffrio.

Ce dernier était occupé à questionner Roland Bernabé, l'avocat commis d'office, lorsque son téléphone portable se mit à sonner dans sa poche. Sans même prendre la peine de s'excuser auprès de son interlocuteur, il prit l'appel, écouta, hocha la tête et raccrocha. Puis, il se tourna vers l'avocat et prit congé. De toute manière, on ne pouvait plus rien tirer de cet homme qui avait pris l'affaire Savannah contre son gré et qui ne comptait pas défendre sa cliente. Bernabé avait des problèmes d'alcoolisme, d'argent et ses propres démons à combattre.

Les quatre purificateurs se rejoignirent devant le Tribunal. Carlo et Élisabeth arrivèrent les premiers, suivis du Père Onoffrio et de sœur Margareth quelques minutes plus tard. Tous les quatre se dirigèrent vers le bureau du procureur qui fut ravi de les accueillir et demanda à sa secrétaire de servir du café.

— Votre enquête avance ?

— Nous avons besoin de voir le policier chargé de garder les archives, dit Vincenzo.

Élisabeth expliqua sa vision et, sans demander plus d'explications, O'Neil les guida au sous-sol du bâtiment. Là, un jeune homme, plutôt bien bâti, du genre capitaine de football d'un club de sport d'un lycée américain, les reçut avec un grand sourire. Ses dents blanches s'alignaient dans une perfection étonnante. Un vrai sourire de vainqueur ! Sur son badge, on pouvait lire « Joshua Miller ». Un rouquin aux yeux bleus qui devait faire craquer toutes les jeunes filles.

Aussitôt, Élisabeth reconnut le jeune homme de sa vision et le fit savoir. Vincenzo s'approcha de lui et le regarda droit dans les yeux.

— Connaissez-vous Savannah Luciani ?

Le sourire de Joshua s'effaça. Pendant un bref instant, il baissa les yeux, rougit à peine, puis releva la tête et se dressa pour se donner de la contenance.

— Comme tout le monde, par la télévision. Les médias ont beaucoup parlé d'elle.

— Je reformule ma question. Connaissez-vous personnellement et intimement Savannah Luciani ?

Le jeune policier baissa à nouveau la tête. Il était décontenancé. Sa lèvre inférieure trembla. Soudain, des larmes jaillirent de ses yeux.

— Écoutez, c'est elle qui a tout manigancé ! Elle m'a demandé, mais j'ai pas pu lui résister. J'sais pas c'qui s'est passé. J'comprends pas ! Cette gamine est une sorcière !

L'exorciste ne se laissa pas apitoyer. Cet homme avait commis un acte punissable par la loi, et il devait l'avouer. Ensuite, si c'était un démon qui l'avait poussé, Dieu l'aiderait. Mais comme Vincenzo était persuadé que le démon n'avait pas sa place dans cette histoire, il en conclut que ce jeune homme avait pensé avec son sexe plutôt qu'avec son cerveau.

— Avez-vous sorti l'arme du crime des archives ?

Le rouquin renifla. Il essuya ses larmes. Sa respiration devint haletante. La panique s'emparait lentement de son corps. Il comprit qu'on l'avait démasqué. Il se souvint de l'adage « faute avouée à moitié pardonnée ». De toute façon, il avait perdu Savannah, alors qu'on l'enferme lui était égal.

— Oui. Mais Savannah est une chic fille. Jamais elle n'aurait pu assassiner ses parents ! Ça doit être quelqu'un d'autre qui m'a vu avec l'arme !

Le prêtre se tourna vers le procureur.

— Voilà une question qui a trouvé sa réponse. À présent, nous savons comment l'arme s'est retrouvée dans la maison. Cet homme vous appartient, monsieur O'Neil.

— Non attendez, supplia Joshua. C'est vrai, j'ai sorti l'arme du tribunal parce que Savannah m'a demandé d'le faire. L'histoire de la maison l'obsédait ! J'ai juste voulu lui faire plaisir ! Elle est innocente croyez-moi ! Vous la connaissez pas !

— Cela sera au juge d'en juger, dit le procureur.

— C'est pas possible qu'elle ait tué sa famille ! Savannah était avec moi la nuit des meurtres, dans le camion. L'arme était avec nous. J'me suis endormi et lorsque j'me suis réveillé le fusil était toujours à l'arrière du Dodge ! Peut-être que quelqu'un nous a suivis et a pris l'arme pendant qu'on dormait !

O'Neil le prit par le bras.

— Vous raconterez tout cela à votre avocat et si vous n'en avez pas, vous pouvez demander un commis d'office.

Vincenzo regarda Carlo et tous deux hochèrent de la tête. Joshua était amoureux et Savannah s'était servi de lui.

121

Flash-back n° 1

Savannah était assise sur un banc, devant le palais de justice. Vêtue d'une mini-jupe noire et d'un chemisier rose transparent à trois quarts déboutonné, elle fixait le hall d'entrée du tribunal. Soudain, elle se leva et courut. Elle se jeta au cou d'un jeune homme, un grand rouquin à la musculature impressionnante. Joshua Miller l'embrassa fougueusement.

Comme elle était belle, avec ses yeux bleus pétillants, ses lèvres charnues et son corps de rêve. Comme il avait envie de la baiser, là, de suite.

Devinant ses pensées, Savannah lui prit la main et l'entraîna dans les toilettes publiques. Aussitôt, elle enleva son chemisier et là, dans un toilette puant l'urine et recouvert de déjections, ils firent l'amour. Savannah s'agenouilla et défit la ceinture et les boutons du jean du policier transpirant de désir. Elle en sortit un sexe dur qu'elle avala goulûment. Puis, elle se tourna et Joshua la pénétra par l'arrière. L'adolescente se mit à couiner. Ce qui excita Joshua qui éjacula sur le dos de sa partenaire dans un râle interminable.

Alors, Savannah se retourna, se courba et lécha les dernières gouttes de sperme sur le sexe de Joshua, avant de le regarder avec malice. Ses yeux étaient devenus noirs comme le néant, mais Joshua ne remarqua pas ce détail tellement Savannah lui avait donné du plaisir !

— N'oublie pas ce soir, dit Savannah.

— Ne t'inquiète pas, je serai là, répondit-il dans un souffle.

— Et n'oublie pas le fusil.

Joshua Miller se gara devant « la maison du Diable ». Il sortit de sa Dodge Ram de 2004 et prit un sac à l'arrière de son pick-up. Il leva la tête et regarda vers la fenêtre de la chambre de Savannah, celle située au dernier étage de la maison, celle où jadis, étaient posées les fameuses lucarnes qui faisaient penser aux yeux du Diable. Une ombre passa rapidement sur l'une des fenêtres. Le jeune homme n'y fit pas attention.

Il regarda sa montre : 1 h du matin. Pile à l'heure. Déjà, Savannah s'avançait dans l'allée de la maison et lui sauta au cou lorsqu'elle arriva à sa hauteur.

— Alors, t'as réussi, demanda-t-elle excitée.

— Qu'est-ce que j'ferai pas pour toi, ma princesse.

Joshua lui montra le sac.

— Montre vite !

Le jeune homme déposa le sac à l'arrière de son pick-up et l'ouvrit. Il en sortit un objet enveloppé dans un drap blanc. Avec précaution, il défit le drap et la lumière du réverbère éclaira une arme ancienne, un fusil. Savannah sauta de joie. L'arme de Defeo Junior.

— Surtout, ne le touche pas, prévint Joshua.

— Oui, je sais, mais laisse-moi le regarder. Et dire que ce fusil a tué six personnes ! C'est magique !

Le jeune homme sourit. Il connaissait la passion de sa petite-amie pour l'histoire de sa maison et lui montrer l'arme du crime était le plus beau cadeau qu'il puisse lui offrir. Une belle preuve d'amour ! Pour cela, il avait dû désactiver les caméras, défaire le scellé et voler l'arme. Une fois rentré, il devra tout remettre en place et espérer que personne ne s'y intéresse. De toute façon, l'affaire Defeo était classée et qui plus est vieille de presque quarante ans ! Bientôt, le fusil partira à la destruction.

— Ho merci, mon amour !

L'adolescente mitrailla le fusil avec l'appareil photo de son smartphone, puis se tourna vers son petit-ami.

— Maintenant, vient prendre ta récompense.

Et elle grimpa sur le pick-up.

— Je veux que tu me prennes là, devant l'arme !

Joshua se réveilla au volant de son Dodge. Il était toujours garé devant la « maison du Diable ». Il regarda sa montre : 4 h du matin. Il se souvint avoir fait l'amour avec Savannah comme une bête, puis avoir discuté avec elle dans la voiture. Ensuite… plus rien. Il s'était certainement assoupi et la jeune femme était rentrée chez elle. Et le fusil ?

Le jeune homme eut un coup au cœur. Il alla voir à l'arrière du pick-up. Le fusil s'y trouvait toujours. Savannah avait même pris soin de l'envelopper à nouveau dans son drap blanc. Il la prit, la remit dans son sac et grimpa au volant du pick-up. Il mit le contact et, avant de démarrer, jeta un dernier coup d'œil à la « maison du Diable ». Endormie. Sa petite chérie devait dormir emmitouflée dans sa couette. Il l'imagina dans son pyjama. Un sourire se dessina sur ses lèvres et sa verge se durcit.

Avant de rentrer chez lui, il s'arrêta au Tribunal où il prit soin de remettre l'arme sous scellé et rebrancher les caméras. Il effaça les images incriminantes et les remplaça par d'autres où la date correspondait à la nuit de l'emprunt. Personne ne remarquera cet emprunt. Personne ne découvrira le subterfuge. Puis, il rentra chez lui.

Après un peu moins de quatre heures de sommeil, il se rendit à son poste de travail, comme tous les jours depuis maintenant plus d'un an. Lorsqu'il arriva au sous-sol du palais de justice, c'était l'effervescence. Tout le monde courait de partout, fouillait les archives, visionnait les images des caméras de sécurité. On cherchait si le fusil avait pu quitter le Tribunal. Joshua pâlit. Il venait d'y avoir un quadruple meurtre à Amityville. Le meurtrier a tiré avec un fusil sur la famille de Savannah cette nuit même où il a montré l'arme à Savannah et les balles retrouvées semblaient provenir de l'arme de Defeo.

Le pauvre homme s'écroula sur une chaise. Il sut que Savannah était la meurtrière. Une évidence qu'il n'accepta pas. Ils avaient passé la nuit ensemble, ils avaient fait l'amour. C'est peut-être pendant ce temps que le meurtrier avait assassiné les Luciani. Et Savannah, qui était rentré chez elle dans le noir en croyant que tout le monde dormait, n'avait découvert les corps que le lendemain matin. La pauvre ! Ça a dû être choc. Joshua promit de l'aider et d'aller la voir en prison. Mais quelque chose clochait dans cette explication. Savannah lui avait dit qu'elle rêvait de tuer ses parents. Et plus il y réfléchissait, plus l'évidence qu'il tentait de chasser de son esprit s'imposait à lui : sa petite-amie pouvait être la meurtrière.

Retour au présent

Les deux prêtres, la médium et la bonne-sœur rentrèrent à l'hôtel. Ils avaient résolu le mystère du fusil et l'affaire d'Amityville prenait une tournure qui s'éloignait de plus en plus d'une quelconque manifestation paranormale. Au point que Vincenzo avait émis l'éventualité de rentrer à Rome pour s'envoler vers une nouvelle affaire. Mais, sa conscience lui commandait d'enquêter dans la maison.

Devant l'hôtel, Dimitri Marchand les attendait, en compagnie de Matt et Crystal, assis à la terrasse de l'auberge, sirotant un café. Il les appela.

— J'ai trouvé la signification du dessin sur les murs, l'espèce de tête de chien avec la croix inversée. En fait, c'est un pentacle représentant le démon Amduscias. Il fait partie des suspects ! C'est un démon spécialiste de la musique bruyante, un chef d'orchestre invisible, mais toujours audible. Ce qui pourrait correspondre au fait que les Lutz aient entendu une fanfare plusieurs fois dans leur salon. Par contre, ce démon ne pousse pas au meurtre. Sa spécialité est de répandre les préjugés, les fausses rumeurs.

— Est-ce que ce démon peut posséder une personne, demanda Vincenzo.

— Oui, les annales de démonologie répertorient quelques cas de possession par Amduscias. Normalement, lors d'un exorcisme, le prêtre renvoie le démon en enfer d'où il ne peut ressortir. Et d'après les écrits, plusieurs prêtres-exorcistes ont chassé Amduscias du corps de sa victime. La logique voudrait que ce démon soit donc emprisonné en enfer et qu'il ne puisse plus en sortir. Pourtant, et c'est là où cela se complique, on dénombre quelques cas où le démon ainsi chassé par un exorcisme arrive à se libérer et revient dans le corps de sa victime accompagné par sept démons. C'est pourquoi les rechutes sont souvent spectaculaires. La même chose a pu se produire dans l'affaire qui nous intéresse. Amduscias aurait peut-être trouvé le moyen de se libérer et se serait réfugié chez Junior. Puis, il serait resté tranquille après les meurtres et ressurgirait aujourd'hui, trente-neuf ans plus tard, chez Savannah.

Au même moment, une bourrasque fit incliner les arbres qui décoraient l'entrée de l'hôtel. Margareth et Élisabeth frissonnèrent.

— Qu'est-ce que c'est ça, demanda Margareth en reboutonnant sa veste. Pourtant, le temps est doux et nous n'avons senti aucun vent de la journée. Qu'il s'engouffre ainsi me semble curieux.

— Ça, c'est Amduscias, ma p'tit'dame, répondit Dimitri. On parle de lui et il arrive ! On dit que les arbres s'inclinent comme sous l'effet d'un vent violent lorsqu'il arrive.

L'exorciste tendit l'oreille.

— On n'entend pas de fanfares.

— Je pense surtout, dit Carlo, que cette rafale n'a rien de surnaturel.

— C'est pas sûr, dit Matt, regardez c'que j'ai trouvé sur la vidéo faite ce matin à l'hôpital.

L'ingénieur ouvrit son ordinateur portable et mit la vidéo en route. Tous se pressèrent derrière lui, sauf Dimitri et Crystal qui avaient déjà visionné la vidéo.

— On y voit Savannah, ça c'est normal. Mais regardez bien, l'espace d'un tout petit instant, son visage se superpose à ce symbole bizarre de tête de chien.

L'ingénieur appuya sur la touche arrêt du clavier et une image apparut : le même symbole que sur les scènes de crime. Imperceptible en visionnant la vidéo à vitesse normale, il apparaissait rapidement lorsqu'on ralentissait les images, se superposant, l'espace de quelques millisecondes, au visage de l'adolescente. C'était le même procédé utilisé dans la vidéo de Defeo.

— C'est très curieux, dit Dimitri.

— Ça remet même en doute l'idée que je me fais de cette affaire, dit Vincenzo. Aurait-il vraiment une force du mal derrière cette histoire ?

— Ça expliquerait la disparition subite de Kathy Lutz, enchaîna Dimitri, ainsi que celle de son mari.

Au dîner, les Purificateurs continuèrent leur discussion autour du plat local et peu cher : de gros cheeseburgers huileux. Élisabeth eut du mal à finir le sien et demanda une salade, alors que Dimitri en avala deux. Margareth se plaignit, puis fit comme son amie et commanda une salade.

Entre deux bouchées, ils échangeaient leurs idées sur l'affaire d'Amityville. Tous avaient des doutes. Le passé morbide du lieu avait pu influencer Savannah et comme elle avait dû se documenter, cela n'a fait que renforcer son obsession. Savannah était une adolescente instable qui ne s'entendait pas avec ses parents et sa passion pour l'histoire de la maison lui avait donné une idée : celle de tuer ses parents, comme l'avait fait Defeo avant elle. Alors, elle avait tout manigancé pour arriver à ses fins en se référant au film « Amityville la maison du Diable ». Même arme du crime. Même circonstance. Même mode opératoire. Sauf que cette théorie rationnelle et plausible n'expliquait pas l'analyse des vidéos faite par Matt. C'était le seul petit détail qui coinçait dans cette affaire, mais un détail important. C'est pourquoi Vincenzo tenait à visiter la maison, pour dissiper tous les doutes. Il était persuadé que cette affaire se résoudrait à l'intérieur de la maison.

Le départ fut programmé pour le lendemain matin 7 heures. Et Vincenzo était à cheval sur les horaires et ne supportait pas les retards.

Crystal avait pu entrer en contact, par téléphone, avec des professeurs de la jeune fille. Tous semblaient dire que l'adolescente souffrait d'un mal-être profond et qu'elle ne supportait pas l'autorité. Par contre, elle n'avait pas réussi à décrocher un rendez-vous avec Ronald Defeo Jr et n'avait pas trouvé la trace des enfants de Kathy Lutz.

Dans la soirée, le prêtre-exorciste donna une messe à laquelle assista tous les membres de l'Ordre des Purificateurs et conclut l'office par des prières à Dieu, à la Vierge Marie et à l'archange Michel. Pendant la communion, sœur Margareth remercia le Seigneur de lui avoir donné la force de continuer. Sa place était avec les Purificateurs. Ça, elle n'en avait plus le moindre doute.

Puis, avec l'aide de Carlo, il bénit de l'eau, exorcisa de l'huile, du sel ainsi que les uniformes des Purificateurs. Il se tourna vers Carlo.

— Nous réaliserons un exorcisme dans la maison. Si rien ne se produit, nous rentrerons chez nous.

Le lendemain à 7 h 30, après un petit-déjeuner à l'américaine et un départ à 7 heures précises, l'équipe des Purificateurs arriva devant la fameuse « maison du Diable » en tenue militaire, prête à en découdre avec le Mal. La grandeur et la beauté de la maison surprirent Matt. Il avait vu les photos, mais les lieux le laissaient sans voix. Les Américains aimaient les grands espaces, les pièces énormes, le luxe. Plusieurs familles auraient pu vivre dans cette maison !

L'extérieur de la maison montrait son abandon forcé pendant près de trois ans. Des herbes hautes avaient envahi la pelouse et poussaient un peu partout. Les haies n'étaient pas taillées. Les rubans de balisage jaunes posés par les enquêteurs étaient encore en place autour de la maison.

L'intérieur de la demeure était spacieux et avait dû être lumineux, moderne et bien entretenu. Aujourd'hui, la poussière avait envahi les meubles, les toiles d'araignée les murs. Des crottes de souris et autres déjections jonchaient le sol. Si l'on faisait abstraction de ces détails, Abby Luciani avait, en effet, un goût prononcé pour les meubles design et contemporains. Des tableaux, maintenant sales, ornaient les murs attestant du bon goût de la maîtresse de maison qui les avait posés avec beaucoup de soin. Depuis le drame, la maison était fermée et tout était resté à sa place, du jardin d'hiver, au salon, à la cuisine, aux six chambres et aux salles de bain. Les autorités n'avaient pas nettoyé les scènes de crimes, les curieux n'avaient pas osé saccager la maison. Les nombreuses personnes qui avaient réussi à s'y introduire n'avaient osé la détériorer ou voler des objets de peur de s'attirer des ennuis paranormaux.

Margareth se fit une réflexion : pour tenir une maison comme celle-ci propre, il fallait l'astiquer du matin au soir tellement elle était grande. Elle s'est toujours demandé comment les femmes, dans les séries américaines, arrivaient à réussir un tel prodige !

Matt ouvrit le réfrigérateur.

— On aurait même pu ne pas prendre de provisions, tout est plein.

Crystal s'approcha et jeta un coup d'œil à l'intérieur du frigidaire. Elle recula et se pinça le nez.

— Ferme cette porte ! C'est peut-être plein de bouffe, mais tout est moisi.

— Pas tout, répliqua Matt en sortant un paquet de céréales, des Lucky Charms multicolores, du placard. J'ai toujours vu dans les films américains des gosses manger ce genre de céréales au petit-déjeuner.

— Regarde la date de péremption.

Le 20/12/2015. Matt fut déçu. Il ne goûtera pas aux Lucky Charms.

Vincenzo débarqua dans la cuisine.

— Nous ne sommes pas là pour nous amuser, monsieur Bohé. Veuillez sortir les caméras. Nous allons purifier les chambres.

Rougissant, l'ingénieur posa le paquet de Lucky Charms sur le plan de travail en marbre gris et suivi le prêtre. Crystal leur emboîta le pas en pouffant de rire. Matt l'entendit et lui tira la langue.

Plan de la maison en main, Dimitri guida l'équipe vers la chambre de Savannah, ex-chambre de Ronald Junior Defeo, qui se trouvait au dernier étage, chambre où il y avait jadis les lucarnes qui ont donné le surnom à la maison. Arrivé devant, il ouvrit la porte. Grande pièce comportant un grand lit à baldaquin, un bureau, une immense armoire et une bibliothèque. Sur le mur, au-dessus du lit, entre les deux lucarnes, un pentacle dessiné à la craie rouge. Une magnifique chambre d'adolescente si l'on faisait abstraction du désordre ambiant et de la saleté. Une magnifique chambre d'adolescente où régnait un beau bordel et où la poussière s'était insérée partout sur les meubles et les bibelots.

— Qu'est-ce que c'est beau et grand, s'écria Crystal.

— Visiblement, dit Margareth, Savannah ne manquait de rien.

— Je dirais même, répliqua Dimitri, que Savannah était une enfant gâtée, peut-être même trop gâtée et lassée de tout. Quelle idée de dessiner un pentacle au-dessus de son lit !

— On peut déjà conclure, dit Carlo, que l'occulte l'attirait.

— Essayons de voir si elle n'a pas fait de magie noire ou des messes noires, dit Vincenzo.

— Je ressens de très mauvaises ondes dans cette pièce, dit Élisabeth. C'est comme si l'esprit de Savannah n'avait pas quitté les lieux, qu'elle est toujours dans cette pièce.

— En tout cas, j'ai jamais vu un tel bazar, dit Margareth. Ce qui me surprend. Vous avez noté comment la maison est rangée. Je ne pense pas que madame Luciani aurait accepté que sa fille dorme dans cette porcherie. Vous avez vu les draps et les tapis. Tout est sale, cassé, abîmé…

Des traces de sang, certainement du sang menstruel, maculaient les draps, et des restes de nourritures, d'emballages et des canettes vides jonchaient le sol et recouvraient le bureau.

Flash-back n° 2

Savannah rentra chez elle en trombe en brandissant une feuille de papier.

— Maman ! Maman ! Regarde !

Abby Luciani sortit de la cuisine en s'essuyant les mains sur son tablier. Sa fille semblait surexcitée. Ses yeux bleus pétillaient de joie.

— Qu'est-ce qu'il se passe ma chérie ?

— J'ai eu un A+ à ma dissertation ! J'suis trop contente ! Regarde ce que la prof a écrit : Savannah a fait preuve de beaucoup d'intelligence et de maturité en rédigeant son récit. Félicitations.

— Bravo ma chérie ! C'est excellent.

— Faut le mettre sur le frigo comme ça papa le verra en rentrant du boulot !

Aussitôt dit, aussitôt fait. La dissertation de l'adolescente vint rejoindre ses autres devoirs sur la porte du réfrigérateur. Savannah prit soin de la mettre en évidence. Son père devait la voir dès le premier coup d'œil.

— Ton père sera fier de toi ma chérie, dit Abby déposant un baiser sur les cheveux de sa fille aînée.

Savannah s'assit à table et tout comme sa sœur, prit un bol et y versa des Lucky Charms.

— Cette bonne note m'a donné faim !

— Hé, ne mange pas tout, s'écria Grace.

Savannah se tourna vers sa petite sœur et lui ébouriffa ses longs cheveux blonds.

— Mais non t'inquiètes ! Ça te dit qu'on aille dans ta chambre pour lire une belle histoire de princesses ?

— Ho oui !

Et les deux filles bondirent de leur chaise pour se précipiter à l'étage sous l'œil amusé de leur mère qui continua à éplucher ses légumes pour le dîner. Les deux filles s'installèrent sur le lit et Savannah lut, pour la centième fois au moins, l'histoire de la Reine des Neiges, la princesse Disney préférée de sa petite sœur.

Soudain, Glen fit irruption dans la chambre. Le gamin tremblait d'excitation. Il tenait ses mains derrière le dos comme pour cacher un objet.

— Savannah ! Savannah ! Tu savais que cette maison est hantée ?

— Arrête de dire des bêtises Glen !

— Si si, j't'assure. Il y a eu plein de films d'horreur sur la maison !

Grace se mit les mains sur les oreilles et commença à pleurer.

— Arrête ! Tu fais peur à Grace !

— Ben si tu m'crois pas regarde !

Glen montra avec fierté ce qu'il dissimulait derrière son dos : une cassette vidéo. Savannah la lui arracha des mains et inspecta ce drôle d'objet. C'était une VHS du film « Amityville : La maison du Diable ». Sur la jaquette, on y voyait la maison peinte en rouge, avec les lucarnes allumées.

— On dirait notre maison, s'écria Savannah.

— Oui et j'ai même le deuxième film, dit Glen qui était fier que l'on s'intéresse à lui. Viens voir.

L'adolescent de onze ans entraîna sa sœur aînée dans sa chambre. Là, il sortit une deuxième cassette VHS de son sac d'écoliers et la lui tendit. "Amityville II, le Possédé". On y voyait un jeune homme sur la jaquette, un homme possédé et à l'arrière, la maison. Savannah faillit arracher un bond et jeta la cassette au loin.

— Mais c'est vraiment notre maison !

— Ouais, s'écria Glen. Et le pire c'est que toutes ces histoires sont basées sur des faits réels.

Sur le pas de la porte, Grace pleurait. Savannah la prit dans les bras et la consola.

— C'est rien ma chérie, Glen est un gros méchant. Il a fait ça pour nous faire peur. Viens, on va continuer à lire l'histoire de la Reine des Neiges. Et toi Glen, ne reviens plus nous déranger.

Savannah entraîna sa sœur dans sa chambre et la consola. La petite fille oublia bien vite cette histoire de maison hantée pour se plonger dans l'histoire de son idole préférée, la Reine des Neiges.

Après le dîner, l'adolescente s'empressa d'aller voir son frère dans sa chambre. Cette histoire de maison hantée avait aiguisé sa curiosité. Elle ressentait le besoin de revoir les VHS. Elle sut, d'instinct, qu'elle ne devait jamais en parler aux parents.

— Remontre-moi les cassettes.

Glen, à nouveau excité et fier d'intéresser sa sœur, s'empressa de les lui donner.

Elle les examina pendant un court instant.

— C'est bizarre, on dirait vraiment notre maison. Tu crois qu'il s'est passé quelque chose ici ?

— J'sais pô, répondit Glen. Tu veux qu'on r'garde les films ?

— Ouais, mais il faudrait un appareil qui permet de lire ce genre de cassettes. Ça peut pas rentrer dans un lecteur DVD ce genre de trucs.

Le garçon pouffa de rire.

— Que t'es bête parfois ! C'est un magnétoscope qu'il nous faut. J'crois que papa en a un dans la cave.

Savannah lui envoya un regard noir. Elle détestait lorsque son petit frère voulait se montrer supérieur à elle en étalant sa science. Quel p'tit con, pensa-t-elle.

— Allons-y.

Les deux jeunes se précipitèrent dans les escaliers, puis, arrivés au rez-de-chaussée, ralentirent la cadence afin d'atténuer le bruit de leurs pas. Leurs parents regardaient l'émission « Tonight show » de Jimmy Fallon au salon. Bolton Luciani étant presque sourd, le volume était poussé à fond pour le plus grand bonheur des enfants qui purent passer devant la porte du salon sans se faire entendre.

Très vite, ils gagnèrent la cave et trouvèrent le vieux magnétoscope enfoui sous une tonne de cassettes VHS. Il ne semblait pas être abîmé malgré la poussière qui le tapissait.

Soudain, un coup retentit dans le fond de la cave, comme quelqu'un qui avait tapé sur le mur avec son poing. Savannah sursauta. Elle tourna la tête et crut voir une ombre noire. Puis, elle entendit deux autres coups.

— Tu as entendu ? C'est quoi à ton avis ?

— Le chauffage qui s'est mis en route, dit Glen en explosant de rire. Quelle trouillarde !

L'adolescente envoya un regard plein de haine envers son frère et le frappa à l'épaule, ce qui provoqua une autre série de rires de son frère.

— Remontons-le, dit Savannah en colère. J'espère qu'il fonctionne encore.

— À vos ordres, miss Trouillarde.

Le magnétoscope poussiéreux fut monté aux étages sans incident. Savannah entraîna Glen dans sa chambre, au dernier étage, posa le magnétoscope sur son bureau et le brancha. Aussitôt, ce dernier s'alluma.

— Chouette, ça marche ! Donne-moi la cassette.

— Laquelle, demanda Glen.

— Peu importe. En fait non, donne-moi celle avec le possédé. Ça a l'air de faire bien peur.

— T'es sûre que tu veux celle-ci miss trouillarde ?

La jeune fille le frappa à nouveau sur l'épaule. Glen s'exécuta en riant et alla chercher la VHS demandée.

Savannah glissa la cassette à l'intérieur de l'appareil et appuya sur lecture.

— La cassette a l'air de tourner. Maintenant faut brancher le tout sur la télévision. Tu sais comment faire ?

Glen soupira. Que sa sœur pouvait se montrer débile par moment !

— Branche le câble que t'as, le deuxième, à la télé.

Le jeune adolescent relia le magnétoscope à la télévision. Savannah l'alluma et elle se mit aussitôt sur le canal du magnétoscope. Le générique du film remplaça l'écran noir de la télévision.

Les deux jeunes s'allongèrent sur le lit et regardèrent le film d'épouvante « Amityville 2 : le possédé ». Plus il avançait, plus les scènes les glaçaient d'effroi. Ils reconnurent leur maison et la chambre du possédé était celle de Savannah.

Après le visionnage, alors que Glen avait rejoint sa chambre, non sans avoir supplié sa sœur de dormir dans son lit, Savannah ne put fermer l'œil de la nuit. Elle entendait des bruits partout dans la maison, des grincements de porte, des bruits de pas. À un moment, elle crut même sentir un souffle froid sur son visage.

À 5 h du matin, terrorisée, elle alluma son ordinateur portable et tapa dans le moteur de recherche de Google « la maison d'Amityville ». Ce qu'elle découvrit ne fit que la terrifier davantage…

Retour au présent

— Regardez ce que j'ai trouvé !

Carlo Rinaldi était en train de fouiller l'armoire de Savannah lorsqu'il en sortit deux cassettes VHS qu'il s'empressa de montrer aux autres.

— Ce sont les cassettes vidéo des films sur la maison, dit Dimitri.

— Ce qui prouve que Savannah connaît l'histoire de la maison, continua Crystal.

— Et donc, qu'elle ait pu reproduire cette histoire, continua Carlo.

Le prêtre-exorciste fouillait la bibliothèque et en ressortit quelques livres.

— L'histoire de cette maison obnubilait Savannah. Elle collectionne les livres et les articles de journaux qui en parlent. Cependant, je ne vois aucun livre de magie occulte.

— Alors, pourquoi avoir dessiné un pentacle sur le mur, demanda Matt.

— Je n'en ai aucune idée, dit Vincenzo.

— C'est vrai aussi que mis à part ce pentacle, il n'y a aucun objet occulte dans cette pièce, dit Dimitri.

— Ce qui signifie que la thèse d'une cause naturelle se confirme, déclara Carlo. L'histoire de la maison obsédait Savannah ainsi que les meurtres qui s'y sont passés. Cela l'a tellement obnubilée qu'elle a fini par se croire elle-même possédée et qu'elle a tué sa famille.

Margareth sortit de la commode de l'adolescente un carnet où quelqu'un avait griffonné le symbole d'Amduscias sur la page de couverture ainsi que le nom de « Butch ». Pensant trouver le journal intime de l'adolescente, qu'elle fut sa surprise de découvrir que c'était celui de Ronald Defeo Junior !

— Regardez ça ! Comment Savannah a pu se procurer le carnet de Ronald ?

Elle tendit le cahier à Dimitri qui s'empressa de l'ouvrir et le lire.

— Le journal intime de Junior. C'est éloquent ! Le jeune homme décrit sa descente aux enfers. Il parle des voix qu'il entend dans sa tête et qui lui ordonnent de tuer sa famille. Il dit aussi que seule la cocaïne les fait taire.

— On sait que Ronald Junior était un drogué, dit Crystal, ce qui a pu induire des hallucinations.

— C'est probable, dit Carlo.

— Et voici où Savannah a trouvé le fameux symbole qu'elle dessine partout, dit Dimitri en montrant la couverture du journal intime. Dans les dernières pages, Junior l'a griffonné en boucle, comme s'il n'arrivait plus écrire. On voit qu'au fil du temps, il avait de plus en plus de mal à écrire. L'écriture est hachée, devient presque illisible, les phrases n'ont plus de sens.

Il tendit le cahier à Carlo qui l'examina. Sur la couverture, le pentacle. À l'intérieur, les confidences d'un jeune adulte perturbé et dans son combat contre la folie, c'est la folie qui l'emporta. Et à la fin, des dizaines de pentacles qui symbolisaient toute la rage de Junior.

— C'est typique d'une schizophrénie aiguë provoquée par l'ingestion de drogues. Le cerveau ne fait plus la différence entre la réalité et le monde imaginaire. Le subconscient fait alors surface, car les barrières qui permettent de le limiter n'existent plus. Et les pulsions primitives, peurs, haines, dégoûts… s'expriment sans restriction.

— Et comme Junior avait un conflit avec son père, il s'est mis en tête de vouloir le tuer, dit Dimitri.

— C'est exactement cela, continua Carlo. On le voit bien au fil des pages. Cette haine qui augmente. Junior se met petit à petit à détester sa famille. On le sent. Il ne supporte plus sa famille. Il pervertit sa sœur et cela le rend heureux. Le soulage même. Soulage sa haine du monde. Il s'amuse à monter ses frères l'un contre l'autre. Et il adore ça. Il rêve de coucher avec sa mère et de tuer son père. Junior avait un grave problème psychologique et je ne crois pas que la prison l'a aidé. Petit à petit, il s'est détourné de la foi, pas parce que cela lui faisait mal, mais plus pour s'opposer à sa famille. Puis, il a des hallucinations et sent que l'on s'empare de son corps. Là aussi, j'explique ce fait par un combat entre le conscient et le subconscient. Junior avait conscience que ces actes étaient immorales et cela le mettait en colère et cette colère n'a fait que renforcer sa maladie. Et un soir, il est passé à l'acte.

— Donc, l'explication est rationnelle : une maladie mentale provoquée par les drogues, dit Margareth. Sauf que cela n'explique pas que les Defeo n'aient pas entendu les bruits des coups de feu et qu'ils ne se soient pas réveillés.

— Dans le dossier, répondit Crystal, j'ai noté que le soir des meurtres, Junior regardait une émission de télé-réalité et que le son était poussé à fond. Et dans cette émission, des coups de feu étaient tirés régulièrement. Les Defeo n'ont peut-être pas percuté que ces coups de feu étaient réels et non plus émanant de la télévision.

— C'est possible, dit Dimitri. Et comment expliquer, alors, que les Luciani ne se soient pas réveillés ?

— Pour ça aussi j'ai une explication, dit Crystal. Bolton Luciani souffrait de surdité et regardait la télévision le son monté à fond. Le soir des meurtres, il s'était endormi devant la télévision, dans sa chambre, sa femme à côté de lui. Et la télévision hurlait. Abby y était habituée et dormait avec des boules quies dans les oreilles.

Matt n'adhérait pas à cette théorie. Il sentait que quelque chose clochait dans cette histoire, mais n'arrivait pas à mettre le doigt dessus.

— Et comment Savannah est tombé sur ce carnet, demanda-t-il. Il appartient bien à Junior non ? Comment a-t-elle pu se le procurer ?

— Là encore, je pense que la réponse à cette question très pertinente est évidente, dit Élisabeth. Après les meurtres, on a vendu la maison ainsi que tous les meubles et les affaires des Defeo. Ce carnet devait se trouver dans cette chambre, puisque c'était la chambre de Junior. Il devait être là, planqué quelque part. Et Savannah l'a découvert.

— C'est fort possible, ajouta Carlo. Cette histoire intriguait Savannah et lorsqu'elle a découvert que sa chambre était celle de Junior quarante ans plus tôt, elle a pu la fouiller pour essayer de savoir s'il ne restait pas des affaires à lui dedans.

Crystal toussota et glissa une main dans ses longs cheveux teintés.

— Les Américains, lorsqu'ils déménagent, n'emportent pas leurs meubles, comme cela se fait dans la plupart des pays européens. Ils ne prennent que leurs affaires personnelles. Et c'est pareil, lorsqu'ils achètent une maison, ils achètent aussi les meubles qui sont restés en place. Donc, toutes les affaires des Defeo se trouvaient dans la maison au moment où les Lutz ont emménagé. Les propriétaires qui se sont succédé ont remeublé à leur goût la maison et les vieux meubles ont fait l'objet d'un vide-grenier. Peut-être que des meubles des Defeo invendus se trouvent encore quelque part dans la maison et que dans ces meubles se trouvait ce carnet.

Élisabeth et Carlo hochèrent la tête.

— Très bonne analyse, dit Dimitri en envoyant un baiser de la main à la jeune femme qui fit semblant de l'attraper au vol.

Le Père Vincenzo ouvrit son livre de prières et bénit la pièce. Il aspergea les murs d'eau bénite tout en récitant des prières de purifications. Puis, toute l'équipe se dirigea au premier étage, vers la chambre parentale.

Crystal ouvrit la porte et entra. Très vite, elle eut un haut-le-cœur. Les autorités ont laissé la pièce dans l'état après les meurtres et les investigations. Ils avaient seulement emporté les cadavres, sans nettoyer les lieux. Du sang maculait les draps. On pouvait presque deviner les silhouettes des parents. Sur le mur derrière le lit, dessiné avec le sang d'Abby et de Bolton, le pentacle d'Amduscias. Sur la table de chevet, un réveil mécanique couvert de poussière.

— Ho mon Dieu, cette pièce dégage une telle énergie négative, dit Élisabeth, que ça en devient presque irrespirable. Je peux presque voir comment s'est déroulée la scène.

La voyante ferma les yeux et se mit à raconter ce qu'elle voyait dans son esprit : le couple endormi dans leur lit, la télévision poussée à fond, Bolton dormant la tête posée sur le dos de son épouse. Son bras lui entoure la taille. Malgré ses ronflements bruyants, Abby continue à dormir le visage contracté certainement par un rêve douloureux. Ses derniers temps, elle a du mal à trouver le sommeil. Sur la table de chevet, à côté du réveil mécanique, des cachets, des somnifères et un verre d'eau à moitié vide. Abby n'aimait pas la technologie et tous les produits connectés. Pour se réveiller, elle ne faisait confiance qu'à son fidèle réveil qui l'accompagnait depuis plus de 20 ans.

Savannah entre dans la chambre. Elle tient un fusil et vise son père. Une détonation. Un éclair de lumière. La balle atteint le crâne de Bolton qui explose sous la force de l'impact. Des morceaux de cerveau viennent se coller sur le mur. Du sang se répand sur le drap. Bolton est tué sur le coup.

L'adolescente est comme en transe, le visage livide, les yeux révulsés. De la bave coule sur son menton. Elle contourne le lit et regarde sa mère qui dort encore. Elle redresse le fusil et la vise. Ses mains tremblent, comme si elle lutte contre une force inconnue, comme si elle se débat contre un être invisible. Des larmes coulent sur ses joues. Et elle tire. La balle vient se loger dans la poitrine d'Abby. Le choc la réveille. Elle ne comprend pas ce qui lui arrive. Elle regarde sa fille, tourne la tête, voit son mari, veut crier, mais elle reçoit une deuxième balle en plein visage. Elle s'écroule alors, inanimée. Du sang gicle et éclabousse le visage de Savannah.

La jeune fille grimpe sur le lit. Elle pleure toujours. Elle trempe ses mains dans le sang encore chaud de ses parents et dessine le pentacle d'Amduscias sur le mur. Puis, elle reste un petit moment à contempler son œuvre, les yeux livides, dans le vague, se balançant d'avant en arrière sur les corps à peine refroidis de ses géniteurs. Soudain, elle se tourne vers la porte, tend l'oreille et semble écouter quelqu'un lui parler. Elle hoche la tête, saute du lit et sort de la chambre.

Un long frisson d'horreur parcourut le corps svelte d'Élisabeth.

— C'est comme si Savannah était en pleine crise. Elle avait le visage ravagé par la haine. Mais bizarrement, elle pleurait. Du moins, ses yeux pleuraient, par le reste du visage. J'ne sais pas comment expliquer cela, c'est bizarre.

— Elle était en pleine crise de schizophrénie, dit Carlo.

Le Père Onoffrio récita des prières de purifications, bénit la pièce et ferma la porte derrière lui pendant que son équipe l'attendait dans le couloir.

Puis ils firent de même avec les chambres de Glen et Grace. Toujours le même symbole sur les murs, ce sang sur les draps. Les deux enfants avaient reçu une balle à bout portant au niveau du visage.

On pouvait sentir la mort, la souffrance dans tous les coins et recoins de la maison, mais pas d'entité diabolique. Certes, pensa Vincenzo, il y avait eu, en ce lieu, dix meurtres, ce qui avait laissé forcément des ondes négatives, mais ces dix meurtres n'étaient pas liés à un démon.

Les Purificateurs bénirent la maison et donnèrent une messe au salon présidée par le prêtre-exorciste. Rien ne vint entraver la cérémonie. Ils communièrent, récitèrent la prière à saint Archange Michel et Vincenzo en récita une autre pour saint Archange Uriel afin qu'il jette la lumière sur toute cette affaire.

Une fois fini, Dimitri, le plan de la maison en main, déclara :

—Avant de partir et de classer cette affaire, j'aimerais visiter la cave. Apparemment, un réduit non mentionné sur les plans s'y trouverait. Les Warren ont parlé de ce réduit lorsqu'ils étaient venus enquêter dans la maison. Pour eux, les ennuis viendraient de ce réduit. Et peut-être trouverons-nous des meubles de Defoe.

Matt acquiesça. Il ne pouvait se résoudre, lui aussi, à classer cette affaire. Il n'était pas médium, mais il sentait quelque chose de pas clair dans toute cette histoire. Il regarda son supérieur d'un regard suppliant. Vincenzo hocha la tête.

— Allons-y, dit Vincenzo.

Les sept Purificateurs ouvrirent la porte menant à la cave. Aussitôt, une odeur nauséabonde les assaillit. Matt se boucha le nez, Crystal recula.

— C'est quoi cette odeur, dit Dimitri.

— Descendons, ordonna Vincenzo.

Le prêtre actionna l'interrupteur et une ampoule nue au plafond vint éclairer faiblement l'escalier. Il prit la tête du cortège et arriva dans une immense cave bien entretenue et rangée. C'est ici que les Luciani entreposaient leurs vieilleries, comme l'avaient fait les Cromarty, les Lutz et les Defeo avant eux.

Cet endroit aurait fait jubiler les antiquaires : meubles anciens, vieux tableaux, deux téléviseurs cathodiques, du matériel électronique dépassé… Et partout des cartons.

— He bien voilà, c'est certainement dans tout ce bazar que Savannah a trouvé le carnet de Junior, dit Dimitri.

Il regarda Crystal. Cette dernière réussit à esquisser un timide sourire, tant l'odeur qui régnait dans cette cave la rendait malade. C'était insupportable. À la limite de la suffocation. La jeune femme affichait un teint livide que même son fard à paupières n'arrivait pas à redonner un peu de couleur.

Dimitri se mit à fouiller dans certains cartons.

— Des vêtements, des magazines, des jouets…

— Il y aurait de quoi ouvrir un magasin avec tout ce qu'il y a ici, dit Carlo.

— Ces meubles, là au fond, dit Élisabeth, ce canapé, cette bibliothèque, ce meuble bas, appartenaient aux Defeo.

— Et la thèse de Crystal se vérifie. Encore une question qui trouve sa réponse, dit Carlo.

Les Purificateurs se dirigèrent vers le fond de la pièce, dans un recoin sombre. Là, des vêtements. Une tunique de prêtre. Dessus, un crucifix. Quelqu'un avait pris soin d'arracher le Christ de sa croix et de le placer à l'envers, tête en bas. Vincenzo se baissa pour la ramasser.

— Pourquoi ça se trouve ici ?

Dimitri s'approcha.

— Un rituel satanique peut-être ?

Dans un coin sombre, un bruit d'essaim de mouches. Élisabeth s'approcha et poussa un cri.

— Là ! Regardez !

Tous s'approchèrent et découvrirent avec horreur le cadavre d'un homme nu, rongé par les vers, la tête retournée à 180 °, mutilé. Carlo s'accroupit et l'examina. Des vers festoyaient à l'intérieur de l'abdomen et du crâne du cadavre, mais on pouvait voir sur son corps des traces de mutilation. Et malgré la décomposition avancée des jambes que les insectes avaient rongées jusqu'à l'os. Les tibias présentaient chacun une fracture nette et franche. Comme si quelqu'un avait cassé les deux os avec une massue.

— Cela me fait penser à un rite satanique et ce pauvre homme en a fait les frais.

N'en pouvant plus, Élisabeth courut vers l'escalier menant au rez-de-chaussée. Avant de l'atteindre, elle dégobilla tripes et boyaux tant l'odeur de la viande en décomposition était insupportable. Bientôt, Matt et Crystal rendirent aussi leur petit-déjeuner. Crystal, qui sentait une autre crise arriver, se précipita au rez-de-chaussée, bientôt suivie de Matt. Vincenzo, qui peinait aussi à supporter l'odeur, déclara :

— Remontons. Nous n'avons plus rien à voir ici. Le réduit n'existe pas.

Très vite, il donna les dernières admonestations au mort, récita quelques prières de purifications et remonta à l'étage.

Arrivé au sommet de l'escalier, il regarda ses trois collègues qui avaient fui la cave et leur dit d'un ton très calme, mais autoritaire :

— Ne me refaites jamais plus un coup pareil. Nous ne devons jamais nous séparer, et cela quoiqu'il arrive.

Crystal baissa la tête, Élisabeth hocha la tête et Matt s'excusa à demi-mot. Ils avaient manqué de professionnalisme sur ce coup-là.

Livides, les Purificateurs s'installèrent au salon. Margareth distribua de l'eau.

— Vous pensez que cet homme en bas est un prêtre, demanda Dimitri.

— Tout semble nous le faire croire, répondit Carlo.

— Comment c'est possible ? Il existe donc une autre victime de Savannah, une cinquième ? Mais personne, aucun journaliste, aucun enquêteur ne la mentionne, dit Crystal.

Élisabeth se leva, ouvrit une fenêtre en grand et respira un grand bol d'air frais. Dehors, un homme prenait des photographies de la maison et lui envoya son bonjour avec un signe de la main. Elle tira les rideaux et envoya un SMS de son téléphone portable. Bientôt, deux hommes habillés en costume sombre arrivèrent et se saisirent de l'appareil photo du curieux. Élisabeth se tourna vers ses collègues. Elle se concentra.

— Cet homme était un prêtre et il est venu ici, dans cette maison. Mais je n'arrive pas à savoir ce qu'il s'est passé.

— Ce serait Savannah qui l'aurait tué, dit Matt.

— C'est possible, dit Carlo. Savannah a un esprit dérangé. Elle a pu tuer ce prêtre, comme elle a tué ses parents.

— Je vais vérifier si les journaux ou le site de la police ne mentionnent pas une disparition d'un prêtre dans le coin, dit Crystal.

Vincenzo se leva et fit les cent pas.

— Cette histoire présente des étrangetés, certes, mais si l'on occulte le fait que Savannah, lors d'un état de crise, puisse être la meurtrière, je pense que nous avons résolu cette affaire. Il n'y a rien de surnaturel, que ce soit pour Junior Defeo ou pour Savannah.

— Vous avez raison, mon Père, dit Dimitri. Toutes les pièces du puzzle se sont mises en place. Nous savons comment Savannah s'est procuré le fusil de Defeo et pourquoi aucune des deux familles ne s'est réveillée au moment des meurtres.

— Nous savons, continua Carlo, que Junior était un drogué et qu'il avait développé une schizophrénie qui l'a poussé à tuer sa famille. Nous savons aussi que l'obsession de Savannah pour la maison tourna au drame.

— Par contre, ce que nous ne savons pas, reprit Matt, c'est pourquoi Junior avait dessiné le symbole d'Amduscias sur son carnet, comment il le connaissait et surtout, pourquoi ce symbole revient toujours sur les vidéos que j'ai analysées.

Tous se tournèrent vers l'ingénieur. Il avait mis le doigt sur quelque chose d'important. Un mystère. Et personne ne trouva quoi lui répondre. Ce fut Vincenzo qui brisa le silence.

— Nous réaliserons un exorcisme ce soir, ainsi si un démon est présent, il sera forcé de se montrer. En attendant, continuons de fouiller les lieux à la recherche d'autres indices qui pourraient répondre aux questions intelligemment posées par monsieur Bohè.

— J'ai trouvé, cria Crystal qui sauta de son fauteuil, son ordinateur portable à la main. Un article mentionne la disparition d'un prêtre. Et devinez qui est ce prêtre ! Je vous le donne en mille. Le frère de Bolton, le Père Luciani, qui officiait dans une paroisse de Grande-Bretagne !

— Le Père Luciani a peut-être rendu visite à sa famille et Savannah, ne supportant aucun signe religieux, l'a tué, dit Matt.

— Ou plutôt se croyant possédée, dit Carlo, s'est fait un devoir de le tuer.

— Sauf que quelque chose cloche, dit Élisabeth. Pourquoi dans un rituel ? Pourquoi comme cela ?

— Parce que Savannah était persuadée être possédée du Diable, dit Carlo.

Tous acquiescèrent.

Toujours ensemble, ne jamais se séparer, telle était la devise des Purificateurs lorsqu'ils se trouvaient dans un lieu hanté ou supposé hanté. Et Vincenzo était strict concernant cette règle. Crystal, Matt et Élisabeth l'avaient appris à leurs dépens. Et c'est donc ensemble qu'ils fouillèrent la maison. Sans rien découvrir de plus.

Le soir venu, après un dîner léger concocté par Margareth, ils se réunirent au salon où les deux prêtres s'occupèrent d'ériger un autel. Ils donnèrent une seconde messe, prièrent, puis se préparèrent pour le Rituel d'exorcisme.

Habituellement, le Rituel préconisait un jeûne de trois jours pour la réalisation du rite antique. Vincenzo se moquait de cette règle qu'il trouvait ridicule. Un prêtre avait besoin de forces pour combattre un démon et le jeûne ne faisait que le rendre plus faible. C'est pourquoi il ne se privait pas de manger avant le combat. L'Église ordonnait le jeûne avant l'exorcisme, mais son combat contre le mal ne concernait que sa foi. Il était persuadé que quiconque croit en Jésus pouvait repousser le démon. Quiconque l'invoquait, pouvait chasser le démon devant lui. Et le combattre le ventre vide lui conférait une supériorité qu'il ne pouvait accepter.

Vincenzo remplit son goupillon et le bénitier d'eau bénite, tandis que Carlo disposa l'huile et le sel exorcisés sur l'autel.

22 h 30. Prêt pour entamer le Rituel, Vincenzo revêtit son étole violette et commença les prières, aidé de Carlo, Margareth et Dimitri qui lui donnèrent la réplique, pendant que Matt filmait et Élisabeth se concentrait pour ressentir d'éventuelles entités.

Flash-back n° 3

La sonnerie du téléphone résonnait dans toute la maison. En courant, Abby Luciani sortit de la salle de bains et décrocha. Au bout du fil, le proviseur de l'établissement où était scolarisée sa fille aînée. Ce dernier lui demandait de venir immédiatement, car un surveillant avait surpris Savannah dans les toilettes en train de fumer.

La mère de famille promit d'arriver rapidement. Abasourdie, elle raccrocha le combiné téléphonique. Ces derniers temps, elle ne comprenait plus sa fille. Elle, qui d'habitude si douce, si gentille, se transformait en un monstre, une petite racaille malveillante, qui jurait à tout bout de champ.

Elle se souvint de la fois où Grace lui avait demandé de lui lire une histoire. Savannah l'avait envoyée balader d'une telle force, qu'Abby avait dû s'en mêler et l'avait punie dans sa chambre. Chose à laquelle l'adolescente avait rétorqué que de toute manière, c'était l'endroit qu'elle préférait.

Abby s'inquiétait. Qu'arrivait-il à sa fille ? Elle avait changé, trop et pas en bien. Même ses tenues vestimentaires s'étaient dégradées. Avant, Savannah portait des tenues gaies, colorées, des jeans à la mode, comme en portaient les filles de son âge. Aujourd'hui, elle s'habillait avec des tenues provocantes, des jupes tellement courtes qu'on ne pouvait plus les appeler des mini-jupes, mais des extramini-jupes ou des « révèles-chattes ». Son maquillage était devenu vulgaire. Toute sa garde-robe était sombre et provocante.

Souvent, Abby et Bolton lui avaient fait la morale à ce sujet, l'avaient punie, mais rien à faire. L'adolescente s'emportait et se mettait dans une colère noire. Et la dispute se terminait toujours de la même manière : Bolton qui flanquait une claque en plein visage à sa fille qui partait se réfugier dans sa chambre en criant qu'elle se vengerait, Abby pleurant dans la cuisine tout en préparant le dîner.

Ce n'était plus vivable et les parents avaient même envisagé de la mettre en pension.

Un bruit provenant du rez-de-chaussée fit sortir Abby de ses lugubres pensées. Comme si quelqu'un dans la cuisine venait de casser de la vaisselle.

— Glen, c'est toi mon chéri ? Bolton ?

Personne ne lui répondit. Nouveau bruit de vaisselle cassée. Abby descendit les escaliers et se rendit dans la cuisine. La pièce était déserte et la vaisselle intacte. Nouveau bruit, cette fois-ci dans le salon. Bruit d'un meuble que l'on déplace.

— Bolton ? Bolton c'est toi ? Qui est là ?

Elle se rendit au salon et constata que les meubles étaient à leur place respective.

— Y a quelqu'un ?

Ce fut le silence qui lui répondit.

— Tu perds la tête ma vieille !

Elle remonta à l'étage. Rapidement, elle se changea, mit un jean et un chemisier aubépine, attacha ses cheveux et se regarda dans le miroir.

— Dieu que tu as une mine affreuse !

Ses traits étaient tirés, ses yeux cernés. Ces derniers temps, elle souffrait d'insomnie et son médecin lui avait prescrit des anxiolytiques et des somnifères, mais elle se refusait de les prendre. Elle savait qu'elle était épuisée nerveusement à cause de Savannah qui lui créait beaucoup de problèmes. Mais, elle se disait que beaucoup de gens vivaient des situations pires qu'elle et qui n'avaient pas besoin de médicaments pour y faire face. Son mari lui avait tellement reproché d'être faible, qu'elle voulait lui prouver qu'elle pouvait se montrer forte et faire face à des situations pénibles.

Dix minutes plus tard, Abby Luciani prenait place dans le bureau du proviseur du collège privé de New-Island. Savannah avait rejoint cet établissement il y a à peine trois mois après son renvoi de l'école publique pour s'être fait prendre en train de pratiquer une fellation à un camarade de classe dans les vestiaires de la salle de sport.

Et aujourd'hui, on l'avait surprise en train de fumer dans les toilettes ! Abby agrippa la boîte contenant les anxiolytiques dans son sac en se disant que si sa fille continuait dans cette voie, elle sera obligée de les prendre. Tant pis si elle donnait raison à son mari.

Et pendant que le proviseur, Damon Moore, récitait les faits incriminés à Savannah, cette dernière fixait sa mère. Ses yeux, jadis bleu pétillant, devinrent noirs de haine, ses lèvres se pincèrent dans un rictus affreux, son visage se figea dans une abominable grimace. Ne supportant plus le regard de son enfant, Abby baissa la tête.

— Vous comprenez bien, madame Luciani, que je ne peux pas garder Savannah dans cet établissement si son comportement ne s'améliore pas.

Abby hocha la tête. Oh oui qu'elle comprenait ! Elle-même ne voulait plus de sa propre fille à la maison !

— Je pense que le mieux est que vous en parliez avec le psychologue. Bien entendu, je n'ai pas alerté les services sociaux et je suis prêt à fermer les yeux sur toute cette affaire si Savannah fait des efforts. Mais, il n'y aura pas d'autres chances.

Abby se confondit en excuses, promit de corriger sa fille, promit de prendre rendez-vous avec le psychologue scolaire et prit congé.

Sans un mot pour sa fille qui la suivait, elle se dirigea vers le parking et dès qu'elle entra dans la voiture, elle fondit en larmes. Savannah prit place à côté d'elle et la regarda en souriant. Abby sentit monter en elle une colère froide, destructrice.

— Mais bon dieu, pourquoi tu fais ça ? Tu n'es pas heureuse ? Tu veux quoi à la fin ?

— Vous tuer, toi, papa, Glen et Grasse.

De retour à la maison, Abby ne tenait plus en place. Elle avala deux cachets de Xanax avec un grand verre de vin rosé et souffla un bon coup. Elle avait envoyé Glen et Grace chez leur grand-mère pour la nuit. Il fallait s'occuper du « problème Savannah ».

Dès que Bolton franchit la porte d'entrée, Abby lui sauta dessus. Celui-ci n'eut même pas le temps d'enlever son manteau en laine, que sa femme se jeta dans ses bras pour pleurer.

— C'est encore Savannah qui a fait des siennes ?

La jeune femme hocha la tête. Dans la cuisine, alors que Bolton se servit un verre de whisky, elle lui raconta la dernière péripétie de leur fille.

— Et le pire dans tout ça, c'est qu'elle a dit ! Qu'elle voulait tous nous tuer !

Abby se remit à pleurer et reprit un cachet de Xanax qu'elle avala avec une généreuse gorgée de vin rosé. Bolton, qui la vit faire, n'en fut même pas surpris. Sa femme avait toujours montré des signes de fragilité mentale et cela l'avait toujours beaucoup énervé. Il savait qu'il ne pouvait compter sur elle si un coup dur arrivait. Il s'y était résigné.

— Bon, dit Bolton en se grattant le menton, nous devons prendre une décision rapide et radicale. Savannah a besoin d'une bonne leçon ! D'une bonne raclée ! Ça suffit maintenant les conneries !

— Non Bolton, non je t'en prie !

Trop tard, car le père de famille grimpait déjà les escaliers pour aller trouver sa fille aînée dans sa chambre. Abby le suivit et s'arrêta aux pieds des escaliers. Elle regarda son mari s'éloigner la démarche résignée de quelqu'un en colère. Les muscles de son dos étaient tendus à l'extrême et saillaient sous la chemise. Des larmes jaillirent hors des yeux d'Abby sans qu'elle puisse les retenir.

— Non Bolton, ce n'est pas la bonne méthode, supplia-t-elle sachant la bataille perdue d'avance.

— C'est ma méthode ! Et si tu en as une meilleure, t'as qu'à la faire !

Sans frapper à la porte, il l'ouvrit violemment la faisant claquer contre le mur et pénétra dans la chambre de sa fille qui, couchée sur son lit, écoutait de la musique à fond tout en lisant un livre. La jeune fille ne sursauta pas à cause du bruit de la porte. Elle enleva son casque doucement en souriant et se redressa. Il régnait dans cette pièce une odeur épouvantable !

— Pas la peine de sourire ! Ta mère m'a tout raconté ! Je vais te faire passer l'envie de fumer des cigarettes !

— Ah oui ! Et tu comptes faire quoi ?

Bolton, trop en colère, ne remarqua pas que sa fille le défiait, que son regard noirci par la haine le fixait, qu'elle n'était plus elle-même à cet instant. Déjà il ouvrait sa ceinture et la faisait coulisser dans les pans de son pantalon.

— Tu vas goûter du ceinturon, cela te fera réfléchir !

Il s'approcha d'elle la ceinture à la main, prêt à l'abaisser sur le corps frêle de sa fille. Lorsque soudain il arrêta son geste. Sa fille le regardait immobile, un rictus aux lèvres, le visage figé dans un masque de haine.

— Jamais il n'admettra que tu me fasses du mal !

Sa voix était gutturale. Cela n'avait plus rien à voir avec celle de Savannah. Ce n'était plus Savannah, mais une bête immonde, un monstre de dévastation qui se dressa sur le lit et fit face au père de famille qui recula, la ceinture en main, toujours levée et prêt à frapper.

— Frappe ! Allez, frappe-moi ! Si tu le peux.

Bolton recula, laissa tomba la ceinture par terre et battit en retraite. Il dévala les marches des escaliers jusqu'au rez-de-chaussée, bouscula sa femme au passage qui attendait toujours en pleurant et en priant assise sur les premières marches de l'escalier, se précipita sur le téléphone et appuya sur une touche.

Abby le suivit. L'inquiétude la rongeait. Son mari était blanc comme un linge comme s'il avait vu un fantôme. Cela ne lui ressemblait pas. Elle nota un détail qui résonna comme une alarme dans sa tête : son pantalon était lâche sur ses hanches. Il avait enlevé sa ceinture pour frapper Savannah. Elle n'avait entendu aucun cri. Et pourquoi n'avait-il pas remis sa ceinture en place ?

— Qu'est-ce qu'il s'est passé Bolton ?

Ce dernier ne daigna pas lui répondre. Il pestait contre le téléphone en répétant « réponds, réponds ». Enfin, au bout de quatre interminables sonneries, son interlocuteur prit la communication.

— Aiden ! C'est moi Bolton. Il faut que tu viennes tout de suite ! Il se passe quelque chose de pas normal, c'est urgent... oui... non de suite ça peut pas attendre... non pas dès que tu peux, de suite, c'est une question de vie ou de mort... OK, je t'envoie le billet d'avion. Merci.

Et il raccrocha. Abby le regardait sans comprendre. Tout son corps tremblait de peur.

— Dis-moi ce qu'il se passe pour l'amour de Dieu !

— Justement, on va avoir besoin de l'aide de Dieu.

Et le père de famille se précipita vers le salon où il mit en route l'ordinateur portable. Abby le suivit. L'Apple démarra très vite et Bolton pianota sur quelques touches.

— Il y a un vol qui part ce soir.

Il sortit sa carte bancaire de son portefeuille et acheta un billet d'avion. Puis, il l'envoya par messagerie électronique à Aiden. Aussitôt, il se leva et reprit le téléphone, toujours Abby à ses trousses.

— Aiden, c'est moi, je t'ai envoyé le billet. Tu décolles ce soir à 23 h. Je serai à l'aéroport demain matin pour t'accueillir… oui c'est urgent… j'ai besoin de toi… OK d'accord… à demain… et prie pour ma famille.

Puis il raccrocha.

— Maintenant tu vas te décider à me parler !

Bolton se dirigea vers la cuisine où il se servit un verre de whisky qu'il avala d'une seule traite. Il s'en resservit un deuxième. Il transpirait. Sa chemise présentait des auréoles au niveau des aisselles.

— J'ai demandé à mon frère de venir pour nous aider.

— Pourquoi ? Qu'est-ce qu'il ne va pas ?

— La chose qui est là-haut n'est pas humaine.

— Qui bon Dieu ? Savannah ?

— Oui Savannah. Elle est possédée ! Seul un prêtre peut l'aider.

Ses mains tremblaient. Abby se mit à pleurer.

— Mais qu'est-ce que tu racontes ?

— La vérité ! Mais bordel tu vois rien ! C'est plus ta fille, mais un monstre ! Il y a quelque chose en elle d'inhumain qui a pris possession de son corps !

— Tu m'fais peur.

— Moi aussi j'ai peur.

Et il avala un deuxième verre de whisky et son troisième de la journée. Il sentit l'alcool réchauffer son œsophage. Cela le calma un peu.

— Mon Dieu qu'est-ce qu'on va faire ?

— Attendre mon frère. Il saura quoi faire. Et éviter de lui parler. Nous passerons la nuit à l'église. Nous ne pouvons plus rester dans cette maison. Va préparer quelques affaires.

Abby s'exécuta. Elle se dirigea vers l'escalier desservant les chambres. Arrivée à mi-étage, elle sentit un courant d'air froid la parcourir. Puis elle entendit de la musique, une fanfare avec trompettes et tambours. Elle se retourna. Rien. Elle pensa que les anxiolytiques lui donnaient des hallucinations. Lorsqu'elle se retourna, elle tomba nez à nez devant sa fille, les yeux révulsés, le sourire macabre.

— Vous n'auriez jamais dû appeler un prêtre !

Savannah poussa sa mère qui dégringola les escaliers en poussant un énorme cri. Bolton se précipita et fut témoin de la chute. Il vit Savannah regarder fixement la culbute de sa mère, un sourire sur les lèvres, les yeux révulsés. Terrifié, tout en évitant de perdre sa fille du regard, il aida sa femme à se relever. Elle était sonnée, mais ne souffrait de rien de grave.

— Partons ! Vite !

Et tous deux se précipitèrent hors de la maison suivis du rire de leur aînée. Ils se réfugièrent à l'église où ils prièrent toute la nuit.

Le lendemain matin, ils se mirent en route pour l'aéroport. Ils portaient encore leurs vêtements de la veille. Ils étaient froissés. Abby passa sa langue sur ses dents. Dieu que sa brosse à dents électrique lui manquait.

En chemin, Bolton évita deux accidents et Abby redoubla ses prières. La pauvre femme avait des contusions sur tout le corps et des yeux livides à force d'avoir trop pleuré. Elle sentait la crise de nerfs proche. Elle reprit un Xanax. Le troisième en trois heures.

À l'aéroport Kennedy, la jeune femme se jeta en pleurs dans les bras d'Aiden tant elle était soulagée de voir son beau-frère. Le prêtre la consola.

— Merci d'être venu.

Bolton proposa de prendre un café dans un cake-bar de l'aéroport. Après quelques commodités échangées, Aiden voulut entrer dans le vif du sujet.

— Assez tourné autour du pot, pourquoi m'avoir fait venir ?

Abby tripotait nerveusement une serviette en papier. Elle avala un quatrième cachet. La tête lui tournait, son cœur battait la chamade. Elle était au bord du malaise.

— C'est à cause de Savannah, répondit Bolton. Je crois, enfin nous croyons… enfin c'est pas facile à dire, nous croyons que notre fille est possédée.

— Possédée ? J'ai bien entendu ?

— Oui t'as bien entendu. Un démon a pris possession du corps de Savannah.

— C'est pas possible, cela n'existe pas.

— Comment tu peux dire ça toi qui es prêtre ?

— C'est justement parce que je suis prêtre que je te dis cela. Depuis que l'on a découvert les maladies mentales, on sait que la possession démoniaque n'existe pas.

— Et moi je te dis qu'elle est possédée, cria Bolton en se levant.

Voyant qu'on le regardait, il se rassit. Avec ses vêtements froissés et ses cheveux en bataille, il pouvait passer pour un fou. Abby lui prit la main.

— Écoute, dit Aiden, je veux bien voir Savannah pour te rassurer. De quoi souffre-t-elle ?

— Elle est bizarre, dit Abby. C'est plus la petite fille sage et gentille que tu connais. Elle est devenue agressive, même violente. Elle m'a frappé Aiden.

À ces mots, Abby ne put retenir un sanglot. Son mari lui serra la main pour la réconforter.

— Elle dit qu'elle entend des voix, dit Bolton

— Et surtout, elle veut nous tuer. Elle me l'a dit. Et m'a poussé dans les escaliers, dit Abby.

— OK. Tout ce que vous me dites me porte à croire que Savannah développe une schizophrénie.

Bolton sentit une rage folle monter en lui. Ses larmes envahirent ses yeux.

—Écoutes Aiden, tu dois nous croire. J'ai vu le visage du démon ! J'ai vu ses yeux ! La chose qui vit chez nous n'a rien d'humain. J'ai vu le démon putain ! Je l'ai vu comme je te vois toi ! Hier, on a découvert Savannah en train de fumer dans les toilettes de son école. J'voulais la corriger pour cette connerie et quand j'suis rentré dans la chambre j'ai vu… mon Dieu j'en reviens pas que je dise des choses pareilles… j'ai vu le Diable. C'était plus Savannah, elle avait les yeux noirs, et sa voix, mon Dieu sa voix ! Ce n'était plus sa voix.

—Je comprends, dit Aiden. Je veux bien la voir et discuter avec elle. Mais je ne pense pas que je pourrai l'aider.

—OK, je crois que tu comprends pas ce qu'il se passe en ce moment. Tu connais l'histoire de notre maison ?

—J'en ai entendu parler, oui.

—Alors tu dois savoir que notre maison a abrité le Diable.

—Qu'est-ce que c'est cette histoire, dit Abby.

Bolton se tourna vers elle.

—Je ne t'ai jamais rien dit parce que je ne voulais pas que tu t'inquiètes. Tu es si fragile…

—Mais bon Dieu, tu vas arrêter de me rabaisser ! Je dois savoir ce qu'il s'est passé dans notre maison !

Bolton baissa la tête.

—Je suis vraiment désolé, j'aurais dû te faire confiance.

—Bolton, dit Aiden, Abby a le droit de savoir.

—Tu as raison, elle a le droit de savoir alors je vais tout lui dire. Voilà, notre maison a un passé macabre. Il y a quarante de cela, un homme a assassiné toute sa famille dans cette même maison où l'on vit. Et ce type dormait dans la même chambre que Savannah. Après son arrestation, il a dit être possédé par un démon et avoir agi sous son ordre. Ensuite, la maison a été revendue et d'autres propriétaires ont emménagé sans que rien ne s'y passe. Donc, je me suis dit, quand on a visité et que j'ai vu qu'elle te plaisait, qu'on risquait rien. Que tout ça était du passé. Je me suis trompé.

—Tu veux dire, dit Abby, qu'un possédé a vécu chez nous et que cet homme a tué toute sa famille ? Ho mon Dieu Bolton ! Abby veut aussi nous tuer !

— Abby, s'il te plaît, dit Aiden, personne n'a pu apporter la preuve d'une éventuelle possession démoniaque sur cet homme. Et même, les rapports faits à l'époque ont démontré qu'il était déséquilibré et drogué.

Abby ne l'écouta pas. Elle tremblait de tous ses membres. Elle se rendit compte qu'elle habitait une demeure hantée par un démon. Et là, tout lui parut évident : la réaction de sa mère lorsqu'elle lui avait appris qu'elle achetait cette maison, sa façon qu'elle a eu de vouloir la prévenir, le fait qu'elle n'avait jamais voulu entrer dans la maison. Elle se souvint aussi des voisins qui avaient refusé laissé leur enfant lors du goûter d'anniversaire de Glen. Et d'une autre voisine qui lui avait recommandé de déménager !

—Pourquoi tu m'as jamais rien dit Bolton ?

—Je ne te l'ai pas dit pour ne pas t'affoler.

—Tu m'as caché délibérément un fait important. Que serais-tu capable de me cacher encore ?

—Arrête ! Prends tes cachets et tais-toi ! C'est pas le moment !

—Si c'est le moment ! Si tu m'avais tout raconté, on n'aurait jamais acheté cette maison et tout cela ne serait jamais arrivé !

—On ne peut pas changer le passé, alors fous-moi la paix !

Abby se mit à pleurer. Elle plongea la main dans son sac et avala un Xanax.

—Écoutez, dit Aiden, cela ne sert à rien de vous disputer. Ce n'est pas comme cela que vous aiderez Savannah. Vous devez rester uni pour la soutenir.

Bolton hocha la tête. Abby sécha ses yeux avec un mouchoir.

—Très bien, continua Aiden, allons voir Savannah.

Lorsqu'ils arrivèrent au 113 Ocean Avenue, ils n'en crurent pas leurs yeux : tout l'intérieur de la maison était ravagé, comme si un ouragan avait tout soufflé sur son passage. Frigidaire ouvert, de la nourriture éparpillée partout sur le sol et piétinée, chaises renversées, placards ouverts et évidés, et dans le salon, canapés renversés et tailladés, table basse cassée, du verre partout au sol… et comble de l'horreur, quelqu'un avait déféqué sur le tapis.

Abby sanglota et partit chercher le balai pour nettoyer. Bolton regarda son frère comme pour lui signifier que cela ne pouvait être que l'œuvre du démon. Aiden hocha la tête et s'engagea dans l'escalier.

Il s'invita dans la chambre de Savannah non sans avoir frappé à la porte. Comme personne ne répondit, il se décida à entrer.

Savannah, couchée à plat ventre sur son lit, gribouillait frénétiquement sur un carnet. Elle ne prit pas la peine de tourner la tête lorsque le prêtre pénétra dans la pièce.

— Je t'attendais prêtre.

Aiden eut un mouvement de recul. La voix de Savannah était étrangement rauque. Il regarda autour de lui. Il régnait dans la chambre de l'adolescente un indescriptible désordre. Vêtements au sol, livres déchirés, emballages de nourriture jetés partout… et sur le mur, au-dessus du lit, un pentacle tracé avec de la craie rouge. Sans parler de l'odeur pestilentielle qui émanait de tous les murs comme si ces derniers transpiraient des cadavres. Aiden eut un haut-le-cœur. La manche de sa veste sur son nez, il s'approcha de l'adolescente.

— Pourquoi m'attendais-tu Savannah ?

— Pour m'amuser. Je m'ennuie beaucoup ici.

La jeune fille avait toujours la tête penchée sur son dessin. Ses longs cheveux bruns étaient gras, sales et retombaient mollement sur son visage.

— Que dessines-tu ?

— Mon pentacle.

— Est-ce que c'est toi qui es responsable du bazar qui se trouve en bas ?

— Non, c'est lui.

— C'est qui lui ?

— Laisse tomber.

Enfin, elle se tourna vers son oncle. Aiden n'en crut pas ses yeux lorsqu'il découvrit le visage de sa nièce. Ses yeux étaient sombres, cernés, de nombreuses cicatrices couraient le long de ses joues et son front.

— Comment t'es-tu fait toutes ses blessures ?

— Vois-tu prêtre, c'est ma manière de corriger les petites filles qui sont pas sages. Et Savannah veut parfois me défier. Elle essaye toujours de lutter contre ma domination. Ce qu'elle ne sait pas c'est que c'est trop tard. Après tout, c'est elle qui m'a appelé !

Savannah se mit à rire et découvrit une rangée de dents noires, pourries.

Le prêtre eut un recul. Il fut pris de terreur. Cette créature était le Diable en personne. Il prit conscience qu'il discutait avec le démon.

— T'as raison d'avoir peur le prêtre.

Tout à coup, une musique de fanfare s'éleva dans les airs, de plus en plus forte, au point qu'Aiden se boucha les oreilles et dut partir en retraite.

Il rejoignit Bolton et Abby dans la cuisine qui s'affairaient toujours à remettre un peu d'ordre. Il demanda une double dose de whisky qu'Abby lui servit avec deux glaçons.

— Alors, demanda Bolton, tu lui as parlé ?

— Ce que j'ai vu là-haut est impensable, inimaginable.

— Elle est possédée ?

— Je sais pas. Je veux la faire voir par un médecin.

— Mais t'as vu non ? Tu connais ta nièce, et t'as remarqué que le monstre qui est là-haut n'est pas ta nièce !

— Je peux rien dire. Certains schizophrènes arrivent à transformer leur voix et même leur visage. Ta fille a besoin d'un psychiatre.

— Ho merde ! Mais qui va nous comprendre !

Abby se mit à pleurer. Bolton se tourna à nouveau vers son frère.

— OK, tu veux que l'on fasse venir un médecin ! On en fera venir un dès demain matin. Mais s'il te plaît, peux-tu bénir la maison ?

— Ça je peux le faire.

Le soir venu, Savannah descendit de sa chambre et pénétra dans la cuisine. Elle affichait un grand sourire. Plus aucune cicatrice ne défigurait son visage recouvert d'une couche de maquillage indécent. Ses dents étaient blanches et droites. Un rouge à lèvres pourpre soulignait ses lèvres. Tout le monde se figea.

— Coucou tout le monde ! Maman on mange quoi ? Je crève la dalle !

Puis elle s'aperçut que son oncle était présent.

— Tonton ? T'es là ?

Et elle lui sauta au cou pour l'embrasser. Le prêtre se laissa faire. Dubitatif, il ne sut comment réagir.

— Tout à l'heure je suis venu te voir dans ta chambre. Tu t'en souviens pas ?

— Non. T'es sûr que t'es venu ?

Savannah se mit à table et dévora le pain de viande que sa mère lui servit, ainsi que le maïs grillé. Elle but un grand verre de lait.

— Ne m'attendez pas ce soir, j'ai un rendez-vous.

Elle se leva de table, embrassa ses parents, puis sortit. Abby sursauta lorsque la porte d'entrée claqua. Personne n'osa parler. Enfin, Aiden brisa ce silence.

— Savannah a un grave problème psychiatrique. Je serai d'aucune utilité dans cette maison. Demain, je repars pour l'Angleterre.

Bolton se servit un verre de whisky. Abby avala un Xanax.

3 h du matin. Savannah rentra chez elle. La maison était silencieuse et plongée dans le noir. Elle ne prit pas la peine d'allumer les lumières. Elle se dirigea vers la cuisine où elle dévora un sandwich au beurre de cacahuètes. Et alors qu'elle s'apprêtait à avaler sa dernière bouchée, ses yeux se révulsèrent.

Tel un robot, elle se leva, se dirigea vers les escaliers, et s'arrêta devant la porte de la chambre de Glen. Elle resta un long moment à se balancer d'avant en arrière devant la porte en bois avant de l'ouvrir et de pénétrer dans la chambre. Elle regarda son oncle dormir, prit la batte de base-ball de son frère, s'avança et assena un coup violent sur le crâne du pauvre prêtre qui se réveilla en sursaut. Mais déjà un autre coup fusait au niveau de la mâchoire qui l'assomma.

Puis, elle leva le corps mou de son oncle au-dessus de sa tête, sortit de la chambre, descendit les escaliers, et se dirigea vers la cave.

Le lendemain matin, Bolton trouva, sur la table de la cuisine, un mot de son frère.

« J'ai trouvé un avion pour l'Angleterre très tôt dans la matinée. J'ai pas osé te réveiller. Ta femme et toi avez besoin de repos. J'ai croisé Savannah au petit matin. Elle a davantage besoin d'un psychiatre que d'un prêtre. Tiens-moi au courant.

Ton frère qui t'aime ».

Bolton déchira ce morceau de papier et le jeta. La rage et la déception le gagnaient.

— OK Aiden, tu t'es défilé. Je vais téléphoner à un psychiatre et on verra bien ce qu'il va nous dire. S'il arrive quelque chose, tu en seras responsable.

Le père de famille ouvrit son ordinateur portable et chercha l'adresse d'un psychiatre. Il tomba sur le docteur John Meryl et appela son secrétariat. La secrétaire lui donna un rendez-vous pour la semaine suivante. Après avoir raccroché le combiné, il regarda un moment son téléphone portable. Il voulut laisser un message très agressif sur le téléphone portable de son frère, mais renonça à cette idée. Il l'appellera plus tard... ou jamais.

Retour au présent

Le Père Onoffrio entama la première prière du Rituel romain et aspergea les murs du salon d'eau bénite. Rien ne se passa. Aucun bruit suspect. Au-dehors, le vent battait les fenêtres et faisait craquer les arbres. Élisabeth regarda par la fenêtre. Elle eut une sensation désagréable. Le vent semblait ne souffler qu'au-dessus de la maison et paraissait s'intensifier à chaque parole du prêtre. L'exorciste fit signe à son équipe de le suivre et se dirigea vers les escaliers. Tout en continuant les prières en latin, il grimpa les marches et s'arrêta devant la porte de la chambre de Savannah. Là, il entra et continua l'exorcisme tout en aspergeant les murs d'eau bénite.

Carlo disposa du sel exorcisé aux quatre coins de la pièce, pendant que Vincenzo entamait le Psaume 69, puis le Psaume 90. Carlo, Dimitri et Margareth lui crièrent les répliques.

La bonne sœur eut un frisson. Les prières du Rituel étaient tellement belles et exaltantes qu'elle ne put empêcher une larme de couler sur sa joue.

— Paix à cette maison, cria Vincenzo.

— Et à tous ses habitants, clamèrent Carlo, le démonologue et Margareth.

— Aies pitié de moi, continua Vincenzo, mon Dieu, selon la grandeur de ta miséricorde. Et selon la multitude de tes compassions, efface mon iniquité. De plus en plus, laves-moi de mon iniquité et purifies-moi de mon péché. Car je reconnais mon iniquité et mon péché est toujours présent contre moi. Contre toi seul j'ai péché.

Tout d'un coup, un bruit d'une porte qu'on claque. Crystal sursauta. Matt se retourna, caméra au poing. Rien. Certainement un courant d'air.

Vincenzo continua à réciter son Psaume.

— Seigneur, exauce ma prière,

— Et que mon cri monte jusqu'à toi, répliquèrent en chœur les trois autres.

Le prêtre-exorciste se tourna vers toute son équipe et leva les mains au ciel, comme en offrande.

— Prions. Exauce-nous, Seigneur Très Saint Père Tout Puissant, Dieu Éternel et daignes envoyer du ciel ton saint Ange, pour garder, favoriser, protéger, visiter et défendre tous ceux qui habitent cette demeure.

— Ainsi soit-il, répliquèrent-ils ensemble.

— Bénissez, Seigneur, Dieu Tout-Puissant, cette habitation et que dans ce lieu règnent toujours la santé, la pureté, la victoire, la vertu, l'humilité, la bonté, la douceur, la plénitude de la loi et l'Action de grâces au Dieu Père, Fils et Saint-Esprit ; que cette bénédiction reste sur cette habitation et sur tous ceux qui y demeurent, maintenant et dans tous les siècles et des siècles. Ainsi soit-il !

Nouvelle aspersion d'eau bénite sur les murs, suivie d'un nouveau bruit provenant du rez-de-chaussée. BOUM ! Plus violent. Plus sec.

— J'crois qu'on tient quelque chose, dit Dimitri.

Au-dehors, le vent redoubla d'intensité et soufflait sur la maison faisant claquer les volets. Cela ne perturba pas Vincenzo qui passa dans toutes les chambres en aspergeant d'eau bénite les sols, les meubles, les lits...

— Seigneur, aspergez-moi avec l'hysope et je deviendrai pur, lavez-moi et je serai plus blanc que la neige.

De la musique s'éleva du rez-de-chaussée. Une fanfare. Bruits de tambour, de pas, de trompettes. Une fanfare infernale défilait dans le salon. Vincenzo se tourna vers ses compagnons.

— Mes amis, nous y sommes. Mademoiselle Ivodric, que ressentez-vous ?

— La désolation, les ténèbres.

La jeune femme pleurait tant ce qu'elle ressentait était fort.

— Nous devons forcer le démon à se montrer. Retournons dans la chambre de Savannah.

Ils trouvèrent porte close, alors que Dimitri se souvenait l'avoir laissée ouverte derrière lui lorsqu'ils avaient quitté la pièce. Il fermait la marche et se souvenait très bien l'avoir poussée en grand.

Vincenzo actionna la poignée et la porte s'ouvrit. Il trempa son index dans l'huile exorcisée et traça une croix sur le pentacle d'Amduscias.

— Démon, je t'ordonne de te montrer, le Seigneur te l'ordonne.

Carlo fit de même, suivi de Margareth. Rien ne se passa. Dimitri se tourna vers Élisabeth et lui fit un signe de la tête. Des gouttes de sueur perlaient sur son front tant l'effort de concentration fourni était immense.

— Je ressens quelque chose, une souffrance intense, mais qui vient de loin. Le démon lutte pour ne pas se montrer.

Vincenzo apposa le crucifix sur le dessin du démon.

— Voici la Croix du Seigneur : prends la fuite, Ennemis pervers.

— Il est vainqueur le Lion de la tribu de Judas, de la race de David, répliquèrent Dimitri, Margareth et Carlo en une seule voix.

— Que ta miséricorde, Seigneur, retombe sur nous.

— Car en toi seul est notre espoir.

— Seigneur, exaucez ma prière,

— Et que mon cri vienne jusqu'à toi.

— Que tout Esprit immonde, toute puissance satanique, tout infernal envahissement de l'Ennemi, toute légion, toute association et secte diaboliques soit exorcisée par nous au nom et par la puissance de Notre-Seigneur Jésus-Christ. Je te conjure de sortir et de fuir loin de l'Église de Dieu, loin des âmes faites à l'image divine et rachetées par le Précieux Sang du divin Agneau. Que désormais tu n'aies plus l'audace, serpent plein de fourberies, de tromper le genre humain, de poursuivre l'Église de Dieu, ni secouer ou cribler comme le blé les élus de Dieu. Il te le commande, le Dieu Très Haut, à qui dans ta grande superbe tu as encore la ridicule prétention de vouloir t'égaler. Il est ton Maître Dieu le Père ; Il est ton Maître Dieu le Fils ; tu es sous les ordres de la majesté du Christ, de l'Éternel Verbe de dieu s'est fait chair, qui pour le salut de notre race, perdue par ta lâche jalousie, s'est humilié en personne…

Soudain, toute la maison se mit à trembler. Crystal poussa un cri. Matt, déséquilibré, tomba sur le lit. Dimitri l'aida à se redresser. Imperturbable, Vincenzo continua ses prières.

— … Ils te commandent le grand mystère de la Croix, et la vertu de tous les autres Mystères de la foi chrétienne. Elle te commande la surélevée Vierge Marie Mère de Dieu, qui dès le premier instant de sa Conception Immaculée a, dans sa profonde humilité, écrasé ta tête si orgueilleuse. Elle te commande la foi des Saints Apôtres Pierre et Paul, et de tous les autres Apôtres…

La maison continuait de trembler, les murs et les plafonds se fendillaient, une lampe se brisa à terre laissant la pièce dans le noir, la bibliothèque se renversa. Les Purificateurs ne s'écartèrent pas, ils montrèrent leur foi au Christ. Rien ne pouvait leur arriver s'ils gardaient la foi et ne se laissaient pas envahir par la peur. Crystal alluma des lampes torches et éclaira Vincenzo qui continuait les prières du Rituel.

— … donc, dragon maudit et toute espèce de légion diabolique, nous t'adjurons par le Dieu Vivant, par le Dieu Vrai, par le Dieu Saint, par le Dieu qui a tellement aimé le monde, qu'il lui a donné son Fils Unique, afin que toute personne qui croit en lui ne périsse point, mais obtienne la vie éternelle : cesse de tromper les humaines créatures et de leur verser à flots les poisons de l'éternelle perdition : cesse de nuire à l'Église et de tendre des pièges à sa liberté…

Bruit d'une fanfare. La musique devint brutalement si forte qu'elle couvrait les bruits de craquèlements des murs. Vincenzo haussa la voix.

— … Retire-toi, Satan, inventeur et professeur de toute tromperie, ennemi du salut des hommes. Fais place au Christ, dans lequel tu ne peux rien trouver qui soit ton œuvre : fais place à l'Église Une, Sainte, Catholique et Apostolique que le Christ en personne s'est acquise par son sang. Humilie-toi sous la puissante main de Dieu : tremble et fuis devant l'invocation que nous faisons du saint et terrible Nom de Jésus, devant lequel tremblent les enfers…

La grosse commode victorienne s'éleva dans les airs. Peigne, brosses, stylos… s'écrasèrent au sol. Les tiroirs s'ouvrirent et vomirent des vêtements. Matt s'empressa de filmer cette démonstration du pouvoir du démon. Tout à coup, une force invisible projeta la commode sur le prêtre-exorciste. Crystal voulut le prévenir, mais à quelque millimètre de son dos, le gros meuble se brisa en mille morceaux projetant des éclats de bois partout, comme s'il avait heurté un mur invisible. Miraculeusement, aucun ne toucha les Purificateurs.

Vincenzo se retourna et vit la commode se briser en l'air, à quelques centimètres de lui. Il sentit un souffle frais. Le démon avait voulu le désarçonner, mais on le protégeait. Il continua sa litanie.

— … que les Chérubins et les Séraphins louent sans cesse, sans se fatiguer jamais, en disant : Saint, Saint Saint est le Seigneur Dieu des armées. Seigneur exaucez ma prière.

— Et que mon cri parvienne jusqu'à toi.

La maison cessa de trembler et pendant un court instant, tout redevint calme. Vincenzo se tourna vers ses amis. Il était trempé de sueurs.

— Je crois que nous avons affaibli le démon. Allons nous restaurer et reprendre des forces avant le combat final.

Tous acquiescèrent. La séance les avait éprouvés et tous ressentirent le besoin de souffler quelques minutes. Le démon avait fait une extraordinaire démonstration de sa puissance.

Au salon, Margareth distribua des sandwichs ainsi que des bouteilles d'eau. Affamé, Matt se jeta sur le sien et l'avala en trois bouchées avant d'en prendre un autre.

Assis sur le canapé, Vincenzo reprenait des forces. Il était perturbé.

— Mon Père, demanda Dimitri, quelque chose ne va pas ?

L'exorciste leva les yeux et regarda son ami. Son regard était fatigué, usé.

— Voyez-vous, Monsieur Marchand, j'étais persuadé qu'un démon n'était pas responsable de toute cette affaire. Et je me suis trompé.

— Tout le monde s'est trompé.

— J'ai pas le droit à l'erreur, cela m'est interdit.

À son tour, Élisabeth s'avança.

— Ce démon a réussi l'exploit de brouiller mon don. Je ne l'ai pas ressenti. Comment voulez-vous alors qu'il ne brouille pas votre jugement ?

Vincenzo soupira. Élisabeth continua.

— Et avant d'être un puissant exorciste, vous êtes un homme, un homme qui doute, un homme qui a le droit de se tromper et qui répare ses erreurs. Ce que vous êtes d'ailleurs en train de faire.

— Nous nous sommes tous trompés, dit Margareth, en proposant du café. Le démon est menteur, pernicieux, j'en ai eu la preuve sur l'île Poveglia. À nous de trouver la force de ne pas nous laisser atteindre par nos doutes, car c'est ce qu'il veut.

— Et ne dit-on pas que la plus grande ruse du diable est de nous faire croire qu'il n'existe pas, dit Dimitri.

Vincenzo se leva et se dirigea vers la fenêtre. Au-dehors, la tempête s'était calmée. Tout en regardant par la fenêtre, il dit :

— Nous devons sauver la petite Luciani et Defeo Junior. J'ai commis une erreur de jugement, mais je compte la réparer. Préparons-nous. Monsieur Marchand, savez-vous quel démon agit ici ?

— D'après le symbole et la fanfare que nous avons entendue, c'est Amduscias.

— Votre avis sur cette affaire ?

— Je pense qu'à l'origine, ce démon a possédé Junior, car ce dernier se vautrait dans la luxure. Donc rien à voir avec la maison. Ce que je veux dire c'est que ce n'est pas la maison le problème. Ce n'est pas le refuge du démon, elle n'est pas hantée. Pour les Lutz, je ne saurais dire. Quant à Savannah, après avoir visionné les films et avoir fouillé dans les archives de l'histoire de la maison, elle aurait, involontairement, appelé le démon qui l'a possédée.

— Donc, le démon ne serait pas lié à cette maison, demanda Matt.

— Dans la plupart des cas, dit Dimitri, un démon ne s'attache pas à une demeure. Du moins, je n'ai jamais entendu parler d'une maison « possédée ». La plupart du temps, ce sont les personnes qui y habitent qui le sont. Par contre, si un possédé vit dans une maison, ses proches et lui même peuvent entendre des bruits de pas, des claquements de portes, des voix ou voir des ombres faisant croire à un phénomène de hantise.

— Et pourquoi le démon se manifeste maintenant, demanda Matt.

— L'exorcisme le force à se montrer, dit Vincenzo.

Élisabeth regardait elle aussi par la fenêtre. Tout à coup, elle vit les arbres de l'allée s'incliner, un par un, l'un après l'autre.

— Il arrive !

Soudain, la sonnerie de la porte d'entrée retentit. Tous se regardèrent. Vincenzo se précipita dans le vestibule suivi des autres. Du givre et de la glace se formèrent autour de la porte d'entrée.

— On y est, dit Vincenzo. Tenez-vous prêts.

La porte s'ouvrit tout doucement, en grinçant. Savannah se tenait derrière, les yeux révulsés, du sang dégoulinant de son menton. Elle lévitait.

— Hello les amis, puis-je entrer ? Je crois que je suis très attendue.

Sa voix menaçante et caverneuse résonnait dans le hall. Elle fit craquer sa nuque. Matt en eut mal pour elle. Crystal porta une main à sa bouche pour retenir un cri. Le démon continua à parler.

— Vous m'avez contraint de venir. C'est pas gentil. Je ne le voulais pas, mais vous avez insisté. Désolé de vous avoir fait attendre, mais je devais me sustenter avant. J'avais faim.

Elle s'essuya la bouche dégoulinante de sang.

Élisabeth pria pour que ce ne fût pas du sang humain. Elle se concentra pour essayer de visualiser le démon et elle le vit, dévorant un SDF qui dormait sur un banc. Elle en eut un haut-le-cœur. Savannah la regarda.

— Oui, la voyante, j'ai mangé un pauvre bougre. De toute manière, il n'attendait plus rien de la vie. Et je l'ai pas tué ! Juste rendu un peu plus impotent quelqu'un qui l'était déjà.

L'adolescente s'avança en glissant sur le sol. Elle ne touchait pas le sol. Sa tête était penchée de côté, ses longs cheveux sales lui couvraient le visage, le teint blafard, la bouche souillée de sang.

— Et pour cette fête à laquelle vous m'avez convié contre mon grès, je demande un peu de musique.

Le son d'une fanfare s'éleva. Des silhouettes encapuchonnées et vêtues de noir se matérialisèrent dans l'allée et entrèrent dans la maison, les uns jouant de la trompette, d'autres du tuba, d'autres encore du tambour. Ils se tenaient immobiles derrière Savannah.

Surpris, les Purificateurs reculèrent.

— Ben quoi, dit Savannah. Vous n'aimez pas amis ? Ne me dites pas que vous êtes stupides au point de croire que je serais venu seul ! Je vous présente mes musiciens. Et que la fête commence.

Le démon fondit sur Vincenzo, les autres démons sur les autres membres de l'Ordre des Purificateurs.

— Vos crucifix, cria le prêtre-exorciste.

Tous brandirent leur crucifix devant eux, repoussant les démons. Tous sauf Crystal qui cria et se couvrit le visage.

Savannah, qui s'était élancée avec force sur Vincenzo, se heurta contre un mur invisible et tomba à terre.

— Démons subalternes, je vous somme de retourner auprès de la croix afin d'attendre votre jugement.

Les silhouettes sombres s'évanouirent en fumée l'une après l'autre.

—Ne vous occupez pas des sous-fifres, dit Vincenzo. Aidez-moi avec Savannah.

Dimitri et Carlo accoururent. Matt, qui filmait la scène, courut aussi. Crystal resta figée sur place. Un démon vaporeux la traversa. Soudain, le froid la glaça et elle ressentit une profonde tristesse. Margareth, qui se tenait près de l'historienne, vint à sa rescousse bientôt rejointe par Élisabeth qui avait aussi assisté à toute la scène. Les deux femmes empoignèrent avec force leur amie qui se refusait à bouger et la poussèrent au salon où déjà, les autres s'occupaient de Savannah.

— Maintenez-la, cria Vincenzo.

Le démon se débattait, essaya de mordre, siffla comme un serpent. Dimitri posa un crucifix sur son front pour le calmer. De la fumée s'éleva à l'endroit où le crucifix toucha la peau. Le démon cria de douleurs.

Les deux hommes soulevèrent le corps de Savannah. Affaibli, le démon se laissa faire. Puis, ils l'installèrent dans un fauteuil. Vincenzo les suivit. Il demanda à Margareth de l'eau bénite qui fit signe à Élisabeth de surveiller Crystal qui était toujours tétanisée. Elle courut donner l'eau bénite au prêtre qui en aspergea Savannah. Cette dernière se contorsionna de douleur.

— Arrête ça, espèce d'enculé. Tu l'auras pas, je la tuerais !

Vincenzo ne se laissa pas démonter.

— Entourez-la et levez vos croix vers elle !

Les Purificateurs se mirent autour de la possédée, formant ainsi un cercle, tenant le crucifix en avant. Élisabeth rejoignit le cercle, laissant Crystal seule devant la porte du salon. Tous récitèrent :

— Voici le bois de la très sainte Croix ; fuyez puissances ennemies ; car Il vous a vaincues, vous et le monde avec vous, Notre Seigneur Jésus-Christ Fils de Dieu, le Maître Souverain, le Lion de la Tribu de Judas, de la race de David.

Savannah vomit un liquide blanc visqueux.

— Démon ! Sors de ce corps, je te l'ordonne. Jésus-Christ, notre Seigneur, te l'ordonne, cria Vincenzo.

— Non jamais !

Nouvelle aspersion d'eau bénite. Nouveaux cris. Le démon miaula, beugla. La maison trembla.

— Dis-moi ton nom, je te l'ordonne. Le pouvoir du Christ te l'ordonne !

— Tu le connais !

Vincenzo regarda Dimitri qui hocha la tête. Alors, il continua.

— Amduscias ! Je t'ordonne de sortir du corps de cette servante de Dieu.

— Pitié, laisse-moi tranquille. Je brûle !

Le démon implorait. Il était presque vaincu.

Vincenzo ouvrit la boîte contenant l'huile exorcisée, trempa son doigt et traça le signe de la croix sur le front de la jeune fille qui vomit la même bouillie blanchâtre que tout à l'heure.

— Je t'exorcise, Esprit très impur, ainsi que toute entreprise de l'Ennemi, toute illusion, toute légion ; au nom de Notre Seigneur Jésus-Christ (Vincenzo se signa), arrache-toi d'ici et va-t'en hors de cette créature de Dieu.

Nouveau signe de croix et aspersion d'eau bénite.

— Que Celui-là te commande, qui a voulu que tu fusses précipité du plus haut des cieux dans les abîmes les plus profonds de la terre. Qu'Il te commande, Celui à qui la mer, les vents et les tempêtes obéissent. Écoute donc, Amduscias, et tremble, Ennemi de la Foi, Ennemi du genre humain, fournisseur de la mort, voleur de vie, détrousseurs de justice, source de tous les maux, foyers des vices, séducteur des hommes, trahisseur des peuples, entreteneur de jalousie, monstre d'avarice, cause de discorde, inventeur de toutes douleurs : pourquoi restes-tu là et fais-tu de l'opposition, quand tu sais que le Christ, qui est le Maître, ruine toutes tes entreprises ? Tremble devant Celui qui a été immolé dans Isaac, vendu en Joseph, tué comme un agneau, crucifié comme homme, et qui enfin triomphe sur tous les enfers.

Avec le sel exorcisé, Vincenzo traça une croix sur le front de Savannah, à l'endroit même de sa brûlure et de l'ancienne croix tracée avec l'huile exorcisée. Le sel resta collé sur le front. Les yeux de la possédée se révulsèrent. Elle cessa de hurler. On entendit un gargouillement provenant de son estomac. Vincenzo continua.

— Va-t'en donc au nom du Père, et du Fils, et du Saint-Esprit : fais place à l'Esprit-Saint, pas ce signe de la Sainte Croix.

Immobile, les yeux fermés, Savannah cherchait à éjecter quelque chose de sa gorge. Les bruits provoqués par ce gargarisme forcé étaient horribles. Soudain, elle cracha un énorme clou. Puis elle s'évanouit.

Vincenzo regarda ses camarades.

— C'est terminé.

Carlo courut prendre sa sacoche médicale et examina la jeune fille.

— Père Rinaldi, comment va-t-elle, demanda Vincenzo.

— Le pouls est régulier, le cœur bat normalement. Elle souffre d'ecchymoses, mais elle s'en remettra.

—Ce n'est pas fini, mon Père, dit Élisabeth. Le démon se cache à l'intérieur de Crystal.

Margareth se retourna. L'historienne avait disparu.

Vincenzo regarda la médium sans comprendre.

—Crystal s'est fait posséder lors de l'attaque des sous-fifres.

Un rire retentit dans toute la maison.

—Il faut la sauver, cria Matt.

—Allons la chercher, dit Vincenzo.

—Elle nous attend dans la chambre de Savannah, dit Élisabeth.

Tous se dirigèrent vers la chambre de Savannah. Vincenzo, en tête du cortège, brandissait un crucifix devant lui et récitait des prières. Plus ils grimpaient les escaliers, plus la maison devenait glaciale.

Matt suivait le démonologue. Il était anxieux et avait peur pour son amie Crystal. Le démonologue sentit son désarroi.

—Ne t'en fais pas, on va la sauver.

—Je comprends pas pourquoi ça lui est arrivé.

—Nous l'avons laissée seule, dit Élisabeth. Et comme c'est la plus faible d'entre nous, le démon en a profité.

—Nous avons commis une erreur de débutant, dit Margareth.

—En même temps, notre statut de débutant peut nous excuser, dit Dimitri.

Vincenzo arriva au dernier étage. Il trouva la porte de la chambre de Savannah close. De l'intérieur, on pouvait entendre des cris. Vincenzo voulut ouvrir la porte, mais elle résista.

—Tu ne m'auras pas prêtre, cria Crystal.

L'exorciste dessina une croix sur la porte avec le sel exorcisé et somma celle-ci de s'ouvrir. Pour la première fois de sa vie, il avait peur. Lui qui avait combattu des démons, qui ne les craignait pas, avait peur de perdre un membre de son équipe. Il aurait dû protéger Crystal et s'en voulait de n'avoir rien vu venir. Nouvelle tentative d'ouverture. La porte resta close. Vincenzo commença à paniquer et à perdre patience. Il s'élança contre la porte et frappa avec son épaule dans l'espoir de la dégonder. Dimitri l'arrêta à la deuxième tentative.

—Ce n'est pas la bonne méthode mon Père. Le démon a le dessus sur vous parce que vous doutez.

Vincenzo le fixa un petit moment et hocha la tête. Il se retourna et se mit face à la porte et implora le pardon du Seigneur pour sa faiblesse. Puis, il ordonna au démon d'ouvrir la porte et, contre toute attente, cette dernière céda.

À l'intérieur de la chambre, vision apocalyptique. Les meubles, les détritus, les objets volaient dans les airs. Vincenzo ne se laissa pas démonter.

—Amduscias, où te caches-tu ?

Nouveaux cris qui ressemblaient plus à une plainte.

—Elle est là, cria Matt montrant la lucarne du fond du doigt.

En effet, Crystal était collée, comme une araignée, à une des lucarnes qui faisait, jadis, penser aux yeux du diable. Son visage était figé dans un masque de haine.

—Amduscias, cria Vincenzo, je t'ordonne de laisser le corps de cette servante de Dieu, au nom de Jésus-Christ notre Sauveur.

—Tu as perdu prêtre ! Je vais l'emporter avec moi en enfer.

Tout à coup, la vitre de la lucarne se brisa. Crystal se mit à léviter devant la fenêtre brisée.

—Elle va sauter par la fenêtre, cria Matt.

Vincenzo, Carlo et Dimitri se précipitèrent sur elle. Au même moment, Crystal se jeta dans le vide. Mais, contre toute attente, elle resta figée en l'air un moment avant qu'une main invisible la repousse à l'intérieur de la pièce. Les trois hommes l'agrippèrent alors et Vincenzo la retourna pour lui apposer le crucifix sur le front.

—Amduscias, tu es perdu. Retourne en enfer.

Il l'aspergea d'eau bénite, pendant que Dimitri et Carlo récitèrent des prières. Crystal hurlait de douleur, hurlait qu'elle voulait mourir, qu'elle brûlait. Ses yeux se révulsèrent. Vincenzo apposa ses doigts sur les paupières de la possédée, la forçant à fermer les yeux.

—Entends la voix de ton serviteur, Seigneur. Délivre ta servante de ce démon. Je t'implore Seigneur ! Au nom du Père, du Fils et du Saint-Esprit. Amduscias, je t'ordonne de quitter le corps de cette servante de Dieu.

Tout d'un coup, Crystal hurla de douleur puis s'évanouit. Vincenzo souleva délicatement une paupière. Son œil n'était plus révulsé. Il se tourna vers son équipe.

—C'est fini.

Peu à peu, la pièce se réchauffa.

—Le démon est parti, dit Élisabeth.

Crystal se réveilla.

—Qu'est-ce qu'il se passe ? Qu'est ce que je fais par terre ?

Vincenzo l'aida à se relever.

—C'est fini, mademoiselle Louvière. Vous n'avez plus rien à craindre.

Les Purificateurs descendirent au salon et pendant qu'Élisabeth appelait une ambulance et que Margareth s'occupait de Crystal, Vincenzo ramassa le clou régurgité par Savannah, le bénit, et le mit dans sa sacoche. Puis, il se rinça les mains à l'eau bénite. Il purifiera cet objet maléfique plus tard et le mettra en lieu sûr.

— La petite Luciani va très bien. Elle souffre d'une déshydratation, mais elle va s'en remettre. Je pense surtout que les séquelles seront d'ordre psychiatrique.

Vincenzo remercia le médecin.

Il se dirigea vers la chambre de Savannah. Après l'exorcisme, les ambulanciers l'avaient transportée jusqu'à l'hôpital où une équipe médicale l'avait prise rapidement en charge. La jeune fille souffrait de dénutrition, de déshydratation et de plusieurs entorses et ecchymoses. Le démon ne l'avait pas ménagée.

Les Purificateurs s'apprêtaient à rentrer à Rome. Ils avaient prouvé l'innocence de Savannah. Ils avaient donné toutes les preuves au procureur O'Neil chargé de l'affaire. Il avait promis de rouvrir l'affaire Defeo. Maintenant, seule la justice pouvait décider des suites des deux dossiers. Cela n'était pas du ressort des Purificateurs. Ils avaient sauvé Savannah et Junior Defeo, vaincu le démon, là s'arrêtait leur mission.

Le seul point non encore élucidé restait la question du pourquoi trente-neuf ans après. Dimitri n'avait trouvé aucune réponse plausible à cette question. Peut-être qu'aucune réponse n'existait. Peut-être que c'était le fruit d'une simple coïncidence ou une farce du démon !

Avant de s'envoler pour l'Europe, Vincenzo devait vérifier une dernière chose : il voulait s'assurer que le démon avait bien quitté le corps de Savannah.

Chambre n° 62, porte vert pâle. Il frappa et n'attendit pas la réponse pour entrer. Savannah était couchée sur son lit. Elle était encore branchée à des machines qui surveillaient ses points vitaux. L'adolescente semblait dormir d'un sommeil calme, sans rêve. Son visage était détendu. Malgré les ecchymoses qu'elle portait encore au niveau de la lèvre, de la paupière gauche et du front, marques de combat livré contre le Malin, son visage avait repris apparence humaine.

Vincenzo prit le vase sur la table de nuit, alla le remplir au robinet du lavabo de la salle de bains et y déposa de belles roses blanches. Sur une des fleurs, il accrocha une médaille de la Sainte-Vierge.

Savannah se réveilla et le vit.

— Qui êtes-vous ?

Vincenzo s'approcha du lit. Savannah se redressa. Elle grimaça. Son épaule la faisait souffrir.

— Je suis le Père Vincenzo Onoffrio. Je viens pour m'assurer que tu vas bien. Veux-tu un verre d'eau ?

— Volontiers mon Père.

La voix de la jeune fille était mélodieuse, calme. On n'y ressentait plus aucune trace d'agressivité.

Vincenzo prit la cruche.

— Je vais aller te changer cette eau, elle doit être chaude.

Savannah hocha de la tête. Le prêtre emporta la cruche d'eau et sortit de la chambre. Dans le couloir, il trouva la fontaine. Il vida la cruche, la rinça et la remplit à nouveau d'une eau fraîche. Puis, il y versa quelques gouttes d'eau bénite. Ainsi fait, il revint dans la chambre où il servit un verre d'eau à Savannah qui s'empressa de le boire. Elle en réclama un deuxième.

Aucune réaction de rejet, aucune grimace de dégoût. Savannah n'abritait plus le Mal en elle.

— Mon Père, j'ai besoin de me confier. Je sais que j'ai tué ma famille, on me l'a dit.

Elle réprima des larmes, sa gorge se noua. Elle respira un grand bol d'air. Ses mains, blanches et délicates, tremblaient.

— Je me souviens de rien. J'ai jamais voulu ça. Ils me manquent.

Et elle se mit à pleurer. Vincenzo s'assit sur le lit et lui prit la main.

— Je le sais, Dieu le sait. Tu n'es pas responsable de ce qui est arrivé à ta famille. Dieu, dans son infinie sagesse, a décidé de te sauver.

Savannah le regarda avec de grands yeux ronds et essuya d'un revers de la main, son nez. Elle renifla.

— J'aimerais que l'on me dise la vérité : qu'est-ce qu'il s'est passé ? Je me souviens plus de rien.

— Un démon a pris possession de ton corps, tout comme il l'avait fait avec Ronald Junior Defeo avant toi.

— Ho mon Dieu !

Elle se cacha le visage dans ses mains et sanglota.

— C'est affreux mon Père, je suis seule, j'ai tué tout le monde. Que Dieu me pardonne ! Que mes parents me pardonnent ! Ils me manquent tellement.

— Dieu t'a déjà pardonné en te délivrant.

— Que dois-je faire mon Père ?

— Prier pour toi, pour ta famille et pour les autres. Et croire en ton pardon.

— Merci mon Père. J'ai l'impression d'avoir changé, comme si quelque chose s'est cassé en moi et qu'une autre chose a poussé. Je sais pas comment l'expliquer.

— Je te bénis Savannah. Et souviens-toi : tu dois prier tous les jours, même plusieurs fois par jour. Le démon rôde, il peut revenir. Tu es encore faible et les épreuves que tu as passées et celles qui t'attendent peuvent t'affaiblir davantage. Retiens bien ce que je vais te dire : tu dois prier. Rends-toi à l'église au moins une fois par semaine, confesse-toi et communie. Si tu fais cela, le démon ne pourra plus t'atteindre.

— Je faisais des rêves bizarres lorsque j'étais à l'hôpital psychiatrique. Je voyais que quelqu'un assassinait ma famille. Est-ce que c'était moi ?

— C'était le démon qui était en toi.

— Que s'est-il passé la nuit dernière mon Père ? Pourquoi je suis ici ?

— Je t'ai délivré du démon, c'est tout ce que tu dois savoir. Je demanderai à un prêtre de venir te voir régulièrement pour te conduire sur le chemin de la foi et je prierai pour toi.

— Merci mon Père.

Savannah reposa sa tête sur l'oreiller et ferma les yeux. Vincenzo sortit de la chambre rassuré.

À l'aéroport, Dimitri et Carlo l'interrogèrent du regard. Vincenzo leur répondit par un petit signe de la tête. Dimitri en fut soulagé : Amduscias avait fait preuve de beaucoup de ruses pour ne pas se montrer, pour se cacher, mais il était vaincu. Dimitri s'approcha de Vincenzo.

—Avez-vous pris une décision concernant Crystal ?

Le prêtre regarda la jeune femme qui semblait encore épuisée par son récent combat. Dieu merci, elle ne se souvenait de rien. Carlo lui en parlera le moment venu. D'ici là, son devoir était de la ménager.

—Oui monsieur Marchand, j'ai pris ma décision.

Les Purificateurs prirent place dans l'avion. Ils étaient fatigués. Ils s'envolèrent pour Rome où une autre mission les attendait. Margareth priait doucement en tenant son chapelet dans ses mains. Elle avait vu l'œuvre de Dieu. Un miracle était survenu et avait sauvé Crystal.

MARIE D'ANGE

LES PURIFICATEURS

ÉPISODE III : SHUYUKAN

« Si la haine répond à la haine, comment la
haine finira-t-elle ?
C'est le pardon qui doit y mettre fin ? »
Proverbe Shintô

Introduction

Lyoko Okada se dressa sur son lit, tirée de son sommeil par un bruit suspect, comme un cri de détresse, un long appel au secours. Plongée dans le noir de sa chambre d'étudiante qu'elle partageait avec Iwako, sa colocataire, elle tendit l'oreille. Rien. Pas un hurlement. L'établissement scolaire Shuyukan Highschool continuait sa nuit dans le silence. Avait-elle rêvé que quelqu'un appelait à l'aide ?

Pourtant, cela semblait si réel que ce ne pouvait pas être un rêve, ou un cauchemar. Elle était trempée de sueur et tremblait encore. Elle se rassura en se disant qu'en ce deuxième jour de la rentrée, elle était fatiguée et que le fait de dormir dans une nouvelle chambre l'avait perturbée. Elle connaissait le lycée. Cela faisait maintenant la troisième année qu'elle le fréquentait. Mais c'était la première fois qu'elle dormait au troisième étage du bâtiment des internes, l'étage des terminales, l'étage où circulaient de nombreuses légendes. Dont une particulièrement qui lui avait donné des frissons dès son entrée au lycée, lorsqu'une camarade s'était fait un devoir de la lui raconter : celle du démon des toilettes. Un démon sanguinaire qui se cacherait dans les toilettes des filles du troisième étage du bâtiment des internes et seulement dans ces toilettes-là. Elle se souvint de la recommandation qu'un élève en terminal lui avait faite : « si un jour tu es obligée d'emprunter ces toilettes, vas-y avec ton carnet de notes et montre toutes tes bonnes notes au démon pour le faire fuir ». Sauf que Lyoko n'était pas une élève modèle. Son carnet de notes rempli de mauvaises notes n'arriverait pas à repousser un éventuel démon des toilettes. Dans cet établissement d'élite, elle était passée de justesse grâce à un généreux don de son père.

La jeune fille se rassura en se disant que l'histoire du démon des toilettes n'était qu'une légende urbaine que l'on se racontait lors des veillées pour se faire peur. Lyoko croyait aux entités, aux kamis comme elle les appelait, mais certainement pas à un démon des toilettes. Peut-être que c'était elle qui avait crié, durant son sommeil, sa rage de dormir dans la même chambre qu'Iwako Katō !

Avant de se plonger à nouveau sous la couette pour tenter de se rendormir, elle se tourna vers sa camarade de chambre. Iwako Katô ne dormait plus dans son lit. Elle alluma sa lampe de chevet. Le lit de sa colocataire était défait. Elle l'appela doucement, sans réponses. Elle ressentit un malaise et espéra que la jeune fille allait bien. Lyoko lui avait joué un mauvais tour. Elle souffla. Après tout, elle lui avait rendu la monnaie de sa pièce. Elle s'était vengée et si Iwako n'avait pas réussi à fermer l'œil de la nuit, ce n'était pas assez cher payé en comparaison de ce qu'elle lui avait fait subir durant ces dernières années !

Soudain, un hurlement retentit dans la pénombre de la chambre. Lyoko sursauta. Ce cri plaintif était bien réel et provenait du couloir. Elle tendit l'oreille. Aucun bruit de porte qui s'ouvre. Aucune étudiante se précipitant hors de sa chambre pour voir d'où provenait ce hurlement. Nouveau hurlement. Elle se crispa. Une plainte douloureuse d'une femme à l'agonie. Probablement celle d'Iwako. Du moins, elle crut reconnaître la voix d'Iwako. Elle imagina sa colocataire capturée par le démon des toilettes.

Rassemblant son courage, effrayée, elle sortit de sa chambre. Même si elle ne portait pas Iwako dans son cœur, elle ne pouvait pas la laisser dans la détresse. Lyoko s'aventura dans le long couloir sombre et désert. Elle devait le traverser pour se rendre à la chambre qu'occupait la surveillante d'étage et l'alerter. Les faibles néons disposés au plafond vacillèrent. La jeune fille sentit un long frisson parcourir sa nuque. Au fond du couloir, presque à la bifurcation menant à la salle de bains et aux toilettes, elle aperçut une ombre noire. Elle appela son amie. Pas de réponse. Elle se ressaisit. Son imagination lui jouait des tours. Lentement, pieds nus, elle s'avança dans le couloir. Elle se sentait épiée. La lumière vacilla encore puis les néons s'éteignirent. Elle poussa un petit cri et se mit à courir.

Arrivée à mi-parcours, tremblante de peur, elle s'arrêta net. Iwako Katô se tenait devant la chambre de la surveillante, en chemise de nuit, les cheveux devant le visage. Malgré l'obscurité, Lyoko sut d'instinct que quelque chose clochait chez sa colocataire. Cette dernière lui fit signe de la suivre et s'engagea vers la droite, dans couloir qui menait aux toilettes et à la salle de bains.

Paniquée, Lyoco voulut faire demi-tour pour se réfugier dans son lit. Malgré elle, elle avança et suivit sa camarade de chambre. Elle avait beau vouloir empêcher ses pieds de se mouvoir, ils continuaient de suivre Iwako. Cette dernière se dirigeait vers les toilettes sans se retourner, sans parler, silencieusement, comme si elle glissait sur le carrelage, le dos droit, la tête penchée en avant, les cheveux devant le visage. Comme un spectre. Une image s'immisça dans l'esprit de Lyoko, celle du yūrei, l'esprit de vengeance, venu la punir d'avoir joué un mauvais tour à Iwako. Lyoko ouvrit la bouche pour crier, mais aucun son ne sortit de sa gorge. Et sans pouvoir s'en empêcher, contrainte par une force mystérieuse, elle continua d'avancer.

Lorsqu'elle entra dans la salle des toilettes, la porte claqua derrière elle. Elle sursauta. La troisième porte, celle la plus au fond de la pièce, s'ouvrit. Une ombre noire en jaillit et pointa, d'une main spectrale se terminant par des griffes, quelque chose sur le carrelage. Lyoko regarda dans la direction indiquée et cria à pleins poumons. Devant elle gisait le corps sans vie d'Iwako. Sur sa chemise de nuit, plusieurs traces rouges. Des coups de poignard. Et se tenant maintenant accroupi à côté du corps sans vie de sa colocataire, le spectre noir ricanait et leva fièrement un sabre au-dessus de tête. Le démon des toilettes ! Il avait tué Iwako à coup de sabre ! Ce dernier se releva et fixa la jeune fille qui hurla de plus belle.

Aussitôt, la porte de la salle des toilettes s'ouvrit et la pièce s'éclaira. L'ombre noire s'évanouit. La lumière révéla toute l'atrocité de la scène. Iwako Katô gisait dans une mare de sang, la chemise de nuit relevée jusqu'aux cuisses, des entailles partout sur les jambes, le torse, les bras... et comble de l'horreur, elle tenait sa tête dans sa main droite.

Lyoko s'évanouit.

Elle se réveilla trois jours plus tard dans un lit d'hôpital. Elle cria, se débattit, mordit l'infirmière qui voulut la calmer... On dut la sangler sur son lit. On posa un cathéter sous les injures de la jeune fille qui voulait à tout prix se libérer de ses sangles et enfin, on dilua dans ses veines un puissant calmant. Lyoko se calma enfin. Les médecins étaient dépités.

À l'école de Shuyukan, c'était l'effervescence. Après la découverte du cadavre d'Iwako Katō, tout le troisième étage fut fermé et les jeunes pensionnaires durent déménager dans un autre bâtiment. Les autorités menèrent l'enquête, mais ne trouvèrent aucun indice leur permettant de désigner un suspect. L'autopsie révéla plus de cinquante coups de sabre portés sur toutes les parties du corps d'Iwako. Ce qui choqua le plus le médecin légiste était que le tueur avait d'abord décapité sa victime pour ensuite lui asséner, avec une rare violence, des coups de sabre, comme s'il voulait la découper en morceau. Et la décapitation était nette, franche, ce qui faisait penser que le tueur disposait d'une grande force musculaire. Jamais on n'avait vu un meurtre d'une telle violence !

Trois jours après ce drame, et malgré les scellés de la scène de crime, on retrouva, au même endroit, le corps sans vie d'une autre étudiante, Ayaka Fukuda. Cette deuxième victime du meurtrier sanguinaire des toilettes était dans la même classe qu'Iwako et Lyoko. Comme Iwako, son assaillant l'avait d'abord décapitée avant de s'acharner sur elle avec un sabre.

Les autorités décidèrent de fermer le bâtiment et d'en interdire l'accès. La panique gagna le lycée et la ville de Fukuoka. Les journalistes s'emparèrent de l'affaire et les autorités peinèrent à les éloigner. L'affaire devint publique et bientôt, les pires ragots circulèrent sur son compte. Les habitants de Fukuoka étaient persuadés que leur ville abritait un psychopathe de la pire espèce. Un jour, un passant interviewé par un journaliste évoqua le démon Hanaka-san comme responsable de ce carnage. Pour ce passant, il fallait brûler l'école. Cette déclaration perturba les Japonais qui étaient, à présent, persuadés que Hanaka-san hantait les toilettes du troisième étage du bâtiment des internes. La légende refit surface et devint une croyance, un fait réel. Partout, on raconta que ce démon hantait l'école de Shuyukan. Les plus superstitieux tentèrent même de brûler ce bâtiment, mais furent arrêtés avant de commettre leur méfait. D'autres érigèrent des autels fictifs devant le portail de l'école afin de conjurer le démon. On les renvoya chez eux.

Les scientifiques se refusaient de croire en une telle thèse. Pourtant, ces crimes restaient un mystère. En examinant le mode opératoire du meurtrier, ils arrivèrent à la conclusion qu'un homme seul ne pourrait réussir à décapiter un être humain de cette manière. Cet homme devait posséder une force herculéenne pour réussir un tel exploit ! De plus, ils n'avaient trouvé aucun indice, aucune empreinte sur la scène de crimes, rien qui puisse les orienter sur une piste et surtout aucun témoignage plausible. Personne n'avait vu le meurtrier, ni d'homme suspect entrer ou sortir du bâtiment des internes. L'enquête piétinait. Et plus le temps passait, plus l'on se tournait vers une thèse paranormale.

Les parents les plus superstitieux vinrent récupérer leurs enfants. D'autres demandèrent une purification des lieux. Des prêtres shintoïstes, appelés par ces parents, exécutèrent des rites de purification dans l'établissement et plus précisément au troisième étage de l'internat des filles et cela malgré l'interdiction et la fermeture du bâtiment par les autorités. Kunikazo ne put les empêcher d'entrer. Les parents inquiets espéraient ainsi calmer les esprits.

La manœuvre tourna à la catastrophe. Plusieurs prêtres perdirent la raison, sortirent du bâtiment en hurlant avoir vu le démon se matérialiser devant eux, deux prêtres se défenestrèrent du troisième étage. Cela se passa lors d'une séance de prières. Les survivants racontèrent plus tard que lors d'une o-harai[1], un démon était apparu et les avait poussés au suicide. Les prêtres shintoïstes étaient unanimes : un démon hantait les lieux et il fallait fermer l'école. Une nouvelle fois, la Une des journaux parla d'un lieu hanté et dangereux. On montra des photographies des prêtres shintoïstes défenestrés. Si eux n'ont pas réussi à vaincre la créature qui hante l'école, qui le pourra ?

Des curieux et autres chasseurs de fantômes envahirent l'établissement, mettant leur vie en danger. Ils sautaient le portail en fer de l'école pour s'introduire de nuit dans le bâtiment des internes afin d'enquêter sur ces meurtres sanguinaires. On en retrouva plusieurs le lendemain matin complètement prostrés et catatoniques, dont un dans les toilettes criant avoir vu un démon ! Le phénomène devint tellement effrayant et dangereux que Kunikazo Nakamura, le directeur de l'école, ferma l'établissement, renvoya les élèves chez eux et chassa les journalistes et les curieux. Déjà beaucoup trop de morts dans cette histoire et il ne voulait pas être tenu responsable d'une autre victime. Seuls restèrent Mamoru Satō, l'homme d'entretien, Alyssa Marso, la professeure d'anglais, qui occupait un appartement au sein même de l'école et Tsugaru Sasaki, le vieux gardien de l'école. Ce dernier, shintoïste, avait improvisé un temple dans son appartement et priait tous les jours pour contrer le démon qui sévissait au sein de l'établissement et le repos des pauvres âmes qu'il avait emporté. Parfois, Nakamura priait avec lui.

Ce dernier, excédé par toute cette affaire et par le manque évident d'argent qu'engendrera la fermeture de l'école, frappa à la porte de l'église catholique de Hakozaki. Lucien Gardo, prêtre de la paroisse et d'origine canadienne, le reçut. Il écouta attentivement le président de Shuyukan Highschool. Il avait entendu, par les médias, les tenants de l'affaire.

— Vous comprenez, Gardo-San, j'ai besoin de votre aide. Vous devez bénir notre établissement.

Le Père Lucien le rassura.

---

[1]*Purification rituelle*

— Ne vous inquiétez pas, je passerai demain pour faire quelques prières de purifications. Allez en paix mon enfant et que Dieu vous garde.

Ce dernier, non sans avoir remercié chaleureusement le prêtre, regagna son école. Ce soir-là, il mangea avec Sasaki Tsugaru qui avait préparé des sashimis[1] servis avec un bol de riz blanc avec du nattō[1]. Durant le repas, le vieux gardien expliqua sa théorie sur les meurtres. Pour lui, un démon de la vengeance se cachait derrière toute cette histoire et réclamait des sacrifices.

Le président de l'école ne croyait pas en cette théorie. Pour lui, un tueur en série, un psychopathe se cachait parmi ses élèves. Le démasquer était de l'ordre de la police. Apaiser les esprits afin de rouvrir l'établissement était sa mission. Et pour apaiser les esprits, le prêtre était le mieux placé. Après sa bénédiction, il contactera les parents pour leur dire que l'établissement scolaire est maintenant sous la protection des bons esprits.

Le même soir, le père Gardo réfléchissait à toute cette histoire. Il ne croyait pas au démon et encore moins à une thèse paranormale. Pour lui, c'était évident qu'un psychopathe se promenait en liberté dans les rues de Fukuoka et que ce psychopathe s'en prenait à l'école de Shuyugan pour une raison particulière que l'on devait découvrir pour l'arrêter. Étant prêtre, son devoir était d'aider ses paroissiens qui connaissaient la tourmente et si cela devait passer par quelques prières, pourquoi pas. Si prier dans l'établissement afin de le purifier des ondes négatives pouvait rassurer Nakamura, alors c'était son devoir de chrétien de le rassurer.

Le prêtre prépara quelques fioles d'eau bénite, prit son livre de prières qu'il rangea dans sa besace avec les fioles et se mit au lit. Il ne parvint pas à trouver le sommeil. Il se sentait angoissé. Il pressentait comme un grave danger autour de lui. Il pria et l'impression s'évanouit. Enfin, il put s'endormir. Il fut réveillé en sursaut à quatre heures du matin par le fracas d'un objet qui chute : le crucifix fixé au-dessus de son lit était tombé, non pas au sol ou sur sa tête, mais avait voltigé jusqu'au mur d'en face, provoquant la chute d'un tableau de la Sainte Vierge. Il ramassa le crucifix. Il était bouillant. Il le replaça à son emplacement d'origine. Il ramassa le tableau. La vitre avait explosé en mille morceaux. Il le posa sur sa table de chevet et alla chercher un balai pour ramasser les débris de verre. Lorsqu'il revint dans la chambre, le crucifix gisait à nouveau à terre ainsi que le tableau de la Vierge. Le prêtre eut peur. Il s'habilla à la hâte, sortit de sa chambre et se rendit à l'église pour prier.

[1]*Les sashimis sont des tranches de poisson cru accompagnés de sauce soja et de wasabi.*

[2]*Le nattō (納豆?) est un aliment japonais traditionnel à base de haricots de soja fermentés, consommé le plus souvent comme accompagnement du riz nature*

Sur les coups de dix heures du matin, comme convenu, le Père Gardo se présenta à Shuyugan Highschool. Kunikazo Nakamura l'attendait et le reçut avec de grands honneurs.

— Je vous remercie de votre déplacement Gardo-San.

Le prêtre remercia à son tour le président de le recevoir. Nakamura remarqua que le prêtre était nerveux, blême. Il tremblait lorsqu'il sortit de sa besace l'eau bénite, un crucifix et son livre de prières. Puis, il entra dans tous les bâtiments afin de les bénir. Tous sauf le bâtiment des internes. Nakamura lui en avait interdit l'accès et notamment l'accès au troisième étage de ce bâtiment, ne voulant pas ainsi se créer de nouveaux ennuis. Pourtant c'était bien dans ce lieu qu'avaient eu lieu les meurtres. Le prêtre comprit la décision de Nakamura et cela l'arrangeait de ne pouvoir entrer dans le bâtiment des internes. Il ressentait un malaise rien qu'en le regardant, comme si l'édifice le rejetait. De toute manière, il avait fait ce qu'on lui avait demandé et cela suffisait à soulager sa conscience. Il ne pouvait et ne voulait pas en faire davantage. Le reste était du ressort de la police.

Une fois sa mission expédiée au pas de course, il rangea ses instruments dans sa besace et s'apprêta à regagner le bureau du proviseur afin de lui donner son congé, lorsqu'il aperçut Mamoru Satō au loin, taillant les haies près du bâtiment interdit. Ce dernier le salua d'un signe de la main. Lucien Gardo connaissait bien le jeune homme et son histoire. Un orphelin un peu simplet que l'on avait placé ici afin de lui donner du travail. Un attardé, pas méchant pour un sou, qui passait son temps à regarder les jeunes étudiantes en cours de sport. Il se souvint de Mamoru enfant, jouant dans la cour de l'orphelinat seul, toujours en retrait, isolé. Il se rappela d'un adolescent calme, mais très introverti et se félicitait qu'il ait trouvé un travail où il pouvait enfin s'épanouir. Car Mamoru avait toujours aimé jardiner.

Le prêtre tenait à le saluer afin de s'enquérir sur son état psychologique après les évènements vécus. Personne ne s'était inquiété de ce pauvre bougre et peut-être souffrait-il de la situation ? Il s'avança et le salua.

— Bonjour Mamoru-kun. Comment vas-tu ?

— Bonjour Gardo-Sama. Je vais bien.

Le jeune homme posa son sécateur sur le muret derrière lui. Le prêtre regarda l'outil et s'étonna qu'on puisse laisser un objet aussi tranchant à un attardé. Il pouvait se blesser et même se tuer.

— Vous savez Gardo-Sama, vous n'avez pas accompli votre devoir de chrétien.

La nuque du prêtre se glaça. Ce n'était pas la voix de l'orphelin. Elle tintait différemment, un timbre légèrement plus grave et pourtant c'était bien lui qui se tenait en face de lui. Le Père Garbo le regarda attentivement. Mamoru souriait et révélait une rangée de dents noircies. Cela aussi était bizarre. Instinctivement, le prêtre sentit un danger imminent. Il s'écarta et voulut rebrousser chemin, lorsque Mamoru lui agrippa l'épaule.

— Mon Père, vous devez bénir le troisième étage. Vous devez le faire.

Pendant ce temps, Kunikazo Nakamura s'occupait de la paperasserie. Habituellement, il n'avait jamais le temps d'accomplir ce genre de tâches de rangement et de classement. Aujourd'hui, il profitait de la fermeture de l'école pour mettre de l'ordre dans ses documents et dans sa messagerie électronique.

Après trois bonnes heures de travail, il releva la tête. Il regarda l'heure à sa montre et s'étonna de ne pas avoir revu le prêtre. Il décida d'aller le chercher. Il fouilla les différents bâtiments, en vain. Le prêtre avait disparu. Il ressentit un malaise, une boule au ventre et comprit que quelque chose était arrivé à Lucien Garbo.

Au pas de course, il se dirigea vers le bâtiment des internes. En chemin, occupé à ramasser l'herbe fraîchement coupée sous la pluie, il croisa Mamoru Satō, l'homme d'entretien.

— Mamoru-kun, avez-vous vu le père Garbo se rendre à l'internat ?

Mamoru releva la tête et réfléchit un moment. Soudain, il afficha un large sourire.

— Oui, Nakamura-Sama ! Il m'a demandé de lui ouvrir le troisième étage !

Le sang de Nakamura se glaça. En courant, il grimpa les escaliers menant au troisième étage du bâtiment des internes. La porte de la salle des toilettes était fermée. Il frappa et appela le prêtre. Pas de réponse. Doucement, il tourna la poignée et ouvrit la porte. Là, toute l'horreur de la situation lui sauta au visage ! Le Père Lucien Garbo gisait au milieu de la pièce dans une mare de sang. Dans sa main droite, il tenait sa tête !

La mission

Vincenzo Onoffrio avait donné rendez-vous à Crystal sur un banc des jardins du Vatican. En sa qualité de chef, il avait dû prendre une décision pour le bien de toute l'équipe. Cette décision ne fut pas facile à prendre et sera encore moins facile à expliquer aux membres des Purificateurs.

Dès le lendemain de son retour d'Amityville, Vincenzo avait pris conseil auprès de son superviseur, Monseigneur Primiti. Ce dernier dissipa ses doutes. Vincenzo se sentait coupable de ne pas avoir su protéger son équipe et surtout de s'être fait berner par le démon. Le cardinal lui fit comprendre qu'il devait absolument se débarrasser de ses doutes.

— Écoutez Vincenzo, vous êtes empli de l'Esprit Saint et c'est ce qui vous permet de chasser les démons. Ils vous craignent. Dans votre dernière mission, vous n'avez pas su distinguer le vrai du faux, mais au final, vous avez réussi, car vous êtes quelqu'un d'entier, qui va au bout des choses. Grâce à vous, la petite Savannah est sauvée et nous prions pour elle afin qu'elle puisse se remettre de ce drame.

— J'ai douté, je n'ai pas cru qu'elle était possédée.

— Et c'est justement ce que l'on attend de vous, le doute. Avant d'agir, il est indispensable de se poser les bonnes questions et non d'agir dans la précipitation. Vous avez cette qualité de réflexion que l'on demande à un meneur d'hommes. Les missions que l'on vous confie sont difficiles et vous les avez réussies.

— Je n'ai pas pu empêcher le démon de s'attaquer à mademoiselle Louvière, je n'ai pas su la protéger.

— Vous ne pouviez pas. J'ai visionné les vidéos. Personne n'aurait pu envisager que le démon puisse s'en prendre à mademoiselle Louvière. Et vous, vous étiez occupé à exorciser la petite Savannah. Vous ne pouvez pas être au moulin et au four. Ne vous torturez pas pour rien mon ami, ayez confiance en vous. Par contre, mademoiselle Louvière m'inquiète. Qu'avez-vous décidé la concernant ?

Vincenzo leva la tête et regarda son supérieur.

— Elle est trop faible mentalement et emplie de doutes et de remords. Le démon se servira de ces doutes pour l'atteindre et toucher le reste du groupe. Ce qui s'est passé à Amityville montre que le démon peut la torturer. Mon devoir est de la protéger. Je n'ai pas d'autre choix que de la faire rester à Rome protégée par les murs du Vatican. Elle supervisera nos enquêtes de loin. Nous resterons en contact avec elle constamment afin qu'elle nous guide et nous donne les informations utiles au bon déroulement de l'enquête. Je ne peux pas prendre le risque de la perdre à cause de ses peurs et de ses faiblesses.

— C'est une sage décision que j'approuve. Je vais ordonner qu'on lui prépare un bureau. Mademoiselle Louvière restera votre historienne, votre journaliste, votre enquêtrice du passé, mais à distance. Par contre, un nouveau membre vous accompagnera lors de votre prochaine mission, un soldat, quelqu'un de terrain.

— Je vous remercie de votre approbation Éminence. Et j'attends ce nouveau membre avec impatience.

Vincenzo baisa l'anneau cardinalice que son supérieur lui tendait et prit congé.

Après cette discussion, il se dirigea vers le parc du Vatican où il s'assit sur un banc et contempla le jardin fleuri autour de lui. On était fin mai et la chaleur printanière se faisait sentir sur sa peau. Cela lui faisait du bien. Le soleil brillait sur Rome, les oiseaux piaillaient, les fleurs s'ouvraient, les abeilles butinaient... Les merveilles de la nature !

Au loin, il vit Crystal se diriger vers lui, dans une robe bleu-violet et rouge. Elle arborait un large sourire. Dieu que cela lui fit mal au cœur ! Il demanda l'aide de Dieu pour qu'elle comprenne sa décision.

— Bonjour mon Père. Je viens de recevoir les modalités de notre prochaine mission. Ça a l'air d'une histoire très compliquée !

— Cette mission ne sera pas de tout repos, c'est évident. Mais si je vous ai fait venir, c'est pour vous parler d'autre chose.

Crystal, intriguée, s'installa à côté de l'exorciste.

— Je vous écoute mon Père.

— Lors de notre dernière mission, il s'est passé quelque chose que je ne peux accepter.

Vincenzo toussota. Il regarda Crystal dans les yeux afin de capter son attention.

— Vous avez été possédée et j'ai dû réaliser un exorcisme sur vous.

Crystal porta ses deux mains à sa bouche.

— Ho mon Dieu ! C'est pour ça que je me suis réveillée dans la chambre de Savannah sans savoir comment j'avais atterri là !

Vincenzo acquiesça. Crystal reprit la parole.

— Et c'est aussi pour ça que tout le monde me regardait bizarrement dans l'avion.

— Nous avons tous eu très peur pour vous et je ne veux pas que cela se reproduise.

— Attendez mon Père. Vous voulez dire que le démon a pu s'emparer de mon corps ? Que je suis faible et que je n'ai pas su lui résister ?

— Mademoiselle Louvière, tout le monde est faible face au démon. Le démon est perfide, sournois. Il a réussi à me berner en me faisant croire qu'il n'existait pas dans notre dernière affaire.

— Ce n'est pas la même chose ! Moi, il m'a possédé ! Et je ne sais même pas ce que j'ai fait quand j'étais dans cet état !

Vincenzo soupira. Il devait rassurer la jeune femme. Il ne savait comment s'y prendre. Lui, le leader d'une équipe de combattants du diable se retrouvait démuni devant la détresse d'une femme.

— Écoutez, vous êtes très doué pour manier les recherches, fouiller dans les archives, rentrer dans des sites protégés afin de prélever de précieux indices… mais je pense que vous nous serez plus utile si vous restez à Rome afin de nous guider dans la mission.

Crystal croisa les mains sur ses genoux et baissa la tête.

— En d'autres termes, vous me demandez de ne plus vous accompagner sur le terrain.

Le prêtre lui prit la main.

— Oui, mademoiselle Louvière. Et cela pour votre bien et pour celui de l'équipe. Vous êtes une jeune femme exceptionnelle, mais une cible trop facile pour le démon. Vous nous serez plus utile en restant à Rome qu'en vous confrontant directement au démon.

Crystal sentait poindre des larmes. C'était la première fois qu'on lui faisait confiance, qu'on lui confiait une mission d'utilité humaine, qu'elle faisait partie d'un groupe d'élite et elle avait tout gâché à cause de son manque d'assurance.

— Ai-je vraiment une utilité au sein de l'ordre des Purificateurs ?

— Bien sûr et je vous interdis de penser le contraire. Vous savez que le démon existe, vous en êtes convaincue et c'est pourquoi nous avons besoin de vous. Nous avons besoin de votre savoir-faire et de votre perspicacité. Par contre, vous êtes une cible facile pour le démon qui cherchera à nuire à notre Ordre par votre intermédiaire.

— Mais ne peut-il pas m'arriver la même chose si je vous aide d'ici ? Dimitri m'a expliqué que le seul fait de parler d'un démon peut le fait apparaître.

— C'est un risque en effet. Mais ici, au sein des murs du Vatican, au milieu des prêtres et des évêques, le démon ne pourra vous nuire. Toutes les semaines, des prêtres bénissent le bâtiment et déposent du sel exorcisé dans toutes les pièces pour l'empêcher d'y entrer. Cela est très efficace. Il ne faut pas oublier que Satan a déjà, par le passé, corrompu certains de nos évêques et même des papes.

Au loin, un oiseau croassa. Crystal regarda le ciel. Elle avait du mal à retenir ses larmes.

— Je suis vraiment trop nulle !

— Je vous interdis de penser cela ! Vous êtes une jeune femme pleine de qualités et intelligente. Simplement, le terrain est trop dangereux pour vous.

— Je vous remercie mon Père d'essayer de me remonter le moral, mais je prends cette mise à l'écart comme un échec personnel.

La jeune femme laissa exploser ses larmes. Elle sortit un mouchoir de son sac à main et tamponna ses yeux. Vincenzo, impuissant, ne sachant comment réagir, la regardait. Il aurait voulu la prendre dans ses bras, la consoler. Il aurait voulu lui dire qu'il revenait sur sa décision, mais cela aurait été un signe de faiblesse aux yeux du démon. Vincenzo avait une conduite à tenir, devait donner l'exemple. Et contre toute attente, Crystal cessa de pleurer. Elle inspira profondément une bouffée d'oxygène et regarda le prêtre dans les yeux. Son visage avait changé d'expression. La jeune fille semblait déterminée.

— C'est maintenant à moi de vous prouver que je suis forte, que je peux vous accompagner sur le terrain sans faire courir de danger à mes amis. Je prends cela comme un défi et je vous promets que bientôt je deviendrai un roc.

Vincenzo sourit et acquiesça. Il était soulagé.

— Sœur Margareth vous aidera à atteindre votre objectif.

— En attendant, je retourne travailler, dit Crystal. Je dois préparer notre nouvelle mission.

Vincenzo la regarda s'éloigner. Ses talons claquaient sur le pavé. La démarche était déterminée. Il s'en félicitait. Crystal avait adopté la bonne attitude. Elle comptait se battre pour regagner sa place au sein de l'ordre des Purificateurs. Et Vincenzo était persuadé qu'elle allait réussir à gagner en confiance et à faire taire ses doutes et ses peurs.

La journaliste entra dans sa minuscule chambre et alluma son ordinateur. Elle ouvrit le mail provenant des hautes autorités vaticanes. Les Purificateurs devaient se rendre au Japon pour enquêter sur une sombre histoire de meurtres. Dieu qu'elle aurait aimé se rendre au Japon ! Le pays des samouraïs l'avait toujours fait rêver. Elle s'imagina visiter les temples bouddhistes ou shintoïstes avec leur drôle d'architecture, manger des plats typiques de la cuisine japonaise, se promener dans les immenses artères des villes… Et ne put retenir des larmes qui jaillirent sans prévenir de ses yeux bleu-azur.

Elle enleva ses lunettes violettes et s'essuya les yeux avec un mouchoir en papier. Elle y laissa de larges traces de maquillage. Elle se leva, se regarda dans le miroir et constata les dégâts : son mascara avait coulé dessinant de grandes traces noires autour des yeux. Elle essaya de les essuyer. En vain. Le maquillage s'étalait à chaque passage du mouchoir. Désespérée, elle se démaquilla.

Soudain, on frappa à sa porte. Paniquée, elle remit ses lunettes. Elle ne voulait pas qu'on la voie ainsi, le visage dépourvu de maquillage. C'est un peu comme si on la voyait nue. Nouveaux coups sur la porte. Celui qui s'y tenait derrière s'impatientait.

— Qui c'est ?

— C'est moi Matt, ouvre-moi s'il te plaît.

Crystal soupira.

— Attends ! Faut que j'm'habille !

Elle attrapa sa trousse de maquillage. Pendant qu'elle se refaisait une beauté, elle ne put s'empêcher de penser qu'elle avait menti à son ami. Donc, qu'elle avait péché ! Et c'était cela qui la rendait faible. Au lieu de lui ouvrir la porte, tout simplement, elle avait menti de peur qu'il ne la découvre sans maquillage. C'était stupide ! Non seulement elle avait menti, mais elle était si peu sûre d'elle au point de se cacher derrière un masque de mascara et d'eye-liner. C'est sur ce point qu'elle devra travailler afin de gagner en assurance.

Enfin, elle ouvrit la porte. Matt entra dans la chambrette tout sourire. Il apportait des cookies sur un plateau.

— C'est tout chaud, ça vient de sortir du four !

— Ho comme c'est gentil ! Tu as cuisiné pour moi ?

— Oui. J'ai pensé que cela te réconforterait. Je suis au courant, tu sais.

Crystal soupira et s'assit sur le lit.

— Tout le monde est au courant. Eh oui Matt, je suis trop faible pour vous suivre sur le terrain.

Matt prit place à côté de son amie. Il remarqua que ces yeux brillaient. La pauvre avait pleuré et s'apprêtait encore à verser des larmes. La détresse de son amie le toucha. Il lui offrit un cookie qu'elle prit avec un petit sourire.

— Tu sais, dit Matt, le Père Vincenzo n'a pas voulu te punir, mais te protéger.

— Et c'est bien là le problème ! Tout le monde veut me protéger, moi la godiche qui m'affiche avec des tenues excentriques, mais qui ne rêve que de se camoufler dans un trou de souris tellement je suis nulle !

— Tu n'es pas nulle ! Et j'adore tes tenues.

— Tu es gentil. Mais je dois me rendre à l'évidence : je n'ai pas l'assurance de Lisa ni la prestance de Margareth. Moi, tout ce que je sais faire, c'est rassembler des informations et quand je dois les restituer, je bégaie !

— Tu n'es ni Lisa ni sœur Margareth parce que tout simplement tu es toi. Tu es unique et c'est ce qui te rend belle.

Matt baissa la tête. Il rougit. Ce compliment surprit Crystal.

— Tu penses vraiment ce que tu dis ?

— Oui.

Le jeune homme se leva et se dirigea vers la porte.

— Je te laisse les cookies. Tu es importante pour le groupe. Ne te dénigre pas. En faisant cela, tu rends service au démon qui en profitera. Et surtout, ne cherche pas à être quelqu'un d'autre.

Et il sortit de la chambre, laissant la jeune femme seule et dépitée. Matt venait de lui dire qu'il la trouvait belle. Jamais un homme ne lui avait fait un tel compliment. Mignonne, oui. Rigolote, souvent. Mais belle, jamais. C'est vrai qu'elle arborait un style improbable avec des robes aux couleurs psychédéliques qui ne mettaient pas sa silhouette en valeur. Mais ces robes lui ressemblaient. Tout comme elle, elles étaient joyeuses et uniques. Matt avait raison, elle ne devait pas devenir quelqu'un d'autre au risque de se perdre, mais gagner en assurance.

****

Les membres de l'ordre des Purificateurs se pressaient dans la salle de réunion où Vincenzo les attendait déjà en compagnie d'un grand brun au corps bien bâti. Chacun prit place autour de la table ovale en se saluant.

Crystal affichait un sourire qui faisait plaisir à voir. Elle était radieuse dans sa robe rose-violet et ses longues boucles d'oreilles roses scintillaient et tintaient au moindre mouvement de la tête. Dimitri lui envoya un baiser, tandis qu'Élisabeth lui fit savoir qu'elle affichait une mine resplendissante aujourd'hui. Crystal s'en félicita. Lorsqu'elle prit place à côté de Margareth, cette dernière lui envoya un clin d'œil discret et se pencha vers elle.

— Ravie de vous voir en forme, dit-elle.

Carlo lui sourit, tandis que Matt baissa la tête et n'osa pas croiser son regard. Crystal ne s'en offusqua pas, bien au contraire. Elle trouva l'ingénieur attendrissant.

Enfin Vincenzo prit la parole.

— Bonjour à tous et merci d'être à l'heure. Avant d'évoquer notre prochaine mission, j'aimerais vous faire part de deux grandes décisions que j'ai eu à prendre depuis notre retour des États-Unis. La première concerne mademoiselle Louvière. Après sa possession à Amityville, j'ai demandé à mademoiselle Louvière de nous superviser de Rome. Je ne peux pas prendre le risque d'une nouvelle possession démoniaque. Par conséquent, elle disposera d'un bureau spécialement aménagé et nous donnera toutes les informations utiles par téléphone. Est-ce que quelqu'un a des questions ?

Dimitri toussota. Carlo fit non de la tête. Élisabeth regarda son amie. Matt prit la parole.

— Sans vous manquer de respect, mon Père, je pense que votre décision est un peu radicale et surtout rapide.

— Je suis d'accord avec Matt, dit Élisabeth. Laissons une nouvelle chance à Crystal et aidons-la à surmonter ses craintes. Nous sommes chrétiens et notre rôle est d'aider son prochain.

— Je suis prête à la prendre sous mon aile, dit Margareth.

— Le problème, dit Dimitri, c'est que, dans l'immédiat, Crystal risque de mettre en danger l'équipe. Nous devons l'aider à gagner en assurance, c'est sûr, mais elle sera plus en sécurité ici qu'avec nous sur le terrain. Cela est arrivé une fois et aurait pu se terminer par un drame. Nous ne pouvons laisser au démon ne serait-ce qu'une petite chance de posséder à nouveau notre amie.

— Je rejoins Dimitri sur ce point, dit Carlo. Nous ne pouvons pas risquer de perdre contre le diable et encore moins de perdre un membre du groupe.

— Arrêtez s'il vous plaît, dit Crystal. J'ai bien compris qu'on veut me protéger. J'ai bien compris aussi que j'étais la plus faible et la plus facilement « possédable ». Et donc je comprends la décision du Père Vincenzo et je l'approuve. Pour le moment, je suis plus en sécurité au Vatican que sur le terrain. Et vous tous aussi d'ailleurs. Et je me suis promis de gagner en assurance et de combattre mes propres démons pour vous accompagner à nouveau dans les missions.

— Et nous t'aiderons, dit Élisabeth.

Crystal la remercia.

— Bien, dit Vincenzo, passons à ma deuxième décision. J'ai décidé d'agrandir l'Ordre des Purificateurs d'un nouveau membre. Je me suis aperçu, lors des deux missions précédentes, que nous dépendions des autres pour nous déplacer. Et cela n'est plus possible. Monsieur Daniel Zio aura pour mission de nous faire voyager, que ce soit en avion, en bateau, en voiture… Ainsi nous serons libres de nos mouvements. De plus, monsieur Zio est un militaire. Ce qui est un plus pour nous lorsque nous devrons faire usage de nos armes.

Vincenzo se tourna vers le nouveau venu.

— Voulez-vous vous présenter s'il vous plaît monsieur Zio.

— Avec plaisir mon Père. Je me présente : Daniel Zio. Je suis caporal-chef de l'armée de terre et tireur d'élite. Je sais conduire tous véhicules à moteur. Ma mission, à vos côtés, consistera à vous transporter et à vous protéger. Si bien sûr vous m'acceptez.

Élisabeth remarqua que ce nouveau membre se tenait droit et parlait avec autorité, comme Margareth d'ailleurs. Il savait s'imposer et avait de la prestance.

— En fait, dit-elle, c'est vous qui remplacerez Crystal sur le terrain.

— Non mademoiselle Ivodric, dit Vincenzo. Monsieur Zio ne remplace personne. Il est un membre supplémentaire de notre ordre et non un remplaçant.

— Et pourquoi une telle décision, demanda Dimitri.

— Lors des missions précédentes, répondit Vincenzo, j'ai noté que le manque d'un moyen de transport nous avait manqué. Nous avions dû compter avec un capitaine de navire très frileux pour nous emmener sur l'île Poveglia et nous avons dû compter sur un procureur de New York pour nos déplacements à

Amityville. Je ne veux plus de cela. De plus, monsieur Zio est un professionnel des armes à feu et cela pourrait nous servir. Souvenez-vous de l'épisode avec les zombis pour le comprendre.

Dimitri hocha la tête. Carlo acquiesça. Margareth examina Daniel. Il était grand, bien bâti, la quarantaine. L'équipe avait besoin d'un homme comme lui. De son côté, Matt voyait d'un mauvais œil ce nouveau venu. Et contre toute attente, Crystal prit la parole.

— Je souhaite la bienvenue à Daniel dans notre équipe.

Matt la dévisagea sans comprendre. Normalement, elle aurait dû ressentir de la colère et de la jalousie envers cet homme qui allait partir sur le terrain avec eux alors qu'elle allait rester à Rome. Crystal sentit son désarroi. Elle se tourna vers lui.

— Je sais ce que tu penses Matt. Mais ce n'est pas parce que je ne vais pas sur le terrain avec vous que je ne fais pas partie de l'équipe. Je vous serai très utile d'ici de même que Daniel vous sera très utile sur le terrain. Il possède des compétences que je n'ai pas et que je n'aurai jamais.

— Et le mieux serait de lui laisser sa chance, dit Élisabeth. Ne le jugeons pas. Seul Dieu peut juger un homme et nous ne sommes pas Dieu.

Tous acquiescèrent et Matt se rangea du côté d'Élisabeth. Au fond, ce n'était pas la faute de Daniel si Crystal restait à Rome. Et ce n'était pas parce que cette dernière restait à Rome qu'ils ne resteront pas amis.

— Vous avez raison et je m'excuse auprès de Daniel. Sois le bienvenu dans notre équipe.

— Merci Matt, et merci à tous pour votre accueil, répondit Daniel.

— Et si nous passions à notre prochaine mission, dit Dimitri.

Vincenzo se félicita de cette décision capitale pour le groupe. Il se tourna vers Crystal et lui fit signe de démarrer la séance. La jeune femme se leva et alluma le rétroprojecteur faisant surgir du tableau blanc une photographie de ce qui ressemblait à une école.

— Donc, pour la prochaine mission, vous irez au Japon et plus précisément sur l'île Kyūshū dans la ville de Fukuoka où le Vatican nous demande d'enquêter sur une sombre histoire de meurtres à l'école de Shuyukan Highschool. Pour comprendre l'histoire, il faut savoir que cette école est très réputée au Japon et que pour y entrer, les élèves doivent avoir un dossier en béton ou des parents fortunés. Donc, la plupart des enfants qui y sont scolarisés sont des rejetons de PDG, d'hommes politiques, d'avocats, de médecins, de chercheurs... Il va falloir se montrer relativement prudents dans cette affaire. Prudents et discrets. Le Vatican ne veut pas de vague.

Cliquetis des bracelets de la jeune femme, tintements des boucles d'oreilles. Nouvelle photographie sur le tableau blanc, celle d'une jeune fille.

— Voici Iwako Katō, une étudiante de 17 ans, en terminale dans cette école. Cette jeune fille était interne, comme la plupart des élèves de l'établissement et partageait sa chambre avec Lyoko Okada. Le lendemain soir de la rentrée, c'est-à-dire dans la nuit du 2 au 3 avril de cette année[1], Iwako a été tuée d'une manière tellement horrible que je n'ose vous l'expliquer. Le rapport du médecin légiste se trouve dans le dossier. Bref, cette nuit-là, Lyoko est réveillée par des cris, et c'est elle qui découvre le cadavre de sa compagne de chambrée dans les toilettes de l'étage.

Nouveaux cliquetis des bracelets, nouveaux tintements des boucles d'oreilles, nouvelle photographie.

— Trois jours après ce meurtre sordide et malgré les scellés de la scène de crime, Ayaka Fukuda, une étudiante de 17 ans, est aussi retrouvée dans les toilettes dans le même état qu'Iwako. Ce deuxième meurtre sanguinaire signera la fermeture de l'école par son directeur, monsieur Kunikazo NaKamura. Sans parler de la défenestration de deux prêtres shintoïstes. Kunikazo Nakamura, devant le peu d'indices de la police, va faire appel au prêtre de la paroisse de Hakozaki pour venir bénir l'école. On le retrouvera décapité, toujours au troisième étage du bâtiment des internes des filles, toujours dans les toilettes. C'est ce dernier meurtre qui a obligé l'Église à intervenir en vous envoyant sur place.

— C'est curieux, dit Carlo, les Japonais ne sont pas chrétiens et pourtant le directeur de l'école a fait appel à un prêtre. Pourquoi ?

— J'ai étudié toutes les coutumes japonaises pour cette mission, dit Crystal. Les Japonais sont en fait animistes, c'est-à-dire qu'ils croient aux esprits, en une force vitale qui animerait les êtres vivants, les objets, les arbres… La plupart sont shintoïstes ou bouddhistes, mais dans cette région du Japon, il y a beaucoup de chrétiens. Et le Japonais a la particularité de croire en plusieurs religions. Il peut très bien prier dans un temple shintoïste pour la réussite des examens, se marier dans une église et vouloir des funérailles bouddhistes.

— La démonologie japonaise existe, dit Dimitri. Elle fait référence à des Kamis, qui sont des divinités, donc des démons. Les Japonais pratiquent le chamaniste. Ils font appel à ces esprits, leur font des offrandes pour calmer les plus coléreux d'entre eux, enferment des kamis dans des objets, livres, cailloux, bibelots, qui sont gardés dans les sanctuaires shintoïstes. Il existe aussi, au Japon, des esprits de violence qu'ils appellent les aramitamas. Les aramitamas sont aussi des démons. Les shintoïstes essayent de se protéger contre ces esprits.

— Est-ce que vous croyez, monsieur Marchand, que le lieu des meurtres ait un rapport avec ces esprits de violence, demanda Margareth.

— C'est possible, ma p'tit'dame.

— Oui, dit Matt, car tous les meurtres ont lieu au troisième étage de l'internat, dans les toilettes des filles. C'est bizarre.

— De même que la façon dont a procédé le meurtrier est bizarre, dit Daniel. Regardez les rapports d'autopsie, on parle de cinquante coups de sabre ou de

---

[1]*Au moment de l'écriture de ce livre, nous étions en 2016.*

de couteau et chose encore plus étrange, toutes les victimes ont eu la tête décapitée et mise dans la main droite.

— Cela me fait penser à un rituel satanique, dit Dimitri. Le meurtrier donne en sacrifices les victimes à une quelconque divinité. Ou, autre hypothèse, il s'agit d'un démoniaque qui a reçu l'ordre d'exécuter ces personnes.

— Je ressens quelque chose de mauvais derrière toute cette histoire, dit Élisabeth.

Carlo fouilla dans les documents. Quelque chose le gênait dans cette nouvelle affaire.

— Je remarque que le Vatican n'a pas attendu pour nous envoyer au Japon, dit-il. À peine deux mois nous séparent du dernier meurtre, celui du prêtre.

— C'est juste, dit Vincenzo. J'en ai discuté avec sa Seigneurissime le cardinal Primiti et cette affaire a mis toute l'Église en émoi. Les autorités japonaises n'ont trouvé aucune piste sérieuse et les médias ont véhiculé des rumeurs de satanismes. Du coup, en plus d'avoir perdu un de ses membres, l'Église est bafouée. Elle doit se défendre et nous avons pour mission de la défendre en trouvant le meurtrier.

Matt sourit.

— Je ne sais pas pourquoi, mais je crois qu'on va bien galérer.

— D'autant plus que l'on ne connaît pas grand-chose des coutumes japonaises et que l'on ne parle pas un mot de japonais, dit Élisabeth.

— Je parle le japonais, dit Margareth.

Carlo la regarda admiratif et étonné.

— Vous ma Sœur ?

— J'ai côtoyé des Japonais lorsque je travaillais pour l'armée.

Daniel passa une main sur ses cheveux en brosse.

— Je vois que j'ai un frère d'armes, ou plutôt une sœur d'armes. Je serai ravie de partager quelques anecdotes de terrain avec vous ma sœur.

— Moi je préfère oublier ce passé, monsieur Zio, et me tourner vers l'avenir.

Daniel baissa la tête.

— Ne vous en faites pas Daniel, dit Dimitri, elle n'a pas l'air comme cela, mais notre sœur adorée est en réalité très sympathique.

Margareth lui envoya un regard noir. Le démonologue lui répliqua en lui envoyant un baiser. Daniel sourit.

— Revenons à notre affaire, je vous prie, dit Vincenzo. Nous partons dans une heure. Nous étudierons le dossier lors du vol et nous resterons en liaison avec mademoiselle Louvière constamment.

— Juste une dernière question, dit Matt. Il fait quel temps en ce moment au Japon ? C'est pour pas surcharger ma valise.

Crystal éclata de rire.

— J'ai vérifié cette information. Durant juin et juillet, au Japon, c'est la saison des pluies et les températures sont chaudes. Donc, petit parapluie, bottes et t-shirt sont de mises.

— Mademoiselle Louvière, s'il vous plaît, veuillez me suivre, dit Vincenzo.

Et pendant que les autres membres des Purificateurs se dispersaient, Vincenzo entraîna Crystal dans les couloirs du Vatican, au bâtiment de la section de recherches. L'endroit grouillait de monde. Les uns s'engouffrant dans des portes, les bras chargés des dossiers, les autres en sortant. Il s'arrêta devant une porte verrouillée. Il sortit une clé de sa veste et la montra à la jeune femme.

— Ceci est la clé de votre bureau personnel que j'ai l'immense plaisir de vous offrir. À vous l'honneur de découvrir votre nouvel espace de travail.

Excitée, Crystal se saisit de la clé et la mit dans la serrure. La porte en bois s'ouvrit sur une petite pièce lumineuse éclairée par une immense fenêtre qui donnait sur les jardins du Vatican. Crystal admira la vue. Superbe. Puis, elle inspecta son nouveau lieu de travail sous l'œil amusé du prêtre-exorciste. Une grande armoire métallique rouge avec dossiers suspendus pour ranger tous ses documents, un bureau spacieux laqué rose avec ordinateur et différents ustensiles bureautiques, un fauteuil confortable. Des plantes et des fleurs ornaient ce bureau à l'allure cossu. Et comble du bonheur pour la jeune journaliste, les murs étaient fraîchement peints en rose clair et violet !

— J'espère que cela vous plaît.

— C'est parfait, vraiment parfait.

— Nous avons mis un peu de couleur pour que vous vous sentiez chez vous.

— Merci, merci beaucoup.

Crystal s'assit sur son fauteuil et entreprit d'ouvrir les tiroirs de son bureau. Puis, elle alluma son ordinateur. Elle découvrit, avec stupeur, une imprimante reliée à son pc. Elle ne sera plus obligée de se rendre à la bibliothèque pour faire des photocopies ! Elle pourra préparer toutes les nouvelles missions de ce lieu. Elle ouvrit l'armoire. Elle débordait de chemises cartonnées, de feuilles... Et lorsqu'elle tourna la tête, elle vit avec surprise une bibliothèque sur le coin à gauche. Elle examina les livres : des revues scientifiques, des livres de démonologie, des livres sur la spiritualité...

— Si vous avez besoin de quelque chose, du papier, des stylos... vous pouvez en demander à l'intendance. Leur bureau se trouve au fond du couloir. Voici votre badge pour pénétrer dans cette partie du Vatican.

Il tendit un badge blanc où était inscrit le nom de la journaliste. La jeune femme était au comble de la joie. Dessus, il y avait écrit : Crystal Louvière, membre de l'Ordre des Purificateurs. Accès à la section recherches. Comme c'était agréable de se sentir indispensable. Elle ne put retenir des larmes de joie et embrassa le prêtre tout en le remerciant qui, gêné, n'osa pas la serrer contre lui. Il n'était pas habitué à ce genre de démonstration. Il recula.

— Une dernière chose : d'habitude, vous disposez de trois jours pour préparer une mission. À partir de maintenant, vous saurez la prochaine mission à l'avance. Ainsi, vous aurez plus de temps pour l'étudier, la préparer et nous fournir de précieuses informations.

Vincenzo se dirigea vers la porte, mais avant de la refermer derrière lui, il se retourna.

— Ha oui j'oubliais. Vous disposez d'une connexion internet haut débit qui vous permettra de rester en contact avec nous même au Japon. Et qui vous permettra de chercher sur internet des informations à grande vitesse.

Et il ferma la porte derrière lui, laissant la jeune fille savourer son bonheur.

* * *

Les Purificateurs embarquèrent dans un jet privé piloté par Daniel. Le militaire portait une tenue de combat et s'était préparé pour la mission. Il avait étudié le plan de vol, reçut les autorisations nécessaires. Il vérifia une dernière fois que tout était en ordre et démarra l'appareil. Les réacteurs se mirent en route provoquant un énorme bruit.

Les membres des Purificateurs avaient déjà pris place dans l'appareil et attachaient leur ceinture. Dimitri pâlit lorsque les réacteurs se mirent en route. Il avala un cachet qu'il fit passer avec un verre d'eau. Margareth le regarda faire en s'interrogeant.

— Voyez-vous ma p'tit'dame, je prends mes précautions pour ne pas souffrir du mal de l'air pendant ce long vol. Et je n'ai pas bu de jus d'orange.

Margareth sourit. Elle se rappela que lors de leur dernier déplacement, le démonologue avait souffert de nausées et qu'il avait prié pour ne pas vomir. D'autant plus qu'il avait bu du jus d'orange et qu'il disait que ce breuvage était excellent à ingurgiter, mais très acide à régurgiter.

Avant de s'installer dans son siège, Vincenzo demanda l'attention de l'équipe.

— Le vol sera très long…

Le grésillement du haut-parleur l'interrompit. Daniel venait de le brancher.

— Quatorze heures de vol chef, dit-il.

Vincenzo esquissa un sourire.

— Je reprends. Donc, le vol sera long et je propose que nous nous reposions avant de faire un briefing. Je vous conseille de dormir avant d'étudier notre affaire. Nous en parlerons demain matin.

Tout le monde acquiesça. Dimitri regarda sa boîte de médicament.

— Moi, je n'aurai aucun mal à dormir. Ces trucs sont pires que des somnifères.

— Que tout le monde s'attache, dit Daniel. Je viens de recevoir l'ordre de décoller.

L'avion avança, d'abord lentement puis il prit de la vitesse. Dimitri serra les dents. Enfin, l'appareil décolla et atteint très vite sa vitesse de croisière. Matt souffla en enlevant sa ceinture. Il se sentait nerveux.

— Apparemment, notre pilote est doué.

À ses côtés, Élisabeth sourit.

— Tu en doutais ? Daniel est quelqu'un de très compétent, je l'ai senti. Très compétent et très bon. Il a un cœur énorme. C'est pour cela que le père Vincenzo l'a recruté.

Matt en fut soulagé. Depuis le début, il n'avait pas eu confiance en Daniel. Peut-être parce qu'il aurait préféré que Crystal soit avec eux et qu'il rendait le militaire responsable de cette mise en quarantaine. Crystal lui manquait, mais il comprit que Daniel n'y était pour rien. Crystal s'était montrée trop faible lors de la dernière mission et pour la protéger, Vincenzo avait pris la décision de la laisser à Rome. Il ne l'avait pas écartée de l'Ordre des Purificateurs, simplement protégée. Matt savait qu'il devait changer d'attitude vis-à-vis de ce nouveau membre qu'il avait d'emblée jugé inopportun.

Dans l'appareil plongé dans l'obscurité, Carlo et Vincenzo avaient mis leur masque de nuit et abaissé le dossier de leurs sièges. Margareth fit de même. Elle espérait dormir quelques heures. Matt regardait un film américain sur son écran DVD. Il avait branché ses écouteurs et semblait sur le point de s'endormir. Seule Élisabeth n'arrivait pas à se détendre. Elle ressentait des choses étranges, malsaines dans cette nouvelle affaire. Elle sentait un grand danger.

Pour se changer les idées, elle se leva et se rendit à la cabine du pilote, où Daniel mit en route le pilotage automatique. Lorsqu'elle entra, il l'accueillit avec un grand sourire.

— Merci de me rendre une petite visite ! C'est vrai qu'on se sent un peu seul ici !

— Je vous apporte du café, répondit Élisabeth en lui tendant une tasse chaude et fumante. Je ne savais pas si vous le prenez avec du sucre ou du lait, donc j'ai tout apporté.

Elle sortit de sa veste deux sachets de sucre en poudre, ainsi qu'un petit berlingot de lait écrémé.

— C'est très gentil et j'apprécie l'attention. Mais, je prends mon café sans sucre et sans lait.

— Puis-je m'asseoir un instant avec vous ?

— Bien sûr.

La jeune femme prit place sur le siège du copilote. Elle regarda, admirative, tous les voyants, les boutons et les commandes que comportait une cabine de pilotage.

— Vous vous y retrouvez dans tout cela ?

— C'est mon métier.

— Mais, vous étiez dans l'armée de terre et non dans l'armée de l'air. Où avez-vous appris à piloter ?

— Dans l'armée justement. En fait, j'étais dans l'armée de terre, mais j'ai effectué de nombreuses missions avec l'armée de l'air. C'est là que j'ai appris à piloter un avion, avion de ligne, avions de chasse... et même hélicoptère. Bref, j'ai de nombreuses heures de vol derrière moi.

— Pourquoi avoir accepté de rejoindre l'Ordre des Purificateurs ?

— Je pense que c'est à peu près pour les mêmes raisons que vous.

— Pouvons-nous nous tutoyer ? Cela nous simplifiera la vie.

— Si vous voulez, enfin si tu veux. Ma première raison est que je suis croyant. J'ai vu, sur le terrain, beaucoup d'atrocités et je suis convaincu que le diable se cache derrière tout cela. En fait, ce n'est pas l'homme qu'il faut combattre, mais bien le diable. C'est lui notre ennemi. Je suis fier de faire partie de cette équipe, car enfin, je me sens utile pour l'humanité. Et toi, pourquoi avoir rejoint l'Ordre des Purificateurs ?

— Comme tu l'as dit, pour les mêmes raisons que toi. Avant, je travaillais avec des prêtres-exorcistes. J'ai vu beaucoup de choses atroces aussi. J'ai vu le pouvoir du démon. Et lorsque l'on m'a proposé de rejoindre cet ordre de combattants du mal, je n'ai pas hésité une seule seconde. Je suis persuadée que mon don est divin et que je dois le mettre au service des autres.

Élisabeth trouvait Daniel très charmant et son ressenti se confirma : il était profondément bon. Et cette bonté intérieure se reflétait sur son visage aux traits doux. Elle remarqua que deux fossettes se formaient sur ses joues lorsqu'il souriait. Elle trouva cela très mignon. Daniel était un bel homme, aussi bien extérieurement qu'intérieurement. Et il avait le pouvoir de l'apaiser et déjà, elle ne se sentait plus oppressée par cette nouvelle affaire.

* * *

À bord de l'appareil, tout le monde émergeait doucement lorsque Daniel entama une descente pour le ravitaillement. Cela faisait déjà sept heures qu'ils naviguaient dans les cieux. Élisabeth avait de la peine à ouvrir les yeux. Elle n'avait dormi que quatre heures, tellement elle avait pris plaisir à discuter avec Daniel.

Une fois le ravitaillement effectué, l'avion redécolla. Margareth en profita pour distribuer du café et du pain brioché. Dimitri reprit un autre cachet anti mal de l'air avec son petit-déjeuner.

En silence, les membres des Purificateurs réfléchissaient à leur nouvelle mission. Chacun se plongea dans le dossier de cette affaire qui paraissait complexe. Matt alluma son ordinateur et appela Crystal via Skype. Malgré l'heure matinale à Rome, la jeune femme travaillait déjà à son bureau. Comme il était content de la voir. Comme la jeune femme lui manquait. Elle semblait radieuse dans sa robe rose. Ses grandes boucles d'oreilles lui tombaient presque sur les épaules et voltigeaient dès qu'elle tournait la tête, créant un effet quasi hypnotique. Matt se demanda où elle pouvait dénicher toutes ces breloques qui lui allaient si bien ! C'était comme si des créateurs fabriquaient des accessoires uniquement pour elle. Sur d'autres femmes, ils auraient l'air ridicules, mais sur Crystal ils l'embellissaient et faisaient ressortir sa joie de vivre.

Vincenzo alla trouver Daniel dans la cabine du pilotage et lui demanda de brancher le haut-parleur. Puis, il vint se placer au milieu de l'appareil.

— S'il vous plaît, j'aimerais que nous parlions de notre affaire. Monsieur Bohè, s'il vous plaît, veuillez prendre contact avec mademoiselle Louvière.

— C'est fait mon Père.

— Bonjour tout le monde, dit Crystal à travers l'écran du pc portable de Matt.

Tous lui répondirent. Dimitri lui envoya un baiser.

— Monsieur Zio, est-ce que vous nous entendez, demanda Vincenzo.

— Cinq sur cinq, répondit Daniel.

— Bien, nous pouvons commencer le débriefing. Que savons-nous sur notre nouvelle affaire ?

— Qu'il y a eu trois meurtres, dit Dimitri, deux jeunes filles et un prêtre. Qu'on a retrouvé tous les corps au troisième étage du bâtiment des internes, dans la salle des toilettes communes et tous ont subi les mêmes mutilations.

— Cela est peut-être lié à des rites sataniques, dit Carlo.

— C'est possible, dit Matt.

— J'ai lu dans le dossier, dit Carlo, qu'en plus de ces trois meurtres, plusieurs prêtres shintoïstes s'étaient donné la mort en se défenestrant alors qu'ils faisaient un rituel de purification dans la salle des toilettes.

— Cette information semble très curieuse, dit Crystal. Il semblerait que ces hommes soient devenus fous après avoir prié dans ces toilettes.

— Peut-être qu'ils ont offusqué l'entité qui y réside, dit Matt.

— Cela ne répond pas à une question, dit Élisabeth. Pourquoi cette entité se manifeste maintenant ?

— La légende d'un démon des toilettes est très présente au Japon, dit Dimitri. Elle est déclinée de différentes manières. Toutes font mention d'un démon qui se cacherait dans les toilettes et qui tuerait ses victimes en les noyant dans la cuvette des W.C. Or, dans cette affaire, le tueur n'a pas noyé ses victimes. Il les a décapitées selon un mode opératoire précis, toutes de la même manière, au même endroit. On peut aussi penser qu'un déséquilibré utilise cette légende pour tuer des gens afin d'assouvir ses pulsions destructrices ou sexuelles. Ou encore, qu'une secte satanique sévit à l'intérieur des murs de l'école et que les victimes sont en fait des sacrifices.

— Comme il est possible, dit Matt, qu'un lycéen ait fait des incantations pour faire venir ce démon des toilettes comme vous l'appelez Dimitri.

Le silence ponctua cette dernière affirmation. Cette éventualité donnait matière à réflexion. En effet, la magie et le spiritisme attiraient particulièrement les jeunes qui ne se rendaient pas compte des dangers que représentaient ces deux disciplines. Et lorsqu'une légende est ancrée dans les croyances d'une population, certains n'hésitent pas à vouloir jouer avec cette légende en défiant des divinités cruelles.

Ce fut Vincenzo qui brisa le silence.

— Est-ce que nous avons les rapports psychologiques des victimes, de leurs proches ou de ceux qui travaillent dans cette école ?

— Nous les avons, répondit Carlo et je n'ai rien remarqué qui puisse retenir notre attention. Mis à part, peut-être l'homme d'entretien, un certain…

Le prêtre-psychiatre fouilla dans ses documents.

— Je ne sais plus comment il s'appelle, j'ai du mal avec les noms japonais.

— Mamoru Satō, répondit Crystal.

— Voilà, c'est ça. En fait, cet homme âgé d'une trentaine d'années semble présenter des troubles mentaux. Disons qu'il est un peu attardé, mais pas méchant. Je ne pense pas qu'il soit impliqué dans notre affaire.

— Je me méfie toujours de ceux qui semblent attardés, dit Daniel. Il arrive qu'on tombe sur un type qui se fait passer pour un attardé pour mieux arriver à ses fins.

— Je ne pense pas que ce soit le cas de notre homme, répondit Carlo. Ce Mamoru semble inoffensif. C'est un orphelin un peu simplet à qui l'on a donné ce poste à l'école et qui, a priori, fait du très bon travail.

— Il y a aussi le vieux gardien, Tsugaru Sasaki, dit Dimitri. Cet homme pratique la religion shintoïste. Il a pu, consciemment pour se venger de quelque chose ou quelqu'un ou inconsciemment, invoquer un démon ou un kami comme l'appelle les Japonais.

— Et le directeur de l'école, dit Margareth, que peut-on dire de cet homme ?

— Rien de particulier, dit Carlo. C'est un homme influent et respecté de la ville de Fukuoka. Il tient l'école la plus prestigieuse de cette partie de l'île et décide quel enfant a le droit d'y entrer ou non.

— Alors, peut-être qu'un parent offensé que son enfant ne soit pas accepté dans l'école a jeté un sort sur elle, dit Daniel.

— Encore une éventualité à prendre en compte, dit Vincenzo. Merci monsieur Zio pour cette remarque. Dans cette affaire, nous devrons nous montrer prudents. Les autorités japonaises se montrent très frileuses quant à notre passage au Japon.

Nous devons coopérer avec elles intelligemment, sans jamais les offusquer et surtout en respectant leurs coutumes et leurs croyances. Nous devons nous montrer discrets, c'est pourquoi nous dormirons à l'école et nous n'en sortirons pas. Nous mènerons notre enquête de l'intérieur avec la totale collaboration du directeur de l'école.

— Ho zut, s'écria Élisabeth, nous ne pourrons même pas visiter le Japon. Moi qui me faisais une joie de parcourir les rues de ce magnifique pays, me voilà déçue. J'aurais tellement voulu voir le centre spatial de Tanegashima !

— Nous ne visiterons aucun lieu, mademoiselle Ivodric, nous essayerons de tirer cette affaire au clair rapidement et sans nous éparpiller. Et un dernier rappel, très important, nous nous séparerons sous aucun prétexte.

* * *

L'avion atterrit à l'aéroport de Fukuoka sous la pluie. Sur place, aucun comité d'accueil pour les réceptionner. Daniel se fit guider pour parquer l'avion dans un immense hangar où d'autres avions attendaient leurs pilotes ou une révision.

Il récupéra la Toyota Hiace, un minibus de seize places loué pour l'occasion et y chargea le matériel et les bagages des Purificateurs. On avait enlevé les huit derniers sièges afin de transformer ce véhicule en un « minibus utilitaire » très pratique pour l'occasion.

Les Purificateurs prirent place à bord de la Toyota Hiace, Vincenzo à l'avant. Dimitri apprécia le confort et l'espace de ce véhicule japonais. Daniel démarra le moteur et inséra l'adresse de l'école de Shuyukan dans le GPS. L'exorciste nota qu'il avait préparé la tâche qui lui incombait avec beaucoup de professionnalisme et s'en félicita.

Durant le trajet, Élisabeth s'extasia sur les bâtiments japonais et les grandes rues qui traversaient la ville. À un moment, elle poussa un petit cri de stupeur en voyant un temple shintoïsme, un mélange de HI HA HO qui donna à peu près ce bruit bizarre : Hiiaaaaoooo. Daniel sourit. Matt remarqua que beaucoup de Japonais qui déambulaient dans la ville malgré la pluie battante portaient un masque pour se protéger de l'air pollué. C'était plutôt angoissant.

Le minibus s'arrêta devant un grand portail vert portant l'emblème de l'étoile du Nord. L'emblème de l'école de Shuyukan. Vincenzo descendit du véhicule et alla sonner au portail. La pluie battait son visage. Pour s'en protéger, il remonta le col de sa veste sur sa tête. Matt ouvrit la fenêtre et huma l'air ambiant. Il avait une odeur bizarre, comme métallique. La chaleur était suffocante et moite. L'humidité dans l'air affichait un taux élevé. Les vêtements collaient à la peau. C'était très désagréable. Des gouttes d'eau pénétrèrent dans le véhicule. Margareth lui demanda de refermer la fenêtre, car elle venait d'en sentir sur sa nuque.

Devant le portail, Vincenzo attendait, impatient, qu'on lui réponde. La pluie tombait sans discontinuité depuis qu'ils avaient atterri sur le sol japonais et cela le rendait nerveux. À peine deux minutes qu'il était sorti du véhicule et il était déjà trempé jusqu'aux os !

Enfin, il vit un homme, de petite taille et portant un énorme parapluie, accourir au portail.

— Bonjour, vous devez être Onoffrio-San. Je suis Kunikazo Nakamura, le directeur de l'école. Je vous attendais avec impatience.

Vincenzo salua à son tour et demanda si l'on pouvait ouvrir le grand portail afin de garer le minibus dans la cour. Nakamura s'empressa d'ouvrir le portail en grand et fit signe à Daniel d'entrer. Il le guida jusqu'au fond de la cour et le fit stopper devant une maisonnette blanche située un peu à l'écart des autres bâtiments de l'école.

Vincenzo et le directeur de l'école suivirent le véhicule à pied. Le prêtre fut soulagé de s'abriter sous un parapluie. Ses chaussures étaient trempées et il sentait que ses chaussettes avaient pris l'eau. Malgré la chaleur moite ambiante, il avait froid.

Tout le monde descendit de la Toyota Hiace et se précipita à l'intérieur de la maison. Le directeur leur expliqua que c'était la demeure des invités spéciaux, lorsque l'école en recevait. Ainsi, ils apprirent que le Premier ministre du Japon, Shinzō Abe, y avait séjourné il y a deux ans lors d'une visite officielle.

La maison était luxueuse et spacieuse. Trop au goût de Vincenzo.

— C'est ici que vous séjournerez, dit Nakamura. Vous disposez d'une ligne directe pour me joindre ainsi que pour joindre le gardien, Sasaki-San que je vous présenterai tout à l'heure. C'est chez lui que nous dînerons ce soir.

— Merci de l'attention monsieur Nakamura, dit Vincenzo.

— Monsieur Nakamura-San, intervint Margareth. Au Japon, on marque le signe de respect par le pronom san placé à la fin des noms. Veuillez excuser mon supérieur, monsieur Nakamura-San. Il ne connaît pas les coutumes du Japon.

— Monsieur Onoffrio-San est excusé. Je comprends que pour un Occidental, les coutumes japonaises sont difficiles à comprendre. Suivez-moi, je vous fais visiter.

Les Purificateurs suivirent le japonais qui leur montra les différentes pièces que comportait la maison : quatre chambres avec salles de bain privatives, une grande pièce à vivre, une grande cuisine, le tout décoré à la mode occidentale.

— Chez nous, dit Nakamura, nous aimons l'art français.

— C'est très joliment décoré, dit Élisabeth. C'est un privilège pour nous de pouvoir dormir dans un tel endroit. Nous vous remercions de votre accueil.

— Vous savez, je vous gâte, car je sais que le travail que vous devrez effectuer ici est dangereux. De même, je vous demanderai une grande discrétion ainsi que de la rapidité. Si je n'ouvre pas cette école dans trois semaines, je vais perdre la moitié de mes élèves et je pourrai mettre la clé sous la porte.

— Nous comprenons, dit Vincenzo, et nous ferons au mieux pour élucider cette affaire afin que cette école redevienne calme.

— Je vous en suis reconnaissant. Je vous laisse vous installer. Je viendrai vous chercher à 19 heures pour le repas.

Le japonais se retira non sans avoir exécuté deux ou trois courbures. Vincenzo fit de même, sans trop savoir s'il faisait bien.

Après le départ de Kunikazo Nakamura, les Purificateurs déchargèrent le véhicule et s'installèrent. Vincenzo insista pour occuper la chambre la plus petite, celle la moins décorée et meublée. Certainement celle réservée aux serviteurs qui accompagnaient les hôtes les plus prestigieux. Il n'aimait pas le luxe et son sommeil était perturbé lorsqu'il dormait dans des draps de satin et de soie. Du moins, il avait peur d'y prendre goût et ainsi de s'éloigner de son vœu de pauvreté. Carlo rejoignit le prêtre-exorciste dans cette chambre exiguë et prit place sur le deuxième lit.

Margareth et Élisabeth prirent la chambre la plus claire, celle avec deux lits séparés. Matt décréta qu'avec tout son matériel, il était préférable qu'il occupe une chambre seule. Dimitri et Daniel se partagèrent donc la quatrième chambre et Daniel posa son sac sur le canapé.

— Je serai très bien là pour dormir.

— Non mon ami, dit Dimitri. Je vous ferai une place dans le grand lit.

— Sans vouloir vous vexer, je n'aime pas dormir avec un homme. Et puis, je suis un militaire. Le canapé est même un luxe pour moi. En plus, maintenant, c'est à vous de bosser, moi j'ai fini ma première partie. Le temps qu'on reparte, j'aurai rechargé mes batteries.

— C'est vrai que vous n'avez pas dormi dans l'avion ! Je vous laisse vous reposer, vous devez en avoir besoin.

— Merci. Pensez à me réveiller dix minutes avant le dîner.

Dimitri sortit de la chambre et rejoignit ses compagnons au salon. Tous étaient affalés sur le canapé, épuisés par ce voyage long et fatigant.

— Je pense qu'il nous faudra au moins une bonne nuit de sommeil pour être opérationnel, dit Matt.

Élisabeth avait les traits tirés. Elle semblait angoissée.

— Vous allez bien Lisa, demanda Margareth.

— Je suis vannée.

— C'est ça de discuter toute la nuit avec un beau militaire, dit Matt.

La médium lui sourit. Matt n'avait pas tort, elle n'avait pas assez dormi. Mais autre chose lui volait son énergie.

— Ce n'est pas l'unique raison de ma fatigue. Je me sens oppressée. Cet endroit m'oppresse. Je ressens des énergies négatives partout autour de moi.

— Vous pensez que ce sont les âmes des défunts qui vous tourmentent, dit Carlo.

— Je crois. Je sens une force obscure près de nous. Et cette force obscure retient les âmes prisonnières et les tourmente.

— Cela semble nous dire que cette affaire est certainement de notre ressort, dit Vincenzo.

Dimitri se leva et regarda par la fenêtre les différents bâtiments ainsi que la cour. Avec la pluie battante, le ciel gris, l'endroit était triste.

— À votre avis, lequel est le bâtiment des internes ?

Élisabeth se leva à son tour et pointa du doigt le bâtiment le plus en retrait et le plus grand.

— C'est celui-là.

— Et si on allait y faire un tour d'inspection rapide ?

— Ha ouais ! Bonne idée, s'écria Matt. Attendez, je prends une caméra.

— Nous n'allons nulle part, dit Vincenzo. Avez-vous oublié que nous ne devons à aucun moment nous séparer ? Nous ne pouvons sortir en laissant monsieur Zio seul dans cette maison.

Matt fit demi-tour et se rassit sur le canapé en cuir blanc.

— J'en profite alors pour appeler Crystal et lui dire que l'on est bien arrivé.

Le jeune homme ouvrit son ordinateur portable. Bientôt, le visage de la jeune femme apparut à l'écran. Il la trouva magnifique. La jeune femme avait fait des recherches sur les coutumes du Japon et, avec l'aide de Margareth, donna un cour de bienséance sur les coutumes japonaises. Vincenzo et Carlo écoutèrent avec beaucoup d'attention.

Puis, elle leur signala qu'elle avait aussi effectué des recherches sur Mamoru Satō, l'homme à tout faire de l'école et qu'elle avait trouvé un rapport signalant son internement dans un hôpital psychiatrique. Elle l'envoya à Matt par messagerie électronique qui l'imprima. Ce dernier tendit le dossier à Carlo qui l'examina.

— Le rapport de l'hôpital psychiatrique ne montre rien d'exceptionnel. On a enfermé cet homme pour dépression sévère alors qu'il n'était encore qu'un adolescent. Pour faire simple, Mamoru est un orphelin, un peu simplet qui souffre de ne pas être aimé. Par contre, j'ai noté une chose intéressante : le père Garbo, celui-là même qui est mort ici, était son tuteur à l'orphelinat. Il s'est occupé de lui et c'est lui qui lui a trouvé du travail dans cette école. Monsieur Nakamura l'a alors pris sur son aile et depuis, Mamoru semble de plus souffrir de dépression. Il s'est adapté à son travail qu'il réalise avec beaucoup de professionnalisme. Il a trouvé son élément et semble heureux. Depuis qu'il travaille ici, il n'a plus fait parler de lui.

— Cela signifie deux choses, dit Dimitri. La première : Mamoru et le père Garbo se connaissaient très bien. La deuxième chose : Nakamura et le père Garbo étaient amis.

— Cela signifie surtout, dit Vincenzo, que nous devons interroger ces deux hommes et savoir quelles étaient leurs relations.

* * *

Dix-neuf heures. Toujours ponctuel, Kunikao Nakamura vint chercher les Purificateurs et les emmena à l'appartement de Sasaki Tsugaru qui avait concocté un repas français pour l'occasion, à la grande déception d'Élisabeth qui aurait préféré manger une spécialité locale.

Le vieux gardien paraissait tellement content de recevoir des Occidentaux qu'il s'affairait dans tous les sens. Au dîner, le président de l'école avait aussi convié Mamoru et Alyssa Marso, la professeure d'anglais. Tout ce petit monde fit connaissance. Carlo observa Mamoru. Ce dernier utilisait le suffixe Sama derrière chaque nom, marque d'un profond respect. Ce qui signifiait qu'il souffrait d'un complexe d'infériorité, qu'il se sentait inférieur à tout le monde. Matt remarqua qu'il ne regardait jamais la professeure d'anglais, peut-être parce que cette dernière l'intimidait. Il pouvait le comprendre, Alyssa était une femme très attirante, le genre de femme qui n'hésitait pas à se mettre en valeur pour obtenir les services d'un homme. Consciente de ses atouts et de son pouvoir sur la gent masculine, elle affichait un décolleté à faire rougir un curé dans le but de séduire les Purificateurs.

Margareth connaissait ce genre de femmes pour les avoir fréquentées. Elle savait qu'elles étaient dangereuses et pouvaient détourner un homme de sa mission. Dans la délicatesse qui la caractérisait, Margareth lui demanda de revêtir un gilet et de le boutonner jusqu'au cou. Cette dernière s'exécuta.

Vincenzo s'impatientait. Il n'aimait pas perdre son temps à échanger des commodités et voulait parler de l'affaire qui l'intéressait. Mais, il n'osait pas paraître irrespectueux envers son hôte qui expliquait comment il avait eu du mal à trouver les ingrédients pour ce repas. Le prêtre-exorciste se contentait de le manger. Pour son plus grand malheur, Élisabeth s'extasia sur la qualité du plat et sur son goût, ce qui relança la discussion sur la cuisine française. Une blanquette de veau est une blanquette de veau ! Nul besoin de s'extasier dessus !

Au bout d'un moment interminablement long pour Vincenzo, Nakamura entra enfin dans le vif du sujet.

— Voyez-vous, dit-il, cette école était très tranquille et très respectée avant ce drame qui l'a touchée de plein fouet. Avant, les parents nous confiaient leurs enfants en toute sécurité pour que nous les menions jusqu'à des universités prestigieuses. Aujourd'hui, beaucoup de parents hésitent à nous confier leurs enfants. J'implore votre aide et je vous remercie d'être venu jusqu'au Japon.

— Monsieur Nakamura-San, expliquez-nous cette affaire en détail, demanda Vincenzo profitant de cette aubaine pour enfin diriger la conversation vers ce nouveau dossier qui avait déplacé les Purificateurs jusqu'au Japon.

Le directeur de l'école toussota avant de prendre la parole sur un ton solennel.

— L'école de Shuyakan est une école d'élite encadrée par des professeurs d'élite. Notre but commun est d'amener ces adolescents que l'on nous confie jusque dans les plus grandes universités que compte notre modeste pays. Certains de nos élèves se verront confier les plus hautes fonctions au sein de notre gouvernement, d'autres mettront au point des technologies de pointe. Je suis fier de diriger cette école.

Vincenzo souffla d'impatience, ce qui lui valut les gros yeux de la part de Margareth. Le prêtre voulait démarrer son enquête et tout ce verbiage ne l'intéressait pas.

— Voyez-vous, cher Onoffrio-San, notre école est l'une des plus grandes du pays, mais elle se trouve aujourd'hui en déclin. Tout a commencé au matin du deuxième jour de la rentrée lorsque notre éminente élève Lyoko Okada a découvert le cadavre mutilé de sa compagne de chambre. Au début, nous avons tous pensé que cette atrocité était l'œuvre d'un déséquilibré qui avait voulu se venger d'Iwako Katō peut-être parce que cette dernière avait repoussé ses avances.

— Que pouvez-vous nous dire concernant cette jeune fille, demanda Carlo.

— L'élève Katō était issue d'une famille bourgeoise et très influente. Elle était intelligente, gracieuse, promise à un grand avenir. Elle était discrète et très humble. Ces traits de caractère lui venaient de son éducation. C'était vraiment une élève sans problèmes, qui réussissait ses études et qui obtenait de bons résultats aux examens. Ses camarades l'appréciaient.

— Pratiquait-elle de la magie, dit Dimitri.

— Monsieur Marchand-San, dit Sasaki Tsugaru, pour avoir étudié les coutumes occidentales et la religion chrétienne, je peux affirmer que dans votre définition de la magie, Iwako Katō pratiquait des rites antiques que vous qualifieriez d'occultes, dit Sasaki. Cela venait de sa religion, shintoïste. Je suis moi-même shintoïste et je fais appel aux esprits. Je sais que la religion chrétienne réprouve ce genre de rites qu'elle qualifie de démoniaque. Ici, au Japon, c'est monnaie courante.

— Pensez-vous, répliqua Dimitri, qu'Iwako ait justement réalisé un de ces rites et a invoqué un esprit sans le vouloir ?

— Cela est impossible, dit Sasaki. Iwako était une jeune fille équilibrée. Elle priait, demandait aux esprits de la protéger, mais jamais elle n'aurait fait venir un kami. Elle savait que c'est dangereux pour une personne non expérimentée de faire venir un kami.

— Iwako, dit Alyssa Marso, était une de mes élèves. Je peux certifier qu'elle était vraiment une jeune fille équilibrée, aimant la vie. Elle avait beaucoup d'amis. Je ne vois personne qui aurait voulu lui faire du mal ou la tuer.

Vincenzo hocha la tête. Au même moment, Mamoru voulut prendre la parole, mais referma aussitôt la bouche dès qu'il vit que la professeure d'anglais le regardait. Matt nota que l'expression du visage d'Alyssa avait changé lorsqu'elle s'était tournée vers l'homme à tout faire. Il devint subitement froid, autoritaire.

— La police n'a trouvé aucun indice sur la scène de crime, continua Nakamura. Trois jours après cette terrible perte, c'est Ayaka Fukuda qui est retrouvée morte dans les toilettes du troisième étage du bâtiment des internes des filles. Elle fut tuée de la même manière qu'Iwako Katō, c'est-à-dire d'une manière horrible. L'élève Fukuda était aussi promise à un brillant avenir. À partir de ce meurtre macabre, la peur s'empara de mon école et beaucoup de rumeurs circulèrent. Déjà, quelques parents vinrent récupérer leurs enfants. Pour calmer les esprits, je fis venir plusieurs prêtres shintoïstes afin de purifier les lieux. En vain. Et pire, certains de ces prêtres perdirent la raison.

— J'ai compris que certains s'étaient suicidés en se défenestrant, dit Élisabeth.

— Au Japon, dit Sasaki, on considère le suicide comme un acte héroïque, contrairement en occident où on le considère comme un acte désespéré. Ces prêtres étaient sains d'esprit et je pense qu'ils se sont donné la mort non pas par folie, mais pour laver leur impuissance à résoudre cette affaire.

Dimitri acquiesça. Il connaissait la réputation des samouraïs. Matt se tourna vers Mamoru. L'homme semblait ailleurs. Il regardait fixement le plafond et ne semblait pas attentif à ce qu'il se disait autour de lui. Matt était mal à l'aise en sa présence. Il émanait de cet homme quelque chose de négatif, de noir.

— Pourquoi avoir fait appel à un prêtre, demanda Vincenzo.

— Je suis de ces Japonais qui croient aux esprits et à la religion chrétienne. Je sais qu'un Kami se cache derrière toute cette histoire et réclame des sacrifices. Celui qui me semblait le plus disponible, après les prêtres shintoïstes, était un prêtre catholique. Ce dernier n'a pas survécu.

— Quelles étaient vos relations avec le père Garbo ?

— Nous avions des relations amicales. Je passais de temps en temps dans son église pour discuter. Nous avions aussi un programme commun, celui d'aider les orphelins. J'ai dans mon école deux de ces orphelins à qui nous avons pu donner les moyens de faire des études.

— Vous avez aussi, grâce au père Garbo, donné un emploi à Mamoru.

— C'est exact. Le père Garbo s'occupait beaucoup des orphelins, il essayait de leur construire un avenir. Un jour, il m'a demandé si je pouvais donner un emploi pour Mamoru-kun. À cette époque, nous recherchions un jardinier. Depuis, Mamoru-kun travaille pour moi et j'en suis pleinement satisfait.

Vincenzo se tourna vers l'homme à tout faire.

— Et vous, monsieur Mamoru-Kun, est-ce que vous aimez votre travail ici ?

L'homme à tout faire sursauta. Il regarda Sasaki qui lui fit signe de répondre, puis Alyssa qui ne le regarda pas. Enfin, il prit la parole.

— J'aime bien être ici Onoffrio-Sama. J'aime bien m'occuper des plantes.

— Quelles étaient vos relations avec le père Garbo, demanda Carlo.

— J'aimais beaucoup le père Garbo, dit Mamoru. J'ai beaucoup pleuré à son enterrement. Le père Garbo venait souvent me voir, il discutait avec moi et parfois, il me ramenait un cadeau. Moi je veux qu'on ouvre l'école, parce qu'elle est trop triste sans les élèves.

— Vous avez des amis parmi les élèves, demanda Dimitri.

— Non, mais j'aime bien les voir s'amuser et rigoler. Parfois, je parlais avec Lyoko et…

Sasaki lui coupa la parole.

— N'ennuie pas ces Occidentaux avec tes histoires !

Puis, il se tourna vers Vincenzo.

— Pardonnez-lui Onoffrio-San, parfois, lorsqu'on lui donne la parole, Mamoru en profite pour raconter sa vie. Je pense que vous avez d'autres choses en tête pour vous intéresser aux élucubrations de ce pauvre garçon.

Mamoru baissa la tête. Vincenzo voulut répliquer au vieillard, mais s'abstint. Il ne voulait pas créer un incident diplomatique. Il avait bien compris que Mamoru connaissait Lyoko. Il interrogera ce dernier plus tard et surtout seul. Il reprit la parole.

— Dans cette affaire, nous n'avons pas beaucoup d'informations sur lesquelles nous raccrocher. Néanmoins, nous ferons tout ce qui est en notre pouvoir pour élucider ce mystère. Pour cela, nous avons besoin de nous déplacer dans tous les bâtiments.

— Je vous laisserai un passe-partout, dit Nakamura.

Alyssa Marso passa sa main dans ses cheveux d'un geste langoureux. Elle se tourna vers Carlo.

— Si je peux me le permettre, mon Père, je pourrais vous servir de guide. Je connais cette école par cœur.

Carlo baissa la tête. Il était gêné et des pensées impures traversèrent son esprit. La jeune femme avait déboutonné son gilet et laissait entrevoir une poitrine ferme et généreuse. Dimitri vola à son secours.

— Ma chère demoiselle, malgré votre charme certain, nous ne pouvons pas accepter à votre requête. Dans votre intérêt et pour votre sécurité, il est préférable que vous restiez loin de cette enquête.

— Mais je m'ennuie !

— Mademoiselle Marso, dit Vincenzo, veuillez ne pas insister et vous tenir à distance de cette enquête.

Alyssa souffla. Élisabeth sourit intérieurement. Elle sentait quelque chose de très néfaste chez cette professeure d'anglais et mieux valait s'en tenir éloigné. Carlo fut soulagé de l'aide du démonologue et de Vincenzo. Cette créature diaboliquement belle ne devait pas le distraire et l'éloigner de ses vœux de prêtres.

Flash-back n° 1

Iwako Katō était anxieuse, non pas parce que l'année scolaire avait débuté, non pas parce qu'elle se trouvait en dernière année et qu'elle devait passer l'examen final avec brio pour intégrer une université prestigieuse, non pas parce qu'elle était loin de ses parents. Iwako Katō était anxieuse, car elle avait entendu un bruit suspect dans les couloirs, comme un râle lugubre et guttural.

La jeune fille se redressa. Elle tendit l'oreille et entendit les bruits de respiration de sa compagne de chambre ainsi que le tic tac régulier de l'horloge murale. Dans la pénombre, elle distingua les cheveux dépassant de la couverture de Lyoko Akada. Cette dernière dormait. Ce qui la rassura. Elle avait dû rêver de ce long gémissement. Elle se souvint que toute la journée, elle s'était sentie stressée et mal à l'aise. Elle s'était sentie observée, comme si quelqu'un d'invisible la surveillait, épiait ses moindres gestes. Au déjeuner, elle avait pris un o-mikuji[1] et sa prédiction était des plus néfastes : risque de mort imminente. Cela l'avait beaucoup perturbée et elle se promit d'aller voir le vieux gardien de l'école pour lui demander son aide afin de conjurer la prédiction.

Elle se rallongea et se cacha sous la couverture, mais n'arriva pas à trouver le sommeil. Elle se sentait oppressée. Tout d'un coup, elle entendit qu'on l'appelait, tout doucement, d'une voix douce. Elle se redressa et tendit l'oreille. Cela provenait du couloir. Peut-être ses amies qui l'appelaient pour une réunion secrète et nocturne ? Elle se leva, enfila ses pantoufles et, sans faire de bruit, ouvrit la porte et regarda le couloir plongé dans l'obscurité. Rien. Elle sentit un souffle sur sa nuque et frémit.

Là, au fond du couloir, se tenait une silhouette fantomatique blanche, rayonnante, qui lui faisait signe de la suivre. Ses formes étaient floues et ressemblaient aux contours d'une femme qui semblait flotter dans les airs. Ce spectre était entouré d'un halo brillant d'une splendeur étincelante. Iwako ressentit un bien-être profond. Une entité qui brillait ainsi ne pouvait être qu'un ange. Peut-être que cet ange avait un message à lui délivrer. Peut-être que cet ange apparaissait pour conjurer la prédiction du o-mikuki.

---

[1]*Bande de papier présidant la destinée. Si la prédiction est bonne, l'omikuji devient un talisman à conserver. Si elle est mauvaise, la bandelette doit être fixée sur un arbre du sanctuaire afin que les kamis conjurent la prédiction.*

Iwako décida de suivre cette forme fantomatique brillante qui traversa la porte en fer de la salle des toilettes et disparut. La jeune fille l'ouvrit et pénétra dans la pièce. L'entité resplendissante l'attendait près de la porte du dernier toilette et lui faisait signe d'approcher. Elle était belle, merveilleuse, rassurante. Iwako n'avait jamais vu une chose aussi magnifique. Elle ne ressentait aucune peur, aucun tourment, simplement un sentiment de bien-être profond et de chaleur.

Elle s'approcha doucement et distingua le visage de l'entité, un visage souriant, aux traits lisses, parfaits. Une pure beauté androgyne ! Une pure beauté angélique ! Comme cet ange était magnifique pensa Iwako, un ange certainement venu du ciel pour l'aider à combattre ses peurs ou pour l'emporter avec lui au paradis. Iwako, bien que shintoïste, avait des notions chrétiennes et connaissait les notions de paradis, d'enfer, de Dieu unique et Rédempteur… Devant elle ne pouvait se tenir qu'un envoyé de ce Dieu unique.

Elle s'avança encore et sentit une profonde chaleur l'envahir. Alors, elle se mit à genou et pleura. L'entité lumineuse s'approcha à son tour et s'accroupit devant elle. Et elle ricana ! Son rire était lugubre, glacial. Iwoka releva la tête. La peur l'envahit. L'ange si magnifique perdait peu à peu de sa clarté et se métamorphosait devant ses yeux en un monstre au visage bestial et aux contours noirs.

La jeune fille voulut crier, fuir, mais la peur la tétanisa. Une bête menaçante se tenait en face d'elle, une bête aux longues griffes noires, aux yeux jaunes, à la bouche fendue qui laissait découvrir une rangée de dents acérées, tenant un sabre à la lame noire dans sa main. Elle sut qu'elle allait mourir, que la bête allait frapper et lui arracher la vie. Dans un dernier sursaut de lucidité, elle leva la main pour se protéger le visage, mais déjà le monstre fondait sur elle et le sabre s'abattit sur sa nuque lui tranchant d'un coup sec la tête qui roula sur le sol, les yeux d'Iwako ouverts, vides, fixant le plafond. Puis, le reste du corps de la jeune fille s'écroula sous les rires de victoire de l'entité démoniaque qui termina son œuvre de désolation.

Dix minutes plus tard, Lyoko pénétra dans la salle des toilettes. Elle cria, hurla en découvrant le corps décapité d'Iwako et la bête qui souriait en contemplant son œuvre.

La surveillante d'étage, alertée par les cris, arriva en courant. Elle s'arrêta net lorsqu'elle réalisa toute l'horreur de la scène. Aussitôt, elle courut dans le couloir et tira la sonnette d'alarme.

Toutes les filles de l'étage, réveillées par l'alarme stridente, sortirent de leur chambre. La surveillante leur criait de rester dans leur chambre.

L'alarme anti incendie tira Nakamura de son sommeil. Il se leva de son lit en trombe, pensant qu'un incendie s'était déclaré dans le bâtiment des internes. Il prit son téléphone portable puis le reposa. Inutile de les contacter. La caserne des pompiers était reliée à l'école et si l'alarme s'enclenchait, ces derniers débarquaient en trombe.

Le directeur d'école espéra une fausse alerte. Parfois, de petits plaisantins s'amusaient à enclencher l'alarme. S'ensuivait ensuite l'évacuation des élèves, la venue des pompiers, le tour des bâtiments, pour au final s'apercevoir de la supercherie. Alors, une enquête s'ouvrait afin de découvrir ceux qui avaient enclenché l'alarme et Nakamura réunissait tous les élèves au gymnase afin d'expliquer les dangers de crier au feu pour rien.

Nakamura regarda le bâtiment des internes par la fenêtre. Pas de fumée sortant des fenêtres, pas de flammes, rien. Il décida d'aller voir sur place. Il enfila sa robe de chambre, prit son parapluie et sortit dans la nuit par une pluie battante. Au moins, la pluie maîtriserait l'incendie !

Lorsqu'il arriva dans le bâtiment des internes, c'était l'effervescence. Les élèves se pressaient déjà devant la porte d'entrée pour y sortir. Certains criaient, d'autres riaient. Nakamura ordonna aux surveillants de les faire sortir dans la cour dans le calme et de les parquer à l'abri de la pluie dans le bâtiment le plus proche en attendant les pompiers. Puis, il grimpa les escaliers. Il croisa des élèves en panique. Devant lui, une jeune fille poussa une autre. Cette dernière s'étala de tout son long et dégringola les escaliers. Nakamura aida la jeune fille à se relever. Soulagé, il constata qu'elle n'était pas blessée. Il était furieux.

L'école avait déjà organisé des évacuations. Cela s'était toujours passé dans le calme. Sauf cette nuit, où tout le monde était survolté. Il ordonna le silence. Tout le monde devait rejoindre le rez-de-chaussée dans l'ordre et dans le calme.

Lorsqu'il arriva au troisième étage, il trouva la surveillante hurlant de panique, des élèves en pleurs et Lyoko évanouie en plein milieu du couloir. Qu'est-ce qu'il s'était passé ? Il s'avança vers la surveillante qui criait qu'Iwako était morte. Les élèves se tassaient devant la salle des toilettes. Nakamura se fraya un chemin et réussit à pénétrer dans la salle. Lorsqu'il vit le corps sans vie d'Iwako, il comprit toute l'horreur de la situation.

Il fit face aux filles qui contemplaient la scène, certaines avec horreur, d'autres avec délectation, et les fit partir. Il les fit se réunir au milieu du couloir et deux par deux, les fit descendre les escaliers. Il remarqua que certaines avaient même filmé la scène. Il confisqua les portables et se servit d'un portable confisqué pour appeler la police.

Une fois les élèves évacuées, il s'agenouilla auprès de Lyoko espérant qu'elle était toujours en vie. Près de lui, la surveillante pleurait toujours. Il tâta le pouls de Lyoko, il battait. Rassuré, il se tourna vers la surveillante.

— Pouvez-vous m'expliquer ce qui est arrivé ici ?

— Je ne sais pas. Les cris de Lyoko m'ont réveillé et quand je suis arrivée dans les toilettes, j'ai vu Iwako au sol et Lyoko qui criait à côté du cadavre.

— C'est elle qui a découvert le corps ?

— Ou qui l'a tuée…

Retour au présent

7 heures du matin. Les Purificateurs prenaient leur petit-déjeuner dans la spacieuse cuisine de la maison d'hôte. Deuxième jour au Japon et première journée d'enquête.

Tous avaient bien dormi et avaient récupéré du décalage horaire. Tous sauf Élisabeth, qui avait eu du mal à trouver le sommeil. Toute la nuit, elle s'était sentie épiée et ce ne fut pas les prières récitées avec Margareth qui fit diminuer son malaise. Les yeux encore ensommeillés, elle regardait par la fenêtre les gouttes de pluie qui s'écrasaient sur la vitre. Le ciel était gris, maussade, comme son humeur. La pluie n'avait pas cessé de tomber toute la nuit. Soudain, au loin, près du bâtiment des internes, elle vit une étrange silhouette blanche sous la pluie, immobile. Ses cheveux lui couvraient le visage et l'eau ruisselait sur sa longue chemise de nuit blanche.

Élisabeth frissonna.

— Le démon nous nargue. Il n'a pas peur de se montrer, il veut justement qu'on l'affronte. Il nous attend.

— Décrivez-le, mademoiselle Ivocric, demanda Vincenzo.

— Il ressemble à la petite fille dans le film Ring. Longs cheveux bruns qui lui couvrent le visage, chemise de nuit blanche crasseuse, pieds nus. En ce moment, il se tient immobile devant le bâtiment des internes. Il sait que je le vois et justement, il veut que je le voie.

— Cela me fait penser à la légende d'Hanako-San qui prend l'apparence du yurei. Mais que l'on ne se précipite pas, car l'on sait que le démon est menteur et qu'il peut prendre n'importe quelle apparence pour nous tromper, dit Dimitri.

Le démonologue se tourna vers Matt.

— Jeune homme, s'il te plaît, peux-tu contacter Crystal et lui demander qu'elle fasse des recherches approfondies sur la légende d'Hanako-San ainsi que sur les pratiques shintoïstes ? J'aimerais savoir précisément s'il existe des rites d'incantations pour faire venir des esprits maléfiques et comment on les pratique.

Matt acquiesça. Daniel rejoignit Élisabeth près de la fenêtre et lui sourit. Il voulait la rassurer. La jeune femme était blanche comme un cadavre.

— Vous pensez à quoi, demanda Carlo en s'adressant au démonologue.

— Il est possible que dans cette affaire quelqu'un ait appelé un démon pour des raisons obscures ou que l'école soit victime d'un maléfice. Nous ne pouvons traiter ces deux cas de la même manière. Nous devons connaître l'origine du mal pour l'éradiquer.

— En attendant, je vous propose de visiter le bâtiment des internes, dit Vincenzo.

Tout le monde sortit sous la pluie battante et courut vers le bâtiment des internes. Daniel, pour soulager Matt, l'aida à transporter son matériel. L'ingénieur était ravi de cette aide. D'habitude, les autres membres de l'Ordre des Purificateurs le laissaient se débrouiller avec son matériel ! Pendant ce temps, Vincenzo, Carlo et Dimitri transportaient le matériel nécessaire à un exorcisme.

Vincenzo, grâce à son passe-partout prêté généreusement par Kunikazo Nakamura, ouvrit la porte principale du bâtiment. À l'intérieur, grand hall d'entrée qui devait fourmiller d'élèves lorsque l'école était ouverte. Sur les murs, des affiches colorées. Au fond, une double porte en fer menant certainement aux étages et sur les côtés, deux autres portes.

Vincenzo ouvrit celle sur le mur de droite et entra dans une immense salle, une pièce commune, composée d'un coin télévision, d'une bibliothèque, d'un espace détente avec deux baby-foot, d'une cafétéria et d'un espace informatique, le tout aménagé dans un design futuriste. Dimitri siffla.

— Hé ben, ils sont gâtés les gosses japonais !

— Il faut dire qu'on leur impose un système scolaire tellement hard, dit Daniel, basé sur les résultats et les notes, sur l'excellence, qu'il faut bien que ces petits se libèrent la tête de temps en temps. Sinon, le Japon serait un pays de névrosés et de psychopathes.

Matt laissa échapper un petit rire qu'il pensait discret, mais qui raisonna dans la salle vide.

— Mais tous les Japonais sont des névrosés ! Il faut être fou pour avoir l'idée de dessiner des mangas aussi surréalistes que Dragon Ball ou Ken le Survivant.

— C'est sûr, répondit Daniel.

Élisabeth fit le tour de la pièce sous le regard des autres. Elle toucha quelques meubles, en effleura d'autres, ferma les yeux par moment, puis se tourna vers ses compagnons.

— Je ne ressens rien de mauvais dans cette pièce.

— Merci mademoiselle Ivodric, dit Vincenzo. Continuons à visiter le bâtiment.

Les Purificateurs sortirent de la salle et gagnèrent la porte d'en face qui donnait sur une bibliothèque. Rien de notable dans cette pièce non plus.

Puis, ils montèrent au premier étage séparé en deux par une porte en fer. Le côté gauche, l'internat des garçons de première année du lycée, le côté droit l'internat des garçons de première année du lycée, le côté droit l'internat des filles de première année également.

Les Purificateurs fouillèrent toutes les pièces, toutes les chambres, ainsi que les salles de bains et les toilettes communes. Rien à signaler.

Puis, ils se rendirent au deuxième étage, semblable au premier, mais réservé aux étudiants de deuxième année. Chambres lumineuses, proprettes, salles de bains en marbre, longs couloirs desservant les chambres, murs blancs ornés de tableaux reproduisant des œuvres de Monet, de Picasso ou encore de Renoir ou Cézanne. Tout l'art pictural des grands peintres français de la fin du XIXe siècle et du XXe siècle représenté sur ces murs. Carlo admira ces tableaux qui étaient tous d'une grande beauté.

Élisabeth sonda les différentes pièces sans ressentir de présence malveillante.

L'équipe se dirigea vers les escaliers menant au troisième étage du bâtiment des internes, celui hébergeant les élèves de dernière année, les terminales. Dans les escaliers, la médium sentit une forte oppression l'envahir et vit une silhouette fantomatique entourée d'un halo noir qui l'attendait en haut des escaliers. L'entité semblait danser doucement sous l'effet d'une brise invisible.

— Arrêtez-vous ! Là, au niveau de la dernière marche, il y a quelque chose, un spectre, qui nous regarde.

— Pouvez-vous le décrire, demanda Dimitri.

— Il ressemble à une adolescente, porte l'uniforme des étudiantes japonaises, et est entouré d'un halo noir. Son visage me rappelle quelqu'un. Attention, il descend doucement les escaliers et se dirige vers nous. Il dégage une profonde désolation teintée de peur et de colère.

— Il est où, demanda Matt qui se colla contre le mur de peur de toucher le spectre.

— Près de Daniel. Ne bouge pas. Il te regarde. Ou plutôt il t'inspecte.

Daniel regarda autour de lui. Il ne voyait rien. Ne ressentait rien.

— Il continue à descendre, dit Élisabeth. Père Onoffrio, il est près de vous. Il s'est à nouveau arrêté et vous regarde. Oh mon Dieu non !

Élisabeth cria. Margareth se précipita vers elle.

— Calmez-vous mon enfant. Dites-nous ce qu'il se passe !

La médium était en larmes, bouleversée.

— C'était Lyoko. Son âme. Le démon la retient prisonnière. Elle souffre atrocement. Mon Dieu, nous devons la sauver ! C'est horrible !

— Nous la sauverons, dit Margareth.

La nonne prit son amie dans les bras pour la consoler.

— Est-ce qu'elle est toujours là, demanda Carlo.

— Non, elle a disparu, répondit Élisabeth.

Matt passa une main dans son épaisse chevelure brune.

— Il y a une chose qui m'étonne, dit Matt. Lyoko n'est pas morte. C'était la jeune fille qui dormait dans la même chambre qu'Iwako, la première victime. Lyoko a découvert son corps dans la salle de bains. Et si elle n'est pas morte, comment ça se fait qu'elle soit un fantôme ?

Les Purificateurs ne purent répondre à cette question. Même Dimitri, pourtant spécialiste du surnaturel, ne put donner une explication au phénomène qui venait de se produire.

— Monsieur Bohé, s'il vous plaît, dit Vincenzo, appelez mademoiselle Louvière.

Matt s'exécuta. Il tendit sa caméra à Daniel et attrapa son ordinateur portable dans son sac. En quelques secondes, le visage de Crystal apparut à l'écran.

— Que puis-je faire pour vous ?

La jeune femme tenait un stylo se terminant par une plume verte dans sa main qui contrastait avec le rouge de ses lèvres.

— Mademoiselle Louvière, veuillez s'il vous plaît recueillir le plus d'informations possibles sur Lyoko, je ne sais plus son nom de famille. Bref, la jeune fille qui a découvert le corps de la première victime. Je veux savoir si elle est toujours en vie. Je veux aussi savoir si elle a fait une déposition concernant la mort de son amie, comment elle a vécu le fait de découvrir son amie morte dans les toilettes, si elle a été prise en charge par un service psychiatrique…

— C'est comme si c'était fait mon Père. Je vous appelle dès que j'ai ces renseignements.

Et elle raccrocha. L'écran devint noir.

— Vous pensez à quoi mon Père, dit Carlo.

— Je sais pas au juste. C'est flou. Peut-être que Lyoko s'est suicidée ou est sur le point de le faire et veut qu'on la sauve.

— Ou peut-être, dit Dimitri, que le démon qui rôde ici la possède et qu'elle demande notre aide.

— C'est une éventualité, dit Vincenzo. Monsieur Marchand, un magicien peut-il se faire posséder par le démon qu'il invoque ?

— C'est possible en effet, dit Dimitri. J'ai connu le cas d'un sorcier débutant qui a fait un rituel et s'est fait posséder par le démon appelé. Ce jeune garçon n'avait pas pris toutes les précautions nécessaires et croyait qu'il s'agissait d'un jeu. Souvent, les gens croient qu'il s'agit d'un jeu et ne connaissent pas les dangers de telles invocations. Vous pensez que Lyoko a appelé un démon lors d'un rituel et que ce démon est devenu incontrôlable ?

— Je le pense oui. Dans ce cas précis, est-ce que le démon peut hanter un endroit et en même temps posséder une personne ?

— Sans hésitation, je réponds oui à votre question. On parle souvent de possession multiple, c'est-à-dire plusieurs démons dans un même corps. Mais un démon possède le pouvoir de contrôler plusieurs corps à la fois. C'est ce que l'on constate généralement lors des péchés en masse. Comme il arrive qu'un démon hante un lieu, provoque diverses manifestations paranormales et possède un corps. Il peut aussi arriver qu'un démon invoqué par un sorcier apparaisse avec sa légion.

— Et si un démon arrive avec sa légion, cela donne quoi, demanda Matt.

— Cela donne, répondit Dimitri, que nous avons affaire à plusieurs démons et non à un seul démon et que l'histoire se corse.

— Dites-moi que ces choses sont rares, dit Matt.

— Aussi rare que la possession démoniaque, dit Dimitri.

Matt frissonna. Il avait déjà vu un démon à l'œuvre, mais plusieurs, cela devait être l'horreur !

— Prenons l'exemple de l'affaire Amityville, continua Dimitri. Dans cette affaire, le démon nous est apparu dans le corps de Savannah. Mais d'autres démons l'accompagnaient, sa légion l'accompagnait.

Carlo acquiesça. Matt frissonna en se rendant compte qu'il avait déjà eu affaire à plusieurs démons.

— C'est sûr, mais nous n'avons pas tenu compte de la légion, dit Carlo.

— Et nous n'en tiendrons pas compte dans cette affaire, dit Vincenzo. Ce que je crois est que Lyoko a fait venir un démon. Comment, je ne le sais et nous devons le découvrir pour la sauver et sauver cette école. Continuons notre enquête.

Flash-back n° 2

Lucien Gardo pénétra dans le bâtiment des internes. Dans le hall d'entrée, il appela l'homme à tout faire. Personne ne lui répondit. Il se souvint avoir croisé Mamoru Satō, avoir discuté avec lui et qu'ensuite ce dernier était devenu bizarre. Il l'avait empoigné de force et l'avait forcé à pénétrer dans le bâtiment des internes. Le père Gardo avait bien essayé de se libérer de l'étreinte de Mamoru, mais ce dernier avait déployé une force surhumaine pour l'entraîner jusqu'ici. Ensuite, il avait disparu dans les étages. Le prêtre avait tenté de le retenir, mais déjà l'homme à tout faire s'engageait dans les escaliers.

Lucien Gardo voulut faire demi-tour tant l'ambiance à l'intérieur du bâtiment des internes était pesante et lourde. Il y régnait une odeur de soufre insupportable. Mais, il ne pouvait se résoudre à laisser l'orphelin seul à l'intérieur. Il savait ce dernier faible d'esprit et pensait que toutes ces histoires de meurtres l'avaient traumatisé. Il pouvait se blesser ou pire sauter d'une fenêtre du troisième étage comme l'avaient fait avant lui les prêtres shintoïstes. Il devait le forcer à sortir du bâtiment. Ensuite, il demandera à Nakamura de le surveiller de près et peut-être de le faire voir par un médecin, un psychiatre, afin de l'aider à oublier les évènements.

Le Père Gardo l'appela encore une fois. Il attendit. Pas de réponse.

Soudain, il entendit une porte se refermer en claquant. Le bruit provenait des étages. En soufflant, il s'engouffra dans les escaliers tout en continuant à appeler l'homme à tout faire. À mi-étage, un profond malaise le saisit. Il se souvint des paroles de Nakamura lui spécifiant que le bâtiment était fermé à clé. Les autorités en avaient interdit l'accès en disposant un rubalise autour de l'édifice. Or, il n'avait pas remarqué de balisage et l'on n'avait pas verrouillé la porte d'entrée.

Bruit d'une porte qui claque suivi de pas lourds. Quelqu'un se déplaçait au troisième étage. Le prêtre cria le nom de l'orphelin. Ce fut un rire sarcastique qui lui répondit et qui lui glaça le sang. Lucien Gardo prit peur. Il se ressaisit. L'épisode de cette nuit le mettait à fleur de peau. Il respira profondément. Les démons n'existaient pas, Satan était la personnification du mal, son symbole, mais il n'était pas une entité réelle. Il était l'image que les hommes se faisaient du mal : une image abstraite, un symbole. Pour se donner du courage, il prit le crucifix dans sa besace et le tint devant lui tout en continuant à grimper les escaliers. Il se sentait épier.

— C'est que des conneries. Ça se passe dans ta tête. Le diable n'existe pas.

Nouveaux rires sarcastiques. Nouvelle frayeur pour le prêtre qui se ressaisit vite. Mamoru devait lui jouer un tour. Petit, il aimait jouer à cache-cache et souvent le prêtre avait joué avec lui.

— Mamoru ! Mamoru ! Arrête ! C'est fini la plaisanterie ! On ne joue plus !

Il arriva au troisième étage. Tout avait l'air calme. Il regarda dans le couloir. Rien à signaler. Soudain, trois coups frappés fort contre le mur. Gardo sursauta. Le couloir était sombre et il crut voir une ombre noire se déplacer furtivement.

— Mamoru ! Tu m'entends ? Ça suffit ! Il faut qu'on sorte de là !

Bruit d'une porte qui claque. Le prêtre s'engagea dans le couloir, tenant toujours le crucifix devant lui comme un bouclier contre les forces du mal. Il tourna à gauche lorsque soudain, la porte en fer de la salle des toilettes réservée aux filles s'ouvrit doucement en grinçant. Il s'approcha lentement. Il n'était pas rassuré.

— Mamoru ! T'es là ?

Toujours pas de réponse. Le prêtre arriva devant la porte d'entrée des toilettes. La pièce était sombre et il émanait des murs une puanteur atroce. Gardo se protégea le nez avec la manche de sa veste. Il sentit son estomac se soulever. Au fond, près de la fenêtre, il crut distinguer une ombre.

— Mamoru c'est toi ? Sortons d'ici je te prie.

Petit crissement. Le prêtre pénétra dans la salle des toilettes pour femmes. Ses pas résonnaient contre le carrelage gris. Sur le sol, on pouvait encore distinguer des traces de sang laissées par les victimes du meurtrier sanguinaire qui avait sévi ici même. Lucien marcha dans une flaque de sang. SPLACH ! Il se retint de ne pas vomir. Les délimitations du corps faites à la craie par les policiers pour entourer les corps étaient toujours visibles.

Devant la fenêtre, une ombre noire immobile. Elle semblait recroquevillée sur elle-même.

— Mamoru ? Est-ce que c'est toi ?

Toujours aucune réponse. Le prêtre continua d'avancer. Il contourna la silhouette dessinée au sol à la craie. Il ne voulait pas marcher sur l'emplacement où jadis avait gît un cadavre. Cela lui faisait l'impression de marcher sur une tombe.

Soudain, le mécanisme de la chasse d'eau du dernier toilette s'actionna. La porte était fermée. Un coup fort porté sur cette même porte. Julien Garbo sursauta. Il étreignit son crucifix. Ses doigts devinrent blancs à force de le serrer. Sa gorge se contracta. Quelque chose se trouvait derrière cette porte. Quelque chose d'inhumain.

Des grognements, un nouveau coup. La porte du troisième toilette s'ouvrit dans un grincement lent et abominable. Le Père Garbo vit avec horreur le cadavre d'Iwako Katō en sortir. Blême, vêtue d'une chemise de nuit blanche couverte de sang, la jeune fille fixait le prêtre de ses yeux vides de vie. Des points de suture couraient le long de son cou. La bouche figée dans un rictus horrible, elle se mit à parler d'une voix caverneuse.

— Bonjour mon Père. Comment trouvez-vous votre tombeau ?

Le prêtre voulut s'enfuir, mais derrière lui la porte en fer claqua dans un vacarme assourdissant.

— Où comptes-tu aller ?

— Qui êtes-vous ?

— Ton cauchemar.

L'ombre noire bougea et se déploya. Elle était immense et semblait s'étendre jusqu'au plafond. Vêtue d'une longue tunique noire qui lui recouvrait le corps, elle semblait planer dans les airs. Une capuche recouvrait sa tête baissée. Elle ricana. Son rire était atroce, cruel. Ses yeux jaunes se posèrent sur le prêtre. Sa bouche était fendue. La chose leva le bras et pointa un doigt osseux se terminant par une longue griffe noire sur le Père qui recula encore et essaya d'ouvrir la porte derrière lui en vain. La désolation s'empara de lui. Il sut à cet instant qu'il allait mourir. Dans un dernier effort de survie, il se retourna et fit face aux deux créatures démoniaques qui le regardaient en riant.

— Je ne crois pas en vous. Vous n'existez pas !

Puis, il implora Jésus-Christ de chasser ces démons. La créature noire s'avança.

— Pourquoi pries-tu prêtre ? Tu ne crois pas en moi, donc tu ne crois pas en Dieu. Les Évangiles sont claires à ce sujet et tu ne les respectes pas, tu n'accomplis pas ton devoir de chrétien. Par conséquent, tu ne peux me chasser. Tu vois, c'est ce qui me fait rire dans ce monde que vous appelez civilisé : vous ne croyez plus en rien et pourtant, devant la mort, vous avez un sursaut de spiritualité et vous implorez le Créateur. Sauf que cela est déjà trop tard.

Le démon sortit un long sabre et le brandit.

— Toute ta vie, tu as prié pour un Dieu sans croire en lui. Tu t'es perverti dans cette mascarade ignoble. Tu as célébré des messes en son honneur sans y croire. Tu as sali son autel. Tu as sali son Église par tes fourberies. Crois-tu qu'aujourd'hui qu'Il te sauvera ?

Julien Garbo hurla. Son cri stoppa net. Le démon venait de lui trancher la tête d'un coup de sabre.

Retour au présent

Les Purificateurs entrèrent dans la chambre d'Iwako Satō et de Lyoko Okada. La chambrette était joliment décorée, propre et en ordre. Deux lits, deux armoires, deux bureaux sur lesquels trônaient deux ordinateurs Toshiba, deux tables de chevet, deux commodes et une bibliothèque remplie de livres.

Dimitri les examina. Vincenzo se tourna vers Élisabeth.

— Ressentez-vous quelque chose, mademoiselle Ivodric ?

— C'est étrange, j'ai comme un profond malaise dans cette chambre, mais je n'arrive pas à savoir d'où il provient.

— Fouillons la chambre. Peut-être découvrirons-nous des indices.

Dimitri se tourna vers les autres, un livre à la main.

— C'est curieux ça, dit-il, ces deux filles étaient étudiantes. Les livres dans cette bibliothèque sont, pour la plupart, des mangas. Aucun livre de cours. Sauf ce livre. On dirait un manuscrit sur la démonologie occidentale. Il semble récent. C'est vraiment dommage que je ne sache pas lire le japonais.

Le démonologue le feuilleta.

— Il y a des dessins de démons à l'intérieur. Là Belzébuth, ici Astaroth. C'est vraiment bizarre.

Il tendit le livre à Margareth.

— Pouvez-vous le traduire ?

La bonne sœur prit le livre et l'examina un petit instant.

— C'est effectivement un traité de démonologie qui répertorie les démons par ordre alphabétique. Certainement un livre traduit d'un pays occidental. Il donne une description précise des démons.

— Pourquoi Iwako ou Lyoko s'intéresseraient à la démonologie, demanda Matt.

— C'est précisément ce que nous devons découvrir, dit Vincenzo.

Daniel entreprit de fouiller une commode, certainement celle d'Iwako, car dessus était posée une photographie mise sous cadre la représentant avec ses parents.

Pendant ce temps, Margareth entreprit d'examiner la deuxième commode, Vincenzo et Carlo les tables de chevet et les lits. Pendant ce temps, Élisabeth se concentra afin de capter d'éventuelles entités.

Matt alluma les deux ordinateurs de bureau. Ces derniers démarrèrent et affichèrent l'ouverture des sessions bloquées par un mot de passe. Tout était écrit en japonais et Matt était perdu. Il appela Margareth à la rescousse. Cette dernière lui apprit que le premier ordinateur était celui d'Iwako et le second de Lyoko.

— Chaque étudiant ici possède son ordinateur personnel, dit Carlo. Il y en a dans chaque chambre. L'école doit disposer d'un énorme débit internet pour tous les alimenter ou plusieurs lignes. Ils sont forts ces Japonais !

— Les Japonais sont très technologies, répondit Daniel. Regardez les robots qu'ils inventent ! C'est un truc de fou !

Matt sortit un disque dur de son sac et le brancha sur l'ordinateur d'Iwako. Un programme s'installa. Fier de lui, il se tourna vers ses camarades.

— Je ne sais peut-être pas parler japonais, mais je connais l'informatique. Pour fouiller les données de cet ordinateur, j'ai besoin de convertir la langue. Ainsi, les noms des dossiers s'afficheront dans une langue qui m'est connue. Avec un autre programme je vais cracker le mot de passe et hop, à moi tous les dossiers !

Matt fit quelques manipulations et l'écran d'ordinateur afficha un bureau avec une traduction anglaise des dossiers.

— Voilà qui est mieux, je comprends plus facilement l'anglais que le japonais. Nous allons maintenant voir les dossiers secrets d'Iwako.

Élisabeth applaudit.

— Il est trop fort ce Matt !

Elle se tourna vers Vincenzo.

— Mon Père, vous devriez lui demander qu'il vous donne quelques cours d'informatique.

Le prêtre-exorciste souffla. La technologie le rebutait. Ou plutôt, c'est la technologie qui le rejetait.

— Je n'y songe même pas, répondit-il, je préfère laisser ces histoires à des petits génies comme monsieur Bohé et me consacrer à ce que je sais faire de mieux, c'est-à-dire chasser les démons.

Matt rougit. Son supérieur venait de lui faire un compliment et il était touché.

Daniel brandit un morceau de papier.

— Regardez, ce n'est pas le genre de papier qu'on trouve dans les gâteaux et qui prédit l'avenir ?

Il le tendit à Margareth qui l'examina.

— C'est exact. Les Japonais appellent cela des o-mikuji. Ils en sont très friands. Sur celui-ci, il y a écrit que la personne est en danger de mort imminente.

— Ce qui veut dire, enchaîna Daniel, que ce morceau de papier avait prédit la mort d'Iwako ?

— On dirait que oui. C'est troublant.

Élisabeth s'approcha.

— Puis-je le toucher s'il vous plaît ? Peut-être arriverais-je à sentir quelque chose.

Margareth lui confia le o-mikuji. La médium le posa dans le creux de sa main gauche et le recouvrit de son autre main. Elle ferma les yeux. Tous l'observèrent, suspendus à ses réactions. Le visage d'Élisabeth se contracta, afficha une expression de douleur, puis ses traits s'apaisèrent. Quelques minutes plus tard, elle ouvrit les yeux.

— C'est Mamoru qui lui a donné ce o-mikuji. En fait, il a fait en sorte qu'Iwako le trouve sur son plateau-repas au moment du déjeuner. La prédiction du o-mikuki l'a beaucoup affectée. Iwako croyait aux prédictions. Elle était superstitieuse et cette prédiction l'a perturbée toute la journée. Elle était persuadée qu'elle allait mourir.

— Et elle est morte, dit Daniel.

— Mais que vient faire l'homme à tout faire dans cette histoire, demanda Carlo.

Le silence gagna la chambrette. Personne ne trouva de réponses à cette question. Enfin, la médium reprit la parole.

— J'ai ressenti comme un malaise lorsque nous avons dîné hier soir avec le proviseur, le gardien, la prof d'anglais et Mamoru. Mais rien qui ne soit dirigé contre ce dernier. Au contraire, je l'ai perçu comme un homme attardé profondément gentil.

— J'ai remarqué, dit Matt, que Mamoru n'osait pas regarder la prof d'anglais, mais lorsqu'il le faisait, il la dévorait du regard, puis rougissait et baissait la tête. Et j'ai noté aussi qu'il connaissait Lyoko et qu'on ne lui a pas laissé le temps de s'attarder sur sa relation avec elle.

— Faut dire que la prof d'anglais est charmante, dit Daniel.

Élisabeth ressentit une pointe de jalousie.

— Cet homme est peut-être amoureux de la prof d'anglais, dit Vincenzo. Mais l'amour est un sentiment noble même s'il n'est pas partagé. Celui qui ressent de l'amour ne peut être mauvais.

— Sauf, dit Dimitri, si cet amour non partagé se transforme en haine. Et visiblement, notre charmante professeure d'anglais ne partage pas les sentiments de ce pauvre attardé. Elle n'a même pas daigné le regarder, elle l'a complètement snobé. Et peut-être qu'à force d'être rejeté, il a voulu se venger. Cette femme ne m'inspire pas confiance.

— Pourtant, dit Margareth, vous aimez les belles femmes.

— Sachez ma p'tit'dame qu'une femme peut être belle de l'extérieur et affreuse de l'intérieur. Ce genre de femmes n'est pas mon genre. Ceux qui s'y frottent y perdent la raison et leur portefeuille.

— Peut-être que Mamoru a invoqué une entité ou jeté un maléfice pour qu'Alyssa éprouve à son égard les mêmes sentiments que lui, dit Matt. Et que ce maléfice d'amour n'a pas marché, du moins pas comme il le voulait. Du coup, Mamoru a appelé une entité démoniaque sans le vouloir.

Carlo fit non de la tête.

— Je ne le pense pas. Je pense que nous allons trop loin, que nous nous égarons. Mamoru est un attardé. Il raisonne comme un enfant. Et que fait un enfant pour se faire aimer de sa mère par exemple ? Il se fait remarquer, lui dessine des cœurs, lui dit qu'elle est jolie… Mais ne va pas invoquer un démon pour se faire aimer.

— Sauf que Mamoru n'est pas un enfant, dit Daniel. Il est attardé, mais il a le corps d'un adulte et il ressent le désir sexuel. Et là, ça change la donne.

— Nous irons lui parler plus tard, dit Vincenzo. Ainsi qu'à mademoiselle Alyssa Marso.

— Et personne ne trouve bizarre que Sasaki ne l'ait pas laissé parler, dit Matt.

— C'est bizarre, en effet, dit Carlo. Peut-être, en bon hôte, il ne voulait pas que Mamoru nous dérange.

— Ouais, ben moi j'ai trouvé sa réaction bizarre, dit Matt.

Élisabeth se mit à rire.

— Mon pauvre Matt, dit-elle, à force de travailler dans le surnaturel, tu vois des choses bizarres partout. Je pense surtout que Sasaki ne voulait pas nous faire perdre notre temps avec les discussions puériles d'un attardé.

Matt sourit à son tour.

Tous reprirent leurs recherches dans le silence lorsque le téléphone de Matt sonna. Ce dernier décrocha. C'était Crystal. Elle avait des informations concernant Lyoko.

— Attends, je te mets sur haut-parleur pour que tout le monde t'entende, dit Matt.

Petits grésillements de l'appareil. Tout le monde se tourna vers Matt qui tenait le téléphone devant lui.

— Vous m'entendez tous, demanda Crystal.

— Nous vous entendons mademoiselle Louvière, dit Vincenzo. Qu'avez-vous trouvé concernant Lyoko ?

— Beaucoup de choses suspectes, répondit Crystal. Vous aviez raison mon Père, Lyoko est internée dans un asile psychiatrique. Il semblerait qu'elle soit sous le choc d'avoir découvert le cadavre de son amie. Ça, c'est le diagnostic des psychiatres. Mais il y a quelque chose qui cloche. En fait, la jeune fille vit dans un état catatonique complet. Toute la journée, elle est allongée sur son lit, reliée à des machines et plus précisément à un encéphalogramme. Et ce dernier présente des tracés bizarres. C'est comme si la plupart du temps, Lyoko ne présentait aucune activité cérébrale, puis brusquement, toutes les zones de son cerveau se mettent en action. Cela dure quelques minutes, puis à nouveau le calme plat. Les psy n'y comprennent rien.

— Vous est-il possible de nous envoyer ces encéphalographies, demanda Carlo.

— Je vous envoie cela tout de suite, mon Père. Mais, c'est pas le plus bizarre dans cette histoire. Le plus bizarre, c'est que lorsque l'on compare les heures et les jours où il y eut une forte activité au niveau du cerveau de Lyoko, ben ces jours et ces heures correspondent à ceux des deux derniers meurtres ainsi qu'aux défenestrations des prêtres shintoïstes.

Tous se regardèrent sans comprendre.

— En gros, dit Dimitri, ce que tu essayes de nous dire c'est que les moments où le cerveau de Lyoko s'est réveillé correspondent aux moments des meurtres.

— Oui, c'est ça, répondit Crystal.

— Est-ce que Lyoko avait une religion, demanda Vincenzo.

— Ses parents étaient shintoïstes, répondit Crystal, mais ils étaient aussi croyants et bouddhistes. En fait, ils croient à tout. La petite n'a pas reçu le sacrement du baptême, mais ses parents se sont mariés à l'église.

— Merci Crystal. Envoyez-nous l'adresse de l'hôpital psychiatrique où séjourne Lyoko s'il vous plaît.

Et Matt raccrocha le combiné.

— Vous pensez à quoi, demanda Carlo en se tournant vers le prêtre-exorciste.

— Je ne sais pas encore. Monsieur Marchand, un démon peut-il utiliser le cerveau d'une victime pour agir à distance ?

Le démonologue toussota.

— La seule fois où j'ai vu ce cas, c'était dans un film d'horreur. L'Exorciste 3. Cela reste une fiction.

— On m'a toujours dit que le démon dispose de pouvoirs, dit Daniel. Pourquoi n'aurait-il pas le pouvoir d'utiliser un cerveau humain ? Lorsqu'il possède un homme, il le contraint d'agir selon ses désirs, donc, il contrôle son cerveau.

— Cela est parfaitement vrai, dit Dimitri. Mais est-ce qu'il peut agir à distance en utilisant l'énergie électrique d'un cerveau humain, cela je ne le sais pas.

— En tout cas, dit Matt, je n'ai rien trouvé d'exploitable dans les dossiers d'Iwako et de Lyoko.

Vincenzo hocha de la tête. Carlo sortit une feuille de papier dans un des mangas de la bibliothèque de Lyoko, un dessin représentant une jeune femme égorgée, teinté de noir et signé de la main de Lyoko.

— Il est étrange ce dessin. C'est comme si Lyoko avait dessiné son mal-être. Ma Sœur, pouvez-vous traduire les symboles écrits sur ce papier ?

Il tendit la feuille de papier à Margareth qui l'examina quelques instants.

— En fait, la jeune fille égorgée représente Iwako. Il semblerait que Lyoko détestait sa compagne de chambre. Elle crie son désespoir d'être enfermée pendant une année scolaire dans la même chambre qu'elle.

— En gros, dit Daniel, les deux filles ne pouvaient pas se voir en peinture.

— C'est ça, dit Margareth. Du moins, Lyoko ne portait pas Iwako dans son cœur.

— Une querelle de jeunes filles qui aurait pu tourner au drame, dit Dimitri. C'est fréquent à cet âge-là d'envier ou de détester sa camarade de chambre.

— Il faudrait que l'on sache qu'elles étaient leurs relations, dit Carlo.

— J'irai demander des précisions à Nakamura, dit Vincenzo. Peut-être sait-il si les deux jeunes filles se détestaient.

Soudain, Élisabeth poussa un cri. Elle montra le lit d'Iwako.

— Là, je ressens quelque chose de très noir. On dirait qu'il y a quelque chose sous le matelas ou dans le coussin. Je l'ai senti en passant ma main dessus et c'est brûlant !

Dimitri défit le lit, enleva la couette, le drap et examina le coussin.

— Parfois, lorsqu'il s'agit d'un sort, il arrive que l'on trouve, dans le coussin ou le matelas du maléficié, des objets insolites, preuve du maléfice jeté. Avez-vous un couteau sur vous Daniel ?

Ce dernier lui tendit un couteau suisse avec lequel le démonologue éventra le coussin. Une poupée de chiffon tomba au sol. Daniel voulut la ramasser, mais Dimitri le stoppa.

— Ne touchez pas à cet objet, dit Dimitri.

Vincenzo s'approcha et s'accroupit pour l'examiner.

— Nous devons neutraliser cette poupée au plus vite. Père Rinaldi et Sœur Magareth, unissons nos prières.

Une fois les prières exécutées, Vincenzo ramassa la poupée de chiffon et la mit dans sa besace.

— J'y comprends rien, dit Matt. C'est quoi cette poupée ?

— C'est un objet qui a servi à faire un maléfice, dit Dimitri. Ce genre d'objet peut être mis sous le matelas de la personne maléficiée ou peut apparaître spontanément dans le coussin d'une personne sur qui on a jeté un sort.

— Ce qui veut dire, dit Matt, que quelqu'un a jeté un sort à Iwako et qu'elle en est morte.

— C'est ça, dit Vincenzo. Et nous devons découvrir qui est à l'origine de ce sort.

— Serait-il possible, dit Margareth, que ce soit Lyoko qui ait jeté le sort ?

— Tout est possible ma p'tit'dame, dit Dimitri. Au moins, maintenant, nous savons que quelqu'un a fait de la magie noire, a appelé un démon pour nuire à quelqu'un.

— Il serait intéressant de savoir si l'on retrouve ce même genre d'objet dans le coussin de la deuxième victime, Ayako Fukuda.

Vincenzo hocha de la tête et sortit de la chambre. Le reste de la troupe le suivit. Arrivé dans la chambre d'Ayako Fukuda, il éventra le coussin. Aucun objet suspect à l'intérieur. Avec l'aide de Carlo, il examina et ouvrit le matelas. Rien. Pas le moindre objet maléficié.

— Ce qui signifie, dit Vincenzo, que quelqu'un a lancé un sort seulement sur la personne d'Iwako et que ce quelqu'un a appelé un démon en jetant ce sort. Sauf que ce démon est devenu incontrôlable. Nous devons trouver qui a jeté le sort, comment cette personne a réalisé ce sort et surtout quel est le démon invoqué. Allons dans les toilettes et voyons si ce démon répond à nos provocations.

La salle des toilettes des filles se trouvait au fond du couloir. C'était une grande pièce composée de trois toilettes, de trois lavabos. La pièce était sombre, éclairée par une unique fenêtre qui donnait sur la cour principale.

Au centre, dessiné à la craie par les enquêteurs, la silhouette des victimes. Et des traces de sang. Visiblement, la scène de crime était restée intacte.

— Quel endroit lugubre, dit Margareth.

— Quelle odeur épouvantable, dit Daniel.

— Je ressens de la violence dans la pièce, dit Élisabeth. Et de la souffrance. Mais, je ne ressens pas la présence d'entités.

Dimitri s'approcha du troisième toilette.

— D'après la légende japonaise, le démon des toilettes se montre toujours dans le troisième cabinet.

Le démonologue inspecta la petite pièce. Un cabinet normal, petit, en long et propret. Il leva la cuvette et inspecta. Matt se moqua de lui.

— Vous pensez que le démon des toilettes va surgir de cet endroit ?

Le démonologue rabaissa la cuvette et se tourna vers son jeune collègue.

— Jeune homme, tout est à prendre comme une éventualité. Si la légende racontée dans tous les collèges et lycées du Japon est vraie, alors oui, Hanako-San jaillirait de ce trou pour tenter de m'emporter avec lui.

— Procédons à une bénédiction des lieux, dit Vincenzo. Ainsi, s'il y a un démon, il sera forcé de se montrer.

Margareth, Carlo et Vincenzo se signèrent. Élisabeth ferma les yeux. Matt enclencha sa caméra et Daniel mit la main sur la crosse de son arme, prêt à dégainer.

— Au nom du Père et du Fils et du Saint-Esprit, dit Vincenzo. Notre aide est dans le Nom du Seigneur.

— Qui a créé le ciel et la terre, dirent en chœur Dimitri, Margareth et Carlo.

— Seigneur exaucez ma prière.

— Et que mon cri monte jusqu'à vous.

— Que le Seigneur soit avec vous.

— Et avec votre esprit.

Tout à coup, la porte d'entrée de la salle des toilettes se referma bruyamment. Margareth sursauta. Matt dirigea la caméra en direction de la porte. Il n'y avait rien. Vincenzo reprit la bénédiction.

— Dieu, à la lumière duquel sont sanctifiées toutes nos actions et nos moindres pensées, Veuillez, nous vous en supplions, répandre votre bénédiction sur ce lieu. Exaucez-nous Seigneur Très-Saint, Père Tout Puissant, Dieu Éternel et daignez envoyer du ciel votre saint Ange Mickaël, pour garder, favoriser, protéger et défendre tous ceux qui habitent en cette demeure. Bénissez, Seigneur, Dieu Tout Puissant, cette école et que dans ce lieu règnent toujours la santé, la pureté, la victoire, la vertu, l'humilité, la bonté, la douceur, la plénitude et la loi et de l'Action de grâces au Dieu Père, Fils et Saint-Esprit ; que cette bénédiction reste sur cette école et sur tous ceux qui y demeurent maintenant et dans tous les siècles et des siècles. Ainsi soit-il.

L'exorciste aspergea les murs d'eau bénite. Soudain, un cri retentit dans le couloir. Un gémissement humain, plaintif, long. Les Purificateurs s'y précipitèrent. Au même moment, le téléphone portable de Matt sonna. Il décrocha et écouta. C'était Crystal. Il la mit en attente.

Les Purificateurs s'avancèrent le long du couloir sombre. Près de la chambre de Lyoko et Iwako se tenait un homme tout de noir vêtu. Vincenzo pointa son crucifix devant lui.

— Qui es-tu ? Je te somme de te nommer !

L'homme bougea et fit un pas vers eux.

— Ne me faites pas de mal ! Je suis Mamoru !

— Mais que faites-vous là ?

L'homme d'entretien se mit à pleurer.

— La porte était ouverte ! J'ai cru que quelqu'un était entré dans le bâtiment. Nakamura-Sama a interdit d'entrer ici.

Vincenzo souffla. Dimitri se rapprocha de Mamoru.

— Et pourquoi avez-vous hurlé, demanda-t-il.

— J'ai cru voir un kami. J'ai eu peur.

— Bon, partons d'ici et allons déjeuner. Nous ferons le point sur toute cette affaire. Et vous, monsieur Satō, je vous prierai de ne plus remettre les pieds ici. Sinon, je serai obligé d'en référer à Nakamura.

Mamoru baissa les yeux et acquiesça. Matt actionna le haut-parleur de son téléphone portable.

— Attendez, Crystal veut nous dire quelque chose et c'est important.

— Eh bien, les amis, votre enquête semble mouvementée ! Je me suis branchée à l'encéphalogramme de Lyoko afin de recueillir les données minute par minutes. Le tracé s'est subitement mis en mouvement, comme si le cerveau de Lyoko était en pleine activité. Maintenant, il est redevenu calme.

— Quand était-il en activité, demanda Vincenzo.

— Il y a même pas cinq minutes de cela, répondit Crystal.

— Il y a cinq minutes, dit Margareth, nous étions en train de bénir la salle des toilettes.

— Et la porte a claqué, dit Daniel.

Vincenzo se tourna vers ses compagnons.

— Nous devons voir Lyoko. J'ai l'impression qu'elle est au centre de cette histoire. J'ai l'impression qu'elle a jeté le sort sur Iwako, mais qu'elle n'a plus aucun contrôle sur le démon qu'elle a appelé. Elle court un grave danger.

Flash-Back n° 3

Lyoko fit ses adieux à ses parents. Elle regarda tristement leur voiture s'éloigner de l'école de Shuyukan. Une nouvelle année scolaire débutait et avec elle, l'ennuie. Elle était en terminale, était passée de justesse et savait que ses parents attendaient de bons résultats cette année. Ils avaient payé pour cela. Ils espéraient que leur fille unique rejoigne l'Université de Tokyo, la plus cotée du pays. Sauf que Lyoko n'aimait pas les études. Elle répugnait le fait de rester assise pendant des heures à écouter un professeur, détestait l'école. Elle rêvait de devenir chanteuse d'un groupe J-Pop. À l'image du groupe °C-ute, elle s'imaginait déjà monter sur scène et partir en tournée à travers tout le pays et même l'Europe. Mais ces parents en avaient décidé autrement. Eux estimaient que leur fille devait faire des études pour se hisser au sommet des plus grandes entreprises. Ils imaginaient leur fille en requin de la finance, en PDG ou diriger un cabinet d'avocat réputé. Et surtout pas en chanteuse éphémère d'un groupe issu du Hello ! Project Kids[1].

Lyoko s'avança dans la cour principale de l'école. Déjà, des groupes d'élèves se formaient. Certains étaient heureux de se retrouver, d'autres racontaient leurs vacances, d'autres parlaient de leurs projets pour l'année à venir. La veille de la rentrée scolaire, l'établissement ouvrait ses portes pour accueillir les internes. Demain, ce seront les externes et les demi-pensionnaires qui feront leur rentrée.

Kunikazo Nakamura monta sur le podium installé pour l'occasion dans la cour principale de l'école et demanda le silence. Instantanément, tous les étudiants stoppèrent leurs discussions et se tournèrent vers lui.

— Bonjour à tous et bienvenus pour cette nouvelle année scolaire qui je suis sûr, sera très studieuse. Je ne m'attarderai pas ce soir à un long discours, vu que je le ferai demain matin lorsque tous les étudiants seront présents. Nous allons, dès à présent, ouvrir le bâtiment des internes. Je vous demande donc de vous ranger par classe, devant le surveillant qui vous est dédié afin de monter dans vos chambres. Et je vous rappelle que le dîner sera servi à 19 heures. Je ne veux aucun

[1]*Le Hello ! Project Kids (ハロー！プロジェクト・キッズ, Harō ! Purojekuto Kizzu?) est un ensemble de 15 fillettes et adolescentes japonaises sélectionnées en 2002 lors d'une audition nationale dans le cadre du Hello ! Project, pour être formées au sein de la compagnie Up-Front au chant, à la danse, à la comédie, dans le but de devenir idoles et intégrer des groupes du H!P. Elles formeront Berryz Kōbō, °C-ute et Buono !.*

retardataire.

Lyoko rejoignit son groupe, un groupe de filles toutes en terminales. Elle savait que cette année, elle dormirait au troisième étage du bâtiment des internes, l'étage le plus craint de l'école à cause de la légende d'Hanako-San. Lyoko ne croyait pas à toutes ces fables. D'ailleurs, il ne s'était jamais rien passé dans les toilettes des filles du troisième étage. Pourquoi cela devrait-il changer cette année ?

Elle aperçut Mamoru Satō assis sur le petit mur délimitant la cour principale. Elle sourit. Elle aimait bien l'homme d'entretien. C'était même devenu un ami. Elle aimait discuter avec lui et lui raconter ses rêves. Il ne rechignait jamais à l'écouter chanter. Au contraire, il lui disait toujours qu'elle ferait une bonne chanteuse. Elle lui fit un petit signe de la main. L'homme d'entretien lui envoya un baiser de la main.

Devant elle se tenait Iwako Katō. Elle pria pour ne pas se retrouver dans la même chambre qu'elle. Iwako était le genre de fille que Lyoko ne supportait pas. Elle était grande, belle, avait un visage d'Européenne avec ses grands yeux légèrement en amande et ses petites pommettes. Tout le contraire de Lyoko qui était un peu boulotte et effacée. Iwako était intelligente, douée, mais surtout imbue de sa personne. Elle s'entourait d'un groupe d'amis tous aussi imbus de leur personne qu'elle et passait son temps à se moquer des autres. Et Lyoko avait fait les frais de ces moqueries plus d'une fois !

Lyoko préférait rester seule. Elle n'aimait pas les gens et la société en général. Mis à part Mamoru, elle n'avait pas d'amis et cela lui allait très bien.

Le groupe des terminales entra dans le bâtiment et grimpa les escaliers les menant au troisième étage. Les filles devant elle riaient, visiblement heureuses de se retrouver. Lyoko avait du mal à porter sa grosse valise quasiment vide. Dedans, trois sailor fuku[1] deux paires de chaussures et quelques affaires de toilette. Sans oublier la tenue de sport, avec le fameux bloomer[2] qu'elle détestait porter et son randoseru[3].

Les filles arrivèrent dans un joyeux brouhaha au troisième étage. La surveillante réclama le silence et commença la distribution des chambres. Les lycéennes étaient logées deux par deux dans chaque chambre. La surveillante fit l'appel et plaça les filles dans leur chambre respective, celle qui deviendra leur demeure pour la nouvelle année scolaire.

Lyoko vit, deux par deux, les filles s'engouffrer, certaines en poussant des cris de joie, d'autres en râlant, dans les chambres. Arrivé à la dernière chambre du couloir, il ne restait plus qu'elle et… Iwako ! Les deux filles allaient partager la même chambre. Cela ne plaisait ni à l'une ni à l'autre. Déjà, Iwako se plaignait à la surveillante :

— S'il vous plaît, changez-moi de chambre ou de colocataire. Je ne veux pas

[1] *Uniforme marin porté par les collégiennes et les lycéennes japonaises, composé d'une blouse à col marin, d'une jupe plissée, de chaussettes hautes, et d'une cravate.*
[2] *Short-culotte féminin d'athlétisme ou de volleyball, très court et moulant.*
[3] *Sac à dos rigide en cuir ou synthétique typique des écoliers japonais.*

dormir dans la même chambre que cette fille ! Vous comprenez, elle est sale et moche.

La surveillante la fit taire. C'était décidé ainsi et l'on ne pouvait plus rien changer de la composition des chambres. Iwako souffla, s'avança vers la porte de la chambre, au passage bouscula Lyoko.

— T'as intérêt à te tenir tranquille ! Et interdiction de m'adresser la parole !

Lyoko suivit, tête basse, sa nouvelle colocataire de chambrée. Elle allait devoir la supporter toute une année. La meilleure chose encore à faire était de ne pas faire attention à elle. Les chambres étaient assez spacieuses pour que chacune puisse avoir son espace personnel.

Iwako choisit son lit. Lyoko prit l'autre. Les deux filles déballèrent leurs affaires et les rangèrent dans les armoires. Iwako se tourna vers Lyoko.

— Je te préviens : je ne veux pas voir traîner d'affaires sales dans cette chambre. Tu restes dans ton coin, moi du mien. Et ce n'est pas parce qu'on partage la même chambre qu'on est amie !

Lyoko se contenta de hocher la tête. Elle ressentit une violente envie de pleurer. Cette année sera très difficile. Iwako enchaîna.

— Et quand je suis avec mes copines, tu n'entres pas, tu attendras dehors.

Lyoko se mit à pleurer.

— Voilà qu'elle pleure maintenant la godiche, dit Iwako. Ça c'est le bouquet !

Après le repas, Lyoko prit place sur le muret de la cour principale. Bientôt, Mamoru vint la rejoindre. La jeune fille était contente de le voir.

— Bonjour Lyoko-Sama !

— Bonjour Mamoru-San ! Comme je suis contente de te voir !

L'homme à tout faire remarqua la tristesse de son amie.

— Qu'est-ce qu'il ne va pas Lyoko-Sama. Tu as pleuré ?

— On m'a mise dans la même chambre que Iwako. Et c'est fille est vraiment méchante avec moi !

Tout comme son amie, Mamoru n'aimait pas Iwako. L'année précédente, la jeune fille l'avait souvent rejeté, humilié en le traitant d'attardé, s'était moquée de lui. Mamoru avait préféré l'éviter. Une fois, Iwako avait renversé son plateau rempli de nourritures au réfectoire. Mamoru était persuadé qu'elle l'avait fait exprès. Et pendant qu'il ramassait les grains de riz sur le carrelage, il l'avait entendue glousser et rire avec ses copines. Il avait même entendu cette petite réflexion pas très flatteuse pour lui : « Comme il est ridicule cet homme avec son gros derrière ! » Mamoru en avait pleuré.

— Est-ce que tu veux lui faire peur, demanda-t-il à son amie.

— Ho oui ! J'aimerais tellement me venger d'elle et lui faire ravaler ses insultes !

— Je sais comment faire ! J'ai réfléchi dessus pendant toutes les vacances et maintenant je sais comment faire.

Mamoru entraîna son amie dans une petite réserve en bois située à l'arrière du bâtiment des internes où l'homme d'entretien rangeait, d'habitude, tous ses ustensiles. Il ouvrit le cadenas qui fermait la porte et se poussa pour y laisser entrer la jeune fille.

À l'intérieur de la réserve, sceaux, balais, éponges, produits d'entretien, une bêche, une binette, un râteau, une pelle, une hache… ainsi qu'une motoculture. Et au fond de la réserve, Lyoko fut surprise de constater que Mamoru avait édifié un autel shintoïste. Sur l'autel, une représentation du Tengu auquel Mamoru faisait des offrandes. Ce dernier lui fit signe de le suivre et lui montra la statuette de Tengu[1].

— On peut lui demander qu'il fasse du mal à Iwako.

Lyoko secoua la tête.

— Tu sais faire des incantations ?

— Oui. C'est Sasaki-Sama qui m'a montré. Alors, j'ai appelé un kami et il m'a répondu. Maintenant, je peux lui demander ce que je veux.

La jeune fille sourit. Elle croyait aux esprits. Elle s'imaginait déjà Iwako hurlant de terreur devant le kami persécuteur. Ce dernier pourrait même lui faire rater les examens ou l'enlaidir. Lyoko sauta de joie.

— Oui ! On va faire ça ! On va demander au Tengu de persécuter Iwako

Mamoru sourit. Il se plaça devant l'autel, alluma deux bougies puis fit brûler de l'encens avant de prononcer les paroles de l'invocation du démon. Le rituel accompli, il demanda sa faveur, puis, en guise de remerciement, s'entailla l'index et versa quelques gouttes de son sang dans une petite coupelle qu'il offrit à l'esprit. Enfin, il se tourna vers Lyoko qui regardait toute la scène sans bouger. Mamoru lui fit signe d'avancer.

— Toi aussi, lui dit-il, tu dois donner un peu de ton sang dans cette coupelle.

Il lui tendit le petit couteau avec lequel il s'était ouvert l'index. La jeune fille regarda la lame tachée du sang de son ami. Elle prit l'ustensile, essuya la lame sur la veste de son uniforme puis à son tour entreprit de s'ouvrir l'index sur quelques millimètres de peau. Deux gouttes de son sang rejoignirent celles de son ami dans la coupelle, Lyoko demanda, à son tour, à l'esprit de tourmenter Iwako. Puis, les deux amis remercièrent l'esprit. Lyoko se tourna vers Mamoru qui affichait un large sourire de satisfaction.

— Et si nous fabriquons un O-mikuji qui prédira sa mort ? Comme ça, Iwako prendra peur ! C'est toi qui le glisseras sur son plateau demain au petit-déjeuner.

---

[1] Homme-oiseau tantôt démon, tantôt divinité protectrice.

Mamoru approuva l'idée de sa jeune amie et lui tendit une feuille de parchemin ainsi qu'une plume d'oie pour écrire le message. Il avait déjà écrit des messages pour les esprits qu'il avait brûlés à la bougie, des demandes spéciales que les esprits devaient emporter avec eux.

Lyoko s'appliqua et écrivit en dialecte Hakata-Ben le message suivant : « Les esprits sont en colère. Risque de mort imminente ». Elle tendit le petit morceau de papier à Mamoru qui le glissa dans sa poche.

— Faut que j'y aille, dit Lyoko, sinon je vais être en retard et la surveillante va me hurler dessus. À demain Mamoru.

La nuit, dans son lit, Lyoko se réveilla en sursaut. Elle avait fait un épouvantable cauchemar dans lequel un homme ailé tentait de s'approprier son corps. Elle était en sueur. Elle regarda vers le lit d'Iwako. La jeune fille dormait paisiblement. Pas pour longtemps pensa Lyoko en souriant.

Le lendemain matin, au réfectoire, Iwako trouva sur son plateau le O-mikuji confectionné par Lyoko et déposé par Mamoru. Elle le prit, regarda autour d'elle pour voir si quelqu'un la regardait. Tout le monde était occupé à ses affaires. Elle le déplia et le lut. Tout à coup, elle devint blanche comme un linge. Le plateau s'échappa de ses mains et s'écrasa au sol. Tous se retournèrent. Iwako partit en courant se réfugier aux toilettes.

Au fond du réfectoire, occupé à balayer le sol, Mamoru sourit. Il envoya un clin d'œil à Lyoko qui prenait place à une table. Cette dernière lui sourit en retour. La machine était enclenchée.

Retour au présent

Vincenzo frappa à la porte du bureau de Kunikazo Nakamura. Ce dernier le reçut avec un grand sourire.

— Que puis-je faire pour vous Onoffrio-San ?

— Bonjour Nakamura-San. Je suis désolé de vous déranger. Nous avons enquêté sur les toilettes du dernier étage. Je pense que mademoiselle Lyoko Okada est un morceau du puzzle dans cette affaire. Nous avons besoin de la rencontrer et de lui parler.

Le président de l'école toussota. Visiblement, il était embarrassé.

— Lyoko se repose dans un hôpital et les visites ne sont pas les bienvenues.

— C'est pourquoi je vous demande de jouer de votre autorité pour que nous puissions la rencontrer. Je sais que vous avez le bras long et qu'il vous sera facile de nous obtenir un rendez-vous avec son médecin ainsi qu'une brève entrevue avec elle.

Nakamura réfléchit un moment. Vincenzo insista.

— Vous nous avez fait venir pour que nous résolvions cette affaire et cela le plus rapidement possible afin que vous puissiez rouvrir l'école. Or, nous avons besoin de voir Lyoko pour avancer. Nous pensons que la jeune fille est impliquée dans cette histoire.

— Je vais voir ce que je peux faire.

Le prêtre-exorciste le remercia.

— J'aimerais aussi que vous me parliez des demoiselles Iwako et de Lyoko. Quelles étaient leurs relations ? Est-ce que les deux jeunes filles étaient amies ?

Nakamura explosa de rire.

— Ces deux jeunes filles étaient tout sauf amies ! Elles n'étaient pas ennemies, mais ne se portaient pas dans leur cœur. En fait, elles avaient des caractères très différents. Iwako était une jeune femme pleine de vie, qui avait de nombreuses amies et de bons résultats scolaires. Elle était belle, souriante, intelligente, tout le contraire de Lyoko qui elle, est une personne très solitaire et renfermée. En fait, si j'ai admis Lyoko dans mon établissement, c'était surtout parce que ses parents avaient payé une partie de la rénovation du gymnase. Mais Lyoko était malheureuse chez nous. Elle n'avait aucun ami.

— Et pourquoi avoir mis ces deux jeunes filles dans la même chambre ?

— J'ai pensé que la promiscuité d'une fille aussi populaire qu'Iwako pouvait faire du bien à Lyoko du moins pouvait rendre son séjour moins pénible.

— Vous saviez que les deux jeunes filles se détestaient ?

Le directeur de Shuyukan Highschool soupira.

— Personne ne se déteste dans mon école. Lyoko est une élève très difficile, solitaire, introvertie. J'ai voulu qu'elle côtoie Iwako pour la sortir de sa coquille. Pourquoi cette question ? Vous pensez que c'est Lyoko notre meurtrière ?

— Pour le moment, je ne pense rien. Je ne fais que recueillir des informations.

— En tout cas, je peux vous dire, sans vous offenser, que vous êtes sur la mauvaise piste. Lyoko se trouvait à l'hôpital dans un état végétatif lorsqu'Ayaka Fukuda et le Père Gardo-San ont été tués. Elle ne peut être la meurtrière.

— Je ne pense pas que Lyoko soit notre meurtrière. Par contre, je pense qu'elle a joué un rôle dans cette histoire. C'est pourquoi je dois lui parler. Une dernière chose : nous avons trouvé Mamoru dans le bâtiment des internes. Il semblait terrifié par quelque chose. Il attend derrière votre porte.

Après son bref entretien avec le directeur de l'école, Vincenzo rejoignit les Purificateurs qui l'attendaient dans leur maison d'hôte. Il les retrouva au salon. Lorsqu'il entra dans la pièce, Carlo se leva. Dimitri, occupé à lire le dossier envoyé par Crystal sur la démonologie japonaise à la cuisine, rejoignit le groupe au salon.

— Alors mon Père, allons-nous pouvoir voir Lyoko ?

Vincenzo se débarrassa de sa veste trempée. Dehors, la pluie n'avait pas cessé de tomber et cela lui tapait sur les nerfs.

— Je ne sais pas. Monsieur Nakamura m'a promis de faire le nécessaire. Mais cela ne sera pas facile. Pouvons-nous faire un point sur notre affaire s'il vous plaît ? Que savons-nous ?

— Nous savons, dit Dimitri, que Lyoko ne portait pas sa camarade de chambre dans son cœur et que quelqu'un lui a jeté un sort. Qui ? Nous ne le savons pas, mais nous pouvons soupçonner Lyoko.

— Nous savons aussi, dit Carlo, qu'Ayaka Fukuda n'a pas été maléficiée. C'est donc une victime collatérale. Ce qui montre que quelqu'un a fait des incantations pour nuire à Iwako, mais que le démon appelé est devenu incontrôlable.

— Notons aussi cette chose étrange, dit Matt, les ondes cérébrales de Lyoko qui s'animent à chaque fois qu'il se passe des évènements bizarres et qui se sont animées au moment des meurtres.

— Je pense, dit Élisabeth, que Lyoko est à l'origine du maléfice. Elle a voulu faire du mal à Iwako, peut-être parce qu'elle était trop en colère de se retrouver dans la même chambre qu'elle.

— Sauf que, dit Dimitri, celui qui a réalisé un tel maléfice doit avoir beaucoup de connaissances et d'expériences et surtout user d'artifices que l'on ne trouve pas facilement dans le commerce. Je n'ai rien vu de tel dans la chambre de Lyoko.

— Peut-être, dit Margareth, que Lyoko s'est faite aidée par quelqu'un.

— Ça me semble plausible en effet, dit Carlo. Lyoko, dans la détresse de se retrouver dans la même chambre avec une fille qu'elle détestait, a demandé à quelqu'un de nuire à sa camarade de chambre par un rituel maléfique. On peut aussi imaginer, connaissant un peu le profil d'Iwako, que cette dernière a fait subir des railleries à Lyoko et que Lyoko s'est vengée.

Vincenzo approuva par un hochement de tête.

— Trouvons qui a aidé Lyoko.

— J'ai vu, dit Daniel, que le vieux gardien a un autel dédié à des esprits chez lui.

— Comme je l'ai dit tout à l'heure, dit Matt, ce vieux est bizarre. Il ne me semble pas catholique.

— Et justement, dit Dimitri, il n'est pas catholique, mais shintoïste.

Le démonologue explosa de rire.

— Allons lui poser quelques questions, dit Vincenzo.

Élisabeth, qui regardait par la fenêtre depuis un petit moment, poussa un cri.

— Mais qu'est-ce qu'il fait celui-là ?

Tous se précipitèrent à la fenêtre et virent Mamoru sortir de sa cabane de bois, tenant une statuette à la main et se dirigeant, d'un pas pressé, en regardant derrière lui si personne ne le suivait, vers l'appartement du vieux gardien.

— C'est bizarre ça, dit Matt.

— Ouais, dit Daniel, il est bizarre ce type. Déjà, on le retrouve dans le bâtiment des internes alors qu'il ne devait pas y être. Maintenant, il a la mine de quelqu'un qui cherche à cacher quelque chose. Voulez qu'j'vous dise, ce type n'est pas clair.

Tous enfilèrent leur manteau et parés d'un parapluie, se dirigèrent vers Mamoru qui, lorsqu'il les vit, pressa le pas jusqu'à se mettre à courir. Aussitôt, le militaire se lança à sa poursuite et ne tarda pas à le rattraper. Il l'agrippa par le bras et le força à arrêter sa course. Il fut surpris de constater que Mamoru pleurait.

— Je voulais pas tout ça, je voulais pas, dit-il en larmes.

Les autres membres des Purificateurs arrivèrent à sa hauteur. Carlo fit face à Mamoru. L'homme semblait en pleine crise de nerfs.

— Mamoru, regardez-moi s'il vous plaît. Pourquoi pleurez-vous ?

L'homme à tout faire était au bord de la crise de nerfs. Ses yeux regardaient dans toutes les directions sans jamais se stabiliser. Il serrait contre sa poitrine une statuette représentant un lézard géant à trois têtes. Dimitri reconnut immédiatement le démon Hanaka-san de la légende urbaine japonaise. On disait de ce démon qu'il habitait les canalisations des toilettes et qu'il utilisait une voix de petite fille pour attirer ses proies. Parfois, il apparaîtrait sous les traits d'une lycéenne, les cheveux devant le visage, habillé du traditionnel sailor fuku ou d'une longue chemise de nuit blanchâtre.

Carlo se tourna vers les autres.

— Emmenons-le chez le vieux gardien, peut-être arrivera-t-il à le calmer et à le faire parler.

Vincenzo acquiesça.

Les membres de l'Ordre des Purificateurs arrivèrent devant la maisonnette du vieux gardien. Mamoru esquissa un mouvement de recul et Daniel dut l'agripper par le bras pour qu'il ne prenne pas la fuite. Quelle fut leur surprise de découvrir le vieillard en pleine discussion avec Alyssa Marso. Tous deux semblaient perdus dans une discussion houleuse que la visite des Purificateurs stoppa net. Tsugaru Sasaki accueillit les Purificateurs avec un grand sourire, mais lorsqu'il vit Mamoru, son visage radieux se transforma en une grimace odieuse. Visiblement, voir l'homme à tout faire en compagnie des Purificateurs le mit en colère. Très vite, il s'avança vers lui et lui arracha la statuette des mains.

— Combien de fois t'ai-je déjà dit de ne pas jouer avec cette statuette !

Emportant le lézard à trois têtes avec lui, il disparut précipitamment, s'engouffrant par une porte et réapparaissant dans la seconde sans la statuette. Tous regardèrent le manège avec stupéfaction.

— Sasaki-san, dit Vincenzo, nous sommes désolés de vous déranger, mais nous avons trouvé Mamoru près de la cabane en bois de jardinier en pleurs. Nous avons pensé que vous seul pourrez le raisonner et le calmer.

Carlo remarqua que l'homme à tout faire regardait Sasaki avec crainte. Il avait cessé de pleurer. Il essuya son nez dégoulinant de morve sur la manche de son pull. Il avait l'air d'un enfant qui aurait fait une bêtise et qui attendait sa punition.

— Je vous remercie Onoffrio San, dit Sasaki. Vous avez bien fait. Je vais m'occuper de Mamoru.

Déjà, le vieux gardien ouvrait la porte d'entrée pour donner congé aux Purificateurs. Dehors, il pleuvait à verse et des gouttes de pluie s'insinuèrent dans le hall d'entrée.

— Je pense que vous avez beaucoup de choses à faire. Cette enquête est difficile et je n'aimerais pas vous faire perdre votre temps avec ce genre de futilité.

— Justement, dit Vincenzo, nous aimerions vous poser quelques questions si cela ne vous dérange pas.

Sasaki Tsugaru referma la porte. Il se tourna vers les Purificateurs, un sourire aux lèvres. Mais ses yeux jetaient des éclairs de colère. Le vieil homme avait du mal à cacher son mécontentement malgré le sourire qu'il se forçait à afficher sur son visage.

— Bien entendu. Que puis-je faire pour vous ? Est-ce que votre enquête avance ?

Alyssa, qui n'avait pas bougé, choisit ce moment pour remettre son pardessus.

— Ce n'est pas que votre présence me dérange, dit-elle, mais j'ai du travail et je vais devoir vous quitter.

Dimitri lui barra le chemin.

— Nous avons aussi quelques questions à vous poser, mademoiselle la professeure d'anglais. La première de ces questions est : que faites-vous là et pourquoi vous disputiez-vous avec Sasaki-San.

Alyssa jeta un regard noir sur le démonologue puis son visage se radoucit et elle afficha son sourire des plus charmeurs.

— Vous savez, depuis que l'école a fermé, je m'ennuie un peu. Je viens souvent voir mon vieil ami pour discuter avec lui. J'adore l'entendre parler du Japon et de ses coutumes. Est-ce un crime de passer le temps avec un ami ?

— Ce n'est pas crime en effet. Mais il me semblait que vous vous disputiez avec votre ami et nous aimerions savoir quelle était la teneur de cette dispute.

— Cela ne vous regarde pas, monsieur Marchand.

Vincenzo intervint.

— Au contraire, cela nous regarde ! On nous a appelés pour enquêter sur plusieurs meurtres et nous comptons sur la collaboration de tout le monde pour arriver à démêler cette affaire. Or, il se passe ici des choses étranges. Répondez à nos questions s'il vous plaît.

Vincenzo s'avança vers le vieux gardien.

— Pour répondre à votre question, Sasaki-San, notre enquête avance, mais il reste plusieurs zones d'ombre. Je suis certain que vous pourrez y apporter quelques précisions. Tout d'abord, avez-vous vu la première victime, mademoiselle Iwako, la veille de sa mort ?

— Oui, elle est venue me voir pour me demander des conseils.

— Quels genres de conseils ?

— En fait, elle avait trouvé sur son plateau-repas, le matin, au réfectoire, un o-mikuji lui prédisant sa mort prochaine. La pauvre enfant était bouleversée. Elle m'a demandé de faire une offrande aux kamis afin de conjurer ce mauvais sort.

— Et l'avez-vous aidée ?

— Nous avons invoqué les kamis ensemble, mais visiblement, cela n'a pas empêché la prédiction de se produire.

Carlo s'approcha à son tour.

— Et pourquoi ne pas nous avoir parlé de ce fait lorsque nous avons dîné ensemble ?

Sasaki semblait nerveux.

— Je n'aime pas vos insinuations Rinaldi-San. J'ai aidé une jeune fille dans la détresse, mais les esprits étaient trop en colère. Je n'ai pas jugé utile de vous en parler pour la simple raison que cela n'a pas d'importance.

Vincenzo souffla. Il ne comprenait pas l'attitude du vieillard, pourtant réputé sage. Il aurait dû comprendre que chaque détail avait son importance dans une enquête, que chaque détail comptait.

— Cela est important, dit le prêtre-exorciste. Nous avons découvert que mademoiselle Iwako a été victime d'un maléfice. Donc quelqu'un a appelé un démon pour lui nuire, et ce quelqu'un est peut-être le meurtrier que nous cherchons. Et vous, si vous avez fait des incantations, vous avez peut-être renforcé le pouvoir du démon.

Sasaki s'emporta. Son visage devint rouge-écarlate.

— Mais comment osez-vous insinuer que je suis le meurtrier ?

— Je n'ai jamais dit ça, dit Vincenzo. Par contre, votre réaction me fait penser que vous avez joué un rôle dans cette affaire et pas un bon rôle.

— Je vous demanderais de quitter ma maison ! Vous n'êtes plus le bienvenu ici !

Dimitri s'interposa.

— Parlez-nous aussi de la statuette que vous avez cachée, la statuette que Mamoru tenait fort contre lui et que vous lui avez arrachée. Pourquoi avoir fait cela ?

Le vieil homme bouillonnait de colère.

— Comment osez-vous ?

— Dites-moi, reprit Dimitri, cette statuette représente bien Hanaka-San, le démon qui a sa demeure dans les canalisations des toilettes. Est-ce que je me trompe ?

Sasaki ne répondit pas. Il préféra baisser la tête. Et contre toute attente, Mamoru prit la parole.

— Il faut leur dire Sasaki-Sama. Il faut leur dire pour tout arrêter. J'ai peur.

Alyssa se leva d'un bond, en fureur, et cria un « tais-toi » fort et tonitruant. Les Purificateurs se regardèrent sans comprendre. Dimitri s'approcha de la jeune femme.

— Pourquoi notre ami doit-il se taire ? Quel secret ignoble cache-t-il ? Et vous, que savez-vous ?

Alyssa se rassit et prit son sourire des plus charmeurs pour répondre.

— Moi ? Je ne sais rien ! Je suis un simple professeur !

On frappa à la porte d'entrée. C'était Nakamura qui cherchait les Purificateurs.

— Ha ! Je suis content de vous trouver ici ! Il semblerait, par je ne sais quel miracle de la nature, mais le père de Lyoko ait accepté que vous la voyiez. Et même mieux, il semblerait que Lyoko aille mieux. Elle est sortie de l'hôpital ce matin. C'est son père qui est allé la chercher et il fait un détour ici avant de rentrer chez lui afin que vous puissiez lui poser des questions. Il ne devrait pas tarder à arriver.

— Non, cria Alyssa. Non ! Lyoko ne doit pas venir ici.

Tous sursautèrent. La voix d'Alyssa était soudain devenue caverneuse, rauque. Une odeur nauséabonde envahit la pièce. Le démon arrivait.

Nouveaux coups sur la porte d'entrée. Daniel ouvrit. C'était Lyoko. Daniel se poussa pour la laisser entrer. Elle était seule. Il regarda dehors pour voir si son père l'accompagnait. Personne. Peut-être devait-il attendre dans sa voiture garée sur le parking extérieur.

Sans un mot, Lyoko s'avança au centre de la pièce, pieds nus, ses longs cheveux devant le visage, vêtue d'une chemise de nuit blanchâtre. Tous la regardaient avec stupeur. Personne n'osa lui parler. Vincenzo regarda Élisabeth qui lui confirma ses doutes.

Flash-back n° 4

Alyssa Marso se dirigeait d'un pas pressé vers la maisonnette du vieux gardien. Elle dissimulait un objet sous son manteau noir et regardait sans cesse derrière elle. Il faisait nuit et encore très chaud pour la saison. La jeune femme suffoquait sous son manteau.

Elle frappa trois coups à la porte d'entrée de la demeure de Sasaki, attendit dix secondes avant de frapper à nouveau deux coups. C'était le code. Sasaki la fit entrer. Le vieil homme semblait nerveux. Il se poussa pour laisser entrer la jeune femme qui se dirigea vers le salon. Alyssa connaissait les lieux. Elle jeta le grimoire qu'elle cachait sous son manteau sur la table basse. Mamoru, qui avait trouvé refuge auprès du vieux gardien, guettait ses gestes. Il sursauta lorsque le grimoire s'écrasa sur la table basse dans un bruit de claquement. Il avait peur des réactions de la jeune femme. Il savait qu'elle pouvait se montrer cruelle parfois.

Alyssa se tourna vers Sasaki. Ce dernier semblait irrité.

— J'espère que personne t'a suivi !

— Mais non vieux grincheux, l'école est déserte. On ne craint rien.

— Tu le sais que je n'aime pas que l'on se voie chez moi ! Il faut que l'on reste discret ! Déjà que j'ai du mal à garder ma couverture.

— Je t'ai dit de ne pas t'en faire !

— Oui, mais dehors, il y a des flics partout. Et c'est justement ça qui me fait peur. On est allé trop loin !

— C'est de ça que je veux te parler. Ton protégé a libéré quelque chose que je n'arrive pas à contrôler. Mais n'était-ce pas ce que nous voulions ? Faire fermer l'école ?

— Non, ce n'est pas ce que nous voulions. Nous ne voulions pas fermer l'école, nous ne voulions pas tuer de pauvres élèves. Nous voulions simplement pousser Nakamura à démissionner. Et voilà le résultat : deux morts, un démon libéré dans la nature sur lequel nous n'avons aucun contrôle, une jeune fille hospitalisée et des flics qui fouillent de partout et qui ne vont pas tarder à découvrir notre petit commerce ! Ça va trop loin ! Faut arrêter tout ce carnage !

— Et c'est la faute de qui tout cela ? Je te le donne en mille : ce crétin.

Elle désigna Mamoru qui baissa la tête.

— Tu as fait une énorme bêtise, très énorme. Et je ne suis vraiment pas contente. Mais qu'est-ce qu'il t'a pris bordel ?

Mamuro releva la tête. Il pleurait.

— Pourquoi pleures-tu l'attardé ? Arrête, ça m'énerve !

L'homme à tout faire renifla et essuya les larmes qui coulaient sur ses joues avec le mouchoir en tissu que lui tendait Sasaki. Alyssa continua à le dévisager, les yeux remplis de haine.

— J'espère que tu as compris que tout ce qu'il se passe ici est de ta faute ! J'espère que tu l'as bien compris. Car si tu parles aux policiers, il faut que tu aies conscience que c'est toi qui partiras en prison le premier !

Sasaki s'interposa.

— Tu vas trop loin là ! C'était à nous de le surveiller !

Alyssa se releva et fit face au vieillard. Ses yeux jetaient des éclats de colère.

— Non je ne vais pas trop loin ! Je dis la vérité ! Et tout cela est de ta faute aussi ! Je ne voulais pas de cet attardé et tu me l'as imposé ! Et lui, pour nous remercier de l'initier à notre œuvre, qu'est-ce qu'il fait ? Ben je te le donne en mille ! Il s'empresse de faire un rite avec une copine, libérant ainsi un démon que nous ne pouvons contrôler et qui va s'en prendre aussi à nous !

Mamoru se cacha le visage.

— Je te demande pardon grande prêtresse-sama, je ne l'ai pas fait exprès. Je voulais juste aider Lyoko-san parce que j'aime bien Lyoko-san !

— Mais qu'est ce qu'il est con, répondit Alyssa. Tu as conscience qu'en voulant aider ta petite copine, tu as mis toute notre entreprise en danger. Nous touchions presque au but, et toi, en quelques secondes, tu as ruiné des années de travail !

— Ça suffit, dit Sasaki. Cela ne sert à rien de s'acharner contre lui. Il souffre assez, inutile d'en rajouter. Maintenant, il faut faire quelque chose pour faire partir cette chose qu'il a libérée de cette école avant qu'il n'y ait d'autres meurtres. Et pour la police, on fait quoi ?

— On continue comme on faisait jusqu'à présent, dit Alyssa. Toi, tu te fais passer pour un vieux Japonais de souche, moi pour une simple professeure d'anglais un peu niaise et au corps de rêve et l'abruti, ben… il reste abruti. Tu as compris Mamoru, surtout pas un mot des messes noires, des rites, des sacrifices…

Mamoru acquiesça.

— Putain, dit Alyssa, quand j'pense qu'il m'a fallu plusieurs années d'études pour réussir une incantation et que ce crétin, il en fait une et arrive à libérer un démon ! J'y crois pas ! Faut le vivre comme même ça !

— Et comment comptes-tu t'y prendre pour réparer les dégâts, demanda Sasaki.

— Il y a un rituel, dans ce grimoire (Alyssa montra le grimoire sur la table basse) qui explique comment renvoyer un démon en enfer. Sauf, qu'il ne se laissera pas faire et cherchera à nous nuire. Il faut faire vite. Nous avons besoin de rassembler quelques ingrédients. J'ai fait une liste.

Elle tendit un morceau de papier à Sasaki qui le lit.

— Du sang de crapaud, du sang de lézard, du sperme d'un homme pieux… comment veux-tu que l'on rassemble tous ces ingrédients ?

— Je m'occupe de cela. J'ai quelques contacts en Angleterre, notamment un très bon ami à moi, un prêtre noir, qui pourra m'envoyer tout cela. Ce n'est pas le plus compliqué. Ce qui sera compliqué, c'est que nous devons pratiquer ce rituel un jeudi soir et de pleine lune et qu'il faut que l'on demande à une divinité de combattre l'autre divinité. En retour, nous devrons donner à la divinité qui nous a aidés nos âmes.

Sasaki explosa de rire.

— Tu sais bien que nous avons perdu nos âmes depuis longtemps ! Depuis le jour où nous avons commencé les rituels sataniques !

— Bon, alors attelons-nous à la tâche. Je te charge de chercher la divinité que nous allons invoquer pour son aide. Et surtout, sois prudent, car le démon libéré par Mamoru ne se laissera pas faire. Il peut s'en prendre à nous !

— Moi, dit Mamoru, il me frappe déjà toutes les nuits.

— Toi c'est normal, dit Alyssa, c'est ta punition pour l'avoir appelé ! Nous, nous n'avons rien fait !

La professeure d'anglais enleva son manteau. Dessous, elle était nue. Seule une ceinture en cuir rouge courrait le long de son ventre.

— En attendant, faisons une messe et demandons aux esprits de nous protéger.

Un sourire s'afficha sur le visage de Mamoru. Il adorait participer aux messes noires. Du moins, il adorait comment elles se terminaient, souvent par des orgies où Mamoru avait le droit de prendre son pied avec Alyssa ou d'autres jeunes femmes. Tous entremêlés, tous mêlés, tous emboîtés dans une terrible danse macabre.

Alyssa revêtit une tunique noire, les deux hommes firent de même. Tous trois se levèrent et pénétrèrent dans une pièce secrète de la maison. Sasaki alluma deux bougies qui révélèrent un autel érigé en faveur de Satan. Au-dessus de l'autel, une croix inversée au centre d'un pentacle. Une nappe noire recouvrait l'autel. Au centre de la nappe, brodé en rouge, un pentacle avec le chiffre 666 aux extrémités. Au milieu du pentacle, un crâne humain. Devant l'autel, une statuette représentant Satan.

Alyssa s'agenouilla devant la statue et récita quelques paroles en l'honneur du chef suprême de la milice infernale. Sasaki alluma encore deux autres cierges, qu'il plaça sur chaque extrémité de l'autel et fit brûler de l'encens.

Alyssa se mit à danser tout en louant Satan. Elle semblait comme possédée. Son visage était figé dans un masque de haine. Sasaki vint la rejoindre. Il tenait le crâne dans sa main. La prêtresse diabolique posa le crâne par terre et urina à l'intérieur. Elle prit le crâne rempli du liquide jaune et chaud et le tendit à Sasaki qui en but une gorgée, puis à Mamoru qui fit de même.

Enfin, les trois sataniques entamèrent un chant de louange à Satan, avant de se déshabiller et de s'adonner au péché de chair.

Soudain, l'autel se mit à trembler. Les trois sataniques arrêtèrent leur orgie.

— C'est Satan qui est avec nous, cria Alyssa.

Une forme noire, vaporeuse, se dessinait devant l'autel. Alyssa, toujours nue, se prosterna devant elle. Mamoru eut peur. La pièce devint soudain glaciale et une odeur de soufre se fit sentir. L'homme à tout faire se rapprocha de Sasaki qui le rassura.

Mamoru avait déjà participé à des messes noires, souvent il s'y adonnait avec Sasaki et Alyssa. Souvent aussi, il y avait beaucoup de personnes qui accompagnait ce trio infernal, des personnes qu'il croisait dans les couloirs de l'école ou dans la rue. Il se souvint de la boulangère qui avait offert sa virginité ainsi que de la conseillère d'éducation. Cette dernière était une habituée et assistait chaque vendredi à l'office. Le restant de la semaine, elle se comportait normalement, était gentille, mais affichait souvent un sourire carnassier. En fait, les élèves la craignaient et ses collègues l'évitaient.

Durant certaines de ces messes noires, les sataniques offraient de jeunes filles vierges à Satan. Alors, Alyssa désignait deux ou trois hommes pour les déflorer. Une fois Mamoru avait eu le privilège de participer à cet évènement. Il ne comprenait pas à quoi cela servait, ce que cela signifiait, comme il ne comprenait pas les rituels exécutés par Alyssa lors de ces cérémonies, mais il y participait volontiers, car savait que sa récompense serait le sexe.

Et la plupart du temps, dans ces messes noires, les gens chantaient des paroles incompréhensibles, exécutaient des rites, parlaient d'une voix étrange toujours sérieuse et grave et lisaient un étrange livre. Jamais il n'y avait eu de baisse de température ou d'objets qui voltigent dans les airs. Jamais aussi une entité n'était apparue.

Mamoru avait entendu certaines personnes, notamment des filles, qui avaient participé aux messes noires se plaindre auprès de Sasaki ou d'Alyssa de cauchemars ou de maux physiques. Il avait toujours pensé que ces personnes prenaient cette excuse pour ne plus venir à ces réunions macabres. Une fois, la boulangère tomba dans un profond coma et l'on ne la revit plus. Il sut, plusieurs semaines après, qu'elle avait succombé à une maladie étrange. Des Occidentaux reprirent la boulangerie, mais ils la fermèrent une semaine après et quittèrent le Japon. Là encore, Mamoru sut qu'Alyssa leur avait fait peur. Elle ne voulait pas que quelqu'un achète la boulangerie. Elle se réservait ce lieu pour le transformer en auberge afin d'y accueillir des adeptes du culte noir du monde entier.

Soudain, un rire retentit dans toute la pièce. Lugubre. Saisissant. Dur.

Alyssa se releva. Elle tremblait. Sasaki recula. Il sentait quelque chose de terrible, ce qui se passait ici n'était pas normal. Il était un adepte de Satan, mais jamais il n'avait ressenti une telle peur, un tel mal-être. Devant lui, il vit Alyssa se débattre avec quelque chose d'invisible, sous l'œil jaune de l'entité qui avait pris forme. Quelqu'un la frappait et la jeune femme criait de douleur. Elle implorait le pardon. Que se passait-il ?

Sasaki voulut s'approcher d'Alyssa, mais une force invisible le repoussa. Il tomba au sol et sentit que des mains décharnées l'attrapaient au niveau du cou. Il n'eut plus d'air et s'évanouit.

Mamoru se boucha les oreilles pour ne plus entendre les cris de la prêtresse noire. La jeune femme était couverte de marques rouges. Certaines saignaient. Il regardait la scène sans oser bouger. Il était terrifié. C'était comme si des milliers de pics brûlants invisibles piquaient le corps d'Alyssa.

Il vit Sasaki vouloir porter secours à Alyssa, il le vit s'effondrer au sol, se débattre avec des mains invisibles lui enserrant le cou. Il vit les traces qu'elles avaient laissées sur le cou du vieil homme et lorsque ce dernier cessa de se débattre, s'immobilisa, Mamoru cria de toutes ses forces. Il voulut s'enfuir. Mais il ne réussit pas à ouvrir la porte. Il s'acharna dessus en vain. Elle demeurait désespérément bloquée. Soudain Alyssa cessa de crier. Mamoru se retourna. La jeune femme gisait immobile au sol. Tétanisé par la peur, il vit que l'entité s'approchait de lui. Il ferma les yeux. Il ressentit un froid glacial l'envahir. Il s'écroula à son tour.

Sasaki se réveilla plusieurs heures après cet évènement. Il avait froid. Sur le moment, il ne se souvint pas de ce qu'il s'était passé. Il fut surpris de se réveiller dans la salle réservée aux messes, nu. Sa gorge lui faisait mal et il avait du mal à déglutir. Il avait mal à la tête. Il tenta de rassembler ses esprits. Soudain, il se souvint de la messe noire, de l'orgie puis de l'apparition du démon.

Il se précipita vers Alyssa, toujours inanimée, et vit que la cage thoracique de la jeune femme se soulevait par intervalle régulier. Elle était toujours en vie. Il chercha Mamoru du regard et le trouva gisant près de la porte. Il se pencha pour écouter son souffle. Lui aussi était vivant.

Le vieux gardien comprit qu'il s'était passé quelque chose de terrible ici, quelque chose qu'ils n'avaient pu contrôler et il prit peur. Toute cette histoire était allée trop loin.

Alyssa reprenait connaissance. Sasaki l'aida à se relever. Des plaies multiples, griffures et points rouges, couvraient son corps. Sasaki lui tendit sa tunique pour qu'elle s'habille et fit de même.

— Que s'est-il passé, demanda le vieil homme.

— Je ne sais pas. Je pense que le démon a voulu nous faire savoir que nous ne devons pas lutter contre lui. Et il nous a possédés. Je le sens en moi. Il me fait mal !

Les yeux de la jeune femme se révulsèrent. Sasaki recula. Lui aussi sentait le démon à l'intérieur de lui. Il tremblait. Le démon avait pris possession de leur corps et ils étaient voués à ressentir la désolation jusqu'à la fin de leur vie.

Doucement, Mamoru se relevait. Sasaki lui tendit sa tunique et se força à lui sourire.

— Est-ce que tu vas bien ?

Mamoru hocha la tête.

— J'ai peur Sasaki-Sama.

— Moi aussi j'ai peur.

Mamoru se mit à pleurer. Il avait entrevu l'enfer, mais l'enfer n'avait pu entrer en lui. Pourquoi ? Il ne le savait pas. Alyssa les rejoignit.

— Le Maître me dit que nous devons nous tenir prêts. Un groupe de prêtres doit arriver et nous devons nous comporter normalement.

Sasaki acquiesça. Lui aussi avait entendu la voix dans sa tête lui dire la même chose. Mamoru hocha la tête à son tour. Il ne comprit pas ce que racontait Alyssa, mais préféra ne rien dire. La professeure d'anglais dégageait quelque chose de tellement mauvais qu'il préféra se taire de peur d'attirer l'attention sur lui.

— Comment allons-nous nous débarrasser de la chose qui est en nous, demanda Sasaki.

Alyssa se tourna vers lui, un rictus se dessina sur les lèvres.

— Nous ne pouvons pas nous débarrasser de lui, nous devons lui obéir.

Elle se tourna vers Mamoru.

— Et toi l'attardé, il ne peut te prendre. Mais si tu fais un pas de travers, je te tue.

Sasaki comprit à cet instant qu'ils n'avaient plus d'emprise sur le démon. Ils étaient devenus des esclaves de ce démon. C'était le prix à payer pour s'être adonné à des messes noires. Il sourit. Depuis le temps qu'il attendait qu'un démon le possède, de ne faire plus qu'un avec un démon ! Il jura de collaborer avec lui, il jura allégeance et promit de servir ses intérêts.

Retour au présent

Lyoko se planta au milieu du salon. Personne n'osait bouger. Tous étaient suspendus aux gestes de la jeune fille. Celle-ci se tenait immobile, debout, la tête penchée en avant, les cheveux lui recouvrant le visage. Le temps était comme suspendu. Une odeur nauséabonde avait envahi les lieux.

Vincenzo regarda Carlo qui acquiesça. Il fit signe à Margareth de le suivre et se dirigea vers Lyoko.

— Lyoko ? Lyoko est-ce que tu m'entends ?

Aucune réaction. La jeune fille restait immobile. Une puanteur extrême émanait de son corps. Margareth eut un haut-le-cœur. Elle se tourna vers Élisabeth. La médium était pâle. Elle fit signe à son amie que le démon se cachait dans le corps de la jeune fille. La nonne voulut alors s'approcher d'elle, lorsque Sasaki l'agrippa et la força à reculer. Surprise, elle faillit perdre l'équilibre et se retint de justesse contre le mur.

— Pourquoi avez-vous fait une chose pareille ?

— Vous ne devez pas l'approcher. Laissez-la tranquille ! Je vous interdis de la toucher.

Contre toute attente, il se précipita sur Vincenzo et voulut le frapper. Ce dernier, qui vit le vieil homme arriver sur lui, esquiva le coup et le repoussa.

— Monsieur Zio, veuillez neutraliser cet homme !

Daniel bondit sur le vieillard et le força à reculer.

— Vous ne savez pas ce que vous faites ! Vous êtes inconscient du danger ! Elle peut vous tuer.

Daniel lui fit signe de se taire. Le vieillard souffla.

— Je vous aurais prévenu !

Ne l'écoutant pas, Vincenzo sortit l'étole violette de sa besace, ainsi que l'eau bénite et le manuel d'exorcisme. Il embrassa l'étole et se la passa sur les épaules. Carlo ouvrait déjà son manuel tandis que Margareth tenait son crucifix devant elle. Puis, il se signa et dessina le signe de croix en l'air devant Lyoko.

239

— Au nom du Père, du Fils et du Saint-Esprit.

— Amen, dirent en cœur Margareth et Carlo.

Vincenzo aspergea d'eau bénite Lyoko. Aucune réaction. Le prêtre-exorciste fit signe à Daniel et à Dimitri de se placer de chaque côté de Lyoko, afin de contenir la jeune fille si elle manifestait des réactions violentes. Alors, il démarra l'exorcisme. Il posa sur l'épaule de Lyoko l'étole, mit sa main droite sur la tête de la jeune fille.

— Voici la croix du Seigneur, fuyez, foules ennemies. Le lion de la tribu de Juda, descendant de David, est vainqueur.

— Seigneur, écoute ma prière, dirent Carlo, Margareth et Dimitri.

— Que mon cri parvienne jusqu'à toi !

— Le Seigneur est avec vous,

—Et avec votre esprit.

— Ô Dieu ! Père de notre Seigneur Jésus-Christ, j'invoque ton très Saint Nom et j'implore ta miséricorde afin que tu daignes m'assister contre le démon et contre tout esprit immonde qui tourmente ta créature ici présente.

Alyssa hurla. Son cri ressemblait à un mugissement, un hennissement. Vincenzo se retourna. La professeure d'anglais lévitait dans les airs et pointait du doigt le prêtre-exorciste.

— Toi le bâtard, je te conseille de fuir.

Le visage de la jeune femme s'était transformé en un masque hideux de haine. Il n'avait plus rien d'humain. Il s'étirait vers le haut, s'allongeait pour ressembler à une bête aux yeux sombres et à la gueule béante.

Rapidement, Vincenzo analysa la situation. Il avait, devant lui, une jeune fille probablement possédée et derrière lui, une jeune femme possédée. Il se tourna vers Sasaki et ne fut pas surpris de découvrir que ce dernier avait les yeux révulsés. Et Mamoru ! Il pleurait dans un coin, recroquevillé sur lui-même. Trois possédés, peut-être quatre, dans la même journée, c'était pas mal ! Plusieurs démons pouvaient posséder une seule personne. On appelait cela la possession multiple. Dans ce cas présent, un seul démon contrôlait le corps de plusieurs personnes ! Le prêtre-exorciste savait qu'il devait rester prudent et surtout méfiant. Un démon pouvait en cacher un autre. Il se souvint de la règle numéro trois du Rituel : « L'exorciste ne doit pas croire a priori que la personne est possédée », ainsi que la règle numéro cinq : « L'exorciste doit se rendre compte des artifices et des pièges utilisés par les démons pour le dérouter. »

— Alors prêtre, vociféra Alyssa, tu es plein de doutes ? Et tu crois que tu pourras me battre, toi l'homme de peu de foi ?

Vincenzo ne l'écouta pas. Il savait que cela ne menait à rien de discuter avec un démon, si ce n'est à la perdition. Il devait réfléchir et vite.

— Monsieur Marchand, à votre avis de quel démon s'agit-il ?

— Hanaka-San ! Ce ne peut être que lui.

— Il nous faut la statuette !

— Je m'en charge !

— Qu'allons-nous faire, demanda Carlo.

— Nous avons trois, voire quatre possédés dans cette pièce, dit Vincenzo. Ou nous exorcisons ces quatre personnes en même temps, mais cela présente un grand risque. Ou, nous essayons une autre méthode. J'opte pour la deuxième solution.

Carlo acquiesça. Il faisait confiance au prêtre-exorciste.

Dimitri se précipita vers la pièce où il supposait que Sasaki avait caché la statuette représentant le lézard à trois têtes. Il passa devant Alyssa qui lui barra le chemin.

— Où comptes-tu aller. Si tu avances encore d'un pas, je te tords le cou.

Le démonologue ne s'effraya pas. Il continua d'avancer, le crucifix tendu devant lui.

— Tu ne peux rien faire contre notre Seigneur Jésus-Christ. Je t'ordonne, bête immonde, de me laisser passer. Telle est la volonté du Créateur.

Il s'avança à quelques centimètres de la jeune fille et plaqua le crucifix sur son front. Alyssa hurla, un cri terrible. La peau en contact avec le crucifix brûlait. Elle se laissa tomber sur le sol et s'évanouit.

— Une bonne chose de faite, dit Dimitri qui disparut derrière une porte.

Il pénétra dans une pièce sombre. Il alluma la lampe torche de son portable et balaya le faisceau électrique devant lui. Il découvrit, avec horreur, un temple satanique avec tout ce qu'il pouvait comporter, un autel, une croix inversée et tous les autres signes que les sataniques utilisent lors de leurs messes noires. Sur la droite, sur un tabouret, il remarqua la statuette. Il la saisit. Elle était bouillante.

Au moment où Dimitri disparaissait par la porte, Kunikazo Nakamura, paniqué, courut vers Vincenzo et l'agrippa par le bras.

— Qu'est-ce qu'il se passe ici ? Parlez s'il vous plaît !

— Les choses qui se passent ici sont extérieures à l'humain. Avec tout le respect que je vous dois, veuillez vous tenir éloigné et surtout, veuillez lâcher mon bras.

Soudain, Lyoko redressa la tête. Des larmes ravageaient son visage. Elle semblait souffrir d'un mal invisible.

— S'il vous plaît, aidez-moi ! Il veut me tuer !

La jeune fille se mit à léviter dans les airs. Daniel tenta de la retenir, en vain. Lyoko s'éleva dans les airs et fut projetée contre le mur. Elle s'écroula, inanimée, à côté d'Alyssa. Élisabeth poussa un cri. Margareth se précipita pour secourir la jeune fille. Vincenzo l'en empêcha.

— Non ma Sœur ! Le démon veut nous faire peur. Nous devons lui montrer que nous n'avons pas peur de lui.

— Mais, protesta Nakamura, il faut appeler les urgences. On ne peut pas laisser cette petite et mademoiselle Marso dans cet état là.

— Elles seront en pleine forme lorsque j'aurai terminé mon travail, dit Vincenzo.

L'exorciste se tourna vers Daniel.

— Monsieur Zio, surveillez le gardien ! Monsieur Bohé et mademoiselle Ivodric, surveillez Mamoru.

Vincenzo fit signe à Daniel de le suivre. Arrivé devant Sasaki, il prit un crucifix et le colla sur le front du vieillard. Aussitôt, la peau sous le crucifix se mit à crépiter comme si elle brûlait. L'homme, les yeux révulsés, ne bougea pas d'un pouce. Le prêtre-exorciste se tourna vers Daniel.

— Monsieur Zio, maintenez cette croix sur son front. Ne faiblissez pas et même s'il vous supplie, ne relâchez pas.

Daniel fit oui de la tête et prit la place de Vincenzo.

— Mademoiselle Ivodric, faites de même avec Mamoru.

Cette dernière s'exécuta. Matt, caméra au point la suivit. L'homme à tout faire pleurait toujours. Il ne broncha pas lorsqu'Élisabeth lui colla le crucifix sur le front. Il regarda la jeune femme d'un air suppliant.

— Père Rinaldi, dit Vincenzo, veuillez m'aider s'il vous plaît.

L'exorciste renversa ce qui se trouvait sur la table basse du salon afin de faire place nette. Il tendit un flacon contenant de l'huile d'olive à Carlo.

— Veuillez exorciser cette huile, je vous prie, lui dit-il. Nous allons en avoir besoin.

Carlo prit le flacon, s'agenouilla près de la table, ouvrit le Rituel et commença les prières.

L'ambiance était tendue. Personne ne parlait. Tout le monde regardait les deux prêtres qui s'affairaient. Seul le TIC TAC du carillon en chêne brisait ce pesant silence, ça et les murmures de Carlo occupé à prier ainsi que les bruits de la pluie qui s'abattait sans discontinuité sur le toit de la maison.

Dimitri réapparut enfin tenant devant lui, avec fierté, la statuette.

— J'ai trouvé la statuette ! Mais j'ai aussi trouvé un temple satanique ! Le vieux gardien faisait des messes noires.

— Et mademoiselle Marso aussi, dit Vincenzo.

Le prêtre lui fit signe de la place au centre de la table. Chose faite, il se tourna vers le démonologue.

— Tendez les mains devant vous, je vous prie.

Dimitri s'exécuta. Vincenzo y versa de l'eau bénite. Dimitri remercia le prêtre qui venait de le laver des impuretés néfastes de la statuette. La réaction du prêtre -exorciste le surpris.

— Comment savez-vous que la prof d'anglais s'adonne aussi au satanisme ?

— Parce qu'elle en présente tous les signes. Je pense même qu'elle est l'instigatrice de tout cela. Elle est la plus touchée.

— Comment comptez-vous vous y prendre pour combattre ce démon ?

— J'ai ma théorie et vous allez me dire si elle est juste. Je pense que le démon, Hanaka-San, a une emprise sur monsieur Sasaki, mademoiselle Marso et mademoiselle Okada. Concernant monsieur Mamoru, je ne suis pas certain qu'il soit démoniaque. Nous avons affaire ici à une possession d'un genre différent de celles que nous avons déjà traitées lors de nos deux missions précédentes. Je m'explique : le démon ne se trouve pas dans les corps, mais il les oblige à lui obéir. Par conséquent, nous devons attaquer son symbole afin de le toucher.

Vincenzo ouvrit sa besace, en sortit la poupée de chiffon trouvée dans l'oreiller de Lyoko et la plaça à côté de la statuette au lézard à trois têtes. Enfin, il s'aspergea les mains d'eau bénite et se tourna vers Carlo.

— Père Rinaldi, en avez-vous fini avec l'huile ?

En guise de réponse, Carlo lui tendit le flacon contenant l'huile d'olive. Dimitri renversa de l'huile autour de la statuette et de la poupée de chiffon, formant ainsi un cercle.

— Bien, dit-il, nous pouvons commencer. Père Rinaldi, monsieur Marchand et sœur Margareth, unissons nos prières pour renvoyer ce démon en enfer.

Joignant la parole à l'acte, Vincenzo s'agenouilla devant la table basse, joignit les mains et invita du regard ses compagnons à faire de même. Les autres prirent place autour de la table, s'agenouillant à leur tour. Margareth, dont le genou la faisait souffrir, ne put retenir un petit cri de douleur. Vincenzo s'en aperçut et nota ce détail dans un coin de sa tête.

Les quatre compères débutèrent les prières. Le Notre-Père, suivi de la prière à Marie, puis à celle de l'archange saint Michel. Soudain, Alyssa poussa un hurlement bestial, inhumain.

— Arrêtez ça ! Arrêtez ça tout de suite !

Margareth sursauta. Vincenzo, par un regard, lui intima de continuer à prier, de ne pas tenir compte du démon qui cherchait à les perturber.

Alyssa se redressa, grouina, les yeux révulsés. Elle s'éleva dans les airs en hurlant des insanités et se tourna vers Nakamura que la peur tétanisait.

— Tu vois ce que tu as fait à ton école ! Regarde comme tu l'as détruite !

Le directeur de l'école de Shuyakan ne répondit pas. Carlo se leva pour le secourir, mais Vincenzo le retint. Il fit non de la tête. Le prêtre-psychiatre ne comprit pas la décision de son supérieur, mais il lui fit confiance. S'il agissait ainsi, c'est qu'il avait ses raisons. Vincenzo fit signe de reprendre les prières. Derrière son dos, Alyssa redoublait en insultes envers Nakamura. Elle sifflait des insanités entre ses dents, ses yeux jetaient des éclairs de rage. Matt filma la scène. Daniel était abasourdi par ce qu'il voyait. Il croyait en l'existence physique du diable et le voir à l'œuvre était toujours quelque chose d'effrayant. Alyssa était une belle jeune femme, pleine de charme. Là, il avait devant les yeux une bête, une chose inhumaine remplie de colère. Et cette colère était dirigée envers Nakamura.

Derrière le dos de Vincenzo, Alyssa redoublait en insultes envers Nakamura.

— À cause de ta vanité, vois ce que tu as fait de cette école, vociféra-t-elle. Imbécile ! Toi qui te crois intelligent, tu as causé la perte de cette école ! Toi qui n'as pas voulu te retirer, tu m'as appelé.

— Je n'ai appelé personne, cria Nakamura.

— Oh que si tu m'as appelé ! À cause de ta vanité, de ton incapacité à te remettre en question et à céder ton poste, tu as obligé ton vieil ami et la pute qui me sert de corps à m'appeler pour te détrôner. J'avais presque réussi si ceux qui se font appeler les Purificateurs n'étaient pas intervenus. À cause d'eux, je ne pourrai pas terminer ma mission. À cause de toi, parce que c'est toi qui les as fait venir !

— Je n'ai rien fait !

Autour de la table basse, Vincenzo avait entamé le rituel d'exorcisme. Il aspergeait la statuette et la poupée de chiffon d'eau bénite tout en prononçant les paroles saintes du rituel. Les autres lui donnaient la réplique. Dimitri ne pouvait s'empêcher de jeter des coups d'œil à ce qui se passait autour de lui. Et plus le rituel avançait, plus Alyssa semblait perdre de sa force. Une fumée noire se dégageait de son corps, comme si elle brûlait. Ou plutôt comme si le monstre tapi en elle se consumait sous les prières.

— Je me meurs, cria-t-elle. Je me meurs, mais tu mourras avec moi Nakamura.

Soudain, Sasaki ouvrit les yeux. Daniel, qui regardait Alyssa, ne s'en aperçut pas. Avec une force incroyable, le vieil homme poussa le militaire qui voltigea contre le mur. Un sabre à la lame acérée se matérialisa dans sa main. Ainsi armé, le vieillard se précipita sur Nakamura, les lèvres retroussées dans un affreux rictus. Au même moment, Alyssa hurla :

— Tu vas mourir !

Vincenzo se leva et fit face à Alyssa.

— Hanaka-San, je t'ordonne de t'arrêter au nom de Jésus-Christ notre Seigneur.

D'un pas rapide, il se dirigea vers la jeune femme, alors que Sasaki tendait déjà son sabre en l'air, prêt à l'abattre sur la gorge du directeur de Shuyukan figé de peur. Daniel, un peu sonné, se précipita vers Sasaki et voulut lui prendre son sabre. Il s'arrêta net lorsque Vincenzo lui demanda de reculer et ne pas intervenir. Le prêtre-exorciste s'avançait toujours vers

Alyssa, brandissant son crucifix.

— Hanaka-San, je sais qui tu es et tu ne peux me résister. Je t'ordonne, au nom de Jésus-Christ, de retourner au pied de la Croix afin que notre Seigneur te révèle ton sort.

Soudain, Sasaki s'immobilisa à quelques centimètres de Nakamura, tenant le sabre en l'air, le visage figé dans une expression de douleur intense. Alyssa se figea à son tour, regarda l'exorciste. Ses yeux se révulsèrent lorsque ce dernier lui posa l'étole violette autour du cou.

— Regarde la Croix du Seigneur, dit Vincenzo. Crains le Seigneur !

Alyssa vomit une écume blanchâtre et enfin s'affaissa. À l'autre bout de la pièce, Sasaki laissa tomber son sabre et tomba à terre inanimé. Lyoko cria avant de tomber au sol, elle aussi inanimée. Soudain, la statuette en bois et la poupée de chiffon prirent feu spontanément et devinrent, en l'espace de quelques secondes, de la cendre. Aussitôt, la pièce se réchauffa.

Vincenzo se retourna.

— Hanaka-San est parti. Nous l'avons vaincu.

Daniel aida Nakamura, tremblant de peur, à se relever, pendant que Carlo se précipitait déjà sur Alyssa pour l'ausculter.

— Elle va bien, dit-il.

— Tout le monde va bien, dit Vincenzo.

— Mais qu'est-ce qu'il s'est passé, demanda Élisabeth.

Déjà, Alyssa reprenait connaissance.

— Je pense, dit Vincenzo, que nous devons poser cette question à mademoiselle Marso ainsi qu'à monsieur Sasaki.

Margareth aida Lyoko à se redresser. La jeune fille avait repris un visage humain. Elle semblait hébétée.

— Où suis-je ? Qu'est-ce que je fais ici ?

La bonne sœur la rassura. Le vieux gardien aussi reprenait connaissance. Matt l'aida à se relever. Seul Mamoru, toujours prostré sur lui-même, continuait à pleurer. Vincenzo s'agenouilla devant lui.

— C'est fini Mamoru, tout est fini.

L'homme à tout faire redressa la tête et regarda le prêtre. Il se jeta à son cou en le remerciant.

— Tout ceci, dit Dimitri, ne nous dit pas ce qu'il s'est passé ici.

Vincenzo se redressa et regarda la professeure d'anglais et le vieux gardien.

— Je pense qu'il serait temps de vous confier et de demander la rémission de vos péchés.

— Je ne veux rien demander du tout, cria Alyssa, vous avez tout gâché ! Nous touchions au but et il a fallu que vous arriviez pour tout foutre en l'air !

— Et quel était ce but, demanda Dimitri.

— Faire perdre sa place à Nakamura !

— Et cela justifie-t-il la mort d'innocents, demanda Margareth.

— Oh que oui, cela justifie la mort d'innocents, dit Sasaki. Cette école devait devenir un temple dans lequel seraient formés des magiciens !

Vincenzo soupira.

— Mes pauvres amis, vous ne savez pas à quel point vous vous fourvoyez. Mais comme Satan vous domine, je ne peux rien pour vous tant que vous ne vous repentez pas. J'espère que vous réfléchirez à tout cela en prison.

— Je ne comprends rien, dit Nakamura. Qu'est-ce qu'il s'est passé ?

— Pour faire rapide, dit Dimitri, mademoiselle Marso est une prêtresse noire et son compère, celui que vous preniez pour votre ami, j'ai nommé Sasaki Tsugaru, est son complice. Ces deux sataniques avaient pour projet d'ériger un temple à la place de l'école. Mais pour cela, il fallait vous éliminer. Ils ont alors invoqué un démon et leur plan a failli réussir.

— Nous n'avons pas invoqué Hanaka-San, cria Alyssa. C'est Mamoru qui l'a appelé, c'est lui le responsable de tout ce carnage !

— Le fait est, continua Carlo, qu'ils ont entraîné dans leur sillage Mamoru qui a lui joué à l'apprenti sorcier, avec pour résultat de faire fermer l'école. Ensuite, ils n'avaient plus qu'à attendre que les autorités ferment définitivement ce lieu pour le reprendre et l'ouvrir clandestinement afin de s'adonner à des messes noires et autres rituels néfastes.

Nakamura fit non de la tête. Il ne savait pas ce qu'il devait ressentir, de la colère, de la compassion, de la haine… Cette histoire le dépassait tellement qu'il était perdu.

— Deux jeunes filles tuées, sans parler des prêtres, tout cela pour faire fermer l'école !

— Vous savez, dit Vincenzo, ne vous posez pas trop de questions vous ne trouverez pas les réponses. Ce qu'il vous reste à faire c'est d'appeler les autorités et de les faire enfermer. Quant à nous, nous prendrons bientôt congé. Notre travail ici est terminé. Avant de partir, nous purifierons les lieux, surtout celui où se déroulaient les messes noires. Nous ferons aussi une purification sur Mamoru, car le démon l'a touché. Mais c'est un protégé du Christ, donc normalement, il ne risque rien.

Plus tard, dans la soirée, les Purificateurs se rejoignirent au salon. Sasaki et Alyssa étaient hors d'état de nuire. Nakamura s'apprêtait déjà à rouvrir son école et Mamoru se remettait de toute cette histoire. Lyoko, encore choquée, était rentrée chez elle. Vincenzo l'avait bénie. Et lors de cette bénédiction, il apprit que son père l'avait ramenée à l'école puis qu'il s'était endormi au volant de son véhicule. Miracle ou intervention du démon, Vincenzo ne put le dire. Lorsqu'il s'était réveillé, tout était déjà fini. Pour lui, le temps s'était arrêté. Il ne se souvint pas pourquoi il avait dû ramener sa fille à l'école. Vincenzo avait pris un peu de temps à le rassurer.

Le prêtre prit la parole.

— Je tiens à tous vous remercier. Cette mission est une parfaite réussite. Que Dieu garde cette école. Quant à nous, préparons-nous à rentrer. Mais, avant cela, j'ai une surprise pour tout le monde. Demain, avant d'embarquer pour Rome, nous irons visiter le centre spatial de Tanegashima. Je crois que mademoiselle Ivodric mourrait d'envie d'y aller.

Élisabeth explosa de joie.

— Merci mon père !

— Ne me remerciez pas. Remerciez plutôt monsieur Zio qui m'a soufflé l'idée.

La médium regarda Daniel dont les joues rougissaient. Elle trouva cela craquant.

— Juste une question mon père, dit Dimitri, comment avez-vous su pour Alyssa et Sasaki ?

— Je m'en suis douté lorsque nous avons découvert la poupée de chiffon dans le coussin de la première victime. J'ai su qu'on lui avait jeté un maléfice.

— En fait, si je résume, dit Dimitri, Alyssa et Sasaki sont deux sataniques qui voulaient s'approprier l'école. Ils ont fait des incantations et ont fait venir un démon. Mais que vient faire Mamoru là dedans ? Et Lyoko ?

— Mamoru était leur esclave. Simplement, il était amoureux de mademoiselle Lyoko et en voulant l'aider, il a libéré Hanaka-San. Ce pauvre bougre n'est qu'une victime qui en voulant bien agir, a mal agi. En ce qui concerne mademoiselle Lyoko, elle aussi est une victime collatérale de tout ce complot. Elle ne supportait pas sa camarade de chambre et a voulu se venger en lui jetant un sort. Sauf que les choses ont dégénéré. Alors, mademoiselle Marso a jeté un sort sur mademoiselle Lyoko pour l'éliminer et a voulu rectifier le tir en contrôlant Hanaka-San. Mais ce dernier a échappé à tout contrôle. Elle aurait pu réussir sans notre intervention.

— Tout cela, dit Carlo, dans le but de s'approprier l'école et d'en faire un temple satanique afin de s'enrichir.

— L'argent est souvent responsable de beaucoup de maux, dit Daniel.

— Mais pourquoi le démon n'a pas possédé Mamoru, demanda Matt.

— Parce que Mamoru, répondit Vincenzo, est un simple d'esprit. Et notre Seigneur protège les simples d'esprit et les malades.

247

— Et comment avez-vous su comment combattre ce démon, demanda Élisabeth. D'habitude, vous exorcisez des personnes et non des objets.

— En fait, la statuette représentait le démon et la poupée le maléfice. Ce démon a pris possession de trois personnes. Nous aurions pu exorciser ces trois personnes, mais le mieux était encore de s'attaquer à la source. Ce que j'ai fait.

Dimitri applaudit, bientôt suivi des autres.

— Bravo, dit-il. Bravo mon Père. Sur ce coup-là, vous avez fait preuve de beaucoup de perspicacités.

— Je n'ai aucun mérite, dit Vincenzo. Le mérite revient à l'Esprit Saint qui m'a soufflé la conduite à tenir.

— En tout cas, dit Daniel, le démon est vaincu et moi je suis estomaqué par votre force spirituelle. Bravo !

Vincenzo sourit.

— Merci, monsieur Zio. Je tiens aussi à vous dire que vous avez été une précieuse aide pour l'équipe. Vous avez fait preuve de beaucoup de sang-froid. Votre période d'observation est maintenant terminée et j'ai l'honneur de vous nommer membre officiel de l'Ordre des Purificateurs.

— Trinquons à cette bonne nouvelle, dit Élisabeth, qui se leva à la recherche de verres et d'une bouteille.

Elle ne trouva que du saké. Les Purificateurs trinquèrent donc au saké. Tous étaient détendus, tous heureux d'avoir pu mener cette mission à bout, tous pressés de repartir à l'aventure. Seul Matt n'arrivait pas à se détendre. Il semblait préoccupé. Dimitri remarqua son malaise.

— Que se passe-t-il mon ami ?

— Au risque de passer pour le chiant de service, répondit Matt, j'ai une dernière question qui me turlupine l'esprit.

Vincenzo lui fit signe de poursuivre.

— Voilà. Il y a quelque chose dans cette histoire que je ne comprends pas. Comment se fait-il que Lyoko, qui était dans le coma, ait son cerveau qui se mettait en activité dès que le démon apparaissait ? Ça ne colle pas.

— Il restera toujours des énigmes auxquelles nous ne pourrons trouver de réponses, dit Vincenzo.

— Je pense, dit Dimitri, que comme c'est Lyoko qui a fait venir Hanaka-San alors qu'elle ne le voulait pas, ce dernier l'a endormie et devait se servir de sa force énergétique dès qu'il devait apparaître. Simplement, Lyoko était pour lui un réservoir à énergie. Il en avait besoin. Les démons ne puisent leurs forces que dans notre énergie. C'est pourquoi il maintenait Lyoko dans un état végétatif afin de s'en servir lorsqu'il en avait besoin.

— C'est exactement ce que j'ai ressenti, dit Élisabeth. Lyoko ne supportait pas sa compagne de chambre. La haine emplissait son cœur. C'est cette énergie mauvaise qui a donné de la force au démon.

Matt acquiesça. Il alluma son ordinateur et appela Crystal. Bientôt, son visage s'afficha sur l'écran.

— Nous ne pouvons pas fêter la réussite de cette mission sans Crystal, dit-il.

MARIE D'ANGE

LES PURIFICATEURS

ÉPISODE IV : ROBERT

"Mieux vaut tenir le diable dehors,
Que de le mettre à la porte."
Proverbe écossais

Introduction

Mois d'août à Paris. Un mois étouffant, irrespirable. Surtout pour nos trois camarades, Yannick, Raphaël et Lucas, qui n'avaient jamais vécu à Paris. Résidants depuis peu dans le 13ᵉ arrondissement, au troisième étage d'un immeuble vétuste, les trois amis se réjouissaient, cependant, d'avoir la chance de pouvoir rester ensemble pour cette audacieuse aventure. Les seuls avantages du logement, être proche de leur nouvel emploi et à proximité de l'Université. Ainsi, comme l'avait fait remarquer Lucas lorsque les trois colocataires avaient visité leur futur pied-à-terre : « on sera des adultes dans l'entreprise, et on ira à la cafétéria de l'Université pour les pauses, histoire de nous sentir encore un peu étudiants. » Et bien que l'appartement n'était pas moderne et tombait en ruine faute de travaux de rénovation, qu'il était un brin cher (« on est à Paris, avait dit Yannick, ici un 30 mètres carrés tu le paies une paye complète ! »), que le voisin de palier était un type bizarre qui vivait avec une trentaine de chats (« pour une fois que c'était un homme et pas une femme amie des matous », avait dit Yannick, phrase à laquelle Raphaël avait répondu : « cet homme-là doit un être une donzelle refoulée, pas possible autrement. »), c'était leur premier "chez eux", et ils respiraient le bonheur. Au moins, le quartier avait l'air sympa et animé. Et puis, ils ne feraient que dormir dans cette piaule typiquement parisienne !

Yannick Perdurin, Raphaël Bison et Lucas Capodici s'étaient connus sur les bancs de la prestigieuse École polytechnique de l'université de Lorraine, située à Nancy. Cinq ans d'étude, cinq ans d'entraide, cinq ans de rires, cinq ans d'amitié. Le diplôme d'ingénieur de l'information et des systèmes en poche, ils ont postulé dans plusieurs grandes boîtes avec l'espoir qu'une même entreprise retient leur CV.

Quelle surprise de recevoir, tous les trois, une demande d'entretien de la Société Accenture, dont le siège se trouvait dans le 13e arrondissement de Paris, et d'y avoir obtenu un poste après les entrevues passées fin juin ! Et l'annonce de l'acceptation de leur candidature arriva alors qu'ils s'étaient offert un voyage aux États-Unis pour fêter leur diplôme et le début d'une nouvelle vie, le début de la véritable autonomie. Finie la vie d'étudiant, place à la vie d'adulte avec ses avantages et inconvénients. Le plus gros avantage : ne plus dépendre des parents financièrement. L'inconvénient majeur : s'occuper des factures, du loyer. Et du ménage !

Aussitôt rentrés de leur escale à Key West, en Floride, où ils en avaient profité pour voir le Fort East Martello Museum, ils s'étaient attelés à la recherche d'un appartement à Paris. Sans trop de difficultés, disons-le. Sur ce coup, ils eurent de la chance. L'agence leur trouva rapidement un quatre pièces dans le 13e arrondissement de Paris qui correspondait à leur unique critère : le logement devait comporter trois chambres. Les trois amis le visitèrent et signèrent le bail dans la foulée.

Excités, ils emménagèrent dans leur nouvel appartement. La décoration n'était pas leur truc et aucun ne s'en occupa. Ils se contentèrent de poser les meubles, de s'offrir un énorme écran plat, un canapé confortable et de prendre un abonnement à internet. Comment vivre sans internet de nos jours ? Cela était tout bonnement impossible pour eux ! Ils pouvaient vivre sans plaques de cuissons, mais pas sans internet ! D'ailleurs, aucun des trois n'avait pensé à acheter une plaque de cuisson ou une gazinière. Un percolateur pour le café du matin (indispensable !), grille-pain et four à micro-ondes. C'était tout ce dont ils avaient besoin.

Ils devaient commencer leur nouveau travail début septembre et avaient décidé de profiter des vacances d'été pour visiter chaque établissement artistique, chaque endroit animé, chaque petit théâtre de la capitale, chaque bar irlandais que comptait la Ville lumière. À Paris, les perspectives d'amusement devenaient illimitées.

Les premiers jours de leur vie parisienne rimèrent avec fête perpétuelle, entre les sorties, les rencontres, les découvertes. Ils s'émerveillaient des musées, des monuments, de l'ambiance dans les quartiers… Mais, très vite, un mal inconnu les frappa, le genre de mal qui vous donne l'impression de n'être plus à sa place, de ne pas avancer, de ne rien trouver de passionnant ou de récréatif… La fête perpétuelle se transforma en ennui perpétuel. Pire, pour la première fois en cinq ans d'amitié, de violentes disputes éclatèrent entre les trois jeunes hommes. Souvent pour des choses futiles d'ailleurs. L'ambiance à la maison devint électrique, pesante, morose. Personne n'expliquait cette situation. Comment trois garçons qui possédaient tout pour être heureux, à qui un avenir radieux s'ouvrait devant eux, peuvent-ils à ce point tomber dans la dépression et ne plus se comprendre ? Incompréhensible ! Irréel !

Yannick Perdurin avait peut-être une idée sur la cause de ce malheur. Il devait en parler à ses amis, mais ne savait pas comment amener la chose. Seul, assis sur le canapé du salon, il fixait l'écran noir de la télévision. Il se souvenait du bon vieux temps, celui des études, celui des rires et de l'insouciance. Celui où Lucas, le boute-en-train du groupe, sortait des phrases du genre : « J'hésite à me mettre à Candy Crush. Paraît que c'est vachement addictif. En fait non, je vais me mettre à l'héroïne, c'est plus prudent ! » Yannick sourit. C'est vrai qu'il pouvait parfois se montrer très drôle Lucas. Comme le jour, ou plutôt la nuit, où Lucas et lui discutaient dans un bar branché de Nancy. Soudain, ils s'aperçurent que Raphaël avait disparu. Ils l'avaient cherché partout, pour enfin le retrouver sur le parking souterrain de la ville, à l'intérieur d'une voiture, une Fiat 500, en compagnie d'une somptueuse blonde. Comment lui, ce grand gaillard, avait-il pu se plier pour entrer dans cette minuscule voiture et faire des galipettes ? Lucas avait haussé les épaules : « À 20 ans, tu fais l'amour en chantant "Formidaaable" et à

24 ans, c'est ton gosse qui va chanter "Papaoutai" ». Raphaël était le tombeur du groupe, le beau gosse, le badass comme disent les jeunes. Sportif au visage d'ange, il emballait les filles plus vite que son ombre ! Au grand désespoir de Lucas, qui n'avait que son humour pour séduire. Quant à Yannick, il était l'intellectuel, le sage de la bande et toutes ces histoires de filles ne l'intéressaient pas, peut-être tout simplement, parce qu'il ne plaisait pas aux filles. Yannick était convaincu que sa princesse arriverait bientôt et qu'il connaîtrait le bonheur éternel dans ses bras.

Yannick s'étira. Il avait passé toute la nuit assis sur ce canapé, sans réussir à fermer l'œil, à cogiter sur ce qu'il se passait en ce moment avec ses amis. Il repensa à son cauchemar et frissonna. S'il ne voulait pas sombrer dans la folie, il devait agir rapidement.

Lucas entra au salon.

— Salut, t'as bien dormi, demanda-t-il à Yannick.

— Ouais, ça peut aller.

Mensonge nécessaire. Parfois, le mensonge s'avérait nécessaire, comme l'était l'hypocrisie, un mal nécessaire aussi. Lucas en lui demandant s'il avait bien dormi se montrait hypocrite puisqu'il n'attendait aucune réponse et Yannick menteur en lui répondant qu'il avait passé une bonne nuit, ce qui n'était visiblement pas le cas. Il avait passé une partie de la nuit à chasser ses angoisses et une autre partie à essayer de trouver une solution pour apaiser ces angoisses.

— Perso, continua Lucas, j'ai fait cauchemar sur cauchemar, c'était terrible.

Yannick leva la tête et regarda son ami. Cheveux en bataille, yeux rouges et hagards. Effectivement, la nuit fut aussi une épreuve pour lui. D'habitude si jovial, il semblait vidé de sa joie de vivre, sentiment remplacé par une profonde lassitude qui le tirait vers la dépression. Il tremblait. Où se cachait le garçon si enjoué, toujours le sourire aux lèvres, toujours une blague prête à sortir de sa bouche ou le bon mot qui détendait l'atmosphère ? Yannick aussi était fatigué, il n'arrivait plus à réfléchir. Tant d'évènements bizarres s'étaient produits depuis leur emménagement dans leur appartement, qu'il ne savait plus quoi penser. Folie ? Mal du pays ? Il ne savait plus quoi croire.

Il entendit le voisin de palier appeler ses chats dans le couloir. Lui au moins jouissait d'une vie tranquille, casanière.

— Il faut que l'on fasse quelque chose, dit Yannick. Et vite. J'vais pas tenir longtemps comme ça. C'est insupportable.

— T'es au courant qu'on peut rien à faire ? On est condamné parce qu'on a fait une grosse bêtise et qu'on doit payer. On récolte ce que l'on sème. Là, la graine était très mauvaise, mais elle a germé et s'est transformée en pourriture.

— Il doit bien avoir une solution ! Un prêtre peut peut-être nous aider ou quelqu'un d'autre, un spécialiste de la question…

— Et quoi ? Tu vas aller trouver un prêtre en lui disant s'il vous plaît aidez-moi, mes amis pètent un plomb, j'vois des choses étranges pendant la nuit et un d'mes copains fait des poussées de neurones inversés et se met à chanter ? Mais personne ne va te croire ! Tout ce qui nous arrive se passe dans nos têtes, et plus on y fait attention, plus les phénomènes deviennent nombreux, comme si le simple fait d'y penser les faisait se produire. Donc, on ne doit plus y penser et tout s'arrêtera.

— Tu l'as vu comme moi, la crise de Raphaël, c'était pas une hallucination !

Au même moment, Raphaël débarqua au salon, tenant la poupée Léon dans sa main. Lui aussi semblait avoir très peu dormi. Yannick le dévisagea avec méfiance. Il craignait sa colère qui pouvait surgir subitement, sans prévenir. Raphaël n'aimait pas que l'on parle de ses crises.

— Bon les gars, secouez vos miches ! On dirait des zombies ! On réagit, on respire et surtout, on réfléchit. Ces histoires de poupées hantées, ça n'existe pas. C'est du vent. Des Conneries ! Des trucs inventés pour foutre la trouille aux mômes ! Regardez, Léon est totalement inoffensif !

Il secoua la poupée devant ses amis pour les narguer.

— Et tu proposes quoi, demanda Lucas.

— D'aller se vider la tête, de se casser de cet appartement et d'aller prendre l'air. Ça fait deux jours qu'on est enfermé. On n'ouvre même plus les volets putain ! Allez, on va manger quelque part dans un petit resto sympa, on va voir du monde et on va parler.

Il dissimula un sourire en coin, ce genre de rictus carnassier qui n'aurait pas plu à Yannick s'il l'avait remarqué.

— Justement, dit Yannick, on doit discuter à propos de ton nouvel ami.

Yannick se hasarda à jeter un œil à la poupée de chiffon. Un frisson glacial parcourut sa nuque. Ils avaient emporté dans leurs valises une chose démoniaque, terrible, qui les entraînait vers la mort. Se débarrasser de cette chose hideuse était la priorité. Comment ? Le jeune homme avait peur, il détourna son regard. Il ne pouvait plus supporter de la voir. Il avait bien essayé de l'enfermer dans un placard. Mais toujours, elle était réapparue, tantôt dans une chambre, tantôt dans le salon. Une fois même, elle avait surgi dans la salle de bain pendant qu'il prenait sa douche. Mais jamais elle n'était sortie de l'appartement. Et surtout, Raphaël ne voulait plus la quitter maintenant.

— Pas ici, répondit Lucas, pas devant elle.

Raphaël hocha la tête.

— T'as raison, allons en discuter dehors.

Bizarre qu'il accepte de lâcher Léon, pensa Yannick sans oser le dire.

***

Dans la soirée, attablés au bar irlandais Patrick's Le Ballon Vert, une Guinness devant eux, les trois amis restaient silencieux. Un match de rugby était diffusé à la télévision du pub. Des amateurs du ballon ovale criaient à chaque action, mais ces exhortations de joie n'arrivaient pas à chasser leur morosité.

Toute la journée, les trois comparses avaient essayé d'oublier la poupée que, par on ne sait quel miracle, Raphaël avait consenti à laisser à l'appartement. Pour le plus grand soulagement de Yannick. Les trois amis avaient visité la Cité des sciences et de l'industrie, s'étaient mêlés aux touristes qui affluaient dans la capitale en cette saison, pour la plupart des Japonais et des Anglais, avaient déjeuné dans un petit restaurant du 19e arrondissement, s'étaient promenés dans les parcs, avaient flâné le long des quais. Aucun des trois n'avait osé évoquer le problème Léon.

Et là, buvant une bière dans ce pub irlandais réputé, ils savaient qu'ils devaient en parler. Ils s'étaient forcés à sortir de leur appartement pour cela. Mais aucun des trois ne desserrait les lèvres. Lucas Capodici envia les personnes autour de lui, celles accoudées au bar, celles venues en groupe... Comme elles semblaient joyeuses, insouciantes. Lui se sentait mort à l'intérieur. Une impression douloureuse qui ne le quittait plus depuis plusieurs jours. Il regarda son ami Raphaël. Pâle, les yeux cernés, il fixait sa Guinness. D'habitude, il aurait essayé d'entamer la conversation avec les deux jeunes filles assises près de leur table. Le genre de nanas très mignonnes qui attiraient habituellement Raphaël, peut-être anglaises, il adorait les Anglaises, car trouvait leur accent très affriolant. Là, il ne les avait même pas remarquées et cela ne lui ressemblait pas.

— Écoutez, dit Lucas, on est venu ici pour discuter et on ose à peine s'adresser la parole. On ne peut plus continuer comme cela, il faut vraiment qu'on se parle.

Raphaël repoussa son verre.

— Elle est vraiment dégueulasse. Elle a un goût avarié.

Yannick le regarda avec étonnement. La Guinness était succulente, fraîche à souhait.

— On s'en fout de la bière, dit Lucas. Occupons-nous de la poupée.

— Et tu veux qu'on dise quoi, demanda Raphaël. Qu'elle est maudite, on le sait. Qu'on a fait une belle connerie ? On le sait aussi. Tu veux qu'on fasse quoi ? Qu'on la transporte dans une église et qu'on la planque en dessous d'un banc. Puis, on s'tire en s'bidonnant comme des fous avec l'espoir d'avoir neutralisé l'esprit qui se cache dans Léon. C'est nul ! J'suis sûr que t'es conscient qu'on est dans la merde et qu'on peut rien y faire.

— Alors quoi, répondit Lucas, tu proposes qu'on se laisse tuer ? Parce que c'est son plan, elle veut nous anéantir. Elle nous pourrit la vie ! Depuis qu'on l'a, on devient des cadavres. J'en peux plus des cauchemars, des réveils nocturnes, des journées passées à tourner en rond dans l'appartement, de ce besoin quasi maladif de regarder des scènes dégoûtantes de cul sur l'ordi. C'est malsain. J'crois que c'est la poupée qui m'force à faire ça. Après j'me sens sale, tout dégoûtant à l'intérieur. Et puis, on se parle plus et quand on s'adresse la parole, c'est pour s'fritter. Putain, on s'est jamais disputé et il a fallu cette poupée pour qu'on commence à s'emboucaner entre nous !

Raphaël éclata de rire.

— T'es sérieux ? T'accuses une poupée de te pousser à un être un gros pervers ? Ça c'est trop drôle ! J'ai jamais entendu une chose pareille ! Mais mec, la poupée n'y est pour rien si t'es un gros pervers et qu'à force de pas tremper le biscuit tu deviens fou.

Lucas baissa la tête, vexé. Il s'était confié à ses amis et voilà que l'on se moquait de lui. Il avait l'impression d'être incompris. Une solitude intense l'envahit. Mais peut-être que Raphaël avait raison, peut-être était-il un pervers refoulé et qu'il luttait en vain pour combattre sa perversion. Il ne savait plus quoi penser. Yannick ressentit le désarroi de son ami.

— Je pense que tu as raison Lucas, c'est la poupée qui nous fait faire n'importe quoi. On a trouvé un bon job dans une grosse entreprise. On était content de travailler ensemble, mais aujourd'hui, je pense à retourner chez mes parents, de tout laisser tomber. Ce qui devait être une belle aventure à Paris vire au cauchemar. J'en peux plus de cet appartement, de cette vie. J'arrive plus à dormir la nuit, j'entends des bruits chelous, j'vois des trucs bizarres, c'est insupportable.

— Et alors, tu penses faire quoi, demanda Raphaël.

— On brûle la poupée, répondit Lucas. C'est la seule chose à faire.

— J'ai lu, continua Yannick, sur un site sérieux, qu'on doit la brûler tout en récitant des prières.

— La bonne blague, railla Raphaël. Et tu crois qu'elle va se laisser faire ! C'est trop risqué, j'marche pas.

— Et tu proposes quoi, demanda Yannick.

— De l'abandonner dans une église, de s'en laver les mains. Les curés sauront quoi faire avec cette poupée.

Yannick hocha la tête ; l'idée paraissait tentante, mais aussi terrifiante. Quelqu'un pourrait prendre la poupée maudite chez lui, ou même la toucher, le Mal qu'elle abrite pourrait l'infester à son tour. Ils ne pouvaient pas risquer que ce Mal qu'ils avaient invoqué frappe un innocent.

— Non j'suis pas d'accord ! On a fait venir l'esprit dans Léon, à nous de le faire partir !

Raphaël souffla et se saisit de son verre de bière. Il porta le breuvage à ses lèvres, but une gorgée, qu'il recracha aussitôt.

— Mais putain, c'est vraiment de la merde cette bière !

Il posa violemment la chope sur la table. À l'intérieur, la bière s'était transformée en un liquide rougeâtre, épais.

— C'est quoi ça ?

Raphaël attrapa à nouveau le récipient, et sentit son contenu.

— On dirait du sang.

Il donna le verre à Lucas, qui le renifla à son tour. Il plongea son doigt pour recueillir un peu de boisson, qu'il goûta.

— C'est du sang.

Yannick devint soudain très pâle.

— Vous savez ce que ça signifie ? Ça signifie que l'esprit qui est enfermé dans la poupée a gagné en puissance. Maintenant, il peut sortir de Léon et nous suivre. Il peut aussi transformer de la bière en sang ! Putain ! J'ose même pas croire que j'ai pu dire ça !

Un silence glacial s'installa entre les trois amis, silence qui contrasta avec le vacarme qui régnait autour d'eux. Yannick se prit la tête entre les mains. Il retenait avec peine des larmes qui voulaient jaillir hors de ses orbites. Il tremblait. Raphaël le regardait. Un sourire carnassier défigurait son visage.

— Léon peut nous suivre partout, dit-il, et justement, il a voulu que l'on soit ici, parce que je dois faire quelque chose d'important pour lui.

Soudain, une douleur fulgurante l'assaillit au niveau de la tête, une torture telle qu'il ne put retenir un cri aigu qui sembla durer une éternité. C'était comme si quelqu'un était en train de lui ouvrir le crâne avec un marteau et un burin. Ses deux amis sursautèrent, se levèrent d'un bond et reculèrent de la table. Du sang se mit à couler de son nez. Ses yeux se révulsèrent. Ses traits changèrent. Raphaël se transforma, en l'espace d'un instant, en une bête atroce. Sa lèvre supérieure se retroussa. Il hurla. Un cri animal, sauvage. Autour de lui, ce fut le grand silence. Les conversations cessèrent. Seule la télévision continuait à crier. Tout le monde se tourna vers lui.

— J'vais tous vous tuer, vociféra-t-il. Ne cherchez pas à me faire partir. Vous m'appartenez ! Vous êtes mes choses !

Et il se mit à rire. Un rire guttural. Inhumain. Lucas tenta de s'approcher de lui.

— T'inquiètes, ça va aller, viens on rentre à la maison.

Raphaël leva vers lui des yeux noirs, emplis de haine.

— Plus rien n'ira à présent. Vous allez mourir.

Avec rage, il fit valser la table à l'autre bout de la pièce, puis courut en direction de la sortie. Plus personne n'osait bouger. Yannick sanglotait. Il était terrifié. Raphaël passa devant un groupe de quatre amis qui étaient assis sur les tabourets du bar, immobiles, tétanisés de peur. Sans prévenir, il se jeta sur l'un d'eux et le mordit au niveau de la gorge. Du sang gicla. On entendit des cris. Ce fut le signal d'alarme. Tous se mirent à courir vers la sortie. Un videur agrippa Raphaël par la tête pour lui faire lâcher sa proie. Ce dernier émit un bêlement rauque. Sa victime tomba par terre, inanimée. Une plaie béante de plusieurs centimètres avait ouvert la jugulaire.

La mission

Dimitri pénétra dans la grande bibliothèque apostolique vaticane dans l'espoir de trouver des manuscrits concernant le mythe des vampires. L'endroit était d'une beauté à couper le souffle, avec ses voûtes somptueuses et ses fresques magnifiques. Il s'engagea à l'intérieur de la première salle Sixtine et la splendeur du lieu n'arrêtait pas de l'étonner. Ce n'était pas la première fois qu'il visitait cette immense bibliothèque, une mine d'informations pour lui, mais chaque fois, la magnificence du lieu, ses colonnes de marbre et ses peintures éblouissantes l'époustouflaient.

Le silence régnait dans cet endroit. Il remarqua trois hommes en soutane occupés à lire des documents anciens. Il s'avança. Ses pas résonnaient sur le carrelage. Le bruit retentissait et se réverbérait sur tous les murs de cette vaste pièce somptueuse. Un des prêtres leva la tête de son livre et lui lança un regard noir. Dimitri lui sourit et s'excusa à voix basse. *Maudits mocassins à talonnette !* Il avait voulu donner l'impression de paraître plus grand, le voilà maintenant plus visible et surtout plus audible !

Il s'avança vers une table le plus doucement possible pour éviter de faire claquer ses talons sur le sol. *Quelle idée de vouloir paraître plus grand avec des talonnettes !* Plus jamais on ne l'y reprendra.

Le Vatican avait chargé des étudiants de numériser la plupart des anciens manuscrits. Ainsi, chacun pouvait les consulter sur un ordinateur sans risquer d'abîmer des vestiges historiques par des manipulations excessives. Et c'est bien ce qu'il comptait faire, feuilleter de vieux documents numérisés liés au vampirisme, médicaux ou juridiques, peu lui importait. Son regard fut attiré vers le fond de la salle. Un homme était assis à un bureau, les yeux rivés sur l'écran d'un ordinateur. Aussitôt il le reconnut : Daniel Zio. Pourquoi notre officier consultait-il les livres de la bibliothèque apostolique vaticane ? Que cherchait-il ? Curieux, Dimitri décida d'aller saluer afin de percer ce mystère.

Le démonologue se mit à marcher vers le militaire. Chaque pas retentissait avec force sur le carrelage et faisait écho contre les murs de cette grande bibliothèque qui jouait le rôle d'une énorme caisse de résonance. Le prêtre de tout à l'heure lui adressa à nouveau des yeux réprobateurs. Dimitri lui répondit par un signe de la tête. L'entendant arriver près de lui, Daniel leva la tête et l'aperçut. Aussitôt, il lui sourit et lui fit signe de s'asseoir à côté de lui.

— Bonjour Dimitri, comment allez-vous ?

— Bien merci et vous ? Je ne pensais pas vous trouver dans ce temple du savoir. D'habitude j'y croise Crystal pour ses recherches ou Carlo. Lui, j'sais pas pourquoi il vient ici, certainement pour étayer sa culture générale. Mais vous ? Que cherchez-vous ?

— Rien en particulier. J'aime bien apprendre des choses nouvelles. Cette bibliothèque est un endroit calme, propice au recueillement.

— L'église est un endroit propice au recueillement, pas une bibliothèque !

Daniel baissa les yeux, le démonologue n'était pas dupe.

— En fait, en ce moment, dit Daniel, j'essaie de comprendre le fonctionnement de l'Église, ses Ordres… Le Père Onoffrio a bien tenté de me l'expliquer, mais j'ai rien pigé. Alors pour ne pas passer pour un idiot devant lui, j'essaie de trouver ces informations dans les livres.

Dimitri esquissa un sourire.

— En même temps, continua Daniel, j'essaie de comprendre le Mal Absolu. Pourquoi il agit ? Comment ?

— Le jour où vous découvrirez tout cela, faites-m'en un résumé voulez-vous.

— Mais vous, qui avez étudié ce genre de choses, vous n'en avez pas une idée ?

— Des idées ? J'en ai plein ! Mais toutes celles que je pourrais vous énoncer, vous les connaissez déjà. Personne ne peut expliquer pourquoi le Mal Absolu agit, certains vous diront parce que c'est son essence propre, d'autres diront parce que sa mission est de détruire l'humanité.

Dimitri observa son ami. Il semblait préoccupé par quelque chose.

— J'ai l'intuition que l'histoire de l'Église n'est pas ce qui vous intéresse vraiment, dit-il. Qu'est-ce qui vous tracasse ?

Daniel souffla. Il fixa le démonologue, voulut parler, mais se ravisa. Il passa une main sur ses cheveux coupés à la brosse.

— Allons, dit Dimitri, vous pouvez tout me dire. Nous formons une équipe et nous devons nous soutenir les uns et les autres. Marcher en crabe.

Daniel baissa la tête. Il se mit à tripoter un trombone entre ses doigts, signe de nervosité.

— Je préfère vous parler à vous plutôt qu'au grand chef. Voilà. Mais surtout ne me jugez pas, s'il vous plaît.

— Qui suis-je pour vous juger ?

— Vous savez que j'ai une formation militaire. J'ai dirigé des soldats dans des missions très périlleuses. On m'a habitué à regarder la mort de près, à regarder dans les yeux la violence et la barbarie dont peut parfois faire preuve l'homme.

Mais ce que nous avons vu au Japon est au-dessus de tout cela, ou plutôt c'est tout cela en pire. J'ai jamais vraiment cru en ce genre de chose, même si je suis croyant, catholique, mais pour moi le Diable ne représentait qu'un symbole, le symbole du mal. J'ai jamais pensé que c'était un être vivant... J'sais pas si vous comprenez ce que je veux dire.

— Je comprends que trop bien votre sentiment.

— Pour la première fois de ma vie, j'ai eu peur.

Il releva la tête et observa son ami, qui l'encouragea à continuer avec un sourire.

— Je n'ai jamais ressenti la peur, celle qui vous tenaille les entrailles au point d'être incapable de bouger, sauf peut-être quand j'ai cru perdre ma mère il y quelques années de cela. Mais là, la peur avait un nom et j'ai pu la regarder dans les yeux. Aujourd'hui, je suis terrorisé parce que je ne connais pas ce Mal Absolu que l'on doit combattre.

— La peur est un sentiment destructeur, c'est une faille pour le démon qui s'y introduit pour toucher notre âme. Vincenzo est le mieux placé pour vous en parler et vous conseiller sur ce sujet. Il arrivera à faire taire vos doutes. Quant à moi, je peux vous enseigner un peu de démonologie pour que vous compreniez plus de choses. Mais, permettez-moi de vous faire part de ma conviction personnelle avec l'espoir que cela puisse vous aider. Je crois fermement que rien n'arrive sans l'accord de Dieu. C'est lui qui permet au démon de nous faire du mal, et s'Il le permet, c'est pour en tirer quelque chose de bien. Et si Dieu est le seul à pouvoir consentir à ce que le démon nous fasse du mal, c'est que le démon nous fait déjà tout le mal qu'il peut nous faire. Avoir la foi est primordial dans notre métier et se dire que Dieu nous aidera toujours dans notre mission. Au début, quand j'ai commencé ce métier, je ne savais pas que cela allait être aussi compliqué. Combattre le Mal Absolu est une activité qui demande beaucoup de forces et de discernement. Il y a quelques années, je travaillais avec des exorcistes et durant cette période beaucoup de choses bizarres me sont arrivées : voiture qui prend feu spontanément, bruits inhabituels et étranges dans ma maison... Tout cela parce que je ne me suis pas montré assez fort dans ma foi. J'avais peur. Et qui dit peur, dit que je n'avais pas assez confiance au Christ. J'étais un « homme de peu de foi », comme saint Pierre l'avait été. Un jour, alors que l'on s'occupait d'une femme possédée par plusieurs démons, j'ai vu et vécu l'enfer. C'était horrible comme histoire. La démoniaque se contorsionnait de douleurs, elle n'avait quasiment plus aucun moment de lucidité. Les attaques qu'elle subissait étaient vraiment horribles. Les démons ont déployé toutes leurs forces et ils se sont montrés dans leur plus simple appareil. Ils ont dévoilé leur vrai visage. Une vision cauchemardesque. J'ai eu très peur. Les démons ont senti cette peur. Ils ont profité de cette peur pour s'attaquer directement à moi et me menacer. La peur est devenue obsessionnelle, terrifiante et j'ai ouvert une grande brèche où ils ont pu s'engouffrer. Un démon a alors pris possession de mon corps. Cela a été horrible, une des pires expériences de ma vie. J'ai réussi à me libérer de cette emprise par la prière et les sacramentaux. J'ai compris que si Dieu avait permis cette épreuve, c'était justement pour affermir ma foi. Aujourd'hui, je n'ai plus peur. Et aujourd'hui, grâce à ce que j'ai vécu, je suis armé pour affronter le démon.

Ce discours toucha profondément Daniel Zio. Son esprit se gorgea de cette force, de cette confiance que lui avait accordée Dimitri en se livrant à lui de la sorte.

— Merci, merci beaucoup pour votre témoignage, dit-il.

— Si je puis me permettre un conseil, je pense qu'il serait judicieux d'ouvrir votre cœur à Vincenzo avant notre prochaine mission afin qu'il puisse prier avec vous.

— Je ferai cela, merci encore.

— Le plus tôt possible, nous avons rendez-vous dans une heure pour la réunion.

Daniel acquiesça, éteignit son ordinateur et se leva.

— Je m'en vais de ce pas le trouver.

***

Matt et Crystal furent les derniers à entrer dans la salle de réunions. Les autres membres de l'Ordre des Purificateurs les attendaient, tous ayant déjà pris place autour de la table ovale. Vincenzo s'impatientait et scrutait sans arrêt sa montre. Lorsqu'ils arrivèrent, il les accueillit avec un regard réprobateur, tandis que Dimitri leur envoya un grand sourire doublé d'un clin d'œil.

— Alors les amoureux, dit-il, on n'a pas fait attention à l'heure. Deux minutes de retard, c'est énorme !

Élisabeth émit un petit rire.

— Arrêtez Dimitri, ils ne sont pas en retard. Leurs montres ne sont pas réglées à la même heure que les nôtres c'est tout.

Crystal devint aussi écarlate que son châle en laine qui lui couvrait les épaules. Matt baissa la tête et se hâta de gagner sa chaise.

— On est désolé, dit-il, c'est ma faute. J'ai voulu montrer à Crystal un petit café très sympathique dans le vieux Rome réputé pour ses délicieux capucinos.

— Un vrai régal, ajouta Crystal, qui s'empressa elle aussi de regagner sa place.

— Pouvons-nous commencer la réunion, s'il vous plaît, dit Margareth avec un certain agacement. Nous avons un avion à prendre dans une heure.

— Pourquoi cette impatience, chère Margareth, vos bagages ne sont pas encore prêts, demanda Dimitri.

— Bien sûr que si, répliqua Margareth. Chose que je doute impossible pour vous, et c'est pour cela que je m'inquiète. D'ailleurs, je vous ai préparé un petit

263

cachet pour votre mal de l'air à avaler une demi-heure avant le décollage avec un peu d'eau.

— Comme vous êtes bonne, une vraie mère pour moi.

Vincenzo sourit. Il aimait voir ses protégés se chamailler, se taquiner, rire entre eux. Cela apportait de la gaieté dans ce terrible sacerdoce que Dieu leur avait confiée et cette bonne humeur que toute l'équipe entretenait chacun à sa manière permettait de mieux appréhender les tensions. Un peu plus tôt, il avait discuté avec Daniel Zio et savait combien la dure réalité de leur mission était difficile à gérer pour certains. Il réclama l'attention des membres du groupe.

— S'il vous plaît, démarrons la réunion. Mademoiselle Louvière, c'est à vous.

Crystal se leva, se munit de sa télécommande et alluma le grand écran ainsi que le rétroprojecteur. Ces gestes firent tinter ses bracelets fantaisie. Alors, pour ne pas entendre ce carillonnement tout au long de son exposé, et surtout le faire subir aux autres, elle enleva ses quatre breloques qu'elle posa sur la table.

— Voilà, ça sera mieux comme ça.

Une photographie apparue sur l'écran, celle de trois hommes au visage jovial.

— Donc voici, de gauche à droite, Yannick Perdurin, 23 ans, Raphaël Bison, 24 ans et Lucas Capodici, 23 ans. Ces trois jeunes copains viennent d'obtenir un diplôme d'ingénieur et ensemble, ils ont trouvé un poste dans une entreprise basée à Paris. Jusqu'ici, rien d'anormal. Voilà les trois amis qui s'installent donc à Paris, nouveau départ qui va virer au cauchemar.

Seconde photographie. Celle d'un pub irlandais, le Patrick's le Ballon Vert.

— Un soir, nos trois amis décident d'aller boire un verre dans un bar irlandais branché de la capitale. Là, alors que la soirée commence à peine, Raphaël Bison devient fou et attaque un homme qui dégustait une bière au bar en compagnie de ses amis.

Troisième photographie. Une scène de crime.

— Il le mord au niveau du cou, morsure qui va transpercer la carotide. La victime va mourir de ses blessures. Deux agents de sécurité réussissent à le maîtriser, mais cela n'a pas été sans mal, puisque l'un d'eux a été blessé dans la bataille. Très vite, la police débarque sur les lieux et menottent Raphaël Bison qui se rend calmement et qui se ne souvient plus de rien. Quant aux deux autres amis, on les a retrouvés tapis sous une table, terrorisés. Et lorsque l'on veut les sortir de là, ils crient qu'une poupée veut les tuer. Tant bien que mal, on arrive à les sortir et, après un rapide passage aux urgences, ils sont transférés dans un asile psychiatrique par demande du préfet pour violents troubles du comportement. Quant à Raphaël Bison, très vite aussi, il a rejoint l'asile psychiatrique après plusieurs crises de démence. Tous trois sont actuellement en observation en unité pour malades difficiles de l'hôpital Saint-Anne. Je pense que Raphaël Bison y restera jusqu'à son procès. Quant aux deux autres, ils pourraient très vite rejoindre un autre service.

— A-t-on le rapport psychiatrique de ces trois hommes, demande Carlo.

— Bien sûr, dans votre pochette.

— La force de Raphaël Bison devait être très forte pour réussir à mordre un homme à mort, dit Élisabeth.

— Attendez, dit Daniel, moi je ne vois rien de diabolique dans cette histoire. Voici trois amis qui sortent dans l'intention de s'amuser et qui prennent tranquillement un verre dans un pub et qui, d'un coup, sont victimes d'une terrible crise et d'hallucinations. Certaines drogues peuvent expliquer un tel comportement. Peut-être ont-ils pris de la drogue avant ? Et même s'ils n'ont pas consommé de drogue, ils sont dans un bar donc forcément, ils ont dû boire au moins un verre de bière. Et là, ils font un accès de violence pour l'un et une belle de frayeur pour les autres. Est-ce que tout cela ne peut pas s'expliquer rationnellement ?

— Si les choses en étaient restées là, certainement, répond Crystal. Sauf que nos trois hommes n'ont pris aucune drogue, ils n'ont pas fini leur premier verre et d'après les témoins de la scène, Raphaël Bison parlait avec une voix étrangement grave. Des témoins racontent qu'à un certain moment, il s'est mis à hennir.

— Que sait-on sur ces trois personnes, demanda Vincenzo.

— Ce sont de jeunes diplômés, avec une scolarité exemplaire. Pas de problème de drogue ni d'alcool. D'après la famille, ils étaient normaux. Ils s'entendaient à merveille et avaient même prévu un voyage aux États-Unis pour fêter leur diplôme. Plusieurs membres de la famille, ainsi que des proches, ont remarqué de subtils changements de comportement après ce voyage.

— Il faudrait creuser de ce côté-là, dit Carlo.

— Peut-être qu'ils ont rapporté de ce voyage une nouvelle drogue, indétectable dans les prises de sang et qui crée ce genre de symptômes, dit Daniel.

— Et c'est quoi l'histoire de la poupée qui veut les tuer, demanda Matt.

— On n'en sait rien, répondit Crystal. En fait, la police française n'a pas beaucoup enquêté sur cette affaire. Ils ont préféré vite la classer, invoquant la folie. Des déséquilibrés, voilà comment les autorités ont étiqueté nos trois amis. Apparemment, en France, on manque de moyens pour s'occuper de ce genre d'affaires.

— Il faudra aussi creuser de ce côté-là, dit Matt.

— Donc, pour résumer, dit Carlo, nous avons trois jeunes diplômés à qui tout sourit et qui subitement, se mettent à avoir des comportements bizarres et violents. Quelque chose de démoniaque est, en effet, peut-être derrière toute cette histoire.

— C'est pour cela que nous nous rendrons à Paris, dit Vincenzo, et que nous tenterons de découvrir la vérité. Dans un premier temps, Père Rinaldi, vous parlerez avec le psychiatre qui s'occupe de ces jeunes hommes. Je vous assisterai. Puis, nous irons les interroger dans une démarche médicale, avant de procéder à un éventuel exorcisme pour établir un diagnostic. Pendant ce temps, mademoiselle Louvière, fouillez le passé de ces trois jeunes hommes. La moindre chose suspecte peut nous intéresser. Monsieur Marchand et monsieur Zio, vous tenterez de discuter avec la famille présente à l'hôpital. Restez prudent et ne parlez en aucun cas de religion. Monsieur Bohé, sœur Margaret et mademoiselle Ivodric, vous vous rendrez dans leur appartement pour essayer de voir si l'on y trouve quelque chose d'étrange en rapport avec notre affaire. Monsieur Bohé, chargez-vous des ordinateurs.

— Je pense, dit Margareth, que cela est en effet très sage d'agir ainsi. En France, les autorités sont très fermées à la spiritualité et Crystal a eu un mal fou à obtenir un rendez-vous avec Jean-Jacques Masquin, le psychiatre qui s'occupe actuellement des trois jeunes. Ce dernier a fait bien comprendre qu'il ne voulait pas de nous dans son hôpital et surtout pas dans son UMD. Tant bien que mal, il a accepté de nous recevoir, mais je doute que l'on puisse réaliser un exorcisme au sein de son établissement. Quant à l'appartement des trois amis, là aussi, le concierge a consenti à nous ouvrir la porte, mais la discussion s'est avérée très tendue. J'ai même dans l'idée que ce concierge nous posera quelques problèmes lorsque nous arriverons à Paris.

— Nous réglerons cela sur place, dit Vincenzo. Parfois, Dieu réalise des miracles et ouvre les yeux aux plus incroyants d'entre nous. Et peut-être que toute cette histoire n'est pas de notre ressort et que nous rentrerons chez nous sans accomplir d'exorcisme. Mademoiselle Ivodric, avez-vous un ressenti particulier sur cette affaire ?

Élisabeth ferma les yeux, puis les rouvrit.

— Pourrais-je revoir la photographie des trois jeunes hommes ?

Elle s'afficha sur l'écran.

— C'est bien cela. Je vois comme une aura noire autour d'eux, je n'arrive pas à définir ce que c'est. Je pense que c'est un esprit de vengeance, c'est ce que je ressens.

— Alors on ouvre l'œil, dit Vincenzo. Que Dieu nous accompagne dans cette nouvelle mission.

***

Dans l'avion qui les menait à Paris, Élisabeth discutait avec Daniel dans le cockpit. Elle aimait ces moments passés avec lui, moments privilégiés. En même temps, Daniel appréciait aussi ces moments où il ne restait pas seul dans la cabine de pilotage. Surtout aujourd'hui, où il avait besoin de compagnie pour ne pas penser à sa peur. Pour l'évacuer loin de lui.

Daniel avait parlé avec Vincenzo avant la réunion. Une discussion brève et franche au cours de laquelle le prêtre-exorciste l'avait rassuré et l'avait entraîné à la crypte du Vatican, devant le mur de verre et sa vue plongeante sur la tombe de saint Pierre. Là, ils ont prié l'apôtre, puis la Vierge Marie, afin de faire taire les doutes et la peur. Après cette séance, Vincenzo offrit à son ami une médaille miraculeuse de saint Benoît, que Daniel mit aussitôt autour de son cou. Il se sentit soudain mieux, soulagé, comme si on l'avait déchargé d'un poids. Et c'est serein qu'il prit le commandement du jet privé et qu'il envisagea la nouvelle mission qui l'attendait. Mais quelques doutes persistaient qu'il essayait de faire taire. La présence d'Élisabeth le rassurait à moitié, car il avait peur, justement, grâce à ses talents de médium, qu'elle ne découvre sa faiblesse.

— Dans combien de temps arriverons-nous, demanda la jeune femme.

— Dans à peu près deux heures, répondit Daniel.

— Juste le temps pour notre ami Dimitri d'être malade !

Et justement, à l'intérieur du jet privé, Dimitri ne se sentait pas bien. Il était en nage et n'arrêtait pas d'essuyer les gouttes de sueur qui perlaient sur son front. Sa chemise était trempée. Margareth s'approcha de lui.

— Avez-vous avalé votre cachet comme je vous l'avais demandé ?

— Oui, ma sœur. Mais je crois qu'il ne me sert à rien.

— Tenez, prenez un verre d'eau et un autre cachet.

Dimitri grommela quelques mots de remerciements. Il songea à voir rapidement un médecin pour l'aider à soulager ce mal des transports qui lui pourrissait l'existence. Voyager faisait partie de la vie des Purificateurs, alors il devait trouver le moyen de ne plus souffrir lors de ces déplacements en avion ou en bateau. Carlo prit place à côté de lui.

— Que pensez-vous de cette nouvelle affaire, demanda-t-il.

— Pour le moment, pas grand-chose. Je pense surtout que vous devriez vous éloigner de moi avant que je vous gerbe dessus.

— Je prends le risque. Essayez de vous calmer, respirez et tournez votre attention vers cette nouvelle affaire.

Dimitri regarda le prêtre-psychiatre et lui sourit. Peut-être, effectivement, en portant son attention ailleurs que sur ses maux, arriverait-il à les oublier. Il ouvrit son dossier.

— Nous sommes confrontés à trois jeunes hommes fraîchement diplômés à qui la vie sourit, trois jeunes hommes qui s'entendent à merveille. Ils trouvent tous trois un poste dans la même entreprise, ils louent un appartement à Paris. C'est le départ d'une nouvelle vie. Leurs casiers judiciaires sont vierges. D'après les dires des proches, ce ne sont pas des délinquants, n'ont jamais été violents et ils ne se droguent pas. Tout au plus, ils boivent un verre ou deux en soirée. Et voilà que nos trois lascars, un jour, sans prévenir, pètent un plomb. Cela ne peut pas venir d'un problème mental.

— Dans les fiches de renseignements que nous a confiées Crystal, j'ai remarqué une chose surprenante : ces trois jeunes hommes étaient normaux jusqu'à leur retour de voyage en Floride. Que s'est-il passé là-bas ? Ont-ils fait quelque chose qui a pu lier un démon sur eux ?

— J'ai lu aussi que nos trois garnements s'intéressaient beaucoup au paranormal. Ils adoraient les films d'horreur et se passionnaient pour toutes ces émissions américaines qui mettent en scène des chasseurs de fantôme dans des lieux supposés hantés. Mais ce qui me semble vraiment bizarre, c'est l'histoire de cette poupée. Pourquoi ont-ils crié, dans le bar, qu'une poupée voulait les tuer ?

— Nous savons qu'un esprit maléfique peut infester un objet. Peut-être qu'ils auraient acheté, lors de leur voyage en Floride, une poupée vaudou, ou un truc de ce genre. D'où le début des ennuis.

Soudain, les yeux de Dimitri s'éclairèrent.

— Est-ce que nous savons exactement quelle ville ils sont allés visiter en Floride ?

— Je crois que c'est noté dans le dossier.

Carlo feuilleta ses fiches et découvrit l'information qu'il recherchait.

— Voilà, nous avons leur itinéraire, les hôtels où ils sont descendus, tout leur parcours.

Il tendit le document à Dimitri qui l'examina avec beaucoup d'attention. Soudain, il se leva et se dirigea vers Matt, occupé à jouer à un jeu vidéo sur son ordinateur.

— Matt, appelle Crystal et demande-lui de faire des recherches sur le Fort East Martello Museum. Dis-lui de rechercher plus particulièrement des informations sur la poupée Robert.

Vincenzo leva la tête.

— À quoi pensez-vous, monsieur Marchand ?

— Une idée. Nos trois hommes ont fait escale à Key West en Floride. Dans cette ville se trouve le Fort East Martello Museum. Et je crois savoir que ce musée abrite l'une des poupées hantées les plus célèbres au monde, la fameuse poupée Robert, celle-là même qui a inspiré la saga Chucky au cinéma.

Matt regarda le démonologue avec de grands yeux.

— Vous croyez qu'ils ont volé la poupée et l'ont rapportée chez eux ?

— C'est ce que j'aimerais découvrir et les recherches de Crystal vont nous éclairer. Demande-lui aussi de me dénicher la véritable histoire de cette poupée.

— Je l'appelle de suite.

***

Paris, Ville lumière. Paris et son charme des embouteillages. Après leur atterrissage à l'aéroport d'Orly, les Purificateurs s'étaient séparés en deux groupes. Dans la voiture de location conduite par Carlo se trouvaient Vincenzo, Carlo et Dimitri, tandis que Matt, Margareth et Élisabeth avaient pris un taxi pour se rendre au domicile des trois amis. Le gardien de l'immeuble les y attendait pour leur ouvrir la porte de l'appartement.

Dans la voiture de location, les quatorze kilomètres qui séparaient l'aéroport de l'hôpital Sainte-Anne où étaient enfermés Yannick Perdurin, Raphaël Bison et Lucas Capodici, parurent durer une éternité à cause des nombreux feux tricolores et une circulation dense qui engendrait de multiples ralentissements. Dimitri admira l'assurance de Daniel dans sa conduite. Le militaire ne s'énerva pas lorsqu'un chauffard le doubla et se rabattit à quelques centimètres du capot de la voiture, l'obligeant à freiner. Il garda son calme lorsqu'un autre chauffard l'insulta parce qu'il ne roulait pas assez vite. Pourtant, il respectait les limitations de vitesse. Il ne s'énerva pas non plus lorsqu'un scooter faillit percuter le rétroviseur de la voiture de location, un Peugeot Traveller, et qu'en plus, le chauffeur du scooter leva fièrement le majeur en guise de remerciement pour s'être poussé et avoir évité l'accident. Un doigt d'honneur ! Jamais on ne lui avait fait ce coup-là ! Et cela se passa alors qu'ils ne s'étaient pas encore engagés sur l'autoroute ! Là, le trajet se révéla plus calme, même si la circulation était chargée et que Daniel restait concentré. Heureusement, d'ailleurs, car, encore une fois, il évita une collision avec un cabriolet qui l'avait doublé par la droite, qui s'était rabattu à la dernière minute et avait freiné pour prendre la sortie de l'autoroute.

— J'avais entendu dire que les Français étaient les rois de l'incivilité en voiture, dit Daniel. Aujourd'hui, j'ai la preuve que cela est vrai.

Lorsqu'il gara le Traveller sur le parking de l'hôpital Sainte-Anne, Daniel souffla. Il leur a fallu plus d'une heure pour parcourir quatorze kilomètres, une heure durant laquelle il avait évité au moins trois accidents.

Dimitri, soulagé, sortit de la voiture. Il prit une longue respiration. Finalement, les cachets de Margareth commençaient à faire leurs effets et son estomac ne le faisait plus souffrir. Il regarda le bâtiment de pierre.

— Pourquoi tous les hôpitaux psychiatriques donnent toujours cette impression lugubre de folie ?

— Peut-être justement parce qu'ils abritent des fous, répondit avec amusement Daniel.

— Allez, ne perdons pas de temps, nous sommes déjà en retard. Le docteur Masquin nous attend. Père Rinaldi vous lui parlerez. J'ai peur de me montrer trop bourru et de le braquer. Pendant ce temps, monsieur Marchand et monsieur Zio, essayez de parler avec la famille des trois jeunes hommes. Certains proches de nos amis sont restés à l'hôpital pour les soutenir.

Un taxi déposa Matt, Margareth et Élisabeth devant un grand bâtiment moderne dans le 13e arrondissement de Paris, à deux pas de l'Université. L'air était lourd, pesant, il faisait chaud. Margareth distribua de l'eau.

— Je ne savais pas qu'il ferait si chaud à Paris en septembre, dit-elle.

— C'est vrai qu'on étouffe, dit Matt, qui chargea son lourd sac à dos sur son épaule.

— Peut-être trouverons-nous un peu de fraîcheur dans l'appartement, dit Élisabeth. Allez en route.

Flash-back n° 1

Ville de Nancy, dans une résidence universitaire. Yannick Perdurin, Raphaël Bison et Lucas Capodici se préparaient à dîner dans la cuisine commune du troisième étage.

— Et les gars, dit Yannick, si on se tapait un film ce soir ?

Raphaël Bison, occupé à touiller les pâtes dans une casserole, s'extasia de cette idée. Mais Lucas se montra un plus réticent.

— Il n'y a aucun bon film d'horreur en ce moment au cinéma, dit-il. C'est chiant. Et dépenser du fric pour s'endormir devant un film c'est gavant !

— Oh punaise, j'viens d'penser à un truc, s'écria Raphaël. Et si on s'organisait un voyage pour fêter la fin de notre vie d'étudiants ?

— Ha ouais, ça ça me plaît, répondit avec enthousiasme Lucas.

— Et quel est le rapport avec le film d'horreur qu'on doit se faire ce soir, demanda Yannick.

Raphaël se tourna vers lui, la spatule en main.

— Et justement, dit-il, je vois un rapport entre les films d'horreur et notre soirée, monsieur l'intello. Tu t'rappelles de la saga Chucky ? J'ai lu sur un blog que le scénario de la poupée tueuse est inspiré d'une histoire vraie, celle d'une poupée qui serait hantée par un esprit démoniaque et que cette poupée existe toujours aujourd'hui.

Lucas émit un sifflement et applaudit.

— Bravo ! Et te connaissant, tu vas vouloir aller la voir.

— Ouais, dit Yannick, ça m'plait pas. J'ai pas envie de refaire le coup d'Amityville.

L'année précédente, durant les vacances d'été, les trois amis avaient programmé un voyage à New York. Ils y étaient restés un mois dans une famille d'accueil, un échange scolaire très enrichissant pour améliorer leurs compétences de la langue anglaise. Mais, pendant ce voyage, alors qu'ils devaient visiter des musées, se promener dans les rues de New York, s'imprégner de la culture américaine, Raphaël avait eu la mauvaise idée de vouloir se rendre à la fameuse maison du Diable située dans la ville d'Amityville. Un matin tôt ils sautèrent dans un bus et les voilà partis direction le comté du Suffolk. Arrivés devant la maison d'Amityville, ils prirent quelques photographies. Mais cela ne suffit pas à Raphaël, qui voulut entrer à l'intérieur de la bâtisse pour prendre des photos et éventuellement immortaliser un esprit qui hanterait le lieu. Le fait que les Luciani habitent et dorment en ce moment dans la maison ne l'arrêta pas. Comme il le disait sans cesse : « rien n'est interdit si on s'fait pas choper ». Il persuada ses amis d'attendre la nuit pour s'infiltrer en douce dans la propriété des Luciani.

Vers deux heures du matin, les trois étudiants s'introduisirent dans le jardin de la maison du Diable, passèrent derrière la maison. Ils espéraient trouver la porte arrière ouverte, mais, à leur grande déception, les Luciani l'avaient verrouillé avant de se mettre au lit. Lucas avait repéré une fenêtre ouverte au premier étage. Une terrasse permettait d'y accéder. Les trois jeunes hommes s'aidèrent de la gouttière pour atteindre la terrasse. Heureusement qu'elle était solide et bien fixée ! Arrivés à l'intérieur de la maison, ils se retrouvèrent dans une chambre vide. Doucement, ils sortirent dans le couloir et se dirigèrent vers l'escalier pour gagner le rez-de-chaussée. La maison était silencieuse. Raphaël prit quelques clichés. Il était surexcité. Au contraire de Yannick qui voyait cette violation de domicile d'un mauvais œil.

Mais, nos trois amis n'avaient pas prévu une chose : le chien. Ce dernier dormait dans son panier, dans le salon de l'immense bâtisse. Un berger allemand. Dès qu'il entendit du bruit, il se précipita vers les trois compères et se mit à aboyer et à montrer les crocs. Très vite, les lampes du couloir à l'étage et de l'escalier s'allumèrent. Un homme en pyjama fit irruption devant eux, tenant une arme et la pointant dans leur direction. Yannick ne put réprimer ses larmes, Raphaël recula et Lucas tenta de rassurer Bolton Luciani en criant, les mains levées au-dessus de sa tête, qu'ils n'étaient pas des voleurs. Les trois amis se retrouvèrent au poste de police et furent renvoyés chez eux. Vacances écourtées, remontrances de la famille, blâme de l'école. Voilà ce qu'ils avaient gagné dans cette histoire. Et en plus, tous les clichés pris à l'intérieur de la maison étaient noirs ou flous. Sauf un, qui montrait une adolescente en bas de l'escalier, qui souriait en leur adressant un clin d'œil et un signe de la main. Au moment où ils avaient pris ce cliché, Raphaël se rappela que personne ne se trouvait en bas de l'escalier. Cette photographie restera une énigme pour les trois amis.

Plus tard, ils reconnurent cette mystérieuse personne : Savannah Luciani, celle qui tua toute sa famille dans cette même maison du Diable où Ronald Defeo Jr trente ans auparavant avait décimé la sienne de famille. Celle qui assassina toute sa famille dans la maison du Diable quelques mois après le passage éclair des trois amis dans cette même maison. Yannick, en apprenant cette nouvelle, faillit s'évanouir de peur. *Et si c'était le Diable que nous avons photographié ? Et si c'était lui, pourquoi nous souriait-il et nous saluait-il ?*

Yannick avait eu beau retourner toute l'histoire dans sa tête, la présence de la jeune fille sur la photographie ne trouvait aucune explication. Il était sûr que personne ne se tenait à cet endroit au moment où Raphaël avait pris le cliché. Et lorsque le père a débarqué avec son arme, toutes lumières allumées, personne n'était en bas de l'escalier. Sauf le chien qui, le poil hérissé, grognait en montrant les dents. Il s'en est fallu de peu pour qu'il saute sur Lucas, celui qui se tenait le plus proche de lui. Yannick n'avait aucune envie de revivre une pareille expérience. Regarder des films d'horreur, aucun problème. Mais visiter des maisons hantées, c'était trop pour lui.

— Mais non, dit Raphaël, là la poupée est en sécurité dans un musée. Donc, on ne va pas s'y introduire la nuit, juste on va aller la voir.

— Et elle se trouve où cette poupée, demanda Lucas.

— Aux États-Unis, au musée Martello, dans la ville de Key West en Floride. Ça nous donnera aussi l'occasion de visiter la Floride.

— Attends, dit Lucas, t'es en train de nous dire qu'une poupée hantée serait exposée dans un musée ? Un peu comme Annabelle ?

— C'est exactement cela, répondit Raphaël. Cette poupée s'appelle Robert et elle a une histoire. On raconte qu'elle est possédée, un peu comme Annabelle, ouais, par une force maléfique. Et vous savez quoi ? J'ai bien envie de demander à cette force maléfique de hanter un autre objet. Ouais, c'est ça ! On va fabriquer une poupée identique, un sosie parfait de Robert, on va se rendre au musée et on va demander à l'esprit de se transférer dans cette nouvelle poupée. Comme ça, on gardera un souvenir de ce voyage !

— Oh putain, c'est du délire, dit Yannick.

— Ça peut être marrant, dit Lucas.

***

Quelques semaines plus tard, nos trois étudiants avaient, en effet, reproduit à l'identique, la poupée hantée de Fort East Martello Museum. Robert était une poupée de paille de confection banale, une poupée que beaucoup de sorciers vaudous utilisent pour leurs rituels. Raphaël avait même recréé son vêtement blanc et son bob de la même couleur. Pour que la ressemblance soit parfaite, il avait effectué de nombreuses recherches sur cette poupée, et avait découvert toute son histoire. Et plus il faisait part de ces découverts à ses amis, plus Yannick devenait inquiet. D'autant plus que Raphaël, fier et enthousiasmé par le résultat obtenu, parlait à présent de rester une nuit entière dans le musée afin de pouvoir réaliser le rituel de transfert plus tranquillement. Cette idée ne plaisait pas à Yannick, mais Lucas ne la rejeta pas. Deux contre un, Yannick le raisonnable ne pouvait rien faire contre ses camarades plus téméraires.

Raphaël Bison avait passé des heures entières à fabriquer la poupée de paille, qu'il avait baptisée Léon, comme son deuxième prénom. Ainsi, il respectait l'histoire de la véritable poupée Robert. En effet, celui qui avait possédé la poupée s'appelait Robert Eugène Otto. Il avait donc donné son propre prénom à la poupée maudite. Raphaël n'avait pas osé aller jusque là et s'était contenté de la baptiser de son deuxième prénom.

Raphaël contemplait son œuvre. Il était ravi.

— Regardez comme j'ai soigné les détails !

Un long frisson parcourut la nuque de Yannick. Instinctivement, cette poupée lui faisait peur.

— J'crois qu'on s'apprête à faire quelque chose que l'on va regretter, dit-il.

— Mais non, répondit Raphaël. Le plan est parfait. Demain, on passe nos examens puis on part pour la Floride. Tout est prévu j'te dis. J'ai pensé au rituel du transfert d'entités, mais aussi aux protections. J'ai aussi vu comment on pouvait rester dans le musée sans se faire prendre toute une nuit. Ça va être génial !

Lucas Capodici passa son bras autour des épaules de Yannick.

— T'en fait pas, ça va bien se passer. On a vraiment tout prévu. Cette fois-ci, on n'agira pas sur un coup de tête, tout est bien réfléchi.

Mais Yannick sentait que quelque chose de terrible allait arriver. Quelque chose qui allait à jamais bouleverser leur vie. Cette nuit, son sommeil fut perturbé. L'image de la poupée tournait en boucle dans sa tête. Elle surgissait dans ses cauchemars, un sourire meurtrier aux lèvres. Il s'était réveillé plusieurs fois en sursaut, trempé de sueurs. Vers cinq heures du matin, il poussa un cri et sauta hors de son lit. La poupée Léon avait à nouveau jailli dans son rêve, mais cette fois-ci, elle était accompagnée de Savannah, les mains pleines de sang, les yeux révulsés.

Retour au présent

Vincenzo Onoffrio sonna au portail d'entrée de l'hôpital psychiatrique Sainte-Anne et se présenta. La grande grille en fer forgé s'ouvrit. Le prêtre-exorciste se tourna vers Dimitri.

— Pendant que nous interrogeons le psychiatre, faites un tour dans la salle d'attente et essayez d'entrer en contact avec la famille. Rappelez-vous, nous sommes ici sans couvertures, nous n'avons aucun droit de parler avec la famille, donc montrez-vous discrets.

Le démonologue hocha la tête. Il savait que Crystal s'était démenée pour obtenir des autorisations afin de s'immiscer dans l'enquête. Mais les autorités françaises s'étaient montrées très frileuses et voyaient d'un mauvais œil le Vatican mettre son nez dans cette affaire. Tout juste, ils avaient eu le droit de fouiller l'appartement des trois jeunes hommes. Ou plutôt, on leur fit comprendre que les policiers fermeraient les yeux sur cette perquisition illégale.

Le Cardinal Primiti avait, lui aussi, tenté de faire fléchir les inspecteurs français chargés de l'affaire, sans y parvenir. La France se revendiquait laïque et ne voulait pas que la religion fasse irruption dans les institutions de l'État.

Les quatre membres de l'Ordre des Purificateurs entrèrent dans un long couloir aux murs verts délavés et écaillés qu'ils traversèrent en silence. L'atmosphère était pensante. Ce couloir menait aux pavillons des malades les plus dangereux et difficiles et donc à l'UMD.

— Les hôpitaux psychiatriques me font toujours un effet glacial, dit Dimitri.

— Heureusement qu'Élisabeth n'est pas avec nous, répondit Daniel. Sans avoir son don de voyance, je peux sentir toute la souffrance du lieu, alors elle…

— C'est l'accueil qui est glacial, déclara Carlo.

— Pourtant, il fait une chaleur de dingue, dit Daniel. On étouffe ici.

Le prêtre-psychiatre ressentait un vague sentiment de malaise. Déjà, il avait dû se présenter en tant que psychiatre et non en tant que prêtre et avait dû retirer sa collerette blanche et toutes les marques de sa foi en Dieu. Il avait cette désagréable impression d'être nu et sans protection. Il serra son crucifix glissé dans la poche de son jean et regarda Vincenzo. Lui aussi semblait vulnérable et

275

sans défense sans sa collerette blanche. Il avait vraiment l'air d'un laïc.

Le long couloir lugubre déboucha sur un grand hall lui aussi lugubre où un infirmier les attendait.

— Bonjour messieurs, le docteur Masquin va vous recevoir dans quelques minutes. Veuillez me suivre s'il vous plaît.

— Merci, répondit Carlo. Mes deux confrères ont besoin de se rafraîchir, pouvez -vous leur indiquer la salle d'attente s'il vous plaît.

Vincenzo sourit : Carlo se mettait dans la peau de son personnage. Il devait conduire la troupe, c'est lui qui menait la danse et devait encadrer la conversation avec le psychiatre de l'hôpital. L'infirmier montra d'un signe de la main la direction de la salle d'attente principale du pôle psychiatrique en ajoutant qu'ils y trouveront une machine à café, une autre de boissons froides, ainsi qu'un petit point chaud pour se restaurer. Les deux amis s'empressèrent de le remercier et disparurent par l'une des portes de la grande salle. Déjà, Dimitri rêva d'un croissant encore fumant, juste sorti du four, à la française.

Vincenzo et Carlo suivirent l'infirmier jusqu'à une minuscule salle d'attente poussiéreuse, aux murs infiltrés d'humidité. Carlo prit place sur une chaise en soufflant. Les murs étaient nus, aucun tableau pour les égayer. Souvent, les médecins accrochaient leurs œuvres dans les couloirs de leur établissement ou dans leur salle d'attente. À croire que dans cet hôpital, aucun artiste en herbe n'y exerçait. Seule une horloge suspendue au-dessus de Carlo rompait cette terne monotonie, cette impression de désolation. Son tic tac lacérait le silence ambiant. Vincenzo constata que l'horloge ne donnait pas l'heure exacte : elle retardait d'une heure et vingt minutes ! Personne n'avait jugé bon de la remettre à l'heure!

— On dirait un décor d'un film gore, dit Carlo une fois l'infirmier parti.

— Apparemment, le budget rénovation est inexistant, dit Vincenzo. Les hôpitaux tombent en ruine en France.

— C'est le monde qui tombe en ruine. Et puis vous entendez ce silence, on n'entend pas un bruit mis à part cette horloge d'un autre âge et son abominable tic tac. C'est lugubre.

Au même moment, le téléphone portable de Vincenzo sonna, le faisant sursauter. Grommelant une phrase inaudible dans sa barbe, il décrocha. Au bout de fil, c'était Matt.

— Mon Père, je viens de recevoir quelques informations de Crystal au sujet de nos trois protégés : a priori, ils étaient fans d'histoires paranormales et de films d'horreur. Mais le plus intéressant est à venir. Crystal a retrouvé une ancienne condamnation américaine. Nos trois amis s'étaient introduits dans la maison d'Amityville alors que la famille Luciani y vivait encore, de nuit, juste pour s'amuser, pour prendre des photos souvenirs de la maison qui a fait la Une des journaux. Ils ne furent pas trop inquiétés pour ce délit, les autorités américaines préférant les renvoyer en France. Cela s'est passé trois mois avant que Savannah assassine toute sa famille.

— Merci monsieur Bohé pour l'information.

Et il raccrocha le combiné qu'il glissa dans la poche de son pantalon. Carlo l'interrogea du regard.

— Crystal a trouvé une chose bizarre concernant le passé de nos trois amis, dit Vincenzo. Lors d'un voyage aux États-Unis, ils se sont introduits dans la maison d'Amityville et cela peu de temps avant que Savannah tue ses parents.

Le père Rinaldi ouvrit la bouche, mais la referma, puis la rouvrit. Il ne savait quoi penser de cette information.

— Ont-ils pu croisé Savannah, et donc Amduscias, lors cette visite et donc est-ce que cette affaire aujourd'hui entretiendrait-elle un rapport avec cette visite ?

— C'est à nous de le découvrir, répondit Vincenzo.

Un homme, environ la soixantaine, cheveux gris, vint les chercher dans la salle d'attente décrépie. Carlo remarqua qu'il ne pouvait fermer sa blouse blanche à cause de son ventre bombé qui faisait saillie. C'était bizarre : cet homme paraissait mince, sauf son bidon qui était rebondi. Ses bras, ses jambes, sa tête… le reste de son corps semblait fin, sauf l'abdomen qui saillait dans une forme arrondie vers l'avant. La Bierpanza comme disent les Allemands, ce ventre qui se rondissait au fur et à mesure des bières que l'on avalait. Pourtant, cet homme ne ressemblait pas à un d'un buveur de bière pour peu qu'un profil type de ce genre de personnes existe.

— Bonjour, dit-il, je suis le docteur Masquin. Vous vouliez me voir ?

Carlo se leva et lui tendit la main.

— Bonjour, je suis Carlo Rinaldi, médecin-psychiatre, et voici mon collègue Vincenzo Onoffrio. En effet, nous réalisons une étude sur les crises de démence qui conduisent au meurtre et nous avons besoin de quelques renseignements concernant Yannick Perdurin, Raphaël Bison et Lucas Capodici.

— C'est une affaire des plus banale, je ne sais même pas pourquoi vous vous y intéressez. Dans cette histoire, Raphaël Bison a fait une crise de démence et a attaqué le premier type qu'il a croisé sur son chemin. Je ne pense pas que son intention était de le tuer. En fait, il ne s'est pas rendu compte de son acte, il ne s'en souvient même pas.

Vincenzo tiqua sur cette dernière information. En général, les possédés ne se souviennent pas de leur crise de possession.

— Et ses deux amis, demanda Carlo.

— Je n'en ai pas la moindre idée. Ils continuent de crier qu'une bête veut les tuer. D'ailleurs, monsieur Bison aussi parle d'une bête qui veut le dévorer.

— Est-ce que monsieur Bison a fait d'autres crises de démence ?

— Plusieurs même ! Chaque fois, c'est très impressionnant. Il se met dans un tel état qu'au moins quatre infirmiers sont nécessaires pour le maîtriser. Il crie, il hurle, il aboie, il veut frapper tout le monde, sa voix change, devient anormalement rauque, puis subitement, il s'évanouit et revient à lui quelques heures plus tard sans se souvenir de sa crise. Parfois, il entre dans une phase d'inertie psychomotrice qui peut durer plusieurs heures. Ses amis aussi présentent ce genre de crise de catatonie. Et quand ils se réveillent, ils crient qu'une poupée veut les tuer, ou une bête féroce qu'ils décrivent comme un monstre juché sur un cheval. Et parfois aussi, ils se mettent à chanter d'une voix limpide, claire. On croirait un organe de contralto. Cela ressemble à des chants de messe. Ces chants effrayent la plupart des infirmiers.

— Tout ceci est très curieux et ne ressemble à aucune maladie mentale connue.

— Il n'y a rien de surnaturel dans tout cela ! Ce sont trois jeunes hommes qui ont certainement expérimenté un nouveau mélange de drogue qui a abîmé leur cerveau.

Vincenzo rongeait son frein. Il aurait voulu dire à ce médecin que certains maux ont une d'origine diabolique, que cela est la réalité et qu'en refusant de voir cette réalité, il aggravait les maux de ses patients. Mais il se tut. Il préféra éviter de prendre le risque de se faire congédier. D'autant plus que le psychiatre paraissait nerveux et susceptible.

— Prennent-ils un traitement, demanda Carlo.

— Nous sommes obligés de les maintenir en camisole chimique pour prévenir les crises et empêcher qu'ils ne se blessent ou qu'ils blessent un membre du personnel soignant. Alors, oui, pour répondre à votre question, ils prennent un cocktail chimique assez fort composé d'anxiolytiques, d'antidépresseurs, de somnifères. Notre pavillon UMD est tout indiqué pour garder ce genres de malades en toute sécurité.

— Présentent-ils quelques moments de lucidité.

— Très rares. Les psychotropes les aident à rester calmes. Cependant, ils n'empêchent pas les réveils nocturnes où les patients se mettent à chanter des hymnes à la gloire à je ne sais pas trop qui et cela peut durer des heures malgré l'administration de somnifère.

Carlo regarda Vincenzo qui fit un signe de tête. Les deux hommes comprenaient que ce qu'il se passait au sein de cet établissement médical était d'origine démoniaque. Donc, de leur ressort. Ils devaient rencontrer les trois amis.

— Pouvons-nous leur parler ne serait-ce que quelques instants, demanda Carlo.

Le psychiatre les regarda tous les deux attentivement, l'un après l'autre, pensif.

— Écoutez, j'ai accepté de vous recevoir alors que je ne sais même pas de quelle institution vous venez. Ces trois jeunes sont dans un pavillon de haute sécurité où les gens de l'extérieur doivent être en possession d'une autorisation pour y pénétrer. J'ai accepté de répondre à quelques questions, mais je suis leur médecin et je ne vois pas d'un bon œil qu'un autre psychiatre, sans vous offenser personnellement monsieur Rinaldi, vienne me dire comment je dois soigner mes patients.

— Cela n'est pas mon intention, répondit Carlo. Simplement, nous voudrions leur parler afin de pouvoir compléter une étude commandée par notre laboratoire. Si vous nous autorisiez à les voir quelques minutes nous vous en serions très reconnaissants.

— Je vais être franc avec vous. Je ne crois pas au surnaturel, mais la maladie dont souffrent ces trois jeunes gens est au-delà des compétences médicales dont nous disposons actuellement. Autour d'eux, plusieurs évènements bizarres se sont produits que je n'arrive pas à expliquer. Je dois me montrer prudent, j'espère que vous comprenez.

Je comprends surtout, pensa Vincenzo, que t'es un incompétent qui refuse d'admettre son incompétence.

— Nous comprenons tout à fait, répondit Carlo, c'est pour cela que votre nom, ni même le nom de votre établissement ne seront cités dans notre enquête ni le nom des trois patients, cela va de soi.

Jean-Pierre Masquin se racla la gorge, il était perturbé. Comme l'avait si justement deviné Vincenzo, les évènements de ces derniers jours le dépassaient et le médecin craignait que cela se sache. La médecine ne pouvait rien faire pour ces trois patients, elle était incapable de les guérir voire de soulager leurs symptômes, mais Masquin ne voulait pas que quelqu'un d'autre que lui découvre cette vérité. Et tous ces évènements bizarres qui se produisaient autour d'eux le mettaient mal à l'aise. Un jour, un infirmier entra dans la chambre de Raphaël Bison pour lui administrer son traitement et le trouva lévitant à trente centimètres de son lit. Un autre jour, un autre infirmier qui s'occupait de Yannick Perdurin sentit un souffle dans son cou et vit, très nettement, une ombre noire derrière lui. Yannick Perdurin lui avait dit que c'était le Diable qui venait saluer son plus grand serviteur et le féliciter pour tous ses péchés. L'infirmier, très troublé, avait démissionné le lendemain. Le psychiatre en chef de l'unité ne voulait pas que toute cette affaire s'ébruite, mais en même temps, il savait qu'il avait besoin d'aide. Lui-même avait vu plusieurs fois cette ombre noire alors qu'il discutait avec ses patients, lui-même avait senti un souffle chaud sur sa nuque lors de ces entretiens, lui-même avait vu Raphaël Bison léviter. À la grande surprise de Vincenzo, après plusieurs secondes de réflexion, il répondit :

— Monsieur Bison est incontrôlable, donc je ne vais pas prendre le risque d'un accident. Par contre, je vous accorde cinq minutes avec monsieur Capodici, c'est celui qui me semble le moins touché et le plus lucide des trois. Yannick Perdurin me semble le plus faible et le plus impressionnable des trois.

***

Pendant ce temps, Dimitri et Daniel arrivèrent dans le hall principal de l'hôpital psychiatrique de Saint-Anne. Ici, l'ambiance était plus détendue. La salle d'attente était quasiment déserte, hormis un couple assis dans un coin, silencieux, l'air hagard. Daniel regarda du côté de la cafétéria. L'établissement accueillait un peu plus de monde, surtout des blouses blanches qui profitaient de la pause pour boire un expresso et se régaler d'une pâtisserie. Au milieu du personnel hospitalier se trouvaient quelques individus, certains étaient seuls, d'autres en groupe, qui savouraient aussi les viennoiseries, certes non préparées sur place et probablement industrielles, mais tout de même délicieuses.

— On commence par interroger le couple dans la salle d'attente, demanda Daniel.

Dimitri acquiesça, lorsque son téléphone portable se mit à sonner. C'était Matt.

— Dimitri, Crystal a terminé les recherches que vous lui aviez demandées concernant l'histoire de la poupée Robert. Elle a mis à votre disposition des documents PDF.

— C'est gentil, répondit Dimitri. Pouvez-vous les imprimer ?

— Je m'en charge. Crystal a aussi trouvé une chose surprenante : nos trois amis, lors d'un voyage aux États-Unis, sont entrés de nuit dans la maison d'Amityville alors que Savannah y habitait encore. Ils ont écopé d'un simple rappel à la loi et retour en France par le premier avion.

Le démonologue ressentit un long frisson le long de sa colonne vertébrale. Il sentait que cette information était une pièce du puzzle, mais laquelle ? Il raccrocha. Daniel s'était déjà rapproché du couple et revint vers Dimitri.

— Ces gens-là n'ont rien à voir avec notre affaire, dit-il. Allons plutôt du côté de la cafétéria et essayons de tendre l'oreille.

Dimitri acquiesça. Les deux hommes commandèrent un capucino, Dimitri en profita pour acheter deux croissants, et ils prirent place à côté de trois personnes qui discutaient. L'un d'eux regardait d'un air malheureux le verre en plastique blanc devant lui qui jadis avait dû accueillir une boisson chaude. Il portait un béret vissé sur sa tête qui laissait entrevoir quelques cheveux gris. Il semblait perdu, ailleurs. La femme qui les accompagnait paraissait âgée d'une soixantaine d'années, comme l'homme au béret. La sexagénaire semblait avoir pleuré toute la nuit. Le troisième homme était plus jeune, un peu moins de la trentaine. Le groupe semblait épuisé, écrasé par le malheur.

— Est-ce que tu crois qu'il va être accusé de meurtre, demanda la femme.

— Son avocat va plaider la folie, répondit le plus jeune. Et franchement, je pense qu'il est devenu fou. Il n'est plus le même, il est différent.

— Ce qui est enfermé dans cet hôpital, rétorqua la femme, n'est pas mon fils. C'est son enveloppe charnelle, mais ce n'est pas lui. Je ne sais pas comment expliquer cela, mais ce fils à qui j'ai donné la vie n'est plus dans son corps. Un étranger a pris sa place et j'aimerais tellement qu'on me le rende.

Elle se mit à pleurer. L'homme au béret lui prit affectueusement la main.

Dimitri sortit une photographie des trois amis de sa mallette et l'examina. Il la montra à Carlo.

— Regardez, le plus jeune ressemble à Raphaël Bison et on distingue un air de famille avec le plus vieux.

— Le père, la mère et certainement le frère. Allons leur parler.

La famille ne se montra pas bavarde. Elle était sous le choc, paralysée par les évènements, incapable de raisonner. C'était bien les parents et le frère de Raphaël Bison. Dimitri et Carlo durent faire preuve de beaucoup de tact pour tenter d'en savoir un peu plus sur Raphaël. Le père s'enferma, d'emblée, dans un mutisme effrayant, refusant de leur parler. Quant au frère, il essaya de consoler sa mère qui n'arrêtait pas de pleurer durant toute la conversation.

— Vous savez, dit-elle à Dimitri, Raphaël était un bon garçon, toujours gentil, affectueux, il ne nous a jamais causé le moindre souci. Il venait d'obtenir son diplôme et avait trouvé un travail dans une entreprise. Je ne peux pas m'imaginer qu'il a fait ça, qu'il a tué quelqu'un. Il n'a jamais été quelqu'un de violent. Aujourd'hui, je ne le reconnais plus. Celui qui se trouve dans cette chambre dans cet hôpital a l'apparence de mon fils, mais ce n'est pas mon fils.

Et elle se remit à pleurer. Dimitri et Carlo comprirent qu'ils ne pouvaient tirer de cette famille aucune information susceptible de les aider. Les Bison étaient dévastés par le chagrin. Ils prirent congé.

Au moment où ils sortaient de la cafétéria, le frère de Raphaël vint les voir.

— Excusez ma mère, elle n'arrête pas de répéter que ce n'est pas mon frère qui est enfermé dans cet hôpital. Je ne sais pas si vous allez pouvoir aider Raphaël, mais j'aimerais juste vous dire une chose. Raphaël était vraiment quelqu'un de bien. Avec ses amis, ils aimaient tout ce qui touchait au paranormal et j'espère que vous n'allez pas me prendre pour un fou si je vous dis que je crois que quelque chose de mauvais s'est attaché à eux. Ma mère à raison, ce n'est plus Raphaël qui est enfermé dans une des cellules de cet hôpital, c'est quelqu'un qui vient d'un autre monde. Croyez-moi, ma mère a raison lorsqu'elle dit que Raphaël a disparu de son propre corps. Je ne sais pas comment l'aider à revenir.

— Est-ce que Raphaël pratiquait la magie, demanda Dimitri.

— Pas à ma connaissance, il adorait regarder des films d'horreur, il aimait toutes les émissions consacrées au surnaturel. Il était tellement fan de tout cela qu'un jour, lors d'un voyage aux États-Unis, il est entré comme un voleur dans la fameuse maison d'Amityville, vous savez la maison du Diable…

Daniel hocha la tête.

— Ce jour-là, ses deux amis l'accompagnaient et ils ont eu la peur de leur vie. Mais pour eux, c'était un jeu, ils n'ont pas vu le mal. Ils se sont fait arrêter et reconduits à la frontière. Point. Histoire terminée. Mais je n'ai jamais vu Raphaël avec des bouquins sur la magie ou quoique ce soit de ce genre. Si vous pouvez l'aider, je vous en serai très reconnaissant.

— Nous ferons tout notre possible pour l'aider, dit Dimitri. Gardez espoir et tenez bon pour votre frère, car il aura besoin de votre soutien.

***

Vincenzo et Carlo entrèrent dans la cellule de Lucas Capodici. La chambre était sobre, mais propre. Petite, mais fonctionnelle. L'unique fenêtre à barreaux diffusait une lumière claire dans toute la pièce. Les murs blancs, la décoration minimaliste rappelaient que l'on se trouvait dans un hôpital. Vincenzo fit un signe de tête en direction de la caméra de surveillance installée au-dessus de la porte. Carlo comprit que toute la conversation sera écoutée par Masquin. Cela allait compliquer la situation.

Lucas était assis sur son lit. Immobile, le regard plongé dans le vague, il était perdu dans ses pensées. La porte de sa cellule s'ouvrit. Il leva des yeux las et fatigués. Lorsqu'il vit les nouveaux visiteurs, son visage s'éclaira.

— Bonjour monsieur Capodici, dit Carlo. Je suis médecin-psychiatre et nous aimerions vous poser quelques questions.

Lucas baissa la tête, son visage se referma.

— Encore un psychiatre ! J'en vois tous les jours, j'ai besoin d'un prêtre, pas d'un psychiatre.

Vincenzo sortit ses petites lunettes rondes de son étui et les posa sur son nez. Matt avait fixé sur la monture une caméra, très discrète.

— Pourquoi dîtes-vous que vous avez besoin d'un prêtre, demanda Vincenzo.

— Parce que nous avons fait une connerie et personne ne veut nous croire.

Vincenzo tira l'unique chaise de la pièce et la rapprocha près du lit pour faire face au jeune homme. Ce dernier leva la tête.

— J'aimerais que vous me racontiez ce qu'il s'est passé, demanda Vincenzo.

— Ce n'est pas la peine, vous n'allez pas me croire et vous allez encore me donner ces satanés cachets en disant que je suis victime d'hallucinations.

— Je suis de votre côté et je vous promets que je ne vous donnerai aucun médicament.

Lucas baissa la tête. Son teint était blafard, ses yeux cernés. Il faisait peine à voir. Soudain, son visage se crispa, sa mâchoire se serra. Il leva les yeux et regarda Vincenzo. Ses pupilles se dilatèrent à l'extrême et engloutirent la prunelle brune.

— La poupée ne veut pas que je vous parle, elle me tuera si je vous parle.

Sa voix était devenue grave. Il se mit à trembler et fixa un coin du mur.

— Est-ce que la poupée est avec nous dans cette pièce, demanda Vincenzo.

— Pas la poupée, mais la chose qui est à l'intérieur de la poupée. Vous voyez l'ombre noire, là ? C'est elle qui me parle tout le temps. Elle s'immisce dans ma tête et j'peux rien faire pour la faire partir.

Lucas montra du doigt le coin du mur qu'il fixait. Vincenzo se tourna, regarda dans la direction indiquée par le jeune homme, mais ne vit rien. Il fit signe à Carlo qui discrètement sortit une fiole d'eau bénite de sa sacoche.

— Monsieur Capodici, regardez-moi s'il vous plaît, demanda Vincenzo. Dites-moi qui est cette chose.

— La chose ne veut pas que je vous le dise. Elle va me punir pour cela. Elle sait que vous êtes prêtre, elle me l'a dit et elle ne veut pas de vous ici. S'il vous plaît, partez avant qu'elle me fasse du mal.

Vincenzo se leva.

— Écoutez-moi, nous pouvons vous aider, mais vous devez nous faire confiance. Vous m'avez bien dit que vous vouliez un prêtre et non un psychiatre ? Je suis prêtre en effet, et le fait que vous le sachiez me porte à croire que vous avez effectivement besoin d'un prêtre. Alors, laissez-moi vous aider.

Il fit un signe à Carlo qui aspergea le mur d'eau bénite et pria. Lucas hurla, Vincenzo apposa ses mains sur sa tête et pria à son tour. Petit à petit, il retrouva son calme. Hébété, il regarda autour de lui.

— Vous avez fait fuir la chose, mais elle reviendra se venger.

— Vous n'avez rien à craindre, on va bénir la pièce et la protéger pour que la chose ne puisse plus y entrer. Mais cela ne la fera pas disparaître et pour cela, nous avons besoin que vous nous aidiez. Nous devons savoir pourquoi cette chose en a après vous.

— Parce qu'on a fait une bêtise, une grosse bêtise et maintenant, on paie notre bêtise. Je suis fatigué, tellement fatigué.

— Je n'ai pas beaucoup de temps, insista Vincenzo, quelle bêtise ?

— Promettez-moi que la chose ne pourra pas se venger sur moi si je vous parle.

Vincenzo acquiesça.

— Promettez-moi aussi de me croire, même si cela vous paraît fou.

Encore une fois Vincenzo hocha la tête.

Flash-back n° 2

Un bateau de croisière accosta au quai Pier Ba de Key West. À bord, des touristes du bassin caraïbe occidental qui se réjouissaient de cette escale de quelques jours à Key West. La ville offrait une multitude d'activités aux vacanciers, comme la plongée sous-marine et la visite du centre-ville à l'architecture cubaine où l'on peut déguster de délicieux mojitos sur Duval Street. À bord du navire, Yannick, Lucas et Raphaël bouillonnaient d'impatience, mais pas pour les boissons au rhum. Ils sautèrent du paquebot, armés de leur sac à dos et se dirigèrent vers l'abri à taxi où de nombreux chauffeurs attendaient leurs clients. À l'intérieur des sacs à dos, leurs précieuses affaires pour effectuer la mission qu'ils s'étaient fixée. Pendant que le reste des croisiéristes flânait ou s'occupait à trouver leur hôtel pour la nuit, nos trois amis ne pensaient qu'à une chose : voir la fameuse poupée Robert, l'attraction principale de Key West.

Ils prirent un taxi qui les déposa devant le Fort East Martello Museum situé à huit kilomètres du centre de Key West. Ce musée était un héritage de la guerre civile et cette forteresse du XXe, entièrement rénovée, abritait une fabuleuse collection d'objets souvenirs de la Guerre civile, notamment des pistolets, des uniformes et des peintures, mais aussi d'autres objets comme les œuvres de Mario Sanchez, un artiste local, et les sculptures en métal de Stanley Papio.

Tout ceci n'intéressait pas nos amis. Ils avaient entrepris ce voyage pour rencontrer la poupée Robert, et uniquement la poupée Robert, celle qui inspira la saga Chucky. Cette banale poupée de paille à la réputation sulfureuse. La légende parle d'une force maléfique qui aurait élu domicile à l'intérieur de la poupée et qui aurait possédé le petit Robert Eugène Otto. D'après l'histoire, la famille Otto faisait partie de l'aristocratie. Elle employait du personnel ou plutôt des esclaves. Une nourrice, une jeune femme noire à l'allure rebelle, en particulier, s'occupait de Robert alors qu'il n'avait que six ans. Madame Otto la surprit en plein rituel vaudou et la congédia sur-le-champ. Avant de partir, la nounou offrit à l'enfant une poupée de paille. On dit qu'elle avait chargé la poupée d'un esprit de vengeance pendant un rituel vaudou. On dit que beaucoup avaient peur de cette poupée. Elle effrayait les domestiques, faisaient fuir les enfants qui rentraient de l'école et qui passaient devant le manoir des Otto. On dit qu'elle se déplaçait seule. Le petit Robert s'attacha à cette poupée et lui donna son prénom Robert et réclama qu'on l'appelle désormais Eugène. Mais cette poupée causa bien des malheurs à la famille Otto.

Aujourd'hui, la poupée Robert est enfermée dans une cage en verre pour éviter toute contagion démoniaque, à l'intérieur du musée Martello. On dit qu'elle ne supporte pas qu'on la photographie sans son autorisation ni qu'on la regarde dans les yeux pour la défier. Et ceux qui s'étaient aventurés à la photographier, ceux qui n'avaient pas tenu compte de l'avertissement, s'en sont mordu les doigts. Une malédiction a touché beaucoup d'entre eux, perte d'emploi, malchance à répétition, banqueroute financière, rupture sentimentale... Certains, pour faire cesser cette malédiction qui pesait sur leur vie quotidienne, se sont excusés auprès de Robert. D'où les lettres pleines de mots de regrets qui tapissent sa cage de verre.

Yannick, Raphaël et Lucas connaissaient l'histoire de la poupée Robert et la légende qui l'entourait. Yannick avait effectué beaucoup de recherches sur le sujet. Fan de paranormal, ce genre de récit le passionnait. Mais en même temps, il en avait un peu peur. Il était partagé entre le fait que cela existe réellement et que cela ne soit que du folklore, entre le fait que des forces démoniaques existent et peuvent influer sur le monde des vivants et le fait que tout ceci ne soit qu'un mythe propagé par les religions pour nous pousser à croire à une force divine. Ses deux amis, Raphaël et Lucas, ne se posaient pas ce genre de questions. Passionnés aussi d'histoires surnaturelles, ils voyaient cela comme un jeu, comme une façon de faire monter l'adrénaline, de connaître des expériences dangereuses et excitantes. Pour eux, le paranormal ressemblait à un saut à l'élastique : euphorisant et grisant avec une prise de risque calculé.

— Bon les gars, dit Raphaël, on fait comme on a dit. On fait semblant de s'intéresser aux objets du musée, on traînaille, on déambule un peu partout puis discrètement, on passe une première fois devant Robert, on prend des photos, on filme, puis on se promène encore un peu, on flâne ici et là et on attend la fermeture près de la porte dérobée.

— Là, continua Lucas, on se glisse par la porte dérobée et on patiente jusqu'à qu'il n'y ait plus aucune personne dans le musée pour sortir de notre cachette et faire notre rituel. J'espère qu'on a rien oublié.

— J'ai vérifié trois fois le matériel, répondit Raphaël. On est bon.

Raphaël aussi s'était beaucoup renseigné sur la poupée Robert, mais ses recherches s'étaient davantage centrées sur le bâtiment du Martello Museum. Il avait découvert, à l'intérieur de la forteresse, une porte secrète qui menait à une pièce interdite aux visiteurs. Dans cette pièce, les trois amis avaient prévu de se cacher dans un petit recoin sombre jusqu'à la fermeture du musée. Puis, une fois le rituel de transfert opéré, ils devaient attendre l'ouverture du musée pour partir discrètement.

— J'le sens pas ce coup-là, dit Yannick.

— Hou, monsieur l'intellectuel a peur, railla Lucas. Monsieur l'intellectuel a les chocottes, il fait sa petite poule mouillée. Bientôt il va nous pondre un œuf, l'œuf de la honte !

— Il est hors de question de reculer, dit Raphaël, on a pas fait tout ce chemin pour rentrer bredouille. Alors, on prend ses coucougnettes à pleines mains, on gonfle ses pectoraux et on y va !

Les trois amis entrèrent dans le musée. Raphaël Bison tenta de charmer la jolie hôtesse d'accueil blonde qui leur vendit leur billet. Yannick lui donna un coup de coude. Se faire remarquer était la dernière chose à faire.

— Putain, pour une fois que j'avais une touche avec une Américaine, dit Raphaël, voilà que j'peux même pas en profiter. Surtout que celle-là n'avait pas l'air d'avoir les pieds sur terre à force d'avoir les jambes en l'air !

— C'est elle ou Robert, dit Lucas.

— Ma foi, c'est un choix cornélien, dit Raphaël. J'ai jamais goûté à une Américaine, et les Américaines sont une denrée d'exception.

— Alors, vas-y fonce mon gars, dit Yannick, une occasion comme ça tu l'as retrouveras plus jamais ! Qu'est-ce qu'une poupée face à une fille ? Rien !

— Tu vois pas que j'plaisantais, répliqua Raphaël. Des filles, j'peux en avoir des centaines, alors que Robert, lui, est unique. Lui il va m'faire bander plus que cette pétasse blonde.

Comme convenu, les trois amis firent semblant de se passionner pour les différents objets du musée. Ils s'arrêtèrent devant les peintures de Mario Sanchez, les examinèrent. Ils essayèrent de se montrer le plus discrets possible pour ne pas attirer les regards sur eux. Enfin, ils arrivèrent à la salle qui les intéressait le plus, celle de Robert. La cage de verre était située sous une voûte en pierre qu'éclairaient plusieurs spots encastrés à même la roche. Placée sur un cube où l'on pouvait lire « Robert the dool », la poupée était assise sur un petit tabouret de bois et tenait une peluche en forme de mouton sur ses genoux. À l'intérieur de la cage de verre, posé à côté de la poupée, un chevalet présentait un parchemin qui retraçait l'histoire de la poupée. Derrière la poupée, accrochées sur le verre de la cage, trônaient des lettres d'excuses adressées à Robert.

La poupée glaçait le sang avec ses boutons noirs qui tenaient lieu d'organes oculaires, son habit de marin blanc et son képi blanc lui aussi. Robert était moche. Il semblait narguer tous les visiteurs qui s'approchaient de lui. Sur le cube de bois, un petit panneau les avertissait de ne pas prendre de photographies et d'éviter de regarder Robert dans les yeux.

— Qu'est-ce qu'elles ont ces poupées à ne pas vouloir être regardées, railla Raphaël. Elles se sont donné le mot ou quoi ?

— En fait, dit Lucas, un jour Robert est allé voir sa copine Annabelle et ils se sont dit que cela serait bien si on faisait peur aux gens en disant qu'on déteste les photographies et les gens qui nous provoquent en osant croiser nos regards. Et c'est ainsi que naquit la légende des poupées qui jettent des sorts dès que ces deux règles ne sont pas respectées.

Lucas esquissa un sourire et mit en route la fonction caméra de son smartphone, tandis que Raphaël prenait quelques clichés en douce de la cage de verre. Tous deux avaient choisi d'ignorer l'avertissement. Yannick, tout aussi discrètement, tenait son téléphone portable dans la main, dirigé vers la poupée Robert.

La poupée Robert se trouvait là, devant eux, majestueuse, mais en même temps tellement laide. Les conservateurs du musée l'avaient placée assise sur un tabouret de bois, la tête tournée vers le public, une peluche posée sur elle. D'après la croyance locale, cette peluche permettait de calmer Robert et d'éviter sa colère. La poupée de paille mesurait à peu près un mètre, ses yeux sont des boutons noirs et ses cheveux sont en laine. La poupée ressemble à un étrange petit garçon. Elle glace le sang. Tandis que Raphaël s'approchait de la cage en verre, Yannick préféra en détourner la tête. La regarder lui était insupportable. Lucas le poussa de l'épaule et lui fit comprendre qu'il devait se comporter normalement.

— Avec ta tête de linge blanc qui pue la culpabilité, bientôt on va avoir les vigiles à nos trousses, dit-il.

Raphaël arriva devant la poupée Robert. Il était émerveillé de voir tous les courriers qui tapissaient sa cellule de verre. À côté de lui, un couple discutait au sujet de l'histoire de la poupée. Raphaël préféra se concentrer sur ces mots d'excuse. Mais là où il se trouvait, il avait du mal à les lire. Il savait que les administrateurs du musée avaient scanné ces lettres pour les projeter sur un écran de télévision qui se situait dans une autre pièce du Martello Museum, non loin de là. Il ira y jeter un coup d'œil.

Le jeune homme était excité, il n'en revenait pas de se retrouver en face de Robert.

— Alors Robby, comment ça va mon poto ? T'es bien là dans ta cage en verre ? T'as pas envie de faire un petit tour, d'aller prendre l'air ? Te tracasse pas mon pot, on va te sortir de là. On va bien s'amuser tu verras. En attendant, j'vais t'prendre discrétos en photo, c'est pour mon album perso.

Au même moment, Lucas arriva près de lui.

— Yannick m'inquiète, dit-il. J'ai peur qu'il fasse tout capoter.

— Tranquillise-toi, répondit Raphaël, on va lui parler. Et si on voit qu'il est toujours en mode pétage de plomb, on l'envoie direct à l'hôtel et on continue notre plan sans lui. Pour le moment, admirons notre poto Robby, il est trop beau ! J'en reviens pas de le voir en vrai !

— S'il te plaît, arrête de provoquer la poupée.

— Toi aussi t'es pas rassuré ?

— Ouais, elle me fait une impression bizarre.

Soudain, la poupée tourna la tête vers Lucas et le fixa.

— Regarde, elle a bougé la tête !

Lucas mit ses mains sur la tête, en proie à la panique.

— Oh putain ! On va être maudit ! C'est pas possible, elle a bougé !

Raphaël se précipita sur lui.

— Arrête de crier, tu vas nous faire repérer espèce d'idiot ! La poupée n'a pas bougé la tête, c'est juste une impression !

— J'ai besoin de prendre l'air.

Et il décampa de la pièce. Ses deux amis lui emboîtèrent le pas. Ils sortirent du musée par la porte principale et se dirigèrent vers le parc, le long des allées. Ils avaient besoin de reprendre leurs esprits. Lucas stoppa sa course près d'un banc, à l'écart des autres visiteurs. Il tremblait de tous ses membres.

— Qu'est-ce qu'il s'est passé, demanda Yannick.

— Lucas a vu la tête de Robby bouger, dit Raphaël et il s'est pissé dessus. Mais tout cela s'est passé dans sa tête à lui, ce sont ses neurones qui ont bougé et qui ont plus connecté entre eux.

Lucas se retourna vers son ami. Il était rouge de colère.

— Je sais ce que j'ai vu, je ne suis pas fou ! Je te dis que Robert m'a regardé, moi, comme s'il me narguait. C'était comme s'il me disait que bientôt le malheur allait s'abattre sur moi.

— Arrête de divaguer, dit Raphaël. J'ai rien vu, sauf ta tête de fou !

— Attends, j'vais t'le prouver, j'ai tout filmé avec mon téléphone.

Les trois amis s'installèrent sur le banc. Lucas rechercha le moment exact sur la vidéo où il avait vu la poupée tourner la tête vers lui.

— Là, c'est là, s'écria-t-il, oh putain c'est flagrant !

Yannick et Raphaël visionnèrent les images. Effectivement, ils virent la poupée Robert faire pivoter sa tête pour les regarder. Le mouvement était discret, mais perceptible et bien réel. C'était comme si la poupée était vivante ou animée par un esprit.

— Oh merde, gémit Yannick, c'est pas bon ça, pas bon du tout.

— Ouais, tu vas être maudit pour la vie, dit Raphaël.

Et il se mit à rire.

— Arrête de rire putain, cria Lucas. Tu comprends pas que la poupée m'a vu !

— On doit se tirer d'ici, dit Yannick. Ça devient trop bizarre.

— Mais arrête de flipper monsieur la flippette, dit Raphaël. Cette vidéo montre simplement que quelque chose se trouve dans la poupée et que ce quelque chose on va l'attraper grâce au rituel que j'ai mis au point. C'est pour cela que nous sommes venus non ! Pour capturer une entité ! Putain les gars, mais vous avez pas l'air de vous rendre compte, on va enfin apporter la preuve d'un monde parallèle ! On est à l'aube de changer le monde et vous, vous voulez vous tirer ? Pas question. On reste, et on fait comme on a dit. On filme tout pour garder des preuves. Cette histoire va nous apporter la gloire, on sera vénéré comme des dieux, on va cartonner sur Twitter ! Et You Tube nous donnera des valises pleines de billets avec cette vidéo et avec toutes les autres qu'on va faire !

Yannick et Lucas se regardèrent. Ils surent qu'ils ne pouvaient pas convaincre leur ami de changer d'avis. Et le laisser seul était impossible. Ils étaient comme les doigts d'une main, liés. Et l'on ne laissait jamais un ami dans la panade. Ils devaient se résigner, même s'ils sentaient que toute cette histoire allait mal finir.

Raphaël sortit un sandwich de son sac à dos.

— Et si on mangeait un bout ? Le musée va bientôt fermer, j'ai la dalle, j'ai besoin d'énergie.

Yannick n'avait pas faim. Il se sentait trop stressé pour manger.

— Et si on revenait demain, dit-il dans une dernière tentative pour le faire changer d'avis.

— Pas question ! On y est, on reste !

****

Le Martello Museum allait effectivement fermer ses portes dans une dizaine de minutes. Le personnel invitait déjà les visiteurs à se diriger vers la sortie principale. Les trois amis entrèrent discrètement à l'intérieur du bâtiment, se faufilèrent au milieu des personnes qui en sortaient. Ils allèrent vers la salle aux peintures de Mario Sanchez quasiment au pas de course. C'est dans cette salle que se trouvait la porte qui donnait sur le local secret. En ayant pris de soin de s'apercevoir si personne ne les avait remarqués, ils ouvrirent la porte et pénétrèrent dans une pièce sombre, petite, en désordre. C'est là que l'on entreposait les objets qui ne servaient plus au musée. On y stockait, entre autres, des chaises qui menaçaient de s'écrouler et trois vieux bancs. Raphaël fit signe à ses amis de le suivre. Il disparut derrière une grande tenture tendue de part et d'autre du mur.

— Là, on risque pas de nous voir, même s'ils passent par ici pour y jeter une cochonnerie.

Derrière le rideau, un petit espace, d'environ trois mètres carrés, rempli de toiles d'araignées, promettait d'être une cachette parfaite.

— On tiendra jamais jusqu'à la nuit dans ce p'tit coin, dit Yannick.

— Surtout que d'autres visiteurs squattent le coin, dit Lucas en montrant les toiles d'araignées.

— J'déteste ces petites bêtes, dit Yannick.

— Maintenant, le pompon sur le bonnet serait que les rats débarquent, continua Lucas.

— Vous allez arrêter de vous plaindre, dit Raphaël. C'est juste pour se cacher une heure ou deux ! Remontez vos coucougnettes et montrez que vous êtes des hommes ! Des vrais !

Yannick souffla. Dans quelle merde s'étaient-ils fourrés cette fois ? Et s'ils se faisaient attraper ? Si quelqu'un les avait suivis et avait appelé la police pour les déloger ? Ils se retrouveraient avec une deuxième condamnation aux États-Unis.

Lucas posa son blouson par terre et s'assit.

— Ça vous dirait qu'on se raconte des vannes salaces pour faire passer le temps ?

Raphaël s'assit à son tour.

— Vas-y commence.

Pendant ce temps, Yannick alluma deux bougies qu'il posa à même le sol.

— Ça fera un peu de lumière.

Raphaël le regarda avec étonnement et l'applaudit.

— C'est pour ça que t'es la tête pensante de notre groupe, tu penses à tout.

— J'ai même pensé aux cartes pour passer le temps, répondit Yannick, ça sera mieux que tes blagues salaces.

— Adjugé ! Surtout que j'pourrais raconter mes vannes dégueulasses tout en jouant au tarot, dit Lucas.

Et ils commencèrent une partie de tarot, un jeu de cartes que les trois amis adoraient. Certains soirs, dans leur résidence universitaire, avec d'autres étudiants, des tournois s'organisaient qui duraient jusqu'au bout de la nuit.

À peu près une heure plus tard, Yannick entendit un bruit de grattement. Il réclama le silence.

— Chut, on dirait que des rats veulent nous rendre une petite visite.

Il prit une bougie et inspecta le minuscule recoin. Aucun signe d'un éventuel animal. Lucas empoigna sa lampe torche et balaya la pièce, sans succès.

— Pas une seule crotte de ces bestioles ici, dit-il.

— Ce qui peut signifier deux choses, dit Lucas, soit que ces affreux rongeurs ne viennent pas ici et donc que le musée est un modèle de propreté, ou que les rats vont chier ailleurs qu'ici, dans leurs toilettes privées, et donc que l'on a affaire à des rats civilisés.

Et il se mit à rire, bientôt rejoint par ses deux amis. La partie de tarot reprit dans la bonne humeur. Mais Yannick n'arrivait pas à chasser cette inquiétude qui lui tordait le ventre, il ne cessait de regarder derrière lui. Il avait bien entendu un bruit de grattement. Encore un mystère qui restera sans explications comme celle de la tête de Robert qui avait bougé seule.

Raphaël jeta un œil à sa montre et se leva.

— Il est l'heure de passer à l'action !

Deux heures du matin. L'heure de tout mettre en place pour le rituel. Les trois amis sortirent de la pièce secrète. Personne à l'intérieur du Martello Museum, les visiteurs dormaient tous tranquillement dans leurs hôtels. Quelques spots éclairaient les murs, mais cette lumière diffuse laissait de nombreux espaces sombres. Yannick alluma sa lampe torche.

— Allez on se dépêche, qu'on en finisse.

— Ho merde, t'es pas drôle, dit Raphaël. Moi qui comptais organiser une grosse fête dans le musée, c'est raté. J'avais l'intention d'inviter tous les fantômes du coin à une drap-party monstrueusement effrayante !

Ils arrivèrent devant la cage de verre abritant la poupée Robert. Raphaël posa son sac à dos par terre et en sortit Léon, le sosie parfait de la poupée Robert. Il se tourna vers ses amis.

— Avant de commencer, j'voudrais simplement vous dire que j'ai beaucoup apprécié vous connaître et que, si d'aventure, un accident nous tombe sur le coin de la gueule, jamais je ne pourrais vous oublier.

— Arrête tes conneries, dit Lucas en retirant un grimoire de son sac.

— Et aussi, continua Raphaël, que j'espère que vous avez pris beaucoup de papier et de crayon, car on sera obligé d'écrire une longue lettre d'excuse à notre ami Robby après ce que nous allons faire.

Lucas plaça le livre de magie près de la cage de verre. Pendant la manœuvre, il ne leva pas les yeux en direction de la poupée de peur de croiser son regard. De peur de la voir encore une fois se mouvoir pour le regarder. Deux ou trois spots encastrés au-dessus à même la roche et d'autres disposés tout autour de la cellule de verre éclairaient la poupée Robert d'une faible lueur. Raphaël posa la réplique de Robert près du livre.

— Bon, dit Lucas, j'espère que tout le monde est prêt et sait ce qu'il doit faire. On va réciter une formule, et après on remballe tout. On doit la prononcer tous ensemble, sinon ça marchera pas.

— T'as oublié les deux bougies, le calice et le sang, dit Yannick.

Lucas disposa les deux bougies noires, l'une à gauche, l'autre à droite du grimoire. Il prit le calice en forme de tête de mort et le mit devant le livre, il ouvrit la fiole et versa le sang de porc dans le calice. Il sourit lorsqu'il repensa à la façon dont ils s'étaient procuré le sang, dans une boucherie. La demande surprit le boucher, il les avait traités de satanistes, avait menacé d'appeler la police, mais finalement avait accepté de leur fournir une petite quantité de sang en contrepartie d'une petite somme d'argent. Ce sang de porc était un ingrédient indispensable du rituel, l'offrande au démon pour obtenir son obéissance. Quant au calice en forme de crâne humain, Yannick l'avait déniché sur un site spécialisé en objets ésotériques. C'est fou ce qu'on trouve de choses bizarres sur la toile de nos jours !

Retour au présent

Matt, Margareth et Élisabeth pénétrèrent dans l'appartement des trois amis. La négociation pour obtenir l'accord du concierge d'ouvrir la porte avait posé quelques problèmes, mais l'homme avait accepté de leur confier les doubles des clés pour une petite somme d'argent. Margareth, en bonne gestionnaire, avait prévu ce scénario. Lorsqu'elle sortit de sa poche trois billets de cent euros, Matt écarquilla les yeux. Soudoyer les gens, il trouvait cela très antichrétien, surtout lorsque c'était une nonne qui se chargeait des négociations. Mais la fin justifiait les moyens.

Margareth entra la première dans l'appartement, suivis d'Élisabeth et de Matt qui referma la porte derrière lui.

— Ça sent mauvais ici, dit Élisabeth en se bouchant le nez, on dirait qu'il y a un cadavre en décomposition quelque part.

— Dépêchons-nous, dit Margareth, nous n'avons pas beaucoup de temps. Nous n'avons aucun droit d'être dans cet appartement, alors essayons de nous organiser. Si la police débarque, nous aurons de gros ennuis.

Matt hocha la tête.

— J'vais tenter de trouver les ordinateurs.

Margareth se tourna vers Élisabeth.

— Quant à nous, commençons par inspecter les chambres.

Les trois membres de l'Ordre des Purificateurs recherchaient en priorité des grimoires, des talismans… tout ce qui pouvait faire croire que les trois amis avaient pratiqué de la magie ou passé un pacte avec un démon.

Margareth entra dans la chambre de Raphaël Bison. L'odeur âcre devint plus forte. Elle balaya la pièce du regard : une chambre de garçon en désordre, lit défait, chaussettes sales au sol, canettes de Coca-Cola vides sur le bureau, armoire ouverte et vêtements jetés en boule à l'intérieur. Un objet en particulier près du radiateur attira son attention. Une poupée de paille, affreusement laide. Elle ressemblait à ces choses que les sorciers vaudous confectionnent pour leurs rituels. Elle s'approcha de la poupée, mais l'odeur de pourriture la força à reculer. Elle dut ouvrir la fenêtre pour respirer l'air pur, plutôt pollué, du dehors, afin de ne pas suffoquer. La puanteur émanait de la poupée. Elle appela ses deux camarades.

— Oh mon dieu, quelle horreur, dit Élisabeth en voyant la poupée. Et cette odeur, c'est insupportable !

— Ne la touchez pas, s'écria Matt. J'ai déjà vu cette poupée quelque part, attendez.

Il sortit de la pièce, suivi de Margareth et Élisabeth. Matt prit son ordinateur portable et ouvrit un document.

— Voilà c'est ça. Crystal a envoyé des documents concernant l'histoire de la poupée Robert ainsi que quelques photographies de la poupée. Elle ressemble beaucoup à celle qui se trouve dans la chambre.

Margareth regarda la photographie.

— C'est sa réplique exacte.

— Attendez, dit Élisabeth, si je me souviens bien, Yannick Perdurin et Lucas Capodici avaient parlé d'une poupée lors de leur arrestation. Ils disaient que cette poupée voulait les tuer. Serait-ce cette poupée ?

— D'après les documents que Crystal a envoyés, dit Matt, cette poupée qui est là dans la chambre et qui pue, est une reproduction de la poupée hantée Robert. On sait aussi que nos trois amis sont allés au Fort East Martello Museum cet été, l'endroit où se trouve Robert.

— Serait-ce possible, demanda Margareth, qu'ils aient volé la poupée Robert du musée ?

— C'est peu probable, répondit Matt, Crystal ne mentionne à aucun moment dans le dossier que la poupée a disparu.

— Alors, dit Margareth, nos trois amis ont acheté ou confectionné une réplique exacte de Robert. Pour quoi faire ?

— Que sait-on sur la poupée Robert du musée, questionna Élisabeth.

— Elle est hantée par un esprit maléfique, dit Matt. Elle appartenait à un certain Robert Eugène Otto qui l'aurait eue en cadeau par sa nourrice. En fait, les parents d'Eugène ont renvoyé la nourrice lorsqu'ils se sont aperçus qu'elle pratiquait le vaudou dans la maison. Pour se venger, elle a confectionné cette poupée et l'a donnée au petit Eugène qui a commencé à développer des symptômes bizarres, à subir des cauchemars quasiment toutes les nuits, à perdre l'appétit…

— Donc, dit Élisabeth, la poupée Robert est chargée d'un esprit de vengeance.

— D'après mes souvenirs, répondit Matt, je crois que l'esprit de vengeance est le plus terrible et destructeur de tous les esprits dans la culture vaudou, il peut provoquer des possessions démoniaques. On en parlera à Dimitri, lui il connaît tout ça.

— Nous devons savoir, dit Margareth, si la véritable poupée Robert se trouve toujours en Californie. Matt, s'il vous plaît, demandez à Crystal de se renseigner sur une éventuelle disparition de la poupée.

Matt appela aussitôt Crystal. Spontanément, on lui avait donné ce rôle d'intermédiaire entre la jeune femme et le groupe. Cela n'était pas pour lui déplaire. Il adorait voir le visage rayonnant de son amie apparaître sur son PC.

À Rome, l'ordinateur de bureau de Crystal afficha un appel en entrée sur sa messagerie. Elle se précipita pour répondre. Elle s'ennuyait au Vatican, dans sa pièce toute refaite à neuf, à l'écart de tous, et espérait que ses collègues allaient lui donner du travail. Pour faire passer son ennui, elle avait décoré son antre, avait installé des tableaux aux peintures vives, mais cela n'avait duré qu'un temps. Aujourd'hui, à part préparer les missions, effectuer des recherches et attendre les appels de Matt lorsque les Purificateurs se trouvaient en mission, elle n'avait pas grand-chose à faire. Se sentir ainsi inutile lui était très insupportable. Comme elle aurait voulu les accompagner sur le terrain...

— Coucou Matt, que puis-je faire pour toi ?

Matt sourit. Crystal n'avait toujours pas compris que se rapprocher de sa webcam pour qu'il la voie mieux était inutile et d'ailleurs, plus elle s'y approchait, moins elle devenait visible. Là, il ne distinguait que ses cheveux violets !

— J'ai besoin que tu fasses des recherches. Est-ce que le musée a déclaré le vol de la poupée Robert ?

— D'après mes premières recherches, je n'ai pas vu une ligne sur un éventuel vol ou une éventuelle disparition de la poupée. Mais je vais aller jeter un coup d'œil dans les journaux locaux de la région. Peut-être qu'ils en parlent. Je te rappelle.

Matt entendit le cliquetis reconnaissable des bracelets de Crystal et son écran devint noir. La jeune femme avait mis fin à la conversation. Trop contente de se remettre au travail, Crystal s'assit à son bureau et commença ses recherches.

Dans l'appartement de Yannick Perdurin, Raphaël Bison et Lucas Capodici, on s'interrogeait sur la poupée de paille trouvée dans la chambre de Raphaël. Pouvait-on la toucher ? Devait-on la ramener à Vincenzo pour une désinfection ? Et surtout, pourquoi sentait-elle tellement mauvais ? Margareth décida de prendre conseil auprès de Vincenzo avant de tenter une manœuvre qui pourrait nuire au groupe. Elle téléphona au prêtre-exorciste.

Pendant ce temps, Matt découvrit un ordinateur portable dans la chambre de Yannick, une pièce bien plus propre et rangée que la chambre de Raphaël. Ici, tout était en ordre, chaque chose à sa place. Il transféra les données du PC, photos, vidéos, documents, dernières recherches Google, sur son PC. Il n'avait pas le temps de les examiner sur place, il fera cela tranquillement une fois arrivé à l'hôtel. Il en profita pour imprimer le document PDF demandé par Dimitri sur la machine de Yannick. Et pendant que les feuilles s'imprimaient, Matt regarda les dernières recherches internet effectuées par Yannick. Les derniers jours avant le drame, le jeune homme avait consulté des sites consacrés à la délivrance, la plupart des sites religieux qui parlaient d'envoûtement et de possession démoniaque.

Élisabeth entra dans la chambre.

— Regarde ce que j'ai trouvé dans la chambre de Lucas Capodici.

Elle montra un livre de magie, un grimoire qui promettait, à l'aide d'incantations simples, d'invoquer les entités maléfiques. La couverture du volume affichait le sceau de Baphomet. Matt frissonna. On entrait vraiment dans l'occulte avec ce grimoire, dans la magie noire, la plus terrible.

— Tu crois qu'ils s'en sont servi, demanda Matt.

— J'ai l'impression que oui, en tout cas, je vais le rapporter à Dimitri pour savoir ce qu'il en pense. Au fait, j'ai vu un ordinateur dans la chambre de Lucas.

— Merci, j'y vais.

Au même moment, Margareth entra dans la chambre de Yannick.

— Je viens de téléphoner au Père Onoffrio, il veut qu'on lui apporte la poupée. Il m'a expliqué la procédure pour éviter qu'un éventuel maléfice me tombe dessus. Mais j'ai besoin d'aide.

— J'arrive ma sœur, dit Élisabeth.

Margareth avait trouvé, dans la cuisine des trois amis, un sac poubelle noir. Elle comptait déposer la réplique de Robert à l'intérieur de ce sac. La religieuse avait aussi déniché des gants en plastique roses, de ceux que se servent les ménagères pour laver la vaisselle ou les toilettes. Ces gants épais lui permettront de se saisir de la poupée. Elle les enfila et tendit le sac poubelle à Élisabeth.

— Vous allez ouvrir le sac pendant que j'y jette la poupée.

La médium hocha la tête.

— Au fait, je ne vous ai pas demandé, ressentez-vous quelque chose de particulier dans cet appartement ?

— Rien du tout, en tout cas pas une seule présence démoniaque. J'ai simplement la vague impression qu'une grande désolation s'est abattue dans ce lieu.

Elles entrèrent dans la chambre de Raphaël Bison. La puanteur était insoutenable, insupportable. Une puissante odeur de cadavre en décomposition avait envahi toute la pièce. Margareth nota qu'elle semblait plus vive maintenant qu'il y avait dix minutes de cela, comme si l'odeur pestilentielle se renforçait et augmentait au fur et à mesure des minutes qui s'écoulaient. Élisabeth réprima une violente envie de vomir et s'appuya sur le bureau du jeune homme. Aussitôt, elle reçut un flash, une escalade d'images qui la renversa. Margareth la soutint pour lui éviter la chute et attendit qu'elle reprenne connaissance. Au bout de quelques minutes, la médium ouvrit les yeux, elle était en larmes.

— J'ai vu des choses horribles, un démon, j'ai vu le meurtre dans le bar. Mais surtout, j'ai vu comment Raphaël a confectionné la poupée.

Margareth aida son amie à se relever.

— Est-ce que ça va aller ?

Élisabeth, encore sous le choc, hocha la tête et se dirigea vers la fenêtre où elle respira un grand bol d'air frais.

— L'entité que les trois amis ont rapportée de Californie n'est pas ici. Elle se trouve avec eux, à l'hôpital. La poupée est inoffensive. Elle a simplement servi de réceptacle, mais n'a aucune fonction malsaine à présent.

— Pas si inoffensive que cela, répliqua Margareth, qu'est-ce qu'elle sent mauvais !

La religieuse prit la poupée avec beaucoup de précautions. Heureusement qu'elle avait des gants ! Elle répugnait à toucher cette chose horrible. Élisabeth ouvrit le sac noir et Margareth y jeta l'imitation de Robert. Aussitôt, la médium referma le sac et le noua plusieurs fois à l'aide du fil en plastique orange qui accompagnait souvent ce genre de sacs poubelles.

— J'espère que l'odeur restera à l'intérieur de ce sac, dit-elle.

Margareth remarqua qu'un liquide rougeâtre recouvrait le sol à l'endroit où gisait, avant, la poupée de paille.

— On dirait du sang, dit-elle.

Elle se pencha, sortit son appareil photo et prit un cliché.

— C'est bizarre ce truc-là.

Les deux femmes rejoignirent Matt au salon qui avait terminé de transférer les dossiers du PC de Lucas Capodici sur son ordinateur.

— J'espère que quelqu'un m'aidera à trier toutes ces données.

Au même moment, son téléphone portable sonna. C'était Crystal qui lui annonça que le musée de Key West n'avait déclaré aucun vol, mais qu'un article, passé inaperçu, d'un journal local, parlait de la présence de sang près de la cage de verre de la poupée Robert. Une petite flaque de sang. Le lendemain matin, la femme de ménage avait dû frotter pour enlever cette trace. Personne ne sait d'où elle provient et le musée n'a pas voulu divulguer cette histoire de peur d'attirer encore plus d'adeptes du paranormal, de fanatiques du surnaturel comme on les appelait. La ville n'avait pas besoin de cela et la politique actuelle préférait un tourisme qui rapporte, avec des gens plus aisés, qui s'arrêtent dans les hôtels, qui se promènent au centre-ville, qui consomment dans les restaurants et les bars, qui ont les moyens d'acheter des souvenirs et non des visiteurs composés de jeunes en mal de sensations fortes qui dorment dans leur voiture et allument des barbecues sauvages pour se nourrir.

— Cette plaque de sang trouvée à côté de Robert est bizarre, dit Élisabeth. On a retrouvé ce qui ressemble à du sang dans la chambre de Raphaël Bison, à l'endroit où était posée la poupée sosie.

— Nous devons partir, dit Margareth, nous aurons tout le loisir de discuter de cela, mais dans l'immédiat, dépêchons-nous de sortir de cet appartement.

***

Dimitri, Daniel, Vincenzo et Carlo prenaient un verre au café-restaurant de l'hôtel où ils étaient descendus. Vincenzo, le visage rouge, n'arrivait pas à décolérer. Il voyait encore le docteur Masquin l'injurier, lui crier qu'il avait menti sur ses intentions et promettre de porter plainte. Il a fallu beaucoup de diplomatie pour calmer le psychiatre et la promesse de ne plus revenir à l'hôpital. Vincenzo n'arrivait pas à comprendre que malgré ce que le médecin avait vu, il ne croyait pas à la possession et refusait la main qu'il lui tendait pour l'aider à guérir ses patients. *Cet homme a un cœur de pierre et un cerveau de limace*, pensa Vincenzo.

Le reste de la troupe arriva enfin. Vincenzo leva la tête vers ses collègues.

— Faites-moi un bref exposé de vos trouvailles, demanda Vincenzo.

— Nous avons trouvé une poupée de paille, dit Margareth, qui ressemble étonnamment à la poupée Robert dont nous avait parlé monsieur Marchand. Bravo d'ailleurs pour votre perspicacité, monsieur Marchand.

Dimitri lui sourit. Pour une fois qu'il recevait un compliment de la part de Margareth, il en était presque bouleversé au point de ne trouver aucune parole piquante à lui répliquer.

— Cette poupée a une odeur bizarre, continua Élisabeth, elle sent la mort. Mais, je n'ai ressenti aucune vibration démoniaque autour d'elle.

— Quant à moi, dit Matt, j'ai réussi à transférer toutes les données des PC de Yannick Perdurin et Lucas Capodici. Maintenant, il ne me reste plus qu'à analyser tout cela.

— C'est du bon travail, dit Vincenzo. Quant à nous, nous avons pu parler avec monsieur Lucas Capodici. Le psychiatre, un homme buté et borné, n'a pas accepté que nous rencontrions Yannick Perdurin et Raphaël Bison. Je crois qu'il avait peur de quelque chose qui dépasse son entendement et qu'il ne voulait pas que l'on découvre qu'en réalité il crevait de trouille. Ce n'est pas grave. Nous avons pu parler avec monsieur Lucas Capodici qui s'est montré particulièrement bavard et a beaucoup éclairé ma lanterne. Ce jeune homme est vraiment perturbé. À première vue, nous avons affaire à une vexation démoniaque. Nous avons dû neutraliser le démon qui s'était matérialisé devant lui, mais il reviendra, car l'hôpital est un endroit qui le renforce à cause de toute la souffrance des malades. Donc nous devons agir vite avant qu'un drame ne survienne. Monsieur Raphaël Bison est certainement le plus touché, c'est lui qui est possédé. Du moins, c'est qu'a voulu nous faire comprendre monsieur Masquin, cet abruti de médecin qui refusera de nous aider. Monsieur Lucas Capodici nous a révélé avoir effectué un rituel de magie noire auprès de la poupée Robert, mais il n'a pas réussi à se souvenir des paroles exactes du rituel. Nous devons découvrir quel est ce rituel et quel démon opère dans toute cette histoire.

— Nous avons parlé avec les parents et le frère de Raphaël Bison, dit Dimitri. La mère n'a pas arrêté de nous dire que celui qui se trouve enfermé dans l'hôpital n'est pas son fils. Le corps est bien celui de son fils, mais ce n'est pas son fils.

— Et une mère ressent ces choses-là, dit Margareth. Tenez monsieur Marchand, voici un grimoire que nous avons trouvé dans la chambre de Lucas Capodici. Peut-être y trouverez-vous quelque chose d'intéressant.

— Avez-vous apporté la poupée, demanda Vincenzo à Margareth.

— Oui, elle est enfermée dans ce sac en plastique pour éviter les odeurs.

— Elle sent terriblement mauvais, dit Élisabeth. Je vous conseille de l'ouvrir dans un endroit bien aéré au risque de vous asphyxier.

— Très bien. Nous devons trouver le démon qui se cache derrière cette histoire, qu'est-ce qui l'a fait entrer dans notre monde, comment les trois jeunes hommes l'ont attiré, dit Vincenzo. Je pense que ces gosses n'ont pas mesuré la dangerosité de leurs actes, ils ont pris cela comme un jeu. Ils ont voulu se faire peur en se rendant en Floride, jouer aux chasseurs de fantômes en voulant rencontrer la poupée Robert. Est-ce qu'ils ont appelé le démon là-bas ou est-ce que le démon était déjà présent et avait besoin d'une porte ouverte pour se révéler ? Tous ces éléments nous seront très utiles, car nous devrons effectuer un exorcisme pour les libérer et nous n'aurons pas le temps, lors de cet exorcisme, de jouer aux jeux des devinettes pour ajuster le rituel. Monsieur Bohé, occupez-vous des données que vous avez transférées des PC de nos amis, mademoiselle Ivodric vous aidera dans ce travail. Monsieur Marchand, voyez si vous trouvez quelque chose dans ce grimoire. Le Père Rinaldi, Margareth et moi-même, nous allons neutraliser la poupée, même si je sais qu'aucune entité n'a élu domicile dans cette horreur. Monsieur Zio, contactez mademoiselle Louvière et ensemble essayez d'établir un plan très précis de l'hôpital. Je veux tout, le nombre de chambres, d'étages, les habitudes du personnel… Concentrez vos recherches sur l'UMD, c'est ce pavillon qui m'intéresse particulièrement.

Margareth grimaça à l'idée d'ouvrir le sac poubelle.

— À quoi pensez-vous mon Père, demanda Carlo.

— Je crois que nous devrons nous rendre dans cet hôpital pour sauver ces trois gamins, mais nous devrons agir avec beaucoup de discrétions et nous montrer très prudents pour ne pas éveiller les soupçons sur nous. Entrer comme un voleur dans un hôpital, voilà ce que nous allons devoir faire, à cause de ce médecin trop borné ! Avant, nous devons absolument savoir à quoi nous avons affaire. Notre mode d'action sera très limité, donc nous devons vraiment connaître le démon auquel on s'attaque afin de le vaincre rapidement. Le tâtonnement nous est interdit. Au travail !

Tout le monde se leva. Vincenzo retint Matt par le bras et lui tendit son étui à lunettes.

— Monsieur Bohé, tenez. Retirez-moi la petite caméra et analysez la vidéo s'il vous plaît. Peut-être y verrons-nous la matérialisation de ce monstre que nous chassons.

Flash-back n° 3

Tout content, Raphaël se tourna vers ses deux amis, le calice rempli de sang de porc à la main.

— Bon on y est ! On fait comme on a dit, on récite l'incantation et on verse le sang sur Léon.

— Écoutez, dit Yannick, je le sens pas, on est allé trop loin là.

— Et c'est reparti, railla Raphaël, monsieur le trouillard fait encore des siennes. Si tu veux pas l'faire, dégage plus loin, on a pas besoin de toi !

Yannick souffla. Il s'approcha d'un pas hésitant de l'hôtel improvisé devant le cube où était posée la cage de verre de Robert. Il aurait voulu prendre ses jambes à son cou, fuir, quitter le musée et n'avoir jamais pensé à toute cette histoire, mais il ne pouvait pas trahir ses amis. Il s'avança en évitant de regarder la poupée Robert et se plaça près de Lucas qui lui envoya un sourire.

— T'inquiète, tu sais que tout ça c'est une blague, on risque rien.

Yannick hocha la tête. Il n'était pas rassuré pour autant.

— Alors pourquoi on le fait si c'est une blague ? Et tu oublies que Robert a tourné la tête pour te regarder, répondit Yannick.

— Ça s'est passé tellement vite, dit Lucas, que j'crois que ça c'est jamais passé. J'ai rêvé tout ça.

— Et la vidéo ?

— La vidéo ne prouve rien, on voit pas grand-chose. L'image est noire. Tu te souviens ce cours de psychologie barbant en deuxième année où le prof disait que l'on peut, par suggestion, faire gober n'importe quoi à n'importe qui ? En fait, j'ai tellement voulu que Robert soit habité par un esprit, que j'ai imaginé qu'il a bougé et que même dans la vidéo, je le vois bouger alors que ça n'est pas le cas. J'suis sûr que si on regarde cette même vidéo tranquille à Paris dans quelques semaines, on ne verra plus Robert bouger.

— Et si on le fait, surenchérit Raphaël, c'est pour nous prouver une bonne fois pour toutes, que tout cela, ces histoires de fantômes et de démons, ça n'existent pas.

Yannick baissa la tête. Il n'y croyait pas du tout à l'explication biscornue de la prétendue illusion de Lucas. Il avait bien essayé de raisonner ses amis alors qu'ils étaient cachés dans la pièce secrète. Sans succès. Raphaël et Lucas voulaient mettre en place le rituel de magie noire et aller jusqu'au bout de l'aventure.

— Yannick, dit Raphaël, comme t'es un gros trouillard, tu vas simplement filmer la scène. Lucas et moi, on s'occupe de l'incantation. Comme ça, si un gros démon sort de Robert, il s'attaquera à nous, pas à toi. Ça te va ?

Yannick hocha la tête et attrapa son smartphone dans la poche de son jean. Il vérifia la batterie. Il lui en restait suffisamment.

— C'est bon j'suis prêt.

Et il enclencha sa caméra. Raphaël se plaça devant son ami et s'adressa aux futurs spectateurs du film.

— Bonjour les amis, il est à peu près deux heures du matin en Floride. Nous voici au Fort Martello pour une expérience unique. Nous allons essayer de transférer l'esprit qui se trouve dans la poupée Robert dans notre poupée Léon que nous avons fabriquée à sa ressemblance. On pense que Robert est hanté par un esprit de vengeance et c'est avec cet esprit que nous allons tenter de communiquer.

Raphaël se saisit de la poupée de paille sosie de Robert et la montra à la caméra.

— Voilà notre poupée bis, que nous avons appelée Léon. Pourquoi Léon ? Parce que cela nous plaisait. Remarquez comme Léon est le portrait craché de Robert. Nous avons soigné les détails à la perfection pour que Léon soit une fidèle reproduction de Robert. Donc, nous allons essayer d'invoquer le mauvais esprit qui se trouve dans Robert pour l'emprisonner dans Léon.

Raphaël posa Léon près du grimoire.

— Pour cela, nous avons besoin de deux bougies noires, que Lucas va allumer, d'un calice tête-de-mort, dans lequel se trouve du sang de porc.

Il montra à la caméra le calice et l'intérieur du récipient.

— Le sang nous servira d'offrandes à l'esprit afin qu'il nous obéisse. Nous avons aussi besoin d'une formule magique d'incantation qui se trouve dans ce grimoire.

Il souleva le livre de sorcellerie pour le mettre devant la caméra du smartphone.

— Notez que ce livre est un vrai recueil d'incantations de magie noire. Regardez sa couverture, elle présente le sceau du démon Baphomet, celui que les Templiers vénéraient.

Il posa le livre à sa place, près de la cellule de Robert.

— Tout est prêt, alors que la séance commence. Mais avant, cher toi qui visionnes cette vidéo, ne t'amuse pas à reproduire ce rituel chez toi, c'est dangereux, t'as compris ? Ne joue pas au con, ne joue pas à l'apprenti sorcier

Yannick réprima une violente envie de hurler : Raphaël donnait des conseils que lui-même ne tenait pas ! Il jouait à l'apprenti sorcier, jouait avec des forces qui le dépassaient, le tout avec une indifférence nonchalante qui le mettait hors de lui.

Raphaël prit le grimoire dans ses mains ouvert à une page bien précise. Lucas, qui avait allumé les bougies noires, se plaça à côté de lui. Ensemble, ils récitèrent une formule magique :

— HEKAS HEKAS ESTE BEBELOI ! Esprit qui se cache dans la poupée Robert, toi qui à présent te terre dans le noir, toi qui es emprisonné dans de la paille, franchis le miroir afin que l'on puisse te voir.

Raphaël prit une bougie, Lucas la deuxième. Ensemble, ils versèrent un peu de cire devant de la cage de verre. Ils se tinrent un moment immobiles, silencieux, guettant le moindre bruit suspect afin de jauger l'impact de leurs paroles. Rien ne se passa. Soudain, Yannick se mit à crier.

— Robert ! Robert a bougé !

Raphaël et Lucas sursautèrent et reculèrent du cube de verre. La poupée était descendue de son tabouret et se trouvait toujours dans sa cellule, mais debout, les mains posées sur la vitre. Elle les scrutait, un sourire narquois dessiné sur ses lèvres. Les quelques spots qui l'éclairaient vacillèrent. Jour, nuit, jour, nuit. Chaque fois que la lumière revenait, Robert changeait de place et de position. À un moment, les trois amis virent avec effroi qu'il montrait ses fesses ! Puis les spots s'éteignirent pour de bon. Lucas eut un mouvement de panique et faillit lâcher sa bougie. Raphaël le saisit par le bras.

— Ça fonctionne !

Lucas tremblait de tous ses membres. Yannick avait du mal à respirer. La pièce s'était soudain refroidie. Leur souffle formait de petits nuages blancs. Robert se tenait là immobile devant eux, il les fixait. Ils sentaient son regard sur eux, comme un danger imminent.

— Merde, gémit Yannick en proie à la panique ! On a libéré l'esprit ! C'est pas bon, pas bon du tout.

— Tais-toi, cria Raphaël. On continue le rituel. On doit emprisonner l'esprit dans Léon.

Raphaël et Lucas posèrent les deux bougies noires à leur emplacement. Raphaël donna le grimoire à Lucas et se saisit du calice.

— Esprit qui t'est libéré, dit-il, évadé de ta demeure, et qui veut tourmenter notre groupe en cette heure, nous t'enjoignons de quitter ce lieu et de te rendre dans la poupée Léon qui sera ta nouvelle demeure. Là, tu ne pourras plus nous tourmenter. Viens, nous te l'ordonnons dans Léon !

Le jeune homme versa le sang de porc sur la poupée en paille Léon. Une tache de couleur bordeaux apparue sur la poupée, qui s'agrandit. Aussitôt, un nuage de fumée noire entoura Léon, qui tournoya un instant autour de la poupée pour s'évanouir à l'intérieur d'elle, emportant avec elle la marque rouge. Hébété, Lucas regarda son ami.

— C'est fini ?

— Non, par encore. L'esprit a rejoint le corps de Léon, mais nous devons aller au bout du rituel pour qu'il ne s'y échappe pas. On doit dire la phrase de clôture ensemble.

Lucas hocha la tête. Il affichait un visage au teint blanc comme un linge et suait à grosses gouttes. Il était glacé de l'intérieur.

— LORTUS MENG ICHA ! hurlèrent en cœur Raphaël et Lucas.

Aussitôt, les lumières qui entouraient la cage de verre se rallumèrent. Robert avait retrouvé sa place sur son tabouret, sa peluche sur ses genoux, comme si rien ne s'était passé.

— C'est fini, dit Raphaël.

— C'était quoi cette merde, demanda Lucas.

— Putain, c'était génial, s'écria Raphaël. J'm'attendais pas à ça, j'arrive pas à croire qu'on a vécu ça !

Yannick éteignit sa caméra. Il tremblait toujours. Il sentait que quelque chose n'allait pas, un sentiment d'oppression qui ne le quittait pas.

— On remballe tout, dit-il, et on s'tire d'ici !

Lucas fut le premier à réagir. Il souffla sur les bougies, versa le sang restant du calice dans sa fiole d'origine et le rangea le tout dans son sac à dos en même temps que le grimoire. Il tendit les bougies à Yannick.

— Tiens prends-les. On va attendre que la cire refroidisse pour les remettre dans le sac.

Pendant tout ce temps, Raphaël était resté immobile, presque catatonique. Il regardait fixement Léon, comme hypnotisé par la poupée. Lucas lui donna un coup de coude.

— Tu t'bouge ! J'ai pas envie de traîner encore une minute à côté de Robert. Ramasse Léon qu'on s'tire.

Raphaël sortit de sa torpeur, se baissa pour attraper la poupée. Ce qui le choqua le plus, c'est qu'il ne voyait aucune trace du sang versé sur le torse de Léon, comme si l'entité qui avait répondu à l'appel du rituel avait avalé ou bu le sang. Un long frisson parcourut sa nuque. Glacial. Il était devant quelque chose qui défiait toutes les lois de la physique. Il examina la poupée. Ce phénomène dépassait l'entendement. Aucune trace de sang. La poupée était immaculée. Il remarqua qu'elle pesait plus lourd que son poids habituel. Il avait souvent porté Léon, et ce détail ne pouvait lui échapper. Il la soupesa. Effectivement, Léon avait pris du poids. Soudain, il vit les yeux, deux boutons noirs, de la poupée devenir incandescents. Une fumée noire s'en dégagea et entra en lui par les orifices de ses globes oculaires. Le jeune homme poussa un cri, jeta la poupée loin de lui et s'écroula à terre.

Lucas et Yannick se précipitèrent sur lui. Raphaël, les yeux révulsés, convulsait. Des soubresauts traversaient son corps à une vitesse folle. La peur paralysa Yannick qui se mit à pleurer. Lucas se pencha sur son ami, tentant de faire cesser la crise, tentant de le maintenir et de contenir les tremblements. Il passa son bras derrière la nuque de Raphaël pour éviter que sa tête cogne le sol. Une bave blanchâtre sortit de la bouche de Raphaël, qui les yeux toujours révulsés, continuaient de trembler comme si plusieurs décharges électriques pénétraient son corps au même moment, le transperçaient de part et d'autre. Lucas était affolé.

— Appelle les secours, cria-t-il. Il fait une crise d'épilepsie !

Mais Yannick, terrorisé, n'arrivait plus à mouvoir une seule partie de son corps. Lucas, qui avait beaucoup de peine à maintenir Raphaël, se retourna vers son ami.

— Bouge-toi ! Appelle les secours !

Le jeune homme sentait aussi la panique le gagner. D'une main, il tira une bouteille d'eau de son sac, ouvrit le bouchon avec les dents et fit couler un filet d'eau sur la tête de Raphaël, pensant ainsi soulager la crise. Il remarqua que le corps de Yannick surchauffait, son visage était devenu rouge, de la fumée s'échappait de son crâne, comme s'il grillait de l'intérieur.

— Merde ! Il va mourir !

Ces mots réveillèrent Yannick qui sortit son téléphone de sa poche. Il tremblait tellement qu'il le fit tomber. Il le ramassa, l'examina. Il était intact. Au même moment, Raphaël ouvrit les yeux. Hébété, comme sortie d'un mauvais rêve, le jeune homme regarda ses amis.

— Qu'est-ce qu'il s'est passé ?

Lucas le serra contre lui. Raphaël se redressa.

— Oh putain ! Tu vas bien ?

— Ouais, un peu fatigué. J'ai mal dans tous les muscles, mais ça va.

— T'as fait une crise, comme une crise d'épilepsie. C'était horrible à voir.

— J'ai soif, très soif. Et je meurs de chaud.

Lucas lui tendit sa bouteille d'eau qu'il vida d'une seule traite. Puis, il l'aida à se lever.

— Allez viens, on va se reposer un peu dans notre pièce secrète et manger un bout. On a besoin de reprendre des forces et surtout nos esprits.

— Elle est où la poupée Léon, demanda Yannick.

Les trois jeunes hommes fouillèrent partout, près de la cage de verre, dans les moindres recoins, sans résultats. Léon avait disparu. Quant à Robert, il était toujours assis sur son tabouret et n'avait pas bougé de place au grand soulagement de Yannick.

— On doit la retrouver, dit Raphaël.

Les trois amis se regardèrent. Lucas hocha la tête. Raphaël se sentait comme ankylosé, ses muscles étaient endoloris, sa boîte crânienne lui faisait l'effet d'avoir été compressée par un étau.

— J't'ai vu la lancer devant toi, dit Lucas. Elle doit pas être loin.

— Sauf, répondit Yannick, si l'esprit qui est dans la poupée a décidé de se cacher quelque part.

Les trois amis se regardèrent et comprirent avec effroi qu'ils avaient libéré quelque chose qu'ils ne maîtrisaient pas.

— Non, dit Raphaël, j'ai dû la balancer dans un coin, allons la chercher.

Il se saisit de son sac à dos, qu'il trouva bien lourd. Il l'ouvrit. Léon était à l'intérieur. Qui l'avait mis là ? Il se souvenait l'avoir pris, puis il plus rien. À aucun moment, il n'avait rangé la poupée dans son sac à dos.

Retour au présent

Dans sa chambre d'hôtel spartiate, Vincenzo se préparait pour le rituel d'exorcisme. Il avait enfilé sa toge blanche et posé son étole violette autour du cou. Il entama quelques prières pour demander la protection des anges et des saints. Le prêtre-exorciste avait l'intuition que la poupée était inoffensive, mais il ne pouvait se permettre une erreur de diagnostic.

On frappa à sa porte. Margareth et Carlo entrèrent dans la minuscule chambre. Eux aussi avaient revêtu leurs habits liturgiques. Carlo avait béni de l'eau et du sel et posa les deux récipients sur la petite table de chevet. Margareth grimaça de dégoût.

— Vous avez ouvert le sac poubelle, demanda-t-elle à Vincenzo.

En effet, Vincenzo avait desserré les liens orange du sac poubelle noir et les avait aussitôt renoués. Léon sentait furieusement mauvais, une odeur de mort insoutenable avait envahi la pièce. Le prêtre avait réprimé un haut-le-cœur et s'était précipité à l'unique fenêtre de la chambre pour l'ouvrir en grand. Mais on était à Paris, et comme dans toutes les villes du monde, l'air était écrasant de pollution. Pas un souffle d'air. Une chaleur terrible, étouffante. Vincenzo décida de laisser la fenêtre ouverte malgré l'air brûlant qui s'engouffrait dans la pièce. Il suait à grosses gouttes.

— C'est la poupée qui sent mauvais, dit-il. C'est insupportable ! On aurait dû s'occuper de cette satanée poupée dehors ! J'ai l'impression que la poupée contient un rat mort à l'intérieur de son corps.

— Élisabeth nous avait conseillé, dit Carlo, d'ouvrir le sac dans un endroit aéré. Elle nous avait prévenus que l'odeur allait être insoutenable.

Margareth prit le sac poubelle. Une puanteur nauséabonde s'en dégageait.

— Je m'en occupe, dit Margareth, j'ai eu à faire des choses bien plus terribles lorsque j'étais militaire, des choses inimaginables comme soigner des plaies surinfectées ou entasser des cadavres dans des fosses communes, cadavres dont les tripes étaient à l'air. Et aussi, chez les Passionnistes, certaines choses n'étaient pas belles à voir.

Carlo rejoint Vincenzo à côté de la fenêtre, soulagé de ne pas s'occuper de cette corvée. Margareth s'agenouilla près du sac poubelle, inspira profondément pour faire entrer le plus d'air possible dans ses poumons, stoppa sa respiration, ouvrit le sac et sortit Léon qu'elle examina. Le dos de la poupée présentait une boursouflure, comme si l'on y avait mis à objet à l'intérieur. Pourtant, elle n'avait vu aucune couture. Elle prit son couteau et coupa le tissu de la poupée transversalement. Un rat à moitié dévoré par les vers tomba dans le sac poubelle. D'énormes vers blancs grouillaient dans la carcasse de la bête, et certains restaient accrochés à l'intérieur de la poupée. De dégoût, Margareth jeta la poupée dans le sac poubelle qu'elle s'empressa de refermer.

— Qui a fait ça, demanda-t-elle dans un spasme.

Elle se précipita à la fenêtre, la main sur la bouche pour contenir un haut-le-cœur. Vincenzo lui tendit une bouteille d'eau. Margareth reprit ses esprits et se tourna vers ses deux collègues.

— Quelqu'un a caché un rat mort à l'intérieur de la poupée, rongé par les asticots. La carcasse de l'animal est à moitié dévorée. Ça grouille de vers. Le pire, c'est que je n'ai pas remarqué de couture, je ne sais pas comment on a pu mettre cet animal à l'intérieur de la poupée.

— Peut-être que les jeunes, dit Vincenzo, l'ont mis là pour leur rituel.

— Je n'ai pas remarqué de couture, dit Margareth. Mais, je n'ai pas regardé la poupée en détail tellement elle sent mauvais, un examen en détail pourrait nous montrer une couture très fine. Mais franchement, je ne m'en sens pas le courage. Mon cœur a vieilli et n'est pas aussi accroché qu'avant.

— Je sais que, dit Carlo, dans certains rituels vaudous, des choses comme celle-ci arrivent souvent. Parfois, le sorcier fabrique une poupée, ou un objet quelconque, et lorsqu'il lance un sort, un animal se matérialise dans l'objet. Cet animal apparaît spontanément.

— Donc, c'est que nos jeunes ont décidé de s'adonner à la magie noire et le rituel a visiblement fonctionné, dit Vincenzo. Neutralisons la poupée, puis brûlons-la pour faire disparaître cette odeur.

Il s'approcha de la poupée. Des asticots blancs énormes étaient tombés près du sac plastique et se tortillaient gaiement sur le plancher. Il grimaça et les écrasa du pied. Une image s'interposa dans sa tête, celle de lui allongé sur le lit, plongé dans un sommeil profond. Des vers blancs grimpaient sur lui et s'insinuaient dans ses oreilles et son nez.

— Allons faire ça dehors et après on nettoie tout ici, dit-il écœuré.

***

Au même moment, Matt et Élisabeth s'occupaient des données informatiques transférées des PC de Yannick Perdurin et Lucas Capodici. La médium avait pris place à côté du petit génie de la bande et tous deux scrutaient l'écran.

— Je te propose de commencer par l'historique des recherches effectuées par nos deux hommes, dit Matt.

Élisabeth acquiesça. Matt ouvrit le premier historique de navigation, celui de Yannick Perdurin. À première vue, le jeune homme avait effectué, quelque temps avant le drame, des recherches concernant l'exorcisme et des rites de désenvoûtement.

— De quoi avait-il peur, demanda Élisabeth.

— Certainement de ce qu'il s'est passé dans le bar Patrick's au Ballon Vert, répondit Matt.

En cherchant plus loin dans les dates de l'historique de navigation, avant le départ des trois amis pour la Floride, Yannick avait effectué des recherches concernant l'hébergement sur place, ainsi que sur la poupée Robert.

— Notre ami était chargé de l'intendance de cette expédition, dit Élisabeth, et en même temps, il s'est intéressé à Robert.

— C'est lui qui s'est occupé de tous les menus détails concernant le voyage, lui qui a réservé les billets d'avion et ceux pour le bateau de croisière jusqu'à Key West, dit Matt. Allons voir ce qu'a fait Lucas Capodici pendant ce temps.

L'historique de navigation de Lucas Capodici ne ressemblait pas à celui de Yannick. En effet, le jeune homme passait beaucoup de temps sur des sites pornographiques. Ses recherches étaient même parfois effrayantes : femme sodomisée par un chien, femme qui se fait violer, gang-bang russe…

Élisabeth sourit en s'apercevant que Matt était embarrassé par ce qu'il découvrait.

— Ne sois pas gêné mon petit Matt, tous les hommes vont voir des sites pornos sur internet. Et les jeunes cherchent un peu tout et n'importe quoi, c'est le mal de notre société.

— Pas tous les hommes, répondit Matt, ce genre de sites n'intéressait pas notre ami Yannick.

— Ce qui est surprenant d'ailleurs, dit Élisabeth.

Matt continua à faire défiler l'historique de navigation. Il remonta avant le voyage en Floride. Ils découvrirent que Lucas Capodici s'était très peu connecté à des sites pornographiques avant son retour des États-Unis. Le jeune homme s'était beaucoup renseigné sur la poupée Robert. Il avait notamment visité des blogs dédiés au paranormal. Il s'était aussi beaucoup intéressé à des sites de sorciers et marabouts qui pullulent sur la toile et donnent des indications pour réaliser un rituel magique. Apparemment, Lucas recherchait comment transférer un esprit enfermé dans un objet dans un autre objet. Matt écarquilla les yeux.

— En fait, j'ai compris ce que nos trois amis prévoyaient de faire, s'écria-t-il. Ils ont voulu appeler l'esprit qui se trouve dans Robert et l'enfermer dans leur poupée. Ils ont confectionné une poupée similaire et se sont rendus sur place pour essayer de faire entrer l'entité qui se trouve à l'intérieur de la poupée Robert dans leur poupée. Quelle idée !

— Apparemment, Lucas Capodici s'intéressait beaucoup au paranormal, et je pense que l'idée de cet esprit de Robert piégé dans une autre poupée devait être un jeu.

— Un jeu, mais pas si anodin que cela. Et les trois amis se sont préparés au rituel de transfert d'esprit qui les a menés direct en enfer. Ils ont acheté des bougies noires sur un site de magie, ainsi qu'un calice à la tête de mort. C'est impressionnant comment on peut penser à tout mettre en place pour aller capturer un esprit qui se trouve à plusieurs milliers de kilomètres de là.

— Moi, ce qui m'impressionne, c'est que Lucas Capodici, avant de partir pour la Floride, était un garçon normal. Il allait sur certains sites, surtout des blogs, s'intéressait au paranormal, mais sans que cela soit une réelle obsession, il regardait beaucoup de vidéos cocasses et burlesques sur YouTube, on voit aussi qu'il s'intéressait beaucoup aux nouvelles technologies, mais après son retour de Floride, quelque chose a changé. Notre homme est devenu un obsédé du sexe et passait son temps à regarder des vidéos pornos. Avant la Floride, on peut noter que Lucas Capodici est un jeune étudiant équilibré et bien dans sa peau. Après la Floride, on a l'impression qu'il s'est métamorphosé en pervers.

Matt regarda son amie qui hocha la tête. Il passa sa main dans sa chevelure épaisse et bouclée. C'est vrai que la différence était frappante, choquante même.

— Quelque chose de bizarre s'est produit en Floride, dit-il. Lucas Capodici est devenu obsédé, et Yannick Perdurin recherchait quelqu'un pour leur venir en aide.

Matt continua à fouiller dans les données informatiques. Il ouvrit les dossiers où étaient rangées les photographies et ils se rendirent compte combien les trois jeunes respiraient la joie de vivre avant leur voyage en Californie. Une photographie attira particulièrement leur attention, celle prise dans la maison d'Amityville où l'on voyait Savannah leur sourire comme pour leur souhaiter la bienvenue.

— Qu'est-ce que c'est que ça, dit Élisabeth surprise par ce cliché.

— On sait, répondit Matt, que nos trois amis sont entrés illégalement dans la maison du Diable pour y prendre des photographies.

— Oui, mais on ne savait pas qu'ils y avaient croisé Savannah, qui à l'époque où a été prise cette photo, était la marionnette d'Amduscias. On dirait que Savannah leur dit bonjour.

— Ouais c'est très curieux, je vais l'imprimer pour en parler avec le groupe. Peut-être qu'on a affaire au même démon que celui que l'on a croisé à Amityville.

— Je ne crois pas, répondit Élisabeth. J'ai l'impression que ce n'est pas à nos trois amis que Savannah dit bonjour, mais à quelqu'un d'autre. Comme si

Amduscias salue un compatriote qui se tient derrière les trois jeunes, tu sais, un peu comme des potes d'enfance qui se retrouvent au coin de la rue et qui se sont perdus de vue depuis longtemps.

Matt trouva cette idée incroyable et invraisemblable à la fois. Cela voudrait dire qu'un démon suivait les trois amis bien avant leur escapade à Amityville. Pourquoi avoir attendu autant de temps pour agir ? C'est ce qu'ils devaient découvrir.

Après avoir imprimé l'étrange photographie, ils visionnèrent les vidéos, notamment celles prises par Yannick Perdurin lors de son séjour en Floride. À leur arrivée, les trois amis souriaient, plaisantaient, respiraient la joie de vivre. Ils semblaient heureux et à l'aise dans leurs baskets. On les voyait descendre du bateau de croisière, on les voyait à l'intérieur du musée de Key West. Une vidéo particulièrement bizarre où Lucas Capodici hurle que la poupée Robert a tourné la tête seule capta l'attention de Matt. En revisionnant la vidéo, Matt et Élisabeth constatèrent que la poupée était restée immobile. Lucas avait imaginé toute la scène. Ils en conclurent que le jeune homme était à cran. Ou déjà à cran.

Soudain, une vision assaillit Élisabeth. Elle vit les trois jeunes hommes devant la cage de verre de la poupée Robert. Ils plaisantent à propos du manque de courage de Yannick. La médium assista à toute la scène. Elle vit clairement une ombre noire autour d'eux, qui les guette. Elle semble attendre son heure pour agir. Elle se déplace derrière Lucas et appose une main fantomatique sur la tête du jeune homme. C'est à ce moment précis qu'il se met à hurler que Robert a bougé la tête et que la poupée l'a fixé. Élisabeth sortit de sa torpeur. Matt la regarda.

— Qu'est-ce que tu as vu, demande-t-il.

— Le problème n'est pas la poupée Robert. Je sais pas si cette poupée renferme un démon ou pas, mais le démon qui persécute nos trois lascars n'a rien à voir avec la poupée. Il se trouvait là, derrière eux, les guettait. C'est comme s'il attendait son heure pour agir, comme s'il n'avait pas encore assez de puissance pour vraiment s'attaquer à eux. C'est ce démon qui a provoqué la vision de Lucas Capodici.

— Ce qui veut dire que le démon les suivait et avait jeté son dévolu sur eux avant que les trois amis partent pour la Floride.

— Je pense que le démon s'est attaché à eux parce que justement ils s'intéressaient au surnaturel. N'oublie pas qu'ils sont allés à Amityville et qu'ils ont pris une photographie de Savannah, qui pendant cette période était possédée. Est-ce que ce fait est l'élément déclencheur ? Est-ce que le démon qui possédait Savannah n'a pas appelé un de ses copains pour s'occuper de nos trois amis ? Ce n'est qu'une hypothèse. En revanche, je pense que c'est le démon qui les a poussés à faire un rituel de magie noire pour le libérer.

— Ouais, ça se tient.

Matt mit en route la dernière vidéo prise lors de ces vacances. Avec horreur, ils visionnèrent le déroulement du rituel magique, comment les trois amis avaient invoqué un esprit démoniaque. Élisabeth pouffa de rire.

— Tu vois, nos trois hommes sont des amateurs, ils voulaient simplement s'amuser, même le rituel est un simulacre de rituel.

— Et pourtant, le rituel a fonctionné puisqu'il a libéré un esprit maléfique.

— Non, je ne suis pas de ton avis. Je dirai que le rituel a permis au démon de posséder les trois amis, car avec ce rituel, il a obtenu leur acceptation.

Matt comprit ce qu'Élisabeth tentait d'expliquer et tout se mit facilement en place dans sa tête : les trois amis étaient fans de surnaturel. De ce fait, ils jouaient avec des entités, et donc les attiraient. Un démon s'est attaché à eux, il avait besoin de l'accord de sa victime pour agir. Et en pratiquant la magie, il a obtenu cet accord, l'accord de les posséder, car par le rituel, les trois amis sont devenus esclaves du démon.

****

Pendant ce temps, Dimitri avait pris place au salon de l'hôtel, sur une banquette très confortable. Tout en savourant un cappucino très mousseux et dégustant un croissant au beurre, il essayait de déchiffrer le grimoire et prenait des notes dans un carnet. De temps en temps, il consultait ses propres livres.

Soudain, une illumination ! Dimitri comprit les intentions de Lucas, Yannick et Raphaël. Les trois amis envisageaient de piéger dans une poupée fabriquée à sa ressemblance, l'esprit maléfique de la poupée Robert. Pour cela, ils avaient utilisé un rituel magique. Sauf que le rituel en question n'était pas un rituel de transfert d'esprit, mais un rituel d'appel des esprits. Et en opérant ainsi, avec de telles incantations magiques, ils avaient libéré une puissance démoniaque. Mais laquelle ?

Le démonologue se gratta le menton. Il savait que les trois amis s'étaient rendus à Amityville alors que Savannah s'apprêtait à tuer toute sa famille. Dans cette affaire, les Purificateurs durent se battre contre le démon Amduscias. Il ne pensait pas que dans cette histoire, ce soit le même démon. Il prit son carnet et nota quelques mots : crises de démences — catatonie — se mettent à chanter parfois toute la nuit.

Les trois hommes ont décrit le démon comme un monstre couronné juché sur un cheval. Quel démon correspond à ce portrait et qui, en même temps, aime chanter ? Dimitri consulta son dictionnaire de démonologie occidentale et s'arrêta sur le nom d'un démon : Baalbérith, le démon des serments. Ce démon pousse au meurtre, provoque la rancune et la vengeance. Il adore entonner des chants lyriques et religieux et le fait volontiers dans les cas de possession démoniaque. Il est le maître des serments et des pactes démoniaques. Lorsqu'il se montre, il prend la forme d'un soldat couronné vêtu de rouge, juché sur un cheval de la même couleur. Ce démon était apparu lors de l'affaire des possédées d'Aix-en-Provence en 1612. Dimitri griffonna le nom du démon sur son carnet et l'entoura plusieurs fois. La description collait bien à l'affaire. À côté du nom du démon, il dessina un gros point d'interrogation : pourquoi ce démon ? Pourquoi Baalbérith se serait attaqué à ces jeunes, alors que sa plus grande force consiste à s'immiscer partout, dans les médias, sur la toile et de tenter ses proies par ce biais. Baalbérith opérait beaucoup par ce pouvoir ordinaire donné à tous les démons. Ainsi, il poussait ses victimes à se tourner vers l'ésotérisme afin qu'elles ouvrent une porte qui lui permet d'obtenir leur accord pour les posséder.

Une seconde illumination frappa Dimitri : les trois amis s'intéressaient au surnaturel, ils lisaient beaucoup d'articles sur le sujet, étaient fans de films d'horreur… c'est ainsi que Baalbérith repérait ses futurs jouets humains.

****

Au Vatican, Crystal et Daniel à Paris épluchaient les plans de l'hôpital et partageaient les informations par visioconférence. La jeune femme avait trouvé un dessin complet de la structure de l'hôpital Sainte-Anne qui affichait les moindres recoins du bâtiment, du sous-sol au dernier étage. Elle lista les noms du personnel soignant, avec leurs fonctions, l'heure des rondes, des repas des malades, des soins, du changement d'équipe. L'œil militaire de Daniel repéra certains détails qui pouvaient les aider dans leur mission, comme le nombre de gardiens le jour, la nuit, les rondes, le nombre de visiteurs par jour qui entrait dans l'hôpital pour une consultation ou pour rendre visite à un parent, les portes des bâtiments surveillées la nuit, celles qui ne l'étaient pas, la luminosité de certains bâtiments la nuit… Daniel ne savait pas pourquoi Vincenzo avait commandé de telles recherches, mais comme il était le chef de l'Ordre des Purificateurs, il obéissait à l'ordre qu'il lui avait donné.

Crystal et Daniel se félicitèrent du travail accompli. Ils avaient recueilli beaucoup de données, certaines confidentielles, d'autres très importantes.

— On dirait que nous préparons un cambriolage, dit Crystal en riant.

Daniel esquissa un sourire. Il trouvait la jeune femme tellement pleine de vie, amusante, qu'on ne pouvait que l'apprécier. La première fois qu'il l'avait vu, il s'était demandé pourquoi elle faisait partie de l'Ordre des Purificateurs. Elle avait les cheveux teints, violets et roses, ses robes aux couleurs criardes et aux motifs excentriques rehaussaient ce sentiment d'une femme joyeuse et insouciante, mais pas sérieuse. Vous savez, le genre de fille que l'on aime bien en copine, mais certainement pas en femme. Tête en l'air, bizarre, à côté de la plaque, voilà les mots qui lui sont venus à l'esprit lorsqu'on lui avait présenté la première fois la jeune femme. Mais, cette première impression disparut très vite.

Daniel s'aperçut que Crystal était une personne très intelligente, dynamique, perfectionniste, qui cachait ses rondeurs derrière ses vêtements excentriques et son manque de confiance derrière ses énormes bijoux en toc, ses cheveux violets et ses lunettes fantaisistes. Crystal était une femme passionnante et passionnée, que l'on avait envie de connaître, de voir rire, que l'on avait envie de protéger. Elle avait le don pour apaiser les tensions, mettre de la bonne ambiance dans un groupe. Lorsqu'il constatait la vitesse à laquelle elle tapait sur son clavier d'ordinateur avec ses doigts boudinés, provoquant les cliquetis de ses bracelets à chaque mouvement, il ne pouvait s'empêcher de rire. Crystal n'était pas une fille distinguée, mais une fille pleine de vie, pleine de charme. Élisabeth était une femme élégante, raffinée, sûre d'elle. Elle en imposait et il préférait ce genre de femmes. Crystal, bien que d'un physique quelconque, devenait jolie lorsqu'elle souriait. Elle deviendrait belle le jour où elle prendra confiance en elle.

— Je ne sais pas pourquoi Vincenzo nous a demandé de recueillir toutes ces informations, dit Daniel.

— Les voies du chef sont impénétrables, répondit Crystal.

— Oui, le chef ne demande jamais de choses inutiles. Il doit avoir ses raisons que pour l'instant je ne saisis pas.

— Je pense que vous allez devoir entrer dans l'hôpital par effraction de nuit et kidnapper les gamins, les libérer de l'esprit démoniaque, pour ensuite les remettre dans leur chambre.

— Tout un programme ! Cela me semble, cependant, un peu radical.

— C'est que tu ne connais pas encore le chef ! Lui, il est capable de faire un truc comme ça. Et je pense qu'il n'aura pas le choix, puisque le psychiatre des jeunes, le mesquin docteur Masquin, ne le laissera jamais exorciser ses patients.

— Tu sais pourquoi la France est aussi hostile à la religion.

— Hostile ? Le mot est faible ! J'ai eu un mal fou à obtenir un rendez-vous avec l'inspecteur qui s'occupe de notre affaire. Il n'a même pas voulu me parler. Quant au psychiatre, j'ai bataillé un long moment avant d'obtenir un rendez-vous.

Daniel regarda sa montre.

— Bon, je pense que l'on a l'essentiel. Je rejoins les autres pour le bilan. À plus tard.

Crystal fit un signe de la main et coupa la connexion.

****

Vincenzo, Margareth et Carlo étaient déjà attablés lorsque le reste de la troupe arriva. Dimitri remarqua le teint pâle des deux prêtres et de la religieuse.

— À l'évidence, la poupée vous a donné pas mal de fil à retordre, dit-il en souriant.

Vincenzo lui lança un regard noir.

— C'est même pire que cela. Il y a une chose que je ne supporte pas, ce sont les insectes, surtout les asticots qui viennent lorsque la pourriture s'installe. Combattre les démons ce n'est rien à côté de toucher ces vermines qui se nourrissent de chair morte.

Matt ouvrit de grands yeux.

— J'en étais sûr, le cadavre d'une bête se trouvait bien dans la poupée ! C'est pour ça qu'elle puait la mort !

— Le cadavre d'un rat, dit Carlo, voilà ce que l'on a trouvé à l'intérieur de la poupée, et des asticots, de gros vers bien blancs qui se repaissaient des boyaux de cette pauvre bête.

Margareth eut un frisson en repensant à l'odeur dégagée par le corps du rongeur en décomposition et surtout aux asticots qui lui grignotaient les entrailles.

— Vous croyez que ce sont les trois amis qui ont mis le rat à l'intérieur de la poupée, demanda Élisabeth.

— C'est peu probable, dit Vincenzo. S'ils avaient placé un animal dans la poupée, c'était certainement pendant le rituel, l'offrande. Mais, réaliser ce genre de choses est compliqué pour des novices.

— Nous avons trouvé une vidéo, dit Matt en regardant Élisabeth, elle montre les trois amis en train de se filmer devant la poupée Robert alors qu'ils pratiquent un rituel magique. À aucun moment, j'ai vu un rat, mort ou vivant.

— Il ressemblait à quoi ce rituel, demanda Dimitri.

— C'est un rituel de sang, avec des incantations, des bougies noires et un calice en forme de tête de mort. Ce qui m'a surpris dans ce rituel c'est qu'à un moment Raphaël Bison verse le sang contenu dans le calice — je suppose que c'est du sang, en tout cas c'est un liquide rouge — sur la poupée sosie de Robert, qu'il appelle Léon et que ce sang, dans un premier temps, provoque une auréole sombre sur le ventre de Léon qui s'évapore au fur et à mesure, comme si le liquide est aspiré à l'intérieur. J'ai d'ailleurs apporté cette vidéo.

Le génie en informatique ouvrit son PC, appuya sur quelques touches et le donna à Dimitri. Les autres membres des Purificateurs scrutaient ses réactions, mais le visage du démonologue restait impassible. Lorsque la vidéo se termina, il rendit l'ordinateur à Matt. Tout le monde attendit qu'il prenne la parole pour expliquer ce qu'il avait vu. Dimitri, qui aimait jouer avec les nerfs de ses équipiers, se racla la gorge.

— Je pense, dit-il, que vous voulez avoir mon avis sur cette vidéo.

Vincenzo hocha la tête.

— Parlez, dit Margareth qui s'impatientait.

— Alors, on y voit trois jeunes inconscients s'adonner à un rituel de magie noire. D'ailleurs, ils ne maîtrisent rien du tout. Les formules magiques utilisées sont issues du grimoire, ouvrage écrit, à mon avis, par un charlatan pas vraiment doué, car tous les rituels sont, comment dire, enfantins et terriblement faux. Ce qui n'enlève en rien de la dangerosité de ces rituels. D'après ce que j'ai compris, ils avaient l'intention de faire sortir l'entité coincée à l'intérieur de Robert pour l'emprisonner à l'intérieur de Léon. Bien sûr, cela n'a pas fonctionné, et vu le rituel, cela n'aurait jamais pu fonctionner. En revanche, il s'est bien passé un truc étrange lors de ce rituel, une entité se trouvait bien avec eux, et elle a pu se libérer complètement grâce à la petite invocation des forces du mal contenu dans la formule magique. D'ailleurs, dans ce rituel, il n'y a que cette partie qui peut poser un réel problème, puisque cette courte invocation s'adresse directement aux forces du mal.

— J'ai vu une ombre noire se tenir derrière eux avant même qu'ils ne réalisent le rituel, dit Élisabeth, dans une vision. Je pense que ce démon a provoqué une hallucination chez Lucas Capodici. Dans une autre vidéo, on voit Lucas crier que Robert a fait tourner sa tête. Ce n'était qu'une illusion provoquée par le démon. Regardez la vidéo pour vous en rendre compte.

Elle fit signe à Matt, qui pianota sur son PC et qui le tendit à Vincenzo. Dimitri se leva et alla se placer derrière le prêtre-exorciste. Margareth aussi se rapprocha du groupe, tout comme Carlo. Une fois la vidéo finie, Vincenzo soupira.

— C'est bien ce que je pensais, dit-il. Ce démon qui persécute ces trois jeunes s'intéressait à eux bien avant leur voyage en Floride, bien avant qu'ils effectuent ce stupide rituel magique. Il patientait tranquillement et titillait ses proies jusqu'à obtenir sa libération.

— Attendez, dit Matt, cette photo me paraît bizarre et j'aimerais que vous y jetiez un œil.

Il montra la photographie imprimée prise par les trois amis dans la maison d'Amityville.

— Mais, c'est Savannah, s'écria Margareth.

— Ce qui veut dire, dit Carlo, que nos trois jeunes amis ont croisé le démon Amduscias dans la maison. Serait-ce lui qui opère derrière toute cette histoire ?

— J'en doute, répondit Vincenzo. Mais les choses se mettent en ordre, le puzzle se construit petit à petit. Les trois amis, en effectuant un rituel, ont permis au démon qui les suivait depuis longtemps de prendre possession de leur corps. Ce qu'il nous reste à trouver c'est le nom de ce démon.

Dimitri se racla la gorge.

— J'ai noté, dit Dimitri reprenant sa place à table, dans le grimoire, quelques petites choses intéressantes. Je pense savoir à quel démon nous allons devoir nous attaquer. Et je pense savoir pourquoi il s'en est pris à ces trois jeunes insensés.

Vincenzo lui fit signe de continuer. Le démonologue ne se fit pas prier pour continuer ses explications.

— En fait, la poupée Robert a servi de prétexte. Nos trois amis étaient passionnés de surnaturel et regardaient beaucoup de films d'horreur. Toutes ces histoires étranges et paranormales les attiraient au point qu'ils sont entrés clandestinement dans la maison d'Amityville pour se faire peur, pour provoquer une montée d'adrénaline. C'était un jeu, ils ne pensaient pas à mal. Sauf qu'un démon rôdait dans cette maison, un démon qui n'allait pas tarder à révéler toute sa puissance. On connaît la suite de l'histoire. Nos jeunes inconscients ont croisé Savannah dans cette maison, ils ont croisé le démon. Sur la fameuse photographie prise à l'intérieur de la maison, on voit que Savannah leur dit bonjour. C'est le début, le point de départ. Dès lors, ils deviendront comme des aimants à démons, et un en particulier s'est attaché à eux. Seulement, ce démon avait besoin du consentement de ses proies pour pouvoir prendre possession de leur corps. Pour l'obtenir, il les a poussés à se tourner vers la magie, il les a poussés à s'intéresser à Robert, il leur a soufflé l'idée de ce rituel magique de transfert d'entités. Et le tour est joué, en s'adonnant à la magie, nos trois amis ont permis au démon de les posséder.

Vincenzo applaudit ce discours.

— C'est exactement à cela que je pensais ! Et quel démon a pu jouer un tour pareil ?

— Je ne vois qu'un seul démon qui pousse ses proies à devenir obsédé d'ésotérisme, qui se matérialise sous la forme d'un cavalier couronné et qui fait chanter des oraisons à ses victimes. Je pense que c'est Baalbérith que nous allons devoir combattre.

— Très bien, monsieur Marchand, c'est l'élément qui me manquait pour préparer un exorcisme ciblé, personnalisé et rapide, dit Vincenzo.

— Ce qui me fait penser, dit Matt à Vincenzo, que j'ai analysé la vidéo que vous avez prise grâce à la petite caméra dissimulée sur votre monture de lunettes. Elle montre, en effet, c'est très subtil, une ombre noire derrière Lucas.

— Donc, dit Carlo, cela confirme que nos trois hommes sont possédés.

— Le grand problème qui va se poser à nous, dit Dimitri, c'est le fait de pouvoir approcher ces trois gosses pour les libérer. Je pense que leur psychiatre ne nous laissera pas faire.

Margareth émit un petit cri.

— Alors là, n'y comptez pas !

— Nous avons besoin d'un plan pour pouvoir nous infiltrer en toute discrétion dans l'hôpital, dit Vincenzo, et faire sortir les jeunes hommes de leur chambre pour les mettre tout trois dans un endroit calme afin de pouvoir réaliser le rituel d'exorcisme.

— J'ai noté l'existence d'une chapelle à Sainte-Anne, chapelle qui est d'ailleurs peu fréquentée, dit Carlo.

— Alors là c'est mon domaine, s'écria Daniel. Je sais comment entrer dans l'établissement, je sais comment les faire sortir de leur cellule. Mais le timing sera serré.

Carlo se prit la tête dans les mains.

— Non seulement c'est risqué, dit-il, mais c'est aussi complètement dément ! Et puis, comment s'assurer que l'on obtienne leur libération rapidement ?

— Leur libération dépendra du rituel d'exorcisme et de votre foi au Christ mon Père, répondit Vincenzo. En vérité, je vous le dis, nous réussirons. La méthode n'est pas orthodoxe, mais nous devons sauver ces gamins. Et puis, le risque, lorsqu'il est calculé, est quelque chose de vivifiant !

— Alors on le tente !

Les Purificateurs peaufinèrent leur plan une bonne partie de nuit. Ils avaient prévu d'agir la nuit prochaine. Daniel dirigerait les opérations, il donna à chacun les instructions. Avec Carlo et Vincenzo, il s'occupera de faire sortir les trois amis de leur cellule et surtout de les contenir pour ne pas se faire repérer par les infirmiers de garde. Pendant ce temps, les autres attendront dans la petite chapelle de l'hôpital et commenceront à mettre tout en place pour l'exorcisme. Le militaire établit une liste de tout ce dont il aura besoin pour la réussite de cette opération. Le point crucial serait d'entrer dans le bâtiment sans risquer d'enclencher l'alarme, car toutes les portes principales et secondaires étaient reliées à l'alarme centrale. Après, ils pourraient rôder tranquillement à l'intérieur de l'hôpital. Le militaire trouva même ce dispositif de sécurité très sommaire, car l'intérieur de l'hôpital Saint-Anne n'était surveillé par aucune caméra. Un patient pourrait facilement s'évader de sa cellule, errer dans les couloirs ou sortir par la grande porte en journée sans être inquiété. Hôpital hautement sécurisé ? Ho que non ! Ce qui était plutôt triste et révélateur d'une société en perdition lorsque l'on savait que cet hôpital gardait en son sein de dangereux psychopathes.

Flash-back n° 4

Yannick Perdurin se réveilla en sursaut. Il était trempé de sueur. Il se redressa sur son lit et regarda l'heure sur son smartphone : 23 h 40. Cela faisait à peine une demi-heure qu'il s'était couché et le voilà déjà sorti de son sommeil. Dans son rêve, il avait cru entendre un cri perçant, horrible, un hurlement d'angoisse qui avait lacéré le silence de ce début de nuit. Il tendit l'oreille : aucun bruit dans l'appartement. Soudain, un coup sec donné contre le chambranle de la porte de sa chambre le fit sursauter. Il frissonna, fixa la porte. Rien. Il alluma sa lampe de chevet. Il secoua la tête.

— Il y a rien crétin, tout ça ça s'passe dans ton crâne !

Il essaya de se convaincre que tous les bruits qu'il entendait la nuit, toutes les ombres noires qui se matérialisaient devant lui n'étaient que des illusions créées par son cerveau fatigué. Il était trop sous tension ces derniers temps. Cauchemars, insomnies, impression d'être surveillé… son lot quotidien depuis qu'il était de retour de Floride.

D'ailleurs depuis qu'ils avaient réalisé ce rituel devant la poupée Robert, plus rien n'était comme avant. Lucas, celui que l'on surnommait monsieur bonne humeur, le boute-en-train de service, ne sortait quasiment plus de sa chambre. Il visionnait des vidéos pornographiques à longueur de temps, et lorsque Yannick essayait de lui parler, le petit bonhomme jadis toujours joyeux se mettait en colère pour des broutilles. C'était comme si son ami était constamment sur le qui-vive et qu'une fureur sourde avait élu domicile à l'intérieur de lui et qui attendait qu'une petite étincelle pour jaillir. Raphaël n'était pas en reste. Il ne quittait plus Léon, il dormait avec Léon, prenait sa douche avec Léon, mangeait avec Léon, regardait des séries violentes en boucle avec Léon… il emmenait même son nouveau compagnon aux toilettes ! Raphaël n'avait pas lâché la poupée depuis plusieurs jours. Pire, cette poupée semblait l'obséder au point que si quelqu'un s'en approchait, il devenait fou de rage. Raphaël était devenu distant, renfrogné. Parfois, il fixait quelque chose pendant des heures, sans bouger. Parfois, il criait pendant son sommeil. Parfois, son visage changeait, un masque de haine le recouvrait. Yannick eut plusieurs fois peur de son ami.

Peut-être une semaine après leur retour de vacances, Yannick, qui pensait déjà que quelque chose d'étrange se passait, qu'une force invisible voulait les détruire, avait tenté de discuter avec Raphaël. Il avait essayé de le convaincre de se débarrasser de la poupée, de la neutraliser par un rituel de désenvoûtement trouvé sur un site wiccan. Raphaël était entré dans une rage folle, criant que personne ne devait s'approcher de Léon. Ce fut la première fois où Yannick vit le visage de son ami se transformer, prendre l'apparence d'une chose malveillante et monstrueuse. Tous les traits de sa figure se crispèrent, ses yeux devinrent noirs, un rictus de haine s'étira sur ses lèvres. Yannick eut très peur. Il essaya de calmer Raphaël qui, tout à coup, tomba à terre et se recroquevilla sur lui. Il sombra dans une crise de catatonie qui dura à peu près une heure. Mais pas une vraie crise de catatonie au sens que la définit la psychiatrie, car Raphaël, assis par terre, les muscles tendus, paralysé dans une position inconfortable, se mit à chanter, un chant bizarre, moyenâgeux. Seules ses lèvres bougeaient, le reste de son corps était figé, immobile.

Affolé, Yannick appela Lucas qui arriva en trombe et qui constata l'état de Raphaël. Lucas, qui ne trouva rien d'autre à faire, proposa de filmer Raphaël afin de montrer la vidéo à un spécialiste. Yannick avait haussé les épaules. Et c'est ainsi qu'ils immortalisèrent leur ami en train de vocaliser des chants de messe dans une position figée, les yeux révulsés, les muscles tendus à l'extrême. À plusieurs reprises, ses deux amis avaient tenté de le faire sortir de sa crise. Sans résultat. Lucas avait pincé Raphaël à plusieurs fois, l'avait piqué avec un clou. Raphaël était resté immobile et continuait de chanter. Lorsqu'il revint à lui, il ne se souvenait plus de rien. Et lorsque Yannick lui montra la vidéo, il s'affola.

— On doit vraiment faire quelque chose, avait-il dit. Tu crois que la crise que j'ai faite dans le musée m'a grillé les neurones ?

Yannick n'en avait pas la moindre idée, mais ce fut peut-être le dernier moment de lucidité de Raphaël.

Le pire c'est qu'en visionnant la vidéo plusieurs fois, Yannick remarqua deux choses insensées. La première chose était le chant. Cela ressemblait à un chant grégorien très ancien. Le plus invraisemblable c'est que l'on pouvait entendre une flûte de Pan qui accompagnait ce chant. Yannick n'avait pas su dire si c'était Raphaël qui faisait sortir ce son de sa bouche ou s'il provenait d'à côté de lui, joué par une entité invisible. En tout cas, il reconnut la langue du chant liturgique, le latin, mais était incapable de traduire les paroles. Un linguiste pourrait l'aider, mais il n'en avait pas sous la main. Tout ce qu'il comprit, c'est que ce chant relatait une bataille entre Dieu et Satan. La deuxième chose insensée concernait Raphaël lui-même : Yannick avait noté qu'à plusieurs moments, sur la vidéo, l'ombre de Raphaël projetée sur le mur s'était transformée en celle d'un homme couronné juché sur un cheval. Lorsqu'il en avait parlé avec Lucas, ce dernier lui avait répondu que cela n'existait que dans son imagination parce que lui ne voyait rien sur la vidéo et avait décrété que Raphaël était simplement fatigué et qu'il avait besoin d'un médecin.

Yannick ne savait plus quoi penser de tout cela. Devenait-il fou comme lui avait suggéré Lucas à plusieurs reprises ? Ou le rituel avait-il vraiment réveillé une force occulte qui s'attaquait à eux ? Avaient-ils ouvert une porte sur l'enfer ? En tout cas, et cela il en était sûr, ses amis avaient changé. Il ne les reconnaissait plus. Cette soudaine frénésie pour la pornographie de Lucas était nouvelle. Ces soudaines crises de catatonie chantante de Raphaël étaient nouvelles aussi.

Yannick sentait que c'était Léon qui provoquait tout cela, ou plutôt l'esprit démoniaque qui avait élu domicile dans Léon. Ils avaient ramené le Diable de Floride, l'avaient fait voyager dans leurs bagages jusque dans leur appartement.

Encore une fois, assailli par toutes ces pensées, Yannick savait qu'il ne trouverait plus le sommeil. Il décida de se lever, emportant avec lui son ordinateur portable. Il sortit de sa chambre. Le couloir était plongé dans la pénombre. Il entendit un grattement, léger, quasiment imperceptible. Il tendit l'oreille. Plus rien. Il alla à la cuisine, prit une bière. L'alcool calmait son angoisse. Il était fatigué, épuisé de ne pas dormir. Plusieurs fois, il avait songé à prendre une substance plus forte pour arriver à dormir, sans jamais passer le pas. Cette idée lui trottait dans la tête, s'insinuait en lui de plus en plus souvent, devenant presque une obsession. Pour le moment, il y résistait, mais pour combien de temps encore ? Allait-il devenir un esclave de la drogue comme Lucas était devenu esclave des vidéos pornographiques ? Il espérait que non.

Ordinateur et bière à la main, il se dirigea au salon et actionna l'interrupteur. La lampe nue au plafond diffusa une lumière timide et blafarde. Il alluma l'halogène. Une forte lumière blanche éclaira la pièce. La clarté le rassurait, la pénombre le terrifiait. La nuit pouvait cacher des ombres qui voulaient lui sauter dessus.

Il s'assit sur le canapé, ouvrit son PC. La photographie de son écran d'accueil lui fit venir les larmes aux yeux. Prise le jour de la remise des diplômes, elle montrait les trois amis souriant à pleines dents, pleins de joie, fiers d'avoir réussi leurs études, confiants pour l'avenir, des amis soudés. Aujourd'hui, tout a changé. Comment ont-ils pu en arriver là à se morfondre chacun dans leur chambre ? À passer des jours entiers sans se parler ? À se disputer dès qu'ils s'adressaient la parole ?

Yannick se redressa. Nouveau bruit d'un frottement dans le mur. Il semblait provenir du faux plafond. Le jeune homme écouta attentivement. Ce bruit ressemblait à celui d'une souris coincée dans un mur et qui grattait le faux plafond dans l'espoir de trouver une issue. Peut-être un rat ? Paris est une ville infestée de rongeurs et il est assez fréquent que ces petits bestiaux se cachent dans les appartements. Ils y trouveraient chaleur et nourriture.

— Il ne manquerait plus que cela, des rats ! Je déteste les rats !

Espèce d'idiot, avec tous les chats que le voisin garde chez lui, aucun rat n'oserait s'aventurer dans l'immeuble !

Le bruit de grattement s'intensifia. Maintenant, c'était comme si plusieurs rats grattaient les murs et le plafond et essayaient d'entrer dans le logement. Yannick frissonna. Le bruit devint si fort qu'il se boucha les oreilles pour ne plus les entendre. Il se recroquevilla sur le canapé et scruta la pièce. Il espérait qu'aucun animal ne sorte des murs. Tous les murs de l'appartement semblaient infestés de rongeurs. La lumière projetée par l'ampoule nue du plafond vacilla plusieurs fois. Yannick regarda dans cette direction. À tout moment, il s'apprêtait à voir surgir du plafond un rat. Soudain, l'ampoule explosa. Yannick sursauta et se leva. Au même moment, l'halogène trembla à son tour. Yannick sentit un souffle d'air froid derrière lui. Il se retourna. Rien. La lampe à halogène explosa et le jeune homme se retrouva plongé dans le noir. Il voulut crier, mais fut incapable de sortir un seul son de sa gorge tellement il était terrorisé. Là, devant la porte du salon, se tenait un homme au visage monstrueux, aux pupilles rouges, à la tête couronnée, qui le regardait, un rictus carnassier sur ses lèvres. Autour de lui, sur lui, grouillaient des centaines de gros rats. Une vision cauchemardesque ! L'homme était immobile tandis que les rongeurs couraient dans tous les sens. Ses orbites rouges, grands gouffres de désolation, le scrutaient. Yannick ferma les yeux, espérant ainsi faire disparaître cette vision terrifiante. Lorsqu'il les ouvrit, le monstre aux rats ne s'était pas évaporé comme cela se passait souvent dans les films d'épouvante. Pire, il tenait maintenant dans sa main décharnée un affreux nuisible gris qu'il déchiquetait à l'aide de ses longues dents pointues en faisant éclabousser du sang partout. Yannick le regardait avec horreur. Il renfloua avec peine une terrible envie de vomir. Les rats commençaient à s'approcher de lui. Cette vision d'horreur sonna comme une alarme dans le cerveau de Yannick. Son instinct de survie lui susurrait de fuir. Par où ? Le monstre se tenait devant l'unique porte du salon. L'unique porte de sortie. Par la fenêtre ? L'appartement se trouvait au troisième étage. Sauter c'était prendre le risque de se rompre une jambe ou de se fracasser la tête. *Cette solution valait peut-être mieux que d'être dévoré vivant par des rats. Ou par ce monstre aux dents comme des lames de rasoir.*

Il se précipita vers la double-fenêtre et voulut l'ouvrir, mais elle était coincée. Derrière lui, l'homme se mit à ricaner. Il se retourna, chercha un objet assez costaud pour casser la fenêtre, s'empara d'une bouteille en verre de bière et la jeta contre la vitre. Sans succès. Le verre explosa en mille morceaux, la vitre resta intacte. Il commença à pleurer, prit une autre bouteille, la lança, encore une fois sans succès. La bête rigolait toujours derrière lui. Il entendait les rats se rapprocher dangereusement de lui.

— Tu ne peux pas me fuir, dit-elle, tu es à moi maintenant.

Et elle se mit à ricaner, un rire guttural, effrayant. Yannick comprit toute l'horreur de la situation. Il comprit qu'il ne pouvait pas lui échapper. Il se jeta sur le canapé, se camoufla sous la couverture et attendit. C'était le seul moyen qu'il avait trouvé pour que les rats ne puissent pas le toucher. Il les sentit se promener sur son corps, chercher un endroit pour le mordre, il entendit couiner, piauler, sentit leurs griffes sur son dos, ses bras, ses jambes. Elles lui rentraient dans la peau. Il s'efforça de ne pas bouger, pleurant, gémissant, priant pour que cela s'arrête. Une voix s'éleva de nulle part entonnant un chant liturgique. Une voix claire, limpide, presque féminine. Il pria de plus belle, se rappelant son catéchisme. Son cœur battait la chamade. Puis, tout s'arrêta. Il ne sentit plus les rongeurs sur lui, n'entendit plus le chant religieux. Sous sa couverture, il perçut une lumière, comme si l'halogène s'était remis à fonctionner. Il se risqua un regard. Non seulement l'halogène et l'ampoule au plafond fonctionnaient, mais le monstre ainsi que les rats avaient disparu. Il ressentit un sentiment de soulagement mêlé à de la peur. Devenait-il vraiment fou ? A-t-il eu une hallucination ? Il essaya de se convaincre que tout cela ne s'était passé que dans sa tête. Il regarda près de la fenêtre. Aucune trace des bouteilles de bière brisées. Il avait rêvé tout cela. Cela ne le rassura pas de savoir cela, car il était bon pour l'asile psychiatre.

Recroquevillé sur lui-même, à l'abri de sa couverture, il s'efforça de remettre de l'ordre dans ses idées.

— Le monstre n'était pas réel, ni les rats, ni les bruits… Mais toutes ces visions semblaient tellement réelles ! Et si cela ne l'était pas, comment expliquer les crises de Raphaël ? Je deviens pas fou, quelque chose de surnaturel se passe ici. Ce truc qu'on a rapporté de Floride va nous tuer. Je dois convaincre les autres d'agir contre ce monstre qui veut notre mort. Comment ? Ils écoutent rien ! Ils sont sous l'emprise de cette chose. Je dois trouver une astuce pour arriver à les faire sortir de l'appartement. Hors de l'appartement, on sera hors de portée de la poupée. Ouais, il faut que l'on sorte, qu'on prenne l'air, qu'on voie des gens, qu'on revienne dans la vie réelle. Demain, on fera comme ça.

Yannick pensa que c'était la meilleure chose à faire, fuir l'appartement afin de discuter et convaincre ses amis de brûler Léon. Mais ce qu'il ne savait pas, c'est que Baalbérith se tenait derrière lui et lui soufflait toutes ces idées.

Et c'est ainsi qu'il passa le reste de la nuit, à réfléchir. Le lendemain matin, ce fut Lucas qui le sortit de sa torpeur.

Retour au présent

Matt Bohé rejoignit son équipe sur le parking de l'hôtel. Il était le dernier à grimper à bord du Peugeot Traveller loué par Daniel. La voiture démarra. Deux heures du matin. Ils étaient à l'heure. Vincenzo profita du trajet jusqu'à l'hôpital Sainte-Anne pour faire un petit récapitulatif du plan.

— Est-ce que tout le monde sait ce qu'il doit faire ?

Tous hochèrent la tête.

— Monsieur Bohé, continua Vincenzo, vous avez bien pris les caméras.

Matt acquiesça.

— J'ai même remonté la caméra miniature sur vos lunettes chef !

— C'est important que tout soit filmé, au cas où on se ferait prendre. Monsieur Zio, vous avez le plan du bâtiment ?

— Dans ma tête patron, répondit Daniel. J'ai une très bonne mémoire visuelle.

— Récapitulons : nous entrons tous dans l'hôpital par l'aile est du bâtiment, par la porte qui donne dans la grande réserve, c'est la plus facile d'accès et la moins surveillée. Les vigiles n'y font pas de rondes. Monsieur Bohé va désactiver les caméras de surveillance et les alarmes. Ensuite, nous nous séparons, mademoiselle Ivodric, monsieur Bohé, monsieur Marchand et sœur Margareth, vous allez à la petite chapelle et vous nous attendez. Vous préparez un autel, et tout le nécessaire pour notre travail. Pendant ce temps, monsieur Zio, Père Rinaldi et moi-même, nous irons à l'unité pour malades difficiles où nous kidnapperons nos trois amis. Le secteur où ils sont placés est très protégé et surveillé.

— Tout est calculé, interrompit Daniel, pour que nous réussissions à faire sortir nos trois amis. C'est surveillé, mais tant que cela, j'ai noté quelques failles dans la sécurité du bâtiment. Trop de failles pour un hôpital qui regorge de psychopathes.

— Ensuite, continua Vincenzo, nous n'aurons pas beaucoup de temps pour réaliser l'exorcisme. Avant notre départ, j'ai demandé un moment de prière pour notre protection. Cela va être un rude combat. Cependant, et si monsieur Marchand a vu juste, j'ai dans l'intention de faire appel à vieil ami pour qu'il nous vienne en aide.

Personne ne sut dans la voiture qui était ce vieil ami à qui le prêtre faisait référence. Inutile de lui poser la question, lui seul connaissait la procédure pour effectuer un exorcisme puissant et ciblé et obtenir une délivrance rapide. Cela était tout l'enjeu de cette sortie nocturne.

— Comment va-t-on prouver que nos trois amis sont innocents dans cette histoire, demanda Dimitri.

— Nous ne prouverons rien, car nous agissons sans l'accord de la justice. Si monsieur Masquin avait voulu nous donner un coup de main, peut-être aurait-il pu intervenir dans ce procès. Mais ce n'est pas le cas et nous devons faire sans lui. Rappelez-vous que nous sommes en France et qu'ici, les cathos, car c'est par ce sobriquet à connotation très négative qu'ils sont nommés, sont très mal vus. J'espère simplement qu'ils seront acquittés, mais j'en doute. La justice n'admet pas le surnaturel dans ses lois.

Le Traveller se gara à cinq cents mètres de Sainte-Anne, au niveau d'une ruelle peu fréquentée. Les Purificateurs descendirent de la voiture. L'air était plus respirable que dans la journée, mais il faisait quand même relativement chaud. Tous étaient habillés en noir, pantalons et t-shirt amples, rangers. Daniel s'équipa de son fusil hypodermique, ainsi que d'une sarbacane, de fléchettes anesthésiantes et d'une mallette en métal. Vincenzo prit de l'eau bénite, une fiole de sel bénit, un crucifix en bois et remit sa mallette d'exorciste à Margareth. Carlo fit de même. Matt se chargea de l'ordinateur et des caméras.

Ils arrivèrent à l'arrière de l'hôpital par un petit chemin boisé et très sombre. Ce qui les arrangeait. Daniel fit signe à Matt qui ouvrit son ordinateur. Il repéra les différentes caméras et les arrêta un moment. Très vite, il substitua une vidéo, celle des dernières minutes des images. Elles devaient tourner en boucle et ainsi donner l'impression que tout allait bien. Ou plutôt, que rien d'anormal ne se produisait. Il fit signe à Daniel que tout était en place.

Daniel ouvrit à son tour sa mallette et sortit un pan grisâtre qui ressemblait à de la pâte à modeler. Il en coupa un bout, le malaxa un instant entre ses doigts avant de le poser sur le verrou de la porte en acier. La substance grisâtre colla à la porte. Daniel ouvrit une fiole. Elle contenait un liquide jaune. Il fit signe aux autres de s'éloigner. Il s'équipa de lunettes de protection et versa un peu de liquide sur la pâte. Une fumée blanche se dégagea du mélange. L'acier fondait. Le verrou sauta.

— La chimie c'est trop fort, s'extasia le militaire.

Les membres de l'Ordre des Purificateurs pénétrèrent dans le bâtiment. C'est là que leur chemin se séparait. Matt, Dimitri, Margareth et Élisabeth se dirigèrent vers une porte dérobée qui menait à une cour intérieure, cour qui conduisait à la petite chapelle de l'établissement. À cette heure-ci, cet endroit de l'hôpital était désert et ils n'eurent aucun mal à rejoindre la chapelle.

Pour Vincenzo, Carlo et Daniel, ce fut une autre histoire. Ils prirent l'escalier de secours, arrivèrent au deuxième étage qu'ils durent traverser sans se faire voir de l'infirmier de garde. Les trois jeunes se trouvaient au pavillon de l'aile ouest, un pavillon de haute-sécurité. Cela ne leur facilitait pas la tâche. Matt avait désactivé toutes les caméras de surveillance et tous les capteurs de mouvement. À l'aile est, le pavillon où étaient internés les schizophrènes, ils passèrent devant le bocal en verre où l'infirmier de garde jouait au solitaire sur son ordinateur. Tout doucement, Daniel ouvrit la porte, et avec sa sarbacane, envoya une fléchette. Celle-ci atteignit le cou de l'infirmier, juste en dessous de la nuque. Ce dernier sentit une piqûre, porta sa main à l'endroit de la douleur, tâta la fléchette et s'endormit.

— Un de moins, dit Daniel.

Il entra dans le bocal, récupéra la fléchette et ressortit. Il fit signe à ses deux compagnons que tout était OK et qu'ils pouvaient poursuivre la mission.

À l'aile ouest, deux infirmiers s'occupaient du secteur. Daniel les imagina discutant ensemble pour tuer le temps. En effet, tous deux palabraient tranquillement en mangeant un plat préparé dans la pièce aux murs décrépis qui leur servait de salle de travail. Ici, l'ameublement était spartiate, deux écrans pour la vidéosurveillance, deux bureaux, deux ordinateurs, plusieurs armoires en fer et de nombreux objets médicaux posés sur les étagères, stéthoscopes, tensiomètres, camisoles, masques, gants, désinfectants, pansements… Daniel se tourna vers Vincenzo et Carlo et leur fit signe d'aller se cacher un peu plus loin dans le couloir. Le militaire regarda sa montre : la première ronde n'allait pas tarder. Cinq minutes plus tard, l'un des infirmiers sortit du bureau et s'engouffra dans le long couloir. Il devait agir vite. Daniel entra dans le bureau et tira une fléchette. Le premier infirmier tomba dans les bras de morphée. En courant, il sortit du bureau tout en armant sa sarbacane. Le but était de toucher le deuxième infirmier au moment où il ouvrait la grille qui menait aux chambres des malades les plus dangereux.

Pendant ce temps, Vincenzo entra dans le bureau et récupéra la fléchette.

Tel un félin, Daniel suivit sa proie, évitant de faire du bruit. L'infirmier sifflotait tout en faisant sa ronde. Il commença par l'inspection de la première unité, celle des psychopathes, regarda à l'intérieur des cellules à l'aide de la petite fenêtre posée sur chaque porte. Daniel l'attendit au niveau de la deuxième unité et se plaça dans un recoin. L'infirmier arriva toujours en sifflotant, pianota quatre chiffres sur le boîtier électrique apposé contre le mur. La grande grille métallique se leva. C'est à cet instant que Daniel envoya une fléchette anesthésiante qui toucha l'infirmier au niveau du cou. Quelques secondes plus tard, l'homme s'écroula à terre. Le bruit de son crâne lorsqu'elle percuta violemment le carrelage retentit dans tout le couloir. Daniel grimaça. Il se précipita sur lui, récupéra la fléchette et tira l'infirmier jusque dans le bureau où, avec l'aide de Carlo, il le plaça sur une chaise.

— Celui là, dit Daniel, quand il va se réveiller, il aura un peu mal à la tête.

Vincenzo, Carlo et Daniel s'engouffrèrent dans le couloir où étaient enfermés les patients les plus dangereux. Vincenzo et Carlo savaient dans quelle chambre se trouvait Lucas, mais pour les deux autres, ils n'en avaient aucune idée. Vincenzo regarda à l'intérieur de la première cellule à l'aide de la petite lucarne. Ce n'était ni Yannick ni Raphaël. Il jeta un œil à l'intérieur de la deuxième cellule. Un homme assis sur son lit se balançait de droite à gauche, une écume blanchâtre pendait à ses lèvres. Vincenzo sut d'instinct que ce malade était en fait possédé. Il l'appela. L'homme le regarda avec curiosité et méfiance. Vincenzo murmura une prière et le possédé s'effondra sur son lit. L'exorciste chassa un petit démon, d'un ordre inférieur comme disent les démonologues, et donc faciles à combattre pour un exorciste de la trempe de Vincenzo.

Enfin, ils localisèrent la cellule de Raphaël. Vincenzo ne fut pas surpris de le trouver assis sur son lit, les yeux grands ouverts, fixant la porte, comme s'il les attendait. Daniel, qui avait emprunté les clés dans la poche de la blouse du deuxième infirmier qui faisait sa ronde, n'eut aucun mal à ouvrir la porte.

— Vous voici enfin, dit Raphaël. J'ai failli m'impatienter.

Sa voix était anormalement rauque, son visage figé dans un masque de haine. Il faisait terriblement froid dans la cellule et une odeur pestilentielle y régnait.

— Comme je suis content de faire votre connaissance, dit Raphaël. Depuis que vous avez renvoyé en enfer mon cher ami Amduscias, vous passez pour des terreurs au royaume infernal. Surtout toi, père Onoffrio. Une vraie terreur !

Vincenzo sortit la fiole d'eau bénite et aspergea le démon.

— Tais-toi démon ! Je t'ordonne de te taire !

Il fit signe à Daniel qui tira, de son fusil, une fléchette anesthésiante. Ces fléchettes, contrairement à celles de l'arbalète, étaient beaucoup moins dosées en produits soporifiques. Raphaël s'écroula sur son lit, terrassé par le sommeil.

— Nous avons dix minutes pour le ramener à la chapelle, dit Vincenzo, dépêchons-nous.

Ils trouvèrent Yannick et l'endormirent aussi, puis Lucas. Les trois Purificateurs s'emparèrent de fauteuils roulants et y installèrent les trois amis. Le transport des trois hommes sera ainsi plus facile. Le plus dur sera de ne pas se faire repérer par un des gardiens de l'hôpital. Daniel regarda sa montre. La prochaine ronde devait débuter dans une demi-heure. *C'est large pour arriver jusqu'à la chapelle.*

Avec les fauteuils roulants, l'utilisation des escaliers était impossible. Ils repassèrent devant le bureau des infirmiers. Daniel y jeta un coup d'œil. Les deux hommes en blouse blanche dormaient toujours. L'un même ronflait à pleine gorge. Il fit signe à Vincenzo et Carlo de le suivre et se dirigea vers l'ascenseur réservé au personnel de l'hôpital. Il sortit le badge dérobé à l'infirmier qui effectuait sa ronde et actionna le bouton d'appel. Ce dernier, poussif, s'arrêta à leur étage et les portes s'ouvrirent. Ils s'engouffrèrent à l'intérieur. Daniel appuya sur la touche du premier sous-sol.

— Là, nous devons faire vite pour ne pas tomber sur un garde. On va arriver au niveau du parking, nous le traverserons en courant pour atteindre la porte située la plus au fond du parking, celle qui donne sur le petit parc et donc sur la chapelle.

Les deux prêtres hochèrent la tête.

L'ascenseur s'arrêta et les portes s'ouvrirent lentement, trop lentement au goût de Vincenzo qui avait hâte de se mettre en sécurité dans la chapelle. Daniel fit signe que la voie était libre et les trois hommes, poussant les fauteuils roulants, s'élancèrent sur le parking désert à cette heure-ci de la nuit. Mais un médecin de garde appelé en urgence ou qui rentrait chez lui pouvait faire irruption à tout moment. Heureusement, ils ne croisèrent personne. Très vite, ils atteignirent la porte donnant sur le parc et s'y engouffrèrent. Ils coururent encore et arrivèrent à la chapelle où les autres membres de l'Ordre des Purificateurs les attendaient. Vincenzo fut agréablement surpris de constater que l'autel improvisé était prêt. Il fit disposer les trois fauteuils roulants autour de l'autel. Yannick, Raphaël et Lucas dormaient toujours.

— Dépêchons-nous, dit Vincenzo, ils ne vont pas tarder à se réveiller. Mettons-nous en cercle derrière eux et commençons à prier.

Le prêtre-exorciste enfila sa toge blanche au-dessus de ses vêtements, prit son étole violette, la baisa et la passa autour de ses épaules. Carlo mit aussi sa toge blanche. Pendant ce temps, Daniel verrouilla les portes de la chapelle. Vincenzo le regarda et lui adressa un signe de la tête. Daniel lui répondit en lui adressant un pouce levé. Vincenzo se sentit rassuré, le militaire avait retrouvé du poil de la bête et semblait s'être débarrassé de sa peur. Matt, Margareth et Élisabeth attachèrent avec des sangles et de la corde les trois amis sur leur fauteuil respectif.

Tous se mirent en cercle derrière les trois jeunes amis. Se donnant la main, ils commencèrent par entonner le Notre Père, suivi du Je vous Salue Marie, puis du Gloire à Dieu. Dimitri alluma les cierges blancs pendant que Vincenzo se saisit de la fiole d'eau bénite. Déjà, Raphaël se réveillait. Lorsqu'il ouvrit les yeux, dans un premier temps, très lucide, il ne comprit pas pourquoi on l'avait attaché à un fauteuil, immobilisé. Dimitri crut voir de la peur dans son regard, sentiment qui disparut presque aussi vite qu'il était apparu et qui se métamorphosa en haine. Son regard devint noir dès qu'il aperçut le crucifix qui lui faisait face sur l'autel.

— Relâchez-moi, bande de bâtard, vous allez le regretter !

— Tais-toi, cria Vincenzo en l'aspergeant d'eau bénite.

Raphaël se tordit de douleur, hurla, se contorsionna. De la fumée s'échappa de son corps aux endroits où l'eau consacrée l'avait touché.

— Ça brûle ! Ça brûle ! Enlevez-moi ça ! Je brûle !

Yannick Perdurin et Lucas Capodici se réveillèrent à leur tour. D'abord encore à moitié endormis, ils ne comprirent pas de suite où ils étaient. Mais lorsqu'ils se rendirent compte que les Purificateurs les avaient sanglés à un fauteuil roulant et qu'ils se trouvaient à l'intérieur une chapelle, l'effroi les saisit. Yannick se mit à pleurer et à supplier.

— Ne me faites pas de mal, dit-il, je regrette tout ce qu'on a fait ! Je demande pardon !

Élisabeth s'accroupit devant lui et lui prit la main.

— Ne vous inquiétez pas, nous sommes là pour vous aider. Nous ne vous voulons aucun mal, faites-nous confiance.

— Alors pourquoi nous avoir attachés ? Qu'est-ce que vous voulez ?

— Nous allons procéder à un exorcisme. Bientôt vous serez délivré.

Soudain, Lucas se mit à hurler.

— Détachez-moi ! La Bête veut me dévorer ! Détachez-moi, je vous en supplie.

Il fixait un point devant lui. Il tremblait. Il reculait son torse comme si quelque chose allait sauter sur lui. S'il avait pu trouver un petit trou, il s'y serait caché pour fuir la chose invisible qui le menaçait. Dimitri se plaça devant lui et posa les mains sur ses épaules.

— Que voyez-vous ?

— Une bête au visage rouge avec une couronne sur la tête ! Il est là, sur son cheval ! Il chante ! Vous ne l'entendez pas ?

— Ta gueule espèce de bâtard, cria Raphaël d'une voix d'outre-tombe.

Dimitri regarda Vincenzo et hocha la tête. Alors le prêtre se positionna devant Raphaël et lui fit face.

— Oh esprit immonde qui se cache dans le corps de son innocent, je connais ton nom.

Raphaël tira la langue d'une façon obscène.

— Vas-y prêtre dis le, dis mon nom. Mais si tu te trompes, tu devras me lécher la queue.

— Ton nom est Baalbérith ! Démon des serments et du blasphème ! Devant toi, j'invoque saint Ambroise pour qu'il te chasse !

Raphaël hurla, un cri terrible, un cri de détresse horrible. Vincenzo apposa ses mains sur la tête du possédé. Le jeune homme eut un vif mouvement de recul, mais ne put échapper à ce contact. Ses yeux se révulsèrent et il se mit à chanter. Le prêtre fit signe de commencer le rituel. Tous ensemble, ils récitèrent l'Évangile selon saint Jean (1 : 1 -14). Raphaël hurlait, se contorsionnait.

— Je vais venir chez toi la nuit, prêtre ! Je vais me glisser dans ton lit et te frapper !

Mais personne ne l'écoutait. Vincenzo regarda Lucas. Ses yeux étaient révulsés, sa tête renversée en avant, de l'écume blanche s'échappait de ses lèvres. Il fit signe à Carlo de s'en occuper. Ce dernier releva la tête du jeune homme et posa ses mains sur son crâne. Lucas tremblait, était pris de convulsions. Yannick était plutôt calme, il regardait horrifié ce qu'il se passait autour de lui. Dimitri lui glissa un crucifix dans la main et lui demanda de prier avec eux. Le jeune homme hocha la tête et serra le crucifix. Visiblement, c'était le moins atteint des trois. Encore une fois, le psychiatre, le docteur Masquin, s'était trompé au sujet de ses patients. Vincenzo continua le rituel.

— Je te donne l'ordre, par Jésus-Christ notre Seigneur, à toi, Baalbérith, esprit immonde, et à tous tes compères présents dans ces serviteurs de Dieu, afin que, suivant les mystères de l'Incarnation, de la Passion, de la Résurrection et de l'Ascension de notre Seigneur Jésus-Christ, par la mission de l'Esprit-Saint, par le retour de notre Seigneur pour le jugement de sortir du corps de ces serviteurs de Dieu et de te rendre à Golgotha au pied de la Croix afin d'y recevoir ton jugement.

Il se signa et dessina dans les airs le signe de croix sur Raphaël avant de l'asperger d'eau bénite. Carlo fit de même avec Lucas et Margareth avec Yannick. Raphaël hurla des obscénités.

— Bande de fils de putes, vous irez tous brûler en enfer !

— C'est toi qui vas brûler en enfer, cria Vincenzo en l'aspergeant une nouvelle fois d'eau bénite. Je t'ordonne, esprit impur, de sortir du corps de ce servant de Dieu. Je t'ordonne, esprit plus qu'immonde, chaque irruption de l'ennemi, chaque fantasme, chaque légion diabolique, au nom de notre Seigneur Jésus-Christ, de t'arracher et de fuir de cette créature de Dieu. Dieu en personne te l'ordonne, lui qui t'a ordonné de tomber des hauteurs célestes jusqu'aux endroits les plus bas de la terre.

Raphaël se mit à pleurer.

— Ayez pitié, mon père ! J'ai mal, je souffre ! Ayez pitié ! Ce n'est pas moi qui suis venu de mon propre chef, ce sont eux qui m'ont appelé. Et maintenant, je trouve injuste de vouloir m'en faire partir !

Vincenzo regarda Carlo et lui fit signe qu'ils devaient se dépêcher. Le démon montrait des signes de faiblesse, mais cela pouvait être aussi une ruse de sa part. Il réclama le sel exorcisé et en saupoudra tout autour du fauteuil de Raphaël, formant ainsi un cercle fermé.

— Qu'est-ce que tu fais prêtre, demanda Raphaël.

Le démon ne semblait pas rassuré. Vincenzo confia le pot à sel à Carlo qui à son tour en répandit autour du fauteuil de Lucas. Margareth fit de même autour de Yannick. Lucas se mit à son tour à pleurer.

— Ne faites pas ça, je vous en supplie ! Il veut pas qu'on fasse ça !

— Ça va aller, le rassura Carlo. Faites-nous confiance.

Vincenzo versa de l'huile exorcisée sur le sel tout autour de Raphaël qui le suivait du regard.

— Qu'est-ce que tu fais ? Arrête ça tout de suite !

— Ça va te faire beaucoup de bien, tu verras, répondit Vincenzo.

Il donna la fiole à Carlo qui fit de même autour de Lucas, puis à Margareth. Du sel et de l'huile exorcisés entouraient à présent les trois fauteuils roulants. Vincenzo se plaça devant les trois jeunes hommes et fit signe aux membres des Purificateurs de former un cercle autour d'eux. Il regarda chacun d'entre eux.

— Ce que nous allons réaliser est dangereux. Je demande à chacun d'entre vous de rester vigilants.

— Il veut nous tuer, cria Raphaël, c'est un meurtrier !

— Tais-toi !

Vincenzo ouvrit son manuel d'exorcisme.

— Exorcizamus te, omnis immunde spiritus, omnis satanica potestas, omnis incursion infernalis adversarii, omnis legio, omnis congregatio et secta diabolica, in nimine et virtute Domini nostri Jesu…

Signe de croix sur lui et sur les trois amis

—… Christi, eradicare et effugare a Dei Ecclesia, ab animabus ad amaginem Dei Conditis ac pretiose divini Agnis sanguine redemptis...

Nouveaux signes de la croix sur lui-même et sur les trois amis.

— … Non ultra audeas, serpens callidissime, decipere humanum genus, Dei Ecclesiam persequi, ac Dei electos excutere et cribrare sicut triticum.

Raphaël hurlait de douleur, de la fumée noire sortait de son corps, son visage rougissait et gonflait à vue d'œil. Carlo s'inquiétait pour sa santé. Lucas tremblait, les yeux révulsés. Une écume blanchâtre coulait de ses lèvres. Yannick regardait, effaré, ses deux amis et étreignait le crucifix. Vincenzo fit signe à Daniel que c'était le moment. Le militaire passa devant Raphaël en prenant soin de ne pas marcher sur le sel et l'huile qui l'entouraient et laissa tomber une allumette enflammée sur l'huile. Aussitôt, toute l'huile s'embrasa, créant un petit cercle de feu bleu autour de Raphaël qui se mit à gémir de douleur. Il fit de même avec les cercles d'huile qui entouraient Yannick et Lucas.

— Ne nous cramez pas, supplia Yannick.

— Tu n'as rien à craindre, répondit Daniel.

Le cercle enflammé reflétait une magnifique couleur bleutée. Les flammes n'étaient pas hautes, mais la chaleur qu'elles dégageaient était forte et réconfortante à la fois. Des gouttes de sueur perlaient sur le front de Vincenzo. Il devait en finir avec cette histoire et vite. Raphaël guettait ses gestes de ses yeux noirs. Il était inquiet.

— Que vas-tu faire le prêtre ?

— Te dégager de ce corps, vu que tu ne comprends pas qu'il n'est pas ta demeure.

— T'es un meurtrier !

— Un meurtrier de démon. Maintenant, tais-toi ! Dieu le Père te commande, Dieu le Fils te commande, Dieu le Saint Esprit te commande ! J'invoque saint Ambroise, qu'il prenne place à l'intérieur des cercles de feu et qu'il te chasse, esprit impur.

Soudain, un craquement retentit et résonna contre les murs de brique de la petite chapelle.

— Il arrive, cria Vincenzo, il arrive pour te chasser.

Une lumière vive envahit la chapelle. Vincenzo ferma les yeux et les cacha sous son bras pour éviter que cette puissante lumière lui brûle la cornée.

— Fermez vos yeux ! Ne regardez pas la lumière !

Raphaël poussa un gémissement strident, suivi d'une brève plainte. Bruit d'une bourrasque à l'intérieur de la chapelle. Puis, le calme après la tempête. Vincenzo ouvrit les yeux. La lumière avait disparu. Les flammes autour des trois amis étaient éteintes. Tout semblait être redevenu tranquille. Vincenzo regarda ses trois protégés. Ils paraissaient dormir paisiblement.

— Père Rinaldi, veuillez les ausculter s'il vous plaît.

Carlo ouvrit les yeux à son tour et se précipita sur Raphaël. Il écouta son cœur, prit sa tension, son pouls.

— On dirait qu'il dort.

— Que s'est-il passé, demanda Matt.

— Saint Ambroise nous a rendu visite, répondit Vincenzo. Vite, amenons-les dans leur chambre avant qu'ils ne se réveillent.

— C'est fini, demanda Dimitri, c'est tout ?

— Oui, monsieur Marchand, c'est fini, dit Vincenzo. Le temps jouait contre nous, alors j'ai fait appel à mes relations. J'ai pensé qu'un coup de main divin nous serait très utile et il est arrivé juste à temps. Le démon est parti, mais notre travail n'est pas encore terminé.

Vincenzo, Carlo et Daniel s'occupèrent de faire réintégrer les trois amis dans leur chambre. Ils les couchèrent dans leur lit.

— Ils vont se réveiller demain matin en pleine forme, dit Vincenzo.

Daniel, en passant devant le bureau des infirmiers s'occupant de l'UMD, replaça dans la poche de l'un d'eux les clés de la grille métallique qui fermait la seconde unité ainsi que le badge de l'ascenseur.

— Tout est en ordre, dit-il. Personne ne s'apercevra de notre visite.

Pendant ce temps, Dimitri, Élisabeth, Matt et Margareth s'occupèrent de nettoyer la chapelle. L'équipe au complet se retrouva au niveau du hangar de l'hôpital et sortit ensemble du bâtiment. Matt remit en fonction les caméras de surveillance et les alarmes.

— Voilà, ni vu ni connu.

Sur le petit sentier qui les menait au Traveller, Matt était perplexe. Quelque chose le chiffonnait.

— J'ai rien compris à cette enquête.

Vincenzo lui tapota amicalement l'épaule.

— Cher monsieur Bohé, en vérité je vous le dis, les chemins du Seigneur sont parfois tortueux, mais il nous laisse toujours des signes. Nous avons accompli notre devoir et c'est tout ce qui compte. Mais comme le doute est une faille que le démon utilise pour nous manipuler, il faut le faire taire, alors je reste à votre disposition pour écouter vos questions.

— Mon Père, tout s'est passé tellement vite ! Je sais comment nous en sommes venus à penser que Raphaël Bison était possédé, nous en avions quelques preuves, ainsi que ses deux amis. Ce que je ne comprends pas, c'est pourquoi le démon s'en est pris à eux, et, est-ce que c'était la poupée qui était possédée et qu'est-ce qu'on fait de la poupée Robert. Et que vient faire l'histoire d'Amityville ?

Vincenzo sourit.

— La poupée Robert est un sujet qui ne nous concerne pas. La poupée Robert est un objet anodin devenu un mythe qui alimente beaucoup de fantasmes. Cette poupée est inoffensive. Quant à nos trois jeunes amis, en s'intéressant à l'occulte et au paranormal, ils ont tissé des liens avec le démon. Lorsqu'ils sont entrés dans la maison d'Amityville, le démon les a vus. Mais Amduscias ne les a pas salués, comme l'on peut l'imaginer sur la photographie, il ne disait pas bonjour à nos trois amis, mais à Baalbérith qui se trouvait déjà présent derrière eux. Baalbérith les a tentés pour qu'ils pénètrent illégalement dans la maison et pas la suite il a usé de son pouvoir ordinaire pour les amener à concocter toute cette histoire de rituel et d'échange de réceptacles. L'accord des trois hommes lui était indispensable pour pouvoir agir, et ils le lui ont donné lors du rituel. C'est pour cela que l'on dit que manipuler les sciences occultes est dangereux, ce n'est pas un jeu.

Matt hocha la tête. Une question lui trottait encore dans la tête.

— Je sais que Dimitri avait deviné le nom du démon, mais vous, comment saviez-vous quel saint invoquer ?

— Chaque démon a une ou des faiblesses combattues par des vertus et chaque saint possède une ou des vertus.

— Est-ce que saint Ambroise est vraiment apparu ?

Vincenzo s'arrêta et se tourna vers Matt.

— Voyons monsieur Bohé, vous n'êtes pas surpris lorsqu'un démon apparaît et vous êtes surpris de l'apparition d'un saint !

Matt baissa la tête.

****

De retour de Rome, Matt se précipita chez Crystal. Cette dernière rangeait ses documents.

— Tu ne croiras jamais ce qu'on a vu, dit-il. Un saint nous a aidés !

Crystal sourit. Elle aimait lorsque Matt s'extasiait ainsi, elle le trouvait adorable.

— C'était incroyable !

Crystal lui tendit un verre d'eau.

— Calme-toi et raconte-moi.

— J'vais faire mieux que ça, j'vais te montrer !

Il posa son ordinateur portable sur le bureau de son amie. Crystal esquissa un sourire en pensant qu'elle n'avait jamais encore vu Matt sans son PC. Le jeune l'homme l'ouvrit et démarra une vidéo, celle de l'exorcisme réalisé dans la chapelle de l'hôpital Sainte-Anne. Mais qu'elle fut sa déception de découvrir qu'au moment de l'apparition de la lumière blanche, l'enregistrement s'était arrêté, reprenant au moment où tous avaient rouvert les yeux.

— Quoi ? Mais c'est impossible !

Crystal se mit à rire.

— Au contraire, dans notre domaine, tout devient possible. Allez viens, tu vas m'offrir un bon petit restaurant, je meurs de faim.

Et elle lui prit le bras pour le tirer hors de la pièce.

— Attends, faut que j'prenne mon ordi !

— Tu n'en as pas besoin ce soir et là où il est, il ne risque pas de disparaître.

Au même moment, Dimitri passa la tête par la porte.

— Nous avons décidé d'aller dîner en ville, vous vous joignez à nous ?

— Avec plaisir, s'écria Crystal.

Dimitri se tourna vers Matt.

— Qu'est ce qu'il se passe ? Tu m'as l'air contrarié.

— En fait, j'ai voulu visionner la vidéo de l'exorcisme, mais tout le pan concernant l'apparition de saint Ambroise est manquant.

Le démonologue se mit à rire de bon cœur.

— C'est normal ! Les anges célestes et les saints n'aiment pas se montrer. Ils se matérialisent rarement et sans trop de bruit, contrairement aux démons.

Matt était déçu. Il aurait tellement aimé voir un ange ou un saint. Sa mauvaise humeur disparut lorsqu'il vit toute l'équipe qui l'attendait pour aller manger un morceau. Entre collègues et amis ! Entre Purificateurs !

Du même auteur

Le Manipulé

Les 7 + 1 Péchés Infernaux

Je suis mort

Recueil des légendes de la Dame Blanche

Les meilleurs dossiers Warren

L'exorcisme et la possession démoniaque

L'influence du démon dans l'histoire de l'humanité

Dictionnaire de démonologie occidentale

Blog de l'auteur : Journal d'une démonologue (https://journal-d-une-demonologue.fr/)

Table des matières

N°siret 518 653 878 00026
2 impasse de la Grande Fontaine
84350 COURTHEZON
06 43 70 54 63

Dépôt légal : mars 2019

Achevé d'imprimer en mars 2019

Printed by Lulu